乡愁里的村庄

汪国山 著

江西高校出版社

图书在版编目（ＣＩＰ）数据

乡愁里的村庄/汪国山著. --南昌:江西高校出版社,2021.10（2022.3 重印）

ISBN 978 - 7 - 5762 - 2021 - 6

Ⅰ. ①乡…　Ⅱ. ①汪…　Ⅲ. ①散文集—中国—当代　Ⅳ. ①I267

中国版本图书馆 CIP 数据核字（2021）第 187272 号

出 版 发 行	江西高校出版社
社 　　　址	江西省南昌市洪都北大道96号
总编室电话	(0791)88504319
销 售 电 话	(0791)88522516
网 　　　址	www.juacp.com
印 　　　刷	天津画中画印刷有限公司
经 　　　销	全国新华书店
开 　　　本	700mm×1000mm　1/16
印 　　　张	28.75
字 　　　数	440 千字
版 　　　次	2021 年 10 月第 1 版 2022 年 3 月第 2 次印刷
书 　　　号	ISBN 978 - 7 - 5762 - 2021 - 6
定 　　　价	70.00 元

赣版权登字 -07 -2021 -1258

家训与六经同道

——汪国山《乡愁里的村庄》序

摩 罗

吾华夏历万劫而不覆,得益于两个奥秘:一者,具有至强至密之组织性;二者,具有至坚至固之文化凝聚力。

家族文化,恰好融汇此二奥秘。家族结构体现着至强至密之组织性,家训家规体现着至坚至固之文化凝聚力。

邑中名儒汪国山君,坚守本土,以家训家规为文眼,叙写各姓各宗之源流与演变,各界人士之创业与奋斗。所涉古今人物,数以千计,决不溢出都昌藩篱。笔锋所指,远非武山草木、鄱湖浪涛,往往是天下风云大势、国家生死存亡。

家训家规,不入经国之大业,多以民间文化视之,然而汪君却由此揭开了华夏民族古往今来扶危救乱、治国安邦之壮阔历史,其慧眼卓识,堪可赞叹也。

都昌古邑,贤圣辈出。东晋陶母,乃吾华夏三大贤母之一,其备尝艰辛,大德化育,造就东晋大司马陶侃。陶侃德才秀杰,一代名将,拥重兵而不谋权,一心保社稷而利苍生,垂范后世。其曾孙陶渊明,吾族文学史上之巨星也。南宋刘锜,抗金名将,功名同于岳飞。宋末江万里,力主抗金抗元,以宰相之尊殉国。元代有大儒陈澔,一门三代治《礼记》。在蒙元治下注《礼记》,其意岂在文字句读乎!其配祀孔庙,荣光无愧。

古之人何其伟岸,彪炳千秋者不止一二。然余所重者,尤在今人。

近世中国,乃生死危亡之季。若无万千族民浴血奋战,吾族早沉入地狱,哪有今日伟岸之中国也。都昌儿女,为救国救民而决死奋战者,不可胜数。

土塘镇人冯任,一直是江西省委的重要领导人,后曾任中共湖北省委代理书记,牺牲于敌人刑场。当其深陷囹圄,其父携款相救,然其坚守志节,不屈而死。他曾调吉安担任中共赣西特委书记,领导东固革命根据地武装斗争,为毛主席建立中央革命根据地,佐力甚多。他曾奉命给毛主席送中央文件,惜乎当时朱毛红军处于至为艰难时期,在赣闽边界流离游击,行踪不定,最终未能面呈毛主席。他在大革命失败之际,在南昌与方志敏、邵式平共话革命沧桑;后来又曾代表江西省委,到赣东北革命根据地视察工作,再次与方志敏、邵式平产生交集。

汪墩乡人刘肩三,是都昌革命的主要领导人,从最早的农民运动、农民武装到后来率红十军在都昌打土豪,都昌革命的主要篇章,都闪烁着他的名字。他曾奉命到景德镇从事工人运动,为方志敏率军占领景德镇、建立红十军立下汗马功劳。曾任红十军政治部地方工作部部长兼七旅政委。在武装斗争万分艰难时期,他奉命率三十余人的小股部队,留在武山开辟根据地,惜乎刚近武山就遭遇大股敌军,不幸兵败被捕,因拒绝劝降,而牺牲于刑场。汪墩乃吾邑都昌革命的核心地区,诞生的领导人和烈士最多。仅刘肩三一门,即有五位烈士。跟他一起英勇就义者,即有其侄子。

鸣山乡人刘乙照,都昌农民运动领导人,赣东北革命根据地的重

要领导人，长期担任根据地周边鄱阳、余干、浮梁、德兴、横峰等县书记，及多县中心县委书记，为根据地筹集武器、药品、粮食等各种给养，为根据地发展和红十军壮大立下功勋。曾任中共赣东北特委秘书长，据说还曾任赣东北苏维埃副主席。最后在肃反中牺牲。他和刘畈三，都是建立和发展赣东北革命根据地的重要领导人，是方志敏和邵式平的重要助手。

蔡岭镇村妇王满香，幸福涧曹钥村的媳妇（娘家为大岗镇汪家村）。那时，幸福涧活动着一支红军队伍，常遭国民党部队残酷围剿。王满香经常冒着生命危险为红军运送粮食给养。为了给红军补充武器，她设法策反围剿部队的国民党班长。她被捕后受尽各种酷刑折磨，坚贞不屈，拒绝招供红军踪迹，最后英勇就义，年仅22岁。一名文盲村妇，其勇其贞，与那些叱咤风云的大革命家等齐。她既不懂孔孟之道，也不知马列主义，主要得自家训家规的培育造就。她未及生育，就香消玉殒。她的事迹，彰显了吾族为了改命革运，奋斗何其坚勇，代价何其巨大，牺牲何其壮烈。

汪君大作，对工、农、商、学、兵各界杰出人物，所述甚多，表彰其功德，不遗余力。其用力最深者，无疑乃上述革命人物也。此种志趣，深合吾心矣。

汪君描述革命人物成长之滋养时，既不渲染大经大典之宏旨，也不突出反帝反殖革故鼎新之时代风尚，而是始终紧扣家训家规立言。此种偏倚，不给读者缺憾感。为何？因为其所尊家训家规，与大经大典之神韵贯通，与反帝反殖革故鼎新之时代风尚同气相求。

中华大家庭，经历五千年共同劫难、共同奋斗，经历无数次生死考验，各族各界逐步形成了共同的文化气质和民族精神，家训家规虽系一姓德教,然与先圣先王大经大宪,同风同质,上下呼应。家训与六经同道,草根与圣贤同德。历朝历代,万姓百族,无不如此。这就叫至坚至固之文化凝聚力。明乎此,才知何为华夏之根,何为华夏之魂也。

都昌一邑,地僻而小,一户家训,词简而陋。汪君著书,无意攀高附贵,而是因僻而贯通古今,就陋而铺陈大道,篇篇都在彰显族根族魂,揭示吾族万劫不灭、崛起腾飞之奥秘与力量。

为文为学,高才不在辞章,而在其教化之深、关怀之远也。汪君之作,当之无愧矣。

[摩罗,本名万松生,号邦本,江西省都昌县鸣山乡万家湾人。中国艺术研究院中国文化研究所研究员,从事中国传统文化、国学教育及当代书院教育研究,并致力于国学教育实践与推广。主要著作有《中国的疼痛:国民性批判与文化政治学困境》《国王的起源》《史记与中国道统》《国学梯级公开课》(共六册,古文教材,与杨帆合著)等。]

目录

一、红色记忆

四、家族存史

五、风情风物

六、文明新风

一、红色记忆

1. 土塘镇栖下村:中共早期革命活动家冯任的红刃出鞘

【冯氏家训家规】报国须宜急,流膏切莫贪。身正莫流俗,守义而怀仁。

一个村庄之名,因其中的一个字电脑里打不出,在《新华字典》里也查不到,只能用形近或音相近的字替代,土塘镇冯家坊村委会栖下村应该是都昌有此现象的唯一的一个村庄。"栖下村"已在法理上进行了确认,村民身份证上就标示此名。有学者认为"厦下"的表述更准确。其原始村名中的那个字念"sǎ",写法是厂字头里一个西。都昌方言中至今有此说,所谓"厦下"即偏房、旁屋也。都昌冯姓乃"理学世家",源于南宋祖先冯椅(号厚斋),曾受业于一代理学大师朱熹,是都昌"朱门四友"之一。椅公的十一世孙冯郁清三子冯琛(1436—1486)于明成化年间(1465—1487)由冯家畈迁项家畈,起初在栖下村建了一个旁屋,放农耕用的犁耙和水车,这便是"厦下"村名之由来。现如今,栖下村有时也被人写成"耍下村""厦下村"。

栖下村名垂青史的人物,革命烈士冯任是最辉煌的一个,以至村里2010年新修的祖堂兼村民文化活动中心同时冠之以"冯任纪念室"之名。冯任(1905—1930)曾任中共江西省委常委、秘书长、代理省委书记,中共湖北省委常委、秘书长、代理省委书记,是民主革命时期都昌乃至九江籍人士在党内任职最高、资历最老、影响最大的革命烈士。权威部门称冯任为"中共早期革命活动家"。

泓澈少年

翩翩少年冯任,在15岁之前,一直是在家乡都昌度过的。

冯任1905年11月2日诞生于都昌土塘冯家坊栖下村的一个乡绅家庭。祖父冯光灿(1854—1907)终生以教育为业。父亲冯奕昌(1884—1936),名堃,号惜非。戊戌变法后,天下废举兴学,他考入南康中学。受辛亥革命影响,体格魁梧、性格刚直的冯奕昌在南昌进入警官养成所学习,先后任湖北省沔阳县警佐,江西南城县、安义县公安局局长。晚年居都昌县城,得急病而逝,享年53岁。冯任原名冯世法,字秉伊,有弟冯世尧、冯世舜,姐冯桂花。

冯任自幼聪颖好学,5岁接受传统文化启蒙。他少年时代的教育主要受益于两个人。一个是舅父曹庆南。曹庆南号幼虞,是邻村曹店人,早年毕业于江西初级师范学校。因痛恨清廷腐败,曹庆南试图走上"教育救国"之路,在曹店创办私立三村高等小学。冯任从8岁起就在舅父办的学堂读书。曹庆南学问笃深,为人正直,因膝下无子,故在生活上尤其照顾大外甥,对他的学习上尤为严格。学堂辟有藏书室,冯任求学四载,博学善记,受到了良好的小学基础教育。第二个是恩师李伯农。李伯农是土塘中屋李村人,都昌新学奠基人,江西省教育界知名人士。李伯农在冯任父亲冯奕昌病逝后为其撰写传略;李伯农殁后,著名文学家郭沫若为其撰墓志序。李伯农创办都昌源头港广智高等小学,学堂开设中文、英文、算术、历史、地理、图画、体操等新课程。作为校长的李伯农亲授文、史、地等课程。他在课堂上抨击时政:"当今政治腐败,社会黑暗,做文官的不吃人,做武官的不抢人,已属少见!"

1918年春,年少的冯任就读于广智高等小学。次年,五四运动爆发,冯任带头参加学校的宣传队,在乡村宣传爱国思想,反帝反封建的火焰在他稚嫩的心里升起。冯任的父亲冯奕昌是个守旧的知识分子,担心儿子在学校会有过激的言行。1918年9月,冯任的生母曹碧玉病逝,冯奕昌即为长子冯任娶进一大龄女子江氏,打算让冯任在小学毕业后完婚,以此对冯任形成羁绊,也让冯家早日添丁,支撑门面。冯任坚决拒绝包办婚姻。母亲刚去世,父亲就让他娶妻,他对父亲的做法很不满,这也是冯任急于赴南昌就读以摆脱婚事束缚的一个原因。1926年初,冯奕昌派女婿黄文华到南昌,以与江氏解除婚约为由,劝21岁的冯任回家。冯任回到了栖下村,父亲旧话重提,硬逼着长大成人的冯任与江氏结秦晋之好。已下定决心行走天下、投身革命的冯任哪肯屈从?他硬是在地板上睡了一夜,第二天离家返昌,自此再也没有回过家。1927年,冯任与南昌职业女中的学生郑若兰结婚,郑若兰与邵式平的妻子胡德兰同班。父亲接到儿子的书信,尽管生气但也奈何不得。他把江某当作亲生女儿嫁出去,这样做也没失体面。父子间的亲情终是割不断,1930年6月17日冯任在武汉被捕,传出要千元担保才放他出狱。冯奕昌接到儿媳郑若兰捎的话,筹了银两赴武汉,他找了其

时在武汉宪兵团任团长的警校同学、都昌汪墩人欧阳紫亭,想他通融通融救出冯任。此举客观上反而置冯任于险境,但却是父子间骨肉相连的见证。

红 刃 出 鞘

冯任在党内曾化名"红刃",这既是"冯任"的谐音,也表明了他以锋利的红刃刺穿国民党风雨如晦的统治,与敌人血战到底的决心。在此,我们简单勾勒作为职业革命活动家的冯任在白区斗争中短暂而壮烈的人生轨迹。

1921 年 8 月,冯任考入江西省立第一师范学校。这是南昌传播新文化、新思想,开展学生运动比较活跃的学校之一。冯任在赵醒侬、袁玉冰的影响下,开始接受马克思主义,组织"列宁主义研究会"。

1922 年 1 月,他在南昌声援刘肩三在都昌组织驱逐都昌县军阀知事刘燮臣。1924 生 5 月加入社会主义青年团,下半年转为共产党员。

1926 年 1 月,冯任代理青年团南昌地委书记,随后任书记,江西团的活动开展得有声有色。3 月,由冯任、刘越介绍,刘肩三、王叔平、刘聘三加入中国共产党,月底在都昌南山秘密成立都昌第一个党小组,刘越任组长。7 月,冯任从江西省立第一师范学校毕业,被分到中共江西地委秘书处任干事,从此开始了他的革命生涯。

1927 年 7 月 21 日,冯任在中共江西省第一次代表大会上被选为省委委员,仍任省委秘书(此时未设秘书长)。10 月,江西省委改组,陈潭秋接任省委书记。陈潭秋(1896—1943)1921 年曾与董必武一起代表湖北武汉共产主义小组参加了中国共产党第一次全国代表大会,是党的创始人之一,1943 年 9 月牺牲于新疆天山脚下。冯任协助大他 9 岁的陈潭秋开展江西省委机关日常工作,一直至 1928 年 5 月陈潭秋调往中央。陈潭秋沉稳老练,平易近人,对冯任关怀备至。

1928 年 9 月,冯任临时代理中共江西省委书记。两个多月后,中共江西省第二次代表大会在湖口县舜德乡王燧村召开,推选张世熙担任省委书记,冯任担任宣传部部长。

1929 年 3 月,冯任主动要求退出省委常委,到地方工作。省委决定由冯任担任中共赣西特别委员会书记,以加强吉安中心区域的工作。中共赣西特别委员会委员曾如柏是本地人,冯任考虑到中共赣西特别委员会遭到破坏,根据地下工作的要求,帮曾如柏改名为曾山。

1929 年 9 月,冯任调回省委,以省委巡视员的身份,赴赣南、九江巡视;年底,赴上海向党中央汇报江西省委被破坏的原因及善后意见。

1930 年 2 月,冯任化名王亦吾,以上海太平洋通讯社驻武汉记者的身份做掩护开展工作,任中共湖北省委常委兼宣传部部长、中共湖北省委农委书记。2 月底,中共湖北省委书记欧阳洛(化名毛春芳)被捕。2 月 25 日,正在武汉巡视工作的任弼时指定冯任暂代省委书记。两天后,中共中央致信湖北省委予以确认。

1930 生 4 月底,中共湖北省第四次党代表大会召开,选举任弼时为省委书记,冯任为秘书长。

1930 年 6 月 17 日,由于叛徒出卖,湖北省总工会常委接头机关"汉口碧云里 12 号"被暴露,冯任被埋伏的特务抓捕。7 月 10 日,冯任在武昌通湘门外壮烈牺牲,年仅 25 岁。

弘 扬 精 神

冯任在摧枯拉朽的革命洪流中,显出革命年代一个共产党员的可贵品质。在他短暂而辉煌的 25 年人生历程中,绽放着青春的芳华,展露着不凡的风采。

能上能下,不计名利。1924 年,年仅 19 岁的冯任加入中国共产党,从此走上革命道路,把一生的赤诚无怨无悔地献给了党的事业。由于他处在特殊的历史环境下,在短短六年内,工作多次变动,职务有升有降,但他从不计较个人名利得失,不讨价还价,将个人安危置之度外,尽心尽力地把党交给他的任务完成好。1929 年 2 月下旬,冯任与省委工委书记胡子寿同志赴上海,代表江西省委向中央汇报工作,中央在审查了江西省"二大"决议案后,对江西的工作提出了严肃的批评,指出:"江西的决议,大部分是照抄六次大会的决议,所以错误是很少的。但是,省的代表大会,若只是讨论全国大会以及中央的决议,若不讨论怎样将这些决议实现的方法,这便失却了这次省代表大会的意义。"因为省"二大"政治决议案是秘书长冯任起草的,所以中央的批评对他的触动特别大,使他深刻认识到一个革命者参加实际斗争的重要性,深感自己长期坐机关,缺乏实际体验,很需要在实际斗争中锻炼自己。冯任从中央回省后,立即在常委会上进行了自我批评,并主动要求退出常委,到基层去担任实职。常委会满足了他的

要求,决定任他为候补常委,调任中共赣西特别委员会书记。省委后来在给中央的报告中这样评价冯任:"这个同志是江西省委中历史最长久的一个,工作能力很强……此次自请退出省常委,参加地方工作,积极的精神尤足表现。他到西特后,西特的工作焕然改观,在江西的干部中总是一个比较健全的了。"

敢于直言,襟怀坦荡。冯任是一个光明磊落的共产党员,他从不隐瞒自己的政治观点,勇于开展批评与自我批评。1929 年 3 月 3 日,他写了《三个时代的江西省委》一文,对自八一起义至 1928 年 10 月共 14 个月的三个时代的江西省委(即以汪泽楷、陈潭秋、陆沉三人为省委书记的省委)在工作中的缺点、错误进行了深刻的揭露和无情的批评。冯任在江西省委机关工作时间最长,最了解情况。他除了参与省委的一切重大决策,还负责大量的机关日常工作。当然,对于省委的一切缺点、失误和错误,他也负有不可推卸的重大责任。正如他在该文中所说的"这个重大的责任,不但省委书记要负,即我也有莫大的错误"。冯任如此深刻地解剖省委,绝不是要否定三个时代的江西省委,而是教育省委同志和其他党员同志改正错误。冯任针对当时全省党员中存在的问题,为省委起草了《共产党员守则二十二条》,后改为《怎样做个好共产党员》,坚持从严治党,这成了省委对全省党员进行思想教育的重要教材。冯任也是在党的建设中较早思考"做好党员"问题的人。1929 年 2 月,冯任以个人名义向中央呈交了一份《关于目前政治形势和中央工作致中央的意见书》。在此意见书中,冯任指名道姓地批评当时中央政治局常委兼宣传部部长李立三的"城市中心论"。冯任以景德镇工人罢工为例,来证明"城市中心论"是错误的。李立三看了冯任的批评文章,当然很不高兴,但他很赏识冯任的才华和胆识。在 1930 年 1 月 1 日中共中央常委会上讨论江西问题时,性情豪爽的李立三力荐冯任到湖北省委,担任中共湖北省委常委、宣传部部长兼省委农委书记,以加强湖北省委的领导。

机智勇敢,宁死不屈。冯任长期在白区做党的地下工作,是一位杰出的地下工作者。严酷的环境使冯任锻造了英勇机智的品格。1929 年 11 月,冯任代表省委赴赣南巡视工作。回省经过吉安时,他曾工作过一段时间的中共赣西特别委员会遭到破坏。房东正带着国民党特务在街上捉人,一把将冯任拉住。冯任在一个月后给中央的报告中这样描述当时的处变不惊:"检查异常严密,我和我的老婆身上什么衣缝里都查了,并且把(用)碘酒清矾水来涂信纸等东西,还好中央给朱毛指示的长信,是放在我不满两岁的小孩子身上,而缴(侥)幸骗过。"1930 年 6 月 17 日，冯任在接头点汉口碧云里 12 号被埋伏的敌人抓捕，敌人从他身上搜出湖北省委的两份文件、一份《红旗》党刊和 300 元钱。在这种情况下，冯任承认自己是共产党员，做交通工作，刚从上海来武汉，其他什么都不说，决心以死报党。敌人严刑拷打，也没从冯任身上打开破获中共湖北省委的口子。7 月 10 日，残暴的敌人在武昌通湘门外将冯任杀害。在判决书上，敌人宣布的所谓"罪状"是："迭经审讯，据王亦吾供称担任交通工作，传达重要文件，实行拥护红军、煽惑国军组织士兵暴动。"敌人最终连冯任的真实姓名、职务等都没搞清楚，冯任用自己的生命保卫了中共湖北省委及其所属党组织的安全。冯任以生命践行了他在《怎样做个好共产党员》中写的最后一条——"永不背党"："任凭怎样艰难困苦威迫利诱，都不能改变我们对党的信仰。我们应下个决心，生死都要做个共产党员，永远不肯背党。"

冯任烈士的英名留在卷帙浩繁的中共党史里，留在近版的《都昌县志》里，留在都昌传承红色基因的生动教材里，也留在土塘栖下村村民的传颂里。冯任的独生女冯玉霖，是南昌市人民银行离休干部，其工作是冯任的亲密战友、解放初任江西省人民政府主席的邵式平介绍的。冯玉霖 2020 年已 93 岁高龄了，老人多次到过父亲少年时的成长地——栖下村，参加纪念父亲的相关活动和冯氏宗亲活动。冯任精神在他的家乡得到弘扬。1990 年 6 月 18 日，都昌县委召开纪念冯任殉难 60 周年报告会和学术研讨会。1995 年 11 月 3 日，中共九江市委党史办召开纪念冯任 90 周年诞辰座谈会。1997 年 12 月，殷育文主编的《冯任纪念文集》由中央文献出版社出版。都昌县委县政府在南山烈士陵园重立了冯任墓。栖下村的冯任纪念室和南山冯任烈士陵墓成为缅怀先烈的爱国主义教育基地。2019 年 11 月 20 日，《江西日报》社、江西省退役军人事务厅以《白区一柄碧血"红刃"——回望中共早期革命活动家冯任的无畏人生》为题，在"不忘初心，牢记使命"主题教育中声势浩大地宣传冯任事迹。

"鄱阳湖中山水秀，冯任精神永不泯"，这是萧克将军 1997 年 10 月为纪念冯任所作的题词。2021 年 6 月初，冯任烈士 94 岁的女儿冯玉霖在儿子冯敏的陪同下，来到烈士故里都昌，参加党史学习教育，并去南山冯任烈士陵墓前凭吊，赴栖下村缅怀先烈、畅叙亲情。冯任烈士的不朽精神，激励着后人长剑在握，奋勇前行……

2. 汪墩乡后垅村：刘肩三和他的红色家族（一）

【刘氏家训家规】释近谋远者，劳而无功；释远谋近者，逸而有终。故曰：务广地者荒，务广德者强，能有其有者安，贪人之有者残。

刘肩三（1892—1930），都昌县汪墩后垅村人，著名革命烈士，五四运动期间的江西学生领袖之一。在他的红色档案里，留下了光彩耀目的篇章：1926 年 2 月加入中国共产党，是都昌党组织五位创始人之一；曾任余干县委书记、都昌县委书记、都湖鄱彭四县总指挥；曾任红十军第 7 旅政委兼政治部地方工作部部长，为红军在景德镇、都昌等地扩编做出了不可磨灭的贡献，也是当时在革命军营中任职最高的都昌人；其事迹收入权威典籍《中共党史人物传》，书中收入的都昌革命烈士只有冯任和刘肩三。

刘家"一门五烈"——刘肩三及其二哥刘贤扬，刘肩三侄子刘述尧、刘述舜、刘述禹，其中三位担任过革命年代的都昌县委书记，红色家风传千秋。

2021 年，中国共产党迎来百年华诞。中共中央决定，在全党开展党史学习教育，激励全党不忘初心、牢记使命，在新时代不断加强党的建设。笔者分几期采访整理了刘肩三和他的红色家族的红色故事，以期能成为都昌党史学习教育的地方教材。

家 族 其 事

"彭城世家"刘氏在都昌堪为第一大姓，有村庄 270 余个，人口 6 万余人。都昌刘氏奉北宋开国名臣刘彦诚（？—975）为始祖，刘彦诚的五世孙刘锜（1098—1162）为抗金名将，杰出的民族英雄，功比岳飞、韩世忠，忠勇之举可歌可泣。如今在都昌县鸣山乡源头村委会景湖公路旁建有刘彦诚、刘锜纪念陵园，都昌还成立了"都昌历史名人刘彦诚、刘锜研究学会"，以搜罗史料，弘扬爱国主义精神。

在众多的都昌刘姓村庄中，汪墩乡蒲塘村是这个望族的源头之一。汪墩乡阳港村委会后垅村的始祖刘尚礼（约生于 1590 年）明代崇祯年间（1628—1644）

由林峰上屋分迁而居。从字面来分析,"后垅",状的是地貌,而"林峰",指的是都昌祖先"刘林峰"(1512—1579)。林峰村分上、下两屋,刘林峰于明代嘉靖年间(1522—1566)由从陈家山下屋刘村(今属汪墩乡茶铺村)迁至林峰村。陈家山也分上、下屋,刘姓村庄偏偏以"陈家山"命名,起因是陈家山刘村始祖刘大景(1488—1537)、刘大昱(1506—1568)于明嘉靖年间(1522—1566),在上石山老山垅大塘东边陈爵老屋基建村。

清末后垅村的刘畴九,是个颇有声望的乡绅。刘畴九曾获得佾生(介于秀才与举人之间)的功名。他一生的主要职业是私塾先生,同时他还懂医道,最拿手的是看麻疹,亦精易术,是都昌、星子、湖口三县有知名度的风水先生。刘畴九被人称为"好好先生",他处事公道,乐于出钱助人。家族中有纠纷,他往往是出面调停的"大佬倌"。周边外姓若是发生械斗,村民们便用轿子抬着他去化解纠纷,往往息讼而谐。厚德之人荫后,刘畴九与夫人詹柳德(和合乡七房村人)生三子二女,人丁兴旺;建有两幢棋盘屋,请了两个长工耕种20多亩田地,家财亦旺。三个儿子属刘氏"贤"字辈,分别取名贤振、贤扬、贤招(肩三),名字中都含有提手旁的字,自有一番寓意。

乡绅畴九公起居上有个习惯,就是每天清早都要到门口港里洗漱,纳天地之灵气,清凡身之神目。大约是1916年的某一天,晨起洗漱时,一只狗蹿上来咬伤了他的中指,懂医术的刘畴九当时用人参止住了血,又吃了数服自己从药铺抓来的中药,就认为平安无事了。不承想,他竟不觉间染上了"狂犬病",竟夭了性命。数月后,刘畴九的小儿子刘肩三考上了江西省立农业专门学校,景德镇都昌刘氏会馆为他饯行,作为乡儒刘畴九赶往景德镇赴宴,在酒足饭饱之后赶回都昌。途中病毒突然发作,刘畴九竟逝于轿子里。畴九公身后尽享哀荣,丧事办得很体面:仅风雅的诗歌开堂就请了八桌先生。畴九公因狂犬病而死,以至他的子侄辈当即将家中养的两条狗杖毙,并发誓从今往后不准养狗。这似乎成了"家规",影响刘氏至今。

刘畴九亡故后,作为长子的刘贤振,子承父望,跻身当地乡绅之列。刘贤振的生计重在经商,巢粮贩瓷是主业,家里的田地和杂活则由他请的一个长工打理。刘贤振承袭了其父之德望,在当地亦是头面人物,有一件逸事可佐证。"义门世家"的陈姓在都昌也属大姓,南桥庄十八庄的发脉地在离后垅村不远的庙前村。每年农历二月十五日,陈氏家族都会到庙前村祭祀始祖陈继铭。在继铭

公陵墓所处的山脚下原住着刘书声一家。某年陈氏祭祖时,人多拥堵,将刘书声家的晒篮打翻,谷子撒了一地。在一番言辞间的顶撞后,纠纷眼看要升级为陈、刘两大姓的械斗,以至刘姓开始鸣锣集众。刘贤振为了化解这场纷争,邀请陈姓开明绅士陈茂济化解两家的纷争。两人在老新桥、卷篷桥各跪一头,阻拦各自家族的人冲上去决斗,最终平息了这场可能导致陈、刘两家世代结怨的事态。

刘贤振1925年染痢疾而终。他的三个儿子刘述尧、刘述舜(南山)、刘述禹(西山)皆为革命烈士,"英雄父亲"刘贤振同样值得后人敬仰。

学生时代的血书

关于刘肩三烈士短暂的38年人生经历,特别是革命事略,最详尽、最权威的记叙版本是都昌党史专家邵天柱先生所撰的《刘肩三传》。《中共党史人物传》第36卷所录"刘肩三"事迹,就由邵天柱先生撰写。

刘肩三是个人生经历极为丰富的革命烈士,可以说在"工农学兵"四行皆有血性而辉煌之荣光。且沿着其投身革命的人生轨迹,来追寻挥斥方遒、风华正茂的学生时代的刘肩三早期在革命实践活动中的身影。

刘肩三少年便有抱负,勤奋好读,他性格"耿强",个头不高,常以"长不满五尺而心雄万丈"自励。他13岁时乡间祭祖,刘姓人多势众,有欺压其他小姓的行为,少年刘肩三便站出来为外姓说公道话。1912年,20岁的刘肩三考入星子县南康府中学堂。两年后毕业,他回到老家的汪墩蒲溪小学(现蒲塘庙)教书。1916年秋,刘肩三怀着"实业救国"的思想,报考了江西省立农业专门学校,他希望学得农业一技之长来改造生他养他的故园。可当他踏进这座号称全省一流的农业专门学校时,他发现连一块农业实验场地都没有,学校的管理也因教育腐败而松弛不堪。刘肩三奋笔写成《我之批评与建议》,将此文贴在校内宣传墙上,激起一阵波澜。学校的当权者对刘肩三这样的叛逆学生欲行开除之罚。刘肩三据理力争,同时他也得到了一些认可他所写的切中时弊之文的教师的支持,才免去处罚。刘肩三关心时局、抨击时弊的激情从校内燃烧到校外。当时江西省议会议员受贿出卖选票作弊的丑闻传出,刘肩三首先倡导发起"打猪崽运动"。刘肩三以其过人的胆识和辩才,在省城学生中形成了一定的影响力。

"时日曷丧,予及汝皆亡。"这九个字是刘肩三在1919年五四爱国运动期间,一次南昌市学生集会上,当场咬破中指,用于明志和激发同伴斗志所书。伟大的五四运动,让刘肩三在时代的舞台上完成了一个改良主义者向激进民主主义者的转变。五四运动爆发的消息三天后从北京传到南昌,首先起来响应的是刘肩三所在的江西省立农业专门学校。由江西省立农业专门学校学生发起,联合江西省立甲种工业专门学校、江西法政专门学校、江西省立第一师范学校等学校的师生,在百花洲沈文肃祠召开了全市中等以上学校的学生大会,议定了在南昌开展运动的有关事项。会上,刘肩三被推选参加南昌学生联合会,成为江西早期学生领袖之一。

1919 年 5 月 9 日,是日本帝国主义与袁世凯政府签订不平等条约《二十一条》四周年的国耻日,南昌学生联合起来举行总罢课。5 月 12 日,市区皇殿侧体育馆成为群情激昂的海洋,许多学生发表演说,刘肩三也登台陈词,痛斥卖国贼和反动的北洋政府。就是在这样的场合,刘肩三用血书留下悲壮的"时日曷丧,予及汝皆亡"的誓愿。会后,学生举行了声势浩大的请愿游行,刘肩三的血书在游街队伍中格外醒目。1919 年 5 月 17 日的《申报》对南昌的学生运动做了这样的评价:"学生程度至此,殊为我国好现象!"时任江西督军的北洋军阀陈光远害怕学生的爱国行动再起波澜,竟指令江西省立农业专门学校于 6 月 17 日(农历五月二十日)提前放暑假。就这样,刘肩三提前从江西省立农业专门学校毕业。

青春的热血在刘肩三的胸膛激荡,他从南昌返回家乡都昌之时,便是发动群众驱赶黑暗、追逐光明之日。刘肩三同江西省立农业专门学校的同学陈迪亚到都昌县城当日,一下船就直奔县立高级小学,向师生介绍外地风起云涌的运动,声讨卖国行径,全校师生当即宣布罢课。次日,刘肩三走在县立高小 100 余名师生队伍的前列,在县城举行示威。不少工商界人士也纷纷加入爱国运动行列,抵制日货,罢市三天。1919 年 5 月底,在刘肩三的倡议下,都昌县城还组织了检查、焚毁日货的活动。这场爱国风暴迅疾刮遍城乡。当年 6 月,刘肩三带领以县立高小的师生为骨干的宣传队,到土塘区广智小学和三汊港区尚智小学等场所进行宣传,印发传单,抵制日货,护我中华。广智小学、尚智小学的师生也组织了日货检查组,在土塘、马涧、源头、三汊港、周溪等集镇开展日货检查。

这次的爱国运动为都昌培养和锻炼了一大批先进分子。都昌的人民群众,尤其是青年知识分子经历了一次洗礼,他们中的一些人后来成了都昌的革命骨干。

3. 汪墩乡后垅村:刘肩三和他的红色家族(二)

驱逐县知事

刘肩三在加入中国共产党之前曾遭遇了一次被捕,遭捕的原因是他带头驱逐盘剥百姓的北洋军阀、都昌县知事刘燮臣。这个故事的结局是县知事被赶走,刘肩三随即被释放。民国十年(1921年)10月,湖北黄陂人刘燮臣到任,担任都昌县知事。其时北洋军阀蔡成勋任江西督军,他在1922年元月一上任就在全省追缴五年旧赋,俗称"折包"。刘燮臣是搜刮民脂民膏的蔡督军的亲信,他在都昌变本加厉,不仅悉数追缴农民在过去的5年间欠的田赋,而且对当年的赋税也要如数征缴。鄱阳湖区的都昌县那一年正发大水,遭受洪灾,农民的田地和房屋被冲毁,困窘的农民靠吃观音土、草根、树皮苦撑日子。在这样的大灾之年,何来钱粮缴纳田赋和捐税?更无法缴纳所谓的"五年旧欠"。而刘燮臣仗着自己有督军撑腰,又逞"新官上任三把火"之淫威,他派出差役至各地穷追猛索,简直到了掘地三尺的地步。老百姓心头郁压的怒火一日猛于一日。

刘肩三这一年正在县立高小当教员,本来他就爱打抱不平,又经历了五四爱国运动的思想洗礼,年轻的刘肩三心中燃起了反抗压迫、铲除不公的火焰。面对家乡父老民不聊生和北洋军阀政府骄横跋扈的局面,他果敢地站出来,做护苍生、反强权的代言人。刘肩三组织开明绅士和群众代表,前往县公署见刘燮臣,为民请愿,要求取消"五年旧欠",减免当年的田赋。

得到消息的刘燮臣没有去反思其苛政的不得人心,而是要将他的第二把火烧向冒犯自己的人。他在县公署内外布置了荷枪实弹的保警队兵丁,一派杀气腾腾的架势。刘肩三丝毫没有畏惧,他带着20名代表,在刘燮臣面前慷慨陈词,言说实情,反映民意,断然要求免征新赋旧欠一事。刘燮臣一听,脸色大变,拍着桌子咆哮道:"一律要缴!一分不少!一定不欠!"刘肩三的回应是更响亮的拍案,震得县知事的精致瓷茶杯滚落在地。他吼道:"一律不缴!一分不纳!一定不让!"刘燮臣站起身来,吼叫道:"你小子代表什么人!如果还不滚出县衙,先把你法办了!"刘肩三义正词严,面不改色地回答:"我代表全县三十万劳苦民众,向你再次声明,灾荒之成,农家性命难保,田赋坚决不交!"刘燮臣的脸色已气成了猪肝色,当场喝令早已安置在旁的衙丁将刘肩三押扣起来,以儆效尤。

刘肩三被捕的消息传出,引燃了群众心中奋起反抗压迫的怒火。第二天早晨,县立高小和师范讲习所的 200 余名师生包围了县公署,要求立即释放刘肩三。同日,商人罢市,近郊的农民提着扁担、锄头纷纷涌进县城,加入抗议行列。刘燮臣新官上任三把火,老百姓以"三桶水"进行回击:一是反对追缴旧欠;二是免征当年的田赋;三是立即释放刘肩三。老百姓一致声明一日不答复要求,一日不撤退。县公署被愤怒的群众里三层外三层地包围着,县公署的人出来挑水,水桶被群众砸得稀巴烂;出来买米,灾民们将随身带来的观音土、树皮、草根塞满米袋,让他们抬进去给不恤民情的官家尝尝。这次针锋相对的斗争持续了三天。刘燮臣也慌了,他意识到事态再发展下去,恐怕自己的性命都难保,只得把刘肩三放了。围堵县公署的群众振臂高呼,要刘燮臣出来当面给刘肩三赔礼道歉。刘燮臣哪敢出来? 昔日骄横的县知事在人民群众的抗议声中,作臣服状,连夜收拾细软,从县公署后门逃之夭夭,坐船去了南昌。

被释放的刘肩三来到群众中间,现场一片欢呼。刘肩三告诫大家,刘燮臣是不会罢休的,我们不能让恶人先告状。于是,他连夜主持起草了一份《告旅省都昌同乡书》,第二天派代表去南昌唤起舆论支持。刘肩三自拟了一副对联——此去莫绕三寸舌,再来不值半文钱,并把对联贴到县公署的大门上,过往的行人见了都会心一笑。

第二年春,江西督军蔡成勋派了两名委员到都昌催缴五年旧欠。刘肩三再次发动群众打了县公署,赶走了这两名催办粮赋的委员。这次斗争让刘肩三品尝到了团结劳苦大众做斗争并取得胜利的喜悦。

加入党组织

加入中国共产党最早的都昌人,当数土塘人冯任(1905—1930)。冯任的入党时间是 1924 年下半年,当时他 19 岁。1921 年 8 月,16 岁的冯任考入南昌的江西省立第一师范学校。1924 年 5 月,他加入社会主义青年团,6 月在南昌成为共产党员。冯任曾先后任中共江西省委常委兼秘书长、宣传部部长,代理中共湖北省委书记。他是民主革命时期都昌乃至九江籍人士在党内任职最高、资

历最老、影响最大的革命烈士,是中共早期革命活动家之一。

1926 年 4 月,刘越、刘肩三、谭和、王叔平、刘聘三在县城南山庙内召开党员会议,秘密成立了中共都昌第一个党小组,刘越任组长,直属中共南昌特支领导。我们来梳理都昌党组织五位创始人的入党时间:入党最早的是谭和,1925 年经冯任介绍,都昌人谭和、向义(法宜)等在南昌加入中国共产党。后来担任都昌县第一任县委书记的刘越先是在 1925 年由恽代英推荐,以省立第一师范学校的学生、共青团员的身份,在广州农民运动讲习所参加了由彭湃主办的第五期学习班;1925 年底结业返回江西后由团员转为中共党员,随后被派往景德镇与向义一起建立共产党小组。1926 年元月,刘越被改派回家乡都昌,筹建党的组织。刘越和刘肩三同为汪墩刘氏家族子弟,有一种说法是刘肩三在汪墩蒲溪小学任教时,短暂教过比他小 11 岁的刘越,两人有师生之情。刘肩三追求革命的志向,刘越早有所知。1926 年 8 月,刘肩三成为刘越到都昌后发展的第一名党员,也可以说是在都昌本土入党的第一名党员。有地方党史资料记载,时任县实业局局长刘肩三、县立高小教员王叔平、县券蓄所券蓄员刘聘三皆是在 1926 年 3 月由冯任、刘越在南昌参加国民党江西省第二次代表大会期间介绍加入中国共产党的,并成为跨党的国民党党员。

刘肩三 1926 年加入党组织,是年为虎年,34 岁的刘肩三可谓虎虎生威,在初期农民运动中大显身手。一是办平民夜校。党小组成立会议上决定由刘肩三在以汪家墩、徐家埠、湖洲山为中心的农村地区负责开展农民运动。1926 年 4 月,刘肩三回到老家汪墩,在蒲塘庙和茅圫村办起两所平民夜校,亲自给农民上课,名义上是借江西推广的"平民教育促进会"教文化知识,实际上是提高贫雇农的阶级觉悟,激发他们的革命热情。1926 年 3 月 19 日,刘肩三作为都昌代表,赴南昌参加了国民党江西省第二次代表大会,跟赵醒侬、方志敏学到了更多的革命道理和方法。五天后,会议结束,刘肩三在县实业局后面的圣庙里,协助刘越举办了两期党务训练班,培训了 90 余名农民运动骨干,日后成了风起云涌的都昌农民运动的火种。1926 年 4 月 26 日为农历三月十五日,是民间信奉的观音菩萨的生日,汪墩街上热闹非凡,有看戏的,有赶集的。这种群众聚集的场合,成了刘肩三站出来宣传革命道理的最佳场所,以至在场的群众干脆不要戏班子唱戏,而把刘肩三请到台上做慷慨激昂的演讲。

二是粉碎"办平籴"。1926 年闹春荒,汪墩的大劣绅刘世容要老百姓出钱设立"办平籴",即让老百姓凑钱由他出面去下江籴谷度荒。他用自家的陈谷兑换买来的好谷,且大斗进,小斗出,从中牟利。刘越、刘肩三等人组织老屋、茅垅、后垅等村的 200 多名农民找刘世容算账,最终群众把谷子都分了,"办平籴"的几个劣绅也吓跑了。

三是反"钱粮柜"。时任北洋军阀政府的都昌县知事傅运焱利用"钱粮柜"向群众派捐派款,敲诈勒索,从中贪污几千块银圆。傅运焱趁调任崇仁县知事之机,准备一溜了之。刘肩三牵头组织学校教员和工商界人士成立清算委员会,到县公署算账。傅运焱百般抵赖,刘肩三发动师生和农民组织请愿团,将县公署团团围住,并冲进去打掉了钱粮柜。傅运焱假装答应要求,连夜夹着尾巴逃往省城。刘肩三组织群众猛追,亲自带着农民协会会员赴省城与傅运焱打官司,弄得他的乌纱帽都丢了,直至卖了南昌的房产付赃款。

反"钱粮柜"以彻底胜利而结束,刚刚成立的都昌党组织在斗争中得到了锻炼,赢得了人民群众的支持。

4. 汪墩乡后垅村：刘肩三和他的红色家族（三）

刘述尧烈士的故事

刘肩三兄弟三人中，他和二哥刘贤扬为党捐躯，留下烈士英名光照千秋。刘肩三的大哥刘贤振，是三位英雄的父亲：他的三个儿子刘述尧、刘述舜、刘述禹，皆为革命抛头颅、洒热血，忠勇家风万代传。

刘述尧，又名东山，1902 年农历八月初六出生于汪墩乡后垅村，少时读过数年私塾。刘述尧走上革命道路的引路人是他的叔叔刘肩三。刘肩三 1926 年上半年在汪墩创办平民夜校，国共合作时期在县城开办"中国国民党都昌县党务培训班"，刘述尧参加了学习。随后，经刘肩三介绍，刘述尧加入了中国共产党。1927 年 2 月初，刘述尧参加都昌县第一次农民代表大会，当选为县农民协会执行委员；当月底，赴南昌参加江西省第一次农民代表大会，遭遇了他人生中的第一次被捕。

1927 年春，国民党已开始露出狰狞的面孔——追杀共产党员。国民党获悉共产党在南昌召开全省农民代表大会的情报，便在进入省城的通道设卡检查。刘述尧身材高大，又有文雅之气，即便当时装扮成贩布的商人，在乘轮渡经过湖口时，还是被国民党的查卡人员怀疑。刘述尧遭到了毒打和审讯，但始终不对自己的身份暴露一字。刘述尧妻子的二哥陈茂珍冒死前往营救并做担保，始终问不出任何信息的敌人只得将刘述尧释放。刘述尧如期参加了江西省第一次农民代表大会，结识了著名农民运动领袖方志敏、邵式平，革命意志更加坚定。

1927 年，蒋介石发动了四一二反革命政变，血雨腥风笼罩中华大地。当年 6 月，都昌人民自卫大队副大队长刘天成叛变革命，刘述尧在赴县城汇报工作时再次被捕，被刘天成投入监狱。面对敌人的严刑拷打，刘述尧不屈不挠。刘天成惧怕农民协会报复，不敢随意加害刘述尧。经党组织多方营救和族亲担保，刘述尧最终被刘天成释放。刘述尧出狱后回到家中，受了压杠酷刑的双腿溃烂，流脓水，伤口还长白蛆。沾亲的郎中、革命者谭洪商用中草药为他敷治，妻子陈玉梅悉心照顾他。过了好久，他才痊愈。

刘述尧在农民运动中淬炼成钢。鄢家坂有个叫刘芬阳的大地主，因为领教过农民打土豪的厉害,对刘述尧恨之入骨。大革命失败后,刘芬阳便组织地方武装对农民协会进行反扑。有一天,他带人突袭后垅村,将刘述尧抓了起来。当地农民协会闻讯后积极营救。当天,刘芬阳年幼的儿子"失踪"了,他还接到了一份帖子,称如不赶快释放刘述尧,他儿子就会永远"失踪"。刘芬阳被吓得第二天就将刘述尧释放了。

1928年9月,谭和受命到都昌整顿恢复党组织,刘述尧当选为中共都昌临时区委组织部部长,区委临时机关一度设在刘述尧的家里。1928年底,刘述尧带领十余名共产党员,将国民党县党部党委、反共骨干周梦昌处决,并机智地利用都昌国民党右派之间的内部矛盾。周梦昌被处死后,国民党狗咬狗斗争持续了较长的一段时间。1929年底,中共都昌临时县委遭到严重破坏,不少共产党员被捕。县委书记刘梦松逃脱后,刘述尧临危受命,被组织指定代理中共都昌临时县委书记,负责处理县委机关破坏后的善后事宜,组织党员进行更加隐蔽的地下斗争。1930年1月,受组织安排,刘述尧离开都昌,赶往设在湖口的赣东北革命委员会。该委员会是赣东北区域临时革命政权机构,委员有邹觉民、周庚年、钱成九等。其时,刘述尧的叔叔刘肩三也是这个组织的委员,但人不在湖口,未到职。刘述尧曾任在湖口县成立的中国工农红军赣东北第一游击大队指导员,大队长为周庚年。三个多月后,刘述尧在湖口壮烈牺牲,年仅28岁。

关于刘述尧牺牲的经过,邵天柱先生在"刘述尧传略"中如此描述:

1930年4月21日晚,由于刘述尧的房东、叛徒王南云告密,并引来都昌反共自卫人队孙光林中队,从大港涧翻山到湖口,突然包围刘述尧工作的王家舍村。刘述尧不幸被捕,当即被砍杀在村口斗丘田中。由于夜间受刑,刘述尧侥幸未死。当敌人去摆庆功宴后,刘述尧苏醒过来,他首先想到的是通知同志,揭露叛徒的嘴脸,让未暴露的同志迅速撤退。于是他不顾刑伤的痛楚,先后爬到沈祜村、沈谱村。为了避免连累群众,他始终不肯进群众家中躲避。短短两三里路,他爬了四五个钟头,最后昏迷在沈谱村后的芭茅沟里。天亮后,敌人为了报功,到刑场砍烈士的头颅,才发现刘述尧已经不在。他们便沿着血迹寻到了沈谱村后的芭茅沟,将昏迷的刘述尧重新逮捕。刘述尧重新落到敌人手中后,竟器宇昂扬地站了起来,怯懦的敌人将刘述尧押到沈祜村前的港边,残忍地用柴刀活活地将刘述尧的头颅割了下来,并带到湖口和都昌徐埠示众。刘述尧牺牲后的同年9月,红十军首次来到都湖边境,红军将士为烈士的精神所振奋,并

在刘述尧的牺牲地举行了隆重的追悼大会,将烈士的忠骨重新收殓安葬。

1933 年出生的陈千姣老奶奶今年已 89 岁高龄,老人身体硬朗。她讲述了从她婆婆、刘述尧的妻子陈玉梅口中听来的关于她公公刘述尧的生前身后事,其中有感人的细节、动情的人性和义薄云天的悲壮。

刘述尧根据党组织的安排,由都昌县委书记调往设在湖口县城山大屋沈村的赣东北革命委员会,成为实际的领导者。当时,他的主要工作任务是执行中共赣东北特委的指示,具体负责组织革命武装,做攻打中心城市——九江的准备。在赴湖口前,刘述尧已深感此行危险。临行前一晚,他趁黑半夜回到后垅的家中,作别年轻的妻子和 1 岁 3 个月的儿子。1929 年的是夜,大雪纷飞,北风呼啸,悄悄进家门的刘述尧不敢住在正屋,而是住在猪栏边的一间偏屋里,门口用柴垛堆到屋檐,既挡风雪,又掩人耳目。天还未亮,刘述尧便深情地吻别幼儿,动身踏上新的征程。妻子陈玉梅与夫泪别,诉说着她前天在庙里求了菩萨,所抽的签上预示凶兆在北方。妻子哀婉地劝说丈夫不要往北方的湖口去闹革命,刘述尧轻声应了一句:"咱是党的人,不管南方、北方,党叫我奔向哪,哪就是我的前方!"妻子冒着风雪泪眼婆娑地将刘述尧送到村头背口岭,目送着丈夫奔赴湖口。

刘述尧 1930 年 4 月 22 日牺牲。数月之后,他遇害的消息,是由邻村鄢家坂一个当时在都昌国民党自卫大队队长陆士郊手下谋职的刘荣庭口里传给妻子陈玉梅的。当时刘家没个顶天立地的男人出来做主。其时,刘述尧的大弟刘述舜去了横峰葛源,在忠发学校(赣东北省委党校的前身)学习,小弟刘述禹在红十军中给三叔刘肩三当警卫员,家中的陈玉梅与婆婆侯次英两个女人撕心裂肺地哭作一团。坚强的陈玉梅抱定一个信念:死要见尸,让丈夫魂归家园。

随后,族中小名叫"二矾"的刘圣浪,也带来了刘述尧的头在都昌示众后被埋在徐埠的消息。刘圣浪在新桥街周边做些小生意,平日里也走村串户地贩牛,世面见得多些,各路消息也灵通。陈玉梅连夜在油灯下纳了一双布鞋送给刘圣浪,以恳请他帮忙将族孙辈的刘述尧的尸首迎回家葬在祖坟山上。过了数日,陈玉梅靠搓麻绳换钱,还卖了两担谷,又在娘家庙前陈家找亲友借了些路费,哪怕历尽艰辛,也要让丈夫刘述尧归来。陈玉梅让刘圣浪用独轮车推着缠了足、哭干眼泪的她,赶赴徐埠寻找丈夫的首级。刘述尧的头颅埋在徐埠石桥下面的草洲下,刘圣浪找当地的知情人很容易辨认出刘述尧头颅的葬处。陈玉梅认出这颗人头就是丈夫刘述尧的,因为丈夫小时与人打架,眉骨有伤痕。她悲痛欲绝地用长襟衣褂兜着丈夫的头颅,用乡间最虔诚、最朴素的方式在返回的途中一路喊魂:"述尧啊,你跟我回到家里来哟……"刘述尧取回的头颅暂时安放在靠近村里大禾尚屋宅的一个砖砌的正方形坑里,刘述尧的尸体葬在湖口遇害处的湖滩上。第二年下半年枯水季节,陈玉梅带着攒的盘缠,再次踏上寻丈夫尸首之途。同行的有刘圣浪和她娘家的兄弟侯寿增,三人好不容易找到湖口县武山乡沈谱村,将刘述尧的尸体移归后垅,与头颅合葬于故土。

2020年10月3日,刘述尧的孙子刘共平、刘共舟、刘共智和孙女刘共霞在母亲陈千姣的带领下,来到爷爷刘述尧当年的牺牲地——湖口县武山乡王家舍村,凭吊亲人,缅怀先烈。在走访村里的老人时,听到了更多关于刘述尧牺牲时的情景的讲述。1930年1月成立的赣东北革命委员会,后改称湖口县工农武装委员会。4月21日,刘述尧在王家舍村附近山上一座庙宇里召开会议,由于叛徒出卖被国民党捕杀。当时被捕的有10余名共产党员,当晚押到村头斗丘田中。国民党头领用拐杖点地,他点一下,手下便用柴刀砍下一人的头颅。草菅人命的国民党反动派以杀人为乐事,点了7下,7名共产党员的头颅落了地。后来他们逼迫王家舍村的一个村民用谷箩挑共产党人的头去向上司领赏。村民说头数逢单,扁担两头负重不一样,于是国民党又杀第8个人,即刘述尧。8名共产党人的鲜血染红了斗丘田下的一方池塘。天黑收场,匆忙之间,最后被杀的刘述尧侥幸未死。第二天天未亮醒了过来,他用毛巾遮住头颈部的刀伤处,到两三里远的沈谱村一户正煮粥的农户家,讨了点儿米汤吃。农户不敢收留刘述尧,她家小孙子将满身血渍的刘述尧带到村外一芭茅丛中隐匿。不一会儿,毫无人性的敌人清点人头领赏和示众,发现八人中少了一人,遂顺着血迹找到这家农户,逼他们交出"共匪",小男孩吓得给敌人带路。敌人找到了芭茅丛中昏迷的刘述尧,残忍的反动派将刘述尧拖至一沈姓村庄的港边,用当地的砍柴刀割下刘述尧的头颅,并用铁丝穿洞,系着刘述尧的两耳,提到都昌大港街、徐埠街等地示众。后来,地下党组织收缴王家舍一大户人家的棺材,将他的无头尸体草草收殓于牺牲地。

1971年,湖口县武山乡在王家舍村不远处兴建了一座容量为300万立方米的水库,为纪念刘述尧将水库命名为"东山水库",也称龙潭涧水库。

刘述尧烈士的传略收录于《江西英烈谱》《都昌县志》(1993年版)、《都昌英烈》等书籍,其红色故事激励后人砥砺奋进。

5. 汪墩乡后垅村：刘肩三和他的红色家族（四）

革命烈士刘肩三是江西五四运动期间的学生领袖之一，1926 年 4 月成立的都昌党组织的五位创始人之一，曾先后任余干县委书记、都昌县委书记、都湖鄱彭四县总指挥、红十军第 7 旅政委兼政治部地方工作部部长。其事迹收入权威典籍《中共党史人物传》。刘肩三一门五英烈，其中三位担任过都昌县委书记，红色家风千秋传。本文讲述刘肩三参加农运和工运时的革命故事。

农 运 先 锋

刘肩三 1926 年初加入中国共产党。在他生命的最后五年，他始终以钢铁战士的身姿战斗在对敌斗争的一线。其间，剧变大潮中的每一个重大事件，在鄱阳湖畔的都昌县都激荡起波浪，而共产党人刘肩三就是一个革命大潮的弄潮儿。1926 年 7 月 9 日，北伐战争正式开始，提出了"打倒列强除军阀"的口号。我们先来追寻刘肩三在北伐前后的革命人生轨迹。

刘肩三对国民革命军在广州出师北伐感到很振奋，他奔走四方，号召都昌广大农民迎接革命高潮的到来。1926 年 10 月，刘肩三在他任职的县实业局主持召开了县城党员大会，研究迎接北伐军的到来和防止军阀孙传芳、邓如琢部撤退时抢劫的措施。随后，刘肩三策动了 9 个警察携枪起义。11 月中旬，北伐军攻克九江，孙传芳所属的刘保雷部狼狈地乘民船绕道鄱阳湖，经都昌、彭泽往安徽败退。当途经都昌时，刘肩三发动农民协会会员沿途阻击，缴获各种长枪 10 余支，迫击炮 2 门。12 月初，刘肩三组织民众在县城扣押了都昌县知事陈伟迹，从此结束了北洋军阀在都昌的统治。

北伐军进入都昌，国共合作的国民党都昌县党部由秘密转为公开，并敞开大门，大力发展党员。一些在地方上有一定势力的人物先后加入国民党，他们中有相当一部分人后来走向了革命的对立面。其时，刘肩三当选国民党都昌县党部委员兼农民部部长。在共产党都昌县委组织里，刘肩三当选县委委员、组织部部长。

随着北伐战争的胜利和革命高潮的到来，都昌县农民运动又有了新的发展。1927年2月8日,都昌县农民代表大会在县城陶公庙(今县实验小学校园内)召开,会上选举刘肩三、陆方奇、戴熙广为县农协常委,其侄子刘述尧为9个执委之一。1927年2月20日,江西第一次全省农民代表大会在南昌召开,都昌的周梦昌、刘述尧、王宗唐、刘秉章、戴熙广、刘书炳、向葵作为都昌农民协会代表出席了会议。戴熙广还被大会选为13名执行委员之一。方志敏作为省农民协会秘书长在此次会议的工作报告中指出:全省85个县有51个县成立了农民协会,会员38万人,江西走在全国前列。其时,都昌农民协会有会员5万余人,约占全省的13%。刘肩三作为都昌农民协会的具体组织者之一,大显身手,堪称先锋。1927年3月上旬,刘肩三在县城城隍庙门口的场地上,主持召开了千人大会,做了《打倒土豪劣绅,打倒贪官污吏》的报告;会后,让全县有名的劣绅刘云亭游街示众,农协会员扬眉吐气。

转战外乡三年

纵观刘肩三的革命生涯,他在家乡都昌这片热土上成长,把革命的火种撒遍都昌以及赣东北大地。他从事革命的策源地主要在都昌,但1927年8月至1930年8月,他将一颗革命的火种在他乡点燃。经不同岗位磨砺,刘肩三的党性得到锤炼,才干得到提升。

1927年蒋介石在上海发动"四一二"反革命政变,汪精卫在武汉发动"七一五"反革命政变,轰轰烈烈的大革命运动失败了。都昌反共"五人团"指控刘肩三、谢宝树(国民党政府县长)、谢式楠(时任江西水上公安局第一局长兼游击队第3支队队长)为"祸县罪魁",致使都昌"械斗不绝、逮捕不息,无绅不劣、有土皆豪",要求"国民政府迅令援赣义师,剿灭共孽,并将该逆谢、刘等通电缉拿"。随后,刘肩三、刘聘三、谭和、谭洪商、刘述尧、刘述舜等33人遭通缉。在风雨如晦之时,为保存革命力量,刘肩三被迫离开都昌,到处寻找党组织。

1927年8月,刘肩三在鄱阳听取了中共赣东北特委传达的党的八七会议精神后,被党组织派往余干县担任县委书记。据1959年编印的《余干县人民革命斗争史》载,刘肩三化名老张,以米商的身份来到余干县,到各地联络党员,整顿基层党组织。1928年4月,余干县委正式恢复,下辖4个区委和1个县城特支。刘肩三带领县委主要从事三个方面的重点工作。一是积极发展党员。在群众中通过"上名字"活动,建立党的外围组织,扩大革命队伍,创造武装暴动和建设

革命政权的条件。二是为弋横根据地收购、输送武器弹药。为了将收聚来的军械物资安全送到根据地,他们采用用藤椅或竹床抬"病人""死人",装成小贩用麻袋挑"鱼干",用土车推晒簟等方式做掩护,秘密运送长短枪和子弹到弋阳方家墩等红色区域。三是筹集根据地所需的各种物资。千方百计筹集到的布匹、食盐、药品等,有力地支持了弋横根据地的发展。

1928年底,刘肩三调中共信江特委任特委委员,不久派赴上海学习工运经验。刘肩三在都昌有从事工人运动的短暂经历。那是1927年2月底,都昌县第一次工人代表大会在县城豹公祠召开,到会代表50余人。会上,刘肩三、刘聘三分别做了报告,随后成立的都昌县总工会组织运输、烟业、理发、船业等行业相继成立了工会,有会员400余人。刘肩三在上海参加半年的工运经验学习,磨砺了斗志,开阔了眼界,增长了才干,使他后来在景德镇从事工人运动时如虎添翼,得心应手。

在江西革命战争年代的舞台上,瓷都景德镇无疑是工人运动的中心。景德镇是都昌人聚居的码头,有"无都不成村"之说。二十世纪二三十年代的景德镇以封建帮会成立的商会,由窑帮、徽帮、杂帮联合操纵。所谓窑帮,指的是"都昌帮",统治着瓷业生产;所谓徽帮,统治着瓷业彩绘和百货业;所谓杂帮,统治着瓷土和其他原燃料的运输。大革命时期和土地革命时期都昌人在景德镇的分量,从当时瓷商界按家产多少分出的诨号可知:"三尊大佛",都昌有前两尊;"四大金刚",都昌有前两大;"十八罗汉",都昌占了九个。1926年2月,中国共产党景德镇党小组在城郊南山沙陀庙成立,创始人就是都昌汪墩人向义(又名向法宜)。刘肩三1929年7月从上海返回景德镇从事工人运动,关于他在这段时期的为期一年的工作情况,我查阅了《中国共产党景德镇地方史》(第一卷),没发现具体记载,主要原因是当年的刘肩三是以秘密身份来到景德镇从事工人运动的。刘肩三化名张定东,以同乡的关系经常深入窑场、坯房、匣钵厂和工人交朋友,秘密发展党团和工会组织。1930年7月6日,由于地下党和工人们里应外合,方志敏率领的赣东北红军独立团轻而易举地占领了景德镇,支援工人暴动。为了扩大红军队伍,壮大革命力量,红军在景德镇开展了轰轰烈烈的扩红运动,通过大力宣传,数天内就有1000余名(一说2000余人)瓷业工人和其他贫苦群众踊跃报名参军。其时红十军下设一、十、十九三个团,刘肩三任第19团政委。1930年9月初,红军第二次出击赣北,经鄱阳肖家岭回师景德镇,9月

21 日由景德镇抵乐平众埠街龙头山进行扩编。红十军有 6000 余人(一说 4000 余人),改设一、四、七三个旅和一个特务团、一个机枪营,刘肩三改任第 7 旅政委兼地方工作部部长。红十军在景德镇的两次扩编中,其中有整连、整营的都昌籍瓷业工人加入红军,可以说刘肩三在扩红中,为红十军的壮大做出了不可磨灭的贡献。

6. 汪墩乡后垅村：刘肩三和他的红色家族（五）

悲壮的红十军

中国工农红军第十军是由方志敏、周建屏、邵式平等人于 1930 年 7 月创建的闽浙赣革命根据地的主力红军，1935 年几乎全军覆没。在这支英勇且悲壮的红十军队伍里，刘肩三曾先后任团政委、旅政委兼地方工作部部长，更有数千都昌热血男儿在这支肇兴了赣东北的部队里，为党捐躯，杀身取义。让我们来追寻这支英勇的钢铁之师的辉煌而艰难的历程。

以"十"为序编军列。在红十军成立前，中国共产党领导的中国工农红军已发展到九个军。1930 年春，当时在上海的党中央执行的是"立三路线"，命令赣东北迅速扩大红军，组建红十军，组建后立即出击赣北，以便配合其他红军，形成一个对南昌、武汉中心城市的包围圈，"争取一省或数省的首先胜利"。6 月 20 日，中央军委长江办事处根据中央指示决定：弋阳（注：原命令行文错写成浔阳）、湖口、鄱阳一带红军应立即集中，正式成立红十军，猛烈扩大，以切断长江为主要目的。其时，中共信江特委和赣东北特委组合成新的赣东北特委，唐在刚任书记。中共赣东北特委根据中央指示，在乐平着手编制红十军。

红十军的建军典礼在 1930 年 7 月 22 日举行，典礼地点设在乐平县南界首村。红十军的组成以方志敏、邵式平、周建屏等人领导的江西红军独立第 1 团为基础，把赣东北部分地方赤卫队及驻湖口县的赣东北第一游击大队编入红十军，以便统一和集中赣东北的武装力量，便于调动和实现中央的要求。全军编 1、10、19 团，另编一个特务营、一个机枪连。全军共有指战员 1700 余人，长短枪 1000 余支。军长是周建屏，政委是邵式平。红十军设立了前敌委员会（简称前委），中央军委指定胡庭铨任前委书记，周建屏、邵式平等 7 人为常委。第 1 团团长颜文清；第 10 团团长龙志光，政委为叶蓉；第 19 团团长匡龙海，政委开始时为王樵，后由刘肩三担任。

刚刚组建的红十军带着"夺取鄱阳则可震动南浔，占领湖口则可切断长江"的任务，于 1930 年 8 月中旬首次出击赣北，相继攻克乐平县城、鄱阳县城和取得湖口"江桥大捷"。10余天后的9月5日,周建屏率领出击赣北时亦有伤亡的红十军,经都昌张家岭、大港和鄱阳肖家岭回师景德镇,返回赣东北根据地。

1930年9月中旬,根据邵式平从上海带来的中央新指示,扩编红十军,为红十军攻打九江、截断长江,配合攻击南昌做准备。在中央"左"倾指令的压力下,方志敏等坚持正确主张的同志为少数,以至方志敏被排斥在行政委员会常委之外,任候补常委。1930年9月21日,红十军由景德镇返抵乐平县众埠街龙山头进行扩编,扩编后的红十军有6000余人,1600余支枪,前委书记邵式平兼政委,军长为周建屏,参谋长为舒翼,辖一、四、七三个旅,刘肩三任第7旅政委。1930年10月2日,红十军从乐平出发,兵分两路,第二次出击赣北,在都湖鄱彭地区建立和恢复了当地党组织、苏维埃县政府,组织了赤卫队。

红十军两次出击都昌

红十军曾两次出击都昌,在这片热土将革命之火熊熊燃烧。作为红十军创建人之一的刘肩三,先担任红十军团政委,后担任红十军旅政委兼地方工作部部长。军营里的刘肩三飒爽英姿,斗志昂扬。

红十军第一次出击都昌是1930年8月下旬。其时,红十军接到中央命令——打通长江,夺取南昌。军长周建屏率领红十军于8月20日攻克乐平县城,25日直取鄱阳县城。国民党鄱阳县县长姜伯彰带着数名随从乘船仓皇逃到都昌城郊的况我庵躲避。红十军长驱赣东北,连取乐平、鄱阳后,直奔都昌。国民党都昌政府县长石铭勋急电江西省政府主席、南昌行营主任鲁涤平寻求支援。鲁涤平电令驻在永修吴城的"红屡"舰开到都昌,掩护地方驻军在徐家埠一线堵截红十军。红十军的战略意图是"夺取九江,截断长江",所以并没有攻打都昌县城的部署。8月31日,红十军在鸣山马涧桥与都昌国民党保安队的孙光林部短兵相接,孙光林部在红军前后夹击下溃不成军,被活捉20余人。周建屏带领红十军进驻徐家埠,刘肩三率第19团奔袭20余里,在汪墩排门村烧毁了国民党将领刘士毅家的房屋,处决了刘书会等土豪劣绅,并筹集了大笔款项。周建屏带领红十军从都昌直驱湖口,在江桥一带摆开战场。刘肩三带领的第19团驻扎在江桥南面靠近都昌边境的周同村一带,夹击国民党从鄱阳经都昌方向来的张超所带团。9月4日,红十军取得江桥大捷,全歼宋子文所属的缉私营和张超团大部,生擒敌团长张超,俘敌300多人,打死打伤400余人,缴获英国造

花伦马枪 200 多支、汉阳造新式步枪 500 余支、新式美制自动步枪 2 支、三节式重机枪 4 挺、子弹 2 晒筐。刘肩三任政委的第 19 团的武器原来基本上是梭镖和大刀,战士们手持缴获来的枪支,欢快地唱起"机枪生儿子,梭镖下了马"的歌来。1930 年 9 月 5 日晚,周建屏率领红十军经都昌张家岭、大港和鄱阳肖家岭回师景德镇,返回赣东北根据地。

红十军第二次出击都昌是在第一次回师的一个月后。1930 年 9 月 9 日至 15 日,中共赣东北特委在万年县富林召开扩大会议,传达邵式平从上海带来的中央新指示:猛烈地组织湖口暴动、彭泽暴动,占领马当,以切断长江交通。会上把抵制中央冒险主义指示的意见说成是右倾错误,方志敏被调去做苏维埃工作。红十军在乐平县众埠街扩编,辖一、四、七三个旅和一个特务团、一个机枪营,总编制 6000 余人,军长为周建屏,前委书记兼政委是邵式平。10 月 2 日,新扩编的红十军从乐平出发,经鄱阳挥师挺进都昌,驻扎在大港、蔡家岭、张家岭一带。邵式平、周建屏等军部领导在蔡家岭王成松家召开会议,制订了一个兵分两路、声东击西的作战方案。周建屏率第 4 旅和第 7 旅伺机袭击彭泽县城,占领马当。邵式平率领第 1 旅和特务团在都昌、湖口交界的蔡家岭、张家岭、西洋桥一线佯攻湖口县城,以吸引敌人火力,掩护第 4 旅和第 7 旅攻打彭泽县城。10 月 30 日,邵式平率部拔除湖口腹地坚山的敌据点,后经都昌张家岭、大港,开往鄱阳县石门街,与第 4 旅、第 7 旅会合。11 月 5 日,红十军奔袭安徽秋浦县城。鲁涤平迅即督促已进驻湖口、彭泽的敌 5 师主力开赴都昌徐家埠一线,联合安徽国民党 55 师向都昌蔡家岭、马涧桥,鄱阳油墩街一线追击红军。红军跳出国民党的包围圈回师景德镇,经乐平返回赣东北根据地。

建立都湖鄱彭根据地

刘肩三兼任都昌县委书记,是在 1930 年 10 月初。11 月 17 日,刘肩三英勇就义。在短短的 40 多天时间里,刘肩三让生命之花最后绽放于都湖鄱彭根据地。都湖鄱彭根据地的创建,使赣东北根据地扩大到皖赣边境,这片大地上炽热的红焰,让国民党反动派胆战心惊。

邵式平、周建屏率领红十军两次出击赣北,虽然在都昌、湖口、鄱阳、彭泽活动的时间不长,但产生的革命影响力巨大,不但打击了国民党军队的士气,狠扫了国民党地方政府的威风,而且鼓舞了人民群众参加革命斗争的信心和勇气。

刘肩三作为红十军三个旅之一的第 7 旅政委兼军政治部地方工作部部长,在家乡这片热土上,发挥着不可替代的作用。无论是开辟农村革命根据地,还是组织开展红十军的军事行动,刘肩三都找到了独特的用武之地。

在今天的蔡岭镇洞门村,仍保留着当年苏维埃政权成立时的一幢办公老宅。当年,洞门一带曾闪现着刘肩三为恢复都昌、湖口两县党组织和苏维埃政权,实行土地革命,建立根据地的身影。当时,在红十军前委的领导和支持下,地方工作部部长刘肩三、谭和、汪义发等人做地方工作,迅速恢复了都、湖、鄱、彭四县的县委组织。刘肩三化名张定东,率部队 750 余人开到并驻扎在都昌张家岭,刘肩三兼任都昌县委书记。其时,全县共有党员近 100 人,成立了徐家埠、蔡家岭、茅垅三个区委。县委领导下的都昌县革命委员会同时成立,地址设在蔡岭洞门口,汪义发任主席,目的是"发动广大工农群众组织地方暴动"。随后,县苏维埃政府也相继成立,仅都昌就建有 13 个区苏维埃政府(包含春桥苏维埃政府,其时属湖口县)。县区苏维埃政府成立后,积极号召和发动人民群众投入革命斗争,筹集军粮,监督敌情,支援红十军。同时发展革命红色武装,保卫苏区。都昌赤卫队发展到 1350 余人,打土豪分田地,广大农民斗争情绪高涨。1930 年 11 月中旬,都昌国民党政府保安队在陆士郊的带领下,纠集地方武装土枪队和地痞流氓 1000 余人,经土塘向蔡岭、洞门口的苏维埃政府发动进犯,与赤卫队激战。刘肩三闻讯带领红十军留下的特卫连和团山庙、张家岭区赤卫队一起反攻,激战一个多小时,毙敌 120 余人,缴获枪支 20 余支。

都、湖、鄱、彭四县县委在红十军地方工作部的支持下,很快形成了一个以武山为中心,包括都昌县大港、盐田、张岭、北炎、鸣山、徐埠、汪墩,湖口县流芳、江桥、舜德、株桥、武山、春桥(现属都昌),鄱阳县肖家岭、响水滩、草埠头、油墩街,彭泽县杨梓、黄土岭、唐家洲等地的武装割据区域,方圆达 500 余里,人口逾 100 万。

7. 汪墩乡后垅村：刘肩三和他的红色家族（六）

（一）

刘肩三在 38 岁壮年时为革命捐躯，魂系都湖鄱彭根据地。

在刘肩三血洒这片热土的半个月前，他接受了红十军军部交给他的一项新任务——担任都湖鄱彭四县总指挥部总指挥。当时的斗争形势是，1930 年 10 月，红十军在"立三路线"所谓"会师武汉，饮马长江"的冒险主义口号下，再次经景德镇来到都湖鄱彭地区。11 月，红十军在方志敏的坚决主张下，放弃强攻九江的冒险计划，撤回弋横老苏区。考虑到都湖鄱彭地区的群众基础较好，又有天然的武山山脉做地形上的倚借，党组织决定成立都湖鄱彭四县总指挥部，由战斗经验丰富的刘肩三任总指挥，并留下二三十个地方干部，配发枪支，带领赤卫队继续掀起这个地区的斗争热潮。

驻江西的国民党军第 5 师见红十军撤离，便纠集地方武装，开到鄱阳，对都湖鄱彭根据地进行疯狂的反扑。面对敌众我寡的严峻的斗争形势，刘肩三决定暂时撤退总指挥部，做上山打游击战的准备。且来回溯刘肩三就义前最后五天的生命轨迹：

1930 年 11 月 13 日，刘肩三到都昌蔡岭洞门口都昌苏维埃县政府所在地，布置上山事宜，并派人通知湖口县委、县苏维埃干部和赤卫队迅速向他靠拢，经彭泽随总指挥部向鄱阳肖家岭方向撤退。

11 月 14 日，湖口队伍接指令赶到彭泽黄板桥，与刘肩三会合时，被敌 5 师 28 团重重包围。刘肩三冲锋在前，与数十倍于己的敌人激战约 2 小时，我方伤亡惨重。刘肩三置自己的生死于度外，向自己的队伍下达的最后一个命令是：分散突围，上山重整！

11 月 15 日，刘肩三带着作为警卫员的侄子刘述禹在黄板桥一带与敌周旋。

11 月 16 日，弹绝的刘肩三叔侄两人在彭泽黄板桥上垄水桶港垄头路上遇敌被捕。

11 月 17 日，刘肩三、刘述禹高唱《国际歌》英勇赴死。关于刘肩三被俘后受审和就义的场景，党史专家邵天柱先生撰写的有关刘肩三传略有还原的细

节,兹录于下:

刘肩三不幸被俘后,押在彭泽县老屋湾陈村敌 5 师 28 团团部驻地屋后的马圈内。同时被俘的有我干部、赤卫队员 50 余人。彭泽县地下党员陈真,以伪区长身份保释了 20 余人。他正要设法营救刘肩三等人时,敌连长刘书炉到此查看我被俘人员时认出了刘肩三。

刘书炉系国民党将领刘士毅堂弟、土豪刘书会亲弟,对刘肩三早怀有杀兄之仇、烧屋之恨。刘书炉向团长姚纯指证刘肩三为红军旅政委,要求速杀刘肩三为其兄报仇。敌团长听说抓到了我红军旅政委,欣喜若狂,马上提审刘肩三。当姚来到刘肩三关押处问:"哪个是刘肩三?"刘肩三见自己已被敌人认出,毫无惧色,当即泰然回答:"是我!"敌人问其为什么要烧刘士毅的房屋。刘肩三义正词严地说:"他(刘士毅)在赣州杀害我多少同志,不是我要烧,是江西三千万人民要烧!"此时,刘书炉插嘴道:"你现在被我们抓到这里,总算是失败了吧?"刘肩三从容地回答:"从我个人来说,是暂时的失败了,但是我们的事业是永远不会失败的!"

刘书炉见此,便假惺惺地用封建宗族情分劝降刘肩三,说:"肩三,你带红军烧了刘士毅的屋,我们不怪你,而且蒙你故意留下修吾叔的屋没有烧,我们很感激你……我们毕竟是一家人,就不要执迷不悟吧!"刘肩三当即正色回驳说:"我们之间,根本就是敌对的,我要你感激什么!今天我既被你捉到了,就只有杀的一条路,就像我捉到你对你一样!你杀了我不要紧,革命照样成功!"随即,将刘书炉大骂了一顿。刘书炉又恼又羞,悻悻地说:"该死的东西,马上要杀你的头,看你硬!"1930 年 11 月 17 日早饭后,在关押刘肩三的地方传来了痛骂国民党的声音。不一会儿,刽子手将刘肩三、陈真等 23 人五花大绑地押了出来,刘肩三神色泰然,一路上唱着《国际歌》走向刑场。

刑场就在离村不远的李家山口六升田里。刑前,敌人问刘肩三还有什么话说。刘肩三对在场的反动派和被胁迫来的群众慷慨陈词,他痛斥国民党反动派屠杀工农、摧残革命的罪行,号召人民群众不屈不挠地同敌人进行斗争。当时,有一位农民出身的同志喊了一声"冤枉"。刘肩三立即厉声说:"什么冤枉,为革命而死,死得无上光荣!"敌人恼羞成怒,号叫着开枪。刘肩三用最大的力气,连呼"共产党万岁!"

在刘肩三孙辈的讲述里,有不少在烈士正传中没有记载的关于刘肩三牺牲时的感人细节。刘肩三在组织都湖鄱彭四县总指挥部撤往山上打游击,在彭泽黄板桥遭敌军重重包围后,他首先镇静地安排警卫排长刘贤信通知可以行动的

几十位同志,命令三人一组,分头突围。他和警卫员刘述禹骑一匹马,往敌人最密集的地方冲去,主动吸引敌人的火力,直到向敌人射出枪膛里的最后一颗子弹。刘肩三身边的那匹战马,他从担任红十军团政委一直跟随他左右。这匹笃诚于主人的马,无论刘肩三怎样驱赶它,让它逃生,它都始终伴着主人不离不弃。刘肩三被捕后,国民党士兵认为抓住了一个骑马的,肯定是个"大官",他身上会有钱有物,可搜身时,仅从刘肩三身上搜出一块旧手表,一个系在腰带上的洋瓷碗。敌人在查出刘肩三的身份审讯他时,问他:"一个堂堂的旅政委系个破碗干什么?"刘肩三轻蔑地回答:"我们红军和你们国民党不一样,我们是官兵一致,这碗是用来吃饭喝水的。"刘肩三烈士的身上体现出的崇高精神,不仅有大义凛然、视死如归,还有可贵的清贫操守、洁廉风范。就在刘肩三就义的两个多月前,他率第 19 团回故乡汪墩,烧了军阀刘士毅在排门刘村的房屋,处决了刘书会等反革命劣绅,筹集了大笔军款。他经后坑村过家门而不入,只是托老乡带了一块银圆给老母亲看病,随即追赶大部队投入战斗。

刘肩三牺牲后,都湖鄱彭根据地也遭到敌人的疯狂围剿。在残酷的斗争中,刘肩三的这种精神激励着后来人高擎革命旗帜,踏着烈士的鲜血奋勇前行。都湖鄱彭根据地的红军游击队,在共产党的领导下,开展了三年艰苦卓绝的游击战争,一直到武山雄鹰翱翔于英勇抗日的高空……

(二)

刘肩三"一门五烈",浩气长存。刘肩三的二哥刘贤扬(1890—1937)幼时知性通达,早年教书,受刘肩三影响参加革命,曾在大港、蔡岭及湖口等地担任农会秘书,后被国民党当局被捕入狱,受尽折磨,坚贞不屈。刘贤扬被释放后,身体极为虚弱,在汪墩阳家港学堂教书维持生计,仍致力革命。1937 年 5 月 16 日刘贤扬在家中死去,时年 47 岁。公开出版的党史书籍中,关于刘贤扬烈士牺牲于 1930 年的记载有误,经查阅宗谱和访谈烈士后代,准确的年份是 1937 年。1930 年 4 月 22 日,刘肩三的大侄子刘述尧在湖口壮烈牺牲(本系列"之八"已详述),时年 28 岁。1930 年 11 月 17 日,刘肩三和他的 17 岁侄子刘述禹(又名西山)同一天牺牲于彭泽黄板桥。

这个红色家族"一门五烈"中的另一烈士便是刘述舜。同叔叔刘肩三、胞兄刘述尧一样,刘述舜也曾担任过中共都昌县委书记。1931 年 3 月 14 日,刘述舜在都昌县城慷慨就义,时年亦为 28 岁。

8. 汪墩乡后垅村：刘肩三和他的红色家族（七）

刘肩三烈士的妻子成冬姣（1894—1970）是一位坚强伟大的女性，特别是丈夫在 1930 年 11 月牺牲后，她带着 9 岁的儿子刘继忠（乳名铜生）在国民党反动派"斩草除根"式的追杀中，历尽苦楚抚育烈士后代，淑德广扬，让红色基因代代相传。

成冬姣娘家也在汪墩。1914 年，美丽贤惠的成冬姣嫁给大她两岁的刘肩三。其时，刘肩三从南康府中学堂毕业，在家乡的蒲溪小学教书。在后来刘肩三投身革命的岁月里，成冬姣总是坚定的支持者、默默的奉献者。刘肩三最后一次与妻儿见面是在 1927 年 6 月，后遭国民党通缉未曾回过后垅的家。成冬姣最后一次近距离地感受丈夫的气息，不是见面，而是丈夫过家门而不入的叮咛。1930 年 9 月，刘肩三带领红十军战士烧了在赣南剿共的国民党将领刘士毅在汪墩排门村的房屋，处决了罪大恶极的反共土豪刘书会，途经后垅家门口，只是托警卫带了一块银圆给老母亲詹柳德治病，便日夜兼程地奔赴湖口与大部队会合。刘肩三同时给妻子捎来口信——敌人肯定会来报复，速带儿女逃离家乡！果然，红十军一撤退，国民党地方武装就将刘肩三等革命者老家的房宅烧毁，并四处张贴布告：活捉刘肩三妻儿者赏大洋 500 块，知其住处报信者赏大洋 300 块。1930 年 11 月下旬，丈夫刘肩三壮烈牺牲的噩耗传到了成冬姣的耳中，她似万箭穿心般痛苦。那时她带着一子二女躲在和合乡七房村的老外婆家，在外人面前强忍悲痛，滴泪不流。不久，两个女儿染上痢疾，在颠沛流离中相继夭折，令做母亲的成冬姣痛不欲生。她抱定一个信念：一定要把刘肩三的独子抚养长大，让烈士有后，将革命的火种传播下去。自此，成冬姣带着儿子走上了乞讨之路，四处躲藏，只为赓续烈士的血脉。

晚年的成冬姣常会向儿孙讲起那段苦难的日子，也有人间真情给以这对孤儿寡母慰藉。

一天早晨，一位共产党人的家属给成冬姣送来口信，说驻扎在汪墩排门村的国民党部队将派出一个排的兵力，去和合乡抓捕她们，成冬姣当即带着才 9 岁的儿子刘继忠外逃。走到东山乡（今大树乡），成冬姣看见几十个国民党的士

兵追捕过来,她慌忙中带着儿子躲进了一个大水塘。幸好水塘中间有一个地势较高的土堆,土堆上长满了高于人的巴茅草,可怜的母子俩一直藏在巴茅草丛中。儿子的脚趾被树枝刺穿了,年幼懂事的他忍着剧痛一声不吭。直到天黑,路上没有行人,成冬姣才带着儿子钻出巴茅丛。她含着泪洗净了过早历尽人间艰辛的儿子脚上的泥巴,鲜血模糊了伤口。她一口一口地把儿子伤口上的瘀血吸出来,再用破布绑起来。她带着儿子一走一瘸地赶路,不敢走大路,只能翻山越岭地走山路。母子俩相携着走了一夜,天边出现一抹曙光,才走到县城金街岭,找到丈夫生前的战友黄徽基烈士的家门前。黄母开门见是他们母子,赶紧把他们拉进门来,并将母子俩藏在她家房子的隔墙中间,悄声相告:"昨天好多国民党的兵到我家搜查了,你们娘俩真是命不该绝,要早一天来,就落入了他们的魔掌。"稍事休息了一下,黄母觉得此地不可久留,保不准国民党随时会过来搜查,她当即雇了一条小船,将成冬姣母子送往永修县松门山躲避。

有一天晚上,刘继忠突发高烧,手脚肿得像莲藕似的,可是因为无钱医治,母子俩也只能泪目相对。天亮后,乖巧的儿子对搂抱着他的母亲说自己不痛没事,衣衫褴褛的他又拿着讨饭碗和打狗棍出门要饭。没走多远,小继忠终于支撑不住昏倒在地,闻讯赶来的母亲在当地好心人的帮助下,将儿子抱回了栖身的破庙里。这时候儿子嘴唇发青,浑身滚烫,呼吸也变得沉重,手上和脚上肿毒化脓了。成冬姣不停用冷水给儿子擦洗,用嘴把儿子手上和脚上的脓血一口一口地吸出来,再用盐水洗伤口,这样总算将小继忠从死亡线上救了回来。在永修县吴城、吉山逃难的四年中,他们最怕冬天。刘继忠常年过着食不果腹、衣不遮体的日子,骨瘦如柴,一到冬天就冻得瑟瑟发抖。一贫如洗的成冬姣只能仰天祈祷,保佑她儿子平安长大。在那贫苦的日子里,她夜晚常常凝视着自己熟睡的儿子发呆。想到像他这样大的孩子,本该在学堂里读书,躺在母亲的怀里撒娇,可是现在每天却要跟着她过这种担惊受怕的日子,她轻拍着儿子瘦弱的身子,泪流满面。

1992 年,刘继忠的长子刘同颜调永修县任县长,这距祖母逃难到永修整整过去了 60 年。作为刘肩三烈士的长孙,刘同颜上任的第三天,就去了吴城镇的吉山,找到当地的四位 80 岁以上的老人。他们回忆,60 年前是有一个中年妇女,个子不是很高,带着一个身体瘦小的孩子,在这里要饭好几年。他们记忆中,中年妇女很聪明,会做很多农活,她做鞋换米,帮人春米砍柴;那个小孩帮范姓地主在湖洲上放了几头牛。在永修县吴城和吉山,烈士妻儿总算平安地度过了几年。刘同颜在永修县任职的 5 年内,年年都会去吴城镇的鄱阳湖河溪大堤防洪抢险,刘同颜对这片热土总是怀有一颗感恩之心。那时作为一县之长,他俯下身来为永修人民恪尽职守,对军烈家属总是关爱有加。

年底红军北上,国民党把主要活动放到"追剿"红军上,成冬姣觉得时局稍稳,便偷偷地躲回了家乡,暂时求得安全。回到家乡后,刘继忠在鄢家坂村替地主放牛,做农活,实际上是被当作规规矩矩、不走父辈闹革命之路的"人质"。成冬姣在家什么农活都干,犁田、耙地、割禾、砍柴,样样能干,乡亲们都夸她是女人中的"男人"。后垅村村民又帮他们在刘肩三老宅地基上搭建了一间 20 平方米左右的草舍,既住人又养牲畜。虽说条件艰辛,但至少母子俩不用再过居无定所的日子。就这样,母子俩守着几亩薄田艰难度日。

成冬姣在险恶的生存环境中,从人间待她母子的那份温暖中,感受到了丈夫刘肩三作为一名顶天立地的共产党人身上所散发的令人震撼的人格力量和影响力。汪墩刘氏宗亲利用宗族的影响力,出面调停并施以压力,让依附于国民党政权的汪墩刘姓大土豪不要对刘肩三家族的孩子赶尽杀绝。后垅村人更是冒着生命危险让成冬姣母子躲过了国民党的残酷追杀,家族的正义力量为刘肩三妻儿撑起一把保护伞。当年刘肩三在省立农业专门学校的同学黄吉人以都昌名流的声望,资助刘肩三遗孤刘继忠入县立高等小学堂读书三年,后来还介绍他在储峰乡(今汪墩乡新桥一带)谋得一份差事。中共景德镇党组织创始人向法宜也是汪墩人,他 1947 年吸收刘继忠加入中国民主同盟组织,刘继忠后来被推举为己立乡(今汪墩乡)乡长,以"白皮红心"的合法身份组织当地农民与国民党反动派展开斗争,并配合二野部队于 1949 年 5 月 12 日和平解放都昌。

刘肩三烈士的后人非常感恩原红十军政委、第一任江西省人民政府省长邵式平对他们的关照和培育。中华人民共和国成立后,邵式平派人四处打听都昌县刘肩三烈士家人的情况。从向法宜处获悉刘肩三妻儿幸存,邵式平非常高兴。1952 年 12 月 18 日,他派人将成冬姣和当时在省委党校学习的刘继忠接到家中。见面后,邵式平对昔日战友刘肩三的妻儿嘘寒问暖,问他们这 20 多年是怎么走过来的。刘肩三的孙辈刘同颜、刘金明和刘金玉、刘杏玉、刘小玉、刘满玉在 1995 年撰文纪念祖母逝世 25 周年时,记下了成冬姣生前复述的邵式平在家中对烈士遗孀说过的动情话语:"我的战友刘肩三在 1930 年 11 月上旬,由红

十军军部决定,第7旅政治委员刘肩三留在根据地开展对敌斗争,红十军其他主力按中央命令撤退。当时军部安排了几十名干部战士组成了都(昌)湖(口)鄱(阳)彭(泽)四县总指挥部,由刘肩三兼任总指挥。这次命令是我亲自宣布决定的,想不到的是,从此就永别了! 肩三是好样的,是一名优秀的共产党员,是一名红十军的好领导。我一直惦记着你们家的情况,今天见到你们心里格外高兴。肩三有幸,妻子健在,儿子成人,我感谢你延续了肩三的血脉。今后家中有什么困难,随时都可以找我,到我家住。我与肩三有特殊感情,在大革命时期,我任景德镇市的书记,能干得好,肩三帮了大忙,因都昌籍的瓷业工人太多,肩三同他们关系很融洽。1930年8月,红军扩编,由红军独立团扩编组建的红十军,刘肩三一下就动员了800多名都昌籍工人加入红十军……"

刘肩三的嫡长孙刘同颜是在祖父牺牲15年后出生的。1964年,他考取华中工学院(今华中科技大学),父亲刘继忠带着他去邵式平省长家。刘同颜至今记得邵爷爷当时谈笑风生,忆及1930年他随红十军到都昌,说刘肩三陪着他在汪墩蒲塘庙吃的一次都昌红烧肉特别香,说话间还使劲夹着他家招待刘肩三儿子与孙子的红烧肉到父子俩的碗里,让刘同颜觉得特别温馨。邵式平甚至亲切地叫刘同颜的乳名"大头",开着玩笑提议刘同颜改报江西省团校,毕业后好给他当秘书。第二年三月,正在华中工学院就读的刘同颜接到父亲刘继忠的书信,告之邵式平省长不幸去世,刘同颜闻训流泪了。

曾任都昌县公安局局长,县检察院检察长,南峰公社革委会主任,县委常委,县革委会副主任,星子县(今庐山市)、都昌县人大常委会副主任的刘统金(1928—2009),是刘述尧烈士的独子、刘肩三烈士的侄孙。他在生前回忆,1949年5月,他作为代表参加江西省首届农民代表大会,并被选为省农民协会执行委员。会议期间,邵式平在南昌单独接见了刘统金,并邀请他到家中吃饭叙家常,鼓励他继承革命传统,做一个有为青年。邵式平关心刘肩三家族晚辈,并视如己出。当时,他问刘统金愿不愿意留在省城读以招收烈士后代为主的"八一大学"。刘统金考虑到乡下有祖母和母亲需要他在身边照顾,他也参加了都昌的镇反工作,便直接跟邵式平谈了自己的想法。邵式平很理解,并表示年轻人有思想是对的。邵式平关切地问刘统金家中还有没有没上学的弟妹。随后,邵式平亲笔写信介绍刘统金的小妹、刘述舜烈士的遗腹女刘凤菊就读于设在上饶的烈士子女学校,还让秘书送来他从工资中节省下来的30元钱,给烈士后代补贴生活。

　　刘凤菊后来随丈夫去广州工作,先后担任广州市罐头厂、食品厂厂长,广州市妇联副主席,1969 年当选为中共九大代表。现居广州颐养天年的刘凤菊老人,每每念及她作为烈士子女的不平凡的红色人生,心中对先辈的敬仰之情便油然而生。

9. 汪墩乡后垅村：刘肩三和他的红色家族（八）

青山有幸埋忠骨

刘肩三 1930 年 11 月 16 日在彭泽县黄板桥被捕，第二天高呼"共产党万岁"的口号英勇就义。

据有关史料记载，当时国民党 5 师 28 团团长姚纯得知被抓的刘肩三是红十军第 7 旅的政委，而且是由在敌营担任连长的都昌汪墩排门村人刘书炉指认的。刘书炉是国民党将领刘士毅的堂弟，与刘肩三有杀兄之仇、烧屋之恨。在 1930 年 8 月 31 日，红十军入都昌，一度驻扎在都、湖边界，刘肩三率第 19 团回故乡汪墩，烧了在赣州围剿红军的国民党将领刘士毅的房屋，处决了杀害共产党员的反革命分子刘书会，而刘书炉便是刘书会的亲弟。阶级仇连着家族恨，曾有国民党少将军衔的刘书炉，在 1958 年的肃反运动中被都昌县公安机关从重庆抓获，而后被处决。曾先后任都昌县公安局局长、县检察院检察长、县委常委、县革委副主任、县人大常委会副主任的刘统金，是烈士刘述尧的独子，他生前如此回忆对刘书炉予以处决的经过：1958 年，我们接到省公安厅转来的材料，根据国民党原高级将领、在押犯刘唐西的检举揭发，不知所踪的刘书炉果真没有去台湾，而是在 1950 年国民党溃逃出西南之际，奉命潜伏在成都伺机而动……果真是"天网恢恢，疏而不漏"，国仇家恨一齐涌上心头。还有什么好说的，我立即向组织请战，一定要亲自把他抓回来。组织上也充分考虑了我的请求，成立了专捕工作组，我也如愿名列其中负责追捕工作，并成为其中的组织者和领导者。一开始我们工作组在四川公安机关的协助下，找遍了成都的每个角落，踪迹全无，难道到手的线索就这样断了吗？我们正焦急万分、坐立不安时，重庆方面传来消息，据我们提供的相关资料和照片，有群众举报在重庆的一个街道小鞋厂里发现了嫌疑对象。尽管他早已改名换姓，自以为得计，没想到在人民战争的海洋里依然无法脱身。正所谓多行不义必自毙，经过 3 个月的追逃，刘书炉终于以犯罪分子的身份被押上断头台而告终。

刘肩三的忠骨 1930 年与其他同时牺牲的十余人葬在牺牲地彭泽。1963

年,都昌在南山革命烈士纪念亭下建革命烈士陵园,刘肩三的忠骨移葬于此。据刘肩三的后人回忆,刘肩三牺牲33年后,他们将在刘肩三起初的草葬地拾捡的几块忠骨和几截捆绑烈士的棕绳线头,入樽安葬于南山烈士陵园。当年还取回了一直戴在刘肩三肘部的一个玉手镯,是刘家的祖传之物。刘肩三手臂弯处受过伤,玉镯一直戴在紧挨肘部的前臂,所以敌人杀害他时一直未发觉。玉镯润人,也被人的气血所养,此玉器内可以看见血丝样的纹路。令人痛惜的是,刘肩三烈士的这件珍贵遗物,2020年在原蒲溪小学遗址展览时被窃。

刘述舜烈士的故事

刘述舜(1905—1933),字虞昌,号南山,1927年22岁时随二叔刘肩三、长兄刘述尧参加革命;大革命失败后,仍坚持在当地领导有觉悟的农民与豪绅做斗争。1928年9月,都昌党团组织恢复,刘述舜先后任共青团临时区委委员、县委组织委员。1930年1月,中共都昌临时县委被破坏,刘述舜转到安徽秋浦县(今东至县)昭潭街与都昌党小组创始人之一的王叔平同做地下工作。1930年11月5日,红十军攻克秋浦,他公开身份随军撤到横峰苏区,入中共赣东北省委创办的忠发学校学习,这所党校当时以时任党的总书记向忠发的名字命名。

1931年3月,刘述舜受中共赣东北省委委派回到都昌恢复党的工作,奔波三个月,即恢复3个区委9个支部,登记党员近40名,6月党员又发展到70余人。经请示中共赣东北省委,刘述舜于苏山山咀头村主持会议,决定恢复中共都昌县委。县委机关设在七角刘基里,他受命任县委书记。

随着赣东北数县革命根据地的基本丧失,白色恐怖越来越严重,开展党的工作十分困难。刘述舜毫不畏惧,带领县委一班人恢复和发展党组织,并组织发动群众,利用各种形式张贴标语,进行抗租、抗债、抗捐斗争,扩大了革命影响。

1933年1月20日,他的行踪被邻村反革命分子察觉并告密,敌人趁其回家乡后垅村时,将村庄包围起来。刘述舜身材魁梧,性格刚烈,但遭敌人夜间突袭,未能逃脱魔掌。敌人连夜将他押往大港审讯,刘述舜坚强无比,昂首挺胸。恼羞成怒的敌人喝令刘述舜下跪,刘述舜顶天立地,怒发冲冠。敌人一拳击打过来,束手被缚的他无还手之术,被打得鲜血淋漓。第二天半夜,敌人将刘述舜押往县城,3月14日英勇就义。

刘述舜赴刑场时穿着草鞋,被折磨得难以站立而拄着拐杖,身中三枪倒下。

1950 年,中央访问团下到都昌慰问烈士家属,听说刘述舜妻子身上穿的一件青线棉袄是烈士当年所穿,背后的三个洞就是反革命枪决刘述舜时留下的,中央访问团取走了烈士的这件遗物,拟放入革命陈列馆展览,成为革命传统教育的生动实证。

汪墩乡后垅村的底色是红色,垅里垅外传颂着烈士的英雄故事。20 世纪 30 年代前后,村里不过 16 户人家,就有 9 位烈士,加上后来抗美援朝牺牲的一位,"后垅十烈士"英名彪炳史册。除了刘肩三"一门五英烈",后垅村另五位革命烈士是:

刘圣道(1876—1930),游击队交通员,1930 年在县城就义;

刘圣煌(1880—1930),1930 年在县城就义;

刘圣年(1886—1943),《都昌革命烈士英名录》未录入,都昌后垅革命烈士名单补录;

刘贤焕(1908—1930),赤卫队班长,1930 年 3 月在徐埠牺牲;

刘贤新(1922—1952),牺牲于抗美援朝战争。

"仰止丰碑先烈恩,苍林千古护忠魂。工农革命风云卷,马列光辉日月吞。赤子丹心照沧海,青春碧血映昆仑。今朝盛世遂初愿,笑看神州万里奔。"这是刘述尧烈士的长孙、曾供职江西省公安厅的刘共平在 2020 年清明节期间,为后垅烈士陵园的修建所吟的一首七律。喜看今朝神州,信念之火熊熊不息,红色基因融入血脉。

赓续红色基因

一门五英烈,浩气传千秋。刘肩三和他的红色家族故事,在广泛传颂,烈士的后人赓续红色血脉,弘扬红色家风,烈士的精神更成为当前正在开展的党史学习教育的生动教材。

刘肩三烈士的独子刘继忠 1947 年在失去党组织联络后,经向法宜介绍在都昌加入了中国民主同盟,后被推举为己立乡(今汪墩乡)乡长。刘继忠坚持"白皮红心",为接应 1949 年 5 月 12 日中国人民解放军第 2 野战军 18 军 162 团官兵和平解放都昌县城,做出了一定的贡献。当日,刘继忠被任命为新生的都昌人民政府民政科副科长,随即投入清剿匪特和封建残余势力的斗争。刘继忠先后担任民政科副科长、科长,双桥区公所区长,大田区区长,县卫生科科长,文教卫生局局长,连任都昌县第一届至第五届政协副主席,还担任过江西省人大代表、省政协委员。无论在何种境况,他对共产党的赤诚之心都矢志不移。1981年,刘继忠当选为都昌县第五届政协副主席,1984年离休,1999年病逝,享年78岁。

刘肩三烈士的长孙刘同颜,1970年华中工学院毕业,曾担任过都昌县农机厂厂长,县经委、商委主任,1987年8月担任都昌县人民政府副县长,从1992年6月开始,先后任永修县人民政府县长、九江县委书记、九江市总工会主席。刘同颜在退休后如此谈及作为烈士后代的人生感悟:"我是一个值得庆幸的人,没有在工作过的任何单位和任何地方留下罪恶;没有在腐败问题上跌倒,为什么?是祖父的榜样给了我做人的底线。他为人民抛头颅洒热血,我绝不能给祖父抹黑。是父亲的教育给我指明了做人的道路,他说:共产党执政,对腐败问题绝不会容忍,早晚要算账的,什么时候做事都不要有侥幸心理。你为了家庭,为了祖父的名声,永远不要贪!"

刘同颜的胞弟刘金明曾任都昌县建设局局长、县政协副主席,他如此缅怀祖父刘肩三:"他的生,给历史增辉添彩;他的死,给后人留下深思。"

都昌这片热土孕育了刘肩三烈士昭示日月的宝贵精神。1993年4月2日,都昌县委、县政府举办了刘肩三烈士100周年诞辰纪念大会。《刘肩三传》分别收录《中国党史人物传》《江西省志》《九江市志》《都昌县志》《中国苏区辞典》《江西英烈》等典籍。2015年,江西人民出版社出版《一门三代的信仰追求——刘肩三和他的后人》,纪念刘肩三烈士123周年诞辰。在"一门五英烈,三位县委书记"的家乡汪墩乡阳港后垅村,20世纪70年代修建了革命烈士纪念塔,缅怀英烈,教育后人。2019年清明节期间,刘述尧烈士大儿媳、刘统金先生之妻陈千姣老人不顾九旬高龄,倡导发动亲友启动烈士纪念设施的修缮工程,首期筹资20余万元,历时一年重修了后垅烈士陵园。2021年4月8日,汪墩后垅烈士陵园被九江市史志办选定为全市红色地标打卡地推介对象,成为党员干部群众寻访红色地标、感悟初心使命、赓续精神血脉、凝聚奋进力量的党史学习教育基地。2021年,已76岁高龄的刘同颜,经常从晚年定居生活的省城南昌赶赴都昌,在后垅烈士陵园、全县中小学等场所宣讲刘肩三的革命事迹。他为维修刘肩三故居、筹建红十军都昌无名烈士纪念碑以及都昌县革命烈士事迹展馆奔走与呼吁,推进都昌红色文化资源的研究、保护、开发与利用。

刘肩三烈士的崇高精神,激励着新时代的都昌儿女汲取智慧的力量,开启新的征程……

10. 汪墩乡后垅村：刘肩三和他的红色家族（九）

母 性 之 光

"锤子镰刀旗帜,已然世纪飘扬。为民宗旨入心房,民族复兴路上。四代党员接力,满门忠烈荣光,传承红色谱新章,不负韶华歌唱。"这首《西江月·献给"七一"》是刘述尧烈士的嫡长孙、曾在江西省公安厅任职并跻身一级高级警长、三级警监的刘共平,在2021年庆祝中国共产党百年华诞之日写的。所言"四代党员",刘共平加以注释:爷爷刘述尧1926年入党;父亲刘统金1952年入党,母亲陈千姣1959年入党;他自己1977年入党;儿子刘煜奇、儿媳赵若男分别于2012年、2019年入党。

1959年出生的刘共平先后在部队和公安机关工作,获得很多的荣誉,先后荣立二等功一次、三等功三次。其中有一个荣誉他特别看重,他的家庭被评为"江西省五好文明家庭"。在他这个红色家庭,数代母亲先后以她们的贤淑和勤劳,让这家人沐浴在母性柔和温暖的光辉里。

（一）

刘共平的高祖母詹柳德(1855—1935)是和合乡七房村人,她以懿德辅助丈夫刘畴九(1854—1920,派名圣福)成为一代乡绅。刘畴九、詹柳德生育了三个儿子,老大刘贤振尽管没有加入共产党,但刘贤振的三个儿子刘述尧、刘述舜、刘述禹皆英勇赴死,浩气长存;老二刘贤扬、老三刘肩三(贤招)皆为革命烈士。刘家一门五烈,光耀千秋。2021年夏季,工程人员维修刘肩三故居,在刘家老宅地下铺设地砖时,翻挖出畴九公当年的墓碑。畴九公因一场狂犬病而猝死于民国九年(1920)的农历九月,因此他的后裔有了禁养犬的规定。10年后,刘畴九的小儿子刘肩三等参加革命壮烈牺牲。又历10年,民国辛巳年(1941),刘氏家族为畴九公重修墓碑。当时族人为防止国民党反动派对革命家庭砸刨祖坟,便将刻有子孙姓名的刘畴九的墓碑主动取下,藏匿在刘家祖居靠后门的地底下。此事刘家后人无人相传,直到80年后翻修这个革命传统教育基地遗迹,这块墓碑才被发现。这块保存完好的墓碑，承载着这个红色家族的苦难与荣光，教育后代缅怀先人，赓续血脉。詹柳德的三个儿子对她都十分孝顺，她也以大德大义对儿孙们的出生入死予以理解和支持。刘肩三1930年11月牺牲后，他的妻子成冬姣带着9岁的儿子刘继忠起初就躲避在詹柳德的娘家所在地和合乡，以防国民党"斩草除根"。

1949年中华人民共和国成立后，刘家家运昌盛。从刘畴九、詹柳德夫妇发脉下来，大家族成员达300人以上。

（二）

刘共平的曾祖母侯次英是汪墩乡老山侯村人，娘家是名门望族，父亲侯延德是当地有名的乡绅，早年参加过清朝的科举考试。侯次英嫁给刘畴九的大儿子刘贤振，在畴九公1920年去世后，她与丈夫成为这个大家庭的撑门面之人，上要服侍母亲詹氏，下要照顾两个弟弟贤扬、贤招和自己的三个儿子、两个女儿。侯次英以她的贤淑，赢得族人赞誉，无论长幼皆亲切地尊称她为"贤嫂"。1924年，三兄弟分家，侯次英与丈夫不以长子享优自居，而是将好的田地、柴山和房屋优先分给两个小叔子——刘贤扬和刘肩三。1926年，丈夫刘贤振因病去世；1930年，大儿子刘述尧在湖口县被砍头；小儿子刘述禹随刘肩三参加革命音讯全无，生死不知（数年后侯氏才知小儿子已牺牲）；1933年，二儿子刘述舜在村里被抓，而后牺牲于县城。那时刘贤振这一支只剩下她和大儿媳陈玉梅、幼孙刘统金，妇孺艰难度日。侯次英以柔韧的双肩支撑起这个家，她将孙子这支独苗藏在娘家侯家山。她抱定一个执念："儿子们的鲜血一定不会白流，共产党一定会再回来救家人，天总会亮的！"

侯次英坚贞不屈的秉性，让她为母尤刚。孙子刘统金14岁那年，村里年底有塘山收益分到各户，算是祖产"分红"，有带头者欺负孤儿寡母，竟说松林（刘统金的乳名）只能得半份。倔强的刘统金据理力争，对方竟拿着锄头走上门来，扬言要一锄头砍死"没大没小"的松林。祖母侯次英临危不惧，拿条短凳坐在大门前，对气势汹汹的族人柔中带刚地厉声问道："都是一个垅里的，何必对我们家这样过分！如果你有本事将我家松林打倒在地，我看你有没有本事将他打得站起来！"来人被侯次英的气势镇住，也担心事情闹大，松林老外婆侯家和外婆陈家会来人主持公道正义，只好灰溜溜地拖着锄头走了。侯次英未上过学，但

世事洞明,人情练达。她为人处事,朴实中透着优雅,颇有"大家闺秀"之遗韵。有一次劝欲断缘的亲家和好,她随口用上了"君子应成人之美"的话,让周围人听了刮目相看。侯次英经常用刘畤九、刘贤振、刘述尧三代为人做事的故事教育孙辈,引导独孙刘统金要从小立志干成事、干大事、走正道、做正人。要做一个让四邻八乡"用大车推、轿子抬"的受人尊敬的贤士。她更是言传身教,引导晚辈积德向善。有一次,村里有一户人家的主妇在情急之下,潜到侯次英家偷米,被刘家儿媳发现了。侯次英作为一家之主,不但没羞辱偷米妇,反而在对她进行一番同情式的劝说后,将家中仅有的两升米全给了这个农妇。侯次英 1959 年 5 月溘然长逝,享年 79 岁。她临终前最后的遗憾是没有看到第四代曾孙降临人世。五个月后,长曾孙刘共平呱呱坠地,侯氏当含笑九泉。

(三)

刘共平的祖母陈玉梅是汪墩庙前陈村人,在娘家上有三个兄长。作为唯一的女儿,她被父母视如掌上明珠。

陈玉梅嫁给刘述尧时,刘家也算大户人家,后来因为丈夫参加革命,遭国民党追捕,连祖宅都被付之一炬,生活陷入困境。陈玉梅十分支持丈夫的革命事业,时任中共都昌县委书记刘述尧在家组织会议,陈玉梅不仅负责料理生活,还充当革命者的"放哨人"。丈夫两次被捕,被地下党组织营救出狱后,陈玉梅悉心照料被拷打得伤痕累累的丈夫。1930 年春,刘述尧在湖口壮烈牺牲,身首异处。陈玉梅强忍悲痛,三个月内夜以继日地搓麻绳换了盘缠,请身边亲人将丈夫的尸首完整地带回家乡入土为安。丈夫牺牲后,陈玉梅未曾离开刘家。当时不少人劝她改嫁富贵人家,陈玉梅每次都坚决拒绝,她说:"东山(刘述尧小名)是为革命牺牲的,我如果再嫁一个革命的人,他可能还会牺牲;如果再嫁一个反革命的,就违背了东山的志向,会对不起东山。再说,我要将东山的独子抚养成人,延续血脉。"刘述尧牺牲时,儿子刘统金才一岁,陈玉梅带着幼子在娘家躲避,躲过敌人"斩草除根"式的追杀。当地有个习俗:外人不能在村里农家过年。除夕这天,陈玉梅带着儿子在村头的碾坊孤单地听着别人家过年的鞭炮声和闹腾的欢笑声,吃些干粮算是过年。

陈玉梅自小在娘家缠了足,但就是这个"三寸金莲"的小女子,在生活的艰辛面前坚韧前行,气度毫不输于大男人。中华人民共和国成立后,陈玉梅家分得一份可供他们自食其力的田地。她除了下水田和犁田干不了，其他农活样样上得了手。农活多时，她中午就不休息，撑着锄头棍眯一会儿，再接着干活。

陈玉梅深知读书对一个人成长的重要性。在那样恶劣的环境下，她千方百计地让儿子刘统金在1943年15岁时辍学种田前，读了四年私塾、一年小学、一年初中，为日后走上工作岗位奠定了一定的文化基础。刘统金沐浴着伟大的母爱成长成才，在党组织的培养下，走上县级领导岗位，曾先后任都昌县公安局局长、县检察院检察长、南峰公社革委会主任、县委常委、县革委会副主任，星子县、都昌县人大常委会副主任等职。无论职务上有什么变化，他对慈母陈玉梅的谆谆教诲总是铭记于心。20世纪70年代初的一天，后垅村的一个村民因生活不顺而喝农药寻短见。村里人将喝药者抬到县医院急救，当时无力交纳救治费用，需要有人担保。村里人第一个想到的是时任县委常委刘统金，于是匆匆派人找到住在县医院正对面的县委大院宿舍的刘统金家。在家的陈玉梅听罢急忙跐着小脚，去理发店找正在理发的儿子。刘统金在母亲的催促下，迅即离开理发椅，随手在店里抓起一顶草帽盖住剃了一半的头，急忙赶到县医院，安排好救治事宜，搭救了这位村民的性命。晚上回到家，刘统金得到了老母亲的一番夸奖。每逢亲友到县城找上门来办事，贤惠待人的陈玉梅总是热情地以茶相待，并留下人家吃个便饭，留宿也是常有的事。她总是对儿子刘统金告之以做人的道理："多做善事积德，会有福。自在不为人，为人不自在。人家不是无奈没办法，不会求上门来。我们能帮的就帮，也许你一句话就能办的事，普通百姓跑断腿都办不成。办成了也不要人家报恩，人要凭良心做事。"

陈玉梅除了生育儿子刘统金，还生育了三个女儿：大女儿刘凤鸣，适张门；二女儿刘凤模，幼时送邻村他人家抚养，适陈门；三女儿刘凤菊（与刘述舜烈士婚后所生），适谭门，曾当选中共九大代表，至2021年仍在广州安度晚年。陈玉梅1988年11月辞世，享年86岁。

（四）

刘共平的母亲陈千姣，2021年已近90岁高龄。陈千姣老人身体硬朗，快人快语，处事干练。陈千姣回首早年在刘家的生活经历，亦是备尝艰辛。她是经丈夫刘统金的表兄陈修汉介绍，于1951年12月24日嫁到刘家的，她与婆婆陈玉梅属同族姑侄关系。陈千姣1952年在新桥乡曾任妇女主任，1956年任汪墩

乡副乡长兼妇女主任,1957年5月下放回家。陈千姣年轻时身板好,吃苦耐劳,成为家中干活的一把好手,砍柴、锄地、锄草、挑粪样样都干。这个在娘家被父母和三个兄长呵护有加的小女子,在婆家变成了一个从不喊苦叫累的"女汉子"。陈千姣曾在县轧花厂打短工,挣下的血汗钱,没给自己添一件衣衫,而是为祖母侯次英添置"寿衣",预备着风烛残年的老人故去之后,能按民间风俗体面地穿上棉衣棉裤和绣花鞋入殓。陈千姣还为衣着单薄的婆婆陈玉梅添了一身仕林衫褂和青洋布裤。晚上,她搓麻绳挣七角钱一斤的手工费,贴补家用。20世纪60年代,陈千姣夫妇两人的工资加在一起才90多元,却要让全家9个人的生活过得衣食无忧。在开源的同时,勤俭持家的陈千姣还是个节流的巧妇。她学会了简易理发,三个儿子共平、共舟、共智的理发钱长年免了。她的女红针线活是一流的,全家人的单衣内裤全是她自己裁剪缝制的,要添置棉衣棉裤才请裁缝师傅做户工。家里的果蔬,靠在县城开荒地,起早贪黑地打理,基本能维持一家九口的一日三餐。陈千姣悉心照顾婆婆,让她有了"孝媳"的美誉。婆婆陈玉梅1966年大病一场,拉肚子拉得虚脱,当时丈夫刘统金受排挤在偏远的农村工作,作为儿媳的陈千姣用大板车拉着奄奄一息的婆婆就医,最终使她转危为安。1976年,婆婆高烧、屙血,丈夫又下乡去了,陈千姣独自用大板车拉着婆婆上医院,危重之际捡回婆婆的一条命。更考验陈千姣孝心的是,婆婆在生命的最后五年,患上了严重的阿尔兹海默症,后期大小便失禁,陈千姣尽心照料,一直到婆婆1988年以86岁高龄辞世。在陈千姣先后工作的县工商局、新华书店、都昌饭店、民政局等单位,她任劳任怨,得到大家称道。只上过一年学的她打得一手好算盘,所承担的财务工作做得有声有色。刘统金在晚年如此评价妻子陈千姣在他生命中的价值:"半个多世纪的风风雨雨,我们携手并肩,从青年时代的柔情蜜意到老年的相依相伴,互亲互爱。如果说我的事业有所成就的话,一半的功劳是要归于她的。能够和她结合是我人生最大的幸福,也是最大的幸运。"刘统金2010年去世后,陈千姣更是成为这个大家族的核心人物。陈千姣育有三儿三女,已是四世同堂。几年来,在外地生活的子女每天晚上用微信向她送上问候,报呈平安。这个大家庭里有30多个人,有人过生日时,第一个送上祝福的往往是陈千姣老人。

陈千姣老人热心公益。过70岁生日,儿孙们给了她5000多元红包。她把5000多元红包捐给村里做绿化用。2010年,村里修路,她又捐出10000元。

2019年,陈千姣老人已88岁,她在大家庭里提议——修建后垅革命烈士陵园。她自己带头拿出10000元,这个大家族"一门五烈"的后裔纷纷捐款,后垅村村民和社会各界纷纷加入这项"红色工程"中,把后垅革命烈士陵园着力打造成后垅红色教育基地。如今,经多方努力,汪墩乡后垅村的红色文化日渐得到保护和开发,这里成为九江市委宣传部、市党史办推荐的"红色地标打卡地"。

传统家训焕异彩,红色家风泽后世。令刘共平感慨万千的是,家族里的女性先辈,在岁月里沉淀的人性之光,滋润着这个大家庭的每一个成员。岁月不居,时代更替,刘共平的妻子刘琼现任省人民医院主任医师,两个弟媳谢玲玲、傅贞秀也秉承良德,广获赞誉;儿媳赵若男现供职于东部华侨城集团,侄媳丁琳珂现任南昌十中团委书记。刘家一代又一代女性的母性之光成为这个家族中一道道亮丽的风景,散发着温馨而迷人的光彩……

11. 汪墩乡老屋刘村（上）：都昌党组织创始人 刘越的峥嵘岁月

【刘氏家训家规】忠诚为立身之本，宁朴实勿狡诈，宁愚拙勿乖巧，发一念而必依于理，出一言而必本于心。

当我们怀揣初心，去重温中国共产党在都昌的历史，以传承红色基因的时候，"刘越"在都昌县党组织创立之初的两年，是个闪光的名字：都昌县党组织的创始人、中共都昌县委第一任县委书记。刘越1903年12月出生在都昌老屋刘村（现属汪墩乡杨坞村委会），1966年4月受打击投水而死。关于他63年的人生春秋，在都昌地方史资料中，除了1926年、1927年在都昌从事革命的短暂两年有所记载，其他能查阅到的资料极为有限。有人称刘越为"革命志士"，他有着怎样的不平凡的人生呢？

南山寺的灯火

刘越，派名圣灼，字炳熙，又字肖石。幼聪慧，有辩才，人惊其异，故号异生。1927年大革命失败后，刘越遭国民党通缉，改名晓白，流亡上海后改名刘一燕。

刘越1903年（有的史料误作1905年）12月23日寅时出生于汪墩乡老屋刘村。刘家是"四代窑户"，父亲在景德镇承祖业，也是个窑户老板，在家乡有出租的田产。刘越幼时丧父，全赖母亲胡菊秋抚养成人。母亲出身名门，父亲胡廷玉是都昌县苏山乡益溪舍人，清同治十三年（1874）进士，在江苏为官（一说曾任清内阁中书），与状元出身的江苏南通人张謇为友，著有《玉京山人诗文》。刘越1920年南昌中学毕业后，考入省立第一师范学校（简称一师）十班。其时，五四运动风起云涌，追求进步的刘越与好友冯任、邹普积极投入学生运动。1925年秋，一师毕业前夕，刘越加入中国社会主义青年团。9月，国民党江西省党部农民部选派刘越、曾文甫、淦克鹤、许鸿等4人，参加广州农民运动讲习所第五期学习。主办人为彭湃，青年毛泽东亲自授课。同年12月学习结业，刘越返回江西南昌后，由团员转为中共党员，并"跨党"加入中国国民党（一说当年8月加入了共产党），旋即奉命赴瓷都景德镇，协助向义等在南山沙陀庙建立中国共产党景德镇小组，党小组组长为向义。向义（1903—1988）又名向法宜，汪墩向家畈人，与刘越为老乡。这对同龄人孩提时代就相熟，向义后来娶刘越的姐姐刘莹为妻，两内兄弟相知颇深。向义历任景德镇党小组组长、支部书记、市委书记等职。1945 年任都昌县县长，其间与时任国民党国防部次长、都昌汪墩人刘士毅一起创办都昌任远中学，1947 年加入中国民主同盟。1926 年 1 月，刘越改派到都昌，宣传马列主义，筹组中共都昌县党组织。

刘越回到都昌开展革命活动的第一站是他的老家老屋刘村。在北洋军阀孙传芳部统治时期，刘越在本村办起了平民夜校，23 岁的他利用有利的族缘关系动员附近的贫雇农参加学习。平民夜校除教农民识字，还结合实际进行革命宣传活动，通俗易懂地讲解"穷人为什么穷？地主为什么不劳而获"的道理，为都昌党的建设做了思想上的发动和组织上的准备。1926 年 3 月 19 日，刘越、刘肩三、王叔平赴南昌出席国民党江西省第二次代表大会。冯任和刘越在会议期间介绍刘肩三、王叔平等加入中国共产党并成为跨党的国民党党员。

1926 年 3 月底，刘越、刘肩三、谭和、王叔平、刘聘三等在县城南山庙召开了党员会议，秘密成立了中共都昌第一个党小组，刘越任组长，直属中共南昌特支领导。1926 年 4 月，在县城祭祀孔子的圣庙里（县公安局原彭家角所在地），县党小组秘密举办了两期"党务训练班"，一期以小学教员、学生为训练对象，一期以农民为训练对象，由刘越和刘肩三主持训练班的工作并授课。刘越结合都昌实际对广州农训班的培训内容进行了宣讲。1926 年 4 月下旬，国民党都昌县临时党支部在县城豹公祠秘密成立，刘越为常委，共产党人刘肩三、国民党人黄吉人等为执委，以国共两党合作为基础的统一战线在都昌开始形成。1926 年 6 月，中共都昌支部成立，直属中共江西地委领导，刘越为支部书记，刘肩三、王叔平任支部委员。其后，刘越组建农民协会，开展农民运动，发动群众打倒土豪劣绅，打倒贪官污吏，实行减租减息。1927 年 1 月，都昌县有共产党员 200 余人，县党支部宣布成立中共都昌地委，隶属江西区委，刘越任书记兼宣传部部长。1927 年 5 月底，根据党的"五大"通过的新党章，地委改为县委，隶属中共江西省委领导，刘越成为中共都昌县委首任县委书记。

南山寺里都昌党小组成立，如豆的灯火在革命年代，穿透沉沉的夜色，让贫苦大众逐光而行。

沪、浙、粤的淬火

1927 年,蒋介石在南京发动"四一二"反革命政变,汪精卫在武汉发动"七一五"反革命政变,宁汉合污,腥风血雨,大革命运动遭到失败。都昌国民党"五人团"猖獗,都昌共产党组织与上级党组织失去联系,刘越等大批共产党员被当局通缉。当时,中共都昌县委的办公地在老屋新村,县委书记刘越 1927 年 8 月上旬在老屋村的后山上召开会议,分析形势,研讨对策。1928 年 6 月,刘越调任中共九江中心县委秘书兼宣传部部长。为保存革命力量,1929 年元月,刘越、向法宜决定远赴上海,在党中央所在地去寻找党组织。鄱阳湖一条小渔船在漂流了两个月后,向法宜、刘越经安庆登上大轮,奔赴上海。都昌的党组织转入地下,秘密领导人民继续斗争。1928 年 9 月,都昌临时区委建立,隶属中共赣东北特委领导,书记刘梦松,其时全县党员 70 余人。刘越的身影自此淡出都昌革命队伍,行走在另一条革命的荆棘之路上。

刘越在上海起初租住在英租界的一幢民宅里,后来住在法租界的亭子间。此时,邵式平也来上海,与他相邻而居。几个月后,刘越恢复了组织关系,不时参加党内组织的报告会,也会参加游行集会。他靠给学生杂志和《东方》杂志写文章赚取稿费维持生活。刘越一度任中共上海法南区委宣传部部长,1930 年 1 月,又调任中共安徽怀宁中心县委宣传委员。刘越和徐鹤年结婚后,生活负担加重。他和肖盟泉合资在上海海格路上开了一间小纸烟店,本小利微,勉强维持一家人的生活。这个店成了都昌共产党员在上海的一个联络点。冯任、向先鹏、刘肩三、刘聘三、谭和、刘梦松、向葵、洪都等都到过这里,有的还住下来。

1930 年下半年,刘越先后在上海泉漳中学、浙江湘湖师范学校教书,颇有声誉。1931 年,刘越经一名学生介绍前往叶挺将军的故乡广东惠阳短暂担任象山乡村师范学校校长。1932 年 6 月,共产党员肖盟泉被捕牺牲,刘越是曾任教员的肖盟泉的入党介绍人,也被逮捕,判刑 9 年零 4 个月,关在广东惠阳的国民党监狱,与共产党组织失去联系。1934 年 12 月,刘越经向法宜等人全力营救出狱。刘越出狱后留在惠阳的平山乡村师范学校教书,采用陶行知的平民教员方式,还办起了生产合作社,饲养鸡、鸭、兔、蜂。数年后,刘越从广东回到上海,已无书可教,也与党组织失去了联系。又过了两年,多半是迫于生计,刘越携妻室儿女绕道浙江回到江西,这时已是 1940 年了,抗日战火燃遍全中国。

景德镇的薪火

刘越从上海回到江西景德镇,1941 年重新加入国民党,并经朋友介绍担任浮梁专署视察员、江西省党部赣东北特派员、设在景德镇的第五行政专员公署第三科(教育)科长,1944 年短暂代理过浮梁县县长。在多年失去与共产党组织的联系后,在面对时局的变换和心灵的挣扎之际,刘越曾向向法宜倾吐心声:"我是老党员,我将怎样向党交代? 我想从事教育事业着手来表明心迹。"于是,已改名刘一燕的刘越 1943 年在景德镇创办了静山中学,自任校长;又创办了天禄小学,聘刘适中(即曾在他之后继任中共都昌县委书记的刘梦松)当校长,他当董事长。

刘一燕在 1962 年秋曾写过一篇《静山中学》的文章。这篇文章可能是他向组织说明情况的材料,文气流畅,笔法老辣,可见刘一燕的写作功底。学校取名"静山","静山"是时任民国江西省政府主席曹浩森(都昌周溪人)的已故父亲之名,当时景德镇还有个私立天翼中学,"天翼"是曹浩森的前任熊式辉的别号,两校如此取名无非借助当政者的权势而寻求庇护。静山中学校址开始时在景德镇的里村,后来搬至都昌会馆。学校董事绝大多数为都昌汪墩人。后期与刘一燕同村的刘南溟(又名刘轶,国民党省政府统计长)继任董事长。1946 年上半年至 1948 年上半年,由来自南昌的刘南溟的大学同学范时训先生担任校长,刘一燕、向德为常务董事,处理学校的实际事务。刘一燕的儿子刘唯行在中华人民共和国成立后是景德镇园林管理处的一名工程师。退休后的他在 1994 年元月曾撰写回忆文章《父亲刘一燕在静山中学》,当年他就读于静山中学高中部。他回忆起父亲办校延聘优秀教师,奖励品学兼优的学生,亲自授课讲述时事和哲学,开阔学生视野,保护进步学生,树挂鲜红的中共党旗迎接人民解放军解放景德镇等种种办校育人之举。1951 年,人民政府接管静山中学,将其改为昌江中学。

刘一燕 1944 年秋邀请在景德镇的都昌籍刘姓士绅,利用刘氏公产创办私立天禄小学。其时,刘一燕仍在专署任教育科科长,兼任天禄小学董事长,首任校长为裕民银行浮梁分行经理刘嘉。校名取"天禄",源自刘氏宗祠门楣上的石刻"天禄遗风","天禄"出自西汉名儒刘向、刘歆校书于天禄阁的典故。钟家上弄的刘氏宗祠作为校舍,刘氏所有公产作为办学基金。校牌"浮梁私立天禄小

学校"的隶书字体是特请时任国民政府军训部政务次长刘士毅题写的。天禄小学学制为初小四年、高小三年,因地盘狭小,只开设了 4 个班。学校在政局不稳的时代,秉持"提高教学质量,培养未来人才"的办学理念,实属不易。1950 年 3 月,天禄小学由政府接管,1952 年改为景德镇市第十一小学,1954 年改建制为景德镇市第一幼儿园,1968 年改为景德镇第二小学分部,1974 年改为景德镇市第二十小学。

刘一燕在景德镇解放前夕,倾心办教育,薪火相传教育人。1947 年,经向法宜介绍,他加入民盟组织,其后积极进行"策反"工作,为景德镇 1949 年 4 月和平解放做出贡献。1950 年 7 月,刘一燕出席江西省首届各界人民代表大会,同年 10 月,当选为民盟景德镇市委主委,并在人民政府先后任景德镇民政科科长、建设科(局)科长;1955 年 2 月、1957 年 6 月分别当选景德镇市第一届、第二届政协副主席;1966 年 7 月,投塘自尽。

与刘越相知相交半个多世纪的向法宜如此评价刘越"其为人外圆内方,顺时而不易其志,履险而不变其节""为天地存正气,为历史留功绩"。在他当年闹革命的家乡老屋刘村,2013 年修建了革命烈士纪念陵园,刘越虽未血洒疆场,但他的纪念碑位列首排中央。风华正茂、挥斥方遒的革命者刘越的形象,让后人铭记于心……

12. 汪墩乡老屋刘村（中）：根植红色故土的香樟

都昌汪墩乡杨坞村委会老屋刘村成村于明嘉靖年间（1522—1566），距今约500 年。杨坞有老屋刘村，也有新屋刘村，后者由老屋分迁而立。老屋刘村现有400 余人，已是有近百户家庭的村子，可在百年前，村里不到 20 户百余人。在1930 年前后，老屋刘村出过 13 位革命烈士，在这片红色土地上，他们用热血书写着壮烈。

（一）

都昌党组织的创建者、中共都昌县委第一任县委书记刘越，是家乡老屋刘村革命火种的播撒人。曾任红军团长的刘龙嗣受刘越影响义无反顾地走上革命道路，1934 年牺牲于闽北。《都昌县志》和地方党史资料有刘龙嗣烈士传略。

刘龙嗣（1907—1934），汪墩乡老屋刘村人，1926 年参加革命，同年加入中国共产党，大革命失败后，留在家乡坚持斗争。1930 年 3 月，刘龙嗣任都昌县革命军事委员会委员兼县特务队（又称敢死队）队长，带领队员在汪墩、徐埠等地夺取敌人枪支武装自己。4 月，特务队发展到 30 余人，有 20 余支枪，改名为工农红军都昌游击队。5 月，刘龙嗣参与领导和组织茅垅春荒暴动，在汪墩、徐埠实行武装割据，创建革命根据地；同月 14 日，率游击队参加攻打姑塘海关的战斗。6 月下旬，国民党县警察队及靖卫团、守护队等地主武装 800 余人对根据地中心汪墩老屋"进剿"。在敌强我弱的情况下，刘龙嗣率部突围与赣东北第一游击队汇合，转战到鄱阳山区。7 月，赣东北游击大队负责人英勇牺牲，部队又于黄泥坝被国民党都湖鄱彭四县联防部队包围，遂率游击大队与敌人激战七昼夜后突围景德镇，后编入工农红军第十军。1933 年 1 月，红十军改编为红十一军，编入中央红军系列，刘龙嗣任红军团长，转战闽北。1934 年，在中央革命根据地第五次反"围剿"战斗中，刘龙嗣于福建光泽县壮烈牺牲。

刘龙嗣是老屋刘村为革命捐躯的烈士代表，在此，存录村里 13 位革命烈士的英名：刘龙嗣，县革命委员会委员、红军团长，1934 年在福建光泽县牺牲，时年27 岁；刘书炳，乡农民协会主席，1930 年在南昌就义，时年 33 岁；刘经正，乡农

协文书,1930 年在汪墩牺牲,时年 28 岁;刘经典,区委委员、县委委员,1930 年在横峰牺牲,时年 34 岁;刘经豹,县革命委员会秘书,1930 年在县城就义,时年 40 岁;刘金福,红十军战士,长征时牺牲,时年 23 岁;刘发权,湖北孝感村干部,1930 年 10 月 14 日在孝感就义;刘二腊里,游击队员,1930 年在源塘村牺牲,时年 22 岁;刘书华,游击队员,1930 年在汪墩就义,时年 30 岁;刘兴得,游击队员,1930 年在汪墩起义,时年 30 岁;刘经虎,游击队队员,1930 年在汪墩就义,时年 28 岁;刘缺嘴(书桂),游击队队员,1930 年在汪墩牺牲,时年 24 岁;刘喜福,赤卫员,1930 年在汪墩牺牲,时年 34 岁。

2013 年底,汪墩杨坞老屋革命烈士陵园和烈士纪念亭建成。陵园内安放着刘越以及杨坞 25 位烈士(其中老屋刘村 13 位)的陵墓,让英灵在乡梓地安息。杨坞烈士陵园的修建凝聚了三代人的心愿。第一代倡议人是向法宜(向义),他是杨坞向家畈人,早年投身革命,曾任民国时期的都昌县县长,在民盟江西省委任职多年。向法宜早年提议在杨坞建烈士陵园,并捐出自己的部分工资。第二代倡议人是刘龙嗣的侄子刘荣泉(刘龙嗣烈士遗子早年夭折)。他年少时曾就读于南昌烈士子弟学校的他成人后在公安部门工作。刘荣泉 20 世纪 80 年代曾向都昌县政府建言修建老屋烈士纪念碑。第三代倡议者是烈士的孙辈,刘经正烈士的孙子刘圣玉等烈士后代在当地政府的支持下,争取了民政部门的立项支持 10 万元,村民热心参与。2013 年,烈士陵园竣工。烈士陵园和纪念亭建在老屋刘村门首右边的山坡上,坐西向东,占地 850 余平方米,成为当地一处爱国主义教育基地。

(二)

静穆着的是陵园里竖立的一方烈士墓碑,鲜活着的是长眠地下的烈士的一个个悲壮故事。

1945 年出生的刘正兴老人讲述爷爷刘书炳牺牲时的惨烈。省农协特派员兼乡农民协会主席刘书炳与敢死队队长刘龙嗣,组织赤卫队员到苏山鹤舍袁村、汪墩汉暹刘村、湖口县流芳石汪余村等地打土豪,深得贫苦大众拥护。刘书炳 1930 年 9 月被捕后押往南昌,被疯狂屠杀共产党员和进步人士的南昌卫戍司令张辉瓒用电刑残酷杀害,并用麻布袋裹尸投掷于赣江。三个月后,杀人如麻的国民党中将师长张辉瓒在吉安龙冈被红军活捉,1931 年元月 18 日被处决。

1957 年出生的刘圣玉曾当过民办教师和村干部多年,热心红色文化的传播,他讲述了爷爷刘经正就义的悲壮经过。刘经正因参加革命,被抓后在汪墩老街被国民党当局枪杀。在风潇雨晦的时局下,老屋刘村人不敢直接去殓收刘经正的尸首,新屋刘村两个男子带着几名大嫂找到刘经正 28 岁的妻子,其时刘经正留下了五岁的儿子。新屋刘家人宽慰了孤儿寡母数句,然后拔了刘经正家的些许楼板做棺木,草草将烈士葬于刘巢冲里。

老屋刘村 1930 年前后成为都昌革命运动的中心之一,都昌党组织初创时期,中共都昌县委就设在县委书记刘越的家乡。刘越 1927 年底远赴上海寻找党组织后,汪墩排门村人刘梦松、后垅村人刘述尧在白色恐怖年代相继担任中共都昌县委书记。1930 年 1 月,北山松峦人向先鹏任都昌县委书记。1930 年 1 月 9 日,向先鹏在老屋村刘经豹家召开会议,讨论开展武装斗争等工作,并重组中共都昌县委。1930 年 5 月 5 日茅垅暴动后,都昌第一个红色政权"都昌县革命委员会"成立,向先鹏任主席,老屋刘村的刘龙嗣、刘经豹分别担任军事委员、秘书。茅垅暴动后,向先鹏的被捕地就在从老屋向村上门首案山(处邻村万求刘村之后,故又称"后山")。老屋刘村曾遭国民党都昌保安中队陆士郊部的反扑和围剿,其时作为中共都昌县委相对固定的活动场所的祖厅遭焚毁,村民1941 年重修了祖厅下厅,1968 年又对上厅进行了改建。不少烈士被抄家和焚掠,据统计,老屋刘村有 108 间房屋被烧毁。

党和政府从来没忘记老屋刘村这片浸染了革命先烈鲜血的土地。1981 年,县老区建设办公室投资扶持在老屋刘村建起了 200 余亩的茶园。时至今日,这片仍是村民增收的"绿色银行",年产值达 50 余万元。2010 年 10 月,中共都昌县委、都昌县人民政府为老屋刘村授牌,确立为"中共都昌县委旧址"。老屋刘村的老一辈至今感到荣耀的是,二十世纪五六十年代,都昌每一位新上任的县委书记都会到老屋村瞻仰旧址,缅怀先烈。21 世纪来临之初,都昌县城东风大道进行升级改造,将法国梧桐更换成樟树,并由各乡镇组织提供、移栽樟树。中共都昌县委大院大门两侧临东风大道上的替植樟树,指定要老屋刘村山上深植的香樟,以接续中共都昌县委旧址所承载的那份荣光。

20 年过去了,那两棵有特殊意义的香樟树葳蕤蓊郁,见证了出入县委大院的公仆俯身为民的初心,也目送着来回穿行于东风大道的人们奔向幸福……

13. 汪墩乡老屋刘村（下）：刘南溟的"统计人生"

　　民国时期从老屋刘村走出的刘南溟——这位获法国巴黎大学统计和哲学博士的专业人士，可以说是江西省统计学的奠基人，在国内外统计学界颇有声名。

　　1993 年版的《都昌县志·人物卷》有刘轶小传，刘轶即刘南溟。

　　刘轶（1902—1976），号筱超，别号南溟，汪墩乡老屋村人。1918 年入南昌二中就读。1919 年在校投入五四运动，并与本班同学袁玉冰、石廷瑜、黄道等组织救国十人演说团，上街呼吁民众起来救国；1920 年 7 月，与袁玉冰、黄道、石廷瑜、徐先兆、黄在璇（野萝）、黄家煌、支宏江（江岩）等 8 人结成鄱阳湖社。他们在求学之余便聚在一起议论国是，抨击时弊，研讨救国之方。1920 年底，鄱阳湖社更名为改造社。1921 年元旦，改造社召开成立大会，当时有会员 10 余人，共推袁玉冰为负责人。改造社受到了五四以来的新思潮的影响，并最早把马克思主义介绍到江西。刘轶为社刊《新江西》的主要撰稿人，经常在社刊上或通过信件与社员们共同探讨运用"马克思的社会主义"改造社会，建设新江西。1922 年夏，刘轶与袁玉冰、石廷瑜等考入北京大学，改造社总社也迁到北京，另在南昌、上海等地设立分社，并广泛吸收进步青年加入，从而使该社打破了南昌二中的界限，真正成为江西进步青年团体。1923 年后，袁玉冰等人加入中国共产党并致力于开展江西革命活动，社务活动渐次停止。改造社活动停止后，刘轶便转向埋头读书。北大毕业后，他于 1928 年考入法国巴黎大学攻统计学，并在法国获统计学博士学位。学成归国后，刘轶先后担任中央大学、香港大学教授、江西省府委员、省统计处处长、省行政检阅团团长等职。1949 年，刘轶去了台湾，任台湾大学专任教授兼法学院院长；1972 年在台北发起组织都昌同乡会，任名誉理事。在同乡会成立大会上，他特意发表演说，向旅台同乡后裔介绍了都昌的人文地理概况，谆谆告诫后人"不可忘本"，思乡爱乡之心拳拳。

　　关于统计学博士刘南溟的生平，比县志里更详尽的是后人的回忆。刘南溟的父亲刘书桃为人仁慈，是景德镇的窑户老板，家境富裕才有实力送下一代自费去法国巴黎留学 8 年。刘南溟的夫人程琇是新建人，同时留学法国，获法学博士学位。国民党江西省政府系统设置原没有单独的统计处,统计工作由会计长主持。1939 年,刘南溟受命延揽统计人才,成立专门的统计处,而且统计室拓展到县,使政府公务有簿籍可查,有相关统计表上报。刘南溟曾派人员对景德镇瓷业进行统计调查,形成详尽的报告,意欲提供振兴瓷业的统计分析依据。他主持江西统计工作 10 年,做得最有意义的一件事是抗战胜利后及时发动了一项规模很大的江西省抗战损失调查,集印成册,以备向日本索赔之用。1947年 9 月 6 日,联合国统计会议暨第 25 届万国统计会议在美国华盛顿举行,刘南溟应邀参加。后因出国手续办理滞后,刘南溟只得将在南京拟就的论文寄往华盛顿由相关人员在会上宣读、交流。1949 年上半年,刘南溟以统计专家的身份调任中央主计部主计官,相当于隶属行政院主计部的次长。短暂任职后,他转赴香港九龙在大学任教;旋即去了台湾,仍在大学任教,并有统计学专著出版。

刘南溟的"统计人生"总融会着故里老屋刘村的一些"原始数据"。刘南溟在中学读书时曾结识饶漱石、邵式平等人,在南昌参加过共产党组织的一些活动。他从法国留学回来,到父亲立业的根据地景德镇,刘氏宗亲在瓷都的刘氏祠堂为他接风洗尘,时人一睹"洋状元"的风采。都昌会馆刘世芗老先生赋诗称道"壮怀果越乡邦土,名士初浮月院槎"。刘南溟从法国留学回来,也曾回到都昌,首先去他的启蒙老师刘北垣老先生家祭奠恩师之灵,并撰一副挽联:五大洲战祸方张,先生道德文章,典范犹存民所赖;二十年师恩永念,此日服公于役,浣尘问政我何从。1934 年,刘南溟曾被指派为江西省政府行政检查团团长,赴浮梁专署和所属各县检查。那时,父亲去世,留下瓷业无人经营。刘南溟找来刘北垣老先生的儿子刘经诒,让一个外族人以管理技术入股,经营刘书桃打造多年的"刘和丰瓷号",这种托付式的经营一直持续到公私合营开始。刘南溟凭借在省府办事的便利,1943 年开始被聘为同村刘一燕(刘越)在景德镇创办的私立静山学校的董事长。

刘南溟 20 世纪 40 年代曾两次回老屋村探视。据说第一次坐官轿而来,一直到祖宅才下轿,被在家的叔父一阵痛斥:官做得再大,到家乡也要下轿,怎可招摇显摆?刘南溟赧颜。第二次他骑马回故里,在离村两里许的新屋刘村下马,徒步入村,谦卑之至。这次回家他还随族人去徐埠祭祖,敬祖崇宗。刘南溟的弟弟刘南滨早年得同乡军政要人刘士毅提携,在国民党军营任过团长,1949年去台湾后眷恋故土;20 世纪 80 年代末回老屋刘村探亲,捐 1000 元人民币为

村中池塘垒洗衣石板;两年后再次回到故里,将父亲刘书桃的墓茔进行了修葺。刘南溟的儿子刘云韶在村里叫"慧宝",8 岁时离开生于斯的老屋村,随父到外地生活。他后来在美国立业,一展才华。1985 年随美国的一个 13 人代表团访问中国,他专赴江西,受到了时任江西省委书记万绍芬的接见。在景德镇,他与叔父刘南浦和姑姑相叙亲情,也曾萌发回孩童时成长的老屋刘村看看,终未果。据说,其父刘南溟 74 岁去世前留下遗嘱,其墓碑要刻下"都昌刘南溟之墓"字样。

老屋刘村在民国开始演绎不同人生的人物还有刘相(1905—1954),九江省立三中毕业,曾任星子县县长、广昌县县长。刘书栋(1897—1963),北京工科大学毕业,曾任民国时期江西省参议员。刘孟群,北京协和医学院毕业,早年在成都、安庆等地的军医院任职,20 世纪 50 年代曾任九江妇幼保健院院长,1957 年被下派到都昌县人民医院,20 世纪 80 年代初病逝。刘英浦,早年投身革命,在安徽祁门刑场死里逃生后因受惊回乡,国学功底深厚,20 世纪 60 年代去世。

老屋刘村人刘南溟,以其专业才华,在江西乃至中国的统计学上留下了一份荣耀;亦以其眷恋故土的逸事,在那个混沌的时代,让一缕乡愁氤氲缱绻……

14.汪墩乡茅垅村：茅垅暴动的红色记忆

【谭氏家训家规】礼让宜明，雍睦宜调；困穷宜恤，承祧宜慎；品行应端，交友宜择；本业宜勤，持家宜俭；祭扫当虔，内外宜肃。

在汪墩乡茅垅村委会办公大楼的斜对面，有一幢古宅作为茅垅暴动的纪念地。大门旁有一方石碑，用简约的文字对茅垅暴动进行了解说："1930 年 5 月，在中共东北特委和县委的领导下，汪墩乡周围 1000 余名农民组成暴动队，向茅垅进发。愤怒的群众包围了茅垅村，烧毁了债据，废除了契约，开仓分粮，惩处恶霸，并召开群众大会，宣布成立都昌第一个红色政权——都昌县革命委员会。茅垅暴动的胜利，有力震慑了国民党在都昌的反动统治，打击了豪绅地主的嚣张气焰。"落款为"中共都昌县委，都昌县人民政府"。茅垅暴动旧址如今成为都昌爱国主义教育基地，人们前来瞻仰革命旧址，重温红色记忆。

风 潇 雨 晦

大革命时期，共产党员刘越、刘肩三、谭和在家乡汪墩一带培养了大批革命骨干，正因为群众基础牢固，农民运动开展得轰轰烈烈。茅垅六区农民协会实行"一切权力归农会"，让大批贫苦农民扬眉吐气。1927 年蒋介石发生"四一二"反革命政变后，在那个风雨如晦、腥风血雨的时代，国民党军警和豪绅地主常在茅垅捉人、烧屋、敲诈钱财，盘剥贫苦农民，农会骨干分子的家庭更是被摧残严重，都昌党组织也遭到破坏。

1930 年初，代省委的中共九江中心县委派向先鹏回都昌恢复中共都昌县委。向先鹏回都昌担任县委书记后，县委设在紧靠茅垅的老屋村，将迅速恢复和发展党团组织、发动群众、组建革命武装作为中心任务。是年 4 月，春荒时节的贫困农民为了买粮活命，把家里的很多东西都当尽了。面对生活的无望，一股反抗的情绪在许多底层农民心间积聚。4 月 18 日，向先鹏在老屋村召开县委紧急会议，茅垅的谭绪疆、谭绪腾、谭绪言、谭火金等人也参加了会议。大家分析斗争形势，觉得发动暴动具备一定的力量。一是其时汪墩一带有赤卫队员

200余人,可成为暴动的基本队伍;二是群众愤怒的火焰已经到了爆发的临界点,可形成暴动的群众基础。会议决定,在5月5日(农历四月初七)举行茅垅暴动,目标直指谭家"五老虎"。其后的20多天,中共都昌县委组织人员深入老屋、后垅、新桥、向家山、汉遑等村庄进行动员,并整编赤卫队和特务队,为武装暴动进行充分的准备。

风 驰 电 掣

1930年5月5日清晨,一支800余人的暴动队伍向茅垅村进发,很快包围了茅垅村,谭家所谓"五老虎"除谭洪楼闻风而逃外,其余"四虎"都束手就擒。茅垅村的200余人也加入暴动队伍,贫苦农民在现场烧毁了债据,撕毁了契约,开仓分粮,惩处了平日作恶多端的恶霸。县委在村头召开群众大会,宣布成立"都昌县革命委员会",主席为向先鹏,都昌历史上第一个红色政权应时而生。随后,汪墩的排门、陈家湾、汉遑等村庄的农民也举行了"打土豪、废债契""建立苏维埃政权"的暴动,土豪劣绅闻风丧胆。

"红旗飘在茅垅岗,男女老幼喜洋洋。团结起来闹革命,打倒土豪把身翻。糊泥岭前第一仗,打得董政见阎王。陆士郊缩进了乌龟壳,从此不敢逞凶狂。"这是茅垅暴动时传颂的一首红色歌谣。茅垅春荒暴动六天后,国民党县政府驻扎在徐家埠的治安中队队长陆士郊调动徐港桥一个分队30余人,荷枪实弹地进犯茅垅,企图一举扑灭农民暴动的烈火。向先鹏组织游击队员迎头痛击,赤卫队员在粗壮的松树树身上凿洞填上火药,制成"松树炮";在洋油铁皮桶内鸣放爆竹,特殊的"机关枪"震耳欲聋;肩上扛的还有土铳和梭镖。赤卫队员听从向先鹏布阵,一路隐于左,一路伏于右,作为总指挥的向先鹏则带着一队人马埋伏在一个叫作糊泥岭的小山头。陆士郊手下的一个分队长董政带着保安队赶来,陷入了向先鹏设置的包围圈。瞬间"松树炮"炸响,"机关枪"齐发,小土铳掀天,保安队士兵不明游击队虚实,枪炮声中传来糊泥岭上"捉活的!捉活的!"的吼叫声,董政率部狼狈逃窜,从水路上了船,惊魂未定。游击队打了胜仗的余威传到了县城,30余里外的国民党县政府县长石铭勋(湖南人)到任刚半年,他惧怕游击队攻城,紧闭城门三日,呈龟缩状。茅垅暴动发生后,中共都昌县委和刚成立的都昌县革命委员会在随后的一个多月里,带领游击队在苏山李家排、汪墩阳储山等大村庄打土豪劣绅,穷人们拍手称快。

风 起 云 涌

20 世纪 30 年代初,革命的星星之火,尚未形成燎原之势。都昌的茅垅暴动不久便被国民党剿灭而失败。

国民党都昌县政府害怕"赤祸"蔓延,一阵惊悚后缓过神来,在全县一些大村庄组织土豪劣绅以"保家护村"为名成立土枪队,与游击队相抗;同时调动自卫队先后向汪墩根据地发起了 4 次进攻。在敌强我弱的残酷形势下,为保存革命力量,向先鹏带领游击队被迫转移到阳储山,以至都昌和湖口边境。茅垅一带的红色根据地遭到严重打击,游击队员家的财物被洗掠一空,不少屋宅被焚。游击队员大部分没有迅速转移,不久又回到茅垅、老屋、古楼一带,坚持游击战争。

6 月 22 日凌晨,陆士郊的保安中队纠集 800 余人,全副武装地突袭茅垅村,当即将隐藏在村中麻园的共产党员谭绪亭和赤卫队员谭腊里、邵复初等 5 人杀害,赤卫队员陆献壁卧床养病,被敌人砍了 18 刀而死。区委书记谭绪疆带着赤卫队员分散隐匿,并派一名队员到张家山报信。其时县委书记向先鹏正组织游击队员在张家山训练,他当即命令队员在糊泥岭放枪,将敌人引至老屋村以解茅垅之围。敌人迅速掉头奔袭老屋刘村,向先鹏组织游击队员与敌人展开殊死战斗,终因寡不敌众,退守老屋村。向先鹏带领游击队向后山突围,在激战中不幸被捕。1930 年 7 月 4 日,年仅 23 岁的向先鹏在都昌县城东门外英勇就义。

茅垅暴动从 1930 年 5 月 5 日至 6 月 23 日,整整坚持了 50 天,为暴动而牺牲的共产党员、游击队员和革命群众共 100 余人。有地方党史资料这样论述茅垅暴动的意义:暴动中成立了都昌第一个红色政权——都昌县革命委员会,激发了人民群众在中国共产党的领导下与国民党反动派做斗争的决心和勇气,同时也使党的干部和革命群众受到了锻炼,有了血的经验教训,为以后的斗争积聚了革命力量和斗争智慧。

茅垅村建村已有 800 年(一说千年),悠悠历史长河中,沉淀着深沉的"古色"。正因为有了茅垅暴动和后来的革命洗礼,茅垅这片土地最深沉的底色是"红色"。据统计,从 1930 年至 1937 年 7 年间,茅垅村有谭绪疆、谭绪伦、谭昌仁等 32 位烈士血沃大地。经历枪林弹雨考验的谭绪言 20 世纪 50 年代初担任都昌县人民政府副县长。茅垅村烈士纪念亭昭示后人缅怀先烈,创造未来。这

片红色土地在新时代开出五彩斑斓的幸福之花。茅垅村现有村民约 2000 人，人才辈出，各展其彩。村里的一份彩色宣传册上，列出了位至厅级的谭今来，后起之秀谭克伦、谭建章、谭卫平等才俊，谭肖锋（博士后）、谭翊飞、谭小马、谭广瑜等学界精英。茅垅村是"十三五"贫困村，2018 年已脱贫。各行各业的茅垅村人传承红色基因，开辟美好未来……

15. 汪墩乡前房谭村：湖口第一任县委书记谭和烈士的故事

【谭氏家训家规】礼让宜明，雍睦宜调；困穷宜恤，承祧宜慎；品行应端，交友宜择；本业宜勤，持家宜俭；祭扫当虔，内外宜肃。

都昌谭姓承袭"荣里世家"，全县 59 个村庄有后港、中港、前港三支派之分。汪墩乡七星村委会前房谭村，便是从前港支派的茅垅村于明弘治年间（1488—1505）分迁而至，建村已有 520 余年，现有村民 380 余人。革命烈士谭和（1898—1930）是前房谭村人，他有着怎样的革命人生经历呢？

中共都昌第一个党小组创始人之一

据中共党史出版社 2014 年出版、都昌县党史办编著的《中国共产党都昌历史》（第一卷）载，1926 年 3 月，都昌最早的一批共产党人刘越、刘肩三、谭和、王叔平、刘聘三五人在县城南山庙内召开党员会议，秘密成立了中共都昌第一个党小组，刘越任组长，直属中共南昌特支领导。谭和是都昌共产党组织五名创立者之一，时年 28 岁。南山寺作为中共都昌第一个党小组的成立之地，得到了确认。2018 年 3 月，江西省人民政府将此处的"都昌县第一个中共党小组成立旧址"列为"江西省重点文物保护单位"。不过，都昌史志专家邵天柱先生早年采访本土的老革命，认为"旧址"不在南山寺，而在现在的南山革命烈士纪念亭处，当时五人开会是在野外，便于遇到情况随时分散，并不在寺内。邵先生此说不妨一录存记。

谭和，派名昌宽，又名介泉，1898 年出生于都昌汪墩前房谭家一个农民之家。父亲谭锡成在当地石嘴桥开了一座小油坊，使家人没有陷入贫困的泥潭。谭和少时读过数年私塾，1921 年考取省立南昌第一师范（简称省一师）学校，与同乡刘越、余宝华等人是同学，比另一个土塘老乡冯任高一届。当时的省一师受到五四运动影响，革命浪潮在学生中蔓延，谭和参加学校党团组织开展的进步学生运动，并在 1925 年毕业前夕加入了中国共产党。

谭和从省一师毕业后,内心已激荡起革命的热情。他回到都昌后,公开的身份是源头港小学教员。1926年春,谭和配合刘越在家乡汪墩开办平民夜校,同年冬季,在苏山、左里一带从事农民运动,建立了庚区农民协会和第八区农民协会。1927年2月,都昌县第一次农民代表大会在县城陶公庙召开,谭和当选为农民协会执委,并担任县农协特派员,分赴乡村指导农运工作。谭和带领农民协会会员二斗大劣绅的故事,展示了他坚强如钢、勇往直前的斗争精神。一次是1927年3月,谭和带人捉拿逃匿的徐埠大地主刘云亭,在他游行后将他关押;一次是当年同月组织农民自卫军和徐埠、左里的农民协会会员在塞心坂与八区劣绅袁铁枚的"AB团"地方武装千余人决战,打死了流氓头子徐际会,并端掉了袁铁枚的"AB团"老窝。

1927年宁汉合污,大革命遭到失败。都昌人民自卫军副队长刘天成叛变革命,刘天成联手都昌反共"五人团"于1927年6月9日,抓捕谭和等共产党人,对他们严刑拷打,并投入监狱。后经共产党组织向国民党江西省政府和省党部施压,都昌"五人团"释放了被捕人员。不久,谭和再次被列入国民党反动派在都昌的33人通缉名单。在白色恐怖笼罩的严峻形势下,谭和潜逃至外地,先到了他在景德镇的姐姐家。1928年,而立之年的谭和写下《三十有感》诗三首,诗中有"九州鬼蜮任纵横"之句,可见当时黑云压城之势。随后,谭和找到党组织,在中共赣北特委任交通员,负责景德镇至都昌一线的交通联络。他在景德镇和中共赣东北特委书记黄光联系上,受命在都昌徐家埠设立了都昌、湖口、鄱阳三县交通站,谭和任站长兼特委特派员,重点负责整顿与恢复湖口、都昌两县的党组织。1928年2月,谭和来到茅垅村召开党支部会议,决定在村头开办至善小学,由共产党员谭绪壁任校长,党员担任教员,以学校做掩护,在都昌、湖口建立党的地下交通站,成为中共赣东北特委与都昌和湖口的党组织联络的一个支点。在谭和的指导下,1928年6月和9月,湖口、都昌分别重建了临时区委。

从省一师毕业后,谭和在农民运动中和党内交通情报斗争中淬炼三年,日渐成为一个成熟的共产党员。

中共湖口县委第一任书记

查《中共湖口地方史》(第一卷),与都昌相邻的湖口县,成立中共九江特别支部湖口小组是在1926年3月,组长龚载扬,比刘越在都昌创立第一个党小组晚 5 个月。1929 年 4 月,中共湖口区委改为中共湖口县委,第一任中共湖口县委书记为谭和。谭和在湖口县(区)委任职的时间节点是:1929 年 1 月(一说 1928 年 11 月),受中共东北特委派遣,谭和化名陈又新,接李新汉任中共湖口区委书记;1929 年 4 月,中共湖口区委改县委,谭和继任中共湖口县委书记;1930 年 1 月,谭和奉调回都昌,徐保义、陈钧分别代理了两个月的中共湖口县委书记;1930 年 5 月至 6 月,谭和继续担任湖口县委书记;1930 年 6 月,谭和赴上海找党中央汇报工作,由邹觉民任中共湖口县委主要领导,邹觉民一个月后壮烈牺牲。1930 年 8 月,谭和随红十军进入湖口,重新担任中共湖口县委书记;11 月,谭和率领湖口苏区干部和游击队员前往鄱阳追赶主力红军,遭国民党军队围攻,壮烈牺牲。

在革命人生的最后两年,谭和在中共湖口县委书记岗位上绽放出芳华。我们且来追寻谭和在此期间的红色人生以及他谱写的精彩华章。

参加创建工农红军赣东北第一游击大队。湖口县处襟江带湖之军事要塞,毗邻九江,省委非常重视谭和在湖口的工作。1929 年 9 月,中共东北特委在景德镇恢复,湖口党的工作接受九江和中共东北特委的双重领导。9 月上旬,省特派员周建屏(后任红十军军长)赴信江指导军事工作,途经都昌、湖口。他与中共都昌临时县委书记刘梦松、中共湖口县委书记谭和见面,谈及在都昌、湖口边界创建游击根据地。同月,周建屏在都昌汪墩王滚垅村谭洪进家,召开了都、湖两县党的联席会议,谭和带着湖口团特支书记陈运绍、军事人员周庚年出席了会议。9 月 24 日,湖口游击队周庚年、刘皋(都昌汪墩人)等 40 余人,从都昌、湖口边界的春桥墩上游家出发,晚上 9 点赶到汪墩。由于都昌地下党员的紧密配合,未放一枪一弹,便夺得汪墩靖卫团的 11 支新枪(原 12 支枪,有 1 支枪被一个团丁临时带走)。1929 年 9 月 28 日,中国工农红军赣东北第一游击大队在湖口城山乡横山密庙正式成立,随后在湖口成立了中共赣东北委员会。有了自己的武装力量,湖口革命根据地迅速由都昌、湖口边界扩展到全县大部分地区,在都昌春桥还建立了都湖特区农协。谭和带领特支一班人,发动秋收斗争,开展平籴运动,没收地主财产分给贫苦农民,将区乡农民协会和群众武装工作开展得如火如荼。

对"左"倾冒险主义军事行动发出理性之声。1930 年 3 月,"左"倾冒险主义在党中央占统治地位,中央特派员徐德(四川人,化名向式辉)来湖口全权领

导湖口革命斗争,重点部署组织地方暴动,配合九江及赣东北总暴动。为了实现这一计划,徐德意图夺取驻都昌徐埠的陆士郊靖卫团的枪支。作为都昌人的谭和,在摸清实情后力主先进攻力量较弱、警戒松懈的都昌刘逊桥警察分队。徐德急于夺取更多枪支,置中共湖口县委书记谭和的正确意见于不顾,决意先打徐埠。1930 年 4 月 13 日,他命令赣东北第一游击大队突袭徐家埠,结果造成周庚年、刘皋等游击大队主要领导人和 20 余名游击队员牺牲。半个月后,徐德又强令组织"湖口暴动",攻打湖口县城。这次为了暴动而暴动的行动,尽管取得较大的政治影响力,但受到国民党军水陆夹击,占领湖口县城仅数小时就被迫撤出。这次区域暴动,牺牲队员 50 余人,游击队在遭强敌围攻,内部班子不团结,游击队员整顿减薪,打了败仗情绪不稳的情况下,连连受挫。谭和理性地发出自己的声音,认为游击队应"避免打硬仗,设法扩大武装打胜仗",可以在强敌围攻之下,跳出包围圈,转移到都、湖、鄱、彭交界的武山山区。由于"左"倾盲动主义者的错误指挥,赣东北第一游击大队遭到敌军合剿,在鄱阳响水滩孤军作战,四面受敌,原鄱阳游击大队长英豪牺牲。队伍被打散,余部由都昌游击大队长刘龙嗣等率领去景德镇,后编入中国工农红军第十军。

为恢复中共湖口县委和重建县苏维埃壮烈牺牲。赣东北第一游击大队被打散后,湖口革命根据地因失去了武装支撑而沦陷。1930 年 7 月,谭和、陈钧等乘船经安庆去上海,向党中央汇报湖口县党组织被破坏的经过;随后,奉命返湖口重新恢复党组织。1930 年 8 月,谭和同赤卫队队长沈春生秘密回到湖口,趁周建屏率领的红十军在湖口江桥大胜敌军的机会,一举恢复中共湖口县委,重建了县苏维埃政权,谭和继续受命担任中共湖口县委书记。1930 年 11 月,敌 5 师和都湖鄱彭反动武装趁红十军回师老苏区,纠集四县力量围剿共产党武装。谭和的亲密战友、红十军第 7 旅旅长兼地方工作部部长刘肩三担任都湖鄱彭四县总指挥。面对敌人发起的新一轮围剿,11 月 13 日(一说 16 日),谭和率领湖口游击队员、赤卫队员和县苏维埃工作人员千余人向鄱阳方向突围,到达肖家岭。谭和亲自前往一线侦察,不幸中弹牺牲,时年 32 岁(都昌有党史资料记载谭和牺牲于彭泽黄板桥)。

谭和烈士血洒赣鄱大地,他的红色基因在赓续。谭和妻子袁秋菊是个深明大义、坚贞不屈的女子。据《湖口县志》记载,因支持丈夫革命,她在 1929 年和 1930 年先后两次被抓去坐牢,田地、房屋均遭查封。谭和牺牲后,袁秋菊历尽艰辛带着烈士遗子谭金海、谭贵海（洪霞）在深山躲避三年，抚育两个儿子成人。袁秋菊1973年在前房谭家病逝，享年75岁。谭金海、谭贵海各生育了3个儿子，烈士后裔家道兴盛。1948出生的谭锦如是谭和烈士之孙（谭金海之次子），曾任汪墩乡乡长，后从县林业局退休。1970年4月入党的谭锦如在庆祝中国共产党成立50周年之际，领受了中共中央颁发的"光荣在党50年"的纪念章。谭锦如的大儿子谭建亚从部队退役后在九江国棉二厂工作，谭锦如的长孙谭龙强也是一名军人。谭和烈士的后代一个个继承先辈遗志，为了更加美好的明天而不懈奋斗。

在前房谭村，红色基因光耀千秋。除了谭和烈士，还有烈士谭绪华，他曾任中共都昌县委、区委委员，1933年受刑伤致死，时年47岁；烈士谭绪宏，游击队班长，1930年9月在汪墩新桥牺牲，年仅17岁。前房谭村人踏着烈士的血迹，汲取信仰的力量，奔向前方……

16. 汪墩乡刘珠村：勇猛的刘皋烈士

【刘氏家训家规】忠诚为立身之本，宁朴实勿狡诈，宁肯愚拙勿乖巧，发一念而必依于理，出一言而必本于心。

"刘珠"，听起来像个人名，刘珠的确是刘珠村肇村的祖先之名。刘珠村祖先为明代隆庆年间（1567—1572）的刘宗显（名珠）、刘宗广兄弟，由蒲塘迁中舍湾，而后迁柘树港，建村420余年。刘珠村村民原来居于柘港、后畈洲、双塘塍三处，生产队时代同属一个队。1998年移民建镇，三处合聚于现村址。全村现有人口240余人，属汪墩乡阳港村委会所辖。

刘珠村出了革命烈士刘皋，其简略事迹上了1993年版的《都昌县志》。对于刘皋出生年份，公开出版的先烈资料记载为1895年，《刘氏宗谱》记载为1892年。刘皋，派名圣波，绰号黑狗，"刘皋"其名与"牛皋"谐音。因其身材魁梧，勇猛过人，当年参加赣东北第一游击大队，与敌人对决骁勇善战，冲锋陷阵，都昌、湖口游击根据地的人民送他一个外号"牛皋"，将他与南宋岳家军抗金名将牛皋相比，故又名刘牛皋、刘皋，本名"刘圣波"少为人所知。

刘皋出生于刘珠村一户贫困的农民之家，幼时失学，长大成人后靠租种外村在景德镇烧窑发家的一个财主家的土地为生。大革命时期，都昌汪墩在刘越、刘肩三等共产党人的组织下，农民运动风起云涌，土豪劣绅闻风丧胆。自小具有正义感、性格刚烈的刘皋也是农民运动的积极分子。受汪墩前房谭家共产党谭和等人的影响，1926年刘皋投身革命，随后加入中国共产党。

刘皋的革命引路人是同乡谭和。谭和是1926年3月在南山成立的都昌党小组的五位创始人之一。1929年春，谭和受中共赣北特委的指派，在湖口县恢复党组织并建立革命武装，曾任中共湖口区委、县委书记，而紧随谭和奔赴湖口的刘皋是最受信任的一个。刘皋在赣东北第一游击大队大显身手，在他生命的最后两年，以三场大仗展其血染的风采。

第一场战斗是夺取汪墩靖卫团枪支。1929年9月上旬，省委特派员周建屏（后任红十军军长，两度回师都昌）去信江根据地工作，途经湖口、都昌，发现都、湖交界处适合开展游击战争,他分别找到湖口、都昌两县党的负责人谭和、刘梦松商议,在都、湖边界建立游击区,以与弋横为中心的信江苏区相呼应。9 月 27日,都、湖两县武装人员 15 人在湖口游击队队长周庚年的率领下,从都昌春桥墩上游家出发,在都昌地下党组织的配合下,当晚 8 时许就到了汪墩。周庚年带着一支崭新的驳壳枪,刘皋带着"挡者洞胸"的匕首和一支雕刻得几可乱真的"勃朗宁"木头手枪,其余队员大多在腰上缠着两面锋的刀子和匕首,当晚 10 时许突袭设在蒲塘庙的汪墩靖卫团。当时,靖卫团只有一个哨兵抱枪倚墙,没精打采地放哨,其他人正在赌博。冲在前头的刘皋,拔出"勃朗宁"木头手枪,第一个冲到靖卫团驻守的门口,一声"不许动","枪口"就顶住了哨兵的腰眼,哨兵还未反应过来,就被臂力过人的刘皋生擒了,枪支也被夺了。周庚年挥着雪亮的驳壳枪,带领其他队员顺势冲了进去,也没遭到靖卫队的反抗,未放一枪,就将挂在墙壁上的靖卫团 10 支步枪全部收缴了。在外围包围、监视敌人的当地游击队员,喊着"缴枪""士兵不打士兵"的口号助威。不一会儿,战斗就结束了。大家清点胜利果实,除了靖卫团一队人员临时出差带走了一支枪,其余 11支枪悉数成了游击队的战利品。周庚年在离开汪墩的路上,笑着对雄赳赳的刘皋说:"这回论功行赏,要请老刘多干几杯!"

按周建屏起初制订的计划,夺取汪家墩靖卫团的枪支后,再与都昌方面的力量汇合攻打都昌县城,袭击国民党县政府的自卫中队,打开监狱救出被捕同志,然后转移到湖口活动。周庚年考虑到攻打县城力量不够,天又大亮不便袭击,便带队主动往湖口转移。第二大,赣东北工农红军游击队第一大队(简称一大队)在湖口城山乡横山密庙成立,周庚年为队长,刘皋为首批骨干队员,3 个分队有队员共 60 余人。1930 年初,一大队发展到 180 余支枪,一支颇具战斗力的红色武装队伍活跃在都、湖边境,实行武装割据,开辟革命根据地。与此同时,赣东北革命委员会宣告成立,刘皋因勇猛和忠诚而被推选为赣东北革命委员会委员。

第二场战斗是奇袭湖口流泗桥。1929 年冬,游击队准备攻打湖口流泗镇,夺取靖卫队枪支。刘皋化装成一个卖布的小商贩,到流泗桥靖卫团驻地去摸清敌人的兵力部署情况。机智的刘皋在镇上一家小酒馆与靖卫队的几名大兵酒过数巡后,从他们的口中巧妙地探听到了靖卫团兵力的布防情况。数日后的雪夜,刘皋带领游击队员奔袭流泗桥。根据事先侦察到的情况,刘皋进入岗哨,解决了敌人的门岗,游击队员则冲进营房,敌人还在睡梦中,这一仗又是兵不血刃,一举缴获崭新的步枪24支。1930年2月,谭和带领刘皋等10余名游击队员,再次来到家乡汪家墩,在当地土豪家中缴获长枪3支,"六子连"手枪1支。刘皋作为一大队的主要军事组织者之一,参加了反击靖卫团"三县围剿"中老山团、文桥、团山涧、马影桥等战役,刘皋之勇猛,在都、湖游击区广为传扬。

第三次战斗是攻打徐家埠。1930年3月初,中央特派员徐德(老向)到湖口县接替省委巡视员肖韶的工作,他带来省委对赣东北革命委员会和第一游击大队的指示:"改造游击队……改造党与群众组织……实行土地革命,建立苏维埃,组织地方暴配合九江暴动。"徐德为贯彻省委指示,采取了一些正确的政策和对策,但其盲目的指挥给一大队造成了重大损失。当时,都昌县徐家埠是靠近湖口的一个大的商贸集镇,陆士郊率领的一个保安中队驻扎于此,有枪150余支,经常骚扰都昌和湖口两县的边区根据地。徐德意欲消灭这个国民党保安中队,拔除国民党驻徐家埠的据点,当时队委钱成九、刘皋等人提出先攻打国民党保安队驻守薄弱的刘逊桥,但徐德犯了"左倾"冒险主义的错误,未侦察敌情,盲目下达进攻徐家埠国民党保安中队的命令。4月13日下午,大队长周赓年带伤率领80余名游击队员和100余名赤卫队员,与中共都昌县委书记向先鹏带领的都昌游击队,分三路从湖口的周家湾、沈漆字村以及汪墩老屋村出发,急行军赶往了徐家埠。这时天将拂晓,周庚年率领的一路率先到达,为了不被敌人发觉,他们对驻扎在关帝庙中的国民党保安中队发起了进攻。谁知,国民党都昌县政府的刘武臣率领保安中队在13日傍晚到达了徐家埠。敌我力量悬殊,激战后游击队撤出战斗。这次攻打徐家埠的战斗,缴获敌人步枪10余支,打死打伤敌人10余名,周赓年大队长、孙教练和刘皋等11人壮烈牺牲。年仅29岁的周赓年的头颅被敌人割下悬挂示众,牺牲的11位烈士被草草埋葬在湖边。勇猛的刘皋血沃徐家埠。同一年,刘珠村的游击队员刘书滨牺牲于鄱阳。

刘皋在刘珠村没有留下嫡传后代,村民对烈士的具体事迹知之不多。刘皋这位称雄于中国工农红军赣东北游击队第一大队的勇猛英雄,他的英名与江湖长存。

17. 汪墩乡黄浩村：烈士之家的五代从军路

【黄氏家训家规】敦孝行，正婚姻，睦邻里，重幼教，济贫困，慎丧祭，笃宗族，重宗谱，纳国税。

（一）

对于 65 岁的都昌县汪墩乡喆桥村委会黄浩村村民黄国泉来说，一生中最出彩的一段经历是 1976 年至 1980 年在福建厦门某炮兵基地的四年军营生活，做过的最有意义的一件事是 2011 年自筹资金 70 余万元，在汪墩乡建成革命烈士事迹陈展馆和汪墩黄浩革命烈士陵园，将它们打造成爱国主义教育基地。黄国泉家族从他爷爷黄芳潮烈士追随方志敏参加红十军这一代算起，连续五代都有热血子弟投身军营，从戎报国，谱写了一曲曲强我长城、保家卫国的壮歌。

黄家的红色家族史可追溯到风雨如晦的 20 世纪 20 年代。黄浩村所在的汪墩乡，在都昌革命斗争史上书写了正气千秋、气贯长虹的一章。中共都昌县委第一任书记刘越是汪墩人；在红色岁月叱咤风云的中共都昌县委书记刘肩三是汪墩人；1930 年 5 月 5 日掀起的茅垅暴动，中国共产党领导的都昌第一个红色政权的建立，都发生在汪墩；红十军在都昌驰骋，汪墩籍子弟成为这支部队的生力军。1930 年春，当时在上海的党中央指示赣东北根据地的方志敏、邵式平、周建屏等创建红十军，出击以弋阳、横峰为中心的信江区域，以景德镇为中心，包括都昌、湖口、鄱阳、乐平等地的赣东北区域，以便配合其他各路红军形成一个对南昌、武汉的包围圈，"争取一省或数省的首先胜利"。都昌汪墩乡人刘肩三起初任红十军第 19 团政治委员，后改任红十军政治部地方工作部部长兼第 7 旅政治委员。刘肩三在都昌、湖口、彭泽、鄱阳、景德镇一带扩大红军队伍，有整营、整连的战士是都昌籍的。红十军分别在 1930 年 8 月和 10 月二进都昌，都昌籍战士在红十军浴血奋战，狠狠灭了国民党地方政府的威风，打击了国民党军队的士气，鼓舞了当地群众参加革命斗争的信心和勇气。在根据地的拓展上，都昌、鄱阳、弋阳、横峰连成了一片。黄国泉的爷爷兄弟四人，除老大黄芳杰在家靠扯面为生,照顾家业外,黄芳华、黄芳英、黄芳潮兄弟三人均参加了红十军。1934 年 11 月,红十军在方志敏的率领下,组成北上抗日先遣队,到达闽、浙、皖、赣边区,后在皖南遭国民党重兵围追堵截,被迫转移,被 7 倍于己的敌军重重包围在弋阳县的怀玉山区。在风雪交加、弹尽粮绝的情形下,绝大部分红军战士壮烈牺牲,血沃怀玉山。有资料显示,当年参加红十军的都昌儿女有 120 余人,仅汪墩籍战士就有 30 余人,皆血染战场。1935 年 1 月 29 日,方志敏被俘,8 月被杀害,时年 36 岁。方志敏在狱中写下的《可爱的中国》《清贫》等名篇,成为一代代共产党人坚定理想信念的红色教科书。在都昌的党史资料和县志里,留下了黄芳潮兄弟三人追随方志敏后成为革命烈士的简短记录:黄芳英,红十军大队长,1930 年牺牲于弋阳,年仅 27 岁;黄芳华,红十军排长,1930 年牺牲于弋阳,年仅 21 岁;黄芳潮,红十军排长,1930 年牺牲于弋阳,年仅 20 岁。1930 年在红十军参战中牺牲的黄浩村烈士还有黄芳清、黄芳瑶、黄嗣谷三人。

黄芳潮的大儿子黄昌柏,解放初期被送往南昌烈士子弟学校就读,后来回都昌参加土改工作,曾任茅坝乡乡长。小儿子黄昌礼 1960 年至 1966 年投身军营,在驻贵州的炮兵 65 师服役,转业后被分到县石油公司工作。

黄浩村有很多热血男儿,比黄芳潮长一辈的黄淦(1887—1919),派名黄嗣智,在中国近代史上留下了浓重的一笔。人民出版社早年出版的《近代中国史篇》下册载文:"(1918 年)六月,江西鄱阳、都昌人民自称'赣北护法军',攻占鄱阳、都昌县城,配合孙中山领导的反对北洋军阀的护法运动。"组织"赣北护法军"并自任司令的就是黄浩村人黄淦。黄淦在攻打浮梁时,遭知事陈安偷袭而被俘,被处以四马分尸酷刑。他的数个儿子为避追杀逃往外地,从此与黄浩村失去联络。当年黄浩等村的起义者(包括黄淦)的房屋均被北洋军阀县当局焚毁。黄淦"我以我血荐轩辕"的豪气,令后人敬仰。

(二)

黄国泉是家族中参军的第三代。1976 年 20 岁的黄国泉应征入伍,成了驻福建厦门某基地的一名炮兵,亲历了海峡两岸那个年代的隆隆炮声。1980 年,黄国泉退伍,沐浴改革开放的春风,将在军营里锻造的勇毅品格,转化为在家乡创业的果敢,在当地跑起运输生意,办起砖瓦厂,开发农贸市场,还在村委会做过村干部,当选三届县人大代表。

　　四年军营人,一世拥军情。作为革命烈士的后代,军人出身的黄国泉对人民军队有一种融入血液的浓厚情结。他也从自己的亲人身上感受到了党和政府对烈士家属深深的关爱。他父亲黄昌柏当年就读烈士子弟学校,才有了后来步入乡镇领导岗位的历练机会。二哥黄银泉当年是民办教师,后来考录转编,也享受到了烈士家属的加分优惠,成了一名公办教师。小弟黄红卫当年参加县砖厂的招工考试,在两个人分数相同只取一名的竞争中,黄红卫因为是烈士家属而被优先录用。纯朴、豪爽的黄国泉动情地说:"我从内心热爱党、热爱祖国、热爱人民军队。我的创业之路能走得顺畅,是享受了和平年代改革开放的红利,也离不开部队的造就。我一定要传承红色基因,增强国防意识,竭尽所能地去办些实事。"

　　2011 年,黄国泉下定决心不再从事实体企业的经营,一门心思地实施他的"一馆一亭一院"的国防教育基地建设。他的"三个一"国防教育基地建设计划,也得到了当地党委、政府和相关部门的支持。

　　"一馆",就是建设"汪墩革命烈士事迹陈展馆"。黄国泉在汪墩乡政府大院对面的农贸市场上,腾出本来可以出租给商户收取租金的一层楼,办起陈展馆,场馆面积达 400 多平方米。他走村入户地收集当地的革命文物,从当年战士用过的步枪、马刀,到群众为部队送粮用的竹篮、饭筒,一一认真甄别,悉心保护。多方搜集相关的革命战争史资料和史籍,图文并茂、物景相融地进行展示。为丰富汪墩籍勇士参加红十军的珍贵史料,黄国泉和他的战友赴弋阳县青板桥、横峰县娄底蓝村,收集烈士捐躯地的第一手资料。2011 年底,汪墩革命烈士事迹陈展馆建成,对外免费开放。

　　"一亭",就是兴建汪墩革命烈士纪念亭。黄国泉将烈士纪念亭的地点选在黄浩村后阳储山山脉的长子涧,亭址四周青山环抱,远处匡庐巍峨,鄱湖浩渺,是忠魂安息的理想之地。从都蔡公路旁通往山顶,原来只有一条 2.5 公里长的狭窄山路,且崎岖难行。为了便于运送建纪念亭用的施工材料,也方便以后前往烈士亭祭扫英灵的干部群众出行,黄国泉首先想到的是拓宽路基、硬化路面。他找到共有此山的邻村人商量,得到大家的一致称道。村民还自发捐款 6000 余元,支持修路。经过半年的施工,一条 1.5 公里长、5 米宽的通往亭址的公路,在 2013 年 10 月正式通车。路通了,黄国泉便着手修建烈士陵园和纪念碑亭。他采购优质石材,请来一流工匠,又历时半年才完工。墓地肃穆,亭碑庄严,"人民英雄永垂不朽"几个金黄的楷体字格外醒目。20 余位汪墩籍革命烈士魂归青山,长眠故土。

"一院",就是拟建中的"革命烈士遗属养老院"。黄国泉计划在山下一块生态优美、山清水秀的开阔处,办一个供养全县革命烈士遗属的养老山庄,让生活有困难的烈士亲属得到关爱,颐养天年。

黄国泉为建陈展馆和烈士亭自筹资金 70 余万元,花尽了他多年的积蓄,资金紧缺时还负债推进工程。一些亲友埋怨他做这样无利可图的"傻事",可黄国泉做得无怨无悔。在他的心中,革命理想高于天,红色教育基地建成所带来的社会效益是无价的。他为革命烈士建馆立亭的事迹在社会上成了美谈,不少单位和个人纷纷加入"红色工程"中来。江西省民政部门支持 20 万,都昌县政府拨款 8 万元,市委宣传部支持 2 万元,用于黄国泉的爱国主义教育基地建设,一些退伍老兵也捐了款。让黄国泉感到欣慰的是,每到节假日,特别是清明节和革命烈士纪念日,有不少干部群众和中小学生前来参观陈展馆,祭扫烈士墓。黄国泉只要在村里都会义务当讲解员,讲述革命先烈可歌可泣的英雄故事,弘扬英烈精神,激发人们不忘初心、砥砺前行。

(三)

黄国泉退伍不褪色,在家乡办展馆、建陵园,留住红色记忆,缅怀革命先烈。他家族的红色基因代代相传,从戎报国、拥军尚武的家国情怀衍生成家风。

黄国泉的儿子黄丽华在边陲军营锤炼了 18 年。1999 年 12 月,他在家乡应征入伍,远赴新疆吐鲁番当了一名步兵。2001 年,他考入解放军信息工程大学,毕业后来到驻南疆汽车某团任机要参谋。这个团主要是给新疆到西藏之间的边防兵站运送补给物资,黄丽华成为带车干部。一个车队多时有 50 多辆,少时也有 10 多辆,每辆车要配上正、副手两个战士。在海拔最高达 6700 多米的高原,自然环境极其恶劣,含氧量不到正常的 1/3,年轻的战士常常出现头晕、唇发紫的反应,要是染上感冒,很容易导致肺水肿,严重时危及生命。1800 公里长的补给线,他们一天只能行驶 200 多公里。黄丽华就是在这样艰苦的环境中,锤炼军人不畏艰险、誓达目标的秉性,奉献着一名军人对保卫祖国边疆的赤诚。他在部队两次荣立三等功。2015 年底,黄丽华转业到九江市总工会,在平凡的岗位上,继续让军功章焕发出光彩。

黄丽华的青春犹如青藏高原的格桑花傲然绽放,他的爱情之花也在军营中尽情倾吐芳香。黄丽华的妻子韩娜也曾是一位英姿飒爽的女兵。1999 年,韩娜从河南洛阳应征入伍,成了驻地在湖北孝感的某通讯团的一名空降兵,随后由空军转为陆军,在驻河南洛阳的五十四集团军某师医院服役。2001 年,韩娜考入解放军信息工程大学,与同年入伍的黄丽华成了同学。一对青年才俊在军营收获爱情,2007 年喜结良缘。从军校毕业后,韩娜成了驻陕西渭南四十七集团军装甲旅通讯连的一名排长,后来在军事科任机要参谋。2005、2006、2007 连续三年的专业比武中,韩娜都被评为原兰州军区机要尖子人才。2009 年,韩娜转业到家乡河南洛阳。2015 年,为解决两地分居问题,韩娜调到九江市公安局,成了一名九江公安监管医院的管教民警。韩娜在军营是本领过硬的巾帼英雄,脱下军装,穿上警服,本色依旧,续写着建功立业的新篇章。九江公安监管医院有时只有她一个女民警,收押的女性具有犯罪嫌疑人和病人的双重角色。对她们实施管教,任务重,压力大。韩娜平时注重与在押人员进行思想沟通,取得她们的信任,做好安抚工作,保证在押人员以正常状态进入诉讼程序,维护法律的尊严。2017 年和 2018 年,韩娜都获得“九江市优秀监管民警”荣誉称号。

在黄国泉的子侄这一代,曾在军营磨砺人生者众。大哥黄金泉的儿子黄小华,1993 年应征入伍,在河南洛阳服役,后转业到南昌一家钢铁企业工作。二哥黄银泉的儿子黄小斌,1996 年应征入伍,在广西服役,后来转业到广东韶关税务系统工作。黄国泉的女儿黄红娟,在南昌大学人民武装学院读大学时,与同在学院就读的军人陈鹏相爱后,成了一名军嫂。黄鹏是江西赣州人,1996 年入伍,1997 年作为首批驻港部队战士,踏上回归后的香港的土地。退伍后,陈鹏夫妻俩在九江创小驾驶员培训学校,让人生事业驶入成功的快车道。

黄家第五代投身军营者,在新时代的强军征程中已扬帆起航。黄金泉的外甥李昌,南昌交通职业学院毕业后,2017 年 9 月弃笔从戎,现在已是东海舰队的一名“优秀士兵”,圆梦于祖国深蓝的大海。

“朋友,我相信,到那时……欢歌将代替悲叹,笑脸将代替哭脸,富裕将代替仇杀,生之快乐将代替死之悲哀,明媚的花园,将代替凄凉的荒地! 这时,我们的民族就可以无愧色地立在人类的面前,而生育我们的母亲,也会最美丽得装饰起来,与世界上各位母亲平等地携手了。”在中国共产党百年华诞的日子里,当地不少党员干部和中小学生来到汪墩黄浩革命烈士陵园,重温方志敏的《可爱的中国》。黄国泉深有感触地说:“百年征程波澜壮阔,百年初心历久弥坚。我是革命烈士的后代,我将终生当好红色基因的传承人。”

18. 多宝乡马家堰村:回族烈士马宗锦

【马氏家训家规】宗族不睦宜戒,子弟逞凶宜戒,盗伐祖山必究,祖宗坟墓必祭,完国课以免追呼等。

都昌迄今唯一的少数民族行政村是多宝乡多宝回民村委会。该村委会下辖马家堰自然村,现有人口 500 余人,人口数量占了都昌 5 个马姓自然村的一半,属马姓回民村落。2018 年 6 月 7 日,我以"萧疏渡尽唱欢歌"为题,描写了多宝乡马家堰村的人文历史,特别是在党的"一定要消灭血吸虫病"的号召下,村庄发生的翻天覆地的变化。此篇且来追寻马家堰马宗锦烈士壮烈牺牲的经过。

马宗锦在马氏世派是"宗"字辈,前五派是"奕世永传芳",后五派是"祖徽猷远国"。550 余年前的明代中期,其祖先马伯荣、马伯序兄弟从老爷庙西山涯垅迁于现村址。马家堰因濒临鄱阳湖,又有供南来北往的船只避风的码头,故在古代繁盛一时。老一辈村民说,鼎盛时是在清代乾隆年间(1736—1795),那时村里就有 2000 余人。"前山马家堰,后山舍下徐(在苏山乡)""四十一都江家牌""四十二都赵子材""四十三都马家堰"说的就是马家堰在左蠡一带列为大村庄的兴盛景象。

马宗锦出生于 1901 年,其时马家堰村已衰败下来,是"华佗无奈小虫何"的湖区血吸虫这方"瘟神"所致。马宗锦幼时读过几年私塾,后因家贫辍学,随村里人去景德镇谋生。马宗锦有豪侠仗义的一面,在窑工中赢得推崇。他以"严禁嫖赌,爱文习武,为国为民,中流砥柱"为口号,在瓷都组织以多宝老乡为主的"修身社"。1925 年,中共江西省组织派向义(都昌汪墩人)赴景德镇开展党的地下活动,发动工人运动,为建立景德镇党小组做准备。向义、姚甘霖、洪钟(都昌万户人)牵头成立景德镇平民教育促进会,兴办"平民夜校"。夜校在教瓷业工人和城市贫民识字,并授以一般文化科学知识的同时,着重提高工人队伍的觉悟和革命意识。马宗锦带着"修身社"的会员参加了"平民夜校"的学习,开始接受革命思想的灌输。

1926 年底,马宗锦回到马家堰过年,其时正逢都昌农民运动协会如火如荼地开展。马宗锦为人热忱,他在景德镇接受的反剥削反压迫的革命启蒙让他对农民运动有了更清晰的认识,当地农民把他推举为庚区农民协会常委。庚区即九区,在现今的多宝、左里一带。马宗锦在与豪绅地主和国民党右派做斗争中经受锤炼,不久便加入了中国共产党。1927 年初,全县有党员 200 余人,中共都昌党支部改为中共都昌地委,隶属中共江西区委。中共都昌地委下辖 8 个党支部,其中中共多宝寺支部书记为赵敬绪(左里赵子才村人),马宗锦为委员。马宗锦带着多宝的农民协会会员在"打倒土豪劣绅,打倒贪官污吏"的口号声中,把农民运动开展得风起云涌,农民协会成了劳苦大众的主心骨。

农民运动蓬勃发展,豪绅地主和国民党右派恨之入骨。他们纠集军队对农民运动进行破坏和抵抗。1927 年 3 月底,左里靖卫团的反共分子、大土豪陈范五(又名陈曹操,多宝乡西陈村人)带领数百名地方武装和流氓打手向马家堰进攻,妄图杀害农民运动领袖马宗锦,铲除农民协会。马宗锦事先闻讯,早有准备,他带领千余农民协会会员,在汪墩农民自卫军和附近区乡农民协会会员的配合下,在马家堰港将陈范五打得落花流水,缴获梭镖 300 余支。陈范五并不甘心失败,一直伺机报复和破坏。随后,蒋介石在南京发动了"四一二"反革命政变,地主劣绅更是蠢蠢欲动,磨刀霍霍。

1927 年 6 月,正是油菜籽收割上市的季节。九区农民协会为了维护农民的利益,不让农户在卖油菜籽时受中间商的欺诈和盘剥,便帮农民代售油菜籽:将各家各户的菜籽过秤集中榨油,统一运到下江卖,将卖得价款按各家比例悉数算给各户。多宝的陈范五和左里的江焰秋等劣绅在群众中大肆造谣,说"农民协会要没收农民的菜籽"。1927 年 6 月 8 日(农历五月初九),县农民协会特派员余宝华受命到庚区农民协会召集会议,商议如何揭穿敌人的谣言,进一步掀起农民运动高潮。陈范五探得消息,竟收买一批流氓地痞,突然包围仅有 7 人参加会议的左里城山岭会场,将正在开会的县农民协会特派员余宝华,区农民协会常委王宗唐,执委赵敬燧、周阁初、陈茂江,秘书李瑞,宣传委员蔡在玑 7 人抓到多宝金沙庵进行拷打审讯,并准备杀害。马宗锦当时正在马家堰村动员村民相信农民协会帮他们代售菜籽,他一听到农民协会干部被抓的消息,丝毫没有考虑个人安危,立马急奔 10 余里,赶到金沙庵营救同志。他愤怒斥责劣绅,一个流氓乘其不备,挥刀砍下了他的右臂,马宗锦当即昏死过去。当马宗锦痛醒过来,他大骂陈范五行径可耻。这时,陈范五之子跑过来用一根铁棒凶残地

打马宗锦的头部,马宗锦壮烈牺牲。随后,除余宝华被营救外,其余6名农民协会干部相继被陈范五命人用棍棒拷打致死。这就是震惊全省的"左蠡惨案"。县农民协会拟在县城举行声讨土豪劣绅的活动。6月9日,县人民自卫大队副大队长刘天成叛变革命,四处搜捕共产党员和农民协会负责人,一时白色恐怖笼罩着都昌县。

1927年6月8日牺牲的马宗锦等九区七烈士之一,成为革命史上都昌本土为革命献身的第一批烈士。在《都昌县志》(1993年版)"卷三十七"之"革命烈士"一章中,马宗锦烈士简传被列首位。诸多当地史籍中刊载的《都昌革命烈士英名录》,马宗锦皆被列为第一人。对此类资料需要做两点说明:经考证,《都昌革命烈士英名录》中记载,马宗锦牺牲时年龄为22岁,实为26岁;牺牲时间"1927年5月"写的是农历,公历为1927年6月8日。

马宗锦烈士的孙子马徽诚如今是马家堰的普通农民,他知晓并能讲述的爷爷的革命故事已经很少了。马徽诚从父辈那儿听说,爷爷赶赴金沙庵营救农民协会干部的那天,穿着一件白纺绸褂,马宗锦的妻子刘苏兰在区农民协会当妇女主任,当时她也劝丈夫不要急着去营救同志,那样会有生命危险,可马宗锦安慰式地回了一句"我去说一下",而后在现场惨遭杀害。对此,有党史资料如此评价:"马宗锦在得知同志被捉后,没有及时报告县农协和请求区农协的援救,而是只身前去金沙庵和陈范五'讲理',这实际上是与虎谋皮,最终付出了惨重的代价。"后人可以这样理性地去评说,但马宗锦那种对党的事业的赤胆忠心、英勇无畏的可贵精神,永远值得我们弘扬。

19. 和合乡方家边老屋詹村：詹锦坤烈士魂系闽浙赣革命根据地

【詹氏家训家规】敦孝悌，笃宗族，和乡亲，尊师长，尚勤俭，重读书，诚祭祀，争人格，除陋俗，禁非为。

都昌和合乡有很多詹姓村庄，和合双峰村委会有方老村、方新村，这里的村民皆姓詹。方老村，其实是"方家边老屋詹村"的简称，其建村祖先是明洪武年间（1368—1398）的詹德清（1360—?），由赤石黄金源迁至双峰垴南麓方姓村边上，形成如今的方老村；詹德清的8世孙詹宠表明代万历年间（1573—1620）由方老村分居新屋里，形成如今的方新村。据说，方姓人家在莲花塘现今仅存一大户，詹姓现今已发脉逾千人，其中方老詹村600余人，方新詹村400余人。

詹锦坤烈士1932年曾任中共闽浙赣省委常委、闽浙赣省苏维埃政府副主席兼省政治保卫局局长，是闽浙赣根据地早期的领导人之一，1933年以身殉职，年方32岁。詹锦坤是方家边老屋詹村人，他从一个贫寒人家没上过一天学的苦孩子，成长为省苏维埃政府副主席，他有着怎样的革命人生经历呢？

在都昌参加农民协会

耄耋之年的詹开阳老人与詹锦坤是同房族的兄弟，比詹锦坤小9岁。詹开阳向我们讲述了詹锦坤烈士青少年时代的一些经历。

詹锦坤小名叫法头，1901年底出生，父亲詹元煌是乡间的一个桶匠，母亲带着大儿子在周边替人舂米推磨挣些工钱，一家人的生活过得很寒酸。詹锦坤幼时没上过学，很小就被父母送去拜师学裁缝，希望他能靠一门手艺谋生。詹锦坤10岁时，家中添了弟弟詹锦春，生活更为困窘，十三四岁的詹锦坤跟着父亲到景德镇、安徽屯溪一带做户工。小小年纪的他经受生活的磨砺，10余年来既增长了不少见识，也锻造了坚韧的品格。

1927年1月底，已26岁的詹锦坤从景德镇回家过春节，那时都昌的农民运动开展得如火如荼，詹锦坤本身就是穷苦人出身，天生具有较强的组织能力。

他能言善辩,带头办起了大沙区农民协会,并任常委。詹锦坤积极参加当地的打土豪劣绅、减租减息斗争,不久便加入了中国共产党,成为区农民协会的骨干。1927年是个灾荒之年,老百姓在生活的泥潭里挣扎。春季,县农民协会号召各区为当地农民代售油菜籽,平粜三麦,目的是以这种有组织抱团的方式,抵制土豪劣绅对农民的盘剥。蒋介石在南京发动"四一二"反革命政变的消息传到都昌,都昌的豪绅受到鼓动,并纠集地方靖卫团和流氓势力,对农民协会进行反扑,造谣说"平粜不公",煽动不明真相的农民进攻农民协会。詹锦坤毫不畏惧,搭台演说,揭露土豪劣绅的阴谋,号召广大农民团结起来做斗争。他亲自掌秤,代售菜种,以威望赢得了贫苦农民的拥护。

汪精卫在武汉发动"七一五"反革命政变,大革命遭到失败后,詹锦坤在都昌遭到通缉,他只得潜往少时随父闯荡生活的安徽屯溪、江西景德镇一带。

在瓷都成为工人运动领袖

詹锦坤在景德镇一带一边做裁缝讨生活,一边苦心寻找党组织。1928年下半年,詹锦坤终于在景德镇与党组织取得了联系。他受党组织安排,在裤裆巷、财神弄等地以开裁缝店为名,设立党的地下联络站,负责党内人员对接、组织文件的传递等工作。

"十里长街半窑户,迎来随路唤都昌"说的是都昌人在景德镇聚居生活的情况。瓷都自古就有都昌人的码头之称,瓷业工人中,都昌人尤其多。詹锦坤配合吕松林(都昌人)、余金德(都昌女婿)等工人党员,组织各种形式的罢工。景德镇陶工明清时就有俗称的"打派头"与窑主斗争的传统。陶工们选出最有威信、最有头脑的人当头领,大家团结起来,采取罢工或是砸坯房的方式,要求增加工薪,改善待遇,维护窑工的权益。1929年,在景德镇共产党组织的领导下,"打派头"式的工人罢工斗争达到高潮,而当年端午节期间的"打雄黄酒",更是成为一场声势浩大的工人罢工运动,詹锦坤是其中的积极组织者。

旧社会瓷业工人受剥削,备尝艰辛,他们盼望过年过节时生活有所改善,瓷厂老板只顾自己大吃大喝,寻欢作乐,甚至取消先前就有的给工人在端午节摆的"雄黄酒"宴。瓷业工人为此不知打了多少次派头,但都以失败告终。1929年端午节前,共产党领导下的景德镇赤色总工会组织以圆器九行为首的"雄黄酒运动"。罢工从农历五月初六发动,初七开始,一直延至六月初六,长达一个月。窑户老板哀叹"打之无法,散之无方","一哄群沸,难以缉治",最终慑于群威,不得不答应工人提出的要求,推出了"三节"(端午节、七月半、中秋节)福利。从改善节日待遇,增加工资到提高工人自治待遇,这一系列的罢工斗争,加快了景德镇党组织和赤色工会组织的恢复和发展。琢器、匣钵、针匙、布器、四大器、四小器等瓷业乃至裁缝、书画、皮匠等行业建立了党支部。詹锦坤在"打派头"斗争中成为景德镇八大领袖之一。同年11月,中共江西省委决定将设在詹锦坤家中的联络站升为交通局,作为党组织在景德镇的重要活动机关。

1929年2月,由于叛徒出卖,景德镇地下党组织遭到破坏,一些工人党员遭到屠杀。詹锦坤是景德镇工人运动的组织者之一,被国民党反动势力盯上,他只得潜回老家都昌。1930年10月,红十军从景德镇第二次出击都、湖、鄱、彭地区,詹锦坤听闻后主动找到驻扎在都昌蔡岭的红十军,后随第7旅参加攻打彭泽县的战争。11月初,红十军撤离都昌、鄱阳,为巩固此片根据地,决定成立都湖鄱彭四县总指挥部,由红十军第7旅政委刘肩三(都昌汪墩人)任总指挥,詹锦坤任交通委员。一个月后,中共赣东北特委考虑到詹锦坤熟悉景德镇党的工作,把他调回景德镇,任景德镇市苏维埃政府非常委员会常委。不久,詹锦坤接替洪泉水(都昌万户人)兼任市总工会委员长。在此期间,詹锦坤为红十军"扩红"奔波,动员数以千计的工人,特别是都昌籍瓷业工人补充红军队伍,做出了独特的贡献。

在闽浙赣革命根据地

1930年11月,蒋介石对各革命根据地发起进攻。为巩固老苏区,方志敏、邵式平、周建屏领导的红十军回师弋阳、横峰,景德镇市、县苏维埃政府机关被迫解散,詹锦坤被调到赣东北特区革命委员会工作,随后增补为常委、中共赣东北特委执行委员。

1931年3月,赣东北特区工农兵代表大会在横峰县召开,决定成立赣东北特区苏维埃政府,方志敏任主席,詹锦坤当选为常委兼交通委员会主席。其时邵式平为常委兼军事委员会主席。同年9月,中共赣东北省委成立,万永诚任书记,詹锦坤当选为省委常委、肃反委员会主席。11月,赣东北省工农兵代表大会召开,宣告成立赣东北省苏维埃政府,詹锦坤与余金德一起,当选为省苏维埃副主席。1932年春,肃反委员会更名为政治保卫局,詹锦坤仍兼任局长。1932

年冬,随着根据地扩大,赣东北省改为闽浙赣省,詹锦坤继续担任中共闽浙赣省委常委、闽浙赣省苏维埃政府副主席兼省政治保卫局局长,成为闽浙赣革命根据地的主要领导人之一,卓有成效地在党的交通战线上做保卫苏维埃的工作。詹锦坤从未上过学,在革命熔炉里刻苦钻研学习,终能看懂一般的报纸和文件。他的实际才干,更是在工作一线展露无遗。

1933年4月,詹锦坤检查完工作后从怀玉的前线返回驻地,突染急疾,初诊为感冒,后转为腹泻,致虚脱不省人事。由于根据地缺医少药,詹锦坤最终以身殉职。关于詹锦坤的病状,他的后人说他是感染了脓疮,不治而殁。中共闽浙赣省委、省苏维埃政府于1933年4月5日在横峰县葛源枫树坞红军操场上召开了追悼大会,对詹锦坤的去世表示哀悼,省苏维埃主席方志敏发表讲话,高度赞扬詹锦坤为建设根据地、保卫苏维埃所做的贡献,号召大家学习他的高尚品德和革命精神。詹锦坤当时安葬于葛源枫树坞红军操场旁。中华人民共和国成立后,他被追认为革命烈士,陵墓移葬于弋阳县革命烈士陵园。2013年春,詹锦坤的第二个孙子詹月平专赴弋阳,祭奠爷爷的英灵。

詹锦坤有一个弟弟,弟弟詹锦春(1911—1935)在他的影响下也投身革命,1929年加入中国共产党。起初,詹锦春随哥哥在景德镇开裁缝铺,同时协助詹锦坤做党的地下交通工作,严守纪律,确保了联络线路的畅通无阻。关于詹锦春的革命经历,有资料做如此介绍:曾任中央和闽浙赣省委交通员,经常往返于沪、浙、赣、皖一线;1932年调任闽浙赣省委组织干事,同年10月2日调任中共皖南特委委员,在屯溪一带领导游击战争,参与开辟皖南革命根据地。1934年秋,他在休宁十八都作战时被捕,并被押往屯溪监狱。狱中,他坚贞不屈,多次组织狱友开展狱中斗争。1935年6月,詹锦春在屯溪慷慨就义,年仅24岁。

在家乡后人的讲述里

詹锦坤在家乡组织过农民运动协会,也一度短暂地在红十军设在都昌的地方工作部工作,但他更多的革命生涯是在景德镇和闽浙赣根据地度过的。詹锦坤是继冯任烈士、刘肩三烈士之后,在党内任职较高的都昌籍革命烈士,曾是方志敏的得力助手,担任过闽浙赣省苏维埃政府副主席。《都昌县志》(1993年版)和《都昌英烈》等史籍在"革命先烈"章中,均载有詹锦坤的单传。

詹锦坤、詹锦春兄弟俩均未生育儿女,侄子詹大国(小名水龙)过继给詹锦坤做儿子。詹大国参加过抗美援朝战争,转业后在家务农,一生忠厚讷言,为人善良。詹大国有4个儿子。詹锦坤之长孙詹和平、二孙詹月平回忆起詹锦坤的革命伴侣夏菊花的故事,很是动情。詹锦坤在老家结过一次婚,他在外奔波闹革命,很少回家,因此写信回来,让父母劝妻子另找人家,不要牵挂他而误了自己一生。后来,原配妻子离开詹家,到一都横公庙罗家生活。詹锦坤在景德镇开裁缝铺,做党的地下交通员时,与同开瓷器"红店"的夏菊花姑娘情投意合,结为革命伴侣。中华人民共和国成立后,夏菊花曾担任九江市妇幼保健院领导的职务。1957年,她来到方老詹家,看望当时还健在的詹锦坤父母,并提出要把詹大国刚出生的长子詹和平带到身边,当她和锦坤的亲儿子一样哺育。詹母不同意,老人说她两个儿子都为革命献身,好不容易有了曾孙,无论如何不会放手让第四代走远,毕竟詹锦坤和夏菊花并未正式结婚。夏菊花无奈地拉着詹大国的手,亲切地唤着他的乳名"水龙",让詹大国告诉她心目中的婆婆,若詹家父母哪一天辞世,她会以儿媳妇的身份前来祭拜,也不负与锦坤夫妻一场。其时,烈士詹锦坤的父亲詹元煌倍受崇敬。时任江西省省长邵式平亲赴和合乡方老村看望詹元煌一家。据詹月平讲述,夏菊花后来在都昌县城收留了一个刘姓养女,她终老于景德镇。在詹家供奉的詹锦坤的瓷版相上,"夏菊花"的名分是妻子。这对革命夫妻曾经的坚贞与柔情,该是何等动人啊!

詹锦坤、詹锦春烈士的故里——和合乡双峰村是都昌"十三五"三个深度贫困村之一,脱贫前,贫困发生率高达10.6%。近5年来,政府投入资金千万余元,用于改善双峰村基础设施建设,实施产业帮扶,打赢了脱贫攻坚战:260余名建档立卡贫困户2020年顺利脱贫,迈步于小康路上。如今,烈士的家乡传承红色基因,在乡村振兴的大道上一路奋进……

20.徐埠镇向家桥村：莲花丛中含笑

【向氏家训家规】俭约为丰饶之本，奢侈乃穷困之基。盖奢侈日甚，虽积玉盈斗，亦立尽之数耳。唯食时用体，则可足用。然俭约自父兄始，不可不以身先为子弟表。

都昌向姓承袭"河内世家"，尊向贻孙为一世祖，其5世孙向经、向铨南宋年间在都昌发脉两支后裔，共30余个村庄。徐埠镇莲花村委会向家桥村是向铨的首居地。向铨于宋徽宗宣和三年（1121）登进士，官直议大夫，因谏宋高宗赵构被贬都昌，约于绍兴八年（1138）奉母黄氏择居都昌之港南，后于南宋淳熙年间（1174—1189）由港南迁至桥头沙石湾，形成向家桥村。村名自然是因一座桥而得。桥在村之南，是张岭、徐家埠一带早先通往县城的要道，两块并列的青石板一直向前延伸，此岸便通向了彼岸。向家桥2000年修过一次，2020年，县交通部门立项重修之后，便固若金汤了。向家桥村由上桥头、下桥头合为一村，全村总计340余人，其中上、下桥头各占2/3、1/3的人口。

革命烈士向尧是向家桥村人。都昌英烈资料中有向尧的简单传略：向尧（1898—1930），徐埠向家桥村人，1926年参加革命，同年加入中国共产党。大革命失败后，他坚持在家乡进行斗争。1929年2月，向尧任中共莲花区委书记，1930年3月，任中共都昌县委委员兼徐埠区委书记；5月，都昌县革命委员会成立，向尧任县革命委员会委员；6月23日，与刘龙嗣一起率领游击队突围，后转战到弋阳、横峰苏区，曾任赣东北特区赤卫队大队长，同年在战斗中牺牲。

烈士血洒弋阳的磨盘山一事已过了整整90年。有关向尧的原始资料已难寻觅，在他的后人的追忆里，有两点未在党史资料中载录：一是向尧在牺牲前曾短暂担任过中共弋阳县委书记或是下一级组织的负责人；二是向尧不是牺牲在磨盘山的枪林弹雨中，而是在磨盘山下被国民党暗杀。据说国民党弋阳县政府收买了一个当地的理发匠，他特意为共产党地下工作者向尧剃了一个容易辨认的发型，敌人按发索人，将向尧暗杀了。向尧在弋阳中共党组织内任职和最终被暗杀一事，有一个生活的细节可佐证这种事情存在的可能性。向尧的妻子刘氏娘家人是汪墩当地人,她确实随丈夫去弋阳生活过一段时间,而且还生了一个儿子。迫于生存环境恶劣,她把小儿子送给了乐平一户人家收养。向尧夫妇的这个亲生骨肉在中华人民共和国成立后,前来向家桥寻母认亲。向尧在离开都昌随红十军回师弋阳、横峰苏区前,已有一个儿子,取名向源林(向氏宗谱言其生于1931年,此言有误)。乐平与都昌的两兄弟相貌极为相像,两兄弟后来互相探亲多次。如果向尧当年是在方志敏、邵式平领导下的红十军南征北战,转战丛岭,那他们夫妻根本就没有相随相聚的生活环境。向尧牺牲时的真实状况有待党史专家去考证。2013年许,徐埠镇在所辖的徐埠村建立起革命烈士陵园,向尧魂归故土。

翻阅1987年重修的《向氏宗谱》,其中有关于向尧的谱条。向尧这一辈是"本"字派,有兄弟三人,分别名本尧、本舜、本禹。本有个老四叫本汤,夭亡。远古帝王之名入其名,可见其父向有春对儿子们的殷殷期盼。作为长子的向尧读过几年私塾。老二本舜为人本分老实,终生躬耕。老三本禹在大哥的影响下,成了一名都、湖、鄱、彭四县共产党组织的地下交通员,这位老革命1972年病逝于家中。1930年前后,国民党都昌徐埠中队保安团没捉住"赤化分子"老大、老三,便将在家的老二抓到茅垅等地关押起来,族人屡次以数块银圆买通反动分子将向本舜救出来。

向尧烈士的红色基因代代相传,至今已有四代皆为党员。向尧为第一代,是1926年的早期党员。第二代向源林20世纪50年代入党,2003年病逝,生前曾任莲花大队支部委员。向源林作为烈士子女本来在中华人民共和国成立后可以到南昌的烈士子弟学校就读,随后分工跨入革命干部行列。其时,他已订婚,女方家的父亲担心准女婿读书后外出工作,会变心弃妇,硬是主张向源林放弃就读机会。自此,他的人生便安稳而知足。向爱民是向尧的孙子,有兄弟四人,1964年出生的他在莲花村委会村干部的岗位上已干了20年。向爱民的儿子向文龙10余年前曾在无锡的一家星级高档酒店从事中层管理,2008年在无锡市的一街道加入党组织,成为外来务工者的励志代表,多次在无锡受到表彰。向文龙近年来在汕头等地从事服装加工行业,年轻人胸前的党徽熠熠生辉。

向家桥村是一片红色土地。下桥头的向尧32岁那年血洒磨盘山,向葵烈士1929年在上海就义,年仅19岁。据向爱民讲述,村民向贵福也是与向尧同时代的革命烈士,有民政部门颁发的牌证。早些年作为村干部的向爱民代表组

织,每年为向贵福烈士的嗣子家送上一斤半猪肉和一副对联以示慰问。

　　向家桥村所在的徐埠镇莲花村委会是"十三五"贫困村,2016 年已顺利脱贫。莲花村的莲花产业基地是百姓脱贫致富的芳香之地。莲花"出淤泥而不染,濯清涟而不妖",正是向尧等革命烈士冲破黑暗、追求光明秉性的写照。美丽的莲花盛时尽情绽放,英勇的烈士在花丛中含笑……

21. 苏山乡牌楼戴村（一）：马鞍岛上凤翔飞

【戴氏家训家规】要忠厚，切勿刻薄。要诚实，切勿狡诈。尤要静养，切戒妄念。敦伦——在家在国，长幼亲疏，恩义相维，情文备至。

苏山乡马鞍岛牌楼戴村的"牌楼"，是一座功名牌楼。《都昌县志》（同治版）载，敕建"世科甲坊"，为戴高、戴凤翔父子科甲立。牌楼的主人是清嘉庆十四年（1809）的进士戴凤翔。牌楼建于清代道光年间（1821—1850），距今约200年。牌楼毁于二十世纪六七十年代，至今遗址上还留存一块"进士第"石牌，斑驳的牌楼石承载着戴凤翔清晰的人生轨迹。

秀才、举人、进士，三代人与功名路

宋代大文豪苏轼《过都昌》所吟"鄱阳湖上都昌县"，一个"上"而非"畔"字，可以说精准地定位了鄱阳湖与都昌县依水而存的地理关系。其实，真正四面环水，坐落于水中央且有村庄栖息于上的岛屿，都昌苏山乡的马鞍岛应该是最大的一个。马鞍岛的得名于岛上有马鞍状的山，不过马鞍山在1906年一度在当地的文人雅士的诗里称作"秋津山"。同邑名诗人胡雪抱有《秋津山寺登高同二徐、戴、袁群公》诗，并撰《秋津山记》言改名之因是"马鞍之称，第从其形，要为不雅，当易其名"，易名"秋津"是据考日本古国称秋津洲，此山似日本之山，故改马鞍山为秋津山。不过，雅士的倡议并没在当地推而广之，山在名亦在，如今还立"马鞍村委会"，只是岛已不再四面环水。2012年，随着马鞍大桥的修通，湖洲已变通途。

马鞍岛上原有老屋戴村。宋末元初，戴祯祥从建昌县石上（今安义县长埠镇）迁居都昌土目，距今约720年。道光年间，戴氏后人由老屋戴村分迁至牌楼戴村，它的肇村始祖便是进士戴凤翔。

有人说，一个贵族要三代才能造就，这句话用在进士戴凤翔身上倒是挺合适。在当地，对戴凤翔家族有"上三代，一代胜一代"的说法，指的是戴凤翔的爷爷是秀才，父亲是举人，他自己为进士的三代人的功名史。戴凤翔的爷爷戴佐

邦(1699—1760),自号是斋,著有《求是斋文集》,其"求是"二字尽管与现在政治宣言式的"实事求是"在内涵上不一致,但彼之"求是"的确有尊尚儒学、探究实理之意。戴佐邦雍正元年(1723)补录邑庠,正式取得生员(秀才)资格,成为戴氏"三塘支"第一位取得功名之人。他一生业儒课教,终老乡间。后来他的孙子戴凤翔入仕为其求荫,亡故后领诰命二轴,一轴恤赠朝议大夫,一轴晋赠中议大夫。戴佐邦的长子戴昭恒(1723—1790),字圣基,号仰亭,21岁时中秀才,28岁补廪中式,算是补了米的秀才,47岁时中举。戴昭恒可以说以他昭示天地的恒心在封建时代的功名路上苦苦跋涉。他曾"公车七上",也就是七次以举人之身参加进士科考,"四科呈荐",也就是府县对他进行了四次保送,但"卒以额满遗珠""每榜放则郁郁而归"。戴昭恒终是仰天一叹:"是有命焉,非人力强而致也。"年过花甲,筋疲力尽之时,他才放下"青云之志","甘贫乐道,穷年治经",设馆授徒,维持生计,有著述《左传引用》《周礼引用》行世。同治版的《都昌县志》为其立传,收入"儒林志",称其"自成一家言,乃经学之园林,文章之渊薮""友教四方,名下多知名士"。

终生角逐科场的戴仰亭将光耀门庭的希望,寄托在聪颖好学的次子戴凤翔身上。1790年,68岁的老父亲带着14岁的儿子戴凤翔去南康府治星子县城应童子试,偶感风寒,半月后辞世,其科举情结,剔除迂腐,颇为感人。父亲去世后,戴家陷入困境,用乡下人的话形容就是戴家家徒四壁,"用边头锅(破锅)煮饭"。母亲易氏勤劳持家,供养戴凤翔读书。戴凤翔上有病弱的哥哥,下有年幼的弟弟,过早地承担着协助母亲撑家的重担。他跟随长他16岁的堂兄戴宣珥继续学业,在严加管束下,"渐能驰驱就范,日有起色"。1797年,戴凤翔在19岁时考中秀才。因家境所迫,设馆办私塾谋职养家。1801年,23岁的戴凤翔补廪。戴凤翔期间自撰一联,悬于堂上以自勉:"彻夜思量,毫无半点生机,饿死不如读死。通盘打算,倒有一条生路,文通即是命通。"在"文通即是命通"的慷慨悲歌下,戴凤翔涅槃重生,嘉庆十三年(1808)乡试中举;第二年进京会试,联科取士,在皇帝主持的殿试上"朝考入选,钦点即用"。彻夜地思量,转机迎临;通盘地打算,文通坦途。时年,戴凤翔31岁。

知县、知府、致仕,豫皖间与官宦图

戴凤翔秉持一股"读死"的倔劲,终致"命通"。他这只从马鞍岛上飞起的凤凰，要振翅远行了。

戴凤翔的"史才"很得时任主考官王文禧的赏识，王文禧一度推荐他留京入翰林院任职，但终未成，"适用外秩"。1809 年，戴凤翔走马上任，远赴河南任唐县（今河南唐河县）知县。唐县与湖北毗邻，时有匪徒出入。戴凤翔严立缉捕章程，对盗匪严惩不贷；同时夙夜在公，莅任五个月就清理积案 340 余起，将前任所余留的案子结了 2/3 以上。唐县知县任满，改任原武（今河南原阳县）知县。当时滑州地区农民起义军风起云涌，作为封建王朝的一名官吏，戴凤翔修城练勇，拒"滑匪"于城外；饥馑之年，开仓济民；隆冬季节制棉衣以施孤贫，民犹"德之"。第二年，戴凤翔改任位于黄河南岸的渑池县知县。渑池土瘠民贫，与陕西接壤，来往的商贾时被陕西这边的官吏扣押。戴凤翔强力整治，并立碑为界，东往西来得以畅达，当地民众奔走相告，称戴凤翔"吾慈父母之肠也"。书香门第出身的戴凤翔在渑池捐资办书院，由是文风蔚然，"俾瘠土之民莫不响力焉"。道光元年（1821），戴凤翔调到开封道陈州府的太康县任知县。"太康"并不太平安康，相反民风刁悍，素来难治，戴凤翔从整饬玩忽职守的胥役开始，禁游赌，减徭役，重田耕，疏河渠，修书院，编邑志，断狱讼，勤治事，时人称道其"彬彬乎，郁郁乎，泂一时之盛事也"。《太康县志》"艺文篇"收录了阖邑绅士和受业诸生惜别离职的戴凤翔时写的诗作，有"遗爱及人碑在口，赤子流连依父母"之赞；同时也收录了戴凤翔的诗作。他善写五律，诗中借景吟怀："胜地千秋记，繁华几度新""低徊怀往事，楚汉总沧桑。"

戴凤翔在河南任知县近 20 年，他在河南的最后一个职位是道光八年（1828年）任怀宁府（治所在今泌阳县）盐米水利通判。他离任河南的方式是捐升，"拣发安徽候补知府"。不久，戴凤翔任安徽太平府知府，治所在今当涂县。他在太平府知府任上的政绩是水涝为灾之年，吁请赈恤，惠民"太平"。道光十年（1830），丁母忧，服满后调任徽州府知府，治所在歙县。徽州府不但文运昌盛，而且是徽商云集的富庶之地。徽州古志应该记下了来自赣鄱之地的戴知府三年治徽的非凡政绩。1833 年，戴凤翔改任庐州府知府，治所在合肥，合肥当时已是安徽省的省府了。晚清重臣李鸿章是合肥人，戴凤翔任庐州知府时曾临时调充江南乡试提调，负责办理乡试事务，而李鸿章正是此时中举，所以凭此论，戴于李有师门之叙。牌楼戴氏宗祠曾悬挂着李鸿章题赠的一方寿匾。

凭戴凤翔的才干与声望，庐州知府平台上的这只凤凰该蓄势冲天，晋升道

台是顺理成章之事。可戴凤翔在三年庐州知府任满的 1836 年,结束了他一生的宦途,"荣领诰命一轴致仕,晋加道衔,荣封三代,诰授中议大夫",时年 59 岁。戴凤翔折翅之因,有两种说法:一是在任时得罪了一程姓中枢京官,被谗言所累;二是传说戴凤翔擢升芜湖道台之时被皇帝召见。他在起跪拜谢之时,鞋底踩了衣袍的下角,踉跄失态,惹"天子悯其老,诏罢还梓乡"。

纵观戴凤翔自嘉庆十四年(1809)入仕,至道光十六年(1836)致仕,历 27 年仕宦生涯,大清帝国自乾隆盛世后日显颓势,但天下还算安稳,他在官场也算是一个"太平官"。解职归来,戴凤翔徜徉于家乡马鞍岛的湖光山色,寄怀诗酒,过了 10 年恬淡的田园生活。道光二十六年(1846)病逝,享年 69 岁。戴凤翔的三位夫人陈氏、李氏、刘氏皆与之伴终,生三子三女。

母亲、堂兄、儿孙,身边人与身后事

戴凤翔的母亲易氏以其懿德给予儿子人格上的滋养。戴凤翔 14 岁丧父,是坚强的寡母支持他臻至"文通"。儿子荣禄加身,为人母的易氏照例心静如水,本色不改。

传说戴凤翔在京城喜登进士,衙役上门报喜时,易氏正在村前碓槽舂米,乡邻让她回去接旨,易氏头也不抬地舂米,喃喃自语道:"曝(报)肠曝(报)肚,有什么喜的,我在我家举人脚下困了一世,也没见出头之愿。"儿子在外为官捎回来孝敬母亲的衣物,易氏也很少自用,多散发给邻人,自己仍过着俭朴的生活。戴凤翔屡次接母亲到任所享福,她总是拒绝。后来戴凤翔以为官之地距老家遥远,探亲不易为由,她才勉强随了儿子远赴河南太康县生活。戴知县在衙门前厅将惊堂木拍得啪啪作响,也许人们还可以在后堂隐约听到其母纺纱的嗡嗡呀呀声。夜幕降临,县衙总是灯火通明,易氏对这等排场看不惯,移着金莲小脚从前前后后的灯盏里抽掉几根灯草,或者干脆将庭院深处的灯盏吹灭数盏,以省燃油。当年七月,太康生瘟疫,易氏将从马鞍岛带来的验方配成药剂送给染疫罹疴者,救人无数。冬天到了,老人亲手缝制棉衣送给孤寡老人御寒。老人记挂着家里的猪、鸡、园圃,在太康只安住了一年,便决意辞居南归。后来戴凤翔迁官于安徽,离家近了,但易氏一直不肯近随,在乡间劳碌至终,享年八十有三。

戴凤翔在外为官,"凤得道,鸡升天"之庇护之事也是有的,他将两个堂兄带在身边,让他们做着"幕僚""师爷"一类的差役。年长他 18 岁的堂兄戴宣珥

（1751—1835），号桂轩，22岁时考中秀才，曾被叔父戴仰亭誉称"吾家千里驹"。戴宣珥在功名路上亦是踬踣者屡，读书恒夜不辍，勤勉过甚，视力因此大损，以至科考场上写字时文字脱形越格，龙蛇莫辨，文辞再好也落榜。戴凤翔将他带至河南，在县衙"经理钱谷簿书"，兼课艺生童。至江西乡试"大比之期"，戴宣珥自豫返赣，"未尝不踊跃争先，思一快其平生之志而卒不偶"，至59岁时才例授捐纳了个明经（贡生）。戴凤翔带在身边做簿书文差的另一个堂兄叫戴宣诏（1771—1853），是一个太学生，也是"驰逐于名场四十年"，朋友以诗赠他："欲怪文章憎名达，通儒苦守一青灯。"戴宣珥、戴宣诏倚仗进士堂弟的帮衬，也挣了一份家业，一生皓首穷经，年至耄耋，只是嫡裔湮没难觅。

如果说戴氏家族往上溯两代至戴凤翔是"一代胜一代"的话，那么，戴凤翔至儿孙似是"一代不如一代"。戴凤翔的三个儿子生活在安逸的环境中，在父亲亡故后采取"捐输助饷"的方式得七品、八品的虚衔，或是为浪得虚名，或是被裹挟勒损，散尽千金，坐吃山空。戴凤翔的六个孙子也没有一个考上秀才，多平庸之辈。按世派戴凤翔属"宣"字辈，其下分别为"启""圣"字辈，这两辈多不思进取，骄奢成惰，家道因此日渐败落。河东河西，风水轮转。这个名门望族到戴凤翔的4世孙"征"字辈后，家道中兴，英才辈出，这是后话……

22. 苏山乡牌楼戴村(二):土目湖的帆影

马 鞍 风 物

"土目"其名,早在宋代就有,且有来头。《读史方舆纪要》如此释名:"土目山,在县西北八十五里,临大湖,巨浪冲激,成孔如目,因名。"古时的《戴氏宗谱》称"土目"为"土木",戴姓有"依木而发"的讲究。

"土目"其名,是山,是湖,是矶,亦是乡。通常地理上的土目湖,是指鄱阳湖中都昌左蠡至湖口屏峰这一带水域。湖中有石矶,尤以马鞍山南麓的那方为巨,世人称之"土目矶",又称"鹞石"。石矶面积有数亩,春夏湖水上涨时,矶淹没于水中,下有旋涡,船只过此,时被旋涡吞没。明末南康府司理廖文英斥官银铸立铁柱,邑人称为铁树,以此为警示标识,往来船只见铁柱趋避,便无触礁之危。铁树遗址上后来点亮起浩渺烟波里永不熄灭的航标灯,这成为周边村落划定特定捕捞水域的一个坐标。

土目乡原称白凤乡,包括现在的苏山乡土目、马鞍、徐港等地,旧属三十六都、三十八都。

"湖中帆影摇前岸,楼上钟声澈钓矶。"吟唱此诗句的是戴凤翔的 4 世孙戴质。1906 年岁在丙午,是年重阳,土目益溪舍村名士胡雪抱与戴质等友人同登土目山巅的青云寺,彼此雅聚之余吟诗作对。戴质和诗的颔联中"楼上钟声"指青云寺的钟声,青云寺"因山架楼,曲折四五层,足览彭蠡全胜"。戴质和诗的尾联是"从兹奋翮青云里,何日重来赋锦衣",想当年他是何等的意气风发啊!

清嘉庆年间(1796—1820)进士戴凤翔,在为官二十余载后肇兴牌楼戴村。190 余年前敕封的"进士第"已倾圮,遗迹已然无存。"进士第"承载着牌楼戴村人一份历史的荣耀,凝聚着这个家族"文通即命通"的坚韧不拔的精神内核。宅第虽遁逝,乡愁当永存,且让我们从戴凤翔后裔的回忆里一窥"进士第"昔日之气度。

戴凤翔的 6 世孙戴绳祖一生从教,1990 年离休前曾任九江师专中文系党支部书记。在他的回忆里,进士第有如此营式:

"进士第"遗迹当年颇为壮观。主体建筑为坐东向西的三进官厅。官厅前有雄伟美观的进士石雕牌楼(坊),坊下有两对艺术价值很高的石狮。石狮为石灰石圆雕,雕刻工整,造型生动:雄狮朝左,脚踏花球;雌狮向右,抚摸幼狮,幼狮戏球。石狮高 1.6 米,座高 0.6 米,宽 0.55 米。另有石象两对,石灰石圆雕,大象各立于束腰方形须弥座上,高 1.6 米,宽 0.55 米。此进士牌坊在二十世纪六七十年代被毁,仅存的石象,于 1983 年搬至都昌县城南山寺。官厅大门两旁,有 2 个 10 余吨的大旗鼓石,其形如鼓,中有圆孔,可以插旗。这 2 个小旗鼓石在 20 世纪 60 年代,被水库工地征用,做压库坝的石碾,现下落不明。旗鼓石旁有数个系马石桩。官厅门楣上有"进士第"石匾。进入官厅大门有一天井,两旁为厢房。过天井进入正厅,正厅很大,约 100 平方米。正厅后也有一天井,两侧为厢房,后有两间正房。官厅后,拾级而上,即为内眷的生活用房。眷房有一天井,两侧有厢房,后有两间正房。眷房南侧为厨房、磨坊;北侧为偏屋,也有个天井,有两间厢房、两间正房,后有厨房、仓房、碾屋,另成体系。从眷房后拾级而上即到塾馆,为子女延师授课之地。馆后是花园,内有参天的樟树,有樱、桃、杏、李、橘、梅等奇花异草。

上了年纪的村民回忆,平行排列的 3 幢官厅,中间一幢为戴凤翔自用,"进士第"石匾正是嵌于此幢正门楣上,大门旁的 2 个大旗鼓石高达 1.6 米。另两幢分属于戴凤翔的兄弟辈戴宣珥、戴宣龙所用,门前的小旗杆石只有 1.2 米高。旗鼓石和石狮、石象,在土目桥修通后遭文物贩子盗窃。2 个大旗鼓石收藏于村里,小旗鼓石,一个埋于碾压的圩堤之下,一个仍存村里。剩下的一对石象收存于南山博物馆。

戴家的进士第当然不只是功名的宣示馆,更是大家族世俗的生活地。进士第作为祖业,后来由戴凤翔的后裔分而居之,20 世纪 70 年代后期已破败不堪,1985 年拆除得了无踪影。1989 年洪灾过后,村民享受移民建镇政策,原村址整体后移,进士第原址被荒草覆盖。牌楼戴村第一代祖祠为戴凤翔所建,20 世纪 80 年代,村民在原址上重建了祖祠,后数度经洪水浸侵,又显破败,2018 年,全体村民齐心协力,在祖祠旧址处建立起一座"注礼传家"的新祖祠兼村民文化活动中心。其实当年戴凤翔在马鞍岛上离老屋戴村一里远处兴建"世科甲坊"时,还在南康府治星子县城建了一栋三进别业和一处供同族士子进府应试的试馆,可谓戴家贤达,富甲一方。星子的宅院在戴凤翔致仕时曾被人轮流住宿,后来

一直由其长子戴启勋居住,咸丰年间(1851—1861)遭太平军焚烬。

名 僧 血 经

马鞍山上有青云寺,从山云深处走出的戴圣谦(1863—1937)出家为僧后,平步青云,成为庐山名刹海会寺的名僧——普超。普超刺血书《华严经》,在中国佛教史上留下了重要的篇章。

戴振祖先生对名僧普超的生平有考究,亲撰《圣谦公事迹补志》并收录于族谱。戴圣谦少时读孔孟,志于科举致仕,然应试不第,迫于生计,在近乡设馆执教。由于对世俗不满,约在 1890 年前后愤然斩断尘缘,弃妻儿入空门,投身庐山海会寺出家为僧,法号普超。戴圣谦自此坚守佛门教义,倾心禅宗,决意刺指采血,亲手恭录《华严经》。

据传,普超在寺中独辟幽境密室,足不出户,由寺中沙弥日采山中之野生百合,供其啖食,以碧血丹心,依释迦佛像,傍残灯孤影,历时三年有余,功毕而成浩卷,为佛门历史上第一宏大血经,博得佛教界的佳评,由是备受崇敬,并升为海会寺之住持。海会寺是庐山五大业林之一,为海内名刹,有僧众数百余人,普超广布善,弘扬佛法,成为当代名僧大师。所书血经历来为海会寺之传世宝,珍藏于精室,供来往名人文士瞻览。后经战乱,血经散失若干卷,残缺不全。戴振祖新中国成立后曾在海会区工作过,有缘阅览此经,并瞻仰普超遗像和墓塔,听寺中僧人和当地群众讲述普超生前逸事,听闻此血经后移藏于庐山博物馆。

来自都昌湖洲山的普超刺血书经,不少一睹其迹的民国闻人,都感喟不已。《续庐山志》载,寺藏普超师血书《华严经》,民国廿七年(1938)抗战期间寺沦陷时,前住持会通法师怀此珍品,逃难于湘桂边境;1946 年奉经回寺。该血书现存33 册,前志所载康有为、梁启超、谭延闿等多人题跋,今均不存。我国近代教育家、国立清华大学首任校长罗家伦题:"刺血写经,成此巨帙,非有极伟大之宗教热忱,曷克臻化,(民国)三十五年(1946)八月五日,方舟主席薄暮游海会寺,凭吊浩劫,瞻此名迹,为之感叹。道慧方文,其珍宝之。"国民党陆军上将、时任江西省政府主席王陵基题:"刺血写经,发愿宏深,血干业尽,自归西庭。(民国)三十五年(1946)八月五拜观血经,题赠道慧和尚。"近代文化学者、江西奉新人熊公哲题:"刺血书经,其迹近痴,侠士热情,仙佛道力,三十五年(1946 年)八月,与南昌胡莲舫曳杖至海会寺,观普超大师血书《华严经》,感念往迹,嘘嘘汗墨。"

著名方志学家、江西南丰人吴宗慈曾主编《江西通志》(稿本)、《庐山志》《续庐山志》,曾题:"刺血以写经,此血永不灭,念此苦心人,痴绝亦慧绝,痴也何之痴,其理不可说。"

作为戴启辉嗣子的戴圣谦,原是结过婚的,并生有二子。《戴氏宗谱》里的"出家为僧"四字,浓缩了他在人世间的多少悲欢离合。

万 生 望 族

诰封"通议大夫"的戴凤翔,家道在其儿孙两辈日渐衰弱。中兴的曙光在其4世孙戴征典的手上初现。

戴征典(1875—1920),名质,号任素,后裔尊他为"万生公"。1899年入邑庠成秀才,参加过1903年清政府最后一次科举乡试,落第。在垂死的清末,一批仁人志士"睁眼看世界",戴征典也曾与彭百庭、胡苏存等同乡相约去日本留学,遭家人反对未果。后在苏山鹤舍村创办肆群学校,启发民智。学堂被迫停办后,戴征典上青云寺设帐讲学,其间同比他小7岁的名士胡雪抱酬和频繁。胡雪抱在其《昭琴馆诗存》中收录有《同万生宿青云寺》《宿戴氏话旧》等诗。他们之间还有一段为儿女"指腹为婚"的美谈,胡雪抱的长女胡静后来嫁给了戴征典的次子戴熙庠。

戴征典民国二年(1913)被推举为都昌县议会议员,后改任都昌县公署财政课长。在他的体察中,当时的官场"凉薄诈伪,唯利是图,虚荣是鹜,不惜残暴以逞"。他慨然而归,言其心志:"大乱未戢,国难未已,吾将奉母教子以终。"戴征典一度经东渡归来的胡苏存等友人的介绍,前往江苏南通著名实业家张謇这位"末代状元"的府中执教,后受聘到景德镇一窑户老板的家馆任西席。1920年仲秋,戴征典染病去世,年仅45岁。戴征典,号"任素",似在表白他追求本源清白、朴实自然的境界。他在民国初年,不管生活如何困窘,始终秉持"文通即命通"的祖训,将4个儿子抚育成人,光大家业。

马鞍胡勇里胡东春先生从领导岗位退下来后,一直热心于地方文化历史的挖掘与研究,他对戴征典家族的历史颇为熟稔。他勾勒出这一支族自戴征典以降的三代谱系图。家族的历史总是和国家的命运紧密相连,"家国情怀"在一个个戴家人融入时代洪流的过程中得到印证。

长子戴熙庆(1899—1971),字伯康,早年在景德镇窑厂当学徒,1928年投身军营,曾任上尉文官,晚年在家乡终老。其子戴怡祖(隆源)曾在国民党部队当军医,任少校;1943年参加青年远征军赴缅甸抗击日寇;1949年10月,在云南随军起义参加中国人民解放军,后参加抗美援朝,以其高超的医技在上甘岭战役中荣立三等功;从浙江瑞安市人民医院退休后寓居南京,其子戴逢伟、戴逢胜在南京从事专业工作。戴熙庆另一个儿子戴景祖(1933—1995)曾任江西冶金厅纪检组长,有子戴豫、戴欢,女戴安,皆在南昌工作。

次子戴熙庠(1902—1947),名笠盟,字仲安,是家道中兴时"熙"字辈中顶梁柱式的人物。他一生在国民党军队从事后勤文职工作,早年投靠刘士毅(都昌汪墩人)部。抗战期间受襟弟刘孟郡(都昌汪墩老屋刘村人)之邀赴陕西军政部三十三后方医院任军需主任,其时毕业于北京大学医学院的刘孟郡担任该院院长。在烽火连天的抗战岁月,戴熙庠挈妻将子,颠沛流离于陕西泾阳、西安、潼关、朝邑、大荔、兴平、临潼、蓝田等地。他的儿子戴翼祖,女儿戴家纯、戴家华战乱时夭折于迁徙途中,追随他从军的表弟袁泽林、胞弟戴熙序也染疾长眠于三秦大地。1946年,看透时局的戴熙庠不愿参加国共内战,主动退役南归家乡;1947年9月14日,坐船去鄱阳领取退役金,不幸溺水身亡,年仅45岁。其长子戴绳祖(1929—)一生从教,桃李芬芳。次子戴式祖(1939—)1961年毕业于华中工学院(华中科技大学前身),经基层历练任中共河南省郑州市委副书记、河南省技术质量监督局首任局长、河南省政协常委和省政协文史委主任,退休后曾任华中科大郑州校友会第三届理事会理事长,生子戴鹰、戴翔,一如其名,鹰击长空,翱翔蓝天,事业有成,鹏程万里。戴熙庠长女戴家聪(1930—)曾在星子城区小学、国防三线厂子弟学校任副校长。次女戴家敏(1932—1950)在星子县委机关工作,芳华未展,自折其翅。小女戴家骊1944年因出生于陕西骊山附近而得名,从事会计职业。

三子戴熙序(1905—1945),字叔和,早年在马鞍岛亦耕亦渔,并在堂兄戴熙广的影响下融入革命活动;抗战时期随兄戴熙庠从军,先后供职于国民党军三十三后方医院、军政部西北军马采运所等;1945年积劳成疾,病逝于陕西宝鸡市。其独生子戴振祖(1926—2002)曾任星子县农业局局长、星子县政府办副主任兼县志办主任,一生历坎坷而不屈,修文辞立其诚。其子戴洪、戴彬、戴勇,女戴宜、戴云均在省内工作和生活,各有所成。

四子戴熙应(1909—1973)早年在景德镇学瓷绘,曾执教乡里,20世纪50年代曾在九江森工局工作,被分配至瑞昌短暂办理过木竹采伐营运事务,晚年赋闲在家。他天性开朗,干练持重。儿子戴杨祖(1946—1992)曾任徐埠中学、苏山中学校长;其长子戴勤、次子戴诚分别在苏山中学、小学教书育人;三子戴助同济医科大学毕业后从医。

熙隆逢泰运,亿兆颂维新。一代代戴氏后人在谱系图中蠡斯蛰蛰,绳其祖武。

家 园 情 深

牌楼戴村的牌楼在时光中泯灭,但这方家园永远是戴凤翔一代代后裔的根脉所在。土目湖畔,是他们中的不少人人生的启航地,也是他们在遭受磨难、跌落低谷时的避风港。

吾乡吾土,斯意斯情,对于戴氏家族"隆"字辈的人来说,体会尤深。戴凤翔的 6 世孙,取名时末字多嵌"祖"字。这一代人中的老大戴怡祖二十世纪六七十年代在所谋职的浙江瑞安人民医院受打击,其间回到马鞍岛躲避,抚慰心灵。戴振祖先生晚年受族人推举主修 1989 年版的《戴氏宗谱》,将对家乡的挚爱倾注笔端,赓续家风。马鞍岛去星子县城水路乘船仅 15 公里,比到都昌县城还要便利。村民到星子县购物、看病,戴振祖和那边的族中亲友总会热情相待,尽力帮忙。让戴振祖对醇厚浓郁的乡情体会尤深的是,1973 年,他在星子县城建造房宅,纯朴的马鞍乡亲四五人一组,自带工具,自驾渔船往来,几乎一周一轮换,义务帮工,生产队还送上千斤稻谷相助。戴绳祖 1949 年 8 月在星子县参加革命工作,从 1950 年至 1980 年,30 年的美好人生奉献给了星子县的教育事业。1950 年初的星子县中学校长由时任县长兼任,副校长戴绳祖实际履行校长之责。其时,他情系桑梓,将读过私塾的马鞍岛上的放牛娃,如胡英、胡明、王琦、戴紫辉、戴广生,带到星子求学,他们中的不少人自此迈步于人生的金光大道上。戴式祖曾任河南省省会城市郑州市委副书记,其 5 世祖戴凤翔曾在河南任十余年的知县,戴式祖的职位自然高于先人,但在中原大地俯身为民的情怀一脉相承。戴式祖对家乡建设情有独钟。20 世纪 80 年代中期,他在郑州市组织工程人员,带上一应设施,拉起了过土目湖的电缆。1987 年,"孤岛"马鞍就用上了高压电。在童年记忆中,戴式祖印象最深的是 1947 年父亲带着他第一次回到牌楼戴村的情景。乡亲们用最隆重而又最乡土的仪式欢迎戴熙庠携子荣

归故里:列队迎候,放 21 响土铳,敲锣打鼓。戴式祖在父亲去世后曾辍学在湖洲山生活了数年,可说是放牛娃出身,以致他跻身政界后探访故里时,在家乡的草洲上留下了一张亲近牛牯的乡野味十足的照片,对家乡深深的眷恋之情充溢心间。戴家"隆"字辈的不少人在暮年著书,回首人生路,启迪后来人。戴振祖著《忆往钩沉》,戴绳祖著《人生沉浮》,戴家聪著《人生真谛》,戴式祖拟著《人生求索》,他们在自传体的著述里,都以乡情为笔,以初心为墨,留存下故乡的那道辙印。

湖中帆影碧空尽,马鞍岛上展新颜。我们在回望牌楼戴村典型的家族历史时,能感知到最核心的家风传承还是"耕读传家"。在外的游子对故园情思绵绵,此心唯念。坚守马鞍岛、务农兼工的戴凤翔次子戴启鼎的后裔戴耀祖、戴庚祖、戴继祖、戴承祖兄弟,戴银平、戴玉平兄弟和村民们一道,在乡村振兴、脱贫攻坚的小康路上,凭着勤劳和智慧,将这方水土打造得秀美如画。他们的先祖戴凤翔在河南太康任知县时曾吟《灵塔晴光》:"钟奇知不偶,辉映有群英。"一代代牌楼戴村人在各行各业各展其彩,让"群英"辉映在这方山水间……

23. 苏山乡牌楼戴村(三):湖洲山之戴熙广烈士

人们翻阅中国共产党都昌组织创建的历史,总能见到"湖洲山支部"的字样,湖洲山是四面环水的马鞍山的又一别称。湖洲山革命的星星之火,可以说是由"湖洲山之子"戴熙广点燃的。戴熙广是牌楼戴村清代进士戴凤翔的5世孙。这个家族有信守"文通即命通"的业儒人,也有践行"命通需革命"的斗士。戴熙广以殷红的鲜血为湖洲山的红色记忆留存下最为绚烂的一章。

(一)

《都昌县志》(1993年版)有革命烈士戴熙广的传略。戴熙广(1902—1930),又名熙广,字宜春,苏山乡牌楼戴家村人。他1926年参加革命,4月参加县党务训练班学习后,奉命回村秘密组织农民协会;同年9月,加入中国共产党,任湖洲山党小组组长。是时,他所负责的农民协会,已由湖洲山发展至徐港桥等地,成为都昌农民运动队伍的一支劲旅。

1927年2月,中共都昌地方委员会成立,他当选为地委委员。1927年2月8日,第一次全县农民代表大会在县城召开,他当选为县农民协会常委。1927年2月20日至28日,戴熙广、刘述尧、向葵等7人代表都昌农民协会,出席了在南昌召开的江西省第一次农民代表大会。当时,江西国民党右派在蒋介石的卵翼之下极为嚣张,竟企图采用"圈定"的方法来篡夺省农民协会的领导权。大会上,戴熙广公开点名抨击蒋介石,揭露国民党右派的反动面目。方志敏、戴熙广等共产党人坚决斗争,终于挫败了国民党新右派"AB团"企图"圈定"省农民协会执委的阴谋,方志敏、陆智西、淦克鹤、戴熙广等13人当选为江西省农民协会执行委员。江西省农民协会正式成立,方志敏为秘书长。至7月底,全省有72个县建立农民协会组织,会员发展到60万人左右,都昌农民运动更是风起云涌。

从南昌返县后,戴熙广正式参加全县农民运动的领导工作,主要负责农民自卫军的组织。省、县农民协会的成立,极大地推动了都昌农民运动高潮的兴起。土豪劣绅被斗得惶惶不安,他们不甘心失败,便企图借助蒋介石的淫威组织反扑。左蠡大劣绅袁铁枚,竟效法南昌的国民党右派,在乡间组织"AB团",组织了一支地主武装,准备攻打八区农民协会。戴熙广闻讯后立即率领汪墩农民军和一、六、七区农民协会会员千余人,将袁铁枚的地主武装包围在塞心坂徐家山上,一举将其击溃,并乘胜追击,摧毁了袁的老巢。

在都昌农民运动如火如荼地开展之时,党内右倾机会主义者断送了革命。大革命失败后,戴熙广被都昌反动当局点名"通缉",他毫不畏惧,继续潜伏在乡间展开斗争,并先后至湖口、至德、鄱阳寻找上级组织。得知方志敏在弋阳、横峰领导武装斗争,戴熙广就于1929年只身前去投奔方志敏,被留在赣东北红军独立第1团工作,先后任连长、营长等职。1930年5月5日,戴熙广率部攻打乐平秧坂时,不幸壮烈阵亡。

(二)

戴熙广烈士将他的英名留在了志书里。其实,关于他的传略,最早的是他的堂弟戴熙庠(号仲安)撰述于1947年的那份。兹录于下:

> 堂弟熙广与余同学,其天性纯鲁,其读书不成诵,乃弃而就农,好行侠义,常为人排难解纷,利害所不计,故乡里多推重之。民(国)十四年(1925),军阀窃据,压榨无所不用其极,以致农村破产,民不聊生。时国民革命军方誓师南粤,醉心三民主义,参加地下工作不避艰险,以谋响应。(民国)十五年(1926),江西光复,奉委为都昌县农民协会执行委员,举凡农村利弊,多所兴革,声誉日隆,旋以都昌县代表身份出席江西全省代表大会,登台演说,痛陈民间疾苦,及应如何实行三民主义,扶持农工等诸理解,皆切中肯,致听者数万人掌声如雷。主席团朱培德、李烈钧等皆为之动容,即席膺选为江西省农民协会执行委员,蜚声乡国矣!(民国)十七年(1928),宁汉分裂,领方面军从事农工运动,其后战死赣东。其党人公葬于弋阳之南郊,迄今十有六年矣。已不可考,呜呼痛哉。

戴熙庠称戴熙广为"堂弟",其实是入谱时的一种笔误。查《戴氏宗谱》,两人均出生于光绪壬寅年(1902),戴熙广生日为农历四月廿一日,戴熙庠生日为农历六月十八日,戴熙广实为"堂兄",长56天。戴熙广5岁时,父亲戴征远病逝,是叔父戴征典将他视如己出,抚育成人。戴征典生育四子——熙庆(伯康)、熙庠(仲安)、熙序、熙应,他们"熙"字辈皆以广字头的字入名,子侄"隆"一辈,称熙广为二伯。戴熙庠在国民党军营一直任军需之职,后退役在家,写完这篇传述不久便意外溺亡。他在解放战争的隆隆炮声中,为共产党的殉义之人戴熙广立传,且秉笔直书,堪称正义。

(三)

戴熙广的另一个堂弟戴熙序之子戴振祖先生曾任星子县政府办公室副主任兼县志办主任,生前是星子县响当当的一根"笔杆子",晚年曾致力于重新编纂《戴氏宗谱》。戴振祖在1989年补修的宗谱中,附录了他用娟秀的钢笔行书撰写的一篇《熙广烈士经历事迹补志》,其中不乏他作为烈士堂侄对戴熙广生平的一些见闻:

> 堂伯熙广公,少时家庭条件较为优渥。其性豪放不羁,无志攻读,原事农耕种,并兼营手工作坊。一九二四年国共第一次合作时受姐丈王叔平影响,接受革命思潮,倾心于反帝反封建,实现耕者有其田的理想,于是投身农民解放运动。由于其意志坚定,工作积极,不久即在农民群众中建立威信,当选为都昌县农民协会首届执行委员,成为一名职业革命者,任都昌县党部农运部部长。当时,一切权力归农会,农协实为基层政权组织。一九六五年,我曾在省革命烈士纪念馆的陈展厅内,见到公(戴熙广)与刘肩三二人联署的向各乡农协发布的训令通知的油印原件。证实农协确已掌握当时的政治、经济等各种权力。是时,公领导全县农运工作,几至废寝忘食,同时在家乡湖洲山培养积极分子,如王宗唐、胡茂书、戴征尧及先父等人组建了都昌最早期的党支部,开展轰轰烈烈的打土豪、减租息的群众运动。
>
> 一九二七年二月,江西省农民协会代表大会于省会召开,公以都昌代表(的身份)参加,发表慷慨的演说,博得热烈的掌声,于是当选省农协执行委员。其时,方志敏兼执委秘书长,对公之才能倍加赏识,公由是遂成全省农运领袖人物。不久国共统一战线分化,反动势力向革命者反扑,在"宁可枉杀千人,不可使一人漏网"的白色恐怖中,公与党人向法宜、刘一燕等计议去上海,途中忽改变初衷,曰:"你们知识分子在沪上大有可为,我则无用武之地。"遂潜去广东投国民革命军之第一

军,不久广州起义失败。公携一湖南朱同志复返家乡,联络同志利用本乡临湖操舟之利,建立地下武装,开辟赣东与赣西水上通道。未几,朱同志在对岸海会遇难。公奉召去赣东北投方志敏麾下,在红十军从事开辟都湖交界的武山根据地。一九三零年前后暗中顺道返家,适三伯仲安公亦归来,兄弟各展其志,均未能彼此说服,遂各道珍重而别。此后则不曾返归,国共二次合作后,经多方打听,得知公于红十军任营长,后牺牲葬于弋阳南郊。

新中国成立后,向公法宜语我曰:(二十世纪)五十年代初与邵式平省长会见时,曾谈及熙广公之往事。邵省长说:"戴同志为革命做过贡献,是个好同志,可惜死早了。"由是对公做了高度评价。解放后,都昌首批授革命烈士称号,老母及独生女均享烈属待遇。一九四七年纂修宗谱前,仲安公为其生平作传,伯康公为其立嗣。在国民党仇共高压政策下,两公不避忌讳,对公之忠贞予以褒赞,诚难能可贵。公为革命捐躯,后世当永为纪念。

戴振祖在《熙广烈士经历事迹补志》中提及的他在江西革命烈士纪念馆见到的刘肩三、戴熙广联合署名的都昌县农民协会向全县各乡农协所发布告,也可佐证当时戴熙广是县农协的主要负责人之一。其时,都昌农民运动蓬勃兴起。1927年2月11日,都昌县第一次农民代表大会在县城陶公庙(现实验小学校址)召开,到会代表200余人,代表了全县26个区,149个乡农民协会,1.09万名农民协会会员,大会选举了刘肩三、陆方奇、戴熙广为县农民协会常委,谭和等9人为农民协会执行委员,并选举戴熙广、向葵等7人代表都昌出席江西省农民代表大会。在9天后召开的江西省第一次全省农民代表大会上,都昌人戴熙广被大会选为13名执行委员之一,这既是对都昌方兴未艾的农民运动的肯定,也是对戴熙广在会议期间的出色表现的认可。2019年,为庆祝中华人民共和国成立70周年,央视一套热播了革命题材电视剧《可爱的中国》,讴歌了方志敏浩气千秋的一生。其中第8集,方志敏在省农民代表大会上宣读了当选的13位执委名单,观众看到了"戴熙广"的名字。

(四)

戴熙广也许不是"读书的种子",但他以杜鹃啼血的悲壮衔来"革命的火种"，在戴氏大家族里腾跃火苗，更让湖洲山的烈火穿透沉沉的夜空。

中国共产党都昌党史记载，大革命失败后，时任中共都昌县委书记刘越（一燕）、向法宜（曾任中共景德镇市委书记）和戴熙广从都昌转移，远赴上海寻找党组织。关于这个情节有这样的表述："刘越、向法宜和戴熙广居一条小渔船上在鄱阳湖中漂流了一个多月后，刘越和向法宜去了上海，戴熙广回到农村继续斗争。"向法宜1986年写了一篇回忆文章——《革命志士刘一燕》，对他同刘越搭船去上海的情景做如下记载："我们乘坐的渔船（的）主人也是自己的同志，他放弃捕鱼，给（跟）我们在鄱湖里东游西荡，避免敌人发现。""当我们舍渔舟而登上湖口的小轮时，与渔船主人告别，他不顾自己一家人的生活，放弃捕鱼达两个月之久，一心救护我们脱险。"这位在相关叙述中没留下名字的渔船主人，就是戴熙广的堂叔戴征尧，他也是在戴熙广的影响下投身革命的。

他同戴征尧一起利用水乡操舟之便，掩护和转运革命者，开辟出一条水上交通线，戴熙广的堂兄弟戴熙庆、戴熙序等也是革命者。戴熙序的长孙戴洪（逢经）至今还记得小时候听奶奶讲的革命故事。戴熙广带领湖南来的朱同志在湖洲山一带打击国民党还乡团势力和地方恶势力。马鞍岛四面环水的独特地理位置和群众积极参与革命活动的良好基础，让这支由外地来的数名游击队员组成的队伍在革命中如鱼得水。他们通常白天打仗，夜间行军，白天还会将晚间打土豪劣绅的惊险故事讲给牌楼戴村人听。其时戴熙广并不在村子里，而是在外投身革命。后来朱同志带领的游击队离开马鞍岛，也是由戴征尧、戴熙序等人通过水上交通线把他送至对岸的海会的。游击队一上岸便被捕，他们即使在惨遭杀戮前也没有供出牌楼戴家这个革命据点，让戴村逃过一劫。戴熙庆、戴熙序兄弟俩因被人告密而同时被捕，经在国民党军中任职的戴熙庠等人多方营救，才未遭杀害，再次逃出魔掌。牌楼戴村那时是革命的"堡垒村"，作为"堡垒户"的戴熙序有一天在田间耘禾，听闻国民党的还乡团渡过土目湖前来马鞍岛搜捕，于是慌忙躲进芭茅丛中。敌人进得村来，胡乱地在村前村后的隐秘处拨划着梭镖、长矛，只差一点就戳中了戴熙序，他大气不出，躲过一劫。还乡团打砸抄家，一片狼藉，令人惊悚。

戴熙广的堂姐戴银兰（淑芬）嫁给中共都昌县党组织的创始人之一的王叔平，她也曾任都昌县妇女协会主任。戴熙庠的妻子胡静是苏山乡益溪舍村名士胡雪抱的长女，出身书香门第的她早年也曾参加农会妇女组织，担任协会常委

兼组织部部长。她在县城油印和散发革命传单,随后经刘肩三介绍加入共产党。

戴熙广的妻子徐水娥是湖口县人,娘家也是革命之家,她晚年忧愤而殁。戴熙广的独生女儿戴先梅后来嫁入马鞍岛胡勇里,在烈士故里传承红色基因。遵旧例,她将戴熙庠之三子戴式祖承祧烈士为嗣。戴熙广牺牲在弋阳,尸骨难觅。2019 年 7 月,戴熙广的小外孙胡振家以古稀之龄,专赴弋阳寻访外公的牺牲之地,接受革命传统教育。2013 年冬,都昌县民政部门和烈士亲属在马鞍山重立了戴熙广烈士陵墓。

人生自古谁无死,留取丹心照汗青。岁在庚子,我们阅县志,翻党史,查谱牒,访族裔,以几近实录的形式还原戴熙广烈士 28 岁短暂的一生,以此纪念他为国捐躯 90 周年,让烈士精神与绵绵的湖洲山长存。

24. 苏山乡牌楼戴村(四):广宇间绳其祖武

2020 年 10 月 13 日,为庚子年深秋,蛰伏小县城的我,很少外出,这天趁着去市里参加一个脱贫攻坚文集征稿会的机会,特意去拜访戴绳祖老人。老人出生于 1929 年 2 月,已 91 岁高龄了。

戴绳祖老人可以说是终生从教。1949 年 8 月,他参加革命工作,任星子县委工作队队员;1950 年 3 月调入星子县中学任教,曾任副校长;30 年后的 1980 年 8 月,调入九江师专,先后任理化科和中文系党支部书记、副教授。他凭借 20 世纪 50 年代初在华中师院(今华中师范大学)学习打下的扎实功底,在九江师专任教时主讲教育学,1990 年 5 月离休。与戴绳祖老人的结识,源于我在今年七八月间拟写了戴绳祖老人家族的历史。戴绳祖老人是清嘉庆年间(1796—1820)进士戴凤翔的 6 世孙,我为这个家族连续写了三篇,记载这个家族近 300 年的人文历史。与戴绳祖老人通过电话,我在电话里能感受到耄耋之人声音中少有的那份爽朗。当听说我要去当面拜访他时,老人高兴地告诉了他在原九江师专的住址。

原九江师专已并入现今的九江学院。在市区三里街的老校址,护理学院的新生,穿着训练服在大操场军训,红旗飘扬,队形规整。我很容易就找到了戴绳祖老人所住的东二栋职工宿舍楼,戴绳祖老人拉开二楼的住宅门,拄着拐杖迎接我。戴绳祖老人说他的股骨头坏死,行动不便,平日里请了一个保姆护理日常生活。戴绳祖老人个子不高,一头银发,看上去精神矍铄。在我的祝福声中,戴绳祖老人聊到了他的眼疾:前几年因白内障,做过手术,效果挺好的。现在眼底有黄斑且充血,右眼几近失明。戴绳祖老人生动地为眼疾打了比方,说白内障就如镜片磨损后变得模糊,换了镜片就行;现在是底部发霉了,算是根子上损坏,人老了也不好做手术。戴绳祖老人的孙子在上海工作,为爷爷买了平板电脑,屏幕大了许多,这样微信上的东西也更清晰。

我给戴绳祖老人奉送上我的《家训里的乡愁》一书,他说他在家人的微信群里看了我写的这个系列的其中数篇,他的评价是"语言流畅隽美,观点公正客观,史料翔实可信"。这当然是戴绳祖老人对我的一种鼓励。他把早已准备好

的他的自传体著述《人海沉浮》回赠给我,我见扉页上工整地签上了"国山贤弟惠存"几个字,长辈的古典式的谦逊让我非常不安。其实戴绳祖老人的这本书,我在写戴凤翔家族历史时已阅读过,是在戴绳祖老人的侄子戴洪老师那借阅的。我告诉戴绳祖老人,我已收到他托土目老乡胡东春先生转交于我的一本书,就是他的胞弟、曾任河南省郑州市委副书记的戴式祖先生近期撰写的自传体著述《人生之路》。他还让我转送一本给都昌县档案馆,作为地方历史资料收存。回到都昌后,我诚笃地遂了老人的愿。老人还赠予我一本他的胞妹戴家聪所撰自传体书——《人生真谛》。戴绳祖老人说,贝多芬用音乐演奏《命运交响曲》,他们兄妹三人用文字书写人生的"命运交响曲",以自身经历写出了他们这一代知识分子的命运。

戴绳祖老人说,他的人生经历都在 14 年前拟写的《人海沉浮》一书里。他特别深情地对我谈起了他的岳父,也是他的二姨父刘孟郡的坎坷人生。刘孟郡是都昌汪墩老屋刘村人,1924 年从南昌二中毕业后,考入国立北平大学医学院(今北京大学医学部)。当时,他与同班同学贺诚、北师大的江西人邵式平都是爱国学生运动的骨干。在刘孟郡晚年的回忆里,高个子的邵式平总是扛着红旗冲在学生游行队伍的前头。贺诚学生时代就加入了中国共产党,北大毕业后投身革命。中华人民共和国成立后,贺诚曾任原总后勤部副部长兼卫生部(今更名卫计委)副部长等职,1958 年被授予中将军衔。刘孟郡在时代激荡风云里从戎,投身的是国民党的军队医院,1937 年任国民党三十三后方医院上校院长。刘孟郡的夫人胡琛与戴绳祖的母亲胡静是亲姐妹,姐妹俩的父亲胡雪抱是苏山益溪舍胡家民国年间的著名诗人。刘孟郡任职的三十三后方医院由安徽滁县迁往陕西泾阳等地,戴绳祖的父亲戴熙庠随襟兄任医院军需主任。二姨父刘孟郡在童年的戴绳祖的心目中威风凛凛,总是穿着黄色华达呢军装,挎武装带,足蹬皮靴,手戴白手套,鼻架眼镜,踱着方步。有一次,戴绳祖找二姨父治病,他走进办公室时也要先喊一声"报告",然后行一个 90 度的鞠躬礼。1939 年,不善于应付官场的刘孟郡遭人暗算,被免去院长职务,后来在西安军政部卫生署西北办事处任一般视察员,1942 年由卫生署派往安徽省卫生总队,辗转于安徽立煌(现金寨县)、阜阳等地,1948 年任国民党安庆陆军第七后方医院院长。中华人民共和国成立后,刘孟郡被遣散回乡,失业在家。他给北大同班同学贺诚写信联系,已是卫生部副部长的贺诚联络时任江西省省长邵式平。就这样,刘孟郡被安排在江西省防疫大队做医师,不久调任九江市第一人民医院院长兼九江卫生学校校长,旋改任九江市妇幼保健院院长。该院的前身是一个叫但福德的教会医院。戴绳祖与二姨父刘孟郡的长女刘意聪青梅竹马。有一件在陕西泾阳发生的逸事让晚年失去老伴的戴绳祖唏嘘不已。10 岁的戴绳祖与 9 岁的刘意聪有一次在堆棉花包的院子里捕麻雀,方法和鲁迅小时候的小伙伴闰土教他的一样:把一片竹筛拿一根小树枝撑着,底下放些小麦。在小树枝上系一根绳子,然后牵着绳子的一端躲进旁边棉花包的空隙里,等觅食的麻雀来到筛底,便用绳子拉倒小树枝,竹筛便罩着一应的麻雀。因为那一次所带的绳子短了,天真无邪的两个小伙伴便解下各自的裤腰带,将裤腰带相连,然后牵着绳子的一端藏在棉花包深处,只等捕雀。院子里年轻的店员发现了解了裤带的俩少年,以成人的男女之欢奚落戴绳祖,让他有口难辩。后来,这对姨表兄妹结为恩爱夫妻,1953 年 8 月,一对新人的婚礼在当时的九江市妇幼保健院操办。1958年,刘孟郡作为“右派分子”被撤掉市妇幼保健院院长一职,先是被贬到婴儿室洗尿布,随后下放到湖口县武山垦殖场放牛,后来又转到都昌县人民医院做医生。作为早年毕业于北大的一代名医,刘孟郡尽管处于人生的低谷,但其高尚的医德、精湛的医技,得到了患者的认可。1975 年 9 月的一天,刘孟郡坐门诊看完最后一个病人,离开了办公室。此时食堂的饭菜已卖完,工友给他煮了一碗面条,并把面条端到简易的寝室。人生最后一碗面条,刘孟郡还没来得及下箸,便因过度疲惫引发中风而晕倒,幸被好心人及时发现,送医院急救。从此,他下肢瘫痪,被送往乡下老屋刘村调养。1976 年 3 月,刘孟郡与世长辞,享年 70 岁。

　　戴绳祖老人向我讲述他二姨父、岳父刘孟郡先生的经历,为一代名医的坎坷命运感慨不已。我有时想,就读北京大学的每一个都昌人,在时代的舞台上都有一部家国情愫与个人命运交织的跌宕历史。要是以“都昌人在北大”为切入点,以此深掘记录下来也是一个很有意义的选题。戴老在讲述完北大学生刘孟郡的个人史之后,引着我去看他设在一个房间里的“戴氏家庭史馆”。临窗的五斗桌是祖上几经辗转传下来的,供奉着戴老的父母、岳父母和妻子刘意聪的遗像。右侧墙上张贴着戴老手书的 6 世祖戴凤翔在考取进士前用于自勉的一副对联:彻夜思量毫无半点生计,饿死不如读死;通盘打算唯有一条出路,文通即是命通。中间悬挂着一幅戴老夫妇摄于 2003 年的伉俪彩照。左侧是一排橱柜,收藏着老人所能收集的戴氏家谱以及各式人文资料。其间当然有老人个人

的人生见证。老人一向淡泊明志,有两次闪亮登场为其人生添华章:一是1954年12月的《人民教育》杂志,刊载了他在当年全省教育工作会议上的一个发言——《在党委领导下做好我们的学校工作》,推广他主政的星子中学的治校经验;第二次是1998年8月26日,奋战在九江抗洪抢险一线的解放军南京某部为了不影响九江师专秋季正常开学,撤出学校而驻入条件艰苦的郊区,戴绳祖老师当时也站在欢送抗洪子弟兵的队伍中。央视的一位女记者现场随机采访了戴绳祖,他即兴讲出了一段动情的话:"解放军太好了,太可爱了! 今天这个场面,使我不禁想起1949年的夏天,我高中刚毕业,也是在这里欢迎解放军渡江,欢送解放军南下。那时,解放军为了打江山,打得英勇顽强,纪律严明,秋毫不犯。五十年后,半个世纪过去了,我们解放军的光荣传统仍然没有变。他们这次又来到九江,是为了保江山,抗洪抢险,保住长江大堤,仍然是这么英勇顽强,纪律严明,秋毫不犯。他们为了保证我们按时开学,执意要撤离学校,我们非常感动,真是舍不得他们……"这个采访上了央视的《新闻联播》节目,戴绳祖接受记者采访时说出的一番话堪称新闻切入点最佳的经典案例。

戴绳祖老人是一个生活严谨且有条理的人,在他的家族历史博物馆的书架上,历年订阅的《炎黄春秋》等书刊叠放得整整齐齐。左侧中间是一个古色古香的书柜,上、下两层都用门闭锁着。老人拉开下层的一扇柜门,从一个抽屉中掏出一把长杆铜钥匙,套进上层的铜锁里。老人对我说,这书柜可是传家宝,是他母亲胡静(1904—1988)陪嫁到戴家的,跟随他从苏山土目至星子再至九江。老人有二儿一女,儿女们各有所成。老人的孙辈在上海、深圳、武汉等地生活,成就着他们各自的人生,这也是让老人深感欣慰的事。

老人跟我谈起他对九江师专这套住宅在产权不变的情形下的处置"三不"意愿——不出租、不转卖、不拆分。他希望他的后人将斯宅永久作为戴氏家族文化收藏馆。他这个戴氏家族的天南海北的子裔,可以来此缅怀祖先功德,纪念亡故先人,弘扬家训家风,汲取奋进力量。

老人的那种家族爱、故国情令我动容。苏山土目牌楼戴村,是他梦萦的故园。老人1929年农历二月二十三日寅时出生于江西赣州,其时父亲从军于此。20多天后,处于襁褓中的戴绳祖被其父母带着第一次返乡。从土目湖踏上家乡的土地,正值深夜,为了避邪,叔父戴熙序用渔网把侄子包住,将其抱进老屋。那时戴家家道已没落,昔日辉煌的"进士第"已断垣残壁。戴老的小学是在九江就读的,随后随从军的父亲在陕西泾阳、西安、朝邑、大荔、兴平等地谋生和求学。与都昌苏山隔湖相望的星子县城可以说是戴老的第二故乡。他 1950 年在星子中学任教时,到家乡都昌马鞍岛招收只读过私塾的放牛娃胡英、胡明、王琦、戴紫辉、戴广生等,让他们到星子县城求学,用知识改变这批家乡子弟的命运。如今老人身居浔阳,心系故园,身居斗室,但在广宇间绳其祖武,赓续家风。他深情地寄语家乡:要呵护好生态环境,保护好绿水青山。

"回眸往事愁多少?自问功过心无愧。莫道桑榆近暮景,盛世夕阳更争辉。"这是老人晚年一首感怀诗中的诗句。当我辞别老人,行走在九江师专的校园里时,大操场上军训的师生步履铿锵,口号嘹亮。无论是正处韶华的年轻学子,还是如戴老一样的耄耋之人,都永远闪烁着生命之光。

25. 苏山乡牌楼戴村(五):一个都昌人在中州的人生铸造

清代嘉庆年间(1796—1820)的进士戴凤翔(1777—1846),派名为宣凤。都昌苏山土目牌楼戴村的辈序为宣、启、圣、征、熙、隆、逢、泰、运等,2020 年已 81 岁高龄的戴式祖老人,派名为隆泽。他是戴凤翔的 6 世孙,1961 年从华中工学院(现华中科技大学)毕业后,一直工作和生活在古称中州的河南省,曾先后任郑州市委副书记、河南省技术监督局局长。戴式祖在当年的华中工学院五年制机械系铸造专业就读,他自踏上这片中原土地后,迄今已 60 年,一步一步地铸造出人生的辉煌。

追寻高祖足迹

戴凤翔在清嘉庆十四年(1809)跻身进士之身,从 1810 年入仕,"适用外秩",仕官之路的首站为河南唐县(今唐河县)知县,到 1836 年诰封中议大夫,59 岁时结束一生宦途。其间 26 年,有 18 年在河南任职,得"彬彬乎,郁郁乎,洵一时之盛事"之赞誉。

我们搜集史料来梳理 200 余年前的都昌人戴凤翔在中原大地的仕宦轨迹。1810 年,戴凤翔任唐县知县,执法惩办盗匪,"民多称便";1815 年前后,调任原武县知县(后原武与阳武合并,形成今天的原阳县),练乡勇防守"滑匪"。所谓"滑匪",即滑州地区的农民起义军,封建王朝的官吏维护皇权的稳定也算守职。"时值隆冬,民疾饥馑,又苦差徭",戴凤翔发仓谷拯饥,捐棉衣施贫,百姓"德之"。随后,戴凤翔调任渑池县令,任上主要政绩一是畅通豫、陕两地"东往西来",二是捐建义学,催生文风。1821 年,戴凤翔调任太康知县,太康属开封道陈州府,民习俗悍,素来难治,戴凤翔整顿胥役,绳之以法,明于谳讼,摄之以威,同时减徭役以纾民力,封殖田畴,疏通河渠,造竖桥梁,教诲子弟,修葺学官,"八年之中善政尤多"。道光八年(1828),戴凤翔任怀庆府盐米水利通判。当时的怀庆府所辖相当于现在的河南省修武、武陟以西,黄河以北地区,治所在今泌阳县。历七任知县后,戴凤翔"捐升离任",由豫入皖,任安徽太平府知府。

戴式祖在河南省会郑州工作期间,下到各县调研走访。凡是其 6 世祖戴凤翔任过职的县,他都留意查询相关史料。在太康县档案局,戴式祖查阅到戴凤翔主修并撰写序文的 8 卷道光八年(1828)《太康县志》。县志中详细地记载了戴凤翔的政绩。最珍贵的是志书中还拓印有戴凤翔的 8 篇诗书手迹,描写他在主政太康期间修建的太康县八大景观。戴凤翔在县志序文中如此表白撰"信书"之用心:"志则表微阐幽,善善从长,而以取舍示劝戒之意……要其征文考献,不略不巫,此事属辞,有伦有要,述既往以垂将来,是称为传信之书。"道光年间(1821—1850)诰授中宪大夫的河南陈州府知府瞿昂,如此评价戴凤翔在太康县令任上的为官为文:"英年科第,莅任八载,实心实政,镌在口碑……戴大人具史才,又精力弥满,时时亲至,相为辨难,自长篇累牍,以及片语支字,必斟酌妥善而后去。今观其书,无夸多斗靡之习,无因陋就简之类,取舍精,繁简当,体裁确,谓之为订讹正谬,酌古准今之善本,其谁曰不宜?"

戴式祖也在河南从政,其职位显然要高于高祖戴凤翔,但恪尽职守、勤恳为民的秉性,却是一脉相承。正是祖辈在中原大地上的垂范,让 200 年后的戴式祖对这片土地爱得更为深沉。

与刘源的交往

刘源,中国人民解放军高级将领,上将军衔,担任全国人大财政经济委员会副主任委员,中华人民共和国主席刘少奇之子。刘源 1985 年到 1987 年曾任郑州市副市长,其时,戴式祖任郑州市委副书记。出生于 1951 年的刘源比戴式祖整整小了 12 岁,这对属相皆为兔的人,因工作机缘在郑州市委、市政府的班子里产生了交集。刘源 1988 年升任河南省副省长,仍在郑州市委家属楼居住,戴式祖与刘源上下楼,邻居一做就 8 年之久,两人相交甚深。

戴式祖与刘源在共事的近三年时间里,共同筹办陇海—兰新经济带首届市(州)长、专员联络会,共同支持兴建炎黄巨型塑像的倡议,共同监督旧城改造工程。刘源其时担任郑州市副市长,主管工业经济和城市规划建设。1985 年,郑州推进天然气入郑工程,刘源任领导小组组长。为了这个惠民项目的审批,刘源多次奔波于郑州、北京之间,取得国家计划委员会主任宋平、国务院副总理李鹏等人的支持,短时间内实现了项目的立项。戴式祖记得,当时管道铺设工程开工伊始,在开封郊区挖管道基础要通过一个村庄,遭到当地居民抵制,拆迁施工遇到了难题。部分村民甚至带着衣被躺在施工现场,阻止工人开挖管道基础。面对如此僵局,刘源连夜约上时任郑州市人大常委会副主任岳朝杰和市委副书记戴式祖,一起赶赴开封给当地村民做说明工作。刘源在现场代表市委、市政府耐心地做村民的搬迁工作,一时效果不大。正一筹莫展之际,曾担任郑州市委副书记的岳朝杰附在一位长者身边说了一句话:"这位讲话的副市长是刘少奇的娃。"谁想只此一句亮明刘源身份的话,便起到了立竿见影的效果。在场的村民商议了一阵后,同意开挖管线基础。戴式祖事后才明白,刘少奇也曾在在开封任职,开封的百姓怀着对刘少奇同志的深切情愫,以这种朴素而又特殊的方式支持刘少奇之子的工作。1986年底,郑州市成为全国第一个利用民用管道输送天然气的省会城市。

工作之余,刘源也会邀请戴式祖到他的小书房聊天。戴式祖晚年追忆,仍不忘刘源跟他讲述的生活经历。到了节假日,戴式祖和朋友有时会到刘源家相聚,大家一齐动手,办一桌午宴。没有大餐桌,就把门板卸下来搭一个长方形餐桌,其乐融融。戴式祖1989年任新组建的河南省技术监督局局长、党组书记,时任副省长刘源亲自到成立大会上讲话,寄语戴式祖新岗位有新作为。

戴式祖如今已年逾八旬,他43年的在岗工作履历,似可浓缩成数行文字:

1961年9月,毕业于华中工学院机械制造学。被分配到煤炭工业部郑州煤矿机械厂工作,历任技术员、工程师、车间副主任、厂办机械学校教导主任、支部书记、厂办公室主任、代理副厂长。

1980年,任河南郑州锅炉厂厂长、党委副书记。

1982年7月,任郑州市人民政府办公室主任。

1983年5月,先后担任中共郑州市委常委,经济工业部部长、秘书长,兼市直机关党委书记、市委副书记。

1989年,任刚组建的河南省技术监督局局长、党组书记。

1998年,调任河南省政协工作,任常委兼教科文卫委副主任。

2004年2月退休。

戴式祖有两段社会兼职经历,一是任华中科技大学(原华中工学院)郑州校友会会长、名誉会长。华中科大是戴式祖的母校。2001年母校校庆时,戴式祖倡导郑州校友会向母校捐赠了汴绣"清明上河图"和"商鼎"复制品,将古老的中原文化因素植入华中科大的年轮里。"商鼎"高2.2米,重2.5吨,被安置在校园中心区青年园内,底座为圆形台面,用白色大理石砌筑。都昌人戴式祖手书了"鼎记":"商鼎于一九七八年在郑州商都邑遗址首次发现,古代鼎作为立国传国之重器而地位最尊,是国祚国运的象征。高鼎造型大方,制作精致,纹饰讲究,体现出三千多年前华夏祖先高度创造的智慧。寸草报春晖,为表达郑州校友期待母校鼎盛强大的美好心愿,倾注郑州校友对母校怀念感激祝福的深情,我们仿照商鼎原型,采用新材料和现代工艺技术重铸此鼎奉献给母校校庆大典。"一届届求学于华中科大的都昌学子,每每经过"商鼎",当了解到鼎铭出自家乡都昌的一个老校友时,该会平添多少的激情。

戴式祖的另一段社会兼职经历是任河南省标准化协会理事长、中国标准化协会第四届副理事长,曾多次带队赴欧美一些国家考察和交流。退休后,戴式祖运用质量"标准化"理念来管理自己的健康养生:合理膳食,适量运动,戒烟限酒,保持心理平衡,制订正确的健身程序,健身过程要系统化,要有协调性,要善于利用健身的有利资源;要有一本科学健身的质量管理手册,给自己的健身活动制定个人标准,经常给自己的健身状况进行一些必要的计量检测。

戴式祖这一辈兄弟取名大多含了"祖"字,寄寓的是一种传承家训、光宗耀祖的情怀。戴式祖是铸造专业科班出身,1981 年荣获新中国第一批铸造工程师证书。不管他人生事业之塔高几许,其坚实的塔基都耸立于鄱阳湖畔的桑梓地。

戴式祖 1939 年 5 月 16 日出生于陕西省泾阳县,其时父亲戴熙庠在国民党的一家部队医院谋职。睿智的父亲预感到国民党政府日薄西山,自己也不愿参加内战,1947 年初便主动退戎,南归星子落籍。戴式祖 8 岁那年,父亲带着年幼的他第一次踏上故乡土地。当时他们由星子县城乘船,在马鞍岛北部的沙滩上岸,乡亲们以乡间最隆重的礼仪,放了 21 响土铳炮,欢迎他们回家。戴式祖的二伯父戴熙广 1935 年壮烈牺牲,烈士无男嗣,1945 年修撰的《戴氏宗谱》上戴式祖承祧二伯父为嗣子,传承着红色基因。父亲戴熙庠在 1947 年 9 月乘船去都阳县领取退役金落水遭遇不幸后,母亲胡静带着戴式祖回到故乡十目马鞍岛戴家,生活了近三年,直至 1950 年初戴式祖离开家乡赴星子县城,随哥哥戴绳祖读初中。

戴式祖的人生之路何其漫长,但人生的出发地是家乡马鞍岛。贤淑、坚韧的母亲带着戴式祖姐弟在土目老家生活,"幽娴静好"的母亲和戴式祖有一份特

殊的亲情：外祖母、母亲和戴式祖的生日竟都在农历三月二十七。尽管那时的生活极其艰辛，有时要剥榆树皮、挖观音土来充饥，但戴式祖在耄耋之年回首往事时，对童年家乡的记忆还是那么的温暖和美好。他始终认为陶渊明笔下的陶花源就是马鞍岛，而陶渊明的曾祖父陶侃的桑梓地是都昌苏山、左蠡一带的陶家冲，这几成史界定论。

戴式祖如此深情地回忆少时的"田园生活"：在乡亲们的帮助下，母亲领着大姐和我种了半亩旱地，有芝麻和豆类；还在牌楼脚下开辟了一片菜地，旱地靠天收。菜园浇水浇粪全靠肩挑肩抬，为此，我的双肩都磨起了馒头般大的厚茧子。最让我难忘的是，有一次，我同大姐抬一桶粪水从近 20 米高的台阶下来时，粪桶不慎滑落，满桶的粪水浇了我一身。当时大姐非常心疼我，担心我受伤。我却幽默地安慰姐姐："浇足了粪，我就长得快了！"真九叔捕鱼的"卡子船"、汪氏婆婆的蚕丝小作坊、熙宁老伯穿蓑衣戴斗笠垂钓、与耀祖哥一起看乡戏场子……这一切都成为戴式祖对家乡最美好的回忆。

2006 年清明时节，他同相濡以沫、恩爱情深的妻子玉兰和孩子们回到家乡探亲，戴式祖步祖父戴征典《登马鞍山赋》的原韵抒发对故乡的眷恋之情，并瞩望下一辈"雄鹰翱翔青云里，今日重来赋锦衣"。马鞍岛的群众也永远不会忘记，20 世纪 80 年代，四面环水的马鞍岛通了电，穿越土目湖底的电缆是从牌楼戴村走出的游子戴式祖，主动协调郑州市有关部门扶助铺设的，他给马鞍百姓带来了光明。

"式沿征程阔步走，祖怀远志重传承。"这是戴式祖 80 岁生日时抒怀的吟唱。在他铸造的"人生之鼎"的饰图上，有鄱湖的点点帆影，有中州的幢幢人影，当然亦有夕照下的桑榆之景……

26. 苏山乡王坡垅村：坡上垅下（上）

【王氏家训家规】王氏后人当自强，继往开来谱新章。孝善仁和勤为本，书礼信义尚贤良。民族复兴担大任，顶天立地创辉煌。天下王姓一家亲，永葆福祚万年长。

（一）

都昌县苏山乡有坡垅村委会，所辖有王坡垅村。"坡垅"其名，村里老人言，状的是地貌：居垅沿坡而兴村。垅中之村，说的是小方位。王坡垅村现在的居中位置，可用苏山、左里、徐埠、汪墩四乡镇为参照，王坡垅村处于四乡镇的中心位置，两两乡镇相距皆六七公里。

某某垅、某某坡这类地名，应该在王坡垅村成村之前就有。王坡垅村的肇村始祖王本四（1394—1450）于明正统年间（1436—1449）由朗林（一作琅琳，今徐埠港南村委会所辖）畈迁无碍垅坡山，属太原王氏的支裔。王坡垅村的祖祠供奉着始祖本四公的塑像，峨冠博带，人称"进宝状元"，有向皇帝进宝的故事流传下来：据说王本四以耕读传家，经商发家。某年，他押载着十余船的粮米经鄱阳湖入长江，取道江浙而商贾。在浩渺的长江与船头打着旗帜的皇家船艘避面相遇，旗帜上晃动着的是"赈"字。原来是年江浙一带遭兵乱，又逢天灾，既空了帝仓，又有食不果腹的灾民急待赈济。王本四本就是个开明之人，当即将十余船的粮谷全捐给了官家赈灾。船上钦差回禀朝廷，皇上念其耿忠予以褒奖。王本四讳瓒，他的事迹在同治版的《都昌县志》卷之九"义行"篇中能查阅到一行记录：王瓒，天顺间粟三千石助赈，奉敕授冠带，表门建坊。

王本四"敕授"的荣耀的确不虚，同治版《都昌县志》还特意注明了出处：据门存牌坊补。想必当年王坡垅村有敕建的气派的旌德牌坊。牌坊已不存，但村里祖祠前至今仍保存有显示门庭荣耀的旗鼓石、系马桩。在悠悠岁月中，步入仕宦之路的王本四后裔自然不少，最显赫的当数清代道光年间（1821—1850）的王振纪，谱载其"钦赐花翎，统领内河水师前后左右亲兵营，诰授二品顶戴。"王

振纪号馨阶,"二品"之官阶的确弥散着馨香。

(二)

本四公在 600 年前开基的山地叫"无碍垅坡山",透出文雅之气的"无碍"二字有何讲究? 在当地,倒是有关于腾云驾雾、了无挂碍的神仙的传说,以至王坡垅村至今仍有"神仙岭",神仙岭水库滋润着村里 300 余亩良田。传说村北的神仙岭是八仙之一的吕洞宾的修仙之地。吕洞宾经常在岭上一棵千年的白果树下行弈悟道。那棵千年银杏后面原有一座神仙庙,庙宇早已倾圮。绿荫如盖的银杏树雌雄同株,要 4 个男人合抱,才能度量出其壮硕的腰身。王坡垅有村民上庐山含鄱口览胜,在晴朗的天气在神仙岭登高远眺,都能看到家乡山岭的那棵银杏的轮廓。当地的信众在庙宇难寻后便倚树搭了低棚供奉神明,为苍生祈福。在六七年前,因燃爆竹而引发火势,千年古树被烧毁。如今,古树又绽放新枝,生机勃发,日渐生长,成为神仙岭上的地理标识。

神仙岭的半山腰处有一个溶洞,村里长辈名之曰张果老洞,说八仙里的张果老曾在此洞修仙。此洞的幽深是有细节可佐证的。某年某日,一条黄犬从王坡垅这边的洞口钻入,至湖口屏峰洞口而出,洞越县境,可见其曲长。20 余年前,村里的后生用风钻凿取洞中青石取料,不慎掉下一根钢钎,连钢钎落地的回音都没听到,可见洞之纵深。洞内至今长年有清洌之水溢出,为神仙岭平添秀气。

(三)

王坡垅这方水土钟灵毓秀,在革命战争年代留下了许多红色记忆。

中共都昌党小组 1926 年 3 月在县城南山庙成立,刘越、刘肩三、王叔平、谭和、刘聘三 5 位早期的共产党人为创始人,其中王叔平是从王坡垅村走出来的热血青年。查《都昌革命烈士英名录》,有准确记载的王坡垅烈士有 6 位,分别是:

王千年,1928 年参加红十军,1930 年随红军去后再无音讯,年仅 20 岁。王学炳,1930 年参加红十军,牺牲于弋阳,时年 21 岁。王学恭,曾任苏维埃政权的区长,1930 年在东头湾就义,时年 39 岁。苏山乡尖山脚下有个"学恭水库",这个水库就是以烈士名字命名的。王修校,1930 年参加红十军,同年在湖口江桥牺牲,时年 21 岁。王家楷,曾任中共都昌县委委员、区委书记,1934 年 7 月在都昌县城就义,时年 34 岁。王腊里,1930 年随红军去后无音讯,时年 21 岁。据新妙乡乡长、退休干部王鸿兴考证,村里为革命英勇就义的烈士不只 6 位。大革命前后的星星之火在王坡垅村熊熊燃烧,渐成燎原之势。这其中有亲友之间相互传递革命火种的因素,比如王叔平的积极带动,比如村里与汪墩茅垅村有多头亲缘。

红色记忆永不灭,红色基因代代传。王坡垅村退休干部王平曾任都昌县食品公司经理。王平的大爷爷王家楷牺牲时没有自己的亲生儿女,其弟王家楠的儿子王宗凰被认定为烈士后代。王宗凰年轻时怀一腔热血,报名应征入伍,欲参加抗美援朝。政审时因为他是烈士的后代,出于对烈士后代的特别呵护,当时他未被获准跨过鸭绿江参加抗美援朝战争,而后在九江独立营步入军营,圆了从军梦。从大爷爷王家楷到父亲王宗凰,再到自己,王平一家连续三代从军,融入革命的洪流,展示人生风采。王坡垅村的年轻人一直燃烧着参加解放军的激情,中华人民共和国成立 71 年来,累计有 40 余个王坡垅村人在军营得到淬炼,现役军人就有 3 人。王春生曾任某部团政委,转业后在闽地任职。

王坡垅——这片洒下烈士鲜血的热土,在新时代呈现出繁荣兴盛的景象。朴素厚道的村民用"中华人民共和国成立以后没有一人违法乱纪"这句话来形容纯朴的村风。王建成、王红斌、王晓初分别取得首都医科大学、厦门大学、美国某大学的博士学位,成为知识改变命运、拼搏成就人生的典范。无碍垅坡山,有志坡垅人。更多的村民自由翱翔于逐梦的蓝天……

27. 苏山乡王坡垅村:坡上垅下(下)

2021 年,中国共产党建党 100 周年,百年大党初心如磐,百年风潮泱泱滂滂。在革命战争年代,为了新中国的建立,多少先烈慷慨悲歌,血沃中华大地。又有多少仁人志士,为追求光明,勇往直前,百折不回。中共都昌党小组成立于 1926 年 3 月,在那个风雨如晦的初春,都昌籍共产党人刘越、刘肩三、王叔平、谭和、刘聘三在县城南山庙点燃起革命的火种,刘越任党小组组长。中共都昌党小组的成立,作为都昌这片热土上开天辟地的一件大事而被载入史册。我们查遍中共都昌党组织的 5 位创始人的生平资料,追寻他们的红色足迹。在 1993 年 10 月编纂的《都昌县志》里,卷三十七“人物”篇中,刘肩三、谭和、刘聘三列于“革命先烈”一节,刘越列于“历史人物”一节,且各自有单传入志,独缺王叔平的传略。都昌县政协 2008 年 10 月编印的《都昌历史名人》一书中,刘越(刘一燕)、刘肩三、谭和、刘聘三皆有简传入书,亦独缺王叔平传略。那么,作为中共都昌党小组创始人之一的王叔平,有着怎样的独特人生经历?后人为何淡忘他或婉避他呢?我们寻访王叔平的后人,翻阅族谱等相关资料,将早期共产党人王叔平的历史背景呈现于后世,借此充实都昌党史资料珍贵的一页。

(一)

2014 年 12 月,中共党史出版社出版了由都昌县党史办编著的《中国共产党都昌历史第一卷(1924—1949)》。我们来阅览有关王叔平早期革命活动的记载。

1926 年 3 月 19 日,刘越、刘肩三、王叔平赴南昌出席在百花洲黎明中学召开的国民党江西省第二次代表大会,冯任(都昌土塘人,中共早期革命活动家,曾代理中共江西省委书记和中共湖北省委书记,1930 年牺牲)和刘越在会议期间介绍刘肩三、王叔平、刘聘三加入中国共产党。5 位经过冯任介绍入党的都昌籍中国共产党人刘越、刘肩三、谭和、王叔平、刘聘三回到都昌后,立即在县城南山庙内召开了党员会议,秘密成立了中共都昌第一个党小组,刘越任组长,直属中共南昌特支领导。

1926 年 4 月下旬,国民党都昌县临时党部在县城豹公祠秘密成立。刘越为常委,刘肩三、王叔平、刘聘三、黄吉人、陈玉吾、周新亚等为执委,以国共两党合作为基础的统一战线在都昌开始形成。6 月下旬,在县城东门外县苗圃(周家咀村里)树脚下,召开党员会议,成立中共都昌支部(直属中共江西地委领导),到会的有刘越、刘肩三、王叔平、刘聘三、谭和、余激、戴熙广等人,会上选举刘越为支部书记,刘肩三和王叔平任支部委员。

1926 年 11 月下旬,国民党都昌县第一次代表大会在余家祠堂召开,会议由刘越主持,共产党人王叔平被推选为第一届国民党都昌县党部执委兼工人部长。

1927 年 1 月 1 日,国民党江西省第三次代表大会在南昌召开,出席会议的都昌代表有刘越、刘肩三、刘聘三、王叔平、邵少任 5 人,其中 4 人是共产党员,邵少任为国民党右派。

1927 年 1 月底,都昌全县有共产党员 200 余人。经中共江西区委批准,县党支部在县城西街黄家祠堂召开全县党员大会,宣布成立中共都昌地委,隶属江西区委,地委机关设在县城学前街向先鹏家中,书记为刘越,王叔平是地委委员之一。

1927 年 2 月,在县城豹公祠召开了都昌县第一次工人代表大会,到会代表 50 余人,成立了都昌县总工会,选出刘聘三为总工会委员长,王叔平为副委员长。

1927 年 5 月 20 日至 29 日,刘越、刘肩三、刘聘三、王叔平、黄徽基代表国共合作的国民党都昌县党部,出席由武汉国民党中央批准,重新在南昌召开的国民党江西省第三次代表大会。其间根据中国共产党"五大"通过的新党章,将地委改为县委,直接隶属于江西省委领导,刘越任中共都昌县委书记,王叔平是县委委员之一。

1927 年蒋介石发动"四一二"反革命政变,汪精卫发动"七一五"反革命政变,大革命失败,共产党人遭到残酷镇压。刘越、刘肩三等都昌共产党人转移到外地,继续坚持斗争,保存革命力量。王叔平行踪自此在权威党史资料中鲜有载录。

（二）

王坡垅村人王叔平出生于光绪十九年（1893）。在1926年3月加入中国共产党前，他有着怎样的人生历练？

我们且对王叔平父亲王家鑫的事略来做一番考辨，以了解少时王叔平的成长环境。王家鑫，讳廷金，字鼎初。王家鑫年幼时聪颖过人，不幸的是父母兄弟均早故，全赖祖母袁老太襄理家政，经纪内外，使王家鑫得家庭温暖，衣食无虞。王家鑫嗜好读书，夜以继日地攻读，不仅精通古文诗词，对清末还未盛行的西学，诸如代数、几何、物理、化学等无不精通。他在32岁时夺乡魁——考中秀才。王家鑫洞悉时代之巨变，没有沉溺于迂腐的功名科举之路，而是在光绪十三年（1887）在村里办起了肄群小学。他给办学堂的房宅取名为挹秀山房，"挹秀"者，享受秀美景色之意，王家鑫要在桃李园里孕育出一片秀色来。秀色里更有杏林春暖，他精于医学，活人无算，不受人谢，有口皆碑。王家鑫在肄群小学任校长兼数学教员，并聘当地名宿刘严君等人任教。清光绪三十一年（1905），清廷宣布废除科举制度，推行学校教育，通令县级书院改为高等小学堂。而早在18年前，都昌乡间的肄群小学就创办了，可以说，王家鑫是都昌近代教育的一位先驱。肄群小学不仅办学历史早，而且办学质量优。王家鑫以他曾有的苦学精神践行苦教，"先鸡鸣而起，后斗转而息教"，注重启发式教学理念。徐埠、苏山、汪墩一带在他那儿就读的学生刘越、刘南溟、胡侠樵、刘书栋、袁祖源等都名重一时，在都昌民国史上占有一席之地。

王家鑫生四子，其中长子王宗唐、幼子王宗商早夭，二子王宗虞一生力田，唯王叔平（派名宗夏）跟着父亲在挹秀山房苦读，接受良好的启蒙教育，被疼他的父母称为"吾家千家驹"。王家鑫在民国元年（1912）病逝，年仅42岁。在严父故去后，王叔平考入南康（今属庐山市）中学入读，22岁时与苏山马鞍岛年芳19岁的贤淑姑娘戴淑芬结婚。戴家亦是书香门第，戴淑芬的曾祖父戴凤翔登进士及第，曾任芜湖道台，父亲戴征典在乡邑以文章道德见重。王家在王家鑫英年早逝后，家道败落，可戴淑芬从不怨天尤人，变卖娘家陪嫁的钗环，资助丈夫王叔平继续深造，王叔平得以就读于省立政法专门学校法学专业。王叔平的学业成绩独占鳌头，名盛一时。正是在南昌求学期间，王叔平作为热血青年接受进步思想，开启谋求人间正道之心志。1921年，王叔平回到都昌，在县立小学任教,而后连任都昌通俗讲读所所长。1926 年 3 月,加入共产党组织,成为都昌党组织的创始人之一。

(三)

1927 年 8 月,宁汉合流,国民党当局向共产党员和革命群众无情地举起了屠刀,如火如荼的大革命运动遭到失败,王叔平个人的命运自此也遭遇转折。

当时,都昌出现了一个反共"五人团",窃弄权柄,横行都邑,33 名共产党人遭到通缉。都昌国民党对共产党人发出了通缉令,第一名是刘肩三,第二名便是王叔平。王叔平的妻子戴淑芬也是一名共产党员,担任都昌县妇女解放协会执委。当年,丈夫王叔平和志同道合的共产党人在王坡垅杨宁桥水域的渔船上开会,送饭的人往往是戴淑芬。共产党员的她被列通缉令第 17 名。同被通缉的刘越、向法宜、刘肩三、黄徽基等人陆续辗转赴上海寻找党组织,戴熙广回到农村继续斗争,王叔平夫妇携已出生的二子一女,选择逃离都昌,在安徽至德县(曾叫秋浦县,现东至县)昭潭街躲避。王叔平之所以去那里,是因为已在那里落户的都昌徐埠黄国里一个叫黄嗣和的人,与他是忘年之交。黄嗣和的人生也富有传奇色彩。徐埠中学退休教师黄惠南是其曾孙,黄惠南这样形容曾祖父黄嗣和发家的历程——从流浪汉到大财主。黄嗣和早年从老家都昌到安徽至德县山区昭潭谋生,在做茶叶生意的同时,还将山里的木柴扎成排筏,顺山溪至昌江,贩给景德镇的窑户老板做窑柴而大赚其财,由此发家致富:在昭潭街的李家湾置山林一片,在家乡都昌徐埠黄国里一带置田近百亩,大儿子黄芳元被派往家乡料理家产。王叔平一家考虑到昭潭街毕竟有黄嗣和一家可相互照应,因此去那里投靠他们,隐姓埋名,欲躲过通缉。王叔平在此生活了 8 年,其间大女儿王小芬在贫困中夭折,小儿子王剑叶、小女儿王学瑛就降生在昭潭镇。王学瑛长大后嫁给了黄芳元的儿子黄学兴,王家和黄家成了儿女亲家。

王叔平在昭潭度过了怎样的 8 年? 出生于 1933 年的王学瑛是王叔平儿女中至今唯一健在的一个。老人回忆,父亲王叔平在昭潭织袜,母亲戴淑芬缝袜,以此艰难谋生。父亲故意晒得黧黑,以让人无法辨识。1930 年,邵式平带着红十军进攻至德县。邵式平骑着彪悍之马,两侧有警卫乘坐骑侍卫着,一侧警卫递过缴获的当地报纸,邵式平端坐在马上翻阅,而后将报纸递给另一侧的警卫,又继续接下另一张报纸浏览,以了解当地的斗争形势和风俗。邵式平也知道都

昌的革命同志藏于至德县的深山,便在街头张贴"都昌受压迫的同志站起来"的告示,意欲整合革命力量,同时营救昔日的战友。同在昭潭街做党的地下工作的刘述舜就在 1930 年 10 月参加红军,随军撤到横峰苏区。王叔平知道与他相熟的邵式平在呼唤他重新投入革命队伍的怀抱,但生性谨小慎微、顾虑家庭安危的他,没有响应此召唤,而继续匿藏于昭潭街。

后人的回忆毕竟难以还原王叔平在那段逃亡日子里的生活经历,难得的是 1959 年 1 月 31 日,王叔平用工整的毛笔行书向党组织写了一份汇报,概述他的革命经历。谈到昭潭街的生活,王叔平说他 1928 年在昭潭织袜谋生时,与同被通缉的都昌共产党人戴熙广(戴淑芬堂弟,曾任江西省农民协会执行委员,1930 年牺牲)、向先鹏(曾任中共都昌县委书记,1930 年牺牲)、王家楷(王坡垅村人,曾任区委书记,1934 年牺牲)、刘述舜(又名刘南山,刘肩三之侄,曾任中共都昌县委书记,1933 年牺牲)等先后取得联系,同做党的地下工作。1930 年,邵式平率红十军进攻至德县尧渡街,顾虑家眷安全的王叔平没有暴露自己的身份去主动接续革命关系。红十军旋即撤退,王叔平在昭潭街坚持做地下革命工作。有一次,王叔平因张贴宣传革命的标语,被国民党驻当地旅部捕获,遭到拷打。后来当地群众站出来证明王叔平只是个织袜人,并谎称标语是在路上捡到的,才得以释放。从 1931 年到 1934 年,王叔平与赣东北党组织一直失去联络。王叔平因有一些宣传革命的举动,而被昭潭街的反动势力盯上了。在此情形下,王叔平开始迁出至德,继续躲藏。他先后在南昌所辖的一伪县政府做收发助理员,在一桥梁工程处做测量工,在水利局做录士,直到 1938 年抗日民族统一战线露出一丝亮光,王叔平才携家小回到都昌,在苏山、徐埠一带教书为生。

1944 年至 1949 年,王叔平的人生轨迹在时代大潮里有点儿偏离了红色主航道,显得有些曲折,也为他后来的历史档案留下了一点儿浊色。对此,他进行了深刻的反思:"平因为离开党太久,觅不到党的指示,1940 年在袁寺前村教书时,错判国共合作抗日,于是仿照 1926 年中共省委会的指示而跨党,以便做共产党地下工作。1946 年并做云峰元辰伪乡长,自恨政治水平太低,认识不清,致革命半生,逃亡十余年,通身创伤,至今未愈,铸此大错。每一念及,几不欲生。平自念一生无他长,但始终对党忠实。"王叔平在家乡元辰乡任伪乡长期间,乡人称其"嘛嘛(奶奶)乡长",这一方面说明他性情温和,处事优柔有余,刚毅不足,另一方面反映出他在伪乡长任上并未倚仗权势,作威作福,相反做了不少呵护民众、倾情革命之事。比如当地百姓抗缴公粮、抗缴苛捐杂税,王叔平听之任之,网开一面;对官府摊派的抓壮丁任务,他大多白天抓,晚上放。因其"怠政",王叔平被伪政府记大过两次,被伪公安局拘捕一次。为躲避伪县政府的逮捕,他数次藏于相熟的村民家中。令王叔平心安的是,他从不损公肥私,从不收人礼物,从不打骂百姓,赢得不少好口碑。1946 年,蒋介石发动内战,在革命熔炉淬炼过的王叔平,更坚定了不与国民党政权同流合污的信念,不与人民为敌,决意主动辞职。县政府也派了新的乡长接任,可当地民众硬是挽留王叔平续任,并且赶走了接任者,王叔平只得续任。一个月后的星夜,他秘密驰奔伪县政府,再次坚决辞去乡长一职,并汲取上次民众知情后驱赶接任者的教训,与接任者约定在县城交接相关事务,染后再下乡向民众解释辞职一事。王叔平辞职后偕妻子戴淑芬在乡间做教书匠,借以糊口。王叔平在国民党进攻解放区的"全盛时期"不恋权位而坚决辞职,说明他不是一个"叛党者","稍可自慰"。王叔平在 1959 年 1 月如此向党组织表白:"虽近暮年,我还是要参加伟大的中国共产党,为社会主义建设事业奋斗到底。"

　　1950 年,新社会的洪流大浪淘沙,王叔平命运多舛。王剑叶(派名学良)是王叔平的三儿子,1929 年出生于至德县昭潭街,2020 年 12 月去世。王剑叶1949 年 5 月参加共产党的剿匪工作,是一名离休干部;1958 年 11 月入党,一生主要在徐埠、周溪、张岭等地教书。从蔡岭慈济中学离休的王剑叶生前回忆,1950 年,因为父亲王叔平新中国成立前任过伪乡长,当地有人主张将他父亲王叔平就地处以极刑,他刚强的母亲找到时任中共都昌县委书记、政委储非白,为她丈夫的功与过、是与非陈词,才免王叔平一死。尔后,王叔平受到颇为宽松的管教,在县公安局做杂务,在汪墩石树围屋一带从事较轻的改造劳动,说到底他还是得到了政府一定程度的保护,并未受到过多的打击。

　　王叔平晚年还算安稳。20 世纪 50 年代末,他在王坡垅村生活过数年,他与妻子戴淑芬和蔼地教村里的孩子学些《三字经》之类的启蒙课。父辈所造十余间宅院,毁于抗日战争时期的战火,王叔平一家已无力重建,只得在陋室栖身。他的大儿子王学明曾随父做党的地下工作,曾任都昌县中学首任教导主任,称誉教坛。王学明之孙王志 2020 年 8 月就任都昌镇政府镇长,年轻有为。二儿子王学亮毕业于南昌医专,新中国成立前曾任教于县立示范小学,新中国成立后回归本专业,曾任张岭卫生院院长,20 世纪 80 年代初是都昌县第五届政协委

员。其前妻石淳是国民党江西省议员、都昌大港民国闻人石坻如之女;后妻方敬是中国陶瓷大师方复的胞姐。因为王叔平儿子在张岭分别从教、从医,1962年,他举家迁往张岭落户,随子女过着平静的生活,1974年溘然长逝,享年82岁。王叔平逝世后,先安葬于张岭,1995年迁葬于故里王坡垅村。相伴终身的贤妻戴淑芬1981年安逝,享年86岁。

王叔平的后裔各自进取上进,书写着人生精彩的篇章。他们中的不少人是共产党员,"永不叛党"是代代相承的铮铮誓言。

28.苏山乡袁大舍村:破山下的"立"

【袁氏家训家规】往来古今,唯孝悌两端乃立业传家之本,斯二者根底至性也。君子务本,本立而道生,立村传代。

中国很多的传统村落肇村时,祖先往往是搭个棚舍起家,筚路蓝缕,薪火相传。都昌县苏山乡龙泉村委会袁大舍村村名含"舍"字,也属此列。

在都昌徐埠、苏山一带,袁姓村庄众多,据统计分别有 48 个、22 个。承袭"卧雪家风"的都昌袁姓发脉,可追根溯源到南宋丰城的袁家坊。且说一个叫袁师齐的(名庆三,约生于 1257 年),因避元军之乱,于南宋末年由丰城袁家坊迁至都昌清化乡双溪(今徐埠镇山峰村辖地)。袁师齐的 6 世孙袁崇哲,在 11 兄弟中排行老大,老大生 6 子,三子袁邦明又生 3 子:老大名袁汉,老三名袁瀚。袁大舍村是 4 兄弟合兴的村庄,只是后来 3 兄弟的后裔大都迁徙到安徽六安、浙江等地繁衍。老大袁汉(1447—1501),字天章,讳鉴,他的后裔大多在本地生活。这大概就是袁"大舍"村得名之来由。

立 功 传 奇

悠悠 600 多年的袁大舍村,自古到今,有不少令村民引以为傲的人物,留下了一些传奇故事。

翻阅村里的宗谱,上面记载着明万历年间(1573—1619)人袁文炫,号兰野,曾任浙江金华府武义县教谕,后因"谙练治礼"而升海州知州,复置道台,属四品官位。20 世纪 40 年代的抗日战争时期,血性汉子袁德松面对入侵都昌的日寇,气冲云霄。某日,驻扎在兰野山的日本侵略军耀武扬威地从罗山伍家、敬塘湾村一路烧杀抢掠,来到袁大舍村。袁德松站在村头祖堂的巢门口,手持扁担,怒目而视,并用简短的日语斥责日寇。袁德松本是乡间的一个绅士,琴棋书画皆通,也略晓日语。袁德松明知以卵击石的凶险,但作为一名百姓,他面对异族的侵略时大义凛然,无所畏惧,当天便悲壮地死在日寇的枪击之下。其时,袁大舍村人同仇敌忾,融入中国驻军对日本侵略军的抗击队伍中,震慑住了在袁大舍

村、翁家山村一带烧杀抢掠的日寇,袁德松亦以他的一腔热血保卫了家园。数风流人物,还看今朝。袁大舍村人纯朴的秉性里注入了尚勇的荣光。20世纪50年代初,村里有两人雄起起,气昂昂,跨过鸭绿江,奔赴抗美援朝前线。其中袁德斌1950年12月入伍,任志愿军副班长,1953年6月牺牲在朝鲜战场。2015年,政府拨专款,在当地的袁德斌墓地竖立起烈士纪念碑。

袁大舍村南不出一公里处,在苏流公路旁有一座山,叫破山。破山上有一座破山寺,供奉着就是"精忠报国"的岳飞母亲姚氏的胞侄姚显。相传金兀术渡江南入侵中原,岳家军奋起抵抗,岳飞曾在江州(今九江)驻扎两年多,在当地招募"敢战士",作为地方民兵,汇入抗金大潮中。岳母姚氏有四胞侄——姚显、姚刚、姚兴、姚其,都是"敢战士"队的头领,在抗金大潮中屡建奇功,公元1138年间战死沙场。江州大地有岳王祠纪念抗金名将岳飞。元辰山之山系的"破山",其名很容易使人联想到"撼山易,撼岳家军难"的呐喊。对于其得名的来由,袁大舍村村民袁智认为,言其"破",是指山上草木枯萎,全无茂密景象。南宋末年,人们在破山上建龙泉庙,供奉岳飞表兄、抗金勇士姚显。龙泉庙几度兴废,2000年重解,恢复旧名"破山寺"。

破山寺在特殊的战争年代也有故事。查江西政协网,能翻阅到关于破山寺的如此记载:苏山乡的破山寺位于都昌、湖口两县交界处,始建于南宋,距今有980多年的历史。1929年至1940年,中国红军赣东北第一游击队和都昌、湖口两县的中共党组织把该寺作为联络点,经常到此开会,发动和组织群众打土豪、闹革命,打击反动派和抗击日本侵略者。到了1940年,因汉奸告密,驻守在蚌壳地的日军一怒之下,把这座古庙全部烧毁,庙中僧人幸好逃脱,保住了性命。

立 字 传 说

袁大舍村的老人会津津有味地讲述一个外嫁女儿租地"十年"变"千年"的民间传说。

传说在明正德年间(1506—1521),袁大舍村(一说袁瀚桥村,袁瀚是袁大舍村祖先袁汉的三弟,发脉的村庄后来外迁,田产并入袁大舍村)一个大户人家的千金嫁给了邻村一户徐姓人家。徐、袁通婚,一对新人恩爱无比。徐家后生家置业不多,而袁家其时广置田业。于是,夫妻动了心思,思忖着从岳丈家移些地产来建宅第。某日,袁家女回到娘家,在老父亲面前哭哭啼啼地诉起苦来,说丈夫人倒是好，只是兄弟多，分家立户过日子，缺田少地，如何去土里刨金？袁家老爷素来疼爱这个独生女，说可将元辰港附近一块田地租与你夫家耕种，以十年为期。女儿莞尔一笑，谢过父亲，说，小女上面有两个兄长，知晓后定会查究此事，父亲既呵护小女，只怕口说无凭，写个租地的契约更好。半个时辰后，袁家女揣着父亲亲拟的租契急着往夫家赶，她也料到哥哥回家后会追问父亲，父亲定会反悔。果然，她踮着小脚走到半路，大哥便追了上来，说要看看父亲拟写的租契到底写了什么。袁家女说租契被撕掉了。哥哥竟搜身查实，连妹妹的裹脚布都捏了一遍，硬是没搜到租契。袁家女回到夫家，从发簪里取出藏着的租契，并动心思在约定的租期十年的"十"字上加了一撇，租期十年变成了"千"年。其实徐家早起了占用袁家这方地业造屋的心思，连三进的檩柱都早已定制好了。当晚，徐家便请了众多木工将木料从池塘里打捞上来，装了榫卯，在袁家的那块地上架起框架。袁家兄弟不服，诉诸官府，官府派人来到现场，徐家出示了"千年"契约，官府见宅基地上都立起了屋宅柱梁，便驳退了袁家兄弟的讼词："白纸黑字，有千年之约，更何况此地的归属也不是一日之变，房成屋就的，早有定置了，为何今日相扰？"徐家自此扩大了自家的地盘。袁家人也释然，扶助的毕竟是自家的女儿，那份亲缘到底是割不断的。

这个民间传说有不同的版本。袁姓和徐姓是苏山的两大望族，"汝南世家"和"东海世家"人缘相亲，田地相挽，他们在新时代谱写着和谐相处的新乐章。

袁大舍村所在的苏山乡龙泉村是"十三五"贫困村，2017年已如期脱贫。袁大舍村着力培育白茶产业基地，改造池塘，硬化道路，安装路灯，兴建文化广场，村庄整治成效明显。文明建设成风化人，助人为乐之风盛行。村里先后有20多人被高等院校录取，有的学子复旦大学毕业后，一路深造至博士后。袁大舍村人在小康路上，正迈开大步朝前奔……

29. 都昌镇五龙村：刘聘三烈士的两次被捕

【刘氏家训家规】立身其正其言，待人以厚以宽。教子唯忠唯孝，治家克勤克俭。存心能忍能耐，做事不偏不倚。接物勿欺勿怠，处事曰谨曰廉。尊长毕恭毕敬，交友与德与贤。

五龙村属都昌镇城郊居委会管辖。说是"城郊"，其实是中规中矩的"城中"，五龙村的出口斜对面就是县城东湖文化广场，那是偌大县城举办大型文化活动的场所。取名"五龙"，是有讲究的，指的是村中有 5 个姓氏的村民——黄、曹、赵、陈、刘姓，现合计不到 200 人，以黄姓人口为最多，而村里的刘姓一户未留居。

中共都昌县党组织创始人之一、曾任中共鄱阳县委书记的刘聘三（1896—1933）烈士是在五龙村长大的。五龙刘姓人家的祖源，属汪墩蒲塘刘氏的支脉，其祖先是明初的刘邦瑞。刘邦瑞生 8 子，开枝散叶。杨坞老屋刘村人，如中共都昌县委第一任县委书记刘越，阳港后垅村人，如红十军第 7 旅政委刘肩三烈士，皆属明永乐年间（1403—1424）8 个兄弟中的老大刘德实的后代，而五龙刘姓人家是老四刘德明的后代。五龙刘姓明末先是由都昌县市东街迁至四十七都芙蓉山麓，再迁至东门榨下。刘聘三的父辈家境宽裕，据说建了有 48 个磉墩的三进老屋，老宅早已不存，遗基现今已转他姓。刘聘三共有 5 个兄弟，他是老大，老五在刘聘三的影响下投身革命。兄弟之间的后裔散居各地，渐无联系。

我们且来追寻刘聘三烈士 37 个春秋的革命人生轨迹，从革命先烈身上赓续红色基因，接续奋进力量。

都昌早期工人运动的领袖

20 世纪 20 年代，有志青年的择业门道其实很狭窄，不像当下百业兴旺，可各展其华。100 年前，"从教"一时成为乡间读书人择业的常道。刘聘三最初亦是从三尺讲坛（也有史料载其早期为县券蓄所券蓄员）起步，他可以说是都昌推广汉语拼音教学的第一人。

刘聘三,派名为经法,1896年出生于县城郊区的五龙村,16岁那年从县立高等小学堂毕业,考入南康府(今庐山市)中学堂,一个多月后,因家中生计困难而辍学。正逢江西省立图画手工学校教员养成所招收公费的工读生,刘聘三因此转入该所求学。刘聘三毕业后在都昌县义务女学任教。其后,南昌国音讲习所开办,刘聘三报名参学,他的汉语拼音功底就是这时打下的。1920年修业期满,刘聘三返回都昌,成为县劝学所所员,兼国语讲习会主讲员。南昌国音讲习所、国语讲习会,让年轻的刘聘三成为都昌文字改革先驱。那时的刘聘三经常携带一部手摇留声机,奔波于城乡,巡回推广汉语拼音教学。1921年9月,县立师范讲习所成立,刘聘三受聘兼任教员。1924年2月,县劝学所改教育局,刘聘三续聘为办事员。1926年,刘聘三渐离都昌教育界,将澎湃的激情倾注于风起云涌的都昌工农运动。

刘聘三的革命引领人是刘越、刘肩三。1926年3月,刘聘三在他们的介绍下加入中国共产党。当月,中共都昌第一个党小组在县城南山庙成立,参加党员会议的有五人——刘越、刘肩三、谭和、刘聘三、王叔平,刘越任组长,刘聘三是5个都昌党组织创始人之一。根据组织安排,刘聘三以个人身份加入中国国民党。我们来梳理刘聘三在大革命失败前参加都昌国共两党一些重要会议时的身份。

1926年4月,中国国民党都昌临时党部成立,刘聘三任执委兼工人部长;

1926年6月,中共都昌党小组改为支部,刘聘三被选为支部委员;

1926年11月,北伐军光复都昌,国民党都昌县党部正式成立,刘聘三任常委;

1927年1月,赴南昌出席中国国民党江西省第三次代表大会。

1927年2月,中共都昌县第一次代表大会在县城黄家祠堂召开,大会产生了都昌县地方委员会,刘聘三当选为地委委员兼工人运动委员会书记。同月底,都昌县第一次工人代表大会召开,刘聘三被选为县总工会委员长,王叔平为副委员长。随即,都昌运输、烟业、理发、船业等各行业工会相继建立。刘聘三组织工人罢工,勇于斗争。全县工人运动走向高潮,与农民运动相呼应。

1927年5月,国民党江西省第三次代表大会重新召开,刘越、刘肩三、刘聘三、王叔平、黄徽基5人代表国共合作的国民党都昌县党部参加大会,其间听闻都昌县人民自卫大队副大队长刘天成在国民党军官刘士毅儿子的策动下叛变

革命,刘聘三、黄徽基先行返县,根据党组织安排组织应变事宜。

1927年7月,刘肩三、刘聘三、向先鹏等组织的"扑城"斗争失败,刘聘三等33名革命者被反革命势力通缉,刘聘三潜往乡间,随后同向先鹏结伴去上海寻找党组织。

中共鄱阳县委书记任上第一次被捕

1928年春,根据党组织安排,刘聘三由上海返回江西,被委任为中共鄱阳县委书记。在此前的1927年11月,中共鄱阳县委书记林修杰由于叛徒告密惨遭杀害。随后共产党组织的鄱阳县农民"珠湖暴动"在反革命势力的"围剿"下走向失败,鄱阳处于白色恐怖之中,而当时的中共鄱阳县委还要指导余干、横峰等县的工作。正是在这个特殊时期,32岁的刘聘三临危受命,来到了鄱阳县担任县委书记。刘聘三化名老柳,县委机关秘密设立于湖东。他经常从湖东到县城熟悉敌情,指导党的工作。活动地点有时在都昌会馆旁的一栋小茅屋中,有时在赣东北特委秘密联络站杨义兴杂货店。

刘聘三在鄱阳县革命处于低潮时,凭着丰富的斗争经验和过人的胆识,很快在当地恢复了革命活动,开辟革命根据地的武装斗争风生水起。其时,比他小11岁的都昌年轻党员向先鹏受命任中共鄱阳县委委员兼共青团鄱阳县委书记,成为刘聘三的得力助手。1928年7月,刘聘三、向先鹏一道去革命力量相对薄弱的鄱北边区参加党的联席会议;7月12日返回时,在鄱阳县响水滩分水岭与当地靖卫队相遇。盘问中,刘聘三自称商人,向先鹏自称学生,谎称两人偶遇,结伴赶路。但敌人从刘聘三身上搜到一支手枪,刘聘三坚称手枪是自己用来防身、保命、护财的。敌人哪肯轻易放过,当晚便将他们作为"共党嫌疑"逮捕。敌人采取踩杠等酷刑审讯,二人坚贞不屈,对自己的真实身份始终未吐露一字。敌人无奈,便将他们押往县城,严刑审讯了两个多月,仍然一无所获;后来将刘聘三、向先鹏押往省城,关押于南昌卫戍司令部茅家桥监狱。党组织一直在多方营救俩人,向先鹏的母亲也变卖家产取保,同时找人担保。1928年12月,刘聘三、向先鹏被释放。出狱后,两人不宜再返回鄱阳,1929年2月又相继踏上去上海参加革命之路。

景德镇任交通员时第二次被捕

大革命失败后的党中央所在地上海,再次成为刘聘三重整行装、踏上征程的出发地。1930年4月,刘聘三受中央委派,从上海来到赣东北任交通员,而当时的瓷都景德镇,是赣东北的革命中心。

刘聘三来到景德镇,当天晚上临时住在槎柴船上,驾船做掩护的是地下党员谭洪商。1927年6月,根据党的五大通过的新党章,中共都昌地委被改为县委,直属中共江西省委领导,刘越担任县委书记,刘聘三继续担任工委书记,谭洪商担任县委下属的中共茅垅支部书记,后来担任都昌县农民协会执委。大革命失败后,刘聘三从都昌潜入景德镇,从事地下革命活动。当时,红军要攻打景德镇的消息不胫而走,令反动势力惶惶不可终日。其时又闹粮荒,市民抢米事件时有发生。刘聘三在谭洪商运输烧窑的槎柴的船上度过了一夜,他计划第二天如何在景德镇的都昌籍瓷业工人中点燃革命的火种。不承想那晚发生了饥民哄抢后街陈立大米店事件,国民党的巡逻队赶来捕人,抢米的饥民早已四散而逃。为邀功缴命,那班巡逻的警卫在半边街河下将正在泊船的刘聘三、谭洪商以及4名船工悉数逮去,连夜施之酷刑,准备逼供之后便于次日插标枪杀,以在上司面前证其神武。面对如此变故,刘聘三临危不屈,沉着应对。刘聘三个高魁梧,脸色黝黑。他与谭洪商串好口供,称自己是船上的水手。巡警没抓到任何把柄,也怕闹出事来惹得景德镇的"都佬"抱团为都昌老乡声援,只好将他们押监候保。谭洪商的弟弟谭洪周四方活动,并以景德镇都昌会馆"古南书院"的名义具保,才将刘聘三等6人取释。出狱后,刘聘三带着受刑的累累伤痕,匆匆离开景德镇,奔赴赣东北革命根据地。当年10月,刘聘三随红十军赴都、湖、鄱、彭地区参加革命活动,其时他的革命领路人刘肩三任红十军第7旅政委兼地方工作部部长。随后,刘聘三根据安排从都昌取道去上海汇报工作。

1930年底,刘聘三第三次来到上海,留在中央工作。由于他两次被捕,遭受酷刑,身体元气已伤,加上他为革命忘我地工作,积劳成疾,表现为肺部染疾,每日咯血数次。组织上一度安排刘聘三在上海医治,但病情日渐加重。刘聘三不想给组织增加负累,又十分思念家中的妻儿,多次请求组织批准他返回都昌家中调养。1933年,刘聘三回到阔别3年的都昌家中,两个月后,与世长辞。中华人民共和国成立初期,刘聘三被追认为革命烈士。

　　刘聘三生育三女一子。大女儿刘银珠嫁大沙乡湖下咀李村,曾在都昌县五交化工作;二女儿嫁北山阮垅高家;三女儿刘珍珠是一名老党员,曾任都昌镇西河大队妇女主任。刘聘三儿子刘书红(又名王玉初),7 岁时从五龙村落籍竹林咀王村,平日里以驾船为生,1981 年离世。刘圣发(又名王小忠)是刘书红的二儿子、刘聘三烈士之嫡孙,他对爷爷的革命经历也多是从书上了解的。

　　刘聘三烈士之墓移葬于都昌南山革命烈士陵园,他的英灵与巍巍南山长伴……

30. 都昌镇望仙高村:烈士高致鹤和他的贤母(上)

【高氏家训家规】遵圣训,洁身自律,日当三省,常思己过,莫论他人是非,切不得自甘自戕,辱没家族声望,保其永世清白。修身、齐家、治国、平天下,乃人生要意,则家风正耶。享用斯人,永利后世。

(一)

"万木霜天红烂漫,天兵怒气冲霄汉。雾满龙冈千嶂暗,齐声唤,前头捉了张辉瓒!"这是一代伟人毛泽东名词《渔家傲反第一次大"围剿"》的上半阕。"前头捉了张辉瓒",张辉瓒何许人也? 1930 年,张辉瓒任国民党陆军第 18 师中将师长,参加蒋介石发动的对中央苏区的第一次"大围剿";12 月 27 日在江西吉安龙冈被红军活捉;1931 年 1 月 28 日,在东固万人公审大会上被愤怒的群众处决。张辉瓒 1929 年追随时任江西省政府主席鲁涤平残酷"剿共",在兼任南昌卫戍司令期间,杀人如麻,有"张屠夫"之称。1930 年 9 月 20 日(农历七月二十八日),中共都昌县委委员高致鹤同他的战友邵同福等人,在南昌被刽子手张辉瓒用电刑处死后扔入赣江,高致鹤就义时年仅 22 岁。

关于高致鹤烈士的生平,留下的资料并不多,我们来简单勾勒他 22 年的人生图表。

高致鹤 1908 年出生于都昌县都昌镇望仙高村(又称下岸高村),今属都昌镇中坝村委会所辖。父亲高圣简,是个地道的渔民。母亲邵桃源,极为贤惠,持家有方,厚德传世,是白洋垄邵村人。高致鹤年幼时便随母亲落户于都昌县城邵家街生活。

1913 年,5 岁的高致鹤入私塾,学习 8 年。自小聪慧善感的高致鹤接受了较好的启蒙教育。

1921 年,高致鹤入都昌县邵氏私立弘毅小学学习,先是在初小部中级班学习 2 年,后升入高小部学习 2 年。其时校长是都昌阳储人邵伯棠,处事开明,颇有声望。

1925 年,高致鹤以优异的成绩作为弘毅小学首届毕业生毕业,被留校担任教员,时年 17 岁。

1926 年春,大革命运动在都昌兴起,多贫困子弟受助入学的弘毅小学,师生追求进步,革命火种悄然在校园点燃。高致鹤加入中国共产主义青年团。5 月,共青团都昌特支在汪家墩浦塘庙蒲溪小学建立,隶属共青团南昌地委,共青团都昌特支书记由共产党员余激担任,后由向先鹏负责,高致鹤为委员。

1927 年春,高致鹤由青年团转入中国共产党,受党组织委派,一度去徐埠地区协助向葵领导当地的农民运动。大革命失败后,大批共产党人遭到通缉,根据中共都昌县委在汪墩老屋村(时任县委书记刘越的家乡)召开的紧急会议的决定,高致鹤被留在县里继续坚持斗争,保存革命力量。刘越、向法宜、刘肩三、黄徽基、向先鹏等先后去上海寻找党组织。

1928 年 9 月,中共赣东北特委派谭和(都昌汪墩人,曾任中共湖口县委书记),回都昌整顿和恢复都昌的党团组织,重建了中共都昌临时区委,隶属中共赣东北特委,区委书记为刘梦松,组织委员为刘述尧,宣传委员为刘书钟,高致鹤、吴士衡、赵宗汴、何安甫 4 人为区委委员。同时重建了共产主义青年团都昌临时区委,书记为吴士衡,刘述舜任组织委员,高致鹤任宣传委员,随即开始整顿组织和办理党、团员登记工作。其时,全县党员有 70 余人,团员 30 余人。

1929 年 2 月,中共都昌临时区委改为临时县委,县委书记为刘梦松,高致鹤为县委委员。同期,共青团临时区委改为临时县委,隶属共青团赣东北特委,书记为吴士衡,高致鹤任宣传部部长,兼任直属支部书记。全县有党员 80 余人,团员 50 余人。其时,党、团临时县委机关就设在高致鹤任教的弘毅小学。高致鹤协调参与了当年配合湖口方面夺取汪墩靖卫团的枪支、创建赣东北第一游击大队、全县贴标语运动和惩处叛徒周梦昌等活动。高致鹤在党的实际工作中锤炼了意志,提升了才干。同年 11 月,由于中共江西省委前总交通李兴国被捕叛变,供出了都昌通讯处,导致中共都昌临时县委及共青团都昌临时县委机关遭到破坏,自当年 11 月底至 1930 年 1 月初,包括高致鹤在内的一批共产党人相继被捕。

1930 年 1 月 3 日,高致鹤入狱后,任职不到 2 个月的国民党都昌县政府县长石铭勋(湖南人)软硬兼施,又是劝降,又是刑讯,年轻的高致鹤守住大节,红心向党。同年 3 月 7 日,高致鹤、邵同福、赵宗汴、吴士衡 4 位县委委员及党员邵崇年等被上交到南昌卫成司令部,关押在茅家桥监狱。同年 9 月 20 日(农历七月二十八日),反共急先锋张辉瓒实施"清监"大屠杀,用电刑处死高致鹤、邵同福等一大批共产党人,抛尸赣江。高致鹤英勇就义时年 22 岁。

(二)

1957 年 3 月,江西省革命烈士纪念堂收集到高致鹤烈士生前读过的三册遗书:《神女》《渡河》《少年维特之烦恼》。《神女》与《渡河》是何人创作的何种题材的作品还有待考证,而《少年维特之烦恼》是德国作家歌德创作的一部中篇小说,1774 年面世,郭沫若 1922 年翻译出版此书,在中国畅销。其主要内容是少年维特爱上了一个名叫绿蒂的姑娘,而姑娘已同别人订婚,爱情的挫折使维特悲痛欲绝。之后维特又因同封建道德格格不入,感到前途无望而自杀。小说以反社会等级观为切入点,张扬了个性解放。

见字如面,览书观人。从高致鹤读书的旨趣,我们似乎可感受到那个时代作为文艺青年的他"多愁善感"的一面。高致鹤留在人间的三首诗,不是那个年代读书人通常填吟的格律诗,而是不拘一格的自由诗。且录《有感》二首:

在星子夜阑不寐,忽闻雁声两声有感。

一九二八年十一月十一日夜写于流星旅馆

其一

凄凉! 唧唧虫声,断客肠。心伤:黑暗太猖狂,漫漫长夜,待旦无方,三七年华虚度,空自忙忙。恨难量! 只剩得春泪两三行。凄凉!心伤!

其二

正似那如痴如醉,忽闻那寥天雁唳,禁不住汪汪珠泪,一会儿檐前滴滴,我的灵台被它滴醉。雨呀! 你抱着润物的心理,可有何物把我的愁肠,润! 慰! 细思天公无道理,缘何万种凄凉,只付个人知!

这两首诗是高致鹤 1928 年 11 月 11 日夜写于星子县一个叫"流星"的旅馆,其写作背景是:是年底,"三七年华"(指虚岁 21)的高致鹤在白色恐怖之时,奉命去与鄱阳湖相望的星子县,向中共九江中心县委汇报工作和领取指示。当时都昌与中共赣东北特委联系不便,有时便就近与中共九江中心县委保持联系。对于这两首诗,党史专家如此解读"对照星子在中共九江中心县委的领导

下，正在轰轰烈烈地开展武装斗争，他深感都昌工作进展缓慢，自己对革命贡献太小”，而诅咒“黑暗太猖狂”“漫漫长夜，待见无方”。诗中出现的“凄凉”“春泪”“珠泪”词语，奠定了诗作的感情基调。自然，这是对大革命失败后风雨如晦的革命形势的忧虑。其实，我们在“断肠客”“只付个人知”的哀婉中，还是能读出一个颇具文艺潜质、情感世界极为细腻之人的人生慨叹。慷慨激昂可以是革命者之飞扬风采，沉吟悲歌亦与革命者内心的果敢刚毅并不相斥，高致鹤烈士就是一个情感世界很丰富的人。

高致鹤的另一首遗诗是《我爱校园里的花》，此诗兹录于下：

我爱我校园里的花哈哈哈，好花花，我爱我校园里的花！色相不淫也不邪，种种颜色映着太阳霞，更显得艳色佳。这真是广寒宫殿仙子之家，我天天坐在花丛下，弹着琵琶，那个不当作霓裳衣曲耶？这并不是我自夸。

呀，怕的是天公妒心大，不容你这样高奢，要使那雨师风伯把你摧残下。不要怕，我愿作（做）护花使者，夜夜受着雨露珠儿下，永保着你这繁华。我更愿变黄犬虫儿睡在你心底下，鸟儿你因何叫喳喳？恨我不如公冶长，不知你说的什么话，想么你也是爱花。

花，花，尔的色相本不差，缘何生在墙脚下，莫不是避世誖？你的志气诚可嘉，要使任何人见了都把头低下。我真愿做个护花使者，永远在仙子之家。

这首诗的情感色彩要比《有感》二首明快，甚至呈现出几分俏皮的轻松，显然不是同一天所作。这“花”，是党的事业。年轻的共产党人高致鹤“愿作（做）护花使者，夜夜受着雨露珠儿下，永保着你这繁华”，表达了一个革命者崇高的使命、坚定的信仰。文艺细胞丰富的高致鹤顺着涓涓情感之流如此欢唱：“我天天坐在花丛下，弹着琵琶，那个不当作霓裳衣曲耶？”“我更愿变黄犬虫儿睡在你心底下。”

高致鹤的生命之花，谢于芳华初绽的22岁。“生如夏花之绚烂，死如秋叶之静美。”——烈士诗殇如是。

31. 都昌镇望仙高村：烈士高致鹤和他的贤母（下）

高致鹤是一个坚定的革命者，气势如虹，视死如归，辅助他成长的，自然是大革命时代风雨的洗礼。在他短暂的绚烂人生里，母亲邵桃源对他品德上的润泽，也为他绽放芳华添红着色。邵桃源老人 1976 年以 93 岁高龄在都昌县城邵家街的家中辞世，她的后人忆及老人的慈爱与厚德时，总是由衷地敬佩和深深地缅怀。

高致鹤有个亲弟弟叫高致鹏，1956 年出生的高荣林是高致鹏的儿子。比高致鹤小 3 岁的高致鹏也是在邵氏弘毅小学毕业，然后赴九江一中就读，毕业后崇尚"实业救国"，到景德镇陶研所任教。

高致鹏是学化工陶瓷出身的，曾被陶研所派往日本、泰国等地考察，是所里权威的"技左"，相当于后来流行的工程师。他后来在景德镇自办瓷厂，并与景德镇板坊上弄的著名徽商瓷行"森泰号"的陈家小姐联姻。陈夫人的爷爷陈丽泉早年在上海发展，后在景德镇斥资 5 万银圆建造豪宅，后来家道中落。抗日战争爆发，高致鹏在战乱中回到家乡都昌，做的仍是"实业"：在县城东街办起了"翠华""国华"两个日杂商行，还在近郊的邵家榨办起了油榨坊。

高家在民国年间也算殷实之家，高致鹏在哥哥高致鹤牺牲后，对母亲邵桃源格外孝顺，他开店经商挣下的钱，由母亲管账，邵桃源手头便有了较多的资费去做好事和善事，暗中接济与大儿子高致鹤同道的"革命人"及其家属。汪家墩雁塘蒋家有个小号叫"眯子"的，是共产党的地下交通员，时不时地会在烈士母亲邵桃源那里取走银两，用来给游击队员买枪弹、买药品、买食粮。"眯子"也打"收条"，汇总所借有上万银圆。20 世纪 50 年代，蒋眯子还在世，也会到邵桃源老人家里坐坐，提醒老人：出示"收条"找政府兑现，这可是当年为革命奉献的真金白银，我"眯子"就是证人。可老人一笑了之，至死也不言兑条一事。

都昌融媒体中心的《今日都昌》报主编高峰是高致鹤烈士的孙子。高致鹤尽管没有留下嫡传儿女，但 1946 年高氏家族将高致鹏大儿子高美林承祧给高致鹤为嗣，且上了宗谱。高峰听长辈讲过，高致鹤被押往南昌时，作为母亲的邵桃源踮着缠过的小脚赶赴南昌，试图找关系营救高致鹤。高致鹤怕母亲伤心，

捎话让母亲尽早回家去。回到家的邵桃源天天站在邵家的山坡上（今老电影院处）眺望南昌方向，盼着儿子能早日回家，可一个星期后，等来的是儿子被杀抛尸江河的消息。1950年初，江西省政府主席邵式平来到都昌，专门到高家看望烈士母亲邵桃源。1951年，中央南方革命根据地访问团还为高家颁发了一枚烈士纪念章。政府颁发的"光荣之家"的牌匾，曾挂在高美林家厅堂上。高峰听长辈讲起，作为烈士的家人，高致鹏爷爷在都昌解放后积极参加人民政府的工作。据说都昌县人民政府第一任县长李冀础的安民布告的初稿，都是高致鹏拟写的。高致鹏一生都有"实业"情结，新中国成立后，办过县纱厂、印刷厂、花篾雨具合作社等。

1945年出生的刘建林是邵桃源小女儿之子。他8岁时父亲病逝，从小在外婆家长大，外婆每晚带着他在脚下睡。外婆不识字，但通晓大义。每到夏夜在邵家街乘凉，晚辈便读传书给她听，有《薛仁贵征西》《水浒传》《三国演义》，大都是关于古代忠臣故事的书。书里延展到书外，老人认为她的大儿子高致鹤也是"忠臣"。老人也会给刘建林讲他大母舅牺牲的情景，说邵家街的麻石条巷道里，只要响起铁链拖地的"索索"声，她的心便揪得紧紧的，当夜肯定又有革命者被捕了。高致鹤也是在邵家街的家中被抓走的。知子莫若母，邵桃源向晚辈讲起高致鹤所写的诗——《我爱校园里的花》。她说这"花"指的就是"共产党的事业"。她给孙辈取名皆含"林"字，取的是"林茂人盛"之意，林中自然也有鲜花盛开。邵桃源老人的孙辈有"十一林"：建林、美林、金林、永林、广林、荣林、昆林、周林、杨林、华林、子林。后裔人旺成林，长发其祥。

邵继星是邵桃源娘家的侄孙，姑奶奶给他取的名字叫"广林"。邵继星的父亲邵同尧5个月大时，母亲去世，是姑母邵桃源一手把邵同尧带大的，两人情同母子。在邵继星的记忆里，邵桃源姑奶奶贤良淑德，有口皆碑。倍受敬重的邵桃源不仅把邵家街家族的事调处得体，甚至整个县城东街，邻里有纠纷，邵桃源都会到场，多能和谐化解。老人对家中小孩极为严厉。家中备有一条阔板凳，是那种三尺长、八寸宽的"太子凳"。小孩在外面闯祸了，或是在家做了对长辈不尊的事，要自愿伏在凳子上，受打屁股之教育。小孩做事讲规矩，从日常生活礼仪开始。比如上桌吃饭不能不扶碗；夹菜不能挑者下箸，只夹自己面前碗碟里的；坐要有坐相，忌八叉脚。邵继星的母亲蒋木姣生前曾担任东街居委会主任多年。对于侄儿媳组织的公益活动，邵桃源总是积极参加。作为烈士母亲，邵桃源老人还当过县人大代表、人民陪审员。老人对共产党领导的政府特别有感情,看到新中国日新月异,她觉得儿子的鲜血没有白流。抗美援朝时,社会各界发动群众捐钱物,为前线捐制飞机大炮,邵桃源将手上的玉镯、烤火的铜炉一应捐了出去。与儿子一同牺牲的邵同福的遗孀身体不好,邵桃源常送上温暖和关怀。刘肩三烈士的妻子成冬姣在 1940 年前后也得到过邵桃源的接济。

曾在都昌粮食部门任职的江小毛先生是邵桃源的曾外孙,从小在邵家长大。他特别感念"尊婆"邵桃源的遗风——让她身上发脉下来的高、邵、陈、刘、江、李、郭诸姓人家和睦相处,亲情融洽。2017 年,江小毛的孙子办周岁生日宴,有 43 个尊公、尊婆相聚。这个大家庭时至今日,每年还会来一次大团圆,吃个阖家欢宴。事业有成的后生出钱让老人们组团外出旅游,怡养心性,享天伦之乐。高致鹤就义前有一个童养媳未婚妻,叫许如月。许氏对高致鹤忠贞不移,一生未嫁,陪着婆婆邵桃源照顾一大家人。她辛勤劬劳,贤淑可嘉。邵桃源体谅以儿媳身份与她相处的许氏,将一个外孙承祧许氏为子,许氏晚年享受到儿孙绕膝之欢,1980 年安然长逝。邵桃源老人以她的慈爱和求全,祈愿大家庭的每位成员都能顺心如意,安康幸福。

贤母邵桃源 1976 年耄耋之年辞世,尽享哀荣。江小毛先生回忆,老人的追悼会在老电影院操场举行,各单位送的花圈有 200 多个,省军区政治部为烈士母亲的去世发来了唁电。邵桃源老人安葬于南山,淑德懿行长泽人间。

"你的志气诚可嘉,要使任何人见了都把头低下。我真愿做个护花使者,永远在仙子之家。"这是烈士高致鹤在遗诗《我爱校园里的花》中对党的事业的忠诚表白。这又何尝不是一个赤子在对母亲的深情倾诉?

32.都昌镇县城社区:抗美援朝老兵刘俊杰离休不褪色

【刘氏家训家规】骏马骑行各出疆,任从随地立纲常。年深外境皆吾境,日久他乡即故乡。早晚勿忘亲命语,晨昏须顾祖炉香。苍天佑我卯金氏,二七男儿共炽昌。

伟大的抗美援朝精神是一种什么精神？现在有了权威的内涵表述:"祖国和人民利益高于一切、为了祖国和民族的尊严而奋不顾身的爱国主义精神,英勇顽强、舍生忘死的革命英雄主义精神,不畏艰难困苦、始终保持昂扬士气的革命乐观主义精神,为完成祖国和人民赋予的使命、慷慨奉献自己一切的革命忠诚精神,以及为了人类和平与正义事业而奋斗的国际主义精神。"都昌县民政局原局长刘俊杰,这位出生于 1927 年的离休老人,是参加过抗美援朝战争的一名老兵。他曾用血肉之躯,锻造并终生践行着伟大的抗美援朝精神。

七十载岁月洗礼,历史的记忆从未褪色。2020 年是中国人民志愿军抗美援朝出国作战 70 周年。已 94 岁高龄的刘俊杰,讲述抗美援朝的亲历故事时,仍荡气回肠,生动感人。

两次历险,腾扬锐气

刘俊杰的老家在河南沈丘,他一生都改变不了浓重的河南地方口音。刘俊杰只读了一年初中,因交不起每学期 5 斗小麦的学费而失学。1948 年 3 月,21 岁的刘俊杰入伍参军。5 个月后,刘俊杰进入华北军政大学学习,入朝作战前属高炮 7 团,驻防在上海。1950 年 6 月,朝鲜内战爆发,美国政府从其全球战略和冷战思维出发,做出武装干涉朝鲜内政的决定,并派遣第七舰队侵入台湾海峡。1950 年 10 月,美军不顾中国政府一再警告,悍然越过三八线,把战火烧到中朝边境。值此危急关头,中国人民志愿军抗美援朝、保家卫国的正义之师进入朝鲜战场。1950 年 9 月,刘俊杰所在的高炮团进入中朝边境的安东,守护鸭绿江大桥。11 月,高炮 7 团并入高炮 64 师,参加抗美援朝战争。刘俊杰任高炮 64 师 612 团 1 连排长,后升任副连长。刘俊杰最难忘的是在朝鲜战场经历的两次生死考验。

　　一次历险是在断桥上。那是 1951 年 2 月,刘俊杰所在团奉命向平壤北部阵地转移。612 团 4 个连,每个连配备了 2 辆汽车,每辆汽车上载着带着锹镐和炸药的 20 多名志愿军战士。当时战争形势严峻,白天美军飞机轮番轰炸,晚上也会遭遇到美军的封锁。部队转移阵地只得在晚上悄无声息地进行,汽车晚上行驶不能开车灯,只得用手电、白布、香火等引导前进。刘俊杰所在 4 连与前面的连队没有及时跟进而掉队了,刘俊杰排长和指导员在连队的第一辆车上。当借着微弱的月光缓慢行进到一座桥头,桥头一个朝鲜老乡咿咿呀呀地用当地方言阻拦车辆前进,而当时 4 连并未带朝鲜语的翻译,志愿军战友怕他的喊叫声引来敌人,就将朝鲜老乡劝到路边,车辆照旧驶上大桥。行至桥中,坐在副驾驶位置的刘俊杰敏锐地感觉到桥身有轻微的晃动,他警觉地让司机停车。刘俊杰下到车头一看,不看则罢,一看惊出一身冷汗。原来这是一座白天被敌机炸断了的桥,车前 2 米处便是断桥头,如再行驶 2 米就车毁人亡。100 多米下的桥下河中还流着水,而沿岸结着厚厚的冰。第一辆车上的 20 多名战士若是掉进河里,绝无生还余地。4 连的 2 辆车倒着离桥而去,避免了战士的重大伤亡。

　　另一次历险是在坑道里。1953 年初,美军为挽回在朝鲜战场的败局,企图在元山、安州冒险登陆,甚至传出要投原子弹。高炮 64 师为打好反登陆战,防止美军不顾后果的挣扎,往往在前线设三道预备阵地。挖阵地的任务十分艰苦,有一次,已是副连长的刘俊杰带着两个排用炸药爆破阵地坑道,以扩大坑道空间。5 个炮眼只响了 4 个,其中一个是哑炮。如果不排除哑炮,不仅已挖成的坑道不能用,而且随时有炮眼爆炸的危险,影响战情。刘俊杰一马当先,把危险留给自己,他让战友们避开,独自一人冲在前头。具有排险经验的刘俊杰用钢钎和铁锹一点一点地将哑炮周边的土块挖松。半小时后,哑炮还是被引爆了,刘俊杰被炸得撞到坑道后墙上,眉毛都烧焦了。也正因为刘俊杰采取科学的方法挖松了炸药周边的土穴,才降低了哑炮爆炸时的威力。在那么近的距离遭到炮弹的冲击,刘俊杰差点儿牺牲于排险现场。

三年淬炼,昂扬士气

　　抗美援朝战争从 1950 年 10 月 19 日中国人民志愿军在司令员兼政治委员彭德怀的率领下开赴朝鲜战场,到 1953 年 7 月 27 日,中朝军队打破了美军不可

战胜的神话,迫使不可一世的侵略者在停战协定上签字,历时约 2 年零 9 个月。刘俊杰 1950 年 11 月入朝作战,在停战后还参加了所在高炮 64 师的以学文化为主的冬季整训,直至 1954 年 1 月回国,实际在朝鲜待了 3 年零 2 个月,荣立三等功一次。刘俊杰回忆起在朝鲜 3 年多的经历,感触最深的是部队的士气一直很昂扬,没一个战士喊苦叫累,也没一个战士惧怕牺牲。报纸上宣传的"最可爱的人"的英雄事迹,都是真实感人的。

对于高炮师的战士来说,最苦最累的是转移阵地,既要携带辎重,又要挖掘坑道。转移阵地多在晚间进行,白天有敌机轰炸。出于把握战争变化的需要和对敌机实行精准打击的需要,转移阵地是经常的事,有的老阵地到新阵地有三四十公里。战士们身背炮兵所携带的武器,仅一个炮筒、两根枪管就有 130 多斤重,还要带炮弹。行进时大多是两个战士合抬炮筒,刘俊杰往往一个人扛着,走在连队的前面。转移炮械,往往要上山坡,山坡坡度一般在 45°以上,陡峭难移。前面有战士拉,后面有战士推。每前行一步,战士们就要用一个三角模在后面撑着避免炮筒下滑,接着再推进一步,异常艰辛。炮兵战士吃一餐饭有时要三四个小时,因为一听到敌机响,战士们便听从号令放下饭碗投入战斗;战斗一停,便继续捧起饭碗吃冷的饭菜。战士站岗,平日里是 2 小时一班,碰上寒冬腊月天,只得 2 小时轮岗一次。

抗美援朝战争彰显的志愿军战士舍生忘死、向死而生的民族血性,令敌人胆寒,让天地动容。回首往事,刘俊杰说他在朝鲜那么长时间,没听到一个战士叫苦喊累,士气持续高涨。当看到敌机在我们炮兵的打击下在空中爆炸,或是坠地着火,战士们就会高兴得跳起来,一切的苦和累都烟消云散,战斗力倍增。他当时就在想,一个年轻人,当国家有困难时,能为国家做一点儿好事,就很骄傲,也很幸福。战斗之余也有乐事。那时为了抵御美军的"细菌战",部队加强防疫防控细菌战活动。刘俊杰用钢丝做了 100 多个老鼠夹子,晚上放在庄稼地里,第二天天亮去察看,三分之二的夹子都夹住了老鼠,很是有趣。

中朝人民用鲜血凝成的友谊牢不可破,朝鲜群众支援志愿军战士的热情很高。刘俊杰觉得这也是抗美援朝最终能取得胜利的一个保证。对此,他深有体悟,每每谈及此事,老人眼里还会湿润起来。朝鲜的冬天,冰天雪地,严寒难挨。刘俊杰和战友住在朝鲜老乡家,起初是两个人盖一床被子,老乡让出自己的被子给战士取暖。冬天,战士们刷牙洗脸,从来没用过冷水,因为朝鲜老乡预备了热水。朝鲜老乡家中的火炕首先让给志愿军战士取暖。有一阵子,刘俊杰连队驻地的老乡是个 60 多岁的老太太,她带着一个孙女。连队过冬准备烧火煮饭用的木柴烧完后,老太太便带着孩子到树林里捡拾柴火,给志愿军烧火煮饭。连队要转移阵地,搬离老太太家,她拉着志愿军战士的手,哭了起来,舍不得战士们离开,并将庭院里李子树上的果子全摘下来,送给志愿军战士。

朝鲜老乡拥戴中国人民志愿军战士,战士们也爱护朝鲜老乡,从侧面生动地诠释了特殊环境下的国际主义精神。刘俊杰所在部队在战火遍焚的废墟上找不到房子驻扎,便挖简易的地窖宿营。战士们也会单独挖出一间,让无家可归的朝鲜老乡入住,中间仅用一个布帘隔开。节日里的战争之余,部队包饺子改善生活,照例会给当地的朝鲜老乡端去不少。刘俊杰的高炮阵地曾在老乡的苹果园里,树上的苹果香甜可口,伸手可摘,可战士们没有一个人偷吃老乡一个苹果。有一次,美军的炸弹落在阵地,将成熟的苹果炸得满地都是。敌机飞走后,战士们尽管十分想吃苹果,但没有一个人去吃,而是将散落的苹果拾拢成堆,让老乡收回家。其实当地的苹果挑到市场卖也很便宜,但战士们手中没有现成的朝鲜币,一个连队一天只发很少的朝鲜币,用于购买青菜等战地生活必需品。纪律严明的志愿军战士,谁都不会违纪去白吃一个苹果。中国军队与朝鲜百姓这种真挚的友谊,一直在延续。刘俊杰回国后,还收到了朝鲜老乡用半朝鲜语半中文写的邮给他的慰问信,表达着依恋之情。

一生忠心,弘扬正气

在解放战争和抗美援朝战火的洗礼下,刘俊杰冲锋陷阵,勇猛向前。在和平年代,刘俊杰作为一名老党员,终生践行着正直无私、奉献社会的初心,正气相伴,直到暮年丝毫不褪。

刘俊杰回国后随高炮 64 师驻福建晋江,参加炮击金门的战争,多次受到上级嘉奖。刘俊杰已历练成一名优秀的炮手。1956 年,刘俊杰带领连队在上海参加高炮射击比赛,获华东军区第一名。1959 年 5 月,刘俊杰出席全国炮兵积极分子代表大会。

1959 年 9 月,刘俊杰在高炮 64 师召开的连职以上党员干部大会上发言,其所谓"错误言论"导致他离开部队。1960 年,刘俊杰被转到江西省体委工作;1961 年,从省城下放到都昌,从此踏上都昌这片热土,再也没有离开。1962 年,

福州军区炮兵党委做出决定,让刘俊杰返回部队,但35岁的刘俊杰决意扎根第二故乡都昌,掀开新的人生篇章。

刘俊杰在都昌担任过县邮电局副局长、县工业公司铁矿委员会副主任(后调至矽砂矿)、县工业局副局长、县搬运公司经理、县民政局局长等职。他在地方上担任基层干部,信守"三不"信念,即不甘落后、不贪钱财、不落骂名。无论在哪个岗位,他都能把工作干得有声有色。1973年至1976年,刘俊杰曾担任3年搬运公司经理,随后搬运公司在7年内换了7任经理,经济效益直线下滑。1984年,刘俊杰从民政局局长岗位退居二线,但搬运公司当时在岗的96名工人全部签名,恳切上书县委、县政府,请求组织安排老经理刘俊杰重返搬运公司,带领大家走出困境。时任县长罗强亲自找刘俊杰谈话,问他有什么要求。刘俊杰表示,他已领了国家的工资,在搬运公司重新任职,不要公司一分钱的报酬,只想给工人们十分的服务。自此,刘俊杰与搬运工人们摸爬滚打。自行车的车把上,长年绑着一条擦汗的毛巾。3年下来,搬运公司重焕生机,刘俊杰荣获全省"老年事业开拓精英奖"。

离休后的刘俊杰总在思考一个问题:作为一名老干部老党员,如何在为社会奉献余热方面发挥正能量?他觉得至少有两点:一是为党和政府的中心工作反映民意,建言献策。刘俊杰每每看到不平事,敢于仗义执言。2020年10月底,中共都昌县委主要领导登门走访、慰问抗美援朝老兵,刘俊杰当面向县领导就城市建设提出自己的建议,得到当场答复和肯定。二是尽心尽力以德垂范,造福社会。刘俊杰耄耋之年,除了耳背,身体还算硬朗,前几年还到东湖畅游健身。他以一个共产党人的宽广胸襟,坦然面对自己的后事,叮嘱自己的两子一女移风易俗,一切从简。2020年"七一"前夕,县民政部门组织党员干部为支持新冠肺炎疫情防控工作募捐,刘俊杰慷慨捐出5000元,展示一个老干部的赤热情怀。

天地英雄气,千秋尚凛然。刘俊杰70年前雄赳赳,气昂昂,跨过鸭绿江,参加抗美援朝,保家卫国。自此,刘俊杰将英雄赞歌高唱一生,嘹亮的歌声直冲云霄……

33. 都昌县城余家厅：厅内厅外（上）

【余氏家训家规】存心，修身，敬祖先，孝父母，敦手足，正家室，务耕读，和族邻，择师友，维风俗。

都昌县城余家厅，坐落于老牌的都昌实验小学对面。一代一代的儿童背着书包上学、放学，记住了余家厅这座说不上很起眼的宅院。余家厅的建成距今已有170余年了，它已然随着崛起的新城而凤凰涅槃，其踪影只留在后人的追忆里。"依偎在你的身旁，呼吸你清新的气息。瞬时，一切苦烦忧愁都淡淡飞逝，温馨的梦悄悄留在心田……"这是余家厅第六代后裔余更新以女性的柔情吟咏梅花的诗句，她道出的何尝不是散居各地的300多余家厅人对故居的眷恋情愫？

建 厅 之 祖

余家厅的始祖是余全埌（1824—1886）。余家厅建造于清代同治年间（1862—1874），距今近150年。

余全埌的父亲余以宗，按《余氏宗谱》十万公辈系来叙，是第76世。余以宗取号"华堂业儒"，有些文雅别致，清代例授登仕郎。他生四子，名字中全含有"土"字旁的字，分别叫余全埌（壥）、余全墀、余全垣、余全堈（同"缸"）。老大余全埌同妻子揭氏从北山的跑马巷余家嘴迁居县城陶公庙（现实验小学校内），开始时在徐家祠堂借住（一说在曹氏宗祠地基上搭茅屋栖身），徐家祠堂抗日战争时毁于日寇飞机轰炸。余全埌是个读书人，靠帮人写文书，做讼状为生，揭氏开了一家豆腐坊，连带着养猪种菜。夫妻俩勤俭持家，渐渐在县城站稳了脚跟，待有了一些积蓄后，便买了陶公庙对面的一块宅地，着手建造余家厅。

余家厅处邵家街与金街岭的交汇处，正门坐南朝北，有下厅、上厅、后厅三进，第二代余忠镇加建一厅，便形成了四口天井的规制。厅堂的两侧各有正房、厢房和厨房。后厅的正房还设有两层，用固定木梯上下。厅西外有块空地，四周栽种皂角树等花木，是晾晒之处。大门前本是余家的前院，是逢年过节的欢

娱地,也是红白喜事的操办场。砖木结构的余家厅,没有精致的雕梁画栋,只是居家过日子的宅第。据传,余全埧在邵氏宗祠借住过很长时间,他的两个儿子都是在邵氏宗祠降生的。未及余家厅完全竣工,余全埧一家便在邵姓人家的催促下匆匆迁入。

余家厅不同于余氏宗祠,纯属民宅,但上厅有供奉先祖的神龛。岁月激荡,时代变迁,在板壁的上方贴着一副对联:翻身不忘共产党,幸福不忘毛主席。中门的木门槛足有半米高,柱上挂着一副对联:顾为家园成桢干,担负加增岂足论。这是余家厅的第三代余墨芗在 1939 年农历正月抗战乱世,携家出西郭避难途中,喜闻五孙余港三降生而吟的一首七律中的末句。"桢干"者,栋梁之意,可见老先生寄意殷殷。在神龛侧柱上也有一副"对联":余厅英贤辈出,弘扬家风创伟业,熏陶翰墨,妙笔永葆,书香传万世。这副"对联"说不上工整,单看横批"勤奋追求"便知此联透出的文化气息是当代的。经百余年沧桑的余家厅,后人几经修葺,风骨犹存。居家过日子的余家厅人在小处的拆建腾挪中,将人间烟火味浸润其中。余家厅最后的一次改修是 2005 年 10 月,一块书写着"余家厅"三字的青石板镶嵌在宅楣上,记下了这个时间。水泥抹过的正墙,覆盖着的不仅是风雨侵蚀的痕迹,也让古朴失了不少风韵。厅石下正门的红石自然是原件,门柱、门楣、门凸呈现出精致的图案和造型,成为余家厅人乡愁的标识。

建造余家厅的余全埧殁后葬于黄家湾。1980 年清明节前后,余家厅后裔立碑修墓,追思其庇佑之德。

彰 德 之 匾

一代代余家厅人将"备德践道"与"急功好义"的祖德铭记于心,施之于行。这八个字源于余家厅第二代人获得的民国总统(主席)褒授的两块匾额。

余全埧生两子三女,长子余忠铎(讳建寅)、次子余忠镇,两兄弟是余家厅励精图治、赓续家风的一代。兄弟俩成家立业分家时,弟弟余忠镇居上厅,哥哥余忠铎居下厅。1993 年版的《都昌县志》列有余忠铎的简略单传:"余忠铎(1846—1927),又名阳谷,都昌县城人。清宣统元年(1909)荐举孝廉方正,应省城取第一名,旋赴礼部验看考试,赐六品备服用。因时局动荡,辞职归里,致力开辟学校教育,尤热心推行女子义务教育,于都昌首创义务女学,并亲自执教。1912 年曾以创办女学,推行义务教育而获民国大总统授'备德践道'四字匾额。"《余氏宗谱》载授匾时间为"中华民国十一年九月",此时的大总统是黎元洪。此匾在大书的"备德践道"之后有长长的褒词:"孔门德行之科,允矣首选;鲁殿灵光之颂,岿然独尊。原敦百行之先,望重十室之邑,并而有之不可及也尔。都昌绅士余建寅,圭璧持躬,斗山著望。王众讲学,生徒废蓼莪之诗;孔奋食贫,妻孥味菜茹之苦。田能续命,施若青州;厦可庇寒,顾宏杜老。识衡阳为人者,拜下凝之;论子产为惠人,名高东里。如此行谊,合于褒扬,于戏!读汉代独行篇,如闻謦亥;图洛社耆英像,能道姓名。界以契题,光乃门望。"如此长的褒词,在《余氏宗谱》收录的原文并无断句,我们试着断句,体悟到时人对余建寅(即余忠铎)名望的推崇之至。匾文汪洋恣肆,引用了诸多典故,如东汉时的孔奋带着妻孥含辛茹苦,唐代的诗圣杜甫祈盼广厦大庇天下寒士,南朝时冀州刺史刘善明开仓救济青州饥民,衡阳太守刘凝之甘守清贫,春秋时的政治家子产名高东里,北宋欧阳修洛阳结诗社,耆英云集,诠释余忠铎"备德践道"之内涵。余忠铎一生始终在"践道",他娶黄氏生四子一女。黄氏在1882年27岁时病逝,时年36岁的余忠铎没再续娶,直至享年82岁时辞世。

余忠铎的弟弟余忠镇(1858—1944),号云谷。关于他的人生履历有如下记载:例贡生,候选直棣川州,曾任都昌工艺所督办、县甲局警察局襄办、城自治董事会总董、都昌统税征收局监察。余忠镇是民国初年都昌县城有名的中医,精湛的医技全凭自学。他医德高尚,有钱人家请他上门诊治,他会坐着接他的轿子去;穷人家甚至讨饭的找他看病,他热忱相待,不仅自己看病不收钱,还在开的药单上方圈一个"免"字,让患者到他家人所开的药店免费抓药。逢到饥馑之年,他开仓赈贫饥民,在东门、北门摆锅煮粥施救饥民,民国十五年(1926)得京城"急功好义"匾额暨银质奖章。民国十五年已无"大总统"一说,当时担任国民政府代主席的是谭延闿。余忠镇取汪氏生四子二女,殁后葬于余家厅对面的古街园,1978年因县实验小学扩建,余忠镇墓被迁至黄家湾下首余家墓地。

"备德践道""急公好义"两匾现今不存,但它们彰显的余家厅人的高尚品行世代长存。

逾 厅 之 垣

余家厅的第三代有兄弟八人,名字中都含有"垣"字。垣者,墙也。他们一个个逾越人生之垣,在那个特定的朝代更迭之际,各自让厅外的壁垣遮蔽人生

的风雨,绽放出光彩来。余家厅第三代声名显赫者当是长房长孙余墨芗(墨香),名翰垣。在1993年版的《都昌县志》"余忠铎"单传篇,附录其长子余墨芗的生平:"余墨香(1869—1943)受其父熏陶,1911年于江西优级师范博物科毕业后,亦毕生以教书匠为业。曾于1912年受聘任南康府中学堂校长三载,1915年始返县任县立高等小学堂校长十载,其间创都昌教育会,兼会长三届六载,获省教育厅特颁一等一级褒状。旋继任县教育局董事。1935年再度以致力学校义务教育,任襟带乡中心国民学校校长,并获省教育厅银质奖章(一说一等一级褒奖)。"民国初期是都昌教育"废科举,兴新学"的转轨期。余墨芗作为一代教育名流,为全县教育革除科举时代遗留下的陈旧教育思想和方法而"备德践道",桃李满园。

余墨芗的二弟余墨垣(1871—1904)、三弟余经垣(1874—1919)有一技之长,擅于制作糕饼。四弟余伦垣留学日本学法律,曾做过数县县长,是余家厅第三代的骄子。余伦垣是清时邑庠生,公费留学日本政法大学,法律本科毕业,授日本法学士。民国元年(1912),余伦垣回国被选为省议员,任江西外务局监察政治部参议署理,江西高等审判庭民庭长、交涉科长署理、江西余干县知事;民国四年(1915),赴日本考察,回国后应第四届知事考试取知事,分发山西任用,历任天镇、安邑、黎城等县知事;民国十七年(1918)调任江西黎川县县长;次年逝世,享年66岁,柩停安徽皇墩。

余忠镇长子余培垣(本名余培元)(1878—1943)也是民国年间都昌教育界的一个风云人物,在他的人生履历中有诸多的都昌"第一":第一任图书馆主任、第一任县教育局局长。《都昌县志》对其"教育人生"列传载录:光绪二十九年(1903)通过科试,拟次年参加岁考,旋因科举废,转考入江西省立中学堂,继又入豫章法政专门学堂攻法律。学毕,获司法部颁律师证书。因虑于社会文化荒废,法律不张,而转事教育。1912年,投江西文事局(次年改教育局)任科员。1915年,经其一再请求,准返县义务女校,致力于教育实业,并被委任县教育公所学务委员兼县义务女校主任。1916年7月,县办劝学所,任所长,1917年又兼任县视学。是年,因勤于劝办学校,受浔阳道尹亲颁褒状。1918、1919年又连续获省颁银质、金质奖章各一枚。1920年再获中央教育部颁四等奖状。同年10月,与共产党人刘聘三等协力创办县国语讲习所、师范讲习所,并兼主任和主讲员。1923年8月,省教育厅加委他连任县劝学所所长兼县公立图书馆主任、国语研究会会长。1923 年 10 月,余培元以推行学校教育,又获教育部颁发三等奖章。1924 年 2 月,县劝学所改教育局,余培元被教育厅委任都昌首任教育局局长。1926 年,共产党人在都昌创办平民夜校,余培元大力赞许。1927 年 4 月,他辞去教育局局长一职,力荐共产党人刘越接任,自己则潜心于平民教育的实施。他还以县政府委员、教育局委员兼任襟带乡中心小学校长数载。

我们依时序如此详细地罗列出余培元 30 余年的教育人生,既为都昌民国时期教育的变迁轨迹找到了亲历者的见证,也感念余培元为推进都昌教育顺时而变孜孜矻矻。

余忠镇的次子余星垣(1884—1938)、三子余紫垣(1888—1968)淡泊明志,宁静致远。余紫垣在民国时曾任本邑保长、冬防队队长、饼业公会理事长等职。四子余斗垣(1894—1930),1920 年毕业于国立山西大学法律本科并得法学士学位,曾任都昌县女子学校校长,在县立高等小学堂及师范讲习所任教职,在南昌、景德镇、都昌等多所学校任教,后投身国民革命军从事文职工作,36 岁英年早逝。

余家厅的第三代"八垣(元)"在各行各业大展身手,各司其职、各尽其责。特别是余墨芗、余培元在那个年代,为都昌教育这方园地躬耕不息,堪称典范。

34. 都昌县城余家厅：厅内厅外（下）

家 与 国

余家厅第一代余全埙（全字辈）生二子余忠铎、余忠镇；第二代（忠字辈）两兄弟共生八子，多以"垣"入名；第三代（和字辈）生十三子七女，其中两人夭折；第四代（顺字辈）成长期正值烽火连天的激荡年代，不少余家厅人秉持家国情怀，让各自的人生大展风采。

在《都昌革命烈士英名录》中有这样一行文字：余岳毓，20 岁，都昌县城人，1929 年从事党的地下工作，1930 年 9 月在南昌就义。革命烈士余岳毓（1912—1930）是余家厅余伦元的次子，曾就读于县立高等小学堂、江西匡庐中学、江西医学专科学校。余岳毓学生时代参加革命活动，1930 年 9 月 7 日（农历七月十五）受国民党坐电椅酷刑而牺牲。新中国成立后，人民政府将"革命烈士"的牌匾送到余家厅。余岳毓牺牲时未婚，以胞兄余籍方（嵩毓）长子余祝三承继为嗣。在土地革命战争时期加入中国共产党的余家厅人，还有余岳毓的堂兄余简方（1899—1971）。余简方曾在江西省第五中学、江西公立农业专门学校求学，在民国时期的黎川、玉山、南丰等县政府做过小职员。20 世纪 20 年代，经共产党人刘肩三介绍，余简方加入了中国共产党；国共合作时，由共产党人刘聘三介绍，以共产党员身份"跨党"加入国民党。1927 年，蒋介石发动"四一二"反革命政变，大肆屠杀共产党人，时任都昌县建设局局长兼国民党县政府委员余简方，将国民党要抓捕刘肩三、刘梦松（时任中共都昌县委书记）的消息及时向共产党的党组织报告，使两人免遭屠杀。后来地下党组织遭受破坏，余简方外出躲避，党组织认定他"自动脱党"。1947 年至 1961 年，余简方一直在都昌县城示范小学（现县实验小学）任教，直至退休。

抗日战争爆发后，面对日寇的入侵，余家厅人的家国情怀让人生的底色特别凝重。一生从医的余连三（1927—2010）在晚年回忆曾祖父余忠镇抗日时"威逐伪兵"的一个故事。1943 年深秋的一天傍晚，16 岁的余连三正同余家厅的兄弟姐妹们端着碗吃晚饭，顽皮的孩子们不时传来打闹声。突然，余家厅西耳门闯进两个全副武装的士兵,吓得孩子们目瞪口呆。荷枪实弹的士兵气势汹汹地对在场的大人余健(余连三七叔父)说:"你家要送 200 斤大米到部队!"余健回话:"兵荒马乱的年月,哪里交得出大米?"士兵不由分说地取出绳索要绑余健。士兵抓人的消息传到了在后厅休息的余忠镇耳中,是年老人已 85 岁高龄。他让服侍他的晚辈背着他来到事发的中厅,厉声呵斥那两个士兵:"你们是哪个部队的?"两个士兵实际上是星子县伪政府中队逃往都昌的散兵,面对威严的余忠镇老人,胆怯地回答:"我们是游击队的。"余忠镇高声骂道:"你们好大的狗胆,不去打日本鬼子,倒欺负起老百姓来了。余家厅人都聚拢来,将这两个狗崽子绑了,抬去县衙门论理!"两个伪兵仓皇而逃,余家厅免受侵扰。余忠镇护犊情深,抗战期间,他整日端坐在中厅。要是有日本兵进余家厅滋事,他便拿根拐棍,敲着面前的铝皮桶,以发出警报,让后厅的晚辈贴墙躲在谷仓后。

余家厅第三代余墨芗在 1939 年写过《锄月庐·己卯杂咏纪事》,他在是年农历正月二十三写过一篇《出西部》,以长诗的形式记载了当年逃离余家厅躲避战乱的情景。日寇轰炸都昌县城时,"有物西北来,头角棱峥露。霹雳数声轰,霎时黑烟吐。火起光烛天,金云烧县署。盘旋在半空,循环极低度。计历八小时,往返经四次。投弹犹未已,忙把机枪助。墙倒屋随倾,死伤不计数。"一介书生逃难途中颠沛流离,"天尚未至明,鸡鸣催上路。吾亦挈眷行,行人如蚁注。老扶幼者携,肩挑和背负","有人自城来,城空剩劫灰。连日多光顾,门扃已自开。取之谁敢禁,路热人无猜。何殊趁火劫,共悲也道哀。唯昔廿箱书,抛弃伏尘埃。意欲去收拾,中途且徘徊"。余墨芗在逃离战乱的途中,喜闻第五孙余港三降临于世,赋诗一首:"大雨滂沱暮色昏,灯前喜报竹添孙。催生忙筑中田室,托庇重资下屋村。且向菩提修善果,更从星士问灵根。顾为家园成桢干,担负加增岂足论。"就是在这样的乱世,余家厅人寄寓后代成为栋梁,抒写着家国情怀。

名医与名师

余家厅的第五代(式字辈)取名,末字大多含"三(山)"字,有"三十三座山"之说。第 80 世顺字辈属余家厅第四代,此辈长兄为余昆毓(1892—1946),余昆毓的大儿子余任三(1917—1942)是第五代的长兄。据说余家厅骄子余伦元在山西初任知县,取名"任三"是为了纪念叔父任职。余任三随三伯父余籍方在兵

站医院从医,26岁时病故。后来余策方的长子取名"连三",是因为余伦元"连任"知县。余家厅名师、名医辈出,在第五代得到承上启下的彰显。

余港三家庭堪称"教师世家",至今已有七代从教。从余港三往上溯四代,前三代余全埙、余忠铎、余墨芗如前所述皆有为师经历,父亲余策方(1909—1941)曾任县第一小学和江西汽车修理驾驶学校教员。余港三1957年从九江师范学校毕业后,一直从教,曾任北炎中学、北山二中、县实验小学的校长,都昌县教育局副局长兼县教育工会主席等。他在四十余载的教育生涯中,先后荣获全国优秀少儿工作者、全省勤工俭学先进个人、全市优秀工会干部、全县优秀共产党员等荣誉称号。其妻刘织琴终身从教直至退休。长子余鸿在都昌县教师进修学校任职多年,其妻杨小红在天宇小学任教;次子余育新在九江职业大学从教,是九江市九三学社执委,其妻侯建芳武汉大学研究生毕业后任教于九江学院。余港三的孙媳妇邵远霖现任教于九江财专,成为这个家族的第七代从教人。余港三家庭百余年来教书育人,薪火相传,堪称佳话。

余家厅名师辈出,余忠铎、余墨芗、余培垣、余简方、余俊、余健、余仁、余港三、余林三、余望三、余德英、余亚新、余昭阳、余慧娟等一代代余家厅人立德树人,桃李芬芳。据统计,现今余家厅以教师为职业的有50人以上。

余家厅出名师,也出名医。余家厅名医第一人当数余忠镇。余氏后裔不少从医者读了专门的医科学校而精于医道,也有人得益于嫁入余家厅的外姓女因联姻而传医。余策方的妻子张延梅(1908—1972)娘家是从药都樟树迁至都昌的医药世家。张家与何家两代联姻,共同打造的何怡泰药店是都昌清代至民国时期最有品牌效应的中药堂。"东街何怡泰,西街泰森和","医药世家"的大闺女张延梅嫁入余家厅,让余家厅融入了医药世家。张家二闺女、三闺女亦分别与医药世家张家、杨家联姻。余策方、张延梅的长子余连三,少年时期就是在泰森和药店当学徒,而后自行开药店、行中医,终身以中医为业,获副主任药师职称。1985年,江西省卫生厅授予他"中医药工作三十五年"证书,他发表了关于马钱子除毛、砂烫法炮制等中药论文。其子女余庆新、余月新、余更新继承父业,在医疗单位一展中药调剂之长。

余家厅人余浩(余祝三)上下连续三代为名医,在杏林熠熠生辉。余浩的父亲余籍方(1902—1979)从江西省立医学专门学校毕业,早年任兵站医院院长,新中国成立后先后任江西防疫站第二防疫队队长、江西第一疟疾防治站站长、

1958 年调往江西寄生虫病研究所任实验室主任,直至 1968 年退休。余籍方为江西流行病和寄生虫病专业防治工作做出了突出贡献。余浩出生于 1930 年,晚年生活在南昌的他是余家厅大家庭最长寿者。余浩 1955 年毕业于中国人民解放军第七军医大学,随后从事外科军医;1969 年底转业后,先后在江西省儿童医院和江西医学院第二附属医院任主治医师、主任医师、副教授、教授,兼任《中国实用外科》杂志编委长达 20 年,撰写的 10 余篇医疗论文在权威医学刊物发表。他主持的"溶石治疗胆道残余结石"科研项目获省科研成果三等奖、技术创新二等奖,1995 年 7 月退休。其妻王荣国是河南安阳人,也毕业于中国人民解放军第七军医大学,1991 年 10 月从江西医学院第二附属医院副主任医师岗位退休,她在高压氧治疗方面卓有建树。余浩的妹妹余桂林早年毕业于江西医学院,1998 年底从江西医学院第一附属医院主任医师、教授岗位上退休。她 1993 年主持的"冷冻精库技术课题"被江西省卫生厅评为技术创新一等奖。她在宫腔镜临床运用方面有深厚的理论功底和丰富的实践经验。余桂林的丈夫杨伯品曾任江西医学院第一附属医院理疗科主任医师、教授。余浩教授的女儿余戎现供职于南昌大学二附院内分泌代谢科,擅长糖尿病、甲状腺疾病、肾上腺及垂体疾病等的诊断与治疗,是主任医师、教授。余浩先生的"医师之家"享誉省内外。

回望与前行

余家厅的历史已有近 150 年,至今已繁衍八代。余家厅承载着这个家族老一辈人心中诸多温情的回忆。

1933 年出生的秦红玉老人 2020 年已 88 岁,她是余星垣的次子余仁的妻子,是余家厅第四代唯一健在的老人。秦红玉是北山铺前秦村人,7 岁时父亲故去,后来母亲改嫁,9 岁时孤苦伶仃的她被送至余家厅做童养媳。那时,她的族姑婆秦美德已嫁给余籍方。秦美德也是童养媳,在余家厅长大,是她牵线介绍秦红玉到余家厅做童养媳的。秦红玉原名叫秦红娥,那时余紫垣的独子余伟的妻子叫王凤娥。为了不谐音重名,祖父余忠镇便将这个未来的孙媳妇改名为"秦红玉"。秦红玉老人至今清楚地记得她跨入余家厅大门的精准时间是 1942 年农历四月二十八日。她的生日是二月二十八,在她 9 岁满 2 个月后,她被余家请来的轿夫用官轿抬进了余家厅。当天,余家按习俗给进门的童养媳办了两

桌酒,两个轿夫也入了席,吃酒的多是余家厅的人。中午正热闹着,突然听见屋顶上响起日本飞机的轰鸣声,人们纷纷放下碗筷四散而逃。第二天,41岁的秦美德带着9岁的秦红玉随着人群躲到城郊的彭家峦。日本兵从大沔池的船上上岸,欲经东门入城,一路烧杀抢掠。秦红玉亲眼看见一个中年妇女带着儿子逃跑。逃跑过程中,母亲中枪身亡。秦美德、秦红玉随着人群躲进一间油榨坊。秦美德打开大门去看余家厅的侄子余镇三在外是否安全。门开处一个日本兵的一只脚已迈进了油榨坊的门。眼看日本鬼子要进来搜查甚至屠杀,幸运的是,此时门外日本兵集合的哨子吹响,这个一只脚跨进门的日本兵闻声即退,跑入队列中,屋里的人才躲过一劫。惊慌失措的人群中有人指责秦美德开门引来了日本兵,要把秦美德赶出油榨坊,秦红玉抱着姑婆哭泣,才换来大家的同情而有一方避难之地。其时,余家厅的人除了老弱病残,大多出外逃难去了。余家厅在北山的周家山有个亲戚,很多人躲到周家山里去了。秦红玉也躲过一阵,她后来在离城十余里外的娘家铺前秦家躲日本鬼子,抗战胜利后才重回余家厅。

余祝三、余桂林兄妹后来都做了医学教授,即使离家再远,时光也抹不去兄妹俩孩童时在余家厅度过的岁月。余祝三晚年回忆道:"小时候,我跟连三、德三玩得最好,像亲兄弟一样。父亲把我送到乡下,我就跟娘(指秦美德)到铺前秦家,住在母舅家里帮他放牛,有饭吃,但他们的家境也不宽裕。我的人生虽然大部分时光在外度过,但对余家厅很熟悉,对乡下的老表们很有感情。"余桂林晚年回忆道:"抗战时期,余家厅人的生活大都很困难,经常吃不饱饭。那时过年杀年猪,我五叔总要分块猪肉,拿碗猪血给余家厅未杀猪的户子。由于家境困难,过年的这碗肉是要作为菜碗吃一正月的,端上端下,以装体面。嘴馋的小孩是想不到吃的。过中秋节,五叔是开糕饼店的,总要切一块很大的月饼分给我们。我们这些小孩早就盼着过年过节的日子来到。"

余家厅不仅有名师、名医,糕饼业也曾风光一时。与中华人民共和国同龄的余震三年轻时就从事糕饼加工,他回忆起一些关于余家厅的往事。爷爷余紫垣民国年间在县城西街开了一间很有名的"紫丰号"糕饼店,爷爷这家店紧邻金街岭人黄嗣谷开的黄记钟表店。其时,余紫垣的侄子余顺模(1909—1976,字岑毓,余墨垣之子)也在西街开了一家南杂糕饼店。余震三兄妹都是在爷爷的"紫丰号"糕饼店里出生的。1957年,爷爷的糕饼店公私合营,成了糕饼合作商店。

余震三小学毕业后,跟着爷爷做饼,1964 年进入县副食品公司的副食品加工厂。灵巧的他弃了糕饼业而在同一家厂里做开发电机的电工,与仍做糕点的叔叔余顺模成了同事。

余家厅的第六代传人余革新(昭字辈)从县劳动人事局纪检组长岗位上退休后,爱好摄影、书画、诗词,也热心搜集余家厅的一些历史资料。余家厅的后人在新时代逐梦前行,各展其彩,余革新的家庭就是一个缩影。他的大儿子余明华(祖字辈)现在省交通厅工作。二儿子余星华在广东东莞创业,美术教育办得如火如荼,2015 年被推举为"东莞好人"。三儿子余辰华西北工业大学毕业,现在加拿大蒙特利尔一家航空制造公司担任高级工程师。余革新的长孙余瑞敏(传字辈)就读于南昌航空大学,20 岁的他是余家厅第八代年龄最大者,作为"头雁"展翅蓝天,放飞梦想。

瞩目未来,一代代的余家厅人只争朝夕,不负韶华,创造着属于他们的美好明天。在日新月异的城市建设中,余家厅消逝了,而"备德践道""急功好义"的家训必将发扬光大。当余家厅的后人们回望家族之源、追寻家族之根时,但愿这篇简略的余家厅纪事能成为一个引子,让他们做更多的生发……

35. 狮山乡新竹峦邵村：风过竹林

【邵氏家训家规】吉人为善，唯日不足；凶人为不善，亦唯日不足。汝等欲为吉人乎？欲为凶人乎？

（一）

都昌狮山乡有竹峦村委会，与万户镇相邻。竹峦村委会有新竹峦村，这是一个邵姓村庄。竹峦邵姓其实被分成了三个村庄——新竹峦、老竹峦、竹峦街。狮山竹峦村委会 2020 年的一份村情介绍材料中有这三个村的人口统计数字：新竹峦 44 户 188 人，老竹峦 19 户 83 人，竹峦街 42 户 192 人。

三个邵姓村庄其实是同宗同源的一个村。他们共同的祖先叫邵立甫。邵立甫是邵伋（1502—1539）之次子，而邵伋是邵原道（1453—1533）之幼子。原道公起初居于县城邵家街，后迁至大树玉阶的涂家咀。明嘉靖年间（1522—1566）由一都涂家咀迁至八都老舍村（今属狮山乡大垅村），邵伋次子邵立甫嘉靖年间（1522—1566）外迁，迁徙之地有座竹峦村山，便取名为竹峦邵村，这便是今天的老竹峦村。数十年之后的明代天启年间（1621—1627），老竹峦数户分居繁衍成现在的新竹峦村。至于竹峦街，则是 1998 年实行移民建镇，部分村民建新居于狮万公路旁，形成的一个新兴村落。

（二）

新竹峦村素来田多地广，山清水秀，是农耕时代的富庶之地。民国年间，村里的大户人家多，有钱有势的财主们便成立了一个叫"重阳会"的组织，有公产 100 多亩，田租用来做公益，也救助同族忍受饥寒的穷苦人。竹峦邵村最有名的财主叫邵亨启，他家中置了很大一片田地，还兼做生意，办油榨坊。邵亨启是个乡绅，据说八都垅每逢碰到棘手的纠纷，都会请邵亨启调解。他在背篓里揣着银圆，上门调解，屡平讼争。竹峦村的"重阳会"置办了土枪，与八都山出没扰民的土匪较量，更多的是为了自保家业。据说抗战以前，从鄱阳过来的个叫胡南英的女土匪头子,在狮山一带抢掠。过竹峦邵村时,土匪与村里的头首"借路"而过,众土匪知道竹峦村自卫武装的厉害,不敢轻举妄动。行至相距不到一里路远的老屋邵村,土匪放火烧了棋盘老屋,竹峦邵村人鸣枪,为同族驱匪,土匪仓皇而去。

新竹峦村的枪声,曾在殷红的鲜血中划过黎明前的沉沉夜色。1949 年 6 月,中国人民解放军一步兵排长李松山在竹峦村征粮,被村里一个大地主的两个儿子枪杀,壮烈牺牲。身上沾满了革命者鲜血的两兄弟随后受到中华人民共和国新政权的严惩。李松山烈士长眠于狮山这片热土。1987 年,都昌县人民政府为李松山重修了烈士陵墓,此墓坐落于狮万公路旁属竹峦村委会地界的一方平地。其碑记简介为:"李松山,男,东北人,生前系中国人民解放军步兵排长,土改时期在征粮途中,遭土匪枪杀,壮烈牺牲。"2015 年冬,都昌县人民政府为1949 年 5 月在都昌征粮壮烈牺牲的另三位革命烈士荆厚绪、孙荣、王瑞正立墓,四位英雄长眠于都昌这方红色土地。

1990 年 10 月由南海出版公司出版的《都昌英烈》一书,以表格的形式列出了李松山等 4 位革命烈士的基本信息,他们为解放军华支战士。此书载李松山等 4 人"1949 年 6 月在狮山竹峦征粮时被'反共救国团'杀害"。显然,所载荆厚绪、孙荣、王瑞(王瑞正)牺牲的地点有误,并非狮山的竹峦。而据烈士墓碑所载,他们三人均牺牲于"都昌井头江家"(当属芗溪乡)。2019 年,李松山的后裔在民政部门找到烈士牺牲地之后,曾来狮山竹峦挥泪祭奠。时隔 70 年的历史时空,烈士后裔第一次踏上都昌狮山,来到烈士长眠之地缅怀,想必 70 年来李松山烈士后人一直寻找烈士牺牲地而无果,2019 年终于承续上这份红色基因。在此,摘录另三位革命烈士的基本信息。特别是关于烈士出生地的详细表述,也许有利于烈士后人前来烈士牺牲地抚慰英灵。

荆厚绪烈士生于 1914 年 2 月,山东省掖南县(今莱州市)郭家店镇洪家庄人;孙荣烈士生于 1915 年,山东掖南县(今莱州市)城关镇五名庄村人;王瑞正烈士生于 1919 年 2 月 12 日,山东省掖南县郭家店镇林村人。这三位革命烈士均于 1948 年参加淮海战役,1949 年 5 月来到都昌工作,1949 年 7 月 5 日在都昌井头江家征粮时,遭匪徒袭击壮烈牺牲。

（三）

新竹峦邵村上了年纪的人，会谈及村里昔日的繁盛景象，说村里曾经有八幢棋盘屋，为同一种营式，同一个时辰上梁，是一家八兄弟的兴业盛事；说 20 世纪 50 年代新竹峦村曾设有初中、供销社、粮油所，竹峦粮油所所占六栋仓库都是邵村人的。

斗转星移，山水日新。新竹峦村人为新时代能看得见的变化、心里能体验到的幸福而喜上眉梢。

狮山乡竹峦村是"十三五"贫困村，近年来，经上级党委、政府的精心指导，江西庐山国家级自然保护区管理局、都昌县政协的大力帮扶，干群齐心协力，2018 年已顺利退出贫困村序列。新竹峦村成为竹峦村委会高质量打赢脱贫攻坚战的一个缩影。

竹峦村产业扶贫风生水起，光伏发电、小龙虾养殖、油茶和黄茶种植等项目惠民增收，新竹峦村还建立了油茶种植示范基地。新竹峦的美化和亮化成为狮山乡的一个样板：2017 年，新建了祖祠兼村民文化活动中心；2019 年，在屴庄整治中拆除危旧老房 40 余栋，有的废弃的地基种上花草树木，被打造成娱乐休闲好去处。

新竹峦村的移风易俗更是成为精神扶贫、扶志扶智的一道亮丽风景线。村里文明创建早在 17 年前就着力推进。2003 年前，新竹峦村还有每年的农历五月十五日为祖宗庆生，摆设筵席大请宾客的习俗，一个普通家庭动辄置办两三桌。2003 年正值"非典"疫情防控时期，时任竹峦村党支部书记邵同柏倡议，自当年起取消这个延续了数百年的传统习俗，为村民长久地减轻了一笔家庭支出。随后，村民理事会发出倡议，新竹峦村人嫁女不收或少收彩礼钱，力戒婚礼大操大办。2018 年正月，村党支部书记邵同微大女儿出嫁，他带头不收女婿家彩礼，只收了 3000 元简单办个婚礼的酒水钱。村里原来每逢村民办红白喜事时讲排场、争体面，菜品要上乘，要上 20 多道菜肴，其中不乏甲鱼、青蛙，而且要给每个人发一包烟。2017 年，村民理事会响应党和政府号召，崇尚勤俭节约，纠正民风家风，从"餐桌上的文明"做起。现在，村里红白喜事办酒席，上 10 道左右的农家菜，待客的香烟也限定每桌不多于 2 包。这样，一桌的花销比先前少了三分之一。村民邻里互助，团结友爱。数年前村民邵同兴的儿子不幸患上白血病,需要大笔治疗费用,新竹峦村人家家户户捐款,村里人还到其他邵姓村庄募捐,短时间内就募集到 4 万余元,给这个因病致贫的家庭雪中送炭,奉献爱心。这首"团结互助"之歌后来还演绎出动人的续章。几年后,邵同兴经济条件有所好转,主动要还当年好心村民的捐款,很多村民纷纷婉辞,他们做善事不图回报。新竹峦村耕读传家,学子们书山求索,成人成才。村民王小妹多年前在村头开了一家小卖部。令她欣慰的是,四个子女皆学有所成,先后步入名牌大学攻读。大女儿邵星星南昌航空大学毕业,现在南京工作;二女儿邵素娟哈尔滨工业大学研究生毕业,现在武汉工作;三女儿邵素琴南京师范大学毕业,现在南京任教;儿子邵继承正在读华中科技大学的研究生。"知识改变命运,拼搏靓丽青春",在四个农家子弟身上,得到精彩见证。

文明新风过竹林,一枝一叶都染德。新竹峦村在乡村振兴的新时代,踏步峦上,行稳致远……

36.阳峰乡苏家:鄱阳湖畔苏家村

【苏氏家训家规】 美德元良承,祖传忠孝义。家通乐平安,显达常敬守。

"鄱阳湖上都昌县,灯火楼台一万家。水隔南山人不渡,东风吹老碧桃花。"这是北宋文学家苏东坡在绍圣元年(1094)所吟的一首《过都昌》,成为一代代都昌人推介家乡的一首千古绝唱。大文豪、四川眉山人苏轼游历都昌已过去920余年,其时在"鄱阳湖上都昌县"并无与他同姓的苏姓村庄。现今都昌苏姓村庄有两个:一个是阳峰乡金星村委会的苏村,现有村民400余人;另一个是由金星苏家外迁至狮山铁铺垅的苏村,现有村民60余人。

阳峰金星苏家,有时被称作"苏家边"或是"苏家湾"。其兴村祖先是苏显三,有资料载录苏显三是南宋末年由鄱阳苏田畈迁至都昌四都丁仙峰以西居住。这样来论,金星苏村建村历史有700余年,而2015年农历正月苏村祖厅筹建组合拟的《苏山祖厅重修序》开篇言:"吾苏村自始祖显三公繁衍至今,已历五百余载。"这样推算,苏家建村于明代。都昌苏氏与苏轼的四川眉山苏氏同宗,"苏都"与"苏眉"血脉相系。

在都昌阳峰苏家新修的祖祠兼村民文化活动中心,有"武功世家"字样。我问其来历,当地村民以"苏武之功"解读"武功"。其实"武功"是个地名,秦汉时有"武功县",在今陕西省眉县东四十里渭水南岸,"武功世家"承袭所旨为苏氏郡望。苏家人津津乐道的西汉祖先苏武,是中国历史上坚守民族气节、矢志爱国的忠贞英雄。据《汉书·苏武传》记载,公元前100年,苏武奉汉武帝之命持节出使匈奴,被匈奴扣留,囚禁劝降。苏武忍饥之时,将毡毛风雪一同吞下充饥,几日不死。匈奴把不甘屈服的苏武迁移到北海边的荒蛮之地,让他在茫茫草原让他放牧公羊,说等公羊生了小羊他才能回归汉朝。苏武被扣留了19年,回到汉朝时,头发、胡须都白了。"武既至海上,廪食不至,掘野鼠去草实而食之。杖汉节牧羊,卧起操持,节旄尽落。"历史学家班固在《汉书》中以如此苍凉的笔调,叙述苏武的守节不屈。"苏武牧羊"所蕴含的精神,在都昌阳峰苏家一代代传承。在村头的三阳公路旁,坐落着革命烈士苏传友(1943—1968)的坟墓。苏传友是中国人民解放军 7751 部队的战士,在保卫祖国和世界和平事业中,于 1968 年 10 月 29 日夜间执行运输任务时,牺牲于云南边境。

数百年来,丁仙峰下演绎过许多苏家村变迁的故事。太平天国时期,太平天国军在苏家抓男丁做挑夫,村民闻讯纷纷躲避于丁仙峰,用树叶遮盖身体,后一孩童经不住昆虫叮咬嚎叫起来,太平天国军发现他们的躲避之地,将苏家 40 余名男丁掳去杀掉。苏家有个地方叫"老坟山",当年埋葬的多是被太平天国军杀掉的村民。苏家常遭洪灾,2020 年,党和政府组织抗洪救灾,温暖着村民的心。如今的老一辈村民感叹,太平天国军杀村民之前,村里有 60 多条"扁担",60 余名好后生齐刷刷地到鄱阳湖里打草;要是没有太平天国那一劫,苏家村的规模远比现今大。

苏家村民理事会理事长苏忠谋是个年近七旬的普通农民,他在对接新农村建设事务中,以厚道、诚心赢得乡村干部和父老乡亲的支持和信任。我走在村头巷尾,如今的苏家村面貌焕然一新。苏家村人的"武功"展露于当下乡村振兴的舞台上……

37.鸣山乡程浪坂村:坂上硝烟起

【程氏家训家规】《程氏家谱》中列"十戒":戒忤逆,戒凌长,戒欺弱,戒健讼,戒酗酒,戒淫乱,戒流荡,戒偷盗,戒赌博,戒滋事。

马涧来了红十军

大鸣山下马涧桥,古时总是伴着铁蹄声。传说朱元璋与陈友谅大战鄱阳湖,朱元璋被敌军急追之下,挥鞭策马横跨马涧,竟踏石留下马印。土地革命战争时期,战争的硝烟在马涧桥的上空弥散开来。离马涧桥约十里的鸣山程浪坂,5位区苏维埃赤卫队员血洒村头。且让我们来回首那段血雨腥风的岁月。

纵横驰骋于赣东北的红十军1930年7月在乐平县扩编组建,都昌人刘肩三担任第19团团政委。红十军8月长驱赣北,连克乐平、鄱阳,国民党都昌政府县长石铭勋十分恐慌,惧怕红十军乘胜进攻都昌县城。他急电国民党江西省政府主席鲁涤平,请求派兵支援,同时命令驻七里桥的县保安队孙光林(民间称其为"孙麻子",鸣山人)部在马涧桥阻击红军。鲁涤平电令驻在永修吴城的"江犀"舰开到都昌,掩护地方驻军在徐家埠一线堵截红十军。红十军军长周建屏认为攻打都昌县城与党中央"夺取九江,截断长江"的战略意图关联性不大,便命令部队通过都昌马涧桥、张家岭直插湖口县。8月30日,红十军从鄱阳进入都昌,次日在马涧桥与孙光林部相遇,一场激战随即展开。孙光林的地方保安队仗着对地形熟的优势埋伏在马涧桥附近。当红十军部队通过马涧桥后,孙光林以为红十军已经全部走过,即从后面偷袭。谁知红十军后续队伍听到枪声,迅即追击,前面的红军队伍又回头开火。在前后夹击下,孙光林部溃不成军,被红军活捉了20余人。孙光林把指挥旗绑在树上,自己仓皇而逃。红十军在周建屏的带领下进驻徐家埠,而后出击湖口江桥,9月5日回师景德镇,返回赣东北根据地。周建屏军长的战马在都昌鸣山马涧桥上蹄疾步稳,英勇无比。

红十军第二次出击赣北是在一个月后。1930年10月10日,红十军在军长周建屏、政委邵式平的带领下,挺进都昌,驻扎在大港、张家岭一带,而途经的马涧桥又响起红十军指挥者的马蹄声。红十军挺进都昌的第二天,邵式平在徐埠召集刘肩三、谭和等人,研究恢复都昌、湖口两县党组织和苏维埃政权,实行土地革命,建立农村革命根据地。地方工作部部长刘肩三专做地方工作,在红十军前委的领导和支持下,迅速恢复了都昌、湖口、鄱阳、彭泽4县的县委组织。刘肩三亲自兼任中共都昌县委书记,同时成立都昌县革命委员会,地址设在蔡岭涧门口,由红十军派到都昌工作的弋阳人汪义发任主席。在县苏维埃的领导下,各地都建成了区苏维埃和乡苏维埃,还成立了红军局、赤卫队、儿童团、妇女会等组织。全县13个区苏维埃政府(不含归湖口苏维埃领导的春桥区苏维埃政府),四区苏维埃政府就设在程浪坂,主席为程浪坂人程世亿。程浪坂的红色历史掀开了新的一页。

程浪坂五烈士

都昌四区苏维埃政府成立后,在程浪坂一带大力宣传革命道理,号召和发动群众投入革命斗争,筹集军粮,侦探敌情,支援红十军。发展赤卫队红色武装,开展打土豪分田地活动。1930年10月,红十军从赣北撤回老苏区,都昌国民党政府保安队在陆士郊(都昌盐田人)的带领下,纠集地方武装,对都昌苏区进行了围剿,"程浪坂五烈士"的牺牲就发生在这个背景下。

我们来听听烈士后代的讲述。程小平是鸣山乡程浪村委会诊疗所的村医,他是程周松烈士的曾孙。程小平讲述,曾祖父程周松出生于1898年,3岁丧父,10岁丧兄,孤儿寡母相依为命。1930年初,32岁的程周松参加区苏维埃赤卫队,后任班长。1930年12月2日(农历十月十三日)这天,国民党自卫队陆士郊部化装成红十军队伍,故意传出风声开赴程浪坂,当地革命群众听说离开马涧桥不到两个月的红军队伍又杀回来了,共产党领导的赤卫队员程周松、程周干等5人打着旗子欢欣鼓舞地去迎接"自己的部队"进村。赤卫队将一干"红军"迎进程浪坂的岂公祖祠。不承想,他们一踏进祖祠门,门闩就被"红军"反扣上,来人露出狰狞的真面目,将五名赤卫队员反绑,押往村南土地庙前残酷杀害。程周松牺牲时并未结婚,程小平的爷爷程宣榜是其继嗣。

与程周松同一天同一场所就义的另四位烈士是谁呢?我们查南海出版公司1990年出版的《都昌英烈》一书,其中《都昌革命烈士英名录》记载"1930年10月在程浪坂牺牲"的另四位烈士是:程世亿,58岁,程浪坂人,四区苏维埃政

府主席;程周干,30 岁,程浪坂人,赤卫队队长;吴道乾,42 岁,张岭中舍吴村人,乡苏维埃政府主席;但汉繁,33 岁,盐田莲花地人,三区苏维埃政府主席。

程浪坂另一位土地革命战争时期牺牲的烈士叫程宣美,47 岁,乡苏维埃文书,1931 年在程浪坂就义。程宣美烈士的孙辈讲,爷爷程宣美也是打着红旗去迎接红军遭遇不测的,时间是 1931 年。劈面相迎的亦是国民党陆士郊的自卫队,心狠手辣的陆士郊骑在马上,见到扛着红旗的程宣美,一看便晓得他是革命者。他一马刀残忍地抡下去,程宣美的头颅便断了,脖子只剩下一层皮,47 岁的程宣美当场被杀。上了年纪的程浪坂人讲烈士的故事时,总会讲到莲花塘程村人程章鼎壮烈牺牲的故事。程章鼎是赤卫队排长,1930 年 12 月被驻马涧一带的国民党自卫队的孙麻子部抓住后,在孙家祠麻石港被剜眼剁手,惨无人道的孙麻子割掉了他的器官,程章鼎英勇不屈,被折磨致死。程浪村委会李家山人李咸金是烈士李宗坎的曾孙,他说曾祖父李宗坎是乡苏维埃财务委员,管理着红军局的钱粮账目。1930 年,国民党反动派抓住他,从鸣山界牌将他押往土塘佛子岭下的八甲村田头杀害。

程浪坂这片红色土地,在土地革命战争时期,浸染着革命烈士的殷殷鲜血,谱写出一首首英雄的赞歌。

追忆抗战老兵

抗日战争的硝烟里,闪现着程浪坂儿女的身影。黄埔军校生、抗战老兵程定华 2018 年以 97 岁高龄在村里辞世。

我仍然记得 2013 年盛夏的一天下午,酷暑难耐,93 岁的老人程定华,坐在儿子程更生在自家开的小卖部里的一张八仙桌旁,气定神闲地抽着乡间老倌爱抽的黄烟,向前来采访的我讲述着他的戎马生涯。老人当年毕竟已是耄耋之年,尽管身体还算硬朗,但说话有点儿吃力,声音略显低沉。烟杆包着铜嘴,铁制黄烟盒蒙着岁月的锈斑,老人将 1 元钱能买到 2 个的红色打火机擦燃后,斜着将火苗往烟孔里送,点燃了黄烟丝。儿子怕老人烧着手,麻利地取来一根香,让老人拿着。老人吸一口烟,从鼻孔喷出的两股烟缭绕着,他变得更加惬意了。当年老人向我讲述了他的黄埔岁月、他的抗战青春、他的坷坎人生、他的舒心晚年,如烟往事一幕又一幕……

程定华派名叫宣晓,他的父亲程万里是黄埔军校六期毕业生,一向身体不好。父亲在湖北恩施一所国民党设的残疾军人教养院当院长。程定华在恩施读到高二,那年18岁,热血沸腾的他怀揣报国之心报考军校,进入黄埔。黄埔军校在抗日战争时期迁入成都,成了培养抗日官兵的大本营,各期毕业生一律开赴抗日前线参战。两年后,风华正茂的程定华以优异的成绩从黄埔军校毕业,那年他20岁。就在5年前,父母为他在家乡订了一门"娃娃亲",他15岁,小姑娘刘英姣才12岁。程定华惦念家人,腊月十七日回到了程浪坂,第二年正月初八返回黄埔军校成都北校场,随即被编入国民党49军59师76团,任少尉排长,驻军在浙江金华。49军属于国民党第三战区,总司令是顾祝同,辖江苏、浙江、安徽、福建、江西等省。程定华自1941年初正式步入军营,开始了他浴血奋战的4年半抗战生涯。老人说:"那四年多,只漏天数不和日本鬼子打仗,不漏月不打仗。"所亲历的几次大战役,老人仍旧历历在目。

1942年5月打响的浙赣会战,这是日军为摧毁中国在浙江的机场设施,打击国民党第三战区主力而发动的一场战争,战事极为惨烈。程定华所在的国民党党部从浙江金华且战且退至江西广丰。在龙衢汤战役,与日本板垣师团83联队鏖战,日军联队长毙命。那次战争中,程定华负伤,子弹从左耳刮着头皮擦过,差点儿战死沙场,至今头上还有凹下去的伤痕。广丰排山战役是一场相持战。山坳的北山头是国民党军队,南山头是虎视眈眈的日寇,已升任中尉排长的程定华扔了180多颗手榴弹。扔手榴弹是讲究战术的,一颗一颗地扔,不能扔得太快,不然手榴弹还未引爆又被敌方捡起扔回我方阵地;也不能太过用力,扔得太远,一般不超过30米。其时,浙江峡口战事吃紧,程定华部黄昏接到增援峡口的命令,要求拂晓到达指定地点,否则军法处置。从广丰排山到浙江峡口有30多公里的山路,程定华随部连夜急行军,天刚亮便到达峡口。炊事班正架锅准备早餐,柴火还未点燃,又接到军令,重回排山参加战斗。于是他们又掉头往回赶,当天傍晚到达排山前沿阵地。排山战役中,国民党军队与日本侵略军相持数日,尸横山岭,异常惨烈。程定华参与抗战的最后一个战役是分水战役。其时,颇有战功的程定华已升任特务连连长、师部参谋。激战两天一晚时,他们在阵地上收听到日本天皇宣布投降的广播。老人终生记得广播里收听到的消息:"亲爱的臣民们,我们的国家遭到了空前的毁灭,望你们放下武器,立地待命……"在抗日战场上,程定华也有过和日本鬼子肉搏的经历。中国和日本的军校教学使用的都是德式操典,日本兵最怕黄埔军校出身的中国兵。在残酷的战场上,程定华目睹过日本兵在兵败之际武士道式的剖腹自杀。

抗战胜利后,程定华所在的国民党部队驻扎在江苏南通。1945 年下半年,父亲来信说生病了,程定华向部队请了 20 天假,回到江西都昌老家,探望父亲。待假满回到驻地,部队已经奉命赴东北打辽沈战役去了。在那个世事无常的战争年代,程定华就这样脱离了国民党部队,回到家乡程浪坂。

作为一名国民党的旧军官,程定华后来的人生命运多变。1951 年,他被判刑 5 年,在瑞昌赛湖、永修三角湖、彭泽芙蓉等地劳教。1956 年刑满释放后,这位昔日的"黄埔生",被安排到程浪农业中学、程浪小学教书。在随后的岁月里,他以一个劳动者的身份务农,当过生产队的保管员、记工员,做过烧窑工、扯面活。老人有三个儿子,在新社会各自过上了幸福的生活。晚年的程定华含饴弄孙,怀悠然之心看庭前花开花落,观天上云卷云舒。

我采访程定华的 2013 年,老人最伤心的事是年初相濡以沫的妻子去世了。"她做程家人 80 年,我们结婚 73 年,中间离开了 12 年,朝夕相处 61 年。她在我家吃了苦,她去世我心里留恋,人总是有良心的,我的右眼就是为她去世哭得快要瞎了。"那年 93 岁的老人说起他和他的英姣一生的情缘时,情意切切,老人甚至用了一个时髦语"钻石婚"。老人用黄埔军校的"亲爱精诚"之精神,对妻子呵护有加:早晨为她早早地泡好奶粉,晚上倒好洗脚水;冬天剥橘子,先要在薪桶上焐热,生怕妻子吃了受凉。妻子 2013 年农历正月三十离世,老人拟写了一副对联,请人书写贴在老宅,缅怀妻子。上联是"婆弃届初春隆冬将尽融和渐来抛夫别子竟西去",下联是"翁留何时了风和日丽炎暑将临思妻靠裔泪不干",横批是"思念懿人"。老婆婆安息在离村庄两里远的跑马堰,老人把爱妻坟头的杂草拔得一丝不剩,平日里时不时地一个人去墓前哀思。上一年,他还爱玩麻将,是年却戒掉了娱乐。

老人平日大多在瓦屋顶的老宅生活着,看看电视,读读书报。厚厚的《警世通言》是他那年暑期正在翻阅的。在深圳打工的孙子主动给爷爷带来一套《黄埔风云》。老人的心中有一份"黄埔"情结,每年江西省黄埔军校同学会都会给他送上 1000 元上下的慰问金。就在我采访他前不久,一家关爱抗战老兵的网站给老人送来了一枚金灿灿的纪念章和"抗日英雄"的字幅。老人从报纸上看到江西省拟对国民党抗战老兵实施享受社保等政策,当时已统计了健在的 51 名抗战老兵。老人手举报纸对我淡然一笑:"也不知道我是不是在这 51 名里面。"一家民间网站组织网友来慰问老人,并把现场照片登在了当地的《浔阳晚报》的头版。老人喜欢看《新闻联播》,关心国家大事。老人仍然记得周恩来曾是黄埔军校政治部主任。对于毛主席,老人心里更是无比崇敬。老人打心眼里认为,没有毛主席领导的共产党就没有现在的幸福生活。他用朴实的话语向我表达:"你看现在衣、食、住、行发生了很大改变,过去的大地主哪有现在的生活好?"老人"嗞嗞"地吸了两口黄烟,笑了。

程浪坂村人程功富是 1963 年的老兵,在军中负伤,有三等残疾军人证。他的孙子程鹏飞也是退役军人。程功富说,程浪坂同一年奔赴抗美援朝战场的就有程爵茂、程受作、程先高、程先帮、程受焱、沈家素 6 位。一代代程浪坂子弟参军热情似火,据统计,新中国成立以来,村里先后有超百人在中国人民解放军的大熔炉里淬炼,建功立业。

时代浪潮兴,坂上踏新程。程浪坂现有村民 1500 余人,如今的程浪坂人在乡村振兴的征程上,意气风发,高歌奋进……

38. 鸣山乡中舍刘村：刘乙照烈士的赤诚之源

【刘氏家训家规】刘氏家训八条"务忠诚"言：忠诚为立身之本，宁朴实勿狡诈，宁愚拙勿乖巧。发一念而必依于理，出一言而必本于心。

承袭"彭城世家"的都昌刘氏，其发脉地在都昌鸣山乡七里桥附近的排门旧址，属古黄金乡二十都。鸣山乡有上舍、中舍、下舍刘村，从马涧桥往七里桥方向依次沿老景湖公路成村。三村共同的祖先是元末明初的刘贵庭，上舍现有村民700余人，是贵庭公5世孙刘鋐的后裔；中舍现有村民500余人，祖先为刘鋐之弟刘锦（1474—1545），他从上舍所处的马涧莲荷塘于明成化年间（1465—1487）迁于此；下舍现有村民500余人，祖先刘锋于明嘉靖年间（1522—1566）从上舍迁于此，都昌刘氏南唐祖先刘彦诚（？—975）之墓园，就修筑于下舍村背后岭。上舍现今属鸣山乡马涧村委会，而中舍、下舍属源头村委会。

从团员到党员

刘乙照，派名叫运彩，别号晓如，光绪庚子年（1900）农历九月十一日出生于鸣山乡中舍村。父亲刘世福一生勤勉，家境还算殷实。作为长子的刘乙照在源头港念过数年私塾，那时，源头港小学的办学实力堪与县城相比。刘乙照小学毕业后，考入设在九江的省立第六师范学校。

我们且来根据相关资料编列出刘乙照在家乡踏上革命道路的简史。

1924年3月，刘乙照在九江加入社会主义青年团；4月当选为九江团地委第一支部第一小组组长；5月，当选为第二届九江地方委员会委员兼学生部部长。1924年夏秋之交，刘乙照在九江组织进步学生声援码头工人罢工；年底，改为九江团地委候补委员。

1925年7月，刘乙照在九江由团员转为中国共产党党员，成为最早的一批都昌籍中共党员。

1926年4月，作为九江学生运动领袖的刘乙照，当选为第五届九江团地委学生运动委员。

1926 年 7 月,26 岁的刘乙照受党组织安排,回到都昌,秘密组建都昌县农民协会(简称县农协)。北伐期间,担任中国国民党都昌县党部农民运动特派员。

1927 年 2 月,都昌县第一次农民代表大会在县城陶公庙召开,大会选举刘肩三、陆方奇、戴熙广为县农协常委,刘乙照、谭和、刘述尧等 9 人为县农协执委。刘乙照作为县农协特派员,下到农村指导农运工作。

1927 年 6 月,刘乙照被叛变革命的县人民自卫大队副队长刘天成抓捕。在敌人审讯的公堂上,刘乙照大义凛然,怒斥反革命分子,数日后,被"礼送"至九江。随后,在大革命失败的血雨腥风下,刘乙照遭通缉,离开家乡转到鄱阳,投入新的战斗。

从横峰到浮梁,再到德兴

1930 年前后,都昌大鸣山之子刘乙照曾先后担任中共横峰、浮梁、德兴三县的县委书记,在那个特殊年代,绽放着血色芳华。1927 年 7 月,刘乙照为躲避国民党反动派的通缉,离开都昌,第一站到的是相邻的鄱阳县。

1927 年 8 月,刘乙照化名刘勉吾,受命担任中共鄱阳县船湾区委书记。他以担任小学教员做掩护,秘密整顿船湾一带的党、团组织,发动农民建立革命武装,打土豪劣绅。1930 年 11 月,党领导的由 3000 余名农民参加的"珠湖暴动"爆发,由于敌我力量悬殊,珠湖暴动失败后,刘乙照受党组织安排去了余干县。刘乙照辗转于余干、鄱阳之间,参加中共赣东北特委的机关工作。

1928 年下半年,刘乙照被当时的中共信江特委任命为中共横峰县委书记。刘乙照改名刘惠明,在横峰铺前街的县委机关,卓有成效地领导农民武装保卫和巩固苏区。1930 年 7 月前后,新的中共赣东北特委成立,刘乙照短暂担任过中共赣东北特委秘书长。1930 年 9 月,刘乙照随红十军第二次攻占景德镇,随后奉命留在景德镇担任在里村刚组建的中共浮梁县委书记,组织开展当地的武装斗争,特别是景德镇的工人运动。景德镇的瓷业工人大多为都昌人,这为刘乙照开展工作创造了十分有利的条件。当时面对红十军回师弋、横老苏区,浮梁革命力量薄弱的严峻形势,刘乙照带领中共浮梁县委、县苏维埃机关果敢应对反革命势力的围剿。1930 年底,刘乙照奉命改任中共德兴县委书记,面对国民党军 55 师胡祖玉部对赣东北苏区的一次又一次围剿,刘乙照深入一线,沉着应战,英勇顽强地突破敌人的重重军事封锁和经济封锁。凭着智谋和坚贞,刘乙照在赣东北苏区群众中,获得了较高的声望。

从赤诚到遇害

刘乙照战斗的足迹踏上了赣东北不少县区,在艰苦的环境下,百炼成钢,对党一片忠诚,有着坚定的革命信仰。令人十分痛惜的是,刘乙照没有战死沙场,而屈死在党内的"左"倾机会主义者手中。1933 年 6 月,他被当作莫须有的"AB团"分子惨遭杀害。新中国成立后,他被追认为革命烈士。

1933 年 6 月,刘乙照正英勇无畏地在前线组织群众反击敌人对苏区的围剿,突然接到中共赣东北省委的指令,要他快速赶往省委驻地——横峰葛源。谁知他一到驻地就被认定为"AB团"成员而惨遭杀害。

1949 年出生的刘换阳是刘乙照烈士的侄孙女婿,他早年在鸣山永红大队(现今的源头村委会)担任村干部。刘换阳说,中舍人听到的刘乙照牺牲的版本是,由于叛徒出卖,刘乙照被捕,残忍的敌人将刘乙照放在杀猪用的木盆里,用沸水将他烫死了。刘乙照与妻子冯千金所生的儿子刘自强,新中国成立后,作为烈士子女被安排在都昌工作,后调往安义县公安局任职,2014 年以 88 岁高龄辞世。刘自强生二子——刘安生、刘福生。刘乙照烈士的直系后裔大都在珠湖农场工作和生活,这里也是当年刘乙照参加珠湖暴动的地方。1996 年,刘自强和刘换阳找到都昌县政府,反映刘乙照烈士无墓。政府后来拨付了 500 元钱,烈士的后人在中舍山峦为刘乙照修建了陵墓,烈士英灵与源头港长伴……

39. 蔡岭镇中舍吴村：射向吴道乾烈士的那颗子弹

【吴氏家训家规】敬祖宗，敦孝悌，睦宗族，端伦常，友昆仲，和夫妇，教子孙，尚勤俭，恤孤寡，戒唆讼，安生理，勿非为，忌毒染，慎嫁娶，勉诵读，重交游，谨丧祭，远酗酒，出异教，省自身。

　　都昌县蔡岭镇宝山一带有 6 个属于"延陵世家"的吴姓村庄，其祖先可追溯到距今 700 余年前的元代至元年间的吴奎八（1270—？）。吴奎八从鄱阳荻滩（今桥头乡）迁至都昌隔山头栖居，形成如今的周边吴村（多属蔡岭镇蔡岭村）。樟树下吴村、后屋吴村、中舍吴村、吴仕凤村（又名隔山头吴家）、吴贤村皆先后从隔山头分迁而肇村。中舍吴村分迁于明嘉靖年间（1522—1566），兴村 500 年左右，现今人口约 500 人（含少数二十世纪六七十年代从周溪、西源等湖区迁入的他姓村民）。"中舍"，言的是方位，当地有将后屋吴家称"上舍"、吴贤村称"下舍"之说。

　　在《都昌革命烈士英名录》中，关于中舍吴村的吴道乾烈士有这样一行信息：吴道乾，乡苏维埃政府主席，1930 年 10 月在程浪坂牺牲，时年 42 岁。1953年出生的吴先元是吴道乾的孙子，他 20 岁刚出头时，便应征入伍，去福建厦门海军某部服役 4 年，退役后在家务农。吴先元讲述的爷爷牺牲的相关信息与党史书籍记载有别。吴先元听父辈讲，吴道乾担任乡苏维埃政府主席时，听说红十军队伍打回了都昌，便打着红旗去迎接，不承想那是国民党自卫队大队长陆士郊假扮红军的武装。陆士郊将吴道乾抓捕后，将他押到陆士郊的家乡盐田，帮他家拆了半天的老宅，搬运木料。中午吃饭时，吴道乾举筷之际，被身后早有准备的两个队员反绑着押往鸣山程浪坂村头的土地庙前枪毙。一棵罪恶的子弹从吴道乾的后颈窝洞穿而过，从口中射出，吴道乾壮烈牺牲。吴先元言之凿凿，说爷爷吴道乾牺牲的准确时间是 1932 年农历五月十五日，时年不足 40 岁。新中国成立后，他和堂弟查阅县民政部门保存的档案资料后得知此信息。烈士牺牲 80 多年后的 2014 年，都昌蔡岭工业园在西边岭扩征，用地需迁挪旧坟，吴道乾烈士之墓也在迁移之列。吴先元留意到爷爷的墓里残存着头盖骨，发现少

了正中门牙,并现出一大豁口,佐证了敌人射出的那颗子弹的确是由吴道乾后颈射入,从口中射出,导致烈士门牙豁穿。吴道乾烈士的后人将他重葬于大宝山东北方的乌龙咀吴氏祖坟地里。

吴道乾后人讲述的烈士牺牲的故事还有另一个版本。由于叛徒出卖,吴道乾被陆士郊自卫队抓住。面对严刑拷打,吴道乾没有对党的活动秘密说出一个字,敌人残忍地在程浪坂将吴道乾枪杀。为了达到"杀一儆百"的效果,敌人将受枪击后的吴道乾剖腹,点上爆竹炸裂尸首,灭绝人性之举令人发指。

吴道乾为革命牺牲后,妻子石氏含辛茹苦地拉扯大烈士遗留下的三个儿子,1945 年 53 岁时辞世。吴道乾的大儿子吴绍豹 1948 年被国民党抓壮丁,在南昌入军营,1949 年随溃败的蒋军去了台湾。其子孙后来跨过海峡,与中舍吴村再续族缘。二儿子吴绍旗、小儿子吴绍龙生前均以种田为业,后代兴盛。

中舍吴村所倚大宝山属武山山脉,大宝山满山葱郁,葱郁深处有一座小(1)型宝山水库。绿水青山,便是金山银山。中舍人居宝地而幸福绵长。村民 2011 年筹资 70 余万元新建了祖祠兼村民文化活动中心,2013 年,在当地党委和政府的支持下,开展新农村建设,让中舍村旧貌换新颜。站在村头,可见风格独特、温馨典雅的都昌火车站。2017 年 12 月 28 日正式通车的九景衢铁路长长的铁轨,就静卧于村头前方。吴道乾烈士的故里,如今乘着新时代发展列车,一路疾驰于明媚的远方……

40. 蔡岭镇曹钥村（上）：坚贞的女烈士王满香

【曹氏家训家规】克勤克俭，毋怠毋荒。敬上睦友，六行皆藏。礼义廉耻，四维皆张。处于家也，可表可坊。

曹钥村现今属都昌蔡岭镇望晓源村委会，在党史资料中常写成"曹药村"。据相关资料记载，武山深处的曹钥村是龟山曹的后裔，明正德年间（1506—1521）（一说是在南宋淳祐年间迁入）由曹保七从陆家畈的北仲钊曹村（今属蔡岭镇北炎村委会）迁至望晓源，后来曹保七之四世孙曹钥用其名冠了村名。同处望晓源的另一个曹姓村庄叫曹洪村，由曹保七的长子曹仲森（约生于1390年）于明宣德年间（1426—1435）由曹钥村分迁至庶山岭新兴冲而成村。

曹钥村现有村民150余人，曹洪村现有村民40余人，不过平日里村民都在山外的蔡岭集镇、都昌县城，甚至省外生活，留居在家的不到10人。这个寂静的绿色小山村，在1935至1937年的三年游击战争时期，活跃着中共都湖鄱彭中心县委书记田英率领的都湖鄱彭红军游击大队，建立了令敌人闻风丧胆的武山革命根据地。望晓源是一片红色热土，曹钥村在那个年代泛着血色。

巍巍武山，雄踞赣北；葱郁峰峦，翻卷林涛。武山深处的望晓源，在革命战争年代的南方游击战争时期，三年艰苦卓绝，千秋浩气长存。在这片红色的土地上，传颂着女烈士王满香坚贞不屈、英勇就义的动人故事。王满香将22岁的血色青春永远定格在茫茫青山间。

1934年10月，中央苏区第五次反"围剿"斗争失利，中央红军主力实行战略转移，南方各省的革命形势急剧恶化。为集结革命力量，创建新的革命根据地，柳真吾、田英等几经辗转，来到都昌望晓源。望晓源东连赣东北苏区，南倚鄱湖，西临长江，北接皖南。武山山脉山高林密，地势险要，这里的群众革命基础也很好。1935年至1937年，共产党人在这里重新点燃武装斗争的熊熊烈火，着手建立都湖鄱彭游击根据地，壮大革命力量。

王满香娘家是都昌大港汪家人，本姓汪。1930年，邵式平、周建屏率领的中国工农红军第十军出击赣北时，曾在她所生活的大港山区的蔡岭一带成立县、

区、乡苏维埃政府,将革命的火种播撒在都昌大地。十四五岁的王满香从小就受到红军英勇抗战的故事的熏陶,她幼小的心里埋下了革命的种子。王满香长大成人后嫁到了望晓源曹钥村一个贫寒的普通农民之家。当时,中共都湖鄱彭中心县委书记兼红军都湖鄱彭游击大队政委田英与山区的贫苦农民打成一片,王满香也从中受到了教育,明白了许多革命道理,坚定了她投身红军游击队参加战斗的必胜信念,她经介绍加入了共青团。其时,国民党调动了 10 个团的兵力和都、湖、鄱、彭四县的地方武装,企图一举扑灭这里的革命力量。国民党反动派为了割断人民群众与游击队的血肉联系,采用"移民并村"的毒计,将望晓源上冲、下冲等 5 个村庄 200 余名群众,全部赶到曹钥村,并用竹篱笆围住村庄,限制村民出行,把游击队与群众隔开,进行政治和经济封锁。敌人还在曹钥村对面的山上建起了 5 层的碉堡,扬言要重重围困并快速消灭红军游击队。面对严峻的局势,王满香和乡亲们一起,千方百计地掩护红军游击队,帮游击队传递消息。王满香多次上山为游击队送粮、送枪、送药。白天出来干活时,王满香把村民悄悄带出来的三四两米和少量蔬菜,趁敌人不注意时,悄无声息地送给游击队员。机智灵活的她想到了一个沿山路布置"消息树"的好方法,让红军绕过峭壁绝境,躲过敌人的暗哨。她纵横驰骋于武山山脉上,每每给敌人出其不意的打击。

红军游击队在敌人的围剿下越来越多,由最初的 50 余人发展到 150 余人。随着队伍的壮大,对枪支、弹药的需求量也越来越大。"没有枪没有炮,敌人给我们造",红军游击队从敌人手中缴获了不少枪支。王满香经常下山帮红军游击队收购子弹。

1937 年 4 月,王满香用当地珍贵的山货打动了国民党军队中一位平时受欺侮而对长官不满的班长,在他那儿买了两袋子弹。当王满香把第一袋子弹悄悄送上山,交给英勇杀敌的红军游击队,下山来拿第二袋子弹时,被狡猾的敌人发觉了。那个班长见王满香被抓,慌忙主动供出他卖了两袋子弹给王满香的事。敌人追问另一袋子弹的下落。敌人起初利诱王满香,说她只要说出田英部队的去向和部署,带路让国民党部队攻打红军游击队,就可以远走高飞,到山外大城市享受荣华富贵的生活。王满香痛斥国民党反动派的无耻,斩钉截铁地说:"红军队伍的胜利,就是我要的幸福生活。等着红军的子弹射向你们吧,你们休想从我口中挖出红军游击队一个字!"恼羞成怒的敌人见软的不行,便来硬的——

将王满香吊起来用皮鞭抽。道道血痕不能让她屈服,敌人又用"踩杠子"的酷刑压王满香的双腿,身躯弯曲了,可她精神的脊梁挺得笔直,让敌人胆战心惊。最后,敌人竟残忍地用"打震天雷"的酷刑,惨无人道地审讯王满香。刽子手将一根劈有口子的木柴钉在地上,把王满香的两个拇指绑在木柴的口子上,然后在拇指上放上硬楔子,再用木棒狠击硬楔子,让王满香的手指一寸寸地陷进木柴里。手指一寸一寸地被往下击打,王满香一次次地昏死过去。地上滴落的一串串鲜血,将她的坚贞书写在让后人景仰的史册里。

1929 年出生的望晓源曹钥村村民曹建华是王满香丈夫曹达忠的堂弟。今年已 93 岁的曹建华老人向我讲述了他小时候亲眼所见的堂嫂王满香牺牲的经过。敌人软硬兼施,就是无法让王满香说出红军游击队的行踪。敌人心生一计——将折磨得半死的王满香放回家中,表面上是所谓的"关心",让她好好疗伤,暗地里却派人盯梢,看王满香在获得自由后,是不是主动联系红军游击队。王满香自知到头来无计可施的国民党反动派一定会杀害她,她又怎么会中了敌人的圈套去寻找红军游击队呢? 她没为曹家留下一儿半女,平日参加革命对家中事务照料得也少。她对丈夫满怀愧疚,于是利用大晴天翻晒家中的衣物,将最后的温情留给家人。数天后,一无所获的敌人把王满香从她家中抓走,将她枪杀于村头的鲍家峦。那个卖子弹给她的班长也被枪毙于曹钥村。

巾帼英雄王满香血洒望晓源,为革命献出了年轻的生命。1937 年初夏,中国工农红军都湖鄱彭游击大队在田英的带领下,从婺源、东至外线回师武山,利用国民党驻军调防之机,一夜间烧毁了敌人设在都昌曹钥里、曹百四和湖口麻园岭的碉堡。随着游击大队的不断壮大,都湖鄱彭根据地不断得到巩固。1937 年 11 月,150 余名游击队员开赴浮梁瑶里,改编成新四军,奔赴抗日前线。

22 岁的女烈士王满香,84 年前血沃望晓源,英灵与巍巍武山长伴。如今的望晓源,生机勃发,生态锦绣。中共都湖鄱彭中心县委旧址成为中共九江市委宣传部、市党史办推荐的全市 30 个"红色地标"打卡地之一,曹钥村人赓续红色传统,阔步走在新时代的康庄大道上……

41. 蔡岭镇曹钥村(下):耄耋老人讲述红军游击队故事

1934年10月,由于王明"左"倾冒险主义错误,第五次反"围剿"斗争失败,中央红军被迫长征。11月4日,红七军团和红十军团合编为红十军团。1935年1月,方志敏率领的红军北上抗日先遣队在国民党重兵围攻下,遭受重创。1935年4月,中共皖赣分区委书记柳真吾,红军皖赣独立师师长匡龙海、政委王丰庆率部来到了都昌、湖口、鄱阳、彭泽之间,在武山东部的都昌望晓源建立都湖鄱彭中心县委,田英(乐平人)为书记。同时,红十军团伤愈人员、秋浦突围的独立师1部和彭泽游击大队共50余人,组成中国工农红军都湖鄱彭游击大队,匡龙海兼司令员,田英兼政委,建立以武山为中心的都湖鄱彭游击根据地,开展了艰苦卓绝的三年游击战争。1937年9月,都湖鄱彭游击大队发展到150余人,随后开赴浮梁瑶里改编,奔赴抗日前线。

望晓源有上冲村、下冲村、大屋村、曹钥里、曹洪村5个村落,中共都湖鄱彭中心县委设在下冲村,而曹钥村也是红军游击队发动和组织群众支持和参与游击战争的主阵地之一。曹钥村现有村民140余人,平日里只有8位村民生活在大山深处的村里,其他村民皆在山外生活。1929年出生的曹建华老人今年已93岁高龄,一直扎根于故园。每当有人来追寻80余年前红军游击队在望晓源一带打游击的光辉足迹,曹建华老人总会讲述他亲历的故事。

老人说,1935年2月,柳真吾、匡龙海在望晓源着力建立都湖鄱彭游击根据地,从湖口那边翻山越岭,最初的落脚地是石头涧。石头涧那片山林是殷实户曹建华家的,他父亲曹显钰某天带人去砍斫那片竹子,遇到隐蔽于此观察地形和地势的柳真吾。曹显钰听完柳真吾向他宣传的革命道理,便用竹子搭起茅棚给柳真吾等人暂住。从石头涧往望晓源这边下山,便到了曹洪村,所以曹建华认为红军游击队最先在望晓源开展革命宣传的地方是曹洪村,村里的曹俊品等人成为红军游击队发展得最早的一批共产党员。

起初,国民党对望晓源红军游击队的追剿并没有那么厉害,所以在曹建华的记忆中,游击队"与民同乐"的场景,还历历在目。曹钥村村民曹显拔结婚时,在上下堂前摆满了喜宴,也邀请了游击队员来吃喜酒。曹钥村有"打新嫂"的闹婚礼习俗,他们扔的是"糙子",就是银圆角子钱,六七岁的曹建华在地上捡拾了两荷包。下冲村的石书高是曹显钰的女婿,石书高与妻子曹新莲皆在田英的引导下参加了革命。石书高的哥哥石书文是共产党员,深得田英信任。

在中心县委的领导下,武山一带党的力量不断加强,一批劳苦群众加入了党组织。通过侧家山战斗、姐妹塘战斗等战役,武装斗争取得了多次胜利,国民党政府极度恐慌,加派兵力进行围剿。国民党 16 旅、36 旅和江西保安团对根据地和红军游击区形成了钳形包围之势。敌人实行"移民并村",把望晓源的群众赶走,把村民的屋顶掀掉,把群众的炊具和生产工具带走,企图以此隔断人民群众与红军游击队的联系。曹建华老人回忆,有一次敌人将望晓源其他 4 个村庄的村民赶往曹钥村,并在曹钥村周围围上竹排,只留前后两个门进出,夜晚甚至用横杉木做杠把进出的门锁住,敌人则驻防在村头的另两幢房屋里。某晚,接到内应的地下党员将门闩锯断,放了 5 名游击队员进村,发动曹钥村家家户户烧火,装作夜炊的样子,灶间还有摔碎的瓷饭碗。第二天早晨,驻扎的敌方赖营长派一个叫杨腊里的队长,照例到曹钥村巡查,但见村里 17 户村民,家家户户灶里冒烟,地上还有因人多拥挤而摔破的饭碗,群众也告知他昨晚"老田"带了数百游击队员进村的信息。杨腊里回到驻地做了报告,竟吓得国民党 30 余名驻军不敢出来应战。一个副队长探出头来,被在对面山间埋伏的游击队"神枪手"差点儿打中肩膀。

国民党部队调集一个营的兵力,在曹钥村对面的山上筑起了一座 5 层的大碉堡,企图居高临下"钉"死根据地。中心县委和红军游击大队开展"铲碉堡,拔毒刺"的战斗。有一次,一名游击队员往曹钥里碉堡的枪眼里扔手榴弹,守军迅即扔回手榴弹,游击队员来不及躲闪,被炸掉了牙齿。这名队员 1938 年与田英一起牺牲于大港街上的新四军驻都昌留守处。1937 年 4 月,曹钥里碉堡被拔掉。田英带领红军游击队趁敌 36 旅调防之机,从婺源、休宁回师都湖鄱彭根据地,一晚上烧掉了曹钥村、曹百四村的两个碉堡,接着又捣毁了湖口麻园岭的碉堡,被国民党驱赶的群众被陆续接回望晓源。田英领导的中心县委抓住国民党正规部队撤走和地方保安团力量单薄的有利战机,动员望晓源一带的青壮年参加游击队,举办新兵训练班,抓紧扩军。同时打土豪筹集经费,袭击敌营缴获武器来扩大自己的力量。短短三个月时间,游击大队扩展到 150 余人,下辖两个中队和一个警卫班。

曹建华老人回忆,曹钥里的敌碉堡砌的砖是旧时那种"三六九寸"的棱子砖。新中国成立后,原来的幸福大队建大队部,生产队建保管仓库,用的都是碉堡上拆下来的长9寸、宽6寸、厚3寸的结实砖体。当地政府在原址建起一座2层的防空哨,供民兵训练时射击用。防空哨至今已倾圮,只留下残垣断壁,还有周边当年国民党军队扫射红军游击队时留下的土围掩体,让后人回望那段血与火并存的峥嵘岁月。

2021年清明节,蔡岭镇望晓源村委会在村支书曹贵平的带领下,祭扫曹钥村人王满香烈士的陵墓。22岁英勇就义的女烈士王满香是曹建华老人的堂嫂,为红军游击队从国民党一个班长手中弄来子弹而遭被捕,坚贞不屈地就义。曹建华说,敌人用竹签钉得王满香十个手指鲜血淋漓,王满香对红军游击队的行踪始终未吐露一字。1937年夏天,敌人残忍地将王满香枪杀于曹钥村的鲍家峦。那个国民党军队的班长也被枪杀于鲍家峦,曹建华老人亲眼所见他是穿着背心被枪杀的,曹钥村人将这个不知家在何方的班长草草下葬,当地人称之为"兵孤老"。王满香与丈夫曹达忠未留下亲生骨肉,后来承祧曹武为孙。同王满香一样,那时望晓源有不少妇女也投身于支援红军游击队的战斗中,往往夫妻双双参加革命,曹新莲、石新姣、石新英等一批望晓源的巾帼在游击根据地大显身手。在此不妨摘录当年红军游击大队指导员曹连洪1960年6月在南京军区干部文化学校任职时的一段回忆,来见证望晓源群众特别是妇女对红军游击队的鱼水深情:

粮食先是群众种的稻子,山上没有东西晒粮食就用包袱晒,没有碾米的用具就用洋瓷缸和木棒。山上做饭白天不能出烟,晚上不能见火,即使是这样也要处处时时留心,下山到田里拾一些稻子,要看四周是否有敌人,回来时还不可以走原路,因为担心夜晚敌人派便衣侦察,隐藏在山旁路边。走路也要小心,上山下山不能把路上的草踏倒。靠拾点儿粮食这种方法是不能长期坚持在这一地区工作的,群众又被反动的保长、甲长严密控制。就在这种白色恐怖笼罩的情况下,红军游击队始终依靠群众,坚持做好武山地区工作。无论敌人如何残暴,如何严密地控制,都无法控制群众的心。群众晚上不能出来,白天总要出来干活,男人不准进山砍柴,女的可以偷偷到他们的老家拾菜。男的出来干活身上可能偷带半斤米,女的出来也偷偷带粮食和菜到隐蔽的地方。男人把偷出来的米交给女人,让她们偷偷送给工作的同志。游击队到较远的地方袭击敌人的据点或打土豪时,有的季节山上不便隐蔽,或者平原上没有大山,游击队通过地方工作同志告诉群众游击队什么时候到村里来,他们在很短的时间内,就能把一切事情安排好,如住宿、吃饭、向导和敌情,连警戒也布置好。1937年冬天,我们部队接到上级命令,部队要开到浮梁瑶里集中。那里(武山根据地)的妇女知道了,在三五天的时间内,就给我们每人做好一双又漂亮又结实的鞋子。这一消息传出去后,附近根据地的群众,每天送肉、送菜、送米。直到部队出发几天后,较远的地方的群众还在送肉、米、送菜。

红军游击队在那段艰苦卓绝的岁月里凝聚起的宝贵精神,在曹建华老人动情的讲述里传承,在望晓源的巍巍群山间回响……

42. 蔡岭镇上冲村、下冲村：望晓源里的红与绿（一）

【石氏家训家规】贫穷不移,富贵不淫。讷言敏行,守法安分。清廉为官,清白为民。做人规戒,赌毒色浸。淡泊名利,诚实守信。见义勇为,扶危济贫。尊师重教,公益热心。造福社会,服务族群。矢志不渝,家风长存。处于家也,可表可坊。

"望晓源"是个地名,现今有望晓源村委会,属都昌县蔡岭镇,辖上冲村、下冲村、大屋村、曹钥村、曹洪村 5 个自然村,户籍人口 600 余人,在深山里的望晓源,平日里居住者不足 30 人。

望晓源行政区划的沿革是:民国年间属大港乡第五保;20 世纪 50 年代初属都昌人民政府第四区狮子乡,后由联邦、联湖两初级社转为幸福高级社,人民公社时期属大港公社幸福大队;1977 年称红光林场幸福分场;2010 年至今属蔡岭镇。望晓源也常被称作"幸福涧",大港一带的高塘曾被称作"和平大队"、土目源曾被称作"胜利大队",显然都烙上了时代的印迹。望晓源的上冲村、下冲村皆为石姓村庄,中共都湖鄱彭中心县委旧址就坐落在下冲村,该革命遗址被列为江西省文物保护单位,2021 年 4 月被中共九江市委宣传部、市史志办向全市公布并推介为 30 处九江红色地标打卡地之一。同年,望晓源村被命名为"江西省红色文化名村"。人们在党史学习教育中"寻访红色地标,赓续精神血脉"的同时,也感受着这片红色土地上在新时代勃发的生机。

我们且来追溯望晓源上冲村、下冲村的人文之源、初心之源、幸福之源……

"忠纯世家"与"万石世家"

从蔡岭镇驱车前往望晓源,有约 25 公里的路程。从张岭水库入涧,全是险峻的盘山之途,其通幽之体验不亚于"跃上葱茏四百旋"之匡庐。

580 余年前,石仲英(1375—?)的三个儿子先后徙居望晓源,他们"筚路蓝缕,以启山林"。其长子石世熙(1415—1495)、次子石世载(1421—1481)于明天顺年间(1457—1464)由盐田畈迁至望晓源庶山庄,形成今天的大屋村。相对山里规模小的村落,大屋村堪称大村,但现今仅有村民 150 余人。石仲英幼子石世盈(1422—?)于明景泰年间(1450—1456)由盐田畈迁至庶山庄南源冲,形成今天的冲里石村,后因山洪冲刷,分为上冲和下冲,现有村民 270 余人。上冲和下冲的房屋已然相接,形同一村。上冲的人家在两村落衔接部建了房宅,有时把这里称为"中冲",其实不是另一个村落的概念。平日里在山里定居的上冲、下冲村民不过 10 人,村民大都在蔡岭集镇等山外之地生活。到了过春节时,或是谷雨前后摘野生茶叶时,村里会稍微热闹一些。当下,前来中共都湖鄱彭中心县委旧址接受红色教育的人一拨接一拨,寂静的山林因红色资源而变得灵动起来。

上冲村和下冲村人家的屋宅上或冠"忠纯世家",或冠"万石世家",自然有关于天下石氏的祖源故事。石氏的受姓祖先石碏是春秋时卫国大夫,暮年对乱国"逆子"石厚力主斩首,左丘明在《左传》中称石碏"为大义而灭亲,真纯臣也"。"忠纯之家"彰显的是秉性和家风。"万石世家",源于汉朝的石奋。石奋及四子皆官至二千石,汉景帝称石奋为"万石君家"。此处之"石",《新华字典》如此注释:石,音 dàn,市制容量单位,1 石是 10 斗,合 100 升。石奋与其四子共 5 个"二千石",合计"万石",故有"万石世家"之说,彰显的是显赫与富贵。

三尖源里寻名

都昌三尖源森林公园 2006 年跻身江西省省级森林公园之列。三尖源森林公园青峰耸崎,山色空蒙,林海苍茫,人文荟萃,涵盖了都昌大港、蔡岭等乡镇。所属的武山山脉广阔区域,据统计,有张岭水库、飘水岩、望晓松等自然景观 22 处,中共都湖鄱彭中心县委旧址、新四军都昌留守处等历史人文景观 12 处,望晓源自然是三尖源森林公园景观的一部分。

三尖源,海拔 647.3 米,为都昌境内最高者。查同治版《都昌县志》,在"卷一·封域志"之"山"篇,"三尖源山"作为首山,其条目为:"三尖源山,距治北东百余里,脉自彭泽之泻油岭来,中过湖口庶山南,东行入都昌境,由石窝涧过峡,东而南行,西向叠起为三峰,皆出云表,下有泉源,故名。"

对于"三尖源"其名,古县志里有相关解释,三尖源森林公园里,有很多耐人寻味的关于地名的民间故事,在当地村民间口口相传。在此,不妨收录几则从张岭水库入望晓源沿途地名的故事。从张岭水库进望晓源约 15 公里处,有两块"晒谷石",长约 4 米;宽约 2 米,平坦、阔大如晒场。传说,古时望晓源的一位大力士,用铁扁担挑着两块"晒谷石"回家做晒场,途中铁扁担突然断裂,两巨石便遗留于此。与"晒谷石"数里之隔,有"鸭婆石",其状似鸭;有"棺材石",其形如椁;有"锅炉甑",好似农家饭甑倒扣在锅炉里。

名山有古刹,三尖源也不例外。三尖源的深处,有三尖源庙,香火一直兴盛。传说,曾经有一个主持叫寥虚和尚,据说他武功高强。比如天亮之时,他到浔阳江头去买菜,当天早餐席上便可吃上他买的菜。寥虚是个"花和尚",引得周边武林高手群起而攻之。寥虚逃遁之际腾空一跃,从三尖源庙飞到彭泽的泻油岭。魔高一尺,道高一丈,有一个武林豪杰纵身相追,将寥虚和尚毙杀,那山峰后来被唤作"杀人尖"。在三尖源庙旧址下有一块地方叫"塔下",原是和尚圆寂后置坛塔升天的地方,于是便有了塔丛。

摩罗先生的"幸福涧养气说"

知名学者摩罗,是"大鸣山之子",生他养他的大鸣山,与望晓源一样,亦属武山山脉。摩罗先生如是表白:"武山乃是我们自己的家山。"

摩罗,本名万松生,号邦本,江西省都昌县鸣山乡万家湾人。中国艺术研究院中国文化研究所研究员,从事中国传统文化、国学教育及当代书院教育研究,并致力于国学教育实践与推广。招收"国学教育与传播"专业博士生和硕士生。主要著作有《中国的疼痛:国民性批判与文化政治学困境》《国王的起源》《国学梯级公开课》(共 6 册,与杨帆合著)等。

摩罗先生在 2020 年仲秋回家一趟走走看看,随后撰写了一篇文章——《幸福涧养气说》。一如王剑冰、杨明义的《绝版的周庄》,梁衡的《觅渡,觅渡,渡何处》,都成为一方山水的经典推介。所不同的是,王剑冰写江南水乡的古镇周庄,梁衡写常州瞿秋白的家乡觅渡桥,都是文化名家行走他乡的书写,而摩罗先生着笔幸福涧(望晓源),书写的是自己的故里。人们走进望晓源,即可看见当地政府将摩罗先生的《幸福涧养气说》立于下冲村,让人驻足阅览:

庚子秋考察吾乡武山,最大收获是发现幸福涧。那个环形山谷,山谷中几个村落,以及革命先烈之若干遗迹,均系人间胜景。

幸福涧群山连绵,自成闭环,无敞口。山势高峻挺拔,具有向上生长的磅礴力量。其独特魅力,在于聚气。

气乃吾夏文化大端。有气则生,无气则死。气聚则长,气散则溃。气足则盛,气弱则衰。

幸福涧即是养气润身之绝佳道场也。欲养生则气畅体刚,欲谋事则气盛业兴,欲修德济世则气贯长虹,犹如鲲鹏飙风,一往无前。

年老体弱者,事繁筋疲者,志靡阳虚者,必气衰,均可来此养气,以图接通天地元神,濡染山民淳朴,修复身心亏缺。

若有百十同好,相约幸福涧,与山民结伴而居,涤心洗肺,养气修身,日出种稻,日落颂歌,牛哞蛙唱助耕,鸡鸣狗吠佐茶,互通有无,共度生死,则少者可承诗书之教,古学得复;老者可践尧舜之道,成圣成贤。羲皇盛景,沐朝霞而重现;烈士英灵,骑长虹而朗笑。

武山环谷养生气,幸福涧里修幸福,乃吾余生大愿也。踏遍千山万水,最后的震惊与钟情,竟在吾乡矣。

2020年9月26日(农历八月初十),在北京西客站候车奔赴家乡的摩罗先生,草就《归武山记》,表达他回归"桃花源"的适性怡情之愿:"千峰连绵,林木扶苏。春有花红,秋有叶绛。峰脊徜徉闲观日,谷湾迎风轻诵诗。半山一个风雨亭,足以点缀峰峦,愉悦观者。"他在结尾如此感叹:"羲皇虽远,其意尽在武山矣。"

望晓源(幸福涧),聚当年红军游击队的浩然正气,纳苍峰清溪的诱人秀气,亦存摩罗先生的典雅文气。于是,这方水土便变得气象万千、气壮山河起来……

43. 蔡岭镇上冲村、下冲村：望晓源里的红与绿（二）

中共都湖鄱彭中心县委委员石书文

石书文（1907—1968），是望晓源下冲村一位响当当的人物。他是都湖鄱彭游击根据地本土最早的一批共产党员，曾任中共都湖鄱彭中心县委委员。我们先从关于都湖鄱彭根据地三年游击战争的党史资料中，搜寻他的革命人生轨迹。

1934年12月，中共彭泽中心县委派军事部部长李庚庆、中心县委宣传部部长戴其明和周仲秋到都昌望晓源，在曹洪村建立地下游击小组，曹俊品、石书文、曹贤春等入党。1935年2月，彭泽游击队指导员曹连洪率部来到望晓源，逐村发动群众，吸收曹俊品、石书文、石家满、曹贤春等入党，建立地下党支部，直属中共彭泽中心县委领导。1935年6月，中共皖赣分区委和彭泽中心县委均遭破坏，大部分领导成员失散或牺牲。为保存革命力量，中共闽浙赣省委指示在武山东部的都昌望晓源，建立中共都湖鄱彭中心县委，书记为田英（乐平人），委员有戴其明（安徽六安人）、苏远全（德兴人）、华永标（景德镇人）、邵荣兴（德兴人）、陈守华（彭泽人）、石书文。同时，中共都湖鄱彭中心县委和游击大队建立以武山为中心的都湖鄱彭游击根据地，匡龙海兼司令员，田英兼政委；随后派陈守华到彭泽，戴其明到湖口，华永标、丁大倪到鄱阳，苏远全、石书文到都昌的张家岭和蔡家岭，张金生、邵冬生到都昌的汪家墩，发动群众恢复和发展地下党组织。1936年5月，在彰公山出席中共闽浙赣省委扩大会议的田英回到望晓源，在石书文家召开中心县委（扩大）会议。根据新成立的中共皖浙赣省委的指示精神，中共都湖鄱彭中心县委属中共皖赣特委领导，田英当选中共皖赣省委委员和特委委员。田英在石书文家召开的会议上，将都昌、湖口、鄱阳、彭泽四县边境划分为都湖区、彭湖区、畈大区、都鄱区四个区，分别由戴其明、陈守华、苏远全、华永标负责。1937年3月，在敌人自首政策的引诱下，个别人叛变，出卖革命，望晓源共产党员曹贤春、曹光林、石家满等被捕牺牲，石书文的弟弟石书高等20余名共产党员和革命群众也被关进监狱，直至年底国共合作时才被释放。1938年1月,设在都昌大港街上的"新四军都昌留守处"成立,田英为主任,苏远全、邵荣兴为副主任。

石书文有五兄弟,他是老大,在望晓源属望族。蔡岭镇望晓源现任村干部石新生是石书文小弟石书法的儿子。他讲述的大伯父石书文的传奇革命故事,让石书文独具风采的形象栩栩如生。

"师傅"石书文

石书文参加革命前,既是杀猪的屠夫,又是行医的郎中。他与田英劈面相逢,就源于一场杀猪之行。

1934年底曹洪里的曹俊品请下冲村的亲戚石书文去家里杀过年猪时,石书文第一次遇上了田英。石书文在田英的引导下义无反顾地参加了红军游击小组。石书文孔武有力,他不仅有作为山里屠夫的膂力,还有从小练就的一身武功。石书文的一身好武艺,得益于名师的严加管教。石书文小时候在村里的私塾读书,族人请的教书先生是湖口县大屋陈家人。教书先生既教他识字,又教他拳脚功夫。陈师傅武功了得,从一次耍刀可见。那时山里人在元宵节前后要闹龙灯,上冲、下冲的石姓龙灯在铳炮和锣鼓声中,一路蜿蜒到了山外大港一带的石姓村庄。"万石世家"的子孙同乐之际,邓仕畈一石姓财主作揖言:"听说咱山里的本家打师多,我这里有一把刀,自家耍不动,下冲本家可否耍一耍,以增其乐?"说罢,让两个家丁抬出一把青龙偃月刀,刀锋寒光闪闪。上、下冲的后生哪见过这架势,一个个面露羞赧之色。突然,随队的陈师傅走上前来,将笨重如磨的刀在手中挥得如臂使指,让上冲人和下冲人大开眼界。这师傅当晚留下"处事切不可鲁莽"的话就不辞而别了。

师傅走了,徒弟却不离故土。"徒弟"石书文后来竟被都湖鄱彭游击队政委田英称作"师傅",这其中又有故事。石书文比田英大两岁,两条汉子性情相投,有兄弟之情。田英脾气不好时,想对他认为走漏游击队风声的当地群众杀一儆百。能让他"刀下留人"的,往往只有石书文。某日,红军游击队的一个班在下冲村训练,田英提出让石书文与一班的十余人比试一下,好让他见识其真功夫。石书文在诚邀下"约法三章":一是不能你死我活地真拼,点到为止;二是不能用枪,肉搏为好;三是不论输赢,比过之后今日之事不再重提。一番比试下来,石书文以一当十,胜在轻巧。在一旁观战的田英,从此之后便叫石书文"师傅",表

达一份敬意。

"先生"石书文

石书文有武功,可做"师傅"。一如他的名字,石书文骨子里有股"文气",具有"先生"悲天悯人的风韵。

石书文在中共都湖鄱彭中心县委书记田英的影响下,秘密加入共产党,参加红军游击队。1936年春的某日,一群穿着国民党军装的士兵来到上、下冲,将村里60多个村民赶到操场上。士兵问,谁是石书文的家里人?快站出来!看那架势是要连累石书文的家人被杀头。石书文的父亲死得早,是母亲曹氏含辛茹苦地拉扯大一家人。深明大义的曹氏主动站了出来,儿子石书文不在家,如有牵连之事,她愿一人承受。士兵们让曹氏带着他们到家里去,士兵一到石书文家,就将身上的衣服反过来穿,并把头上的帽子反过来戴,竟然是红军游击队员。上、下冲村本来就不大,曹氏听从游击队员的吩咐,喊出每个集合起来的村民的名字,叫一个,应一个。当叫到"洲巴佬"时,应声的是一个操着安徽宿松一带口音的男了,此人到望晓源做了上门女婿。游击队员将"洲巴佬"叫出列,把他带到安徽东至县为游击队做挑夫。在东至,"洲巴佬"既然遇上了在那一带打游击的石书文。已不堪其累、思家心切的挑夫扑通一下跪在石书文面前:"石先生,救我!"石书文让洲巴佬此程挑到都湖鄱彭根据地区域,而后找到游击队中队长说明来由,将洲巴佬放回了望晓源。石书文参加红军游击队的消息也在村里传开。

石书文还真扮过"先生",为红军游击队采购、运输武器。某日,他带着堂弟石书碧到九江替红军游击队买回一批枪套。扮作挑夫的石书碧穿着破烂。谷箩里,底下是枪套,面上是南杂货。石书文着长衫,戴墨镜,拄文明棍,一副东家模样,紧随其后。两人行至湖口西洋桥时,国民党的哨兵前来检查,石书碧慌忙用身子伏在谷箩上,言"有事找我东家"。石书文跨前几步,给了检查的士兵两个巴掌:"你瞎了狗眼,老子的东西你也检查!"士兵被打蒙了,也不知他是什么来头,傻傻地站着不敢动。石书文两人跨过湖口岭,见士兵没追上来,就一路狂奔,回到了望晓源。还有一次,石书文让个子高的四弟石书杞,随他到湖口县武山大屋陈家去担黄豆,担子沉甸甸的。到了望晓源,石书杞才知黄豆底下藏着红军游击队战斗时急需的机枪零部件。

据说,"先生"石书文也做过狭隘的事。1937年11月,田英带领的都湖鄱彭游击队接到指令,离开望晓源,到大港曹百四村,准备赴浮梁瑶里收编为新四军,以奔赴抗日前线。石书文不支持上、下冲的后生随红军游击队下山受编,他认为后生们还是扎根本土为好。他认为,接受改编,参加正规军,上战场打仗十有九死,这样会断了上、下冲不少男丁的香火,会让"忠纯世家"后继乏人。上、下冲当年有十多个好后生在红军游击队,后来很少有人赴瑶里参加改编。石书新到了瑶里参加改编,后来随田英返回都昌大港,参加新四军驻都昌留守处的工作。其中石经铜是有名的机枪手,晚上睡在床上,在被窝里都能熟练地安装和拆卸机枪。石经铜等人晚年在望晓源享受"老革命"的津贴。石书文在中共都湖鄱彭中心县委搬离望晓源后,还一直在当地从事党的地下工作。新中国成立后,他一度担任都昌马涧区区长。后来,组织要调他到星子、武宁任职,他以上有老母要照顾、下有五个儿子要哺育,自己又身无所长为由,坚拒不从。他的四子石寿元曾参加抗美援朝,后在大港水库工作。石书文晚年的命运较为跌宕,1968年从彭泽芙蓉劳改农场回到望晓源,在家中咯血忧郁而亡,享年62岁。

80余年前的中共都湖鄱彭中心县委委员石书文,在望晓源无疑是个血肉丰满的响当当的人物。他壮年时的那抹红色,依旧在源里源外闪烁……

44. 蔡岭镇上冲村、下冲村:望晓源里的红与绿(三)

　　都湖鄱彭红军游击大队 1935 年 6 月成立时由 50 余人,到 1937 年 12 月下山接受改编,队伍发展壮大到 150 余人。红军游击大队在三年里打了许多大大小小的仗,冲破敌人的围剿,越战越勇,威震武山。我们来翻阅都昌地方党史资料,对红军游击队参加的几场大战斗做一番梳理。

侧家山之战:设"布袋"伏击

　　时间:1935 年 6 月。地点:大港侧家山。战果:毙敌 2 人,俘获 24 人,缴获枪支 26 支。

　　1935 年 6 月,在都昌大港街上驻有国民党江西保安团 16 团的两个排,敌排长分别是何清和段奎。他们奉命对红军游击大队进行清剿。游击大队司令员匡龙海、政委田英得知情报后,研判战情,并派出 40 余名游击队员利用侧家山的口袋地形进行伏击。游击队员老朱站在山顶上观望,以手中的白纸扇为信号,当纸扇摇动时即向敌人开火。游击队同时派革命群众石金进到土目源假传"情报"诱敌。何清和段奎得到"情报"后,求胜心切,决定由何清带 26 名保安团士兵到土目源对望晓源进行围剿,段奎带兵支援。由土目源到望晓源必须经过蜿蜒于侧家山中间的一条弯曲小道,山口形似布袋。当何清带领兵丁进入"布袋"时,山顶上的老朱急摇白纸扇发出信号,埋伏在山麓的红军游击大队战士猛烈开火,何清所带士兵被打死两人。游击队冲下山来瓮中捉鳖,包括敌排长何清在内的 24 人全部被俘,缴获长枪 24 支、短枪 2 支。作为后援的段奎,听到枪声和喊杀声,吓得掉头溜回了大港街。这次战斗中,游击队侯班长受重伤,后来救治无效英勇牺牲,长眠于大港土目源山中。侧家山战斗首战告捷,红军游击队士气大振。

大屋张村之战:醉兵束手就擒

　　时间:1935 年 8 月。地点:张岭大屋张村。战果:俘获、击毙 60 余人,缴获长、短枪 60 余支,烧毁敌碉堡 1 座。

大屋张家(现属都昌蔡岭镇华山村)邻近武山,控扼交通要道,是个有80余户村民的大村庄。国民党政府在这里建立了第四区公所和较完整的保甲制度,并在村旁的山上修筑了碉堡,居高临下,严密封锁。红军游击队几次路过这里,都遭到了敌人的阻击。中共都湖鄱彭中心县委决定,在"铲碉堡,拔毒刺"战斗中掀掉敌人的这处碉堡,消除要塞之患。1935年8月的一天,游击队侦察员报告,国民党区公所区长带着保安队士兵到一个保长家中吃酒去了,只留下少数士兵看守碉堡。田英和匡龙海觉得这是一个攻击敌人的绝佳时机,下午便带着游击队向大屋张家村奔去。国民党区公所区长吃酒回来,醉醺醺地骑在马上,误以为游击队员是自己人,毫无戒备,大摇大摆地走来,当即被游击队员抓获。经审问,国民党区长交代他的马跑得快,后面还有70余人。田英冷静地分析形势:游击队只有30余人,敌众我寡,只能智取,不可硬攻。他于是命令队伍埋伏起来,只等突袭毫无防备的敌兵。不一会儿,后面的国民党士兵一个个醉态百出,东摇西摆地走了过来。快接近村子时,匡龙海一声令下,枪声四起,手榴弹在敌群中开了花。最终20余名敌人被击毙,30余名被活捉。国民党区公所区长在田英和匡龙海的命令下,向碉堡里的士兵喊话,要他们赶快投降。留在碉堡里的国民党士兵乖乖地举起了双手,弃枪就擒。红军游击队当即烧毁了碉堡,镇压了几个罪行累累的家伙。这一战共俘毙包括敌区长在内的60余人,缴获长、短枪60余支,烧毁敌碉堡1座,使大屋张村这个敌据点变成了游击区。田英随后召开了群众大会,向民众宣传共产党的政策,指出红军游击队是穷人的队伍,是为穷人打天下的队伍。

姐妹塘之战:黑夜里的痛击

时间:1936年2月。地点:张岭曹炎里。战果:活捉敌兵6人,缴获长枪23支和大量子弹。

侧家山战斗后,国民党政府调派4个保安中队驻扎在张岭,不断骚扰望晓源根据地,并实施长期围困措施,不少共产党员牺牲在敌人的屠刀下。中共都湖鄱彭中心县委决心给予驻扎在张岭的国民党保安中队以沉重的打击。1936年2月的一天晚上,北风刺骨,春寒料峭,田英率领游击队悄悄地来到了曹炎里,先镇压了向国民党反动派告密的地主曹光福,接着点燃了曹光福的房子。游击队埋伏在曹炎里的姐妹塘,同时派地下工作人员到张岭街上大声喊"曹炎里失火啦!"碉堡里的敌人闻讯跑出两个排,前往曹炎里察看情况。他们接近姐妹塘时,遭到埋伏的游击队的痛击,敌人的号兵第一个中弹倒地,其余的敌人惊作一团,慌忙夺路而逃。在张岭碉堡里的敌人听到枪声,立即出动一排人前往接应。当时天黑得伸手不见五指,无法辨认周边环境,他们把游击队员当作自己人。刚接近姐妹塘,他们就被游击队员活捉了6人,其余的人夺路而逃。这次战斗中,红军游击队未受丝毫损伤,取得了胜利,共缴获敌方23支长枪和大量子弹。

筲箕山之战:从天而降的"红八军团"

时间:1936年7月。地点:都鄱边界的筲箕山下。战果:俘获、击毙敌人10余人,缴获枪支5支。

1936年7月的一天晚上,游击队在都昌、鄱阳交界处的筲箕山脚下的村庄,镇压了一个罪行累累的恶霸地主,地主的儿子逃出去报信求援。第二天,从张岭开来了一个国民党保安中队,九江附近和姑塘也经湖口开来了一部分队伍。敌人妄想多面包围、全歼红军游击队。田英和匡龙海分析战斗形势后,采取避开从张岭来的强敌,先后打击姑塘、九江之敌的战术。他们首先集中兵力对势力较弱的从姑塘来的敌人进行猛击,毙敌10余人,缴获枪支5支。九江方向来的敌人见势不妙,准备后撤逃跑,田英率部乘胜追击,活捉了1名班长和数名士兵。在战斗正酣时,国民党军队大批后援部队赶到,田英和匡龙海指挥游击队迅速撤退,向筲箕山西北方向转移。敌人吃了败仗,到处戒严。姑塘的敌人恬不知耻地说:"这次战斗,我们部署周密,打得勇猛,不然的话就全军覆没了,因为碰上了主力红军红七军团。"游击队在都湖、都鄱区的党组织趁机印发了许多红绿色的传单,在敌人驻地附近散发,开展政治攻势,警告敌人:"我们不是红七军团,是红八军团,你们要小心自己的脑袋。"

中馆之战:奇袭敌连长寿宴

时间:1936年8月。地点:都昌中馆。战果:击伤、击毙敌兵数人。

1936年7月底,红军游击队侦察员得知:8月1日,敌营为驻扎在中馆的国民党部队一连长庆贺生日,寿宴准备就绪,只等开席。红军游击大队得此情报后分析敌情:寿宴那天,敌人必定麻痹大意,疏于防守。若我方攻击之战打响,中馆地处都鄱交界处,援敌鞭长莫及。因此,红军游击队决定奔袭中馆,打敌人一个措手不及。田英和匡龙海率领游击队化装成农民,或是卖柴的,或是换粮的,早晨天未亮就从望晓源出发,一路跋涉,下午赶到了中馆。国民党驻军连部除门口有一个站岗的外,其余的人都在室内推杯换盏,给他们的连长祝寿。屋里酒肉满桌,闹成一片。游击队员解决掉门岗守卫人员后,冲进去一阵开枪,屋里立马像炸开了马蜂窝。觥筹交错、醉意蒙眬的国民党官兵四处乱窜,有的想从后门逃走,有的企图越窗逃命。红军游击队弹无虚发,一一击毙,活着的都成了俘虏。国民党县长在县城闻讯后,大发雷霆,命令马涧桥的靖卫团亲信带领5名士兵,持枪去中馆打探情况,不承想在半路上被红军游击队俘虏,游击队又缴获5支长枪和1支短枪。

源头港之战:杀了孙麻子之子

时间:1936年8月;地点:鸣山源头港。战果:俘敌14人,击伤、击毙敌军10余人,缴获枪支18支。

中馆之战仅过了一个星期,红军游击队又到鸣山源头港打土豪,在源头港小学抓到了国民党自卫队中队长孙光林(绰号孙麻子)的儿子和当地六七个土豪的儿子。红军游击队在返回途中,迎面碰上陆士郊保安自卫团的伏击。这场遭遇战十分激烈,双方处于胶着状态。田英将土豪们的儿子杀了,率领一部分队伍绕到敌人背后杀了过来,陆士郊的保安团以为他们是鄱阳过来的游击队,吓得慌作一团,四散而逃。游击队俘敌8人,击伤、击毙敌人10余人,缴获枪支18支。部队在返回望晓源根据地的途中,又活捉逃敌6名,缴获枪支6支。在这次战斗中,游击队员张根泉等三人,不幸中弹,英勇牺牲。

段家店之战:智取敌碉堡

时间:1936年9月。地点:彭泽段家店。战果:击毙、俘虏敌军50余人。

1936年初秋,田英率领游击队智取彭泽县段家店的国民党正规军驻扎的据点,又打了一个大胜仗。国民党军36旅为了围困武山的红军游击队,在彭泽县段家店修筑了碉堡,派出了一个连的士兵驻扎在那里。这个碉堡据点建立后,给红军游击队和中共彭泽县委的活动带来了很大的干扰和阻碍。中共都湖鄱彭中心县委根据中共彭泽县委的汇报,认真分析了段家店据点周围的形势和敌

人内部的情况,决定集中力量智取段家店的国民党据点。在队伍出发前,田英向大家分析,如战斗一打响,黄土港一带的敌人必然赶来增援,如果僵持下去,就会造成敌众我寡、功亏一篑的局面,此战必须速战速决,在半个钟头内打赢整个战斗。50 余名游击队员化装成肩挑、背扛、手推的挑夫、车夫和种田的农夫,陆续出发。田英挑着一担杂木柴走在前面,眼观六路。其后走的是穿长袍伪装成商人的游击中队指导员曹连洪,他手打洋伞,大摇大摆地迈着八字步,活像一个阔佬。紧随其后的是另一个中队的指导员翁祥来,他伪装成曹连洪的跟班,手提篮子,篮子被毛巾盖着,内藏驳壳枪。再后面是陆陆续续跟着的装扮成卖苦力的游击队员,个个生龙活虎,跃跃欲试。

从望晓源走到段家店时,太阳已经偏西了,国民党军的哨兵抱着枪正在碉堡门口打瞌睡,突然看到两个人大摇大摆地走来,赶忙端起枪喝止。可是来者好像没有听见,还是一个劲儿地往前走。哨兵大骂:"他妈的,你瞎了眼,这是什么地方?胆敢乱闯!"曹连洪不搭理他,拔出驳壳枪就打,哨兵应声倒地。这时田英带领的游击队已经埋伏在据点后面的高坡上,枪声一响,田英立即一跃而起,甩出一个手榴弹,大声喊道:"同志们,冲啊!"埋伏的游击队员如猛虎下山,向碉堡冲去,枪声大作,弹如雨下。部分国民党士兵正在碉堡里洗澡,一时吓得六神无主,来不及穿裤子,光着屁股像无头苍蝇乱窜。另一部分人也吓得全身发抖,呆若木鸡。也有少数士兵取枪试图冲出去,但被身手不凡的游击队员射来的子弹击毙。前后不到半小时,战斗在预料的时间内胜利结束了,共击毙、俘获敌军 50 余人,缴获轻机枪 1 挺、步枪 40 余支,烧毁国民党军的碉堡 2 座。

45.蔡岭镇上冲村、下冲村：望晓源里的红与绿（四）

开国大校黄光裕的武山情

在百度输入"开国大校黄光裕"，我们便可了解这个曾在三年游击战争时期担任中共都湖鄱彭中心县委书记田英警卫员的黄光裕戎马一生的经历。

黄光裕（1915—1986），江西永新人。1930年10月参加工农红军，1932年10月加入中国共产党。土地革命战争时期，历任战士、副班长、红十军团通信班班长。1935年1月任彭泽独立营第2分队队长，游击中队警卫班长、中队长。黄光裕参加了历次反"围剿"斗争和彭泽、湖口地区的游击战争，抗日战争爆发后转到新四军工作，历任新四军第1支队2团3营8连连长、新四军第1支队2团司令部参谋。1942年起，黄光裕任新四军第1师2旅侦察科科长、新四军第6师2旅侦通科科长、新四军第1师16旅独立2团团长。他参加了新四军抗日先遣支队和黄桥决战。解放战争时期，历任华中野战军第6纵队52团团长、华东野战军第6纵队16师参谋长、中国人民解放军第3野战军第24军70师副师长。他参加了苏中、涟水、豫东、淮海、渡江等战役。新中国成立后，黄光裕在浙江省军区任台州军分区司令员。曾赴抗美援朝战场参战实习，1954年9月，改任中国人民解放军海军厦门水警区代司令员。1955年9月，黄光裕被授予海军大校军衔。荣获三级八一勋章、二级独立自由勋章、二级解放勋章。1958年4月，黄光裕调任中国人民解放军舟嵊要塞区嵊泗守备区司令员，舟嵊要塞区副司令员兼后勤部部长（副军职）。1978年11月，黄光裕任中国人民解放军上海警备区顾问，1982年9月离职休养，1986年3月在上海逝世，终年71年。

纵观"开国大校"黄光裕的革命生涯，没有一天他不是在军营中度过的。简历中写着黄光裕参加了"彭泽、湖口地区的游击战争"。准确地说，1935年6月至1937年12月这段时间，黄光裕就活跃在都昌东部武山里的都湖鄱彭红军游击大队，他应该是从这支150余人的队伍走出去的人中后来在军中任职最高者。

尽管黄光裕没有跻身将军之列，但他在抗日战争、解放战争、抗美援朝和中国人民解放军海防建设立下赫赫战功。这只从都湖鄱彭根据地飞出的武山雄鹰,翱翔蓝天的身姿是如此的光荣。在武山游击战争中,黄光裕在这里度过了艰苦卓绝的三年,他深深眷恋这片土地。

1983年12月,黄光裕如此回忆他1934年9月在红十军团转战皖赣边不幸负伤而后留在彭泽游击队的经过:

> 1934年7月初,红七军团在军团长寻淮洲、政委乐少华、参谋长粟裕、政治部主任刘英、党中央代表曾洪易等同志的领导下,奉命执行北上抗日先遣队任务。当时我在红七军团某师当通信班班长。我们从瑞金出发,先后转战于闽中、闽东、闽北、浙西、浙皖边。当时形势很严峻,国民党49师一直尾随在我们后面。9月的一天,在皖赣边许林桥地区,国民党49师向我军发动了攻击,我军立即组织了反击,杀了敌人一个回马枪。在冲锋中,我右腿内侧被一颗子弹打穿,栽倒在地。虽然卫生员往伤口上涂了碘酒包扎起来,但因伤势过重,不能随队伍继续战斗,在当日傍晚和其他40多名伤员一起,转移到四五十里外的江西彭泽王家村附近的山上,隐蔽起来养伤。
>
> 都昌、彭泽、湖口三县交界地区是赣东北苏区西北面的一块小苏区。彭泽是都、彭、湖苏区的边缘区。在这里,我党虽然建立了县委,有党的活动,但形势很不稳定,条件很差。我和其他伤员都分散隐蔽在山上,躺在茅草棚里,住了十几天。这里的老百姓非常好,待我们红军伤员像亲人一样。当时,情况很紧张,老百姓自己生活很困难,但他们不顾生命危险保护我们,为我们站岗放哨,发现情况立即向我们报告,送饭送茶给我们吃。没有群众的帮助,我们是无法生存的。

由于没有医疗条件,黄光裕伤愈后作为红十军团的一名伤病员,编入彭泽独立营,后转战都湖鄱彭根据地,成为中共都湖鄱彭中心县委书记、红军游击大队政委田英的警卫员。他在晚年回首那段艰苦岁月时,如此评价田英:

> 田英同志在群众中威信很高,他工作全面,埋头苦干,以身作则,很会做思想政治工作,把大家拧在一起。同志们服他,信任他。他担任中心县委书记和游击队领导时,我任警卫班长,跟随他一起战斗了三年。他有胆有识,指挥战斗机智灵活、勇敢果断、料敌准确,给我留下了深刻印象。

黄光裕无论走到哪里,都能准确说出望晓源一带村庄的名字——上冲、下冲、曹钥里、石屋里、峨眉里。山里人为人淳朴,对革命事业赤诚,令他终生难忘。黄光裕充满深情地回忆都湖鄱彭根据地的军民鱼水情:"为了消灭我们游击队,敌人非常凶残,搜山、烧山、移民并村,把老百姓移到大港、张家岭,修上碉堡,拉上篱笆,对老百姓和游击队实行隔离、封锁。敌人用封锁、围剿等种种毒辣的手段,妄图把我们饿死、困死、杀绝。然而,这是敌人的痴心妄想。党和游击队同老百姓心连着心,深深扎根于群众之中。敌人封山,对米、油、盐等物品实行配给,妄图困死游击队,而当地老乡们在地方党组织的领导下,省吃俭用,采用各种办法,设法把粮食等物品送上山来支援我们。如群众以进山种田、砍柴为由,冒着生命危险,在夜间预先将粮食、火柴、盐、烟等物品藏在茅草中,待白天检查后,再取出送给游击队。在打游击的日子里,乡亲们还配合我们的军事行动,设立联络站,传递消息,使我们了解敌人的动向。"

黄光裕对都昌老百姓情有独钟,对都昌武山一带念念不忘。1960 年 10 月,他给中共都昌县委致信:"的确,我也很怀念老革命根据地的人民,在那白色恐怖的年代,冒着生命危险,掩护伤员,并以人力、物力支援游击队,才能使游击根据地巩固和不断扩大。因此我也很想到老根据地看一下我们昔日坚持斗争的老革命根据地现在变化有多大,乃因我现处国防前哨,保卫祖国社会主义的大门,工作是紧张的,一时抽不出身来,待以后有时间一定前来参观,以偿夙愿。"遗憾的是,1938 年元旦刚过,黄光裕从都昌大港曹百四村奔赴浮梁瑶里改编为新四军,担任以武山游击队员为主体的新四军第 1 支队 2 团 3 营 8 连连长,直至1986 年 3 月在上海离世。黄光裕离开都昌望晓源这片他战斗了 3 年的热土,48年间,再未重返武山。

黄光裕心系都湖鄱彭根据地的群众,他与下冲村的共产党员石书文在战斗中结下的兄弟般的情谊更是在望晓源传为佳话。1960 年 1 月 10 日,黄光裕在给中共都昌县委宣传部回复征集战斗史料的信件中,特别提道:"在当地有个石书文同志,对我们帮助是很大的,那时他参加了工作,我们游击队经常住在他家里。"

据石书文的后人讲述,20 世纪 70 年代初,黄光裕任中国人民解放军舟嵊要塞区副司令员时,曾寄过两封附上他的照片的信给石书文,当时石书文已去世。他的弟弟石书高当年受哥哥影响也参加了红军游击队,与"老田"的警卫班长黄光裕非常熟悉。石书高 1977 年 4 月病逝,享年 62 岁,他有个叫石桃得的女儿,婆家在离望晓源不是很远的盐田。当时她家里还住着下放盐田公社的上海知

青。知青们见多识广,20 世纪 70 年代末期带着石桃得去上海,找已改任上海警备区顾问的黄光裕。望晓源村民讲述的石桃得与黄光裕会面的场景当然有了更生动的演绎,斯人已逝,真实的场景,我们已无从知晓。

1984 年 11 月 16 日,都昌党史专家殷育文先生到上海警备区八五医院当面征求黄光裕对《都湖鄱彭三年游击战争》初稿的意见,黄光裕不顾身体虚弱,提了审查意见。当时他对当年在都昌武山一带打游击的细节仍记忆犹新:"国民党两个当兵的,各带了一支长枪,到了上冲,说是向游击队投降。群众请他到家里吃饭,他吃饭还把枪放在旁边。那时正好游击队走了,只有我们几个人在家。我们听了群众报告以后,就赶到那里去。这两个家伙一见我们就持枪反抗,当场被我打死了一个。另一个家伙跑了,最后也被我打死了。这不是真投降,而是假投降,他们是国民党的便衣特务。还有三个人带了两挺快慢机,那是真投降,(他们)对我们不放心,要跟田英结拜把兄弟。结果田英跟他们结了拜把兄弟,走了两个,留下了一个,这个人之后当了新四军特务连指导员,在江阴战斗中牺牲了。"一年四个月后,当年在武山英姿勃发的黄光裕溘然长逝。

三年驰骋武山,一生魂牵梦萦。1938 年元月,黄光裕和他的 150 余名战友离开武山,赴瑶里参加改编,奔赴抗日前线。他们为新中国的建立浴血奋战,不少人用鲜血染红了美如画的战旗,让生命之花装点大地之春。他们中也有身经百战者,从武山那条崎岖的山路走来,一直走到中华人民共和国的康庄大道上。这些当年的红军游击队员身居不同的岗位,但他们一如黄光裕,对都昌那片热土念兹于心,深情眷恋。

当年中共皖赣特委副书记李步新(1907—1992,上饶县人)同书记王丰庆一同到武山建立都湖鄱彭根据地,李步新这位久经沙场的共产党人 1960 年、1978 年两度出任中共中央组织部副部长;当年赣北特委组织部长江天辉(1906—1969,贵溪人)1960 年担任江苏省委工业部副部长;第一中队班长傅学渊,1960 年在中国人民解放军驻杭州某部担任中校;第二中队班长方明(弋阳人),1960 年担任南京市传染病院行政院长。这些老革命在 1960 年应都昌县党史部门征集史料之需,都深情回忆过在都湖鄱彭根据地的峥嵘岁月。

武山晴空辽阔,雄鹰展翅翱翔。可以告慰田英、黄光裕等当年红军游击队的英雄们的是,在新时代,望晓源这片红色热土,生机勃发,山里人启航新征程,奔向更加美好的新生活……

46.蔡岭镇上冲村、下冲村：望晓源里的红与绿（五）

抗战时期国民党湖口县政府迁望晓源五年

武山东部的都昌望晓源，因山高林密，处于都昌、湖口、鄱阳、彭泽四县交界处，适宜开展游击战争，而成为当年红军游击队纵横驰骋的一方热土。崇山峻岭形成的天然屏障，在烽火连天的抗战岁月，让望晓源成为国民党湖口县政府的迁徙地，而且一县之府在此偏安整整五年。望晓源的这段独特的人文历史，后人知之甚少。

查《湖口县志》大事记略，能查阅到国民党湖口县政府迁徙望晓源的准确起讫时间："（民国二十九年）八月，国民党县政府迁往都昌石埠洞。""（民国三十四年）九月，县国民党政府还治。""石埠洞"乃"望晓源"之别称，当地人亦称"石婆洞"，都昌张岭一带的人称"岭边"。《湖口县志》记载，国民党湖口县政府在抗战的纷飞炮火里，迁往都昌石埠洞的时间是 1940 年 8 月至 1945 年 9 月。其时，国民党都昌县政府迁往阳峰卢家村，国民党星子县政府迁往都昌阳储山，山河破碎，生灵涂炭，国民党地方政权狼狈流亡。

在望晓源散落着"试剑石""御寇坡"等摩崖石刻，落款者为"曹军直"。曹军直何许人也？他便是抗战时期国民党湖口县政府一县之长。1940 年 8 月，刚迁入望晓源的国民党湖口县政府的县长叫陈鉴阳。陈鉴阳是湖口县人，1896 年生，历任婺源、德兴、于都、黎川、九江等县县长。他 1938 年 11 月任湖口县县长，同时兼县游击司令、县战地国民兵团团长。曹军直又名君植，号耿生，1907 年生，湖口县城山乡曹盛村人，1944 年 7 月接任国民党湖口县县长，兼县游击司令、县绥靖工作团团长。

抗战期间在望晓源刻石明志的曹军直，有着怎样的人生经历呢？曹军直父亲是清朝秀才，曹军直 14 岁失怙，18 岁入省立九江第二师范学校学习，在校接近进步师生。曹军直 1926 年回湖口办农会，热情高涨，并加入中国共产党，同时以个人名义加入国民党。因追求进步事业，他一度遭国民党当局追捕，后在南京金陵大学刻印讲义艰难度日，一年多后投身国民党某部任通讯连文书，直

至以文才之长任师政治部主任。曹军直面对日寇入侵中华大地的形势,在上海、南京等地参加了抗日战争。

上冲村和下冲村上了年纪的村民,还能讲出当年发生在在望晓源的与国民党湖口县政府有关的事。那时,大屋里石家驻扎了警察队,曹钥里驻扎了三个中队的自卫队,上、下冲则是县政府职岗人员的安营地。搬迁过来的早期县长陈鉴阳住在村民石书法家,旁边住着县银行行长。1941年过大年,行长年幼的子女不识愁滋味,怀着童趣在家门口放鞭炮,欢天喜地地闹春节。隔壁陈县长大人被吵着了,而他的子女皆已长大成人,并没随身蜗居于深山涧。陈县长是个气盛之人,竟叫来自卫队的人在他家门口放枪,让他家的枪声盖过行长家的爆竹声。陈鉴阳确实有凌霸之气,他脸上有麻子。据说,他在望晓源从此村至彼村,尽管路程不过二三里,但他总是要坐轿子由人抬着出行。后来接任他的曹军直县长在处世的做派上要低调一些。比如赴任的第一天,曹军直是从湖口那边翻山岭过来的,并没坐轿子。他拄着文明棍,戴着礼貌,一列的保安队员列队欢迎新县长履新。湖口县政府的旧官吏们的家属,似乎有着“此心安处是吾乡”的淡然心态,他们请村民砍山里用不尽的竹木,又请来木匠、桶匠给家里打日用的桌椅、橱柜。抗战胜利后,他返回湖口县城。能搬得动的,都被他带到了山外,做了世俗生活里的皿具。曹军直还倡议在望晓源办小学,让山里娃去学堂识几个字回来。其时,湖口、都昌、彭泽等县的一些有识之士在离望晓源不远的都昌大港创办了彭湖联中(后改称江西省立湖口师范),不少师生投身抗日洪流。那时望晓源坡上有悠闲地吃山上草、畦中草的山羊,是湖口县政府一个姓马的中队长散养的,当地老百姓的庄稼尽管被山羊啃了,但也不能驱赶,因为那是马队长的山羊,所以一时山羊繁盛,成为一景。与马队长的羊相配的是曹县长的一匹坐骑,望晓源时常传来“嘚嘚”的马蹄声。曹军直在入涧一处石岩上题过“饮马池”,这绝不是后来的文人游客见到的朱元璋与陈友谅大战时的饮马处。

我们撇开国民党腐朽政权一个基层县长逆历史潮流的政治立场,且来揣测一个背影日渐远去的曹军直的个人意趣。据载,曹军直出身书香门第。面对日寇的入侵,他也曾怀激情在上海、南京上过抗击侵略者的战场,甚至一度负伤。他好诗文,抗日战争时曾写过一首七律吟怀,引题曰:平津吃紧,敌骑纵横,会看荆棘铜铊,尽遭倭奴毒手,裂眦东望,感而赋此。正诗为:燕京逐鹿路迢迢,劫后关山异寂寥。远戍腥风寒月色,边城血雨涨新潮。日连雪白刀光动,花繁云黄蘂影摇。看罢兵书频起舞,誓将收拾计平辽。此诗读来透着一股慷慨悲歌之气。

曹军直在都昌望晓源(石埠涧)度过了一年零两个月的流亡生涯,他以带着"文艺范"的方式在望晓源留下了时代底色里的墨迹。据考,曹军直在望晓源一带题写了五处带点颜体风格的摩崖石刻,分别是:步入下冲桥临溪涧处的"饮马池"三字,由下冲桥入村左侧涧滩石壁上的"复兴岩"三字,上冲山脊处硕大的"望晓源"三字,大屋村入村之路右侧石崖上的"试剑石"三字,都昌、湖口交界处亭子岭上的"御寇坡"三字。亭子岭之亭叫"仰阳亭",据说是曹军直的前任陈鉴阳命名的,其名有"阳"字。单从字面来理解,"饮马池""复兴岩""望晓源""试剑石""御寇坡",都表达了抗日御侮、立意败敌的心志。据当地村民讲述,这五处摩崖石刻皆是 1945 年 9 月抗日战争胜利,国民党湖口县政府马上要还治于湖口县城,搬离望晓源之际,曹军直以每个大字一担谷的工薪,请来石艺工人凿刻的,并亲自落款。

望晓源是中共都湖鄱彭中心县委旧址所在地,现已成为热门的红色教育打卡地。国民党湖口县政府曾流亡于此长达五年,这段历史少有人知。如今,游人进入望晓源,在重温当年田英领导游击队员抗战的红色故事,感受如今满眼翠绿的生态美景时,也可以来到抗日战争时期留下的特殊摩崖石刻前徜徉。这又何尝不是一种知史明耻、开辟未来的教育方式?

"望晓源"其名初辨

"望晓源"先前的确叫"忘晓源"。笔者在 2017 年 11 月撰写的公开发表的《望晓源:红色热土,绿色家园》一文中写道:"望晓源在同治版《都昌县志》上称'忘晓源',山里的日子闭塞而悠闲,让人忘记了晨昏的交替。"我不知道这是不是解读"忘晓源"其义的最早公开的文字。对于"忘晓"其寓,若说得更周全些,还可表述为另一层意思,就是在群山环抱中,每天升起的太阳普照山里人家要比山外一望无垠之地晚一些,令人有忘了天已破晓之感。

我们不妨来摘录同治版的《都昌县志》"卷之一·川"中关于"忘晓源"的一段注释,这可视作清代关于忘晓源的"地理篇",于当地人了解家乡的山川形势尤为有益:"大田港自石窝涧东北出为忘晓源,东行会汪家源、南源等水,又东为

清水潭(俗名双龙抢宝),与北东之土门源(水出蕨萁岭)、木楻源(旧作磨坊源,水出泻油岭)、高塘源(水出界牌颈西南)、青桐源(在高塘源东)等水会,又南东会梧桐源(在龙凤岭东)、罗田源(在乌焰山东)等水,于大埠山前西南之蟠冲源、地伏源、筱水源等流亦会焉(蟠冲源出吕公岭东南,其东北为地伏源,皆东下会于余家港,为筱水源。又东北过水埠山,又东大埠山,入于大田港)。又东为大田港,出桥东北为瓢水源,流于独山北(瓢水源出黄金山),又东南合汇嘴(鄱阳界),又东南响水滩,又南铁炉铺、草埠头(皆都阳境),又南王古潭(鄱阳界),入于湖右东条之水。"康熙年间修撰的《都昌县志》"卷之一·封域",在列举了"忘晓源(在治东百二十里)"等 24 个源名之后,有如此描述:"以上二十四源即居其地不能悉,但都昌与鄱阳、彭泽连界,犬牙交错,其间有四源属鄱阳,一源属彭泽,今并志之以备参考。"

典籍县志里记载确凿,望晓源古代就叫"忘晓源"。那么,"忘晓源"什么时候改成了"望晓源"?我在《望晓源:红色热土,绿色家园》一文中言:"据当地学者考证,'望晓源'其名由田英所改,寓意为盼望革命胜利的曙光照亮这方青山。"随着我对望晓源人文历史考察的深入,我觉得当初记录的当地学者的表述——1935 年至 1937 年任中共都湖鄱彭中心县委书记的田英改"忘晓源"为"望晓源",值得商榷。1960 年,都昌县党史部门为征集三年游击战争时期的革命史料,接触过当年的红军游击队员黄光裕、曹连洪、傅学渊、方明等人。翻阅他们回忆的原始材料,他们对当年打游击时生活过的村落名都有清晰准确的记忆,但没有一个人提到"忘晓源"或"望晓源",皆以"武山一带"称之,说明当时"忘晓源"其名没有在村民中叫开来。"忘"与"望"在普通话里完全同音,在都昌方言里略有区别。田英带领红军游击队在上、下冲一带打游击,没有"忘晓源"之名,也没有"望晓源"。

我们且来记录另一说。有当地村民讲述,将"忘晓源"改成"望晓源",是抗日战争时期蛰伏其间的国民党湖口县政府曹军直所为。他将"忘"改为同音之"望",所寄寓的是打败日寇,瞩望晓光。这一说法也有待考证。一是摩崖石刻"望晓源"三字从字体上看是行书,有别于曹军直的楷书;二是落款不是曹军直落的那种,而是"大中华民国卅三年七七前夕"字样。这个落款含有诸多信息:"大中华民国",可见题字人必是国民党阵营之人;"民国卅三年七七前夕",即1934 年 7 月 7 日前。《湖口县志》明确载录曹军直任国民党政府湖口县县长的准确时间是"民国三十三年五月一日委,七月十七日任"。是年 7 月 7 日,湖口县县长是陈鉴阳,1937 年 7 月 7 日,以卢沟桥事变为标志,中国人民全面抗战爆发。落款特提"七七前夕",时代背景肯定与抗战相关。"望晓源"三字,是否是陈鉴阳所题有待地方文史专家考证。

　　望晓源现在成了都昌蔡岭镇一个行政村的村名,具备了法理意义。其实,何人何时将"忘晓源"改成"望晓源"并不重要。令人欣慰的是,在新时代,望晓源人的日子如冉冉升起的旭日,红红火火……

47. 万户镇大屋洪村：日月照今古（一）

【洪氏家训家规】孝以事亲，义以睦族，敬以持己，恕以及物。

厚承文化底蕴

宋代文豪苏东坡游历都昌县城的南山时，留下了"鄱阳湖上都昌县，灯火楼台一万家"的千古绝唱。苏东坡 900 余年前站在南山之巅回望都昌县城之夜景。"一万家"，既是诗家的艺术手法，也似可实指。如今的都昌县 24 个乡镇中有个"万户镇"，2020 年底，全镇户籍人口也不足万户，其本意也不是"千家万户"，而是源于明朝洪武年间（1368—1398）一个叫"洪万斛"的人。

洪万斛原名叫洪林轩，老屋洪村人，其人仗义疏财，深明事理。当年朱元璋与陈友谅大战鄱阳湖，朱元璋因军粮紧缺向沿湖百姓征粮，殷实的财主洪林轩捐粮一万斛。"斛"是古代的计量单位，隋唐时期，以 10 勺为合，10 合为升，10 升为斗，10 斗为斛（石）。汉朝许慎《说文解字》释"斛，十斗也"。到了元末明初，1 斛只合 5 斗，尽管容积缩了一半，但万斛折算下来也是个天文数字。朱元璋称帝后，召洪林轩进京，念及当年征粮之忠，御赐"八品教官"，终生享峨冠博带的荣耀，并口谕称其"万斛公"。他的故里老屋里也被称作"万斛里"，后来简写成了"万户"。此为"万户"之由来。

现今的都昌县万户镇新屋村委会大屋洪村在明初与老屋洪村合居，从老屋徙居大屋（舍里）的时间为公元 1560 年。兴村祖先为洪德宪（1517—？），是洪万斛第三子洪文泰之次子。洪德宪的祖父洪万斛在老屋一带繁衍了洪姓八屋，即老屋、大屋、湾头、玉园、新屋、惜光、圣旺、告垅科、耀璠。历史上万户有"上有曹半图，下有洪万户，中有刘老虎"之说，表明在万户当地，曹、洪、刘皆为显赫的大姓。大屋洪村的历史文化底蕴，可追溯到南宋的洪皓，也就是洪万斛的 16 世祖。

洪皓（1088—1155），鄱阳人，南宋词人。让他名垂青史的不是辞章，而是"节侔苏武"的民族气节。他曾出使金国，被扣 15 年，威武不屈，精忠报国，后人将其与苏武相比,宋高宗称他"忠贯日月,志不忘君,虽苏武不能过"。洪皓生有八子,尤以洪适、洪遵、洪迈三进士兄弟最为著名。长子洪适(1117—1184),南宋金石学家、文学家,所著《隶释》《续隶》具有较高的碑刻研究价值。累官至尚书右仆射、同中书门下平章事兼枢密使,官至右丞相。次子洪遵(1120—1174),面对权贵秦桧的倒行逆施,他大义凛然,刚正不阿。曾任徽猷阁学士、端明殿学士、礼部尚书等职,对医学和钱币颇有研究。三子洪迈(1123—1202),学识渊博,文名誉世。他曾出使金国,大义凛然,不负众望。历任泉州、吉州、婺州知府,累迁中书舍人、翰林学士、端明殿学士等。所著《容斋随笔》穷搜为人处世之道,纵论天下兴亡之理,是治国兴邦的资政宝典。

洪皓和他的三个儿子洪适、洪遵、洪迈都官至宰相级,后人称为"一门四相"。大屋洪村人即为洪皓的长子洪适的后裔。都昌洪姓承袭"敦煌世家"《敦煌洪氏宗谱》载有"文章盖世,千秋史墨惊天地;敏慧超凡,一代相儒誉中华"。大屋村人用这样的对联咏赞先祖功德。

厚植红色基因

大屋儿女多奇志,甘洒热血献革命。万户镇大屋洪村在革命战争年代有洪钟、洪泉水、洪树头三位烈士,为中华人民共和国的成立抛头颅、洒鲜血。

在1990年南海出版公司出版、都昌县志办编印的《都昌英烈》一书中,有洪钟烈士的传。洪钟的祖父洪显清是景德镇的窑主。1906年4月,洪钟出生于景德镇,他早年在南昌豫章中学、上海英华大学就读,思想进步,拥护革命。1925年,他与向法宜(向义)、姚甘霖等创办景德镇市平民教育促进会,任总干事,在瓷业工人中宣传革命思想。1926年3月,洪钟加入中国共产党,并以"跨党"身份任中国国民党景德镇市党部执委兼农民部长,领导开展农民运动。1927年,洪钟当选为中共景德镇市委委员。"四一二"反革命政变后,革命运动遭到残酷镇压,大批共产党人和革命群众被捕、被杀。洪钟公开发表演说,强烈抨击蒋介石反共反人民的罪行,引起反动派的仇视。6月底,国民党江西省主席朱德培借制止由国民党右派分子挑起的景德镇都昌人与乐平人的封建宗派械斗之机,派出宪兵营到景德镇镇压革命运动。洪钟遭到通缉,只身前往上海,至太平洋通讯社任编辑,与党组织失去联系;后到景德镇、都昌等地从事教育工作。1937年,全家搬到故里大屋洪村,以行医维持生活。洪钟办事公正,能说会道,平息和调处了不少乡间纠纷,受人敬重,"下九都"的百姓称他为"大先生"。

1949年5月12日都昌解放前夕,针对国民党反动派的一些破坏活动,洪钟进行了针锋相对的斗争,并与中共都昌县委取得联系,重新以党员身份投身革命工作。其时,有3名解放军战士奉命来到万户宣传革命,征集粮食,支援解放军主力。反动派气焰嚣张,追杀解放军战士。洪钟把三位外地战士白天藏在田垅庄稼地里,晚上藏在自家的神龛格内,并将屋瓦卸下,以防遇有紧急情况时从屋顶外避。20多天后,三名战士留下长枪、子弹让洪钟保管,安全返回了大部队。1949年农历八月初九,洪钟搭乘渔民的一艘小船赴都昌县政府汇报工作,同时为邻村一个村民解决在鄱阳湖上装运黄豆至南昌销售的船只被解放军临时扣押一事。那天途中遇大风,洪钟同两个当地村民鲍登球、洪银得在和合乡黄金咀避风,被反动派发觉。残匪在确认了洪钟的革命者身份后,用棕绳将洪钟反绑至何家坳,用长柄马刀残忍地砍下他的头颅。洪钟英勇牺牲,时年43岁。两个村民一死一伤。一个月后,杀人凶手詹太虎被镇压。

大屋洪村还有两位革命烈士,一位是洪泉水烈士,曾任景德镇市总工会委员长,追随方志敏的红十军(《洪氏宗谱》记载,他任赣东北纵队师长),1932年在横峰牺牲,年仅33岁;另一位是洪树头烈士,1930年29岁时参加红十军,随军去后杳无音信。他们的英名皆列《都昌革命烈士名录》。

洪钟、洪泉水、洪树头三位革命烈士名垂青史。在烈士家乡大屋洪村,红色基因代代相传,红色记忆万代铭记。

厚育文明新风

万户大屋洪村,是一个滨湖村,村民自古尚义耿直。1944年出生的村民洪永福能讲不少从祖辈传下来的大屋洪村人在湖区生活的故事。焦潭湖、平池湖、西湖、长山、下岸洲等都书写过大屋洪村人在权属上的刚毅与礼让,在生存空间拓展上的勇猛与智慧。如果说"赤脚敢穿烧红的铁靴"的故事彰显的是大屋洪村人对捍卫湖区权属的无私无畏,那么,另一个有关湖权的故事则让大屋洪村人水一样的柔性表现得淋漓尽致。

清朝,大屋洪家管自家在焦潭湖一带所属捕捞水域叫内湖洲,与鄱阳县泥黄洲一王姓渔村有权属之争。大屋村有个叫洪明智的,精于修撰宗谱。他的母舅也算是王村的族首,坐了谱局,请洪家外甥去修谱。洪明智将洪、王两村有争执的水域在谱头的地理位置权属图上,悉数划归大屋洪村所属。后来母舅发现了,自然恨不得撕碎已印成的宗谱。腊月某日,洪明智骑着毛驴上母舅家做客,疼他的舅母悄悄告诉他,母舅因谱生变的事要杀外甥,你还有心吃酒,怕是洪门来人要变成"鸿门宴人"了。洪明智入得门来也不好仓皇而退,自是做了一番忖度。席间,母舅招待外甥豪饮,同为剽悍的湖区人,大有把酒当饭之势。酒过三巡,洪明智已觉母舅红涨的脸上渐渐升腾起一股杀气,令他不寒而栗。洪明智将一件上乘的白羊袍披挂在椅背上,但见脸上渗出汗来,一方面是酒酣,另一方面是心里惊悚所致。他起身说要去茅坑小解。袍在人还能走?母舅也没发觉异常,正好有个空当检视动武之器。洪明智一出后门,就向灶间的舅母使了个眼色,解了系驴的绳索,夺路而逃,躲过一劫。这当然只是个富有湖区特色的民间故事而已。新时代的大屋洪村人,赓续深厚的文化底蕴,传承奋进的红色精神,让文明新风成风化人,润泽人心。

景德镇退休工人洪厚谈(2019 年故去)2002 年听说家乡启动池塘维修工程,从微薄的退休工资积蓄中捐出 3 万元,他还动员在外创业有成的儿子洪永文捐献了 360 吨水泥,支持万户镇政府硬化"民生路"。2015 年,大屋洪村兴建高品位的祖祠兼村民文化活动中心,以弘扬洪皓父子身上所承袭的优秀中华传统文化,搭建千余名村民娱乐休闲的广阔平台。洪厚谈又捐款 5 万元,并支持儿子洪永文捐款 60 万元,打造乡村建设的亮点。大学毕业后在杭州创业兴办投资公司的企业家洪承君,为新建村民文化活动中心捐款 18.8 万元。从 2015 年开始,每年春节期间,洪承君都会走访村里的贫困户,送上慰问金。在大屋洪村,乐于奉献、扶弱救困已蔚然成风。大屋洪村承祖先之文脉,求学之风浓郁。据统计,全村先后有 200 余名大中专学生,有的考入清华大学。至 2020 年,村里先后有 18 人担任处级以上领导干部,其中厅级 3 名。村里工、农、学、商、兵各展其彩,演绎着不一样的人生华章。

大屋洪村村民理事会理事长洪永年是一位退伍军人。近年来,他带领村民融入"十三五"脱贫攻坚热潮中,村容村貌焕然一新,精神文明建设风生水起。村里成立了红白喜事理事会,推进移风易俗,倡导文明新风。针对部分村民先前随俗大操大办红白喜事的陋习,大屋洪村在镇、村相关人员的指导下制定了"乡规民约",一改"斗劲"攀比之风,倡导村民办酒宴每桌不超过 16 个菜,且名贵菜肴不上桌。原来办酒要给每个赴宴者发一包烟,现在倡导一桌不超过两包

烟。2015 年,祖祠兼村民文化活动中心竣工,简办庆典从细处可见,杜绝一次性的塑料餐具,改由农户自带碗筷用膳,其乐融融。村里成立了太极拳队、广场舞队、篮球队,欢乐的村民在广场尽情享受文化生活带来的快乐。2019 年国庆期间,全县创建"全国老年太极拳之乡"的表演赛在大屋洪村举办。

大屋洪村的祖先洪皓父子浩气长存,忠贯日月。洪钟、洪泉水、洪树头为了新中国的成立血沃中华,坚贞初心让日月增辉。如今的大屋洪村人在小康路上,敢教日月换新天,打造着幸福的家园……

48. 万户镇大屋洪村:日月照今古(二)

都昌县万户镇新屋村委会大屋洪村革命烈士洪钟,1949年9月在和合乡被反动派杀害。洪钟的儿子洪国华(1926—2020)览时代风云,经历独特。他跌宕的人生命运,连着家史、村史,成为时代大潮中的簇簇浪花。

景德镇求学时被抓了"壮丁"

洪国华出生于1926年,他的身份证标的是1928年出生,老人说那是当年补身份证时工作人员的笔误,以至政府颁给他的离休证也将出生年月填成了1928年。原始宗谱记载他1926年出生。前几年满堂子孙为他做九旬大寿,也是以1926年来算的。

洪国华的家境算不上殷实,父亲洪钟本身是个读书人,曾就读于南昌豫章中学、上海英华大学,1926年3月经向法宜介绍加入了中国共产党。洪钟育有一子一女,女儿洪丙珠比弟弟洪国华大3岁,2017年以95岁高龄谢世。"大先生"洪钟,决意要让独生子洪国华饱读诗书,历练人生。洪国华7岁开始在大屋村、刘仲村、东岸咀村的私塾和"保学"接受启蒙教育,一直读到16岁。从《三字经》《千字文》到四书五经,辗转求学达9年。抗日战争时期的1943年,他在村里做着教"篱笆学"的先生。印象特别深的是,学堂前的彭家咀汊,日本侵略军的流艇在鄱阳湖上游弋。做了小先生的洪国华常被学生找碴儿,他觉得自己在知识上离为人师还欠火候,便向父亲提出要继续读书。父亲修书一封给在景德镇做国民党文教科长的朋友刘益燕,介绍儿子入景德镇天宇中学就读。乱世已容不下一张平静的书桌,洪国华的人生轨迹在景德镇求学时生变。

洪国华当时租住在学校附近的陈家弄,入学半个月后的一天深夜,景德镇市的一个保长带着国民党的警察以检查户口为名,将洪国华以逃逸的壮丁身份,连夜带往景德镇百花洲的关帝庙,与被抓的平民一起关在暗房里。三天后,转往国民党驻景德镇的师管区,站岗的是穿着军装的士兵。一个星期后,100余人被转押到乐平县城的一所学校。途中为防这拨人逃跑,国民党10多个士兵用一根长绳将被抓人员的一只手连在一起,启程时连向天上放了数枪,说逃跑

的下场就是枪毙。

洪国华当时有两个叔叔在景德镇生活:二叔洪海得住陈家弄附近,做瓷器生意;小叔洪熹在景德镇信托公司谋得差事。二叔几天后才得知侄子洪国华被以逃跑的壮丁身份带走了,他赶忙写信给都昌九都家中的哥嫂,告诉他们侄儿被抓不知去向一事。洪钟患有严重的肺结核,自己没体力亲赴景德镇救子,他千叮咛万嘱咐,要弟弟不惜代价救人,并凑了200块银圆托人送到小弟手上。洪熹多方求寻,才知洪国华已被押往乐平县。他匆忙赶到乐平,又找熟人关系,在关押的学校见到了洪国华。几经疏通关系,洪熹见到了国民党一个姓劲的连长,反复申明侄子洪国华确是学生身份,绝不是逃跑的壮丁。劲连长也不含糊,明示人可以放,但要1000银圆保释。洪熹递上身上所带的200块银圆,说请劲连长等三天,他现在就回景德镇筹借,三天后交钱取人,劲连长满口应允。劲连长尽管有贪图1000块银圆之心,但上峰命令难违。第二天凌晨,这被抓的100余人又被转押到上饶。自此,家里人对洪国华的生死一无所知。

国民党军营里的抗战掠影

洪国华随100多个被抓的人离开乐平,一个星期后步行到了上饶市的河口镇。两天后,他们被交给了上饶士官区。白天,"壮丁"们参加劳作,砍柴斫树卖给当地人;晚上,挤在民宅里落宿。10余天后,洪国华这批人坐上了闷罐火车,经过黑咕隆咚的一天一晚,在浙江省松杨县下了火车。这批人被交给了国民党第3战区的79师,师长姓段。洪国华算是编入了国民党的正规部队,成了23集团1营3连的一个传令兵,负责在军营之间送信件。洪国华入列后参加了三天野练集训。那时国民党部队物资匮乏,新兵们一天只吃两餐——早餐和半下午一餐。随后,洪国华从松杨县开赴兰溪县(今兰溪市)。其时,抗日战争正处于尾声,兰溪县城里住着日本兵,国民党的军队驻在郊区。洪国华在兰溪一蹲就是3个月,随后开赴龙游县。4个月后,换防到义乌的山里。

每逢"九一八事变""七七事变"、中国人民抗日战争胜利纪念日(9月3日)等这些与抗日战争相关的特殊日子,洪国华总是百感交集地笑着对别人说:"我也参加过抗日战争。"别人不信这个和善的老人,反问:"你拿出抗日的证据来。"洪国华黯然。如果还原生活的本来模样,洪国华真算是一名"抗战老兵"。他所在的国民党正规部队的确与日本侵略军对峙过,尽管士气上显得有些萎靡。洪国华也的确处于与日本侵略军对抗的前沿,尽管作为一名普通的传令兵,他并没有经历枪林弹雨。他所在的部队后来从义乌的山里驻扎到临安县(今临安市)一个叫华垯的村里。日寇驻扎在临安,也只有100多人,另有100余名伪兵。洪国华不时看到用担架抬着的与日本兵交火时受伤的士兵被送往后方救治。他在兵营的职责是跑步送信,他至今记得1连、2连是机枪连,3连是步兵连。

　　1945年8月15日,日本侵略军宣布投降,中国人民艰苦卓绝的抗日战争取得最终胜利。洪国华所在的部队开往江苏一个叫七舒堰的地方,那里有个国民党制造火车的基地。洪国华仍当传令兵,数月后,部队换防到无锡的西郊。无锡是年轻的洪国华人生转场之地。天赐良机,洪国华做了一回国民党的"逃兵"。抗日战争胜利后,国民党军营的管理有些松懈。有一个星期天,照例是假日,洪国华与军营里的两个江西老乡(一个来自鄱阳,一个来自抚州)同去逛街。他正走在无锡西门外的大街上,突然听到后面有都昌口音的声音唤他的乳名"胜来的"。洪国华甚是惊奇,掉头看是谁,见是两个都昌万户老乡洪显藩和洪杨喜。洪国华和两个一同逛街的江西老乡打了招呼,就各玩各的去了。于是,他独自去会家乡的两个洪家人。原来,惜光村的洪显藩驾着自己的船,从景德镇装瓷器到无锡,洪杨喜则是别人船上的雇工。两人结伴逛街时偶遇洪国华。洪显藩告诉洪国华:"你父母为你失踪的事都快急疯了。我们能在茫茫人海的无锡相见,也是天意。我这一船瓷器也卖完了,正好明天回程,我带你随船回家。"洪国华乍一听还是有些惧怕,怕当逃兵被发现了会被枪毙。洪显藩劝他:"国民党是失了民心的党,你为它卖命不值。此时逃离,确是良机。你上了船,不要穿军装,藏于船舱绝对保险。你要走,就在今天晚上,最迟明天。在无锡港见到那种两头翘的'罗团船',就是我的。"所谓"罗团船"就是万户人叫的"巴雕船"。两头翘的龙舟样式,是都昌万户一带独有的船型。洪国华思亲心切,也看到了国民党军营的腐朽无望,便下定了回家的决心。他别过两位老乡后,若无其事地回到连部,只有一个文书在营里,其他的士兵都上街去了。洪国华将积累的津贴钱掖在身上,背着个军用黄挎包,里面装了两件换洗的衣服,仍着一身军装,径直往数里远的码头方向去了。他很容易就找到了洪显藩的船,在船舱换了便装,当夜相安无事。第二天天刚亮,帆船启程,直达南京。洪显藩在南京还有生意,便托前往六都周溪虬门的一条货船带上洪国华,说让船家带个在南

京读书的"学生娃"回万户大屋洪村。洪国华一路顺风顺水地回到家,与父亲洪钟、母亲吴桂莲抱头痛哭一番。

暮年的洪国华回首这段人生经历时,不止一次地设想,如果他没从国民党军营逃出,而是随部队开赴东北与解放军作战,他人生的终局十有八九是成为解放战争战场上的炮灰。

父子齐心营救解放军工作队

洪国华1946年初春从国民党部队弃营刚到家中,父亲洪钟当时就给他指出了四条谋生之路:一是务农种田;二是做小本生意;三是到景德镇二叔那里的窑场做工;四是继续读书,尔后可在村里办私塾授徒。洪国华选择第四种谋生途径,于是父亲将他送到东岸咀读私塾,是那种教20岁左右的学生的"大学"。先生是狮山老舍村的邵汤池,会教吟诗作对。到了1948年,已20岁的洪国华再也不愿坐学堂了,宁愿回家种田。

1949年的春天,鄱阳湖畔的都昌县已经能听到解放军解放都昌的隆隆炮声了。其时,解放军三野部队在都昌南芗万一带派出"华支征借粮工作队",一方面宣传发动群众砸烂旧世界,建设新家园,另一方面为解放军前线主力征借粮食。进驻万户的解放军工作队有3人(中途曾短暂增加1人),组长刘茂,是三野某团的副政治委员,组员董春茂是团政治干事,王松山是连副指导员。洪国华的父亲洪钟是共产党员,他鼓励儿子参加解放军的工作组,融入革命洪流。工作队在刘仲村开群众大会,洪国华既做带路的向导,也做语言的传译员。

1949年5月12日,都昌解放。某日,新建立的四区区政府通知洪钟去开会,当时区政府设在狮山榨下刘村,离万户大屋洪村有30多里路。洪钟患肺病,一直体力不支,他就让儿子洪国华陪着他去四区参会。第二天,两父子吃过早饭就动身赶往设在长岭耀璠洪村的平池乡(万户镇旧称平池乡)政府。一个在乡政府做事的"乡丁"洪三福得知同族的"大先生"洪钟要去狮山,他极力劝洪钟别去,并告诉他:前一日狮山竹峦大财主邵享起的儿子杀了解放军工作队员,驻狮山的解放军工作组楼楼组长决定向大财主邵家借粮,邵家闻讯便动用家族武装先下了杀手。洪钟当即从身上带的笔记本上撕了一页,写了一封言明情况危急的短笺,让洪国华折好,送至驻万户的工作队队长刘茂手上,要工作队果断采取藏匿措施,以防不测。解放军工作队当时驻在刘仲村洪国华舅公家的一幢老宅里,洪国华把父亲的信送到刘仲村时,刘茂、董春茂到东岸咀开群众大会去了。王松山接过信一看,意识到情况紧急,腰间的手枪便上了膛,旋即派村民通知刘茂、董春茂回队部,准备当晚撤退。

解放军工作队的3个人换上了村民的破旧衣服,化装成樵夫,准备撤退到都昌县城。其时,尽管都昌已是共产党的江山,但反动势力还很猖獗。刘茂一行因为当年涨大水,去都昌县城的陆路断了。十都的土匪盯上了刘茂一行,想干掉解放军夺取枪支。刘茂他们行至圣王村,发觉后面有人尾随,便警觉地避进村里的洪显右保长家。工作队曾在保长家开过会,熟悉地形。土匪随后赶到,威胁在前院屋檐下挂晒烟叶的保长夫妇,如不交出解放军便烧屋。年轻的保长慌忙去推自家大门,但是大门被里面的解放军工作队员抵住了。保长去找共产党员洪钟拿主意,洪钟听过情况通报便叫上大屋洪村三四十个好后生,一路浩浩荡荡地来到圣王村的保长家。土匪见来者势众,落荒而逃。洪钟将3名解放军引到大屋洪村,叫上平池乡下六保思想进步并在当地有威望的"大老倌",到大屋洪村祖祠商议要事。洪钟向众人申明大义,说民国二年(1913)芗溪黄坡垅人怒杀罗县令,后来遭官家秋后算账——火烧方圆40里。现在天下都是共产党的,解放军有数百万军队,谁能抵抗?更何况是冒天下之大不韪去谋杀解放军?大家纷纷说要保3名解放军,派青壮年劳力值守,并订立民约:解放军遇袭时,鸣锣为号,闻锣响即前去守护解放军。在此危急情形下,将3名解放军安置在哪里,与会的头首都不发声。洪钟站出来,让3名解放军吃住在自己家中,并约定每晚安排六保范围内的20余个村民轮流值守。

1949年,鄱阳反动分子在司令李逢春的带领下,气焰嚣张。刘茂一行藏匿在洪钟家4天后,李逢春手下一个绰号叫"麻眼"的中队长,带着100余人,背着长、短枪和2挺机枪从博爱乡(现属南峰镇)乌沙畈耀武扬威地来到大屋洪村,让村里交出3名解放军。村民众口一词,说工作队已撤走了,反动分子也不敢在大屋洪村轻举妄动。村里的火炮都装上了,真擦枪走火必有死伤。6个钟头后,麻眼撂下不交解放军还要来围堵的狠话,带上队伍走了。村民们人心惶惶,洪钟召集骨干人员商议更加周全地保护3名解放军之举。他让3名解放军白天躲在家里或是村外的烟叶地里,晚上藏在屋顶上,遇有袭击好突围。

大屋洪村共产党员洪钟对3名解放军冒死相救,这3位三野战士的命运如何呢?

49. 万户镇大屋洪村：日月照今古（三）

　　凝神撰写此文时，我想打破一回体例——以第一人称口述的形式书写，只为纪念一位遽然逝去的 95 岁老人。

　　2019 年 9 月 6 日，我赴都昌万户镇大屋洪村采访，9 月 14 日，"九江都昌发布"微信公众号刊发《万户镇大屋洪村：日月照今古》。都昌县政协原秘书长、县诗词学会副会长吴柏初先生读罢此篇后，告诉我文中所写的洪钟（1906—1949）烈士的儿子洪国华仍健在，建议我继续采写烈士后裔，存录更多的红色记忆。当年 9 月 20 日下午，我第一次踏进洪国华老人临时租住在县城丝瓜塅一居民家独院三楼生活的地方采访，他的原住址被纳入棚改拆迁范围。老人出生于1926 年，当年已 94 岁高龄，但人很精神，记忆力特别好，对过往岁月的人生娓娓道来，可谓独特而丰富。我们可以给他贴上几个人生标签——他是革命烈士后代、抗战老兵、1949 年前后都昌剿匪的亲历者。新中国成立后，洪国华淡泊名利，一直在都昌县粮食系统工作。第一次采访老人的数日后，我又去采访他一次。耄耋之年的洪国华老人听力尚好，事先都是电话约好采访的时间。老人有下午到街心花园看人下棋的习惯。下午 4 时，我不忍继续采访而打乱他的生活习惯。老人揣着一个小马凳，缓缓地走向街心花园，融入"夕阳乐"的人群中。就是在那天，我补拍了一张老人观棋的生活照片。

　　2019 年 10 月 16 日，"九江都昌发布"微信公众号刊发的《万户镇大屋洪村：日月照今古（二）》便记载了洪国华早年在景德镇求学被抓了"壮丁"、在国民党军营里的抗战掠影、父子齐心营救解放军工作队等内容，而末句为"大屋洪村共产党员洪钟对 3 名解放军冒死相救，这 3 位三野战士的命运如何呢？"实际上是有"且听下回分解"之意。下篇会续写后来洪钟、洪国华父子的革命故事。

　　洪国华是个很有温情的老人，为感谢我的叙写，他安排他的儿女辈请我和吴柏初先生在一起聚了一次。此后一搁，续篇就被我拖了一年未着笔。老人也很宽容，未曾催问。数日前，绵延多日的秋雨中，我翻捡出一年前采访洪国华老人的原始记录，动笔拟写搁置一年的下篇。我打电话给吴柏初先生，问洪国华老人是否仍住在原处，想去补充一下采访。吴柏初先生告知，老人 2020 年 6 月在家摔了一跤,遭此一跤后溘然长逝。噩耗传来,特别令人痛惜。我拟写《乡愁里的家训》,采访过的一些老人天不假年,过了两三年竟溘然长逝。在痛悼他们之余,我亦得到了一份慰藉,毕竟在他们的有生之年,我通过采写记录下了他们的人生历程。从这个角度看,我常常觉得我挖掘都昌地方文化历史特别有意义,很多时候我在做"抢救"工作。我想,对洪国华老人最好的纪念方式,就是将这篇迟拟的下篇完成,并且采用"口述实录"的形式,存录下老人后半生的华章,告慰老人的在天之灵,亦让后人在历史的长河中,翻卷起洪国华在都昌革命史上的一簇浪花。

口述故事之一:十万火急"伞柄信"

大家熟知的电影《鸡毛信》,讲的是抗战时期儿童团长海娃送"鸡毛信"给八路军的故事,我23岁时,给解放军送过"伞柄信"。

解放军华支征借粮工作队的刘茂、董春茂、王松山在万户大屋洪村被鄱阳反动分子李逢春领头的中队盯上了。这时候是1949年6月,都昌已在5月12日迎来了解放,但当时在南芗万一带,土匪很猖獗。面对气势汹汹的反动派,如何将解放军工作队的3名解放军平安救出?父亲想到让我送信给中共鄱阳地委求援。当时都昌县归中共鄱阳地委管辖,而且万户在地理位置上更接近鄱阳县。

求救信是由工作队队员董春茂执笔写的,他在部队里是团政治干事,文化水平高一些。信要是落到反动派手中,送信人肯定是要被杀头的。父亲找到家中的一把乡间雨天出门常带的油布伞,在竹伞柄上钻个洞,把信揉搓后放在伞柄竹节的空间里,然后用烘干的黄泥巴封住孔洞,再在黄泥巴上贴上竹膜,看不出与原来的伞柄有什么不同。

我从家中动身前,父亲反复叮嘱我路上要沉着,千万不要露出破绽。1949年夏季涨大水,我在芗溪渡口坐着小交通船到了田畈街,然后步行到鄱阳县城,找到中共鄱阳地委驻地所在。当时是一个叫唐杰的组织部部长接待了我。听说伞柄里有重要的秘密,他用小铁钉掏出封口的黄泥巴,取出信。他看了信后,表扬我为解放军做了有意义的事。随后,他让我到响水滩去找鄱阳军分区的周建中副司令员,并让我转告受围困的解放军华支征借粮工作队的3位同志,让他们好好地隐蔽起来,革命形势势如破竹,受困的局面不会持续很长时间。当时,我背了几斤大米在身上,作为途中的食粮。唐部长吩咐鄱阳军分区二区区委书记拿两吊铜钱角子给我做路费,让我当天下午搭船回都昌的家中。

第二天,我转了好几趟回到老屋洪村家中,把送信的经过一说,解放军的3位战士心里很紧张。这次我们并没有等到具体的救援安排,父亲洪钟又让我去都昌县城送信,找到救解放军工作队的办法。第二天清早,我动身赶往县城,先是过西湖渡走到三汊港。在三汊港街上,我看到湖面上有解放军的2条火轮船,后面拖着2条民船,往土塘港方向驶去。我在三汊港镇上吃过早点,向一村妇打听到去土塘的近路。下午2点,我到了土塘。土塘有解放军设卡,哨兵拦住我盘问,我说我是给解放军送重要信件的。连长姓李,他让一个叫夏树屏的人看信,夏树屏是都昌解放后的第一任县委书记。李连长问我吃饭没有,我说还没呢,从三汊港赶过来的。他让区长在火轮船上的鼎锅里舀了一碗饭给我,我就着几个大蒜头吃了一碗饭。

下午,火轮船和拖着的民船,载着一营300余人从土塘出发,去南峰剿匪,当天晚上即可到达。夏树屏问我是同船到南峰还是先回家报告消息。我说我先回家去。我连夜赶往家中,告诉解放军工作队,解放军一营人明天就会到万户营救他们。解放军工作队表扬我勇敢地完成了任务,当夜便介绍我入党,刘茂、董春茂是我的介绍人,候补期是6个月。我堂妹洪惠珍也被介绍入党,候补期是3个月。我在国民党军营当过兵,所以候补期要6个月。

口述故事之二:活捉鄱阳反动头目李逢春

在土塘、南峰、万户一带平息残匪的是鄱阳军分区382团的解放军,他们在南峰余晃村缴了地方武装的枪支,其中还有一挺重机枪。第二天上午11点,解放军按昨天的约定,进入万户老屋洪村,我和父亲在村口迎接从平池湖入村的解放军。带队的夏树屏是中共都昌县委书记,原四区区长张金祥也在队伍中,张区长与我父亲洪钟在南峰一起开过会,互相认识。

解放军入村后召开群众大会,宣传革命形势。当天还在我们村里住了一晚,第二天凌晨,开赴别的地方剿匪。早先被围困在我们村里的刘茂、董春茂、王松山3名解放军也随大部队走了,听说汇入了他们原来的三野部队。解放军大部队离开我们村里时,还留下了3支三八式步枪,60发子弹,2颗手榴弹,让我们村民用作自卫的武器。解放军团政委叫李铁军,副团长姓杨,吉安人,是一名长征干部。

一个星期后,我找到父亲说,我要跟随部队去剿匪。父亲也很支持我。当时中馆段家洲有土匪,剿匪的解放军驻扎了382团一个营,营长姓李。副区长夏日新是都昌南峰人,早先是屠夫出身。经父亲介绍,我找到短暂驻扎在中馆的李营长和夏区长,在中馆住了几晚,然后从中馆出发,经三汊港前往阳储山。破岭一带反动分子猖獗。每到一地,解放军尖兵排在前面搜索,反动分子不敢轻举妄动,所以并没有真正打起来的场景。我没穿正式军装,跟在解放军队伍的后面。

部队一时驻在汪墩喆桥,当地群众反映,反动分子流窜到武山去了。于是,解放军的部队经汪墩、徐家埠、张岭,向武山进发,武山与彭泽、鄱阳相连。部队巡查到鄱阳响水滩的李家湾村,这是山下一个很小的村子,部队侦察到鄱阳反动分子就在这一带活动,而且头目李逢春也在李家湾居住。正值中午,李逢春在一农户家的竹摇椅上午休,穿着短纺绸的褂子。见2个解放军破门而入,李逢春站起来掏枪,被解放军扣住橄械。听到动静,在隔壁人家休息的七八十个反动分子窜出来,后面的解放军战士也进来了,解除了反动分子的武器。

我们在武山住了几日,李营长征求我意见,是随大部队继续前行剿匪,还是回都昌。我选择回家,因为我有些牵挂家中的父母。

口述故事三:父亲洪钟牺牲

1949年7月,区政府设在榜下刘家,张区长清楚父亲洪钟和我坚定投身革命的经历,他介绍我到成立2个月的中共都昌县委会工作。

当时的县委会设在都昌县城邵家街的邵氏家庙里,来自二野的中共都昌县委组织部部长刘杰安排了我在县委会的工作。10多天后,四野接防都昌。刘杰部长找我谈话,动员我随二野南下,奔向四川、云南。我当时年轻,革命热情非常高,答应随二野部队远征。我知道父亲洪钟肯定会支持我,但母亲一定不会让我离家参军。我想我到了大西南后再写信给父母解释,求得支持。随二野开赴大西南的所有准备工作都在一个星期内做好了,我的名册也入了列,只等着明天打起背包出发,随二野官兵到上饶集中,开赴大西南,踏上新的征程。

我们出发的前一天(一说是1949年农历八月初十),四野部队接防的人已到了都昌。一个姓李的通讯员,带着驳壳枪,来到县委会的院子里,问哪位是洪

国华。我站了起来,通讯员说政委王力群请我去一下,我跟着李通讯员到了王政委办公的县立联合初中(老任远学校)二楼。王政委一脸严肃地将当天上午我父亲洪钟在和合黄金咀牺牲的噩耗告诉了我,我一听眼泪长流,十分悲痛。王政委说他准备明天带县大队的同志到和合那里去,让我同去,帮家里料理父亲的后事。第二天,王政委带着县民政科科长刘继忠、联中校长向法宜同坐民船,扯着帆篷。我们中午就到了和合我父亲牺牲的现场。九江军分区的司令员祝世凤已带部队到了现场,向从都昌赶来的我们详细地介绍了父亲洪钟遇难的经过:

我父亲洪钟坐着民船从万户到县政府联系地方上的工作,船行到和合黄金咀,在一棵樟树下坐风。和合当地的反动分子中有个叫杜和能的,平时好吃懒做,流里流气。他见岸边停着一条“箩篮船”,明显不是和合当地的,是来自东边九都那边的船型,便带 2 个人前来检查,想打罗汉讨个冤枉吃。父亲身上背的青布袋子里,装了 10 多斤米,用作来县城的盘缠。米底藏着一封信,是省军区肖副司令员写给当时的江西省政府主席邵式平的,内容是介绍我父亲到省城南昌工作,具体安排什么工作,请省长酌情。父亲与肖副司令员相识,肖副司令员曾带队参加鄱阳湖区剿匪,在都昌南峰街上主持召开过一个联络会,当地的进步人士参加了联络会,我父亲作为党员也参加了这个连开三天的联络会,得到了肖副司令的信任。父亲曾担任中共景德镇市委委员,也在景德镇与邵式平会过面。反动分子还从我父亲身上搜到了 8 块银圆。杜和能是赣西北反动头目李运辉的部下,在和合庙下余家驻扎了一个中队。他们将父亲和同船的冯显银(一说叫银得)、船老板鲍登来(一说叫登述)一并押往庙下余家审讯。

当时祝司令在都昌三汊港剿匪,听到当地群众反映,反动分子在和合捉到了 3 个共产党,祝司令派军分区 63 大队侯副营长带一排人去营救。当夜吹大风,侯营长经曲折的水路到了和合杜家。第二天凌晨,杜和能碰上了带着解放军的侯营长,便慌忙跑了。解放军还打了 3 枪。反动分子审讯父亲时听到枪声,便用绳索捆着父亲 3 人,把他们转移到大田咀。反动分子熊森元、詹太虎,将父亲押到何家坳村后的樟树峦里。詹太虎用马刀残忍地杀死了我父亲,父亲的头首和正身只剩一层皮连着,血流了一大片。冯显银当时被砍杀,但没有死,反动分子用锄头打死了他。船老板鲍登来绰号斋公,他身上也被砍了 10 多刀,但未致死。等反动分子离开后,鲍登来苏醒过来,挣脱身上的绳索,躺在禾秆堆下,被早起的何家坳的好心村民喂了稀饭,缓了口气。侯营长带着解放军追到大田咀,我父亲和洪显银已被反动分子杀害了,侯营长让随队的卫生人员简单包扎了一下鲍登来的伤口,用救生的"红船"把他送至县城,转往九江救治,算是保了一条命。

父亲牺牲后,其尸骸用棺木装殓被运到了河边。当天下午,母亲和亲友也赶到了父亲牺牲的何家坳。我和母亲(老人家1993年去世)见了面,母亲担心反动分子回来反扑,于是我找到在曹文镇里剿匪的祝司令,提出父亲安葬善后需要保护。祝司令安排了4个解放军,持枪和我们一同赶回和合,在和合租了船,一路护送父亲灵柩回老家下葬。杀害我父亲的凶手詹太虎、熊森元不久在三汊港召开的群众公审大会上被枪毙了。开始接管都昌的二野同志已按计划奔赴大西南。我料理完父亲的后事后,接到王政委的信,他让我参加南芗万、中馆、狮山、鸣山一带的剿匪工作,当时叫四区,区长是向法宜。

我从1950年初开始,就一直在县粮食部门工作。我1949年以前就参加革命工作,被认定为离休干部。我在县粮食局直属粮库的保管员、局支部委员、储运股股长等岗位上工作过,1963年,我参加过全省劳模大会,1983年12月正式办理离休手续。我本来是1949年5月举拳头宣誓入的党,当时我与入党介绍人刘茂、董春茂失去了联系,找不到原证人,于是在1956年重新办理了入党手续。户籍证件上,工作人员笔误,将我的出生年份写成了1928年,实际上我是1926年出生的。

我90多年的人生走过的路有很多。抗战的经历,1949年参加都昌剿匪的经历,我很少对人讲起。后辈幸福,我就知足了。

50.万户镇大屋洪村：日月照今古（四）

　　《都昌县志》（1994 版）"人物卷革命烈士"一节如此介绍都昌万户镇大屋洪村革命烈士洪钟（1906—1949）早年的革命经历："洪钟，万户乡大屋洪家村人。1925 年参加革命，任景德镇市平民教育促进会总干事，积极创办平民夜校，在工人中宣传马克思主义。1926 年 3 月，由王环心、向义介绍加入中国共产党，并根据组织决定，以个人身份加入中国国民党，出任国民党景德镇市党部执委兼农民部长，领导开展农民运动。1927 年 4 月，任中共景德镇市委委员。其间，景德镇市政府在中共推动下将市长制改组为委员制，又被推选担任景德镇市政府委员（共 5 名）。5 月，作为景德镇代表出席重新召开的国民党江西省第三次代表大会。大革命失败后潜往上海等地，失去中共关系。后转景德镇、都昌等地从事教育工作。"若论都昌人洪钟民国时期在景德镇市职务上的巅峰期，当数 1927 年。其时国民党景德镇政府由市长制改组为委员制，设委员 5 名，21 岁的洪钟为其中之一。

　　洪钟的女儿洪丙珠 2010 年在她 86 岁高龄时如此回忆父亲的早年经历："我祖父洪显清健在时，家里较富裕，全家住在景德镇。祖父是窑主，烧做二行，有瓷窑、作坊、客房，家里在乡下也买了地皮。抗战前，生意红火。抗战爆发后，家里店铺关门，全家避难于都昌乡下，生活才日见窘迫。听母亲说，父亲出生在景德镇，1922 年就参加了革命，当时只有 16 岁。他在景德镇、南昌、上海都读过书，学习成绩优异，在校接受了共产主义思想。地下党组织成员经常在龙珠阁集会，那时祖父母看他年纪轻轻，不让他出去，后来父亲就到罗家桥乡下干农民运动，经常不回家，祖父母也奈何不得。父亲在外面干革命工作，从不和家人说，我们也不知道，我只听说在红军二次打下景德镇时，大家都把他当成大领导。他在景德镇市党部任过农民部长，在玉山县任过督察员，在上海学过医，任过《太平洋报》编辑，后来与组织失去联系，到处逃难，经常与家里失去联系，有时几年不回家，他的一个男孩夭折时，临死都没见上一面。"

　　我们且从景德镇地方党史中追寻洪钟早年在瓷都的革命轨迹。景德镇第一个中共党小组组长是都昌汪墩人向义（又名法宜）。1926 年 1 月，向义、姚甘霖(知识分子)、周翰(临川籍瓷业工人)、刘越(都昌人)在景德镇南山沙陀庙召开"共产党景德镇小组"成立会议,向义被选为党小组组长。此前,向义在景德镇创办平民夜校,在瓷业工人中积极宣传马克思列宁主义,对劳动人民进行启蒙教育,为景德镇党组织的建立做了思想和组织上的准备,洪钟在其中做出了重要贡献。

向义1925年7月加入中国共产党,随即被党组织派往景德镇。1925年的"五卅"惨案,令景德镇的瓷业工人强烈愤慨,"公祭顾正红烈士"的浪潮翻涌。为开展好景德镇的革命斗争工作,适时建立景德镇的共产党组织,中共南昌特别支部根据景德镇的斗争实际,决定派都昌人向义回到有"都昌人码头"之称的景德镇秘密开展党的工作,组织和发展工人运动。向义在景德镇把工作重点放在组织、教育和发动瓷业工人上。1925年8月,他利用小学教员的社会职业举办"通俗讲演所",在"风火仙"门前和黄家洲的空旷场地,向广大观众宣讲文化卫生知识的同时,进行革命宣传教育。10月,向义等向浮梁县署申请创办了"景德镇平民教育促进会",姚甘霖、刘相两人任常务理事,洪钟任总干事。

洪钟一开始就能担任景德镇平民教育促进会总干事一职,不外乎两个方面的主要原因:一是都昌的人缘好。景德镇的瓷业工人多为都昌人,"都帮"在景德镇能呼风唤雨,势力强盛。向义只身在景德镇立足扎根,开展革命工作,当初的身份是"教师"。他是请省女师学监胡若(都昌苏山益溪舍人)把自己介绍给浮梁县知事邵贤南(都昌大树人),而谋得景德镇模范小学教员一职的。洪钟与大他4岁的向义相识相知,其间的纽带也是乡情。二是个人的知识素养高。洪钟早年在南昌豫章中学、上海英华大学就读,本身具备深厚的文化功底,也较早地接受了革命思想。

1925年11月,向义、洪钟等人以景德镇平民教育促进会的名义,筹办成立了平民夜校。平民夜校表面上教导工人学习文化知识,暗地里地向工人宣传革命道理,提高工人们的阶级觉悟。起初向义、姚甘霖、洪钟轮流教课,与洪钟同村的瓷业工人洪泉水(后牺牲)的革命启蒙就是来自景德镇平民夜校。洪钟采取深入浅出的讲解,向平民夜校的学员灌溉革命思想。比如在提到"为什么老板有钱工人穷"的问题时,他就以瓷业工人为例来说明:一个工人为厂主做十几小时的工,每月创造的财富有两三百银圆,自己所得到的工资只有十几银圆,最多不过几十银圆。剩下的一两百银圆,本应归工人所有,但结果被厂主、把头、

官僚、政客搞走了,所以老板有钱工人穷。他在算术课上举例:"镇上一个卖苦力的工人,每月应得的工资为 25 银圆,但实际所得的只有 14 银圆,问:厂主封建把头剥削了多少银圆?"他还通过讲解当前国内外形势与工人阶级劳动人民在世界上的地位,号召他们团结起来,为减少和摆脱自身的痛苦,与反动派和一切剥削阶级做斗争。

洪钟的入党介绍人应是王环心。1926 年 3 月,中共南昌特支派王环心(王经燕烈士堂兄,后任中共永修县委书记,1927 年牺牲)以特派员身份来景德镇指导工作,景德镇党小组在此期间发展了刘相、陈铭珍、洪钟、何燮等人为中共党员,他们还以个人的名义加入中国国民党。1926 年 4 月,以中共党员为骨干的"国民党景德镇市党部"在向义任教的模范小学秘密成立,推举向义担任市党部常委委员,姚甘霖、刘相、陈铭珍、何燮等人为执行委员,洪钟为执行委员兼农民部部长。1926 年 5 月,北伐取得胜利,景德镇市总工会、郊区农民协会、妇女协会、商民协会等群众团体先后公开成立。市总工会委员长由共产党员万云鹏担任,洪钟任农民协会常委。1927 年 5 月底,经中共江西区委批准,中共景德镇支部晋升为中共景德镇市委,向义为书记,洪钟等 7 人为市委委员。在革命斗争形势不断高涨的情况下,景德镇市行政公署改为委员制,王尹西任市长,万云鹏、姚甘霖、洪钟、陈铭珍 4 名国共交叉党员为委员,连同王尹西共 5 人组成市政委员会。这样,在景德镇政权机构中,中共党组织的力量就占了绝对优势。

由于景德镇党组织的工作重点放在市区工人运动方面,加上力量不够,因此浮梁的农民运动就成了短板。1926 年底,洪钟以国民党市党部农民部部长的身份,成立了景德镇郊区农民协会,组织农民运动。大革命进入低潮后,浮梁县农民协会基本上被国民党右派和土豪控制着。浮梁县里村恶霸马德山组织假的农民协会,妄图与洪钟领导的市郊农民协会相对抗,进而在国民党地方政府的鼓噪下,夺取整个农民运动领导权,蓄意破坏工农团结。洪钟坚定地站在了斗争的一线,赶跑了国民党江西省监察委员姜伯彰。

1927 年初,都昌人与乐平人之间的"都乐械斗"惨案爆发,共产党员洪钟在"都乐械斗"发生后的处置工作中,留下了或浓或淡的身影。"都乐械斗"在文学家、历史学家、民俗学家、移民史学家、党史学家等不同研究领域的人眼里,有全然不同的解读。那一场真刀真枪的仇杀持续了一个多月,仅景德镇市区的死者就有百人以上,景德镇附近乡间路上的死者不计其数。

　　"都乐械斗"发生后,各方政治势力登场,其间当然有已然登上景德镇历史舞台的共产党的身影。向义、姚甘霖、何燮在新中国成立后曾撰文《第一次国共合作时期景德镇的革命运动》。向义等人的基本结论是:"右倾投降主义对'都乐械斗'的处理,(使)工人失去武器,革命转向低潮。"

　　向义等人在文中写道:不久,江西省主席朱培德便派参谋傅作霖率领一营宪兵,会同省民政厅特派员周庭藩来景德镇处理"都乐事件",同时中共地下省委有介绍信给周庭藩带来,说明他又是我党的特派员,械斗事件须和他共同研究处理。当时江西的整个形势是由革命高潮转向低潮,朱培德反革命狰狞面目已经暴露,他们开始禁止工人农民运动。因而代表反动势力的傅作霖,到了景德镇不但不去弄清"都乐事件"的真相,还与国民党右派勾结在一起。身为省特派员的周庭藩,在到景德镇的那天晚上,于夜深人静时分,召集我党市委主要领导人在龙珠阁开会,参加这次会议的有向义、姚甘霖、陈铭珍、刘相、何燮、洪钟(一说洪钟此时已停职)。周庭藩在会议上首先谈到国内外形势:"国民党现在攻击我党包办工人农民运动,因而党对目前工人农民运动的策略是'让而不退,办而不包'。国民党要搞工农运动,可以让他们去搞。"随后提出了缴工人纠察队、商民自卫队和人民自卫队枪支的问题……终于在右倾机会主义路线的指使下,决定第二天开始缴枪。景德镇工人用生命换来的几百条枪支就这样断送了。

　　1927年,汪精卫在武汉发动"七一五"反革命政变后,景德镇的工农革命运动转入低潮。在白色恐怖下,共产党员遭到通缉。洪钟也转入地下,潜往上海,至太平洋通讯社任编辑,失去与党组织的联系,后转到景德镇、都昌等地从事教育工作。

　　1937年,举家搬到都昌乡下,在大屋洪村种田为生。他的革命身影呈现于家乡这方红色土地上,直到1949年8月牺牲。

二、源远流传

51. 都昌陈姓：义德传家千年（上）

【陈氏家训家规】圣贤之道，孰与为明？千秋统绪，任在儒生。振发韋启，鼓振金鸣。石渠白虎，木铎传声。唯其仪备，斯感至情。游杨二子，立雪于程。苏章千里，不惮遥程。跋涉艰楚，荷笈而行。吾陈东佳，无骛乎名。隆宠师儒，以集群英。

天下陈姓出义门

2008 年出炉的"新百家姓"按人口数多少排位，前十位依次是：王、李、张、刘、陈、杨、黄、赵、吴、周。陈姓居第五位，户籍人口数达 0.633 亿人，算是中华显性了。

追根溯源起来，陈姓之显自古有之。陈姓的授姓始祖叫陈满，谥胡公。《陈氏宗谱》将"满公"列为第一世，并做如下载录：满公（前 1076—前 1034），字少汤，为舜帝之 34 世孙，周武王封于陈国（今河南淮阳县所辖），以国为姓，乃陈姓之授姓始祖，娶武王之长女大姬，生二子——犀、皋。

陈氏以国为姓。公元前 478 年，陈国为楚国所灭。陈国灭亡后，时光在风云激荡中又过了 1036 年，中国历史进入南北朝时期。继宋、齐、梁之后，陈朝登上了历史舞台。陈武帝陈霸先创立陈朝，立都建康（今南京），仅控制江陵以东、长江以南的狭小地区。陈朝传 5 帝，存世 33 年（557—589），亡国之君陈后主陈叔宝被隋文帝所灭。中国历史上唯一的国君之姓与朝代之名相吻合的朝代是陈朝。历史上，挟带着帝王之气的陈姓人物，其实还有 3 个。一个是秦末的陈胜，短暂建立"张楚"政权。一个是东汉之后短暂称帝为"新"朝的王莽。有资料显示，王莽数代之上由陈姓改王姓。一个是元末自立为汉，将都城定在江州（今江西九江）的陈友谅，在鄱湖大战中为朱元璋所灭。

陈后主陈叔宝以《玉树后庭花》为题,写过一首也算精品的宫体闺怨诗,末句"花开花落不长久,落红满地归寂中",本意是以后宫之花喻宫女青春易逝,却成了一个朝代不再的谶言。晚唐诗人杜牧的名诗"商女不知亡国恨,隔岸犹唱后庭花",是对陈后主沉迷享乐而致亡国的一声叹息。陈朝灭亡140余年后,"义门陈"始祖陈旺于唐玄宗开元十九年(731)迁浔阳蒲塘场太平乡永清村(今德安县车桥镇义门陈)。数代同居150多年后,唐僖宗御笔亲赠"义门陈氏"匾额。义门姓氏又称江右陈氏、江州陈氏。此后,义门陈多次受到皇族旌表,闻名遐迩。陈姓不少村庄的门楼或祖祠嵌的"真良家"三字,就出自宋太宗之口。唐宋时期题赞义门陈的赠联者众,唐僖宗赐联"九重天上旌书贵,千古人间义字香";宋太宗赐联"三千余口文章第,五百年来孝义家";宋真宗赐联"聚居三千口人间第一,合炊四百年天下无双"。

唐宋时期,义门陈氏家族创造了3900余口历15代,330余年聚族而居、同饮同食、和谐共处不分家的世界家族史奇观。后宋仁宗在文彦博、包拯等重臣的建议下,下诏义门陈分家,并派官员监护分析。其间自然有赵宋王朝担忧陈氏家族过于庞大,成一呼百应之势,危及当朝统治的原因。于是中国历史上最大规模的家族大迁徙开始了。义门陈分家有两种说法:一说是按皇帝御赐的12字,以第15代人为分庄主,依派抓阄,析分出291个庄,迁往各地;一说是义门陈掌门人将祠堂一口大锅吊在祠堂的大梁上,任其落下,摔成了大小291块,于是分成291个村庄,每个庄持一片象征家族血脉的锅片,踏上迁徙之路。

一门繁衍成万户,万户皆为新义门。义门陈氏分布在世界各地,便有"天下陈姓出义门"之说。据查,陈独秀、陈毅、陈云、陈锡联、陈赓、陈再道、陈丕显、陈嘉庚、陈三立、陈立夫、陈果夫、陈诚、陈布雷等近代陈姓闻人都是义门陈氏的后裔。

都昌陈姓南桥庄

义门陈在都昌瓜瓞绵绵的历史,可追溯到北宋嘉祐七年(1062),距今近千年了。都昌陈姓始祖为北宋年间的左仆射陈继铭。

有"天下第一家"之称的义门陈在宋仁宗嘉祐七年析分291个庄至全国92个州,涉及今天的16个省144个县。是年,陈继铭由江州始迁豫章(今南昌),当年旋迁都昌南桥,因爱阳储山之秀美,便在此定居下来,故称"南桥庄"。在现

今的汪墩新桥阳储山下,有都昌陈姓宗祠和继铭公的墓茔。近年来,陈氏宗亲对祖祠和祖墓皆进行了修葺,成为陈氏家族敬祖崇宗、传承义德的圣地。"南桥庄"是义门陈当年析分的 291 庄之一庄,而都昌陈姓"南桥庄"又有"十八庄"——善进庄、太平庄、中堡庄、茗洞庄、南桥庄、龙福庄、石金庄、松口庄、松巷庄、白凤庄、西山庄、中街庄、马陂庄、北市庄、西街庄、天井庄、南园庄、懒石庄,其世派统一为"前代垂功茂,修齐典则详。星联绵令绪,云会庆同堂……"据统计,全县 144 个陈姓村庄各归其庄,融汇成一个陈姓大家族。比如元代理学大儒陈澔的后裔就属于马陂庄。

据《南桥庄继铭公通宗谱》(2008 年版)记载,都昌陈姓始祖陈继铭(979—1068)进士及第,官至左仆射、尚书、都侍御史。左仆射在唐宋是个品秩很高的官职,相当于宰相。不过唐末期至宋,仆射已成为虚职。康熙版《都昌县志》"卷之七·人物"记载,宋代都昌"忠节"名宦有刘彦诚、刘仲武、刘锜、刘钊、刘锡、曹兴宗、曹彦约、江万里、江镐、江铎 10 人,未载录官至左仆射的陈继铭,也许是他任左仆射时还未迁入都昌之故。比陈继铭小 27 岁的进士、太子太傅、潞国公文彦博曾升任同中书门下平章事,也就是真正当政的宰相。他在《赞左仆射陈继铭公》一文中如此赞誉前辈同僚:"公之才足以补天浴日,公之德足以济世安民,始以金榜联捷,继以玉署蜚声,政绩彪炳千古,文章卓越绝伦,清白嚼然不滓,竖立环宇亭亭。"

继铭公奉旨迁徙至都昌时已 83 岁高龄,耄耋之年,五世同堂,子孙绕膝,车马盈门。继铭公在 6 年后的 1068 年无疾而终,葬都昌三十一都觉山寺下首王郎冲,在今汪墩乡新桥村委会老山村对面 300 米许的虎山上。清初,继铭公墓重修,时任知县、湖北荆石人郑州玺亲临墓地祭奠,并撰《继铭公碑文》。碑文中叙述了他因为景仰"经归先生"陈澔而褒陈澔之先祖继铭公。"余幼时学《礼》,景仰经归先生,心窃向往之,恨不谒其祠,拜其墓。""旋读《书》,观大猷小注,叹其诠理其悉,初不意其为云住先生之父也。"履任都昌,得知继铭公为大儒陈大猷、陈澔父子的祖先,郑知县如此感慨:"益叹陈氏之义气著于千古,乃公之积厚流光,宜子孙繁衍,遍于枭邑也。""若理学辈出,宗族肃雍,尤当世所不可及……余勉祝公嗣,思公之德,服其服,言其言,行其行,庶几克绳祖武,贻厥孙谋,可谓古今人不相及也。"

都昌陈姓始祖陈继铭属"继"字辈,而下为昉、瑛、高、猛,五世同居。至陈猛三,陈氏才真正开始分衍都昌十八庄。

　　猛三公之孙陈辉,讳伟烈。陈辉可以说以他特有的"至伟的壮烈",将孝义的光辉映照在《陈氏宗谱》里,也辉映在历史的时空里。陈辉的父亲陈畦,字治原,登北宋末期进士,任司理。当时赵宋王朝奸佞弄权,朝政腐败,内忧外患,民不聊生。陈畦直言进谏宋徽宗,披肝沥胆,大义凛然,可结果却是以忤逆之罪要被处死刑。作为儿子的陈辉挺身而出,弃四川通判(一说郓州司理)之官职代父行刑赴死。后来君王幡然醒悟,为旌其德,赠陈辉以中散大夫,赐予御葬。在陈辉家乡都昌"巨典树坊表于墓门,镌忠孝于石碣,傍以忠孝桥梁"。南宋理学家朱熹知南康军时,为都昌陈辉"子代父死"之忠孝而感慨:"非忠无君,非孝无亲。舍是二者,兽而不仁。庄周放荡,义命是遵。释氏空寂,报恩尤勤。戴天履地,孰逃其身。"明代进士、兵部右侍郎兼右金都御史余应桂为同邑先贤刻碑,褒赠:"魂随宸极,魄藏椿中。裂肝男子,披胸大夫。丹心直照,仁至义尽。纶言赐额,岿然公墓。"同治版《都昌县志》在卷之九"人物志·孝友篇"载录陈辉舍生取义之精诚:"陈伟烈,名辉,以字行。天性纯孝,登进士,司理郓州,父治原因直谏得罪论死,辉弃官叩阍,请以身代,事得白,赠中散大夫,敕葬三十一都。墓前建立石墙,御题'忠孝'二字。"2019 年,都昌义门陈南桥庄文化研究会对辉公墓地和碑坊(属今汪墩乡酒坊村所辖)进行了重修,将其打造成陈氏宗亲敬祖崇宗、传承家训的一方敬仰之地。

52. 都昌陈姓：义德传家千年（下）

宋代进士名录考

都昌陈姓自宋徙居都昌以来人文蔚起，踔厉士林。继铭公第37世裔孙、居于白凤庄的陈齐明先生对都昌义门陈文化颇有研究。2008年，他曾撰文列出了宋代都昌陈姓中进士者名单，有24人。具体名录为：

第1世：陈继铭，登宋至道元年（995）进士，官至左仆射。

第2世，陈继铭之三子陈昉三，名虚，字好谦，宋徽宗政和五年（1115）何栗榜进士，官拜中书郎。

第3世，陈继铭之孙陈瑛一，名衡，字元平，政和二年（1112）莫俦榜进士，官拜枢密使；陈瑛三，名杰，字元保，政和二年莫俦榜进士；陈瑛四，名苑，字元翰，政和五年何栗榜进士，官拜池州太守。从第1代至第3代，便有"三代五进士"之说。

第5世，陈猛三，名旸，字诚之，绍兴十二年（1142）进士，任南海尹；陈猛二，讳曛，字绎之，任四川富顺县尹，升任知州。

第6世，陈彰二，名畦，字治原，宣和六年（1124）沈晦榜进士，为司理。

第7世，陈辉，讳伟烈，任郓州司理，死于为父代刑，事白，封中散大夫。

第8世，陈缙，字务敏，陈辉长子，绍兴廿七年（1157）王十朋榜进士，授朝议大夫；陈篆，字鹏图，陈辉幼子，庆元二年（1196）邹应龙榜进士，官朝议大夫。

第9世，陈端，名稷，陈辉之孙，嘉定十三年（1220）刘谓榜进士；陈仲达，名亮，绍熙元年（1190）进士。

第10世，陈叔远，名善，陈辉曾孙，乾道二年（1166）萧国梁榜进士；陈炬，名之栋，咸淳十年（1274）王龙泽榜进士，任宿州尹。

第11世，陈炳，字奋豫，陈辉玄孙，淳祐四年（1244）刘梦炎榜进士，任泗州干理；陈谏，字正阳，又名纪，绍定五年（1232）徐元杰榜进士，任嘉兴太守；陈范，字正颜，号巨卿，庆元五年（1199）曾从龙榜进士，官拜平阳太守。

第12世，陈大猷，字文献，号东斋，陈炳之子，陈辉5世孙，开庆己未（1259）

周震炎榜进士,从政郎封黄州军判官。从陈辉到陈大猷,便有"六代七进士"(指嫡传的进士),都昌曾建有七进士坊。陈大猷著《书经集说》《诗经集说》行世;陈大猷之子陈澔,号云住,人称经归先生,一号北山叟。所著《礼记集说》,成为明清两代科考取士的御定读本。清雍正二年(1724),诏命从祀孔子庙廷,为先儒。陈澔之子陈师恺,纂述《书经蔡传旁通》。人称"三代注理学"便是指陈大猷这支家族,尤以理学大儒陈澔影响为大。第 12 世陈椅,字端仪,绍定五年(1232)进士,官礼部尚书。

第 13 世,陈尧德,字一隅,名维新,嘉熙二年(1238)周坦榜进士,任广东韶州府尹;陈道,字直卿,号可信,嘉熙二年周坦榜进士,任武昌县尹;陈遠,字可行,号桂轩,咸淳七年(1271)进士,任浙江嘉兴华亭县尹。

第 15 世,陈爱,字胜祖,咸淳十年(1274)进士,官至学士;陈龙,字合龙,咸淳四年(1268)进士。

这样排下来,都昌陈氏在宋代除第 4 世和第 14 世未有进士外,从一世祖陈继铭北宋至道元年(995)中进士到陈爱南宋咸淳十年中进士,273 年间有 25 人荣登进士,的确是簪缨累代,堪称显族。

陈齐明先生的撰文公开发表于 2008 年由都昌县政协文史委编纂的《都昌历史名人》"陈继铭"篇。同年刊印的《义门陈陈继铭公通宗谱》第二章"古今人物"篇的列有《继铭公后裔进士榜》,宋代列 24 人,第 5 世孙陈猛二未列入,另明代列 1 人,清代列 3 人。《都昌历史名人》一书和《陈氏宗谱》均记载陈继铭中进士的时间为公元 995 年,是年陈继铭实际为 16 岁。而古代求取功名者一般在弱冠之后考取进士,陈继铭 16 岁考中进士的真实性待后人辨考。陈齐明先生将陈继铭之子陈昉三(好谦)考取进士的年份记为"政和五年何栗榜",康熙版《南康府志》与此说相符,"何栗"《南康府志》中作"何瑮",任宁尉。是年为公元 1115 年,与陈继铭中进士相距整整 120 年,其间的讹误显而易见。《陈氏宗谱》载陈昉三中进士为"至和二年",是年为公元 1055 年。陈继铭 89 岁,这样算下来,两父子中进士相距 60 年。所以,陈继铭中进士的年份应该晚于公元 995 年。

我们再根据官府的《都昌县志》对都昌义门陈宋代进士的名录做一番比析。康熙版《都昌县志》将中进士的都昌人录存于"卷之七·人物"篇,收录的第一人为宋仁宗庆历六年(1046)中进士的邵庆,邵庆为当时的新城乡三都凤凰山人。邵庆之前中进士的都昌人"无考"。同治版的《都昌县志》在"卷之四·选

举"篇存录了都昌籍中进士名录。同治版县志记录的宋代都昌进士比康熙版县志记录的多 2 人,一个是都昌刘氏先祖刘彦诚,建隆元年(960)进士,是年为宋太祖赵匡胤称帝元年;一个是 3 年之后中进士的黄询谋,即宋乾德元年(963)进士,其为都昌黄氏先祖。

同治版《都昌县志》所存宋代进士除增录北宋初年的 2 人外,其余皆与康熙版名录一致。此书收录都昌陈姓中进士者 17 人,依次为陈杰、陈衡、陈好谦、陈元翰、陈治原、陈伟烈(陈辉)、陈务敏、陈叔达、陈鹏图、陈范、陈稷、陈纪、陈直卿、陈奋豫、陈文献(大猷)、陈宗原、陈之栋。其中未收录陈继铭,原因应该是陈继铭中进士时还未播迁至都昌义门南桥庄。陈继铭的进士之身毋庸置疑,现存的康熙年间为陈继铭立的墓碑上,就冠之"进士左仆射陈公"。县志所记陈宗原、陈之栋在《陈氏宗谱》中未见其名,而两人中进士的年份,分别对应第 13 世陈迖与第 15 世陈爱。《都昌县志》所录 18 人(计入陈继铭)比《陈氏宗谱》所计 23 人少了 5 人,其间的增删可留待姓氏文化学者去辨析。有一点可确定,同治版《都昌县志》列宋代陈氏进士名录,肯定参阅了《陈氏宗谱》,但并未将宗谱所载其他 5 人纳入。在"陈范"条,县志将陈范(陈正颜)的官职记为"平阳薄",且注"陈谱范簿作守"数个文字进行说明。也就是《陈氏宗谱》上载录陈范任"平阳太守",比"平阳薄"官衔要高,县志在宗谱的载录中兼注佐之。从细微处还是能看出同治版《都昌县志》编纂者的严谨,比如"陈元翰"条,还注上了"府志作允翰"的文字。同治版《都昌县志》记录的都昌进士计 169 人,其中陈姓独 17 人,占逾 1/10,足见义门陈氏之荣耀。

义门陈文化研究在都昌

据统计,都昌有 144 个陈姓村庄,60000 余人。为推进义门陈文化的研究和传承,加强宗亲之间的沟通,修复南桥庄历史文化遗迹,促进公益事业的发展,助推构建和谐社会,义门陈文化研究组织在都昌不断完善。2007 年 8 月 20 日,都昌成立义门陈南桥庄理事会。2010 年 3 月在中华义门陈总会的指导下,成立义门陈南桥庄联谊会。2015 年,经县文旅局等部门批准,成立都昌县义门陈文化研究会。

13 年来,都昌义门陈文化研究会做了一件又一件实事,让义门陈文化的魅力在鄱湖之滨的都昌得到生动的展示:2008 年主持统修了第四届《义门陈南桥庄通宗谱》,修谱费用不按人丁摊派,而是由宗亲贤达自愿捐助。此次修谱 2009

年底告竣。文化研究会适应信息化时代的需要,正在启动义门陈南桥庄电子版宗谱的纂修,以更加便捷地与天下陈氏联络,融入中华"百家姓"大家庭。近年来,文化研究会重修了坐落于汪墩乡新桥村的继铭公陵墓,扩建坐落于汪墩乡酒坊村的陈辉公陵墓和忠孝坊,对坐落于汪墩乡新桥庙前陈村的继铭公祖祠进行了维修,使其成为每年农历二月十五春祭时都昌义门陈氏宗亲相聚的圣地。都昌南桥庄十八庄分成十二主祭,按十二生肖排序每年轮流守值,开展缅怀祖宗功德的活动,在宗裔中传承义德家风。2016 年出版的《陈澔〈礼纪集说〉研究》一书,成为研究都昌义门陈第 13 世祖、宋末元初理学家、教育家陈澔迄今最详尽的研究文集。文化研究会加强与县内外义门陈宗亲联谊,开展文化交流活动。都昌义门陈第 13 世祖陈道(直卿)登宋嘉熙二年(1238)进士,任武昌尹,后来扎根荆楚大地,繁衍成如今逾万人的庞大家族。700 余年来,陈直卿后裔在江南一带寻根问祖,均未明证。2015 年,都昌县义门陈文化研究会多方核考古志和谱牒,让"鄂州庄"与都昌南桥庄故里实现无缝对接,从而认祖归宗。善进南昌支、西山新建支经过反复查证,亦源于都昌南桥庄。安徽太湖、宿松、无为、肥东,陕西商南、商洛以及四川等地的陈氏宗亲纷纷前来都昌,寻找其血脉的发源地。

都昌义门陈文化研究会组织已成立 13 年,德高望重的文化研究会骨干成员秉承"有心做事,无私奉献"的理念,带领文化研究会成员,争取陈氏宗亲和社会各界的支持,为在都昌弘扬义门陈的"义德"而奔波。他们和各宗亲团结一心,热心服务,诚心联络,多干实事,不避难事,令"十八庄"陈氏宗亲的信服。文化研究会还利用自身的影响力,围绕中心,服务大局,做好当地党委、政府的助手,协助解决涉及陈姓村庄的山权认定、土地征收、交通事故的后续处理等问题,让义门陈家训家风融入新时代文明城市创建的生动实践之中。2020 年初本应举办一次省内外宗亲参加的义门陈南桥庄文化研究交流会,在新冠肺炎疫情防控期间,文化研究会服从当地政府的疫情防控统一安排,暂缓举办活动,彰显大仁大义之行。

都昌弘扬义门陈精神的文化活动得到不少有识之士,特别是陈氏骄子的支持,南通理工学院董事长陈明宇先生就是其中突出的一位。陈明宇是都昌县西源乡陈大垄村人,属南桥庄继铭公第 35 世孙。他 1965 年生于一个贫寒的家庭,13 岁时父亲病逝,慈母含辛茹苦地哺育和教诲他,让他成人成才。老人 80 生日时,陈明宇为母亲吟诗,抒发感恩心声:"母亲,亲爱的母亲,如果有来世,下辈子,我还做您的儿子,您还做我的母亲!因为,我永远永远爱您!"2018年,陈明宇经全国陈氏宗亲文化研究会广泛投票,荣获"孝"字旗旗手。陈明宇在养育他的家乡陈大垄村捐资兴建了义门陈文化陈列基地,还将义门陈的忠孝家风浸润到自己的血脉里。大学毕业步入社会30多年来,陈明宇怀揣穿越时空的教育情怀,承袭宋初德安义门陈祖居地东佳书院的厚重文化底蕴和宋末元初陈澔在都昌创办云住书院的灵气,坚守"真心办学,良心育人"的理念,在民办教育的路上孜孜以求,卓有成效。如今,陈明宇创办的坐落于江苏南通市的南通理工学院,已跻身民办本科高校之列,成为全国民办高校的一张亮丽的名片。陈明宇对弘扬义门陈文化情有独钟,乐于奉献。据不完全统计,13年来,陈明宇为义门陈文化基地的建设举办了很多相关的公益活动,先后捐资140余万元。其中,2013年捐资11万元,用于重修继铭公陵墓工程;2008年捐资20万元,用于重修陈辉公墓园及忠孝坊工程;2015年在德安县车桥镇义门陈故里捐资10万元,建造南桥庄亭;2016年又捐出50万元,修复德安义门陈古迹"接官厅"。从2009年开始,他每年捐出2万元,用于文化研究会开展日常活动;每年捐出3万元以上,用于都昌义门陈文化研究会走访慰问陈氏宗亲特困户。陈明宇准备在南通理工学院创办中华义门陈文化学术研究基地,将其打造成高校传统文化建设的一张名片。义门陈后裔陈明宇的义举遍行于社会,2020年,家乡都昌遭遇洪灾,作为江苏省江西商会执行会长的他,在组织商会为家乡防汛救灾募集善款的同时,个人在2020年7月首期捐款10万元,为都昌受灾群众奉献爱心。许多像陈明宇一样从都昌这片土地走出去的陈姓骄子,如陈曙生、陈修和,也为弘扬义门陈文化慷慨解囊,添砖加瓦。2008年开始启动重修陈辉公墓园及忠孝坊,不少都昌义门陈人捐款捐物、投工投劳,仅捐款人数就达120余人。

继往开来门第书香长毓秀,铭金刻石祖传义字永流芳。从历史深处走来的都昌义门陈南桥庄陈姓后裔,在弘扬社会主义核心价值观的当代,高举义旗,一路前行……

53. 南峰镇石桥头冯姓：灵芝呈祥（上）

【冯氏家训家规】子侄当竭力以奉长者，然长者亦不可恃尊攘拳奋袂，横语狂言以加卑幼，致失教养之道。即子侄不幸有过，长者当从容劝诫，使之悔悟，如怙恶不悛，鸣众惩之。

都昌县南峰镇人提及的"石桥头"，不是一般概念中的"一座石桥的桥头"，而是指石桥村委会的辖区。南峰镇石桥村委会现有人口 2400 余人，其中河西自然村除有数户张姓、徐姓、陈姓人家，其余皆为冯姓。40 余户冯姓人家，合计约 150 余人。一片自然村 800 余人，皆为冯姓；二片自然村 600 余人，皆为冯姓；三片自然村 800 余人，冯姓、江姓约各占一半。

石桥头是都昌冯姓的发脉之地，如果从北宋初年在饶州（今鄱阳县）任郡守的冯公甫（约生于 995 年）1021 年首次踏上东汇长宁（今南峰石桥头）这片土地算起，石桥头的历史已整整 1000 年了。所以，石桥头冯姓村庄号称"千年古村"，的确不虚。若要追溯千年古村的历史，我们就要先从南唐的冯延巳、冯延鲁兄弟来探寻冯姓显赫的族源。

都昌的冯氏宗谱名为《灵芝冯氏宗谱》，灵芝是一座山的名字，就在南峰镇石桥头。湖区的山，自然说不上峻峭和绵延，更多的是呈丘陵状。都昌冯姓祖先冯延鲁的陵墓就在灵芝山上，冯延鲁的曾孙、都昌冯姓始祖冯公甫 1055 年徙居石桥头时，将冯延鲁的陵墓由洪州（今南昌）迁葬于此。

中国封建王朝改朝换代，脉络清晰。比如唐高祖李渊公元 618 年建立唐朝。公元 907 年，朱温灭唐在开封建立后梁。公元 960 年，宋太祖赵匡胤建立宋朝，其间经历了 53 年的"五代十国"时期。"五代"指后梁、后唐、后晋、后汉、后周，这期间还存在过一些封建割据政权，其中吴、前蜀、吴越、楚、闽、南汉、荆南（南平）、后蜀、南唐、北汉等国，史称"十国"。冯延鲁和他的异母之兄冯延巳都是南唐时的重臣，在《南史》《宋史》《资治通鉴》等史籍中，都能找到关于冯氏兄弟生平的记载。

冯延巳，又作延嗣，字正中，史称五代江都府（今江苏扬州市）人，南唐著名

词人、重臣。仕于南唐烈祖李昪、中主李璟二朝,三度入相,官至太子太傅,卒谥忠肃。冯延鲁(约900—975),讳谧,史称安徽新安人(今安徽休宁)。冯延鲁锐于仕进,在南唐李昪、李璟、李煜三朝历任中书舍人、工部侍郎、东都副留守、户部侍郎、户部尚书、常州观察使等职。冯延鲁在朝为官得兄冯延巳不少荫护,后晋开运三年(946),闽越大乱,冯延鲁与谏议大夫陈觉前往安抚,未能平息。次年,南唐发数郡之兵以武力平乱。冯延鲁率部在福州大战,所部不适于在海滩泥淖中作战。冯延鲁求胜心切,欲毕其功于一役,诱敌登岸至平地以尽剿,结果遭到对方反攻,而冯部后援乏力,损兵折将,大败而退。时朝中政敌借机奏本请谏治罪,中主李璟遣使臣将他押解至金陵。幸得身居宰相之位的冯延巳从中斡旋,冯延鲁被流放舒州(今属安徽)。冯延鲁在南唐后期以才干超群而受到重用。他在军事上似乎一直是个弱将。福州之败后,李煜任命他为东都副留守,率部拒后周的南伐,又大败。至扬州城陷,冯延鲁削发藏于寺内避难才逃过一劫。冯延鲁为后周所俘后,周世宗柴荣感其"忠于所事,名节之士",授太府卿,留居汴京三年。归南唐后,冯延鲁迁刑部侍郎、户部尚书。

冯延鲁在舌辩上似乎一直是个智勇之人。他数次临危受命,代表颓废的南唐与勃兴的北宋和谈,以让没落的王朝苟延残喘,客观上也因息兵罢战而避免了战祸蔓延。宋朝公元960年立国之后,南唐还残存了十余年。《续资治通鉴》记载了建隆元年(960)冯延鲁与宋太祖赵匡胤的一场直接对白。亡国之臣冯延鲁表现得不卑不亢,不辱使命,大有春秋时"晏子使楚"的气度。且录一段史料以证冯延鲁之从容应对:

> 帝曰:"虽然,诸将皆劝吾乘胜济江,何如?"延鲁曰:"重进自谓雄杰无与敌者,神武一临,败不旋踵。况小国,其能抗天威乎?然亦有可虑者,本国侍卫数万,皆先主亲兵,誓同生死,陛下能弃数万之众与之血战,则可矣。且大江天堑,风涛不测,苟进未克城,退乏粮道,事亦可虞。"帝笑曰:"聊戏卿耳,岂听卿游说邪!"

强悍的宋太祖提出对一息尚存的南唐"乘胜"攻杀,冯延鲁有理有节地申明利害,既讲究谦和从容的礼仪,又有威武不能屈的气概,以致最后赵匡胤自我解嘲式地圆场:"我只是和你开开玩笑而已。"3年后,冯延鲁卒于豫章(今南昌),90余年后,魂归石桥头的灵芝山。

冯延鲁之兄冯延巳彪炳青史的不是他三履南唐宰相之位,而是他在词坛的

耀眼地位。可以说,冯延巳与李煜是南唐词坛的"双峰"。且录冯延巳一阙《鹊踏枝·谁道闲情抛弃久》以赏其词韵:

谁道闲情抛掷久?每到春来,惆怅还依旧。日日花前常病酒,不辞镜里朱颜瘦。

河畔青芜堤上柳,为问新愁,何事年年有?独立小桥风满袖,平林新月人归后。

亡国之音哀以思,纵有笙歌亦断肠。这首孤寂惆怅的言情词,言的又何尝不是身处乱世的他在官场上的凄冷之感。冯延巳有词集《阳春录》失传,中华书局1999年出版的《全唐五代词》收录冯延巳词作112首。刘熙载在《艺概》中言:"冯延巳词,晏同叔(指晏殊)得其俊,欧阳永叔(指欧阳修)得其深。"清末王国维在其《人间词话》中如是评道:"冯正中词,虽不失五代风格,而堂庑特大,开北宋一代风气,与中、后二主词皆在《花间》范围之外。"南宋词坛大家陆游评价道:"延巳工诗,虽贵且老不废。"在当代,不少古文艺研究者认为,正是以冯延巳为代表的南唐词家,提升了词的精神和品格,使之从花间樽前的浅斟低唱,逐渐走向了文人士大夫的案头文学和心灵文学,其开拓性与影响力对北宋词风的形成有极其重要的作用。冯延巳在词史上起着"正变之枢纽"的地位是毋庸置疑的。

冯延巳的辞章流芳百世,他的人品却颇受非议,他常被政敌指责为"奸佞险诈"。《南唐书》载,将冯延巳与魏岑、陈觉、查文徽、冯延鲁五人被称为"五鬼"。"五鬼"中有冯氏二兄弟。也有地方文史研究者将"鬼"解读为"机敏灵活",这种为尊者而讳的褒义解读显然偏离了一些史书对"五鬼"的贬义书写。北宋马令在《南唐书》上对"五鬼"就用了"阴险奸诈"一词,可见其史论立场。马令在史书上划定了南唐党争的两大阵营,将宋齐丘以及所谓的"五鬼"列为一党,将孙晟、常梦锡、韩熙载等列为一党。马令、司马光、陆游等古代史学家对南唐党争多秉持批评态度,言辞或有夸张刻薄之嫌。近年来,已有不少研究人员不再在南唐党争上纠缠不休,他们开始注意从时代特点与社会转型的宏观角度出发,探索南唐这一特殊时期的党争与社会发展进步的关系,为南唐党争的研究更加客观全面。研究人员对冯延巳、冯延鲁兄弟的文治政绩和史家立场的站位失偏,也有客观的评述。

据《冯氏宗谱》记载,冯延鲁的父亲冯复,号建中,名令頵,生四子——长延

鲁、次延巳、三延惠、幼延慈。冯延鲁与冯延巳兄弟之间的次序,宗谱所记和正史有别。从目前能收集的一些资料来看,延巳为兄、延鲁为弟应该更有说服力。1970年出版的台湾学者夏瞿禅所撰《五代南唐冯延巳先生正中年谱》中载,北宋马令《南唐书》中论及冯延巳,有"与其弟延鲁""与弟异居舍弃其母"诸语。北宋正史所记冯延鲁为冯延巳之弟一事当有一定的可信度。冯延鲁生五子,长冯僎,任泰州海陵令;次冯侃,任国子博士;三子冯仪,任岳州推官;四子冯伉(玄应),累迁殿中侍御史,知商州、福州;五子冯价,任渝州从事。冯伉与北宋政坛文坛的显赫之人、政治改革和诗文革新的先驱王禹偁(954—1001)为同年登榜进士。作为知己密友,两人留下不少唱和之作。《钦定四库全书》(集部三)收录了王禹偁的《小畜集》,其中有篇《冯氏家集前序》。所谓"冯氏家集",便是冯伉将父亲冯延鲁与子辈诗文合编而成的,请了名重一时的王禹偁撰序。王禹偁这样称道冯延鲁:"当李氏之建大号也,公之长兄实为国相,公亦以文章器业历践清显,典掌诰命,出入台阁者数十年。然以气直道孤,尝被放弃。进退以道,识者是之。"王禹偁称道冯延鲁的诗文:"其词丽而不冶,气直而不讦,意远而不诡,有讽喻,有感伤,有闲适,落落焉,铿铿焉,真一家之作也。惜乎,公之文不可得而见矣,公之诗幸可得而传矣,公之志从可得而知矣。"王禹偁撰写此序为淳化三年,即公元992年,距冯延鲁辞世不到30年,序文得到其子认可,所言冯延鲁为宰相冯延巳之弟更可信。

"谁把钿筝移玉柱,穿帘海燕惊飞去。"这是冯延巳在《鹊踏枝·六曲阑干偎碧树》一词中发出的伤感。冯延巳、冯延鲁兄弟恰似历史烟云里的"双燕"曾翱翔于中华大地,一代南唐名臣冯延鲁则长久地停歇于鄱阳湖畔石桥头的灵芝山上……

54. 南峰镇石桥头冯姓：灵芝呈祥（下）

公甫与灵芝山

南唐户部尚书冯延鲁陵墓归葬于都昌南峰石桥头灵芝山，是由其曾孙冯公甫在他去世90余年后迁入的。都昌冯姓始祖冯公甫徙居石桥头，其中有故事流传下来。

曾任都昌县政协秘书长的冯唐波先生对都昌冯姓文化颇有研究，收集了不少这方面的地方文化史料。冯公甫，又名冯评，生卒年份大概为974年至1060年，祖籍安徽休宁。宋天禧辛酉（1021），冯公甫进士及第，官居饶州（今鄱阳）郡守，以勤政爱民而被尊称为"长者"。冯公甫喜登进士榜，春风得意，是年他曾邀好友行舟来过南峰这方山清水秀之地，对此地心仪不已。他下决心徙居于此，很有传奇色彩。

冯公甫之父冯伯琪，先后任泉州知府、洪州刺史。冯伯琪爱民如子，得"济民翁"美誉。济民更近民，冯伯琪后来辞官隐退乡间，与民同乐。某日，舟过鄱阳湖，突遇狂风大作，冯伯琪所乘舟楫避港而无虞，泊舟于东汇长宁（今都昌南芗万水域）。第二天风息，随水漂来倾覆的另一舟，溺水身亡者有23人，其中男16人，女7人，三僧二道也不幸殒命。冯伯琪出银两请附近渔民将暴尸者打捞上岸，并备衣衾和棺椁一一葬之，对一众亡灵予以祭奠。

鄱湖滔滔水，悠悠岁月流。若干年后的某一天，冯伯琪之子冯公甫从任职的饶州（今鄱阳）行舟鄱湖入都昌，夜宿船舱，梦见群魅拜叩，谢其父收殓骸骨，此善德大恩无以为报，唯愿冯官人明日行船遇瑞则停，可择地定居，定会长发其祥。第二天，风帆正举，行至一程，兴狂风暴雨，只得舟随风止，系船登岸。但见山岭低缓，灵芝绽秀，一派祥瑞气象。冯公甫遍览周边，湖中风生水起，一望无际；岸边田园丰饶，人烟稀少，适宜尽拓其地，耕读传家。冯公甫想起昨夜之梦，顿生落籍此处之心。宋至和二年（1055），冯公甫便谢职筑室安居于此，将山取名灵芝山。

冯公甫将曾祖父、南唐户部尚书冯延鲁及夫人吴氏之陵，由南唐国都洪州

(今南昌)迁葬灵芝山。陵区柱联意境邈远而空灵：烟云图画里，山水有无中。自此近 200 年内，冯延鲁夫妇在灵芝山独享祥地，长佑子孙。南宋中期，理学大师冯椅的母亲曹氏从泓潭苦竹岭（今属土塘镇冯坊村）迁葬于此。至元代，只有冯氏 13 位先人入陵区安葬，此后封葬。灵芝山陵园成为冯氏后裔敬祖崇宗的一方肃穆之地。清乾隆三十八年（1773），陵园重修过一次；1954 年，经大水冲刷，灵芝山成了一方避洪的码头，陵区损毁严重；1958 年大修水利，陵区石料被抬起入了工程之中，古碑雕遗存尽失；2006 年，灵芝冯氏启动宗谱统修，当年对延鲁公陵园再次重修。这一遗迹弥漫着南唐历史文化的气息。

冯公甫深谙堪舆，精于周易，定居灵芝山附近约五年后，耄耋之年辞世。他的长眠之地在离灵芝山约三里的塘下畈（今属都昌芗溪乡）。后裔在其墓碑上镌刻：勤政爱民称长者，厚德博学惠儿孙。公甫公是都昌冯姓肇基之人，衍发江右 108 族。灵芝冯氏英才辈出，据说宋代就出了包括"朱门四友"之一的冯椅（厚斋）在内的 16 位进士。冯公甫的 7 世孙冯文振在南岭（今赣、湘、粤、桂边境一带）执教数十载，堪称士林领袖，晚年叶落归根，敬祖守业。周边的读书畈冯村（今属南峰镇大山）也因赓续文脉而扬名。

冯齐云与石桥头

如果说"灵芝山"之名，源于都昌冯氏先祖冯公甫，那么，"石桥头"之名，则源于冯公甫的 5 世孙冯齐云。

冯齐云，号师古，"韶年积学，才能超卓，功而不伐，高而不骄，宋徽宗大观中（1107—1010）领贡举"。举人出身的冯齐云也是书香门第出身，其父冯道成登宋治平丙午（1066）进士，檄文邵州文教。地处都昌东南部的古长宁地区，濒临鄱阳湖，水路是出行的主要途径。水域辽阔，必倚仗舟行，而遇浅滩窄涧处，从此岸到彼岸便要架桥。湖域浩渺，丰水季节可行船，枯水季节港汊处若是没有桥，到彼此相望、呼声相应的对岸，往往要迂回十几里路，才能抵达。在长宁一带，早先的桥是简易的松木桥，桥桩是松木的，桥面由松槎铺成。民间有谚："松树贱，松树粘，干千年，湿千年，一干一湿仅三年。"意思是松木柱长戳于泥水中，使用的时间还更久一些，而一旦用作铺桥之板，风吹日晒，则易腐烂，安全隐患也多。宋绍兴癸丑年（1133），冯齐云捐资在当地建造了第一座青石料的石桥，方便湖区民众出行，"石桥头"由此而得名。近 900 年的古桥几经修葺，至今遗迹仍存,当地人称作"老屋桥"。所谓"老屋"指的是石桥头始祖冯公甫当年所建宅居挨着此桥,相距不过百米。木桥后来造成了石桥,起初的"桥"被写成"硚"字。20世纪60年代成立大队,所刻公章便是"石硚大队"。一些老一辈的村民书写时仍然习惯将"石桥"写成"石硚"。

为了让义桥之行的善举得以世代相袭,不致"人亡事废",在冯齐云的倡议下,冯姓族人成立了"路桥会",每年按人丁和田亩募集一定的资金,更有大户人家捐款,由"路桥会"统一管理,用于当地修桥铺路,造福百姓。"路桥会"的运作一直持续了20余代,至1950年初期才终止。冯氏后裔为缅怀祖宗功德,将其德绩嵌于辈派,永世铭记。都昌冯姓字辈自清光绪九年(1883)统修族谱时前第81世至100世统一为"上绍唐都尉,灵芝复秀钟,水流桥建石,山立桂名峰",五字一句,几越百年,且都有缅祖怀宗的寓意。"上绍唐都尉",指的是冯姓上承汉代车骑都尉冯唐;"灵芝复秀钟",指的是发脉地灵芝山钟灵毓秀;"水流桥建石"所指的便是冯齐云捐建石桥这一典故;"山立桂名峰",推测冯姓的根基与一处名"桂峰"之地相关联。81世前五代,南峰等地的冯姓字辈为"斯振作期全",而石桥头的冯姓字辈为"乐文章至诚",至81世后趋于融合。

石桥头的确有很多桥,河西通往河东,陆陆续续地建起了7座石桥。石桥旁边有石亭,供过往行人休憩。石桥头又称"金谷石桥畈","金谷"是一石亭之名。据说,石桥头某一代祖先安葬于金谷嘴这一吉地,子孙繁盛,后人便捐建石亭,名"金谷亭"。石亭的柱楣和座板至今仍存,只是零落不堪。石桥有长长的麻石路通往南峰老街,长逾十里。古时的石桥头人走在坚固的麻石路上,格外惬意。因石桥而兴商贸,石桥头在先前也是热闹的集市码头,铁匠铺、打金铺、糕点铺、南杂铺、布匹铺、中药铺……烟火味实足。石桥头最响亮的还是以花生、菜籽、芝麻为加工原料的油榨坊,号称"八座",全是"泰"字号的招牌,名曰裕泰、新泰、怡泰、益泰、生泰、优泰、广泰、国泰。"八泰"看似八座,实则只有七座,因"广泰""国泰"属一坊二名。石桥头也是周边地方通往古饶州府的通衢,旅人在体验石桥头的繁盛后,干脆将石桥头叫作"小饶州",一如南唐先族冯延己一词所吟"六曲阑干偎碧树,杨柳风轻,展尽黄金缕"。

随着水运在时光隧道中的日渐隐退,石桥头昔日集贸的热闹景象已不再,但"石桥头"仍是一如既往地名副其实。只是随着时代的前行,有些桥已不单由石料砌成,而代之以由钢筋水泥构筑的现代桥梁。若依从北到南的次序掰着手

指头数下来,石桥头的桥还有高桥、江家桥、老屋桥、侧桥、大桥、英明桥、天灯树下桥、雷打嘴桥等。每座桥都有故事,都寄寓着乡愁。比如大桥,明初所立的桥碑石仍在,原来的三眼石桥亦存,后人在桥旁另立了坚固的两眼水泥桥,可通车,功能的确变多了。比如天灯树下桥,地理标识具有神性且令人感觉温馨。桥侧北堰、南堰汇集处形成土洲,曰木莲(灵)洲。洲上有庙宇,曰"泰定庵",庵旁插高高的树干,树干上燃起日熄夜明的天灯。暗夜袭来,在善男信女的满心祈祷中,天灯的光芒说不上璀璨,在远处的帆影下望去,甚至光芒如豆。但其散发的微弱光芒,照亮了无数孤寂的心灵。

那些故事与这些地名

冯延巳、冯延鲁与南唐兴衰的故事,凝重地记载在史籍里;冯公甫与灵芝山的故事,肃穆地呈现在水云间;冯齐云与石桥头的故事,坚实地留存在行旅中。石桥头的历史悠悠千载,厚重的村史里,藏着许多鲜活的民间故事。且录几则与寄寓乡愁的地名相关的石桥头故事。

石桥头周边的地名多含"垄",多带"嘴"。"垄"有铁匠垄、道官垄、万家垄、陈家垄、禹家垄、油榨垄等;"嘴"有"千头嘴"之说,比如判官嘴、金谷嘴、雷打嘴。单说雷打嘴,便有故事。据说此处是鄱阳湖渔民的避风良湾,某日,一对父子驾船出湖,遇风高浪急便避于此。父亲用竹篙戳入船尾一篙眼,以利撑船靠岸。竹篙触底瞬间,杆顶竟生出一顶鲜艳欲滴的莲花来。见多识广的父亲顿悟这是一方风水宝地,嘱咐儿子自己百年之后葬于此地,且自家要先占有这方吉地,必旺家脉。不承想儿子一念之间纵身跃入水中,代父先亡,代世族占此吉地。此时,一声惊雷炸响,似是天殄。自此,斯地名"雷打嘴"。

1944 年出生的冯上鹤先生早年从军,退休前在九江市化纤厂工作。老人对地方历史文化很感兴趣,他曾向我讲起故园石桥头分猪岭的故事,说石桥头第 72 世余时相的夫人也姓余,她贤惠能干,笃信佛教,乡里乡亲对她以"斋婆"相称。余时相夫妇勤劳致富,家中土地多,养的猪也多,雇请了不少长工。某天,散养的一群猪归垅口时少了两头,是私窜的一公一母,余氏也没怎么去找。两年后,到她家打短工的邻村人笑着对余氏说:"东家的猪成群结队地在我们村里糟蹋庄稼,也请管管。"余氏猛地一愣,她家近季的猪都是圈养的,何来外窜一说。她马上想起两年前丢失的一对猪豕,于是不动声色地应答:"该管!该管!"

余氏当即让家里的长工挑着一担潲桶,自己拿着食瓢,来到车盘岭。余氏用瓢勺搅动桶中的猪食,高高扬起瓢勺,口中发出唤猪的"咯咯咯"的声音。周围上百头猪听到余氏的呼叫,哼哼唧唧地奔突而至。余氏命长工挑着食桶往村东口去,她一路摹声不止,一大群猪闻声而逐,集于村口。余氏喊来6个儿子,将诱引而至的百余头猪几乎平分了,留下一头当天杀了,以犒赏长工。这群猪便是斋婆家两年前丢失的公猪和母猪繁衍的,自生自养于野外。余氏也具有经商头脑,对于家中所种烟叶,她不但识得品级,而且对什么时候上市交易能卖个好价钱也拿捏有度。信佛向善的斋婆在乡间口碑很好,清雍正丁未年(1727)辞世,享寿90高龄。当年她召集众儿子分猪的地方,被后人称作"分猪岭"。

石桥村文化人考究起"南峰"其名,有源于南宋石桥人冯致中一说。冯致中宋隆兴癸未年(1163)中举,初为主簿、县丞,后升迁为建安(今福建建瓯市)判事。庆元己卯年(1195),冯致中致仕归隐,叶落归根,定居灵芝山之南五里开外,其别业署"南峰"名匾。这是关于"南峰"成名最早的说法。

千年古村石桥头,往日岁月的故事在传唱,更有决胜全面建成小康社会夺取新时代中国特色社会主义伟大胜利的故事在续写。南峰镇石桥村是"十三五"贫困村,得各级党委、政府的坚强领导,得九江市应急管理局、都昌团县委等帮扶单位的倾力支持,得全村上下撸起袖子加油干的干劲,2018年退出贫困村,贫困发生率由5年前的9.2%降为0.56%。石桥村的产业扶贫硕果累累,中药材天冬种植、红薯种植、水产品养殖三大产业基地风生水起,成效喜人。2019年,石桥村被评为"江西省级生态示范村"。放眼望去,乡村振兴前行路上的幸福桥直通远方……

55. 土塘镇冯家坊村：冯椅的"理学世家"

【冯氏家训家规】子侄当竭力以奉长者，然长者亦不可恃尊攘拳奋袂，横语狂言以加卑幼，致失教养之道。即子侄不幸有过，长者当从容劝诫，使之悔悟，如怙恶不悛，鸣众惩之。

"理学世家"这简略的四个字让人品味出深厚的人文底蕴，正统的价值传承。天下族裔冠以"理学世家"的不止一家。仅溯风雅大宋，程朱理学风行一时，程颢、程颐的后裔，朱熹的后裔皆称"理学世家"。宋代的理学大师周敦颐、张载、邵雍的后裔亦称"理学世家"。当然还有这些理学诸子的分支代表人物，比如南宋时期浙江金华的"北山四先生"之首何基（1188—1268），其后裔也冠以"理学世家"之名。都昌不少冯姓村庄，在祖祠、门楼、庭院，冠以"理学世家"之名，他们是南宋一代理学大师冯椅的后裔。

都昌土塘镇冯家坊是冯椅的故里。冯家坊现今是个村委会的名字。当地人通常将冯家坊村委会划为栖（shǎ音，原字为厂字头下加西字）下冯村（中共早期革命活动家冯任烈士故里）、老屋舒村、冯家坊村，现有村民2700余人。这种分类又将"冯家坊"列为一个完整的自然村名。冯家坊村是冯姓村庄，村民都是冯椅的后裔，依居住地形又可分为上湾、下湾、畈上、岭上、二舍、四舍、彦合、稀和等支族，田地相挽，村舍相连，族缘相亲，俨然是一个自然村。

（一）

能查阅到的最早的关于冯椅的传略，似是康熙版的《南康府志》。在《南康府志》"卷之八·人物志"都昌县分段有"冯椅"条目："冯椅，字奇之，号厚斋。受业朱熹，登进士。仕至江西运干。既而家居授徒，所著《易诗书语》《孟太极图》《西铭辑说》《孝经章句》《丧礼》《小学》《孔门弟子传》《续史记》及《诗文志录》合二百余卷。卒，赠尚书，配飨于学。子四人：曰去非，仕至谏议大夫；曰去辨，仕至侍郎；曰去弱，知宁国府；曰去疾，进直徽猷阁。今祀乡贤。"这寥寥数语当然不能完整地勾勒出冯椅作为理学大师的生平，我们需要根据相关史料来做拓展和辩正分析。

冯椅的生卒年份,石桥《冯氏宗谱》载,冯椅生于宋绍兴十年(1140),殁于宋绍定五年(1232),享年92岁,在那个年代算是高寿了。冯椅的仕途,说不上腾达。他在宋光宗绍熙四年(1193)53岁时登陈亮进士榜,大器晚成,随后授德兴(今江西德兴市)县尉,嘉定二年(1209)充江西运干。"运干"是一个无法百度到的南宋小官吏,"运",转运司之简称,"运干"是指在江西转运司干办公事。这期间,冯椅献策隆兴(今南昌)知府王居安平定峒寇李元砺之乱。两年后,冯椅转任上高(今江西上高县)县事,比七品的县令还低了一档。冯椅在上高县事任上有一件政绩备受称道:针对当时上高给朝廷的朝贡负担过重,冯椅怀民瘵而向京城部使力争,实行减蠲,纾缓了民困。清同治九年(1870)重修的《上高县志》"卷七·名宦"中《冯椅传·卷十·艺文》中收录了冯椅所撰的《浮虹桥记》。文中言上高当地的浮虹桥倾圮,冯椅捐资修复浮虹桥,并在县庠旁构建泳归亭。冯椅余暇时,总喜欢延请当地诸生名士到县署切磋,对后辈亲加训诲,崇文敬士之风为之一变。《浮虹桥记》是在冯椅重修斯桥之际,应当地雅士之邀,而撰就传世。冯椅的最后一个官位是国子监祭酒。"国子监"在宋代属最高学府了,国子监祭酒一职的主要任务是,掌大学之法与教育考试,对冯椅而言,也算人尽其才。晚年的冯椅致仕家居,授徒讲学。

冯椅人生中最亮丽的一张名片是朱门"都昌四友"之一。理学大师朱熹公元1179年知南康军,他尽去颓废,力倡理学,全力复兴白鹿洞书院,为国家培养人才。都昌是南康府的属县,文脉昌盛,都昌人冯椅、黄灏、彭蠡、曹彦约号称朱门"都昌四友"。对于冯椅与朱熹的交集,清同治版《都昌县志》卷之九"人物志·理学"有如此记载:"冯椅,字奇之,号厚斋。性敏博学,精于经求。朱子守南康时,椅执经就正修弟子礼,朱子以友待之,在黄、彭之间。"冯椅执教白鹿洞书院期间,经常与朱熹在一起相互切磋,领悟经义,探讨治学之道,并共同提出了"注疏经书,考证古籍"的读书主张。冯椅对朱熹正修弟子礼,敬崇有加,而朱熹待比他小10岁的冯椅,没有居高临下,他们是亦师亦友的关系。两人之间的交流态度诚恳而真挚,从收录于《朱熹集》中一篇朱熹写的《答冯奇之》一信中可见一斑。"某衰晚疾病,待尽朝夕,无足言者。细读来示,备详别后进学不倦之意。"朱熹怀"衰晚疾病"之身,"细读"冯椅的来信。细读之余,论道是必备的:"世间万事须臾变灭,不足置胸中。唯有致知力行、修身俟死为究竟法耳。"在纵议诸友得失后,朱熹与冯椅推心置腹,倾诉感慨:"早晚讲论,粗有条理,足慰岑寂也。"

（二）

作为理学名家,冯椅的儒行志业自然体现在著书立说、传道业课。冯椅早年在白鹿洞书院从教时,兴国军大冶(今湖北大冶市)人冯洽、鄱阳县人汪标等皆为其理学门人,著述卓然。冯椅致仕归都昌,便开始了他晚年的斋舍布道之途。他先是应黄灏、彭蠡之邀,赴彭蠡的家乡清化乡(今北炎)蒉里湖石潭精舍的盛都园(今春桥乡所辖)讲学,也曾到祖居地南峰石桥头授课讲学,以至石桥至今留有"读书畈"这个村名(一说石潭精舍在读书畈),《冯氏宗谱》记载其"课子读书畈",说明冯椅的四个儿子曾随他在读书畈求学。

南宋刻板印刷兴起,私家著作丰富。清同治版《都昌县志》辑录的冯椅经史子集书目有:《易经明解辑说》《厚斋易学》《书经辑说》《诗经辑说》《论语辑说》《孟子辑说》《孟子图》《孝经章句》《古孝经辑说》《丧礼》《小学》《续史记》《孔子弟子传》《太极图辑说》《西铭辑说》《冯氏诗文志录》,焜煌可观者达15种,是都昌研修理学而著述书目最多者。令人惋惜的是,冯椅著述合200余卷,多散佚,仅有《厚斋易学》50卷,《景印文渊阁四库全书》有存,今四川大学已将该书汇入新编的《全宋文》。一如其书名,"厚斋易学"发展了宋以来程颐、朱熹等人的易学研究成果,延续了王安石、张弼等人濒临失传的易学全义。冯椅在《厚斋易学》卷首如此解读"易":"《易》者,理学之宗,而乾、坤者,又《易》学之宗也。子思、孟氏言诚者天之道,而先儒亦每言诚敬,其源实出于此。"清代硕儒王梓材在所著《宋元学案补遗》卷六九中对《厚斋易学》评价甚高,称"椅之自抒所见者也","缕析条分,至为详悉,其搜采亦颇博洽"。清初著名词人、学者、藏书家朱彝尊在其《经义考》中,将冯椅列为"传《易》弟子"。《宋史·艺文志》《永乐大典》等典籍皆录《厚斋易学》诸篇。

（三）

与共和国同龄的冯家坊人冯上宝,年轻时在福建、山西等地服役,转业后曾担任土塘镇冯家坊村委会党支部书记多年。晚年,他参与都昌冯姓宗谱的纂修,对先祖冯椅的家世也颇有研究。

冯上宝认为,冯椅是土生土长的冯家坊人。都昌冯姓尊西汉大臣冯唐(前209—?)为一世祖。初唐王勃在《滕王阁序》中的一句"冯唐易老,李广难封",

发出对人生"夕阳无限好，只是近黄昏"的几多慨叹。"冯唐易老"，说的是冯唐在西汉汉文帝、汉景帝、汉武帝三朝皆有作为。汉武帝面对匈奴犯边的局势，广征贤良，此时的冯唐已耄耋之年，心有余而力不足。后世学者文人通常用冯唐来形容"老来难以得志"。冯唐 48 世孙冯公甫（约生于 995 年）官守饶州（今鄱阳），道经东汇长宁（今都昌南峰镇石桥村），见山水秀丽，地产灵芝，于北宋至和乙未年（1055）拓土开基，筑室而居，后人将斯地取名灵芝山。作为都昌冯姓始祖，冯公甫后来将曾祖父、南唐户部尚书冯延鲁以及夫人吴氏之陵，由洪城（今南昌）迁葬灵芝山。冯公甫生二子冯秉祥、冯秉瑞，冯秉祥生二子冯说道、冯贯道，冯说道长子冯道明（字日辉，约生于 1065 年）于北宋元符年间（1098—1100）由灵芝山徙居十三都江家园。2008 年撰修的《灵芝冯氏宗谱》"迁徙篇"收录有《道明公迁徙序》，开篇即言："延鲁七世孙道明公，自本邑十都长宁乡灵芝山而迁于十三都潭塘椑树下江家园而居也。至道明公四世孙曰厚斋，又从江家园而徙浤潭琉璃畈而居焉，其孙曰云逸而连分苦竹庄焉。但琉璃畈与江家园虽相隔咫尺，然因此地背镇桂峰，而环浤水，左绕官道，右潆灵源，其间福址甫田叠叠连连。"冯椅曾祖父冯道明的陵墓至今仍在冯家坊村民文化活动中心操场的前方，墓碑保存完好，墓坛古樟如盖，供后裔凭吊奠念。

墓葬处是一个人的长眠之地、灵魂安息之所，我们从历史名士魂归处也能挖掘出许多的史料来。冯道明之墓葬在冯家坊，其长子冯凌云（字应举）墓址何在待考。冯凌云之长子冯盛世，号石塘。有当地文化人翻检到《石塘先生传》，其中有如此记载："通经史，曹文简公之先君，子奇其学，妻以从妹，联产俊杰之子，以寄圣学之传。公登大观己丑（1109）年进士，宦居宁县，政平事简，民仰赖焉。葬苦竹岭之阴。"这段文字能读出的历史信息颇多。"曹文简"即与冯椅同列都昌"朱门四友"的曹彦约，曹彦约的父亲（先君）曹兴宗进士及第，历官崇阳尉、岳州司理、参军等职，赠光禄大夫。他将自己的堂妹（从妹）许配给好友冯盛世。按这样的亲缘来叙，冯椅与曹彦约为姑表兄弟关系。

冯椅墓地原在衙前曹村（今属都昌蔡岭），冯上宝考证其祖先冯椅并未葬于冯家坊，一、冯椅辞世后，朝廷赠予礼部尚书衔，并祭祀于都昌乡贤祠、白鹿洞书院宗儒祠，身后可享择吉地而长栖之哀荣；二、衙前曹村是疼他爱他的外婆家。冯椅后来还以自己的声望将母亲曹氏之墓由浤潭迁至南峰灵芝山陵园。冯椅在都昌冯姓中的影响力还可以从清光绪九年冯姓修谱定的 81 世至 100 世的字

辈中佐证。都昌冯姓此间的派行为"上绍唐都尉,灵芝秀复钟,水流桥建石,山立桂名峰",首句追溯的是一世祖冯唐,二、三句承载的族史指南峰石桥头的发脉,而第四句中的"桂峰"代指冯椅故里的桂峰尖。2019 年,冯椅的后裔在桂峰下重修冯椅陵墓,冯家坊人、冯椅第 28 世孙冯绍东被都昌 43 个冯椅发脉的村庄的村民代表,推举为椅公墓重修的理事长。冯椅后人当时就从衙前原墓址捧一抔黄土入墓以寄怀祖德。

冯椅与曹彦约之亲戚关系,从曹彦约为年长他 10 多岁的冯椅逝世写的挽诗中,以"亲友"相称可证之。曹彦约文集《昌谷集》卷一收录的"五言律诗"中,有《亲友冯仪之运干挽章三首》,不妨在此录其三,以见两人之情谊和曹彦约对表兄冯椅德行的品评:子也吾尝友,天乎独异渠。仕无通籍禄,家有厚斋书。讲说来匡鼎,风骚藉子虚。争荣森窦桂,训不负菑畲。

(四)

800 余年前的一代理学大家冯椅,还有另一个为世人所知的头衔——教育家。他曾应好友黄灏之邀,在都昌清化乡黄里湖(今属春桥乡)石潭精舍的盛多园执教。他的祖居地南峰石桥头附近至今还有一冯姓村庄,名"读书畈"。都昌县城也有冯椅传道授业之地,厚斋公宗祠直到民国初年仍存,坐落于县城斗街、官街处。一代宗儒冯椅著述等身,他一生的"杰作",当数承其"理学世家"的四个儿子——冯去非、冯去辨、冯去疾、冯去弱。

冯椅四子中,影响力最大的是长子冯去非,《宋史》有《冯去非传》。同治版《都昌县志》卷九"人物志·理学"亦列其名条。冯去非,字可迁,号深居,资性不凡,在父亲冯椅的教诲下早悟圣贤之学,登理宗淳祐元年(1241)进士,授滁州户曹,历桂阳丞、淮东转运司干办,知宝应县,后移两浙转运司,治仪真(今江苏仪征)。冯去非一如其名,"远去非理",笃守正道。《宋史》载,当时仪真县东有一座东园,是北宋施昌言建造的,文杰欧阳修为之撰园记,著名法家蔡襄为之书丹。朝廷使者黄涛来到仪真,欲将东园辟为佛寺,冯去非据理力争——不可将东园辟为佛寺。本来名重一时的黄涛先许诺了冯去非:如从他意,便推荐冯去非升迁,可冯去非在利益面前毫不动心。没过多久,他辞官归隐故里,在都昌兴办"去非书舍",赓续父教。

宋宝祐四年(1256),冯去非被召作宗学教谕,为皇族子弟讲学。时左谏大夫丁大全窃权弄柄，结党营私，驱逐丞相董槐，激起京城太学生陈宣中等六人上书建言，痛斥丁大全居要职之奸险，丁大全大怒而取消上书六人籍，编管远僻之地。世间偏有仗义执言之人，时有太学、京学、宗学所谓的"三学"诸生屡向上进言：此举昏庸，不得人心。国子监祭酒率斋生衣装整肃，送编管六人出园桥，勉其来日方长，正气可张。这一举更激怒了谄事的丁大全，请皇上禁戒诸生擅议国政，而且诏立禁令石碑于"三学"。冯去非不肯同流合污，坚拒书其名于石碑下方。未几，冯去非因呵护诸生，刚正不阿，被罢回乡。冯去非的归舟停泊在金山、焦山时，丁大全为拉拢他，特委托一僧人拜谒冯去非，转达丁大全之意——冯公不要如此遽归，只要诚服便可随即召回复职。冯去非愤然正色："老夫今归庐山，不复仕矣！"遂绝之不复与言。冯去非隐居乡间，继续在去非学舍授徒。他工于诗词，是宋末婉约派著名诗人之一。"春风吹送笑谈香，玉漏银灯破夜凉。归去东华听宫漏，杏花落尽六更长。""倦游也，便樯云柁月，浩歌归去。""买扁舟，载月过长桥，回首梦耶非。""须还我，松间旧隐，竹上新诗。"从冯去非留存的数阕诗词作品中，后人能品读出江湖情韵、笔下襟怀。冯去非著有《洪范经传集注》《易象通义》《洪范补传》等，多佚不存。至于康熙版《南康府志》言其曾任"谏议大夫"，后代学者考证此应属误录。此志排序冯椅三子为去弱、四子为去疾，而《冯氏宗谱》和冯椅新修墓碑排序反之，当以宗谱为信。

冯椅次子冯去辨，号皆山，淳祐四年（1244）进士，累官至侍郎。三子冯去疾，号蠹翁，进士及第，后官至礼部直徽猷阁大学士，曾任温州府教授，后迁升知兴国军（今湖北阳新）。兄弟四人在沧浪亭刻兴国本"四书"。冯去疾淳祐八年（1248）为提举江南西路常平茶盐公事，在任期间，曾在"才子之乡"的江西临川创立临汝书院，辟"尊经阁"，培养了元代吴澄等名儒。冯椅四子冯去弱，号雪崖，品行高洁，深明《易》理，理宗宝庆二年（1226）由征辟进仕途，知宁国府（今安徽宣城）。

"宗枝发越，代出贤良。勤俭耕读，士农工商。饮水思源，盛举共襄。欣逢太平，实广兴邦。功成业就，奋发自强。彪炳国史，永祚家乡。桂峰巍巍，鄱湖荡荡。缅怀祖德，万世弗忘。"这是冯椅的第28世裔孙、海南师范大学教授、博士生导师冯青为家乡冯家坊重修冯椅墓而撰拟的碑记结尾数句。"椅梧枝繁叶茂敛翠桂峰绵世泽，公辅武炽文昌濯缨泫潭振家声"这是2021年春冯家坊在出村口竖立的气度不凡的门楼的一副对联，落款为"汪国山先生撰联""吴德胜先生书之"。源于冯椅的"理学世家"之光，在冯家坊千秋传承，万代弘扬……

56. 大港镇罗田畈毛姓：都昌毛姓人家迁徙小考

【毛氏家训家规】天地者万物之大父母也。覆载之德，不可形容。人当常存敬畏。存心行事，一悖天地，便是自绝矣。地甚有因寒暑灾祥不得其正，遂至怨天恨地者，夫寒暑灾祥不得满人，意气数也，而理存乎？其间因此怒詈，尤为大逆不道。

在都昌就人口而论，毛姓当然属小众姓氏。唯一的一个毛姓人家聚居地——大港镇漂水村委会罗田畈，现今有8户，与之毗邻的王权村有5户，总计才13户毛姓60余人。在都昌县大港镇，很多的村庄不止一个姓，稍大一些的村庄，动辄住着10多个姓氏的人家。在山间杂居，原因不外乎投亲靠友、逃荒避难、水库移民、招亲入赘等。百余年前的一户落籍大港，在代际更替中也能繁衍出同一宗族的众多人家。罗田畈村不姓"罗"，除了有毛姓，还有石、吴、李、王、杨、雷、孙、谢、邓诸姓。二十世纪六七十年代，王权村与罗田畈同属一个生产队，如今13户毛姓人家分属2个自然村，与外姓和谐共居。其实，都昌没有毛姓的单独村庄。

大港毛姓人家年岁最长、辈分最高的是出生于1937年的如今已84岁高龄的毛秀福。面容清癯的老人身体健康，还会帮儿子在田间劳作。在老人的讲述里，他这一族毛姓从他祖父辈就已定居大港。他说，其祖父毛有诗与兄毛有和、弟毛有乐三人从湖北黄梅同迁至地广人稀的大港山区谋生，起初，三兄弟在王普里耕种荒弃的农田，劳作一季下来，芝麻开花节节高。田主见自家的泥土里刈除了人高的荒草，可长出比人还高的芝麻秆，便眼红得收回了田地。毛家三兄弟无奈再迁，于是迁至罗田畈。

查《毛氏宗谱》，毛秀福的祖父毛有诗生于光绪元年（1875），殁于民国七年（1918），他所生活的年代距今不过140余年。毛秀福老人说都昌徐埠还有一户毛姓人家，叫毛士栋。1958年全县民工修建大港水库时，毛秀福与毛士栋相叙过，后来一直未再见面。其实细究起来便知，毛秀福老人对家族历史的记忆显然有误。他儿子毛邦仁出生于1963年，他指证在罗田畈村后有比"有"字辈还要高一辈的"家"字辈的毛姓亡人的墓茔。在家务农的毛邦仁也说不明白都昌毛姓人家的迁徙脉络，他只知大港毛姓是从湖北黄梅县刘佐镇八二村委会的毛家墩迁来的。1994 年，江苏、安徽、湖北的毛姓村庄在一起修过《毛氏宗谱》。近年来，大港毛家与黄梅毛家墩有探亲式的往来。

　　翻阅《毛氏宗谱》，我们来梳理都昌毛姓人家的迁徙图。这些在大港毛姓后人眼里都不能辨识了。

　　天下毛姓以国为氏，都昌毛姓承袭"西河世家"。毛氏望出西河郡，其辖境在今山西、陕西之间黄河沿岸一带地区，尊受姓始祖春秋时的毛伯得为一世祖。毛伯得 66 世孙毛爵于南宋理宗景定辛酉年（1261），由新建县拔贡，授都昌县教谕，见都昌山川秀丽，风俗敦厚，致仕后遂卜居县城内的白凤头。其子毛健播迁至都昌二十八都横山的石炎湾门前畈（今属蔡岭镇北炎村）。毛健在 700 余年前由城迁乡是因为他"上念先父创置之艰难，下思儿孙守成之不易，三复思之，恐子孙异日蹈于役吏以贻前人之羞，曷若寻畎田之乐"。毛健为子孙留下了家训式的告诫："有书则读，有田则耕，无怠惰，无非为，和邻里，睦兄弟。"毛健之长子毛魁这一支后来由都昌毛步塘迁居德化县（今九江柴桑区），79 世毛元吉、毛元发、毛元富兄弟三人由德化迁黄梅杨穴镇、湖口县梧桐岭等地，也有的迁至江苏南京水西门。所以从这样的迁徙路线来看，都昌倒应该是湖北、江苏等地一些毛姓的寻根问祖之地。都昌毛姓落籍大港王权村，《毛氏宗谱》记载，85 世毛诚正由黄梅杨穴镇移迁至此。毛诚正是毛有诗的爷爷。至于徐埠镇毛士栋一户，宗谱载录，是由黄梅刘佐西湾迁入的。

　　都昌大港的毛姓人家，在新时代历春华秋实，如轻羽飞扬，向往着诗和远方……

57. 鸣山乡九山杨姓：知根源余里（上）

【杨氏家训家规】勤俭者,是起家之本、传家之宝、立业之基,人传所当务也。勤而不俭,则财流于奢;俭而不勤,则财终于困。人世间,见名门世族,以祖考勤俭为成立之本,下代之福,因子孙奢侈而败家之业。盖俭则富贵长保,家计不难振兴。

宋代大文豪苏东坡过都昌时,在城外的南山之巅吟咏出"鄱阳湖上都昌县"的千古绝唱。浩渺的鄱阳湖是都昌人的母亲湖,全县24个乡镇有21个濒湖,而鸣山乡便是都昌3个不濒湖的乡镇之一。一如其名,"鸣山"的精灵是山。乡域内除了大鸣山,还有九山,皆属武山山脉。

九山是个地名,亦是村名。鸣山乡有九山村委会,全村有5600余人,人口数不只在鸣山乡坐上了头把交椅,在都昌也能跻身前三名。"九山"不是指具体的一座山,"九"实有数字上的所指。从鸣山集镇沿老景湖公路往中馆方向一里许向左折上行车的水泥路,便进入鸣山乡丁峰村委会所辖;再前行三里许,便到了九山村委会地域,马九公路是唯一的入村道路。"九山"有"大九山"与"小九山"之说,入得九山便见两条垅畈,上左首是大九山,下右首是小九山。老一辈村民的说法是,"大九山"是其中的9个村庄,村名都含有"山"字,曰杨戾山、段家山、莲蓬山、冯家山、文所山、善堂山、老屋山、越山、子冈山。而"小九山"沿垅所指倒真的是9座山峰,曰茅山、朱家山、石家山、杨禄山、杨林山、湾塘山、王垅山、虎型山、杨山。

九山多杨姓,杨姓播都昌

鸣山乡九山村委会有很多杨姓人家。九山村有20个自然村,除冯家山、冯家咀、善堂山、越山、段家山、段扣鼓、魏家、张家洲、石家畈、梨树洪家、叶家等村庄外,其他10余个村庄皆为杨姓村庄。"都昌杨姓出九山",且来探其源。

据《中华姓氏大典》和《元和姓纂》记载,"杨"为氏起源于遥远的西周。周成王封其三弟叔虞在唐(今山西省闻喜县东北),史称唐叔虞。因周康王封唐叔虞次子杼（前1025—前954）为杨侯，采食于杨国（今山西洪洞县东南），始以杨为氏。杨姓肇姓始祖杼公发祥之地在陕西弘农（今陕西华阳县），故杨姓多以"弘农"为堂号，而《杨氏宗谱》尊杼公的第23世孙伯侨为弘农一世祖。杨姓祠堂往往冠以"关西堂""四知堂"，纪念的是大名鼎鼎的东汉太尉杨震（前59—124），杨震官至宰辅，一身正气，两袖清风。相传县令王密怀以金10斤贿赂杨震，对震曰："夜无知者。"杨震怒曰："天知、神知、我知、子知，何谓不知！"。杨震为弘农华阴人，有"关西孙子"之誉称。都昌杨氏承袭的"清白世家"就源于杨震。

杨氏从关西分徙至福建浦城，至杨元琰（约1010—？），宋神宗熙宁年间（1068—1077）迁于信州弋阳。伯侨第55世孙杨允庄（1094—1157），为避金兵之乱于北宋靖康元年（1126），由弋阳金盘岭徙居都昌九山源余里，即今九山村委会辖地。在都昌生息繁衍的杨姓村庄是杨允庄的8世孙达甫、德甫、芳甫、定甫、怀甫、公甫和显甫的后裔。九山"源余里"，是都昌杨姓的寻根之地，而据当地老一辈人考证，源余里有东、西之分。西源余里在大九山的书学冲以及社前杨村对面的山坳里，现只存遗址，房舍尽迁。东源余里在小九山的梨树下杨村。

1947年出生的社前杨村人杨兴贵参加过《九山杨氏宗谱》的编纂工作，他梳理出九山杨姓10余个村庄分属杨达甫、杨德甫、杨怀甫的裔孙族脉。

达甫公这一族发脉为：其5世孙杨易温（1391—？）明永乐年间（1403—1424）分迁至湾塘山杨村，属小九山；其7世孙杨文讯（约生于1450年）明弘治年间（1488—1505）分迁至小九山新屋杨村；其6世孙杨志明（约生于1400年）明天顺年间（1457—1464）分迁至黄石前，以其三子杨昃三冠村名，曰杨昃山；现属鸣山乡丁峰村委会的堰下杨家旧时也属九山，是达甫公7世孙杨文谦明成化年间（1465—1487）由老屋里分居赵家堰而成村的。

德甫公这一族发脉为：其5世孙杨海三（1361—？）明建文年间（1399—1402）分迁至惠山庄杨村，又称大屋前头；杨海三弟弟杨海七（约生于1555年）明洪武年间（1368—1398）分迁至文所山，又叫文子山杨村；杨海三（杨楼）次子杨仲华（1391—？）明宣德年间（1426—1435）由惠山庄分居大屋杨村，又称大屋后头；杨海三6世孙杨桄（约生于1500年）明嘉靖年间（1522—1566）由惠山庄分迁至莲蓬山杨村；杨海三13世孙杨孔尧明崇祯年间（1628—1644）由担水岭复迁至杨开畈，形成杂茨树杨村，属杨海三之孙杨映宗的后裔；杨映宗之孙杨景

观(1488—?)明嘉靖年间(1522—1566)由书学庄迁至段家湾,形成如今的罗磨地杨村;杨景观长子杨枢(约生于1510年)明嘉靖年间(1522—1566)由罗磨地分居冯家垄杨村;杨景观次子杨极(约生于1513年)明嘉靖年间(1522—1566)由罗磨地分迁至大舍畈,杨极长子杨继宗(约生于1530年)明隆庆年间(1567—1572)分居社前杨村;杨极另两子杨继先、杨继春分居社后前村;杨景观四子杨槚(约生于1520年)明嘉靖年间(1522—1566)由罗磨地分居新屋南山村。达甫公、德甫公后裔修谱,领了各自的谱字,19个字号打头阵的是湾塘杨家的"庆"字号,如将19个字号连起来读,也可缀字成句:庆贺金安国太,天子万富贵,金玉良明乾坤常。比如杨兴贵老人所存社前、社后杨极后裔便共同领了"金字号"支谱。怀甫公这一族多为其幼子杨景寿的后裔,其发脉为:梨树下杨村是杨景寿5世孙杨信三的子孙;坳上杨村是杨景寿7世孙杨寿昌,明天顺年间(1457—1464)由马涧桥迁至茶园坳而成村;杨谟畈村是杨景寿7世孙杨文昌,明天顺年间由燕窝迁于垅畈中,因杨文昌字谟,后人以祖名冠村名;杨宵村是杨景寿7世孙杨世昌明成化年间(1465—1487),由燕窝迁至大塘山,因杨世昌字宵,后人亦以祖名冠村名。

《杨氏九山宗谱》记载,杨达甫、杨德甫分别为杨仕宠之长子和幼子,杨怀甫为杨仕宏之幼子,若以伯侨为一世,则杨达甫这一辈为第62世。三兄弟皆为进士出身(《都昌县志》未载录)。杨达甫,字继善,授金陵府尹;杨德甫,字继文,举饶州浮梁县学士;杨怀甫系宋室广陵郡王赵杰之女赵氏郡马,即皇室女婿。三公在九山所发村庄,除以上所列,其实还有一个叫"叔婆垅"的杨村,属达甫公之后裔,仅有一户人家,且已搬迁至县城居住。九山早先还有夏姓、陆姓、毛姓等人家,后来皆外迁。

一岭分两县,两县蟠龙殿

山不在高,有仙则名。大鸣山,有鸣山观;九山,有蟠龙殿。

九山里的蟠龙殿位于平石岭,由段扪鼓村有水泥路直接通向蟠龙殿下的一块平地,如要进入蟠龙殿,还需拾级而上,殿在最高峰。公路修建于2007年4月,全长1.3公里。蟠龙殿显然也是民众敬崇神祇、祈求平安的一方圣地。令人印象深刻的首先是其名,不言"寺""庙""观",而称"殿"。《说文解字》云:"殿,堂之高大者也。"《新华字典》释义:"殿,高大的房屋,特指封建帝王受朝听政的地方,或供奉神佛的地方。"蟠龙,是中国民间传说中蛰伏在地面的未升天之龙,龙做盘曲环绕状。在古代传统建筑中,一般把盘绕在柱上的龙和装饰庄梁、天花板的龙称为蟠龙。既为"蟠龙殿",殿外的门柱、横梁上,自然少不了金黄色的蟠龙雕饰和图案,连洪钟上也有龙的饰纹。

蟠龙殿一如中国民间众多让众生膜拜的宗教圣地,融合着道教与佛教。蟠龙殿中间的主殿供奉的主神叫"万法祖师"。当地流传着关于"万法祖师"坚韧修行与尽心护众的故事。说九山平石岭下有一户人家,兄弟三人中老大、老二"耕读传家",过着平和知足的生活,老三在家中卖肉为生。三弟杀猪日久,萌发了向善之心,于是有了立地成佛、普佑民众的善愿。他放下一切俗念,蛰伏在高高的平石岭上修行悟道。有神明在冥冥中点化三弟,说他过往杀生太多,不可能修行成功。放下屠刀的三弟虔诚相应,说就是饿死也绝不再杀生。神明又点拨他,说他以前滥食生灵之身,任他怎么修行也有洗刷不掉的孽垢。三弟低下了卑微的头,想求神明通融,愿劳筋骨、饿体肤,重塑一副肠肚,哪怕是要清肠刮肚。神明还是一脸凝重地摇头,说即使他如此决绝,也还是难以抵达修行的境界,因为他即使悔青肠子,肠子也可以变作毒蛇,祸害人间;即使刮肚祛腻,肚囊也会变作乌龟,吞没百姓赖以充饥的无数稻粱。三弟一脸的坚毅,拔剑而示,发誓他愿为民除害,将害人的龟蛇踩踏于脚下,用他手中的长剑驱邪魔、护众生。

神明似乎要考验修行者的恒心与毅力,就在他潜心修行的某日,一只老虎在平石岭东的山林间出没,常伤及过往的路人。三弟孤身一人持剑而往。在一场昏天黑地、飞沙走石的恶战中,三弟最终凭着一股舍生取义之勇,斩毙猛虎。虎身化作一座隆起的山峰,如今还有"白虎峰"峙立于九山的怀抱。又过了数个春秋,某日,得神明相助的修行者一脚踩着龟鼋,另一脚踏着蛇虺,飞天而去——成仙了。当地百姓为了纪念修行者为民除害之德,并祈福万世,建殿供奉其身,取名"万法祖师",想必是以最通俗的"万法"二字,祈盼"祖师"护佑天下百姓。龟,别称驼龙;蛇,俗称小龙,流传故事的内涵上,不能产生双"龙"与"蟠龙"的关联。当后人从民俗文化学的角度去揣摩"蟠龙殿"的来由时,其寓意或许就是民众对于采王者之气镇邪赐福的期许。

从山川地域上来说,平石岭一岭分两县,相应地形成了奇特的宗教文化现象——平石岭上有蟠龙殿,都昌和鄱阳两县谒各有一座,背向而建,皆称"蟠龙殿"。两"殿"侧房互通,一般香客都会在两个"蟠龙殿"奉上香火。历史上的蟠

龙殿建立时间不详,清嘉庆廿四年(1819)重建。都昌蟠龙殿1996年第三次重建,2003年进行了改建。鄱阳县蟠龙殿的修建应稍晚一些。两"殿"所供的"万法祖师"形态有异,但皆握剑,一脚踩龟,一脚压蛇。神像两侧有对联"披毛冲牛斗五云震七星旗,脚踏龟蛇振四方手执三尺剑"对神像做注释。

中国艺术研究院中国文化研究所研究员摩罗先生是都昌鸣山乡万家湾人,他2007年2月15日(腊月二十八日)到九山村看望姐姐,考察了蟠龙殿。摩罗先生在《赣北乡村春节期间宗教活动考察日记》中,如此解读"万法祖师"的命名:"由于祖的本意专指人祖,这个万法祖师的神学价值又相当于中国历史上祖先崇拜的变形。也许万法祖师是一个介于祖先神与宇宙神之间的神明。这个神的命名很具有中国民间宗教的特色,他既不是佛教的,也不是道教的,更不是基督教的。他是中国的,是民间的。"摩罗先生进一步阐述,"中国的民间宗教很可能从原始社会以来,就在民间社会自行流传,自行演变。而民间宗教中的大多数神灵,都具有强烈的地方色彩,都是某个地方人民的创造。"九山杨姓村庄,自然是"本土"的一部分。山上山下,一片祥和。

58.鸣山乡九山杨姓:知根源余里(下)

乡名是一鸣惊人之"鸣山",村名是九五至尊之"九山",鄱阳湖上都昌县所辖的鸣山乡九山村委会,的确是在深山里显出不凡的气度。若山外人问"九山杨家怎么走",这里的"九山杨家"不是特指某个自然村庄,因为九山村委会有十五六个村庄皆为杨姓,且有"都昌杨姓出九山"之说。杨姓发脉地名"源余里",大概也道出了九山与都昌杨姓的渊源。沿老景湖公路折入鸣山丁峰村,而后沿马九公路前行进入九山村。在地貌上,九山显出左上、右下两条长垅,分出大九山和小九山来。大九山得名源于山里有 9 个包括杨、冯、段、石等姓在内的村庄,其名含了"山"字。小九山得名源于周边有 9 座山。让九山灵动飞扬的是什么? 是连绵的山峰,还是蜿蜒的港涧? 其实生于斯长于斯的九山人,才真正是这方水土的精灵。

(一)

在九山,有长者提出这样一个历史命题:南宋抗金名将杨邦乂是都昌九山人。我们且来考究一番。

杨邦乂是著名的抗金名臣,《宋史》有《杨邦乂传》。通常能查阅到的公开资料是:杨邦乂(1085—1129),字晞稷(一说希稷),吉水县杨家庄(今江西吉安市吉水县黄桥镇云庄村)人。北宋政和五年(1115),选登进士第,先后任歙州婺源县尉、蕲州州学教授、建康府溧阳县知县。建炎三年(1129)九月,任建康府通判。建炎三年十月,金兵入侵建康(今南京),建康岌岌可危。留守杜充等人向金兀术投降,杨邦乂迎难而上,奋勇抗敌,但终因寡不敌众,兵败被俘。金人劝其投降,杨邦乂严词拒绝,并咬破手指,在衣服上书写"宁做赵氏鬼,不为他邦臣"。金兀术剜其心脏,杨邦乂慷慨赴义,年仅 44 岁。杨邦乂被追赠为朝议大夫,谥忠襄。在如今的南京雨花台,亦有"杨忠襄剖心处"纪念碑。后人将杨邦乂写成"杨邦乂","乂"字缺一点,喻指杨邦乂为国捐躯而被剖心。明太祖朱元璋曾有诗褒其忠:天地正气,古今一人;生而抗节,死不易心。杨邦乂与同邑的欧阳修、胡铨、周必大、杨万里一起被后世誉为"庐陵四忠一节"。

　　都昌九山杨姓奉北宋杨允庄（1094—1157）为始祖，杨允庄靖康元年（1126）为避金兵之乱，由弋阳金盘岭徙居都昌九山源余里。以杨姓授姓始祖一世祖伯侨为序，杨允庄为第55世。查九山长者保存的《杨氏宗谱》，第56世长房为杨则敏，第57世长房为杨德兴，杨邦义为第58世。《杨氏宗谱》对杨邦义的事迹做了如下记载："后入吉水籍，迁通判，与王克守浙江。金兀术兵攻乌江，官属俱降，义以血书衣襟曰：'宁做赵氏鬼，不为他邦臣'。兀术使人诱以官，终不屈，大骂而死。"显然，此处记载的杨邦义便是历史上的抗金名臣杨邦义。但细辨下来，将杨邦义入谱，说他是都昌九山人，终究有不少的谜团。

　　一是杨邦义作为跻身《宋史》的历史人物，其爱国精神彪炳史册，为江西吉安"庐陵四忠一节"之一，鲜有史学家对其出生地产生怀疑。二是南宋抗金名将刘锜、南宋爱国丞相江万里皆为都昌人。针对宋代都昌历史名人的研究热潮涌动，但鲜有文化研究者提出研究都昌抗金名臣杨邦义。三是都昌《杨氏宗谱》数届谱序对杨邦义这一光照千秋、忠君爱国的正面人物的事迹鲜有叙及。四是都昌《杨氏宗谱》没有杨邦义生殁年份的记载，但记其父杨德兴生于宋宣和乙巳年，是年为公元1125年。历史上的杨邦义，公论生于1085年，慷慨就义于建炎三年（1129）。显然在生活年代上，都昌《杨氏宗谱》所记杨邦义与抗金名臣杨邦义不相符。五是民族英雄文天祥南宋末年抗元被俘。出于对杨邦义的敬佩，他在被押往元大都的途中经过金陵（今南京），写下《怀忠襄》一诗咏怀："褒忠侈遗庙，夫子我先达。"同一朝代的文天祥称同为吉州庐陵人的杨邦义为"先达"，说明在南宋末年杨邦义就得到了他的认同。六是九山《杨氏宗谱》记载，杨邦义生5子，分别名时亨、时庄、时贞、时祥、时道，对五子的具体情况，载录文字很少，连生殁年代都未注明，大多以"后未详"概述。谱言杨邦义长子时亨娶冯氏。而《庐陵杨氏世系》言杨邦义是庐陵杨姓始祖杨辂之9世孙，生5子曰振文、郁文、昭文、蔚文、月卿（早夭）。比如《庐陵杨氏世系》载杨邦义长子杨振文赠中奉大夫。绍兴三十一年（1161）知洪州奉新县，因父茔在建康，岁时祭扫，念去墓道之远，遂造别业于鸿山（今江苏无锡）下，以为中途憩息之所。杨振文娶吴氏，被奉为无锡鸿山杨氏始祖。庐陵世系对杨邦义后裔的载录言之有物，更令人信服。

　　抗金名臣杨邦义与都昌九山杨姓的渊源到底如何，留待历史学家和谱牒研究者去考证。

（二）

　　无论800余年前以心许国、大义凛然的杨邦义是不是都昌九山人，九山这方热土都钟灵毓秀、人杰地灵。一代一代的九山人，以山里人的纯朴与聪颖，以岁月里的静好与平凡，让九山变得灵动起来。

　　九山不乏文韬武略之人。九山杨姓的先祖杨达甫、杨德甫和杨怀甫，据宗谱记载皆为进士出身。社前杨村对面有书学冲遗址，亦是源余里之故里。封建时代的众多学子，从学舍走出，步入功名场。民国时期的乡绅杨先甲饱读经书，以德传世，调和乡间讼事，尤见公心与辩力。名医杨梅林精于医道，造福乡民，其医书至今惠泽九山的行医人。九山人有武功者辈出。清朝有官府衙卒借进山剿匪之机扰民。与盐田山岭相倚的杂茨树杨村的一个大力士，手上托举着一个圆形石磨，用作茶盘，上置一碗茶，让嚣张剿匪的官家慢啜细品一番。这架势将官家吓得连连摆手退去。据说，清末社前杨村一个叫杨传森的武士，早先在乡间管理着九山延至狮山的册书，这"册"有粮册和宅册，官职不显，却算掌了实利。他武功了得，跑马射箭有百步穿杨之功，九山有一座桥叫百步桥，即是因其而得名。令人痛惜的是，杨传森在要官升三级的这一年病逝了，是年他是40多岁的汉子。传说，民国时期，梨树下的武师杨达权对村里耕作时发犟的公牛，手拽其尾，牛威顷失。

　　山里人心灵手巧，多能工巧匠，九山杨姓人家名声最响的是雕匠。桁梁窗格上的雕龙锈虎、木质饰物上的雕栏玉砌、高堂宇殿里的雕文织彩，皆神采飞扬、栩栩如生。清朝皇室修缮京城故宫，九山的雕匠大显身手，据说故宫雕梁画栋里还能找到"鸣山九山"的款刻。如今都昌、鄱阳的不少雕刻工艺人就师出九山杨姓。瓷都景德镇二十世纪六七十年代在小港咀成立艺术瓷木模特艺公司，来自九山的杨家发是叫得响的骨干，称誉瓷都。周边的佛殿庙堂，也是九山杨家人雕龙刻凤、雕楹碧槛，一展技艺之处。九山的建工队在古建行业曾风行一时，雕镂藻绘是其绝活。梨树下的杨达圣打制风车的手艺高超绝伦，不只扇谷，还可扇茶叶，婺源、浮梁乃至安徽许多地方都请他上门打制风车。九山杨家曾经的舞狮队走乡串族，煞是风光。那叠起来的五六层的八仙桌，在舞狮人无比大的脚力的踢腾下，一层一层地掀翻下来，赢得一片片喝彩。九山更有自酿的美酒、自烫的豆折、自产的雷竹，这些是山里人热情待客的美味。

　　"历史的车轮滚滚向前,无论如何变,我的九山,这是我的根。我无论走到哪,都是扯不断的脐带和血脉相连。留一些珍贵的记忆,存放在我生命的河床里奔流不息。我的九山,这里埋葬着父母的骨骸,有一天我同样魂归这里,青山做伴,绿水相依。所以我倾尽一生为您诠释,为您牵挂而骄傲。那是一世的依恋,但我依然觉得愧对心中执念不忘的小山村。"这是在外务工的九山本土作家杨求贵对家乡发出的深情呼唤。杨求贵的精美散文《大九山往事》《新屋,新屋》《暗山》《我的九山》等,抒发了一个九山之子对家乡深沉的爱。一生痴绝处,有梦是九山。一代一代的都昌九山杨姓人家知根源余里,纵意山外天,乡愁在生命的河床里奔流不息……

59. 春桥乡显如湾游村：立雪真宗

【游氏家训家规】 凡我同姓之人，务要以祖宗之心为心，视一姓犹一体，视众族如一家。喜则庆，忧则吊，弱则济，倾则扶，富恤贫，众助寡，不犯上，不凌卑，兴孝悌，全忠信，隆礼义，尚廉耻，兴文学，教子孙，和家族，睦邻里，使我游氏子孙皆称为善士。如此，则尊祖敬宗之心至矣，而人道全焉。

据统计，都昌县现有游姓村庄 27 个，3000 余人。都昌游姓村庄集中在春桥乡，有 24 个，另外蔡岭镇东平村委会有 2 个，大港镇高塘村委会有 1 个。春桥乡游姓村庄以凤山村委会为多，计 11 个。春桥凤山的显如湾游村说不上大，现仅有村民 15 户 70 余人；成村历史也说不上长，清乾隆年间（1736—1795）（一说明成化年间，即 1465 年至 1487 年）由堰上分居学舍之南，以肇村始祖游显如之名命名村庄，成村 200 余年。在显如湾这片土地上，2010 年都昌及闽、台等地的游氏宗亲筹资 200 余万元，兴建了占地约 600 平方米的游氏宗祠，名"欲仕堂"，2011 年竣工。后人站在游氏宗祠的大门前，瞩望凤凰山，可回溯都昌游氏在这片土地上 1700 余年的繁衍。

立　谱

天下游氏，出自姬姓，以祖上之字命姓。周历王姬胡的儿子姬友，被其兄周宣王姬静封于郑，建立郑国。春秋时期郑国国君郑穆公有个儿子叫偃，字子游，他的孙子游贩以祖父之字命姓，其后皆以"游"命姓，称游姓。都昌游姓承袭"广平世家"，《古今姓氏书辨证》云"游氏望出广平"。广平郡，在 2170 余年前的汉景帝时，辖境相当于今河北任县、鸡泽、曲周等地。都昌游氏尊游椽为一世祖。游椽（284—364），字荣之，号广二，原籍历阳（属安徽省），于永兴二年（305）举孝廉，任饶州中宪大夫。因避五胡之乱，游椽未能返回故里，于晋元帝大兴二年（319）求田问舍，卜居于南康府都昌县凤山紫竹园（今春桥乡凤山村委会辖地陈家塘边）。都昌历史最悠久的游姓村庄当数凤山村委会堰上游村，游椽的第 25 世孙游十恭于唐肃宗至德年间（756—758）由紫竹园迁入而建村。关于"凤山"

之名,有一种说法是,游橚第 36 世孙游季明(约生于 1020 年)号凤山居士,后人以祖号名称山名。

家谱是一个家族的集体记忆,后人能从谱系图中得知"我从哪里来"。都昌凤山《游氏宗谱》从南宋末年至公元 1989 年已历 19 修。《游氏宗谱》首卷辑录了从元至元戊子年(1288)暮春 2 修至 1989 夏 19 修 700 余年间的谱序,成为中国谱牒学研究的珍贵资料。在《游氏宗谱》中保存有南宋理学大师朱熹在宋淳熙年间(1174—1189)为《游氏宗谱》撰写的序,可认定为"一序"。得名家朱熹撰谱序,源于凤山居士第 8 世孙游汝辑。游汝辑,字济卿,号济川,居堰上。游汝辑得推荐曾任白鹿洞书院的洞主,与都昌"朱门四友"的冯椅、黄灏、彭蠡、曹彦约同承朱熹之理学,讲道于白鹿洞书院,后返乡办学舍于堰上村之东,成为学舍游村之祖先。朱熹手书的赠游汝辑的《游氏宗谱》序文全文为:

> 予尝仰观乾象,北辰为中天之枢,而三垣九曜旋尧归向,譬犹君之尊而无敢不拱焉。俯察地理昆仑,为华夏之镇,而五岳八表,逶迤顾盼,譬犹祖之亲而无敢不本焉。君亲一理,忠孝一道,忘之者谓之逆,遗之者谓之弃,慢之者谓之衰,无将之戒,莫大于不忠;五刑之属,莫大于不孝。为人臣,所当鞠躬尽瘁,为人后,所当慎终追远,不可一毫忽也。今阅游氏谱牒,上溯姓原之始,下逮继世之末,明昭穆以尚祖也,系所生以尚嫡也,叙长幼以尚齿也,立赞像以尚思也,非大忠大孝而能之乎?噫,世之去祖未远,而懵然无知者,愧于游氏多矣。

焕章阁待制朱熹为都昌《游氏宗谱》赠序,当然是历史上的荣光。游氏后人每次重修《游氏宗谱》,都会将此序文收录于卷首。

立 雪

"程门立雪"是个成语,"程门"之"程",指宋代理学家程颐,而门外雪中所立之人,是一对年过不惑的同窗杨时与游酢。游酢(1053—1123)是福建建阳人,北宋书法家、理学家。都昌游氏子民传家训、扬新风,总会讲起游酢程门立雪的故事,告诫世人要细心专志地求学,尊师重道。

程门立雪的故事见于《宋史·杨时传》:"至是,又见程颐于洛(今洛阳),时盖年四十矣。一日见颐,颐偶瞑坐,时与游酢侍立不去,颐既觉,则门外雪深一尺矣。"

用通俗的语言讲述程门立雪的故事:北宋末期,福建有个叫杨时的进士,特别喜好钻研学问,到处寻师访友,曾拜在洛阳著名理学大师程颢门下。程颢故去后,杨时得知其弟程颐学识渊博,便向程颐求教。杨时那时已 40 多岁,学富五车,但他谦逊好学,尊师重道。一年冬天,杨时与同窗好友游酢向程颐请教,不巧赶上老师正在屋中打盹。杨时和游酢为免惊醒老师,于是静立门口,等候老师醒来。不一会儿,天上飘起鹅毛大雪,两人还立于雪中。程颐一觉醒来,才发觉门外立着两个雪人。程颐深深感动,从此尽心尽力地教导杨时与游酢。

游酢的传略没有上《宋史》,清乾隆二年(1737)的《福建通志》中载有游酢的传略。游酢是元丰五年(1082)的进士,宋徽宗时任监察御史,曾知汉阳军,历任舒州和濠州知州。主要著作有《中庸义》《易说》《诗二南义》《论语·孟子杂解》等,谥号"文肃"。

程门立雪的宋人游酢是天下游氏的楷模。1989 年由游甫成先生(号瘦斋)所撰《凰山游氏十九修新谱序》中,提及了两个近代游姓显仕名流:一个人是远在京城的北京大学一级教授、著名楚辞研究专家、文学史家、曾主编大学教材《中国文学史》的游国恩。游国恩(1899—1978)是江西抚州人,也有人考证他与春桥凤山游氏同宗。另一个被提及的是当代春桥本土的游元兴(1935—2003),他在二十世纪七八十年代曾先后任中共湖口县委常委、组织部部长,中共都昌县委副书记、都昌县人民政府县长等职。

立　村

关于都昌姓氏与家风的相关书籍,对显如湾成村历史如此表述:"雄三公五世孙宽一(约生于 1455 年),字显如,于明成化年间(1465—1487)由堰上分居学舍之南。后人以祖名称村名,即今春桥乡凤山村委会显如湾游村。"按这样的成村历史推算,游显如肇村于明成化年间(1465—1487),距今已有 500 余年。细查《游氏宗谱》会发现,这显然是个谬录。如果认定显如湾的成村历史有 500 余年,那么一种可能是其先祖游显如并不是发村始祖,因为游显如是清代乾隆年间(1736—1795)人,这是铁定的事实。游宽一任过县丞,游显如为其 8 世孙。

1989 年篡修的第 19 修《广平游氏宗谱》,收录了两篇与游显如相关的文字。一篇是游显如亲撰的《游氏十修谱序》,落款为"大清乾隆辛酉年仲秋月,59世孙庠生讳澄字显如谨序",是年为公元 1741 年,显然游显如生活于清乾隆年

间(1736—1795),距今不过 300 年。

秀才出身的游澄(显如),重修乾隆年间(1736—1795)的《游氏宗谱》,距上一届"九修"的康熙丁巳年(1677)已过去了 64 年。游显如在谱序开篇即言:"澄庸才也,固陋甚矣,敢以修谱之责自任乎哉? 是大有不得已者焉。"游显如后来还是"注念重辑,一意坚行,不怕人言,不顾沉疴,直率而身任之",显示的是一个读书人的家族情怀。所谓"沉疴",是指他当时已"疥疮鳞生"。游显如主修宗谱,秉承"序世序,明昭穆,别尊卑,彰先泽""寓有鉴戒之意"的理念,辨悖谬,搜散佚,创谱例,立成论。可以说,他是一个尽职的家谱主修者。

都昌凤山《游氏宗谱》里,还保存了一篇《玉子公家传》,是游显如的好友、进士方震为游显如的父亲游玉子撰写的,落款时日为"皇清乾隆六年辛酉岁",这也足以佐证游显如生活于清乾隆年间(1736—1795),而非明成化年间(1465—1487)。方震是在游玉子辞世 24 年后,他时年 21 岁时,从"令嗣君显如先生"的描述中凭吊其德的。游显如的父亲生前乐善好施,"居室富厚,自命卓越,捐金利俗不惜"。游玉子有三兄弟,他居老二,"雅嗜读书,唯课后之念益笃",对教育子孙孜孜矻矻。他"以不世之才,际艰贞之遇,抱无穷之隐,深眷顾之怀",被世人尊称为"隐君子"。而其待人接物之风,也熏陶了次子游显如,使其"谦冲大雅,温其如玉"。

游玉子以一座桥而让后人铭记。在显如湾村的田畴的荒棘丛中,那座名为"玉子桥"的单孔石拱桥还在,昔日是周边人家经杨培祥村通往湖口、九江的通途。

立　技

春桥游姓村庄还保存有"立雪真宗"的石碑。程门立雪的游酢,其彰显的挚念求学、笃诚尊师的家训当然不只贯注在硕儒名流的锦绣人生中,也弥漫于一代代普通的游氏子孙充满烟火味的生活里。

1952 年出生的显如湾村村民游渝清是乡间的一位木匠,尤其祖祠的神龛被他做得精致绝伦。游渝清以他的墨斗弹划正直人品,以他的斧凿斫固底层百姓平凡人生的四梁八柱。

游渝清的一手木工绝活是家传的。父亲游玉铭 2020 年已 92 岁高龄,是显如湾村年岁最高、辈分最长的老人。游玉铭 5 岁时母亲去世,8 岁时父亲去世,

11 岁时在家中放牛,后来跟人学木工谋生。游玉铭的第一个师傅是杨培祥村的老木匠杨达才。那时正值抗日战争爆发,上户的工事极少,游玉铭于是在师傅家帮种了 3 年田,并未学到什么木匠之技。后来,他跟随湖口流芳一个叫蔡坊的鲁班传人学艺,扎扎实实地学了 3 年,诸如造房屋的大木、打家具的小木都能上手。蔡师傅为人和气,除了教木艺还教徒弟做人的道理。出师后的游玉铭一直在春桥一带做木工,成为名师。他一生手把手地带过 8 个徒弟,个个都在名师的调教下身手不凡。杨太和是老人年轻时所带的第一个徒弟,如今 80 多岁了。一年三节,他仍敬奉着师父,师父若染病,他还会来探望,他与师父情同父子。

游渝清可以说是父亲游玉铭的"关门弟子",16 岁时就跟着父亲走村串户地学木工手艺。父亲是出了名的"严师",要求他干活时心不能打野,活要干得既快又好。游渝清在父亲身边做学徒七八年,从不敢懈怠。有一次,游渝清在准岳父所在的村子黄邦村做事,游渝清用坏了一根小木料,他的头上重重地挨了父亲一"栗子"。游玉铭教子课徒毫不留情面,游渝清很惧怕父亲,他深感遗憾的是,自己不敢单独替人家做"寿料(棺材)",怕做坏了父亲呵斥他,所以他至今都没学通这门手艺。

父亲的严管精教,使游渝清打下了扎实的传统木工手艺的功底,受益终生。近年来,农村建房都是砖混结构,请木工的人少了,可游渝清手上的活儿总是多得很。他有一套建祖祠的绝活儿,竖柱横梁、雕龙刻凤、飞檐走壁、勾栏立杆,熟稔这些祖祠古建筑的规制,让游渝清的活儿应接不暇。他最拿手的还是精造祖祠上堂供奉村里祖宗和先人牌位的神龛,造得气势恢宏,灵动无比。整个构件不用一根铁钉拴紧,全凭卯榫拼接。

游渝清的仿古建筑木工活,有的一个工程就要做上一年。比如 2018 年承接的都昌苏山乡舍下村的"官厅"祖堂,从当年国庆节开工一直做到次年的国庆节前竣工。尽管游渝清怀揣奇技,但游渝清开价很实诚,算下来才 120 元一天。有的村里祖堂建神龛,采取包工包料的方式,游渝清便在自家木棚里做。设计是早已量好尺寸、议好规制的,但耄耋之年的老爷子游玉铭还是会在旁边指教一二。上户安装时,游渝清带上妻子黄梅芳做下手,每每传递个檩桁,利索得很。从 2004 年开始,游渝清在都昌、湖口等村庄做了 27 个神龛。大沈祜、王常村、杨家舍……哪个村什么时候动工,什么时候完工,工价几许,全都记在本

子上。

　　游渝清可以说出身"木工世家"。曾祖父在湖口流芳开店发家,他那一辈做的一幢棋盘屋至今仍存。游渝清的爷爷游河奇也是木匠出身,那时家境宽裕,他娶奶奶时用了大户人家的 5 顶大轿,比一般人家多了 4 顶。父亲游玉铭 8 岁时失怙,他的木工活是从外面学的,而父亲一手教会了 5 个儿子中的老大游渝清、老小游渝鹏木匠技艺。小儿子在外面搞装修,以木工为主。游渝清的儿子游横雄跟着父亲学过 3 年木工,现在在外面主要从事古建筑修复的工作。

　　只读过几年小学的游渝清,讲不出"立雪真宗"的大道理。他在斧运锯行间,脚踏实地地见"真宗",同众多的普通村民一道,将"立雪真宗"的真谛融汇于当下的社会主义核心价值观的生动实践中……

60.阳峰乡雷家:殿山陂之雷

【雷氏家训家规】传家忠与孝,持家俭与勤。发家耕与读,安家让与忍。成家立大志,离家思亲恩。富家积厚德,和家万事兴。

　　共产主义战士、最美奋斗者雷锋(1940—1962)原名叫雷正兴,出生于湖南长沙。雷锋对后世的最大影响是以其名字命名的雷锋精神。都昌也有雷姓村庄,一个叫山下雷村,一个叫畈上雷家村,属阳峰乡金星村委会所辖。山下雷村现有村民370余人,畈上雷家村现有村民330余人,两个村庄相连,形同一村,又同宗同源,于是合称殿山雷,因村旁有殿山陂而得名。

　　雷姓承袭"冯翊世家",天下雷姓望出冯翊郡,在今陕西大荔县一带。汉武帝时长安有"京畿三辅"说,指左冯翊、右扶风、京兆尹。在畈上雷家村祖祠正门上方,嵌有"双龙世家"几个字,"双龙"有典故出处。江西雷姓奉东晋豫章人雷焕为一世祖。雷焕通天文星象。晋武帝时,斗、牛两星宿间常有紫气,司马张华问雷焕紫气之祥何来,雷焕回应说是宝剑的精气冲到天上所致。张华问宝剑在何方。雷焕从容而应,在豫章丰城里(今江西丰城市)。张华觉异,荐雷焕任丰城令。雷焕到丰城县后,果然在牢狱的地基下掘得干将、镆铘二剑。尔后雷焕使剑治县,文韬武略焕然一新,成就一番功业。雷焕致仕于鄱阳顾贤渡,雷姓在鄱阳人才辈出,代有闻人。

　　雷姓的授姓始祖为方雷氏。《通志氏族略》载:"相传方雷氏是炎帝神农九世孙,因战功被皇帝封于方山(今河南嵩山一带),建立诸侯国。其子孙亦以国为姓,复为方雷氏。后裔因支派繁衍分为两支,一支姓方,一支姓雷。"都昌雷姓始祖是雷焕的36世孙雷万兴,明初洪武三年(1370)从高安县美里村黄鳅港逃荒至鄱阳湖畔的都昌县。万兴公生四子,分别名受一、受二、受三、受四。受一居都昌老爷庙(左蠡北庙),如今数户后裔与多宝乡多宝村委会陈浪村合居。受二分迁至都昌苏山陈家岭,周边有雷山,一说是因为有雷姓居住而得名,现今苏山乡有雷山村委会。苏山雷姓村庄由盛而衰,有故事在民间流传。

　　据说,起初苏山雷家风生水起,人文鼎盛,村里同一时期出过16个秀才,在周边气盛一时,后来受一位堪舆的地仙所害。地仙本就对雷家人的贯耳雷声不满,但他在某一天谦卑地找到雷姓族长,说雷府要是在村头挖一口池塘,更有"雷霆万钧"之势。族长信了,便按地仙先生指点掘塘。族长似乎挖断了雷家振兴的龙脉,自塘成后,眼见雷家有风雷之变,村民殒命者众。雷姓人家于是便纷纷外迁,有迁鄱阳鲇鱼山的,有以烧窑为业而落籍星子县的。新中国成立后,仅有一户雷姓人家在原村址久居,做了当地袁家人的上门女婿而改姓袁。

雷万兴的小儿子雷受四外迁至星子苏家垱,三儿子雷受三便是都昌殿山雷的祖先。山下雷村的雷学梁老人对雷姓村庄的变迁史颇有研究。他从宗谱考证出受三有二子,叫有权、有衡。兄有权在殿山雷原址居住,弟有衡搬至附近的傅家山分居,7代后见发脉不旺,便又搬回殿山雷村址,现今数户与雷有权的后裔合居,形成现在的山下雷村。受三的8世孙雷书胜生两子,长子雷焕,幼子雷显(1537—?)。雷焕留居现在的山下雷村,雷显于明隆庆三年(1569)由殿山村分居畈上。雷家老一辈村民讲山下雷与畈上雷家祖先为两兄弟,即源于此,实际上,殿上雷早在分迁至畈上雷家村200年前就已在此肇村。

打雷下雨,天之气象。民间有雷姓村庄要逐水而居、长发其祥的讲究,受一、受二、受四徙迁于水边,厚道的受三当年则蛰居山中。其实放眼周边形胜之地,顺三汊港又亲近浩渺的鄱阳湖,可以说殿山雷既亲山又濒水,是一方胜地。如今的殿山雷,人才辈出。雷铧、雷铭两兄弟在景德镇位居正处,事业有成,各展其华。青年才俊雷超为留美博士后。雨露滋润禾稼壮,田畴沃腴稻菽香。殿山雷家人在乡村振兴的大路上,一路雷厉风行、雷腾云奔……

三、历史背影

61. 阳峰乡府前村：江行万里　浩气千秋

江万里《自牧斋铭》曰：昼三省以加摄，夕九思而欲酬。见闻必绝非僻，言行必寡悔尤。居则约以诗礼，动则绳以春秋。既如生羊之鞭，复择气马之驹。勿循多歧之路，勿贻一蹶之猷。宇泰定而光发，宅谦卑而心休。

在《宋史》等史籍中，关于南宋爱国名相江万里的诸多《江万里传》，往往以"江万里，字远心，都昌人"九字开篇。名垂青史的江万里，是都昌的骄傲，其气吞山河的爱国精神，更令天下人景仰。

江万里是奖掖后学、砥砺名节的一代教育家。江万里（1198—1275），号古心，谥文忠，宋宁宗庆元四年（1198）出生于南康府都昌县林塘江村，今都昌阳峰乡共升村委会府前江村。江万里的家庭可说是书香门第，其祖父江璘在乡间以教书为业，父亲江煜进士及第，六品致仕，以"廉洁匡敏"著称。舅父陈大猷饱读诗书，其子陈澔是理学名儒。江万里"求学"之旅的三道光环让他在学海遨游时熠熠生辉：18 岁时进白鹿洞书院，成为理学大儒朱熹的再传弟子，直至 24 岁肄业；随后游学隆兴府（今南昌市）东湖书院；次年至南宋偏都临安（今杭州市）入太学上舍深造，29 岁进士及第。江万里作为教育家的"办学"之旅，也有三道光环让他在 13 世纪的中国教育史上闪耀：44 岁那年在知吉州任上，创立"白鹭洲书院"；45 岁知隆兴府，兴办宗濂精舍；同年，在南安军（今江西大余县）创办道源书院。

江万里致力教育，最为出彩的一笔是创建白鹭洲书院。南宋淳祐元年（1241）江万里任吉州太守，正值 43 岁盛年，江万里在烟云竹树、风光旖旎，双水夹流、诸峰环拱的赣江之洲筑精舍、设讲堂，书院以敦教化、兴理学、明节义、育人才为旨意。江万里办白鹭洲书院是参照他在求学时的白鹿洞书院为样板，在教学理念上以"博学之，审问之，慎思之，笃行之"为"有学之序"，择师选生，并亲任堂长。文天祥南宋宝祐四年（1256）擢为状元，与他同登进士者，吉州就有

39 名之多。宋理宗得知文天祥出自白鹭洲书院,亲书"白鹭洲书院"以赐。白鹭洲书院与庐山白鹿洞书院、铅山鹅湖书院、南昌的豫章书院并称江西古代四大书院。6 年之后,白鹭洲书院刘辰翁、邓光荐等人中进士,这年登进士者,吉州就有 47 人。著名爱国词人刘辰翁如此评价先生江万里:"其志念在国家,其精神在庐陵。"

江万里是 13 世纪中国清正廉明的政治家。史书称江万里"问学德望,优于诸臣","议论风采,倾动一时"。江万里真正的仕宦生涯是在他 33 岁时任池州教授开始的,尔后历仕江西、福建、湖南、浙江等地。按《江氏大成宗谱》的说法,他"历官九十一任"。这包括官、职、差遣等,当然也有夸张的成分。江万里最高任职为左丞相兼枢密使,时在咸淳五年(1269),年已 72 岁。江万里在他知隆兴府途中所吟的那首《诗退风涛》一诗中,这样表白心迹:"万里为官彻底清,舟中行止甚分明;如今若有亏心事,一任碧波深处沉。"理宗、度宗执政的宋朝,当权的是奸佞贾似道。"君子只知有是非,不知有利害。"江万里大义凛然,誓不与贾似道同流合污,更不为威武所屈,一身正气,敢说敢为。面对蒙元扩张,国家残破,他力主抗战,表现了强烈的民族气节和忧患意识。江万里曾受奸臣排挤而被夺去相职,晚年为天下存亡计,他受宋度宗临危下诏,再入宦海,出任湖南安抚大使知潭州(今长沙市)。在潭州与自己的得意门生文天祥相会时,江万里慨然曰:"吾老矣,观天时人事当有变,吾阅人多矣,世道之责,其在君乎?君其勉之!"嘱托文天祥匡扶社稷的重任。咸淳十年(1274),江万里退居饶州(今鄱阳县)芝山,开凿"止水池"。次年,元军攻破饶州,在此危难之时,江万里镇定自若。至元兵入其宅,他才起身离座,与弟子诀别:"大势不可支,余虽不在位,当与国为存亡。"言毕,江万里偕儿孙等投止水,一时积尸如叠。任过户部尚书的江万里胞弟江万顷和儿子旋即也为元兵执捕,被肢解而死。后人在纪念江万里的"古心堂"里拟就一副经典对联:父宰相弟尚书联璧文章天下少,父成仁子取义一门忠孝世间稀。江万里慷慨赴死,以身殉国,谱写了一曲爱国主义的壮歌。江万里成为民族英雄文天祥的精神楷模,文天祥曾任南宋末年右丞相兼枢密使。他坚持抗元,兵败被俘,坚贞不屈,留下了"人生自古谁无死,留取丹心照汗青"的千古绝响。1283 年,文天祥在元大都含笑饮刃,英勇就义。刘辰翁在南宋灭亡后,亦隐居山中,以明其志。

江万里壮怀激烈、为国捐躯,不仅直接影响了包括文天祥、刘辰翁等在内的

263

南宋末年大批爱国志士,也激励着一代代中华儿女舍生取义、矢志报国。都昌县孕育了江万里这样的伟大先贤,在江万里的故里,江万里的爱国精神继续在践行社会主义核心价值观的实践活动中发扬光大。府前村新建了江万里纪念馆,建造起气派不凡的"圣厅",收集了据说是江万里当年手植的古柏树、饮马的石马槽,并在村中打造了舒适的"古心广场";在土塘镇石沙湾江万里的茔墓地,江氏后裔筹资 180 余万元,2018 年底拓建成"江万里陵园";在都昌南山风景区,建有"万里楼"。都昌城市建设也融入"万里文化元素",有一条命名为"万里大道"的主干道,一所命名为"万里中学"的学校。中共都昌县委、都昌县政府继 1995 年 10 月举办江万里殉难 720 周年纪念活动后,1998 年、2008 年、2018 年分别举办了纪念江万里诞辰 800 周年、810 周年、820 周年的系列活动,引起海内外广泛关注。江万里研究成果丰硕,香港大学的马楚坚教授、四川大学的尹波教授、江西师范大学的王东林教授、省社科院历史所中国古代史研究室主任曹国庆、井冈山大学的刘文源教授、都昌县政协原秘书长余星初等专家学者,近年来发表了不少关于江万里研究的学术著述。江氏后裔江梓荣、江裕英、江立平、江训铎、江小毛等为江万里爱国主义教育基地建设和系列纪念活动的开展恪尽心力,奉献爱心。

著名历史学家姚雪垠 1993 年为都昌江万里纪念馆题词"精诚感天地,浩气冲斗牛"。江万里的爱国精神在中华大地,风行万里,烛照千秋。

62.阳峰乡侯家山:阳储峰下侯门昌

【侯氏家训家规】士农工商,均有常业,所贵恒心自励而各勤乃业耳。盖人有一定之胜境,不拘所肆何业,即随在可自致,立收其效。若乃既居于此,又慕乎彼,则此心一纵,遂不免怠忽其业矣,无何身人他歧,依然故我。业精于勤,荒于嬉。事虽勤于始,尤贵励乎终。

(一)

"侯"作为姓,是"封侯""爵侯"之"侯",在写法上有别于"等候""时候"之"候"字:单人旁后无一竖。原本侯姓之溯源,便指向西周时的祖先封爵。

天下侯姓姓源,有源出造字的仓颉、源自姬姓晋侯缗之说。都昌侯姓承袭"上谷世家",尊侯缗为一世祖。据《史记·晋世家》记载,西周初年,周成王封其弟叔虞于唐,史称唐叔虞,后改封晋侯。春秋初传至14世孙晋侯缗,在位28年。公元前679,晋侯缗被同族曲沃武所灭,晋侯缗一族逃出都城,隐居上谷(今河北省怀来县所辖),晋侯缗之子知静遂以爵位"侯"为氏,此便是侯氏之发端。

据统计,都昌侯姓村庄现有19个,7000余人,主要聚居于汪墩和阳峰两乡,其中阳峰乡(另大树乡有莲花塘侯村)13个侯姓村庄同属阳峰村委会辖区,统称侯家山。"侯家山"早先也是个山峰名,清代同治版《都昌县志》有"南桥岭西下为大岭,亦名侯家山"之语。阳峰12个侯姓村庄分别是野猪山、竹园里、院里、李树畈枫树塘、咀上、花门楼、畈上、后南山、后山村、枫火里、庙下、八房里、万紫里,现有人口总计2000余人。都昌侯姓村庄共同的寻根地为阳峰乡阳峰村委会的茶园冲,旧属四都。侯姓祖先700余年前落籍茶园冲,这其中也有故事。侯缗之50世孙侯忠素(999—?)是安徽寿县人,宋仁宗时登进士,天圣九年(1031)春任都昌县尹,为一县之长。侯忠素仕都昌时,母亲严氏辞世,安葬于县城西大矶山。秩满后,侯忠素不忍心离去,遂卜居县城白莲池旁的蒋家塘边(今莲花苑小区附近),晚来读书赋词以怡悦心性。民国年间,还存有"侯氏会馆"(县城老人武部院落处)。宋景炎三年(1278),都昌左蠡仙井畈人杜可用聚众抗元,元军借镇剿之名在都昌大肆屠掠,侯忠素 9 世孙侯维化为避元乱由县城白莲地潜居山谷茶园冲。侯忠素的 14 世孙侯世通,于明永乐年间(1403—1424)由四都茶园冲迁至汪墩老山侯,汪墩一带的侯姓村民皆从老山侯外迁而发脉。

<h2 style="text-align:center">(二)</h2>

有地方史专家考证,"阳峰"其名,源于辖境内的阳储山。阳储山位于都昌县中部,呈东北—西南走向,跨汪墩、大树、阳峰、土塘等乡镇。其主峰海拔为463.4 米,县电视差转塔就立于巍巍阳储山之巅。古称山之南为"阳",对于"阳储"之得名,清同治版《都昌县志》在"卷之一名胜"中如是表述:

> 阳储山,在治东四十里,居邑中央(省志注居众山之南),昔人谓为阳气所钟,故名山南东为阳储峰(亦曰阳储岭)。峰势极峻,每清秋登之,东望饶州,西瞰南康,北顾九江,南窥吴城,皆在目中。山东北下为禅山寺,昔有道人隐此,自号白云老叟,故又名白云庵。多山水之胜,有八景,曰"白云古院",曰"碧涧仙坛",曰"荣恩方丈",曰"延英精舍",曰"藏春竹坞",曰"通济石桥",曰"龙潭胜水",曰"关口灵泉"。

"阳储八景"今人多不知,其中有几景属阳峰独秀,也待考。阳峰侯家山就在阳储山麓,让我们来翻阅同部《都昌县志》对侯家山的描述:"阳储岭西南为小阳尖(南下为侯家山,有庵曰青阳室),又南西为南桥岭。小阳尖北下为醮山,过峡起垴北西下。吉阳岭在南桥岭南东,中过野猪岭、横山埂。"

县志里的"青阳室"仍存,冠"清凉室",庵下有终年不绝流的小井,甘洌无比,实属清凉。青阳室原供奉着神医华佗,周边善男信女求神祈福,至今香火如缕。县志里的南桥岭,在旧时是三汊港、阳峰一带,是民众通往县城而达九江、景德镇的要道。倚了山高林密之阳储山,侯家山自然就成了神秘故事演绎的辽阔舞台。侯家山老一辈村民说,明末崇祯年间(1628—1644),农民起义军李自成的一名散兵在"大顺"重逆,溃败不堪之时,推着两麻袋像是杂货的东西,途经南桥岭,因体力不支将所带之物寄存于侯家山花门楼村的一位村民家中,言三年后如未来取货,农家自可拆袋用之。三年匆匆而过,天下已张扬起"大清"的旗帜,侯家山老农想起封存在仓柜里的两麻袋货物,拆封而视,但见稻粟堆中簇拥着黄灿灿的金锭,农家凭此成了富家。暴富的村民惧露富,便窑藏金银,以至

花门楼村留下一句歌诀:东一窖,西一窖,噼啪(指碓臼声)树下一大窖。后人的讲述里,推车推的是衰败的闯王残部的军饷,其时李自成已殒命湖北九宫山。关于太平天国"长毛"军的类似故事更多。

莽苍阳储山,在乱世当然是行匪者的温床。1949年岁在己丑,是年5月12日,都昌解放,但土匪头目李运辉的"都昌县青年救国军"负隅对抗。在阳储山青阳室一带,李运辉的残匪猖獗了一个多月。村民的讲述有历史的细节,说李运辉面对阳储山的陡峭显笨拙而非灵捷,要靠喽啰用摇椅抬着他出行。匪兵还抓捕了一名长得十分漂亮的女中学生。逃窜中,女学生被带上带下,脚板都磨出了血。有关资料记载,阳储山在解放之初的确闹过土匪,匪首是江镜秋。

在此,且来存录当年迎接部队进城和平解放都昌的组织者之一向法宜的回忆文字,看匪首命丧阳储山的历史细节:"1949年9月上旬,中国人民解放军第四野战军开赴都昌,九江军分区祝世凤司令员亲临都昌领导清剿斗争。这时,除少数顽固分子上了武山外,大部分闻风逃窜、土崩瓦解。潜伏阳储山的江镜秋尚有36人,仍然在乡下打家劫舍,胡作非为。县政府指派向熙率领一连兵力,开赴阳峰、化民、土塘一带进行追击。这个家伙极为狡猾,一连兵力尾随追捕4天,都没有发现他的人马。一天已断了黄昏,向熙的队伍在白果树村宿营,住在一位亲戚家里,这位亲戚白天替江镜秋送粮,挨了江的打,他将江镜秋秘密躲藏的地点报告了向熙。这天半夜,向熙带领几个尖兵,到阳储山西侧鸿洲山娘娘庙逮捕了江镜秋,缴获步枪30余支,手枪2支。"

(三)

高耸的南桥岭,穿越的途中散落着神奇的故事,更多的百姓,偃蹇于途,南桥岭成为他们的一条谋生计之路。靠山吃山,阳储山的柴薪资源丰富,侯家山人旧时砍斫大山馈赠的木柴后翻越南桥岭,将木柴运到景德镇贩卖,点亮熊熊窑火,换得自家灶膛里升腾起的人间炊烟。侯家山有家传的编蓑衣、打桐油的传统谋生手艺。山里的田间地头,山麓下的低缓坡地,栽种着铺展蒲叶似的棕叶、周身缠着棕毛的棕树,还有桐籽挂满枝头的桐树。取之棕树穿织蓑衣,取之桐树榨取桐油,以至侯家山人有讨生计之歌诀:千棕万桐,子孙不穷。防雨的古朴蓑衣、涂抹家具的清亮桐油,被侯家山人从南桥岭荷担推车,运至汪墩、徐埠等乡,甚至湖口、彭泽等县的山外去换钱籴粮,养家糊口。

阳储山怀抱里储藏着丰富的钨、钼、金、铜矿产,是一座宝山。阳储山生机勃发,动植物资源丰富。栀子、杜鹃等争奇斗艳,獐麂、豺狼等不时出没,竹浪、松涛澎湃,百灵、鹧鸪欢唱。阳储峰峦千般锦绣,阳储山下万种物丰。阳峰的紫皮独蒜在旧时被列为贡品,而尤以侯家山的不分瓣的蒜头最为上乘。南桥岭一带的气候和水土,成就了这里独具特色的特产。

南桥岭的驿路已废置,如今的侯家山人的致富路变得平坦通达起来。

南桥岭下侯门 13 村,村村都有精彩的故事流传下来。在 2019 年花门楼村重建的祖堂落成的铭文中,有如下数语:"希肫,字孔仁,号侣南,赋性忠厚,乐善好施,资高闾里。于明万历三十八年(1610)捐资造舟以济周溪之渡,口碑相传,岁间咸钦。建祖厅,造门楼,曰花门楼村。"花门楼新修祖堂兼村民文化活动中心上厅有一副对联:南桥岭希肫长春瓴高屋,阳储峰侯门无涯起宏图。"希肫"便是村里祖先之名。且来听阳峰乡文化站站长侯隆尧先生和曾担任阳峰中心副校长的侯绍瑜老先生讲述明末先祖侯希肫善辩的故事。

花门楼村的肇村祖先是侯忠素的 17 世孙侯大润,字天润,明正德年间(1506—1521)由李树畈枫树塘迁入,距今已 500 余年。侯希肫为侯大润的 5 世孙,行世特立独行,周边有隙者将"张狂"的他告之官府,侯希肫对罪愆一一驳回。罪愆之一是"反造门楼"。村里老祖祠门楼对外是平板,雕饰"世美"二字,倒是反面的内侧琢刻有栩栩如生的神像,与通常的位置反了。对此,侯希肫辩曰:反造门楼向不利。他将立反向门楼的动因归之于民俗上的朝向。罪愆之二是"铜钟铁瓦"。花门楼祖祠内悬铜铸磬钟,屋脊上覆盖的是铁质瓦,辉煌卓然。对此,侯希肫辩曰:铜钟铁瓦祖上遗。他将此归于祖上的遗风,承袭的不只是钟瓦,还有挨着能躺下的宽长裙凳,也是祖上留下的规制,后人敬祖崇宗是常理。罪愆之三是"日骑双马"。侯希肫对此的解释是"日骑双马马带驹"——吾一人一马足矣,因坐下之骑带着小马,其情可悯。罪愆之四是"夜宿七妻"。侯希肫狡黠地打起太极——"夜宿七妻为儿女"。罪愆之五是"独脚龙床"。侯希肫对此不敢敷衍,皇室才有龙气,欺君之罪可是要掉脑袋的,他将"龙床"藏匿起来,振振有词——"独脚龙床是假的"。侯希肫喜做积德行善之事,捐钱在周溪一带造舟船做义渡,建桥亭惠旅人——"肫"者,本义就是笃诚为人。

（四）

行走于侯家山，你若是问民国时期最闻名的人为哪位，村民会众口一词地指向一个叫侯石安的人。

侯石安（1903—1988，字寿鹤）的父亲侯延昭在侯家山算是一代名儒，开过药铺，教过的学生最有名的是周溪牌楼的曹浩森，曹浩森曾任国民党江西省政府主席。侯石安后来在国民党军营里得提携的话题，多半与国民党上将曹浩森相涉。侯石安从江西省立一师毕业后，在家乡都昌和南京任过教员，后来得举荐，赴江西乐平县署任职。侯家山不少人说侯石安任过乐平县县长，应是讹误，查无实据，连他的墓碑上都无"县长"一职的记录。他在乐平做的似是负责警务一类的官职，这从人们传扬的关于他的勇义之举可得到佐证。据说，某年都昌人与乐平人闹械斗，乐平人起初挡不住野蛮的湖区都昌人而落荒而逃，后来在周密的反扑中，抓住了数十名周溪沿湖的都昌人，将他们关押在私祠，第二天准备对都昌人大开杀戒，报一箭之仇。侯石安倚着职场之势站了出来，说国有国法，家有家规，犯法了，政府自有审断，也可灭了此帮"都佬"气焰，该杀会杀，万不可私自屠戮，知法犯法。乐平人觉得他的话有道理，就将所缚都昌人全交给了县警备队，只待去听毙击冤仇的枪响。侯石安连夜雇了条都昌人在景德镇开的货船，将数十名老乡偷运回都昌，将他们悉数救出，他自己也于当晚挂印往南京去了。据说1950年，国民党旧军官侯石安被查出有历史问题要被镇压，当年获救的贫雇农从周溪来到县政府为其"讨保"，算是反救了侯石安一命。

侯石安后来在南京从军，投身汤恩伯部，做了辎重兵第18团中校一级的军需处主任。凭其笃诚，得上司信任，得了一笔奖抚。1944年，他寄钱回家建造了一幢屋宅，屋宅至今仍存。解放战争摧枯拉朽的隆隆炮声中，侯石安没有随蒋介石集团逃往台湾，而是选择投诚，在人生的关键时刻，他没选择参加解放军，而是坐了3个月的二野教育班后，选择回到侯家山，余生以行医为生。侯石安父亲早年开过药铺，少时的他本就对岐黄之术耳濡目染，他在南京国民党的军需学校读过一段时间的书，对医术有所涉猎。回到家乡后，侯石安钻研古代医学典籍，渐成名医。相传20世纪50年代中期，化民潭湖有个4岁的幼儿，患重症而奄奄一息，大人将患儿放在竹篮里，说殀亡无疑，只待掩埋。怀九死一生之愿，侯石安被请来施救。他让大队干部唤来周边诊所村医，说打一针下去，能活过来是幼儿命大;活不过来,大家给我作证。侯石安一针下去,竟救活了患儿,使得他在土塘一带名声渐隆。当地的医生排挤他,因为他抢了他们的饭碗;而当地的药店笼络他,因为他带来单子促进了药物的销售。他在杏林风生水起。某日,侯石安坐在药店连写 300 余张"汤头"笺方,一般的医生能出 100 张笺方便是良医,他以数倍笺方镇得当地医者再不敢依势扰他。"侯医师"从此磐石似的在土塘一带安定下来。

侯石安晚年在阳峰当地办医疗所,在乡村卫生院任中医,医德上颇有好口碑。问切之余,他也会和求诊的人讲他在国民党部队从军的故事,听的人觉得新鲜。比如说他见过汤恩伯组织召开作战会,有一次对迟到的一个团长后背扣枪机,射击入门处向"军座"报告的迟到的参会者。他还会讲解放军渡江战役从江北打到江南,有时一连三日在船上打爆竹、吹军号佯攻,让汤恩伯集团的守军得不到休息。而真正猛攻的那天是个大雾天,解放军的木船在国民党部队疲惫怠防之时势如破竹地渡江作战。晚年蛰居乡间的侯石安关心天下大事,在阳峰村小看订阅的《江西日报》《参考消息》,一字不落地从报头看到报尾。侯石安 1988 年以 86 岁高龄遽然辞世,后裔有承其医技者。

20 世纪 70 年代,侯家山有 5 个人在计划经济时期担任县里重要部门的主要负责人。他们分别是:侯寿厚,八房村人,解放战争时期从国民党海军投诚解放军,曾任都昌县档案馆馆长、商业局和物资局局长;侯隆清,万紫山村人,曾任都昌县食品公司经理;侯昌太,庙下村人,曾任大沙区工委副书记、三汊港和周溪等地管(革)委会主任、县森林工业局局长;侯绍家,塅下村人,曾任县总工会副主席、阳峰和周溪公社革委会主任、县商业局副局长等职;侯爵一,竹园村人,曾任北山和万户公社党委书记、县手工业管理局副局长、县基本建设局局长。这些老干部的后代,赓续奋进的精神血脉,在各自的人生职场,情系故里,热爱家乡。

俊杰启林毓,荣华同日长。目览千载事,侯门有仁义。侯家山人在新时代的浪潮里,翻卷着各自的精彩浪花……

63.鸣山乡下舍刘村:赫赫今何在? 门庭热都昌

【刘氏家训家规】宁朴实勿狡诈,宁愚拙勿乖巧,发一念而必依于理,出一言而必本于心。

北宋开国名臣刘彦诚

都昌县鸣山乡源头村委会所辖的上舍、中舍、下舍三个村庄的村民皆姓刘,从七里桥至马涧桥,三个村自西向东依次沿景湖公路排列。在下舍刘村背后的山峦上,有一座纪念陵园,外围墙上端庄地书写着"宋代名将、民族英雄"八个大字。从景湖公路转入村巷,再拾级而上,原有的由时任中共都昌县委书记陆元初书写的"武忠公陵园"字样因风雨侵蚀和藤蔓遮蔽而难以辨认。"武忠公"指北宋开国名臣刘彦诚,谥号武忠。"武忠公陵园"内的确静卧着仿杭州岳飞墓而修建的刘彦诚陵,但这座陵园纪念的不只是刘彦诚,还有其四世孙刘仲武、五世孙刘锜。刘仲武、刘锜父子皆为抗金名将,其英名在卷帙浩繁的爱国史册里闪烁。其实这是刘彦诚这位都昌刘姓始祖在宋代浩气长存、忠心报国的一个标记。

下舍刘村建有纪念刘彦诚的陵园,但刘彦诚的祖籍并不是下舍刘村。下舍刘村成村于明嘉靖年间(1522—1566),其祖先刘铎与中舍刘村祖先刘锦、上舍刘村祖先刘宏为兄弟辈,是都昌刘姓始祖刘彦诚的第22世孙。曾任鸣山乡乡长的退休干部刘冬生是下舍刘村人,他亲历了武忠公陵园的修建过程。1995年冬,都昌成立"都昌县历史名人刘彦诚、刘锜研究学会",会长是曾任都昌县人大常委会副主任的刘统金(汪墩人,革命烈士刘述尧之子)。时任江西省人大常委会主任、江西省委原书记毛致用,江西省委原常委、江西省军区司令员冯金茂少将,时任江西省历史名人研究学会会长、著名历史学家姚公骞先生等为"都昌县历史名人刘彦诚、刘锜研究学会"题词。在都昌县历史名人刘彦诚、刘锜研究会的积极推动下,1996年底,"武忠公陵园"得以修复。

都昌刘姓承袭"彭城世家",据统计现有刘姓村庄270余个,人口逾6万。

从人口来论刘姓号称都昌第一大姓。都昌刘姓奉刘彦诚(?—975)为始祖。刘彦诚的父亲刘逾登进士第,任太常寺,后擢升浔州府(今广西桂平市一带)知事。刘彦诚随父辈到鄱阳老家探亲,途经都昌二十都地,见风景独特,山清水秀,约于五代时期的南汉光天年间(942—943)由鄱阳清塘徙居都昌二十都黄金乡(今鸣山乡七里村委会辖地),遂取名二十都排门。都昌刘姓最早的《会源宗谱》记载:"公自鄱阳迁居都昌,以漆排门为号,故曰排门大夫。"原来,刘彦诚在都昌二十都的七里桥建了一字排开的庭宅,以漆书写1至24之间的编号,"排门"之名由此而来。

生于仕宦之家的刘彦诚是家中独子,幼攻书史,博学多才。年轻时就精于兵法,善于策略。唐后的五代十国时期为多事之秋,刘彦诚弃文习武,箭法精准,号称"刘一箭"。刘彦诚起初仕归南唐后主李煜,官至散骑常侍、光禄大夫。他常劝后主强武备、防外乱。李煜是个多情才子,工书善画,能诗擅词,通晓音律,后人尊李煜为"千古词帝"。他是个薄命君主,在"故国不堪回首月明中",任亡国之愁"恰似一江春水向东流","剪不断,理还乱"的是离愁,更有国殇。有鸿鹄之志的刘彦诚未得李后主重用,常有去意。公元960年,赵匡胤在陈桥驿黄袍加身,做了皇帝,取代后周,是为宋太祖。刘彦诚顺势率部算是弃暗投明归附了宋朝。宋太祖对刘彦诚明于大义、顺于天时之举极为褒扬,封其为彬国公,刘彦诚旋任都总管知兴国军。刘彦诚治政勤廉,广开农桑,很有政声,被宋太祖列为开国之勋。宋立国之初,西域小戎不断侵扰,宋太祖命刘彦诚带兵讨伐,刘彦诚以卓越的军事才干平定戎乱,亦使地方治所匪靖边安。他还向宋太祖献上16条治国安邦的良策,受到嘉奖。死后谥武忠,敕葬故里"二十都刘志桥之北"。

刘彦诚的刘志桥排门故里并不在如今的下舍刘村,而在一里之外的杏花园木瓜墩(今鸣山乡七里桥附近)。悠悠千余载,刘彦诚归葬故里的遗迹荡然无存。当地有一种传说,说宋太祖厚葬刘彦诚时,在当地同时下葬7座坟冢,让人难识其真墓,以防贪财之人私自盗掘。刘冬生回忆,1950年初,木瓜墩被平整为坡地,后来经改造又做了水田。附近有陈姓村庄兴起,阡陌间更难觅刘彦诚墓地原址。1996年,后人修建刘彦诚陵墓之地,便择了下舍刘村背后岭,此地坐北朝南,居高望远,可旺门庭。

刘彦诚生六子,分别名托一、折二、披三、抗四、授五、捷六,俱有官职荣耀家

族。刘彦诚的 4 世孙刘仲武,是都昌排门刘姓始祖。他一生在外征战,寓居秦州成纪(今甘肃天水),历仕宋英宗、神宗朝,军功显赫。特别是镇军西陲,抗击西夏入侵,屡立战功,升为泸州军节度使,加封彭城开国侯。刘仲武鞠躬尽瘁,死于凤翔任上,朝廷加赠检校少保,谥威肃。刘仲武的胞弟刘仲贤智勇双全,抗西夏,击番兵,军功卓著,最辉煌的履职是知兰州兼安抚使,他为国劬劳而逝于抗击匈奴的军旅途中。

南宋抗金名将刘锜

宋朝的开国之勋刘彦诚其四世孙刘仲武,抗击西夏,堪称民族精英。刘仲武生九子,第九子刘锜(1098—1162)为南宋著名抗金将领,杰出的民族英雄,功比岳飞、韩世忠,忠勇可歌可泣。尤其是在绍兴十年(1140),他指挥顺昌(今安徽阜阳)战役,以两万士兵击退金兀术十余万之敌,这是我国战争史上以少胜多、以弱胜强的著名战例。

"赫赫今何在? 门庭冷似霜。""智出常情表,功如定计初。"这是南宋著名爱国词人陆游为刘锜所写的《刘太尉挽歌辞》,称赞比他大 28 岁的刘锜立下赫赫战功。

江西都昌人刘锜是南宋著名抗金名将,历史上与韩世忠并称韩刘,与岳飞同为武穆。《宋史》称其"慷慨深毅,有儒将风"。南宋史学家章颖所撰的《南渡十将传》,刘锜排在首位,居韩世忠、岳飞、虞允文等之前。刘锜一生戎马倥偬,为将为帅,以刚毅决胜沙场;为官为民,以清正彰显廉明。在新中国成立后有关权威部门编著的《中国一百个军事家》《中国历代名将》《中国军事家》等书中,刘锜跻身其列。

刘锜出身将门,从小随父亲刘仲武在边陲军营长大,研读诗书,练习骑射,受到文武两器的锤炼。刘锜赴京后被派往外地。入仕途的第一个官职,是潼川府路廉访使者,而且从 24 岁开始,一做就是 4 年。靖康元年(1126),刘锜向朝廷面奏廉访职事,以"善对详明,议论可采"获得重用,尔后被授军职,踏上统兵之路,戎马一生。

刘锜治军,以身作则,整肃军纪,身经百战,战功卓著。刘锜改编王彦的"八字军",兵士们将"赤心报国,誓杀金贼"八个大字刺青易容,打造了一支与"岳家军"齐名的抗金劲旅。刘锜在绍兴十年(1140)指挥的顺昌大战,堪与历史上的赤壁之战相提并论。1140年春,独揽金朝大权的元帅金兀术撕毁墨迹未干的《绍兴和议》,率重兵进攻南宋,不到一个月的时间,尽取河南和陕西各地,并顺势进攻淮南。是年五月,宋高宗委派刘锜去开封担任"东京副留守",让他带一万八千"八字军"以及随军家属驻守开封。刘锜从水路乘船北上,忽闻金兵大举南侵,兵逼顺昌,南宋岌岌可危。忠心报国的刘锜面对一些惧怕金兵的将领,力主弃船,孤军奔赴顺昌,迎战强敌。他悲壮地下令将所乘舟船全部凿沉,以绝一些人的南逃之心。他又把自己的家属安置在一座佛寺中,抱来柴薪堆在门口,命守兵卫士,如城失守,便烧死其家属,以免遭敌人侮辱。刘锜综合运用孙子兵法"示形""任势""用间""奇正""虚实"等战术,出奇制胜,以不足两万兵力,击退金兵十余万。顺昌大捷,确定了刘锜名垂青史的军事家的地位。

刘锜清正无私、刚直不阿的秉性也在顺昌大战中得到呈现。顺昌之战后,朝廷给刘锜一笔赏赐,刘锜一向无私,"悉以前后所赐银二十万两,绢二十万匹"赏于战士。刘锜顾全大局,宽厚待人。王德在顺昌之战前后受制于张俊,迟迟不奉命予以增援。在刘锜战胜金兵后,王德又肆意诋毁,并掠人之美,诳奏请功。刘锜置之不理,一笑了之。在后来的柘皋之役,王德与刘锜配合抗金,颇有作为,刘锜不计前嫌,以兄礼待之,向朝廷称赞他的勇武,令王德羞愧无比。

一身浩然正气的刘锜,作为抗金派主将,遭到了秦桧的迫害。绍兴十一年(1141),刘锜被解兵权,命知荆南府。整整6年,刘锜不计个人进退,精悉吏事,颇有政声。1147年,刘锜主动请辞,后在湘潭闲居9年,在此期间,留下了一些抒发忧国忧民情怀和报国无门的愤慨的诗文,赢得了"诗书帅"的美誉。理学大师朱熹评价刘锜"喜读书,能诗,诗极佳,善写字"。奸相秦桧病卒后,长期被废黜的刘锜得举荐而知潭州(今湖南长沙)。60岁的刘锜在花甲之年任太尉,复知荆南府。绍兴二十七年(1157),金兵进犯南宋,乱世思良将,刘锜随即被宋高宗任命为江淮制置使,重披战袍,抵御金军南侵。年迈的刘锜为保国可谓鞠躬尽瘁,死而后已。他在率军时身患重疾,以至"病不能食,但啜粥而已","人见其瘦悴,皆有凄惨之色"。刘锜仍扶病作战,后因疾辞职。绍兴三十二年(1162),刘锜病逝于临安都亭驿中,终年65岁,一代民族英雄冷寂落幕。

宋朝官吏多贪财黩武成习,南宋初武将尤是。不爱金钱者如岳飞、刘锜,其清廉堪称典范。史籍记载刘锜"旧囊无贮储","家无产业","家无金帛,储俸给亦以周亲",以致他闲居湘潭后期,"贫不能自活"。刘锜为官一世,60岁时升为

太尉,位居武臣一品,而在京城临安上无片瓦,下无寸土,以致病死于都亭驿中。正因为他没有任何财产拖累,才让他如此笃定地誓杀金贼,赤心报国。同时代的周必大在挽词中言刘锜"死后家无甔,生前客有车。轻财并待士,此意古何如",这是对刘锜一生清廉的真实写照。

在顺昌保卫战的发生地安徽阜阳市,至今有"刘公祠"等纪念刘锜的场所。在刘锜的故里都昌,成立了刘锜文化研究会,出版了《刘锜研究》等学术专著。2019 年夏,江西、福建等地的刘锜后裔,紧锣密鼓地推动《顺昌大战》电影的拍摄,以此纪念一代抗金名将刘锜,激发包括都昌刘氏后裔在内的广大民众的爱国热情。

64. 左里镇獭狮塘熊村：南朝名将檀道济的城山故事

【熊氏家训家规】见富贵而生谄容者,最可耻;遇贫穷而作骄态者,贱莫甚。居家戒争讼,讼则终凶;处世戒多言,言多必失。勿恃势力而凌逼孤寡,勿贪口腹而恣杀生禽。乖僻自是,悔误必多;颓惰自甘,家道难成。

(一)

獭(音 tǎ)狮塘是一口池塘之名,亦是村名,在都昌县左里镇旧山村委会。用"獭狮塘"命名的村子有两个:一曰獭狮塘熊村,现有人口 460 余人;一曰獭狮塘黄村,现有人口 160 余人。两村已连成一体,合为一村。虽然"江陵世家"的熊姓和"江夏世家"的黄姓各有祖祠,但山林田地是合在一起共权的,红白喜事是合在一起请酒水的。两姓村民共居一地,和谐相处。

都昌熊姓由鄱阳县荐福山迁入,熊成章的第 21 世孙熊辉登南宋绍兴八年(1138)戊午科黄公度榜进士,绍兴十年(1140)授刑部主事,后淡于仕途,寄情山水,于友人同至都昌,遂隐居县市之官塘(今都昌县城官塘小区)。熊辉生二子——熊胜亮、熊胜高,熊胜亮生子熊祥之,熊胜高生子熊福之,都昌熊姓 17 个村庄皆为熊辉的后裔。据相关资料载,熊祥之孙熊邦英于元朝泰定年间(1324—1328)由县市官塘迁四十都庄茅湾;其 5 世孙熊文高于明景泰年间(1450—1456)由庄茅湾分居獭狮塘。其时,獭狮塘黄村人已早徙居于此。

獭,属猫科,有水獭、旱獭之分。塘里的獭,肯定指水獭,一种以捕鱼为食的兽,皮毛为棕色。獭狮塘旧时有獭出没水中,而斯塘之"狮"不是指狮子,有后人承獭之栖处意,将塘名写成"獭溪塘"。獭狮塘熊黄村村前有獭狮塘,村后有杨梅塘,一个水中游,一个山上长,都是风水宝地,以至古时村里传出一句口诀:宁卖妻室儿女,不卖杨獭二塘。獭狮塘周边一些地名亦与塘鱼相涉,比如豪猪山、掐箩畈、砧板垅、薄刀地,可见此方山水确是鱼米之乡。

(二)

都昌大地现今没有檀姓村庄,可在同治版《都昌县志》里找到檀家嘴、檀署

垣等地名,探其名源,与南朝著名军事家檀道济驻兵左蠡(今左里镇)有关。且让我们翻阅史籍,找出檀道济身上的几个身份标签,以识其人,以明其史。

檀道济传略在《南史》《宋史》《资治通鉴》等史志上皆有记载。檀道济(?—436),南朝刘宋名将,祖籍高平金乡(今属山东金乡县檀庄),出生于京口(今江苏镇江),出身寒门,从军20余载,屡立战功。东晋末,从刘裕攻后秦,官至征南大将军,后文帝听信谗言,因其为前朝重臣,诸子皆善战,忌而杀之。檀道济戎马倥偬,战绩卓著,是历史上有名的军事家。公元782年,书法颜体的创始人颜真卿时任礼仪使,他向唐德宗建议,追封古代名将64人,并为他们设庙祭奠,以崇武备,这其中就有"宋司空武陵公檀道济"。后来宋室在1123年前后依唐制为古代名将设庙,72位名将中,檀道济亦跻身其间。

檀道济作为古代军事家,他的军事遗产,可以说集中在总结"三十六计"上。"三十六计"一语,此语出自檀道济。据《南齐书·王敬则传》:"檀公三十六策,走上上计,汝父子唯应急走耳。"此语后来赓相沿用。宋代惠洪所著《冷斋夜话》:"三十六计,走为上计。"至于《三十六计》著书成册,则在明清时期,这部"兵书"将金蝉脱壳、借刀杀人、调虎离山、上屋抽梯、假道伐虢、反间计、连环计、美人计等三十六计列为军事思想和各种作战经验,成为军事文化的瑰宝。

"三十六计"源于檀道济,将军队喻作"长城"也源于檀道济。宋文帝刘义隆欲除掉檀道济,用的是"矫诏计"。彭城王刘义康在宋文帝患病之时,传圣旨召檀道济入京城建康(今南京)。过了一段时间,檀道济看宋文帝病愈便动身回营,他刚上船又被召回宫,以图谋造反罪被捕入狱,接着他的儿子和部将全被杀。《南史》记录了当时之情状,其文为:"道济见收,愤怒气盛,目光如炬,俄尔间,引饮一斛,乃脱帻投地,曰:'乃坏汝万里长城!'"翻译成白话文便是:檀道济被收监后,非常气愤,目光如炬(这也是此成语的出处),一会就喝掉一斛(一斛为五斗)酒,将头巾扔在地上,说:"你们这是在自毁长城啊!"长城既毁,敌寇便长驱直入。后来北魏见檀道济等几位能征善战的名将都被杀,便无所顾忌地进攻宋国,直逼都城建康。宋文帝悔之已晚,登城叹道:"若道济在,岂至此!"

(三)

檀道济纵有"三十六计",还是失算于帝王之心术,最后被害致死。檀道济临死大义凛然,自比"长城"。他盛年时在彭蠡之左的鄡阳县域左蠡筑城而战,在当地留下了"城山"的故事。

清同治版《都昌县志》"寓贤"章载:"檀道济高平人,初为晋太尉刘裕参军。义熙六年从征卢循,循败,将趋豫章,悉力栅断左蠡(里),道济在今县北境,依山筑城,扎营为游兵。"檀道济追随刘裕在左蠡征剿卢循的战事,在史书上称平"孙恩、卢循之乱"。现代历史学家的观点是,实际上这是孙恩、卢循(为孙恩妹夫)领导的一次东晋末年规模最大、历史最长的农民起义,起义军坚持了 12 年之久,转战长江中下游以南的广大地区。起义虽然失败了,但对东晋门阀士族造成了沉重的打击。左蠡之战,发生在义熙六年(410)五月,卢循的义军越五岭,经长沙、巴陵(今湖南岳阳),直指江陵,另一路由徐道覆率领直下庐陵(今江西吉水北)、豫章(今南昌),大败官兵,卢、徐即合兵东下,在桑落洲(今九江东北长江中)大败晋大将刘毅,直逼建康。刘裕仓促应战,得卢循多疑贻误战机之利,刘裕得以集中兵力小挫卢循之军。十二月,卢循部与檀道济部先是在大雷(今安徽望江)激战,尔后在左蠡展开死战。卢循大败,扎立栅栏于左蠡,以断官军追杀而退守豫章。在此情形下,檀道济"依山筑城",攻守兼备,大获全胜。卢循乘孤舟遁去,余众多降。檀道济后还因平定谢晦之乱,屡建战功,被任命为征南大将军、江州(今九江)刺史。古鄱阳属江州属地,檀道济江州刺史任上,多次临左蠡,有"檀署"理政,且依托攻占卢循时所筑"城山",在彭蠡湖北庙水域一带,拓城墙、辟港湾,秣马厉兵,操练军事。城山一带 20 世纪 50 年代尚能见到古时的城墙垛、跑马道遗址,供后人凭吊。

(四)

城山岭上有城山岭庙,纪念的就是"城山老爷"檀道济。

檀道济遭冤杀,城山岭附近的百姓起初为其塑像祭祀,后来建庙供奉,以慰忠魂。檀道济神像被塑成了黑脸将军,百姓的解释是他遭冤而气成了黑脸。据传,农历八月初一是檀公的生日,每年的八月初一由甲村敲锣打鼓,接城山老爷进村敬奉,初五至初八由乙村续接到村里敬奉,以此祈求平安幸福。城山岭庙现由城山附近的赵、熊、黄、陈、邵、吕等姓共同管理,以民间的信仰辨识弘扬忠义。

城山岭庙也有红色故事。大革命时期,此处成为当地农民协会聚会的场所。在 2003 年重修的城山岭庙外墙上,镶嵌着一块青石碑,留存下这一段红色

记忆——1927年5月25日晚,中共都昌县委领导下的都昌县第九区农民协会在城山庙聚会,商量打土豪劣绅、分食物救贫一事,反动派磨刀霍霍,欲实行抓捕。赵敬绪(左里赵子才村人)、蔡在玑(左里蔡角塘村人)、王宗唐(左里下王村人)、陈茂江(左里陈蕃村人)、周阁初(左里谭边周家)等7人到多宝金沙庵,第二天被残酷杀害,制造了震惊全省的"五二六惨案"。1949年前后,城山岭庙办过小学。二十世纪六七十年代,庙宇被毁,2003年重修。1933年出生的熊素斌老师是獭狮塘熊村人,他20世纪50年代从财税部门转为人师,曾在城山小学任教。作为当地文化人,他对城山岭文化历史颇有研究。他2003年曾拟写一副对联咏"城山":城隍御匈奴,民族兴,社稷稳,九洲起舞颂道济;山雨压忠良,狂风凄,天地暗,兆民横目咒奸雄。

　　熊素斌老师退休前在左里中学教英语,是教绩优良的名师。如今老人快90岁,老夫妻在县城生活,四代同堂,其乐融融。闲暇日,受曾教过的学生之邀,熊老骑着摩托到城郊垂钓,怡然自乐。他总结自己的长寿秘诀是"管住嘴,迈开腿,平衡心态不攀比"。熊素斌研究檀道济生平的文章2014年底还被收录在都昌政协主编的《名人与都昌》一书。如果论及南朝著名武将檀道济对城山山麓的獭狮塘熊村人的影响,最深的当数"崇义尚武"。后生学武,练就一身武艺,防身自卫,御强拒侮,在早先的獭狮塘熊村是一种时尚。熊素斌的曾祖父熊济起与哥哥熊济发兄弟俩的中郎棍舞得晃眼,对手近身不得。更绝的是一个善左手挥,另一个善右手舞,兄弟俩背靠背眼观八路,彼此照应,威风了得。传说太平天国兵起,常居乡间抢掠,弟弟熊济起血性偾张,欲强击"长毛",哥哥沉着冷静,力主暂避,于是逃往浙江杭州。熊素斌的爷爷名"熊杭州",就源于父辈的此段经历。熊素斌的父亲熊先福让儿子从小就同村里人一起学武功,教武的师傅由房族出佣薪。为人师后的熊素斌举手投足间,都有些武韵,学生也很敬畏他。武艺加身,这也许又是熊素斌健康长寿的一个"秘诀"。

　　道径寻城奇,济世遗风在。1500余年前的檀道济的故事在城山岭缭绕的烟云里传述,城山岭下的獭狮塘熊村人,在乡村振兴的新时代,谱写着创造新生活的美好故事……

65.大树乡晚公庙钟村:一个元代进士的牡丹之歌

【钟氏家训家规】伦次既整,训诲斯明。善不待教者,上学之人也;过不知改者,下等之人也。可不泽之以诗书,使发言制行皆归于正;纳之于车轨,使手舞足蹈弗近于邪乎。能如是斯,无愧于祖,而有贻于后矣。

(一)

早先的晚公庙,的确供奉着晚公菩萨。晚公庙原坐落于都昌县大树乡罗岭村委会晚公庙钟村与晚公庙郑村之间,遗迹现已不存。在原址附近,村民自发新立了一个小型的土地庙。"晚公庙"之得名有故事,据说在明朝,钟家有个渔翁到大沔池捕鱼回来,在泊岸时拾捡起两个木质的菩萨像,一黑一白。渔翁怀了敬神的虔诚之心,将菩萨供奉于村旁,置庙宇,烧香火。因结缘相拾时正是暮色四合的傍晚,所以名之"晚公",村名后来也被唤作"晚公庙钟村"。钟村的老一辈人至今还记得,20世纪50年代,要是村里哪个分娩的妇人难产,男人急忙将晚公菩萨请到家中祷祝一番,竟往往能逢凶化吉。新的生命呱呱坠地,算是唱给晚公的一首感恩之歌。周边的村庄正月初一将晚公菩萨接至祖祠接受膜拜,祈福多多。晚公庙后来倒圮于二十世纪六七十年代。

都昌钟姓村庄除了晚公庙村,还有春桥乡的钟舍村,左里镇的杨梅塘钟村、甘思港钟村,大港镇的钟家山村,大树乡的小南门钟村和苏山乡的钟家山村,6个村庄计1600余人。钟姓承袭"颍川世家",春桥钟舍村是北宋年间由安徽合肥迁入的,而其他5个村庄是南宋年间由饶州(今鄱阳县)迁入的。2007年,都昌钟姓统修宗谱时,6个村庄已融合成一家编修了穿宗谱。晚公庙这一支的5个村庄,奉钟肖五(约生于1180年)为始祖。钟肖五南宋落籍都昌县城近东大门来苏坊的原因是,兵营差使而至择居。真正让钟姓在都昌发脉下来的是元代进士钟国光。钟国光生五子,分别名成一、成二、成三、成四、成五。晚公庙钟村是成四之孙钟友谅(约生于1435年)于明成化年间(1465—1487),由县城来苏坊徙居一都汇泽乡晚公庙旁而成村的。

（二）

700 年前的钟国光不只是都昌钟姓人家引以为傲的祖先，而且是都昌一位历史文化名人，只是关于他的历史资料流传下来的极少，很少被人提及。且让我们从历史的深处探微，对元代进士钟国光的生平做一番考究。

钟国光年少时曾求学于都昌矶山人王石梁创办的矶山书舍。王石梁与创办云住学院的大儒陈澔有亦师亦友的交集，钟国光可以说是拜在名师门下习诗礼。康熙版《都昌县志》"人物"卷收录的元代进士仅钟国光一人：钟国光，雩都主簿，延祐二年乙卯张起岩榜。延祐二年是元仁宗时的 1315 年，所载"主簿"一职其实是个低微的小吏，在县令、县丞之下，只相当于现在的县政府办公室主任。"主簿"显然只是钟国光初入仕时的官位，县志对他终极的宦途没有载录。

《钟氏宗谱》记载钟国光擢升到了刑部尚书。"刑部尚书"官至二品，是掌管全国司法和刑狱的大臣，相当于现今的公、检、法、司的首脑。如此显达的一个都昌骄子，清代县志缺失记载多少有些反常。这里不妨引录《钟氏宗谱》中关于钟国光仕途的记载："五十七世国光，字少宾，号石田。公于大元仁宗延祐二年乙卯春三月赐进士，都护沓儿、张起岩等五十六人及第。公年二十有八，时登五十三名进士。初任陕西西安府鄠县（今西安鄠邑区）主簿，遂授云南御史，张起岩一本寻迁大理寺正，因奉便民二十四事，超兵部侍郎，随擢刑部尚书。"我们解读这段文字所传递出的信息，先要知晓元代科举取进士的一些背景知识。元朝存立的 97 年间举行了 16 次殿试，延祐二年（1315）是首次开科取士。元代科举考试分右榜、左榜取士，右榜为蒙古人、色目人，左榜为汉人、南人，实行分科另试，区别使用。因此元 16 次殿试便有左、右两榜状元，明清时期修纂地方志一般只记载左榜。钟国光这一年应考，左榜状元是张起岩，右榜状元是蒙古人都护沓儿。这一年左榜取 40 名，右榜取 16 名，合起来取了 56 名进士，而钟国光位列第 53 位。

《钟氏宗谱》显示，进士钟国光由小小的主簿至刑部尚书，是经过不同职位的历练而达到的。在晚公庙钟村新修的祖祠里，"颍川世家"之上还嵌有"御师第"三字，想必是指钟国光曾做过皇帝的老师，这就更可解释钟国光的步步擢拔了。《钟氏宗谱》还记载钟国光是钟安二的独子，钟安二"以子贵朝赠银青荣禄大夫"，父因子贵而得从三品的虚衔。

（三）

让钟国光名垂志书的，不是刑部尚书的显赫和荣耀，而是"钟氏牡丹"的娇媚和富贵。

在康熙版《都昌县志》"杂记"卷"古迹"栏有"钟氏牡丹"条："在治东一百八十步。元延祐二年进士钟国光遗种，有古居存焉，内有石台古迹。自元明至今，子孙相传数百余年。每逢三月花开，邑中绅衿过客与进士各称觞赏之，俱有题咏。又传都邑为晋石崇湖庄，是花乃其遗种，后为钟宦所得。每岁花开，钟氏以花色荣瘁卜休戚，历历不爽。清初当事有目为花妖者，及时颜色顿痿，真若有神在焉。至康熙十三年（1674），遭寇移至他宅寻，为好事者徙之江南，而名花无遗种矣。"县志里的这段话道出了都昌"钟氏牡丹"花开何处。

钟氏牡丹的始植者原是西晋豪富石崇（249—300）。石崇，字季伦，曾任卫尉一职，也被称为石卫尉。《世说新语》等书中言石崇富可敌国，其奢华之财自然是来自巧取豪夺。石崇曾任荆州刺史多年。史书上记载的石崇是渤海南皮（今河北南皮）人，但他的族源与都昌白水石氏的确可以无缝对接，都昌《石氏宗谱》有石崇世系的记载。西晋时的都昌彼时称鄡阳，县治在周溪的泗山。石崇来都昌的缘由，据说他与晋武帝的亲舅王恺比富后，带着爱妾绿珠从京城洛阳出走，暂避锋芒。他所选择的地处鄡阳的这方水域可谓山清水秀。山是南山，水是蠡水（鄱阳湖），想必有在斯地认祖归宗之意吧。石崇在此斥巨资建成享乐的湖庄，有迎来送往的玳瑁阁，有白莲飘香的大清池，更有广植牡丹的金谷园。牡丹本就是京城洛阳的名卉，众香国里的鲜艳牡丹移莳在彭蠡之滨绽放。有人考证，当年石崇的湖庄在现今都昌县城官塘一带，金谷所在的菖蒲嘴在老水产公司、煤炭公司那片地域。历经2020年前后的城区棚改，方位已难辨。

在《钟氏宗谱》中，对钟国光光大金谷牡丹园用了"缵绪""垂统"二词，皆为承继世业之意。钟氏牡丹的雍容华贵的确在早钟国光数代的先人手中就已呈现，钟国光更是重构金谷园台榭，再培牡丹。花团锦簇之景吸引了不少名士雅集于此，举觞相吟，以至风骚逾代。《都昌县志》里就辑录有数首名士对石崇建园、钟氏培花所吟唱的牡丹之歌。比如清代都昌县令郑州玺在《寻金谷园》中写道："姚魏妆犹在，菖蒲坂更传。"另一位县令吴鸢在《石卫尉湖庄》中云："来时椒屋迷金谷，去日貂冠满洛阳。"都昌进士黄有华在《石卫尉湖庄》中吟咏道：

"珊瑚一树依云长，楼阁参差水槛凉。"给事中罗大纮在《同县侯赏钟宅牡丹》中云："金谷佳人情未断，芳心应寄洛阳春。"吏部郎中文德翼写有《钟宅牡丹》："气压春潮艳，花禁社雨寒。"钟氏牡丹不只具有诗性，更富有神性。花的盛与枯，与赏花者容颜的润与谢、时运的兴与败相印证，可谓息息相关，这一点屡试不爽。年年岁岁花相似，岁岁年年人不同。从石崇那儿遗种的钟氏牡丹，后来连同金谷园一起香销园匿，其因一说是损毁于1358年反元的红巾军头领徐寿辉在都昌沿湖地区拉夫掠粮的戊戌之乱，一说是康熙十三年（1674）遭寇移迁而"名花无贵种矣"。

（四）

钟国光殁于何年，宗谱上未注明。对于其安葬地，宗谱上仅有寥寥数语——"治北大竹山西边""渴虎饮泉"地。钟国光的墓茔在现今的芙蓉山工业园区近郑姓村庄的一片山林处，数年前，钟国光后裔重修了先祖之墓。

关于钟国光的葬地，还有故事流传下来。说元代都昌县城陡街至石家街（现县人民医院至东湖学校交界处）有钟家巷。钟国光致仕后一直在来苏坊的家中养老，他故去后起初是葬在钟家巷尽头（现东湖中学校园内），却未入土为安，周边连续三天鸡不啼、狗不吠。县令觉有异，遂祈福迁葬，让钟家后人在都昌县山名皆称"虎山"的48处气势如虎的山峦，择一地另葬，且山权永属钟氏。其时芙蓉山下的虎山是只"剥皮虎"，山上怪石嶙峋，寸草不生，裸露如剥。钟家人请来的风水大师却言此地甚好，是"渴虎饮泉"之地——穴地之下有一口山塘，是一块吉地，且又接近钟家故地，于是落榇。诰封的"懿德夫人"刘氏也同葬一山。

（五）

晚公庙钟村的入口处居县城鄱阳湖大道中端右侧，城乡一体化的钟声在村头响起。不远处新迁的任远中学校舍拔地而起，与钟国光崇礼的那缕书香融为一体。

这是一片钟灵毓秀之地。晚公庙钟村不少人在景德镇成家立业，钟圣保（派名金柏）、钟金袁（又名金松）两堂兄弟当年就是以瓷都的学徒工的身份追随方志敏、邵式平，加入红十军，投身革命，1930年血洒弋阳磨盘山，时年分别为

20 岁、21 岁。2012 年,都昌县民政部门为两位烈士在晚公庙村立碑纪念,让后人铭记红色故事。从晚公庙钟村走出不少才俊,钟毓宁在二汽基地(第二汽车制造厂)湖北十堰市立德树人,钟买喜带着在部队锤炼之后的刚毅由公务员转战商界,钟文龙由家乡乡镇步入全国政协机关一展风采,武汉协和医院钟禹成博士在武汉医界战疫一线奉献医者仁心……各行各业的钟氏后裔在新时代各展其彩,富贵牡丹的遗韵融入寻常百姓家。

66. 多宝乡帅家桥村：廉靖家风鉴古今

【帅氏家训家规】敦孝悌以笃天伦，循礼让以睦宗族，崇祀典以厚风俗，务耕织以足衣食，勤学问以大显扬，积心田以贻子孙，修实行以端人品，黜奢靡以崇节俭，别内外以正壶范，谨物恒以示表率，择婚姻以重匹偶，平曲直以息争讼，急赋税以免催科，禁赌博以绝匪类。

明吏帅希升的"廉靖"

对于"帅"字的释义，《新华字典》里主要里有两项：一是军队中最高级的指挥官，比如元帅；二是英俊、潇洒、漂亮，比如帅气。"帅"作为姓氏，源于"师"姓。《广韵》言："晋有尚书师昺，避晋祎，改为帅氏。"说的是西晋武帝时，有帅昺（约生于225年）任当朝大司徒、兵部尚书，因避景王司马师的名讳，将"师"字去掉一横改成"帅"姓。过了晋朝，帅姓的子孙有的又恢复为"师"姓，有的则依旧为"帅"姓。帅昺是师、帅两姓的始祖。因帅昺是平原郡（今山东平原县）人，故帅姓承袭"平阳世家"。

都昌帅姓村庄有两个，皆在多宝乡：枫树村委会帅家桥村，有村民350余人；仁义村委会帅建山村，有村民160余人。都昌帅姓村庄是南宋孝宗隆兴二年（1164）由分宁（今修水县黄沙镇）迁入，始祖为帅天球，其父帅万二为帅家桥的祖先。帅万二的玄孙帅希升在明永乐年间（1403—1424）官至正四品，深得明成祖朱棣赏识，帅姓的"廉靖家风"即源于明成祖赐匾对帅希升的褒奖。四川乐山、泸州，重庆綦江，贵州遵义，云南镇雄一带的帅姓奉帅希升为先祖，皆为帅希升幼子帅百里的后裔。在都昌当下的地方历史名人研究中，帅希升多少有点儿被冷落，很少被顾及。但康熙版《都昌县志》中"搢阶"栏对其有载录：帅希升，励志清慎，精通刑律，以守城有功授吏部稽勋清吏司郎中。后人考据，此职相当于明朝的四品官职。帅家桥保存的《帅氏宗谱》对帅希升早年的任职有载录："明永乐初授天府推官，再任吏部主事升员外郎。"这就可印证帅希升在川、渝、云、贵有后裔繁衍了。据考证，他早年在"天府"为官时，两个堂侄帅守端、帅守源和幼子帅百里相随。帅守端的长子帅兴镒明景泰年间（1450—1456）被封定伯侯，他6个儿子皆有功名，有的便在川、渝一带繁衍生息，传承血脉。明成祖褒奖帅希升"廉靖家风"，细分起来其实是包含了"廉""靖"双德的。至于帅希升朝中为官如何清廉，武备上如何替大明江山靖边守城，史籍中没有留下详尽的记载。

600多年前的明成帝赐予都昌人帅希升的"廉靖家风"匾额不知失于何年，但帅家桥上了年岁的人至今记得由大明皇帝颁发给帅希升的另一件御赐之物——加封帅希升的母亲熊氏为"诰命夫人"的圣迹。圣迹卷轴式地展开来，长约2尺，宽约1尺。面布为红绫子，底纱为罗麻布，落款还有皇帝的朱红方印。20世纪60年代以前，帅家桥每年农历六月初六有晒祖谱的习俗，那道圣迹是要一同翻晒的。20世纪60年代，此圣迹被有心的村民藏于村里保管室的阁楼里，后又转到村民的家中代为保存。令村民称奇的是，村里保管室和那户代管圣迹的村民家先后失火，但圣迹在烈焰中安然无恙，躲过一劫。承载着家族荣耀的这道圣迹，30年前还是没有逃脱遁迹的命运而不知去向。这其中还牵扯出一段颇为悲怆的故事，作为帅家桥村史的一个插曲。

皇帝赐的匾和御卷已然消逝，但帅希升开创的"廉靖家风"在故里代代相传。2015年，帅家桥村民在离帅希升陵墓旧址不远处，新建了一座"希升公亭"，永久缅怀这位先祖。

法师帅守约的传说

明初的四品显吏帅希升生育四子，长子帅守约年少时也曾是一名邑庠生，但他没有步父入仕的后尘，而是另辟蹊径，修炼成了一名道法了得的法师。《帅氏宗谱》称其"得道为神公""神出万物，道通阴阳"。帅家桥老一辈的村民能讲述不少口口相传的关于帅守约施神道的故事来。

几说，帅守约同另三位道友从茅山学道返家，途经苏山、左里一带的曹家冲。在湖边一茶棚歇息时，被茶店的女老板设陷阱掉进数丈深的井中，眼看要被劫财，并死于非命。帅守约劝同行的徐姓、周姓、赵姓三道友不要惊慌，他自有脱险之策。帅守约向掀开一丝井口盖窥视他们的女店主哀求，说他们四人就是一死也要让他们见个天日死，以死得明明白白。女店主一时心软，便挪开井盖让正午的阳光直射井底。只此一瞬，帅守约通了阴阳之气，口念咒语，刹那间

狂风骤雨,电闪雷鸣。只听一声惊雷炸响,将女店家击倒在地,但见一狐狸原形毕露。帅守约四人攀缘升井而得生。

关于帅守约阡陌途中讨茶喝,对田间人或助或损的故事最多。传说,帅守约某日半下午途经一外村田间,见一老农在拢芋头。帅守约向老汉讨口茶喝,老汉抬头抹汗微笑着说:"客官没看见老朽在忙活?今天怕是拢不完了,哪有工夫回家替客官取茶水?"帅守约也微笑着回应:"您老只管回家取茶水,干不完活,天不会断黑。"质朴的老农放下锄头去取茶水。帅守约倒是真"守约",施法撑起一片芋头叶,将老汉田畦上方这片天日渐暗卜来的天色截住,以使老汉一鼓作气地干完活。一日,帅守约途经一片稻田,向佝背栽禾的妇人讨口茶喝,妇人只顾插秧苗,好早点儿歇息,不理会路人的要求。受了冷落的帅守约顺手捋一捧木梓树叶,念过一通咒语,将树叶撒向稻田,田里竟是一条条游弋开来的鲫鱼。妇人丢下活计来捉鱼,踩踏一片禾苗,剩下的田亩只得第二天补插秧苗了。她回到家在砧板上剖鱼,刀落之际但见一条条鲫鱼还原成了一片片树叶,煞是失望。又一日,帅守约在外弘道回来,见一汉子大汗淋漓地在路旁田间用禾斛甩禾稻脱粒,他向汉子讨茶水解渴,汉子懒得搭理,只顾挥汗如雨地甩禾稻、一甩接一甩地用禾斛脱稻粒。帅守约也不多话,见田塍上有一台净谷的小风车,便念起咒语。风车竟变成了一头獐,脱秕的风口成了獐嘴,突起的谷仓斗成了獐的脊背。但见凶猛的獐顺着帅守约手指的方向,直奔稻田。汉子停止甩稻,操起扁担驱赶獐,到了近前尽力砸下去,扁担落处是一具风车的散板。再一日,帅守约到同邑南陈村附近的帅家岭,这里早先住着同一宗族的帅姓人家。帅家人苦于久旱,无法下种庄稼,于是祈请本家先生施法降雨。帅守约至田畴念念有词,半晌功夫,天降甘霖,帅家人的田里"噼里啪啦"地响起了雨点,而外姓人的田照旧干涸,正应了俗语"弯弯田落个弯弯雨"。

成也道法,亡也道法,帅守约最终因施法而殒命。某个炎夏,帅守约领着十余岁的孙子去金沙方向,在虎山岭上见西河湖畔人影幢幢,孙子好奇地问会作法的爷爷,可否让湖中的树排从水里移到山上来一玩?帅守约抚摸孙子的头发含笑道好。他顺手捋了一把丛毛,将丛毛扎成绞车的样式,并在手掌中运作起来,竟将数里外的西河渡汊的一个树排移到了爷孙俩的面前。售树的老板也失了定力似的飘摇而至。一脸刚毅的树排主人在帅守约背上重重地拍了七下,而后拱拳而言:"先生得饶人处且饶人,还望先生放回树排,让我辈有口饭吃!"帅守约也像失了定力似的,只顾点头应允,施道法将树排和树排主人一应送回渡汉去。帅守约当即领了孙子回家,背部隐隐作痛的他心里明白,自己怕是中了树排主人的狠招,七掌击在背上,七根钢针嵌入了肉中。魔高一尺,道高一丈,帅守约叮嘱妻子,他坐在家中的饭甑里,让妻子用温火蒸他七天七夜,任何人找他都不要言说此事。开蒸后的第六天,帅守约的女儿到娘家来串门,没看见父亲便追问母亲。慈母在女儿面前无了守约之意,说了父亲在甑里蒸的实情。女儿心疼父亲受煎熬,就去灶间将甑盖掀了,深陷父亲肩背的七根钢针只露出七分之六,一日之差竟致前功尽弃。帅守约自叹命薄,在劫难逃。他跳出甑桶,从食橱里抓上一把竹筷子,在水缸里反搅三下,顺搅三下,口中念了一通咒语,旋即将竹筷掷于缸中。且说箸散之际,西河渡汉的树排也散了,那个击掌扎针的排主溺亡。帅守约数日后死于钢针锥心刺背。

帅守约的道法故事奇妙动人,无边的道法竟在人间恩怨的纠葛中失了力量。

新时代的幸福生活

"帅家桥像口锅,出门三步就爬坡。东南西北都是岭,唯有羊肠通西河。"帅家桥人流传的这首顺口溜,描述了半个多世纪前的村民的困苦生活。沐浴改革开放的春风,如今的帅家桥山清水秀,鸟语花香,人寿年丰,文明和谐,是全县新农村建设的示范村。

村子叫"帅家桥"是因为老村头的白尾港上,有一座三眼石桥就叫帅家桥。至今,村里人固执地认为,村名中的"桥"字不从"木",而从"石"。帅家桥村的北宋祖先在分宁(今修水县黄港镇)时与著名文学家、书法家黄庭坚是姻亲关系,所以在《帅氏宗谱》上录存有黄庭坚为帅姓所题的墨迹——"忠孝传芳"。帅家桥的祖先帅天球南宋时首先迁至都昌的实竹峦(今属多宝乡洛阳村),因慕鄱阳湖边水运之畅达,后迁至白尾港边择水而居。先前帅家桥是左里、徐埠一带过西河至南康府的官马大道,桥边的码头一片繁盛。帅家桥40余年前塌圮,年逾六旬的老者至今仍记得小时候在桥下戏水的场景。后来帅家桥人在附近筑圩,并新建了一座帅家桥。说是桥,其实它是白尾港上的一道水闸,发挥水利功能。帅家桥旧貌换新颜,有几个时代坐标上的节点值得记录:1998年,村里移民建镇,实行整体搬迁,远离了水患;2006年,村里新建祖堂兼村民文化活动中

心,命名"鉴堂",欲以"廉靖家风"鉴古知今;2012年,启动新农村建设,为改变村容村貌先后投资160余万元,其中政府支持37万元。帅家桥在新农村建设中成为全县乃至全市的明星村,时任村民理事会理事长帅朋松荣获市、县、乡三级"优秀理事长"称号。2015年,村里兴建"希升公亭",缅怀先人,传承家风。帅家桥村所在的多宝乡枫树村是"十三五"贫困村,帅家桥村人迈出坚定的步伐,致力于脱贫攻坚,百姓的幸福生活如芝麻开花节节高。

村民帅彩祥三代参与主修村里的宗谱。爷爷帅昌鑫主修民国时期的最后一版,父亲帅志从多宝中学副校长岗位退休后热心村里的公益事业,主修了1988年版的《帅氏宗谱》。帅志生前是令村民信服的乡贤,"鉴堂"之名就来自他的提议。帅彩祥和村民帅昌界等人主修了2008年的宗谱。帅家桥"廉靖家风"在一届届的谱牒里传承,更在一代代人的生活中传承……

67. 多宝乡刘便垅村：刘达桂捐建千眼桥事考

【刘氏家训家规】立身其正其言，待人以厚以宽。教子唯忠唯孝，治家克勤克俭。存心能忍能耐，做事不偏不倚。接物勿欺勿怠，处事日谨日廉。尊长毕恭毕敬，交友与德与贤。

　　鄱阳湖上的都昌县，旅游的最佳季节似是冬季，观蓼子花海、赏候鸟天堂、游千眼桥赶趟儿似的轮番上场。"千眼桥"是都昌通往星子（现庐山市）的一座古石桥，因有 900 多眼（一说 948 孔，一说 983 孔），便称"千眼桥"，桥长 2600 多米（一说 3500 余米）。若此桥从鄱阳湖水底露出真容，则鄱阳湖星子水文站水位在 10 米以下。千眼桥为全国最长的湖中石桥，被列为江西省重点保护文物。千眼桥坐落于多宝境内，主要捐建者是都昌县刘便垅村（现属多宝乡洛阳村委会）清嘉庆年间（1796—1820）时任浙江绍兴府山阴知县的刘达桂。让我们来对千眼桥的前世今生做一番考证。

　　关于一个地方的人文风情的最具权威性的资料应属当地县志。1993 年版的《都昌县志》卷十八"交通"第三节"桥梁"篇，对千眼桥载录的简短文字为：清嘉庆二十一年（1816），都昌贡生刘达桂捐款，窦国华资助铺架自蒋公岭通往南康府（今庐山）渡头东侧的石桥。桥面由花岗石铺成，长约 3.5 公里，宽 0.4 米。桥有数百孔，号称"千眼"，故名"千眼桥"。《都昌县志》上记载的捐建石桥者刘达桂为何人？能查阅的资料仅显示，刘达桂曾任浙江绍兴府山阴县知县，都昌县多宝刘便垅村人。关于刘达桂的人生轨迹，我们可以从《刘氏宗谱》中追寻。

　　刘达桂所生活的刘便垅村，肇村始祖叫刘时镛，属都昌刘氏承袭的"彭城世家"第 25 世。刘时镛明代宣德年间（1426—1435）由南源垅分迁至阳荷垅。阳荷垅原是杨姓人家的居地，后因历史变迁，杨姓外迁，刘时镛的后裔便将"阳荷垅"改称"刘便垅"。多宝乡明清时周边最早迁入的刘姓村庄，是刘时镛的爷爷刘恺三（约生于 1325 年），于元末明初迁南源垅成村的，进而形成了现在的巢门刘村（属今多宝乡周仓村委会）。夏家垅刘村、刘发庆村、刘伯垅村、长冲湾刘村、东垅湾刘村、刘正湾村（属左里镇）、尖峰山村、刘程垅村等村成村在刘便垅

之后,这些村的村民皆是刘时镛的后裔。刘时镛之孙刘宽(1446—1505)生四子,分别名松、柏、梗、楠。刘梗、刘楠的后裔多外迁。刘便坳村现有人口 440 余人,繁衍生息的皆为刘松、刘柏的后裔。刘松生三子——与升、与相、与恭,刘柏生五子——与耕、与俊、与文、与高、与爵。第 29 世的"与"字辈也有迁至湖南、四川等地的。刘达桂属刘松这一支族。在《刘氏大成宗谱》所载"时镛公派下",记载着刘达桂的祖父刘宗清是个读书人,称"静庐居士",其庐堂为"松雪园",自编《松雪岁寒集诗稿》。刘达桂父亲叫刘衍泰,号豫斋生,平日里"温恭持己,勤俭教家,礼士延宾,乡里莫不钦服"。刘达桂得其祖父和父亲之遗风,号"月亭先生"。他生于清乾隆壬申年(1752),宗谱记载他"殁于嘉庆丁亥年"显然有误,因为嘉庆纪年无丁亥年,按宗谱记载"享寿六十六"而论,刘达桂应辞世于 1818 年。

诗书传家的刘达桂其功名录为:14 岁时,恩授国子监;24 岁时,例授明经贡生,后授乡饮大宾,例授修职郎。由文林郎入仕,初敕授浙江处州府青田县县令,继任绍兴府山阴县知县。且让我们从《刘氏家谱》之原文,窥其捐建"千眼桥"之始末:"公平生学力不倦,深为勤,教子训孙,至老不衰。其性情又慷慨,轻货财,重赈济,好举义行。于西河险坞之处,见年冬严寒之时,不论老幼尽皆徒步涉水,冻毙者不知凡几,公以恻然。浅水处,个请工堆石成路。公捐资买石造桥,又恐久远保无馨败,更捐助上田亩,立有永济全,年收租与为岁岁修整路费之资,并系有永济会字牌,开载田亩圯霞坐落,建竖蒋公岭庙内,与保久远详载。"刘达桂捐建石桥,当时多宝籍的名流赵展飏有小序记录此事。序中提及刘达桂"出费以救险渡之危",并不是他家财至丰,而是"既有恒而有物,复克俭而克勤","光乡国之册"。刘达桂的夫人赵氏也是一个"仪容端庄""夙夜唯勤"的贤淑女子。刘达桂殁后葬于刘便坳门后山,墓茔今犹存。

从官方的县志,到民间的家谱,后人可知刘达桂捐资修桥的来龙去脉。其中有些史实需要厘清。"千眼桥"之名。起初未定,刘达桂也没有将桥取名为"刘公桥",可见其心底无私。千眼桥是后人状形而命名的。关于建桥的时间。按县志载录是 1816 年,即在刘达桂辞世的前两三年。这样千眼桥真正成桥的历史距今不过 205 年。有一说是在嘉庆二年(1797),距今也不过 224 年。甚至有人说始建于明代末期,约 400 年的历史。千眼桥四百载的桥史,原也是可接续的,因为在刘达桂捐建主体部分前,冬季水涸时,有善人和乡绅筹资从星子县运来石块,在老港上建了一座简易的石桥,这就是千眼桥的雏形,也可认定为桥史的发端。

关于窦国华其人。窦国华时任南康知府,他也捐资和操持过刘达桂主捐的建桥工程,因其身份特殊,"千眼桥"历史上还有一别称叫"窦公桥"。

关于永济会。说到底"永济会"是刘达桂倡议,在桥建成之后成立对石桥进行后续维修的一个民间慈善组织。其运作主要是靠刘达桂与其子刘辉彩(一说还有星子名宦黎世序)等人,他们在蒋公岭附近购置二十余亩田地,把每年的租金充入永济会,对千眼桥进行维修,对客死鄱湖的亡者进行收葬。民国年间,多宝乡西高乡绅高润堂(中科院院士高镇同的二叔)任鄱阳湖红船同仁堂董事时,在救生的同时,也捐资永济会,维护千眼桥的修缮工程。永济会的管理,由千眼桥周边的刘家山村人负责,以至每年年底永济会开年会,通报资费管理情况或者相聚时,刘便塝村人要坐首席。

站在地处"江南戈壁"的蒋公岭的沙丘上,远眺冬季露出真容的千眼桥跨湖而卧,又有多少的迷雾要世人拨开才能识其庐山真面目。不少人说"千眼桥"与"钱公桥"是同一座桥,这实是一种讹传,听来顺理成章,实则南辕北辙。钱公桥另有其桥,它在鄱阳湖的马影湖水域,距千眼桥有十余公里,昔时是多宝民众在枯水季节由北山往县城的通道。20世纪60年代初修建新妙大坝时,此桥被毁。当地人回忆钱公桥建桥的花岗石料用来垒了圩堤,连遗址都不存了。钱公桥确为钱姓人所修。清同治版《都昌县志》"桥渡"卷载:黄沙滩桥,一名钱公桥,在治西北二十五里四十六、七都。每春冬水涸其流不绝,遇雨雪则淫溢,冰冻滑陷难行,居民因其创广福庵以为停歇之所。明崇祯五年(1632),署县本府推官钱启忠建石桥以跨江流,两岸沙滩俱以石砌成路,计桥九眼,石堤五座,石路共长八百七十九丈。同版的《都昌县志》对后建的千眼桥无载录。更有地方史专家考证,南康府推官钱启忠捐建钱公桥时,当地多宝排上许村乡绅许君擢等人慷慨解囊,募工采石购木,历时不到一年半,在湖滩建成此桥。钱启忠为浙江鄞县(今鄞州区)人,进士及第,开始动工建桥时在崇祯四年(1631)。此桥竣工之时,辞官在家的兵部左侍郎余应桂(号二矶,都昌春桥人)拟《钱公桥碑记》,对钱公建桥的山高水长之德大加称誉,也留下了关于钱公桥的载录:"其桥九眼,石堤五座,广皆丈五,虚中用木以便无涸无汛时船之往来。桥东之道广五尺,长一百六十六丈。桥西之道广五尺,长如东四倍。桥堤坡路共长八百七十九丈。

工始于崇祯辛未之秋,竣于壬申之冬,费金九百四十三两五钱,皆公之巨捐与民之义助,不烦公帑一钱,其苦心密画于此,亦可见也。"显然,同治版《都昌县志》参阅了余应桂拟写的碑记。从余应桂碑记中关于钱公桥"九眼","共长八百七十九丈"等量化描叙,也知钱公桥(黄沙滩桥)绝非千眼桥。

历史上,两桥桥形虽各异,但渡人之德相同。鄱阳湖底两石桥,一存一亡。钱公桥已湮灭于新妙圩堤;千眼桥 2017 年由文物部门拨专款 90 万元进行了维修加固。多宝乡小学退休教师刘亮初是刘家山村人,两座桥都在他年轻时刻写在乡愁里。刘亮初十几岁时同村里人由多宝公社安排,去千眼桥扶正丰水季被荡斜了的石料桥面,队上会给村民记工分,可以说"永济会"的公益余响一直持续到 20 世纪 70 年代。刘亮初也修筑过马影湖圩堤,工闲时在昔日的渡澜庵、社里头附近的钱公桥石料下摸鱼。让刘亮初惊叹的是,2019 年 6 月 28 日,全长5.6 公里的鄱阳湖二桥通车,烟波浩渺里,天堑变通途。而在刘达桂的故里刘便垅村,2020 年通车的 s214 线公路与袁多公路汇合处就在村头,修桥铺路在新时代已成了为民便民的民生工程。

有人把横亘的千眼桥比作鄱阳湖床的脊梁。如今,千眼桥的交通功能渐失,旅游效益日显。千眼桥注定会留存千年,乃至千代。桥是静卧之碑,碑是耸立之桥。如果后人要给千眼桥的捐建者刘便垅村人刘达桂立块桥碑,似可勒下四字——桥达德贵。

68. 芗溪乡湖下曹村:榜眼曹履泰的人生榜单

【曹氏家训家规】宗族不可不睦也。邻里有葡萄之情,亲戚有藩篱之卫,况宗族乎! 其有同室而戈矛,一体之牙角,皆见弃于圣贤者也。有无相济,缓急相须,鳏寡孤独相恤,和气致祥,吾宗之幸也。

榜 眼 其 耀

中国科举制度的开端似可定为公元 605 年,至 1905 年清末废除科举,历 1300 年。人杰地灵的都昌县,在漫长的封建时代,跻身"进士"之身者众,各自耀其仕途且荣其家族。千余年来,都昌无人中"状元",中榜眼者仅清道光年间的芗溪湖下曹村人曹履泰。且先来解读一番科举时代"榜眼"之显赫。

中国科举制度是中国历史上以考试选拔官员的一种基本制度,溯源于汉朝,创始于隋朝,确立于唐朝,完备于宋朝,兴盛于明、清两朝,废除于清朝末年。明清时期,科举考试基本为四级。院试,明代由提学官主持,清代由各省学政主持的地方科举考试,也叫"童试",包括县试、府试和院试三个阶段。院试合格者取得秀才(生员)资格,方可进入府、州、县学学习。乡试——每三年在各省省城(包括京城)举行的一次考试,因在八月举行,又称秋闱。"闱"者,考场也。主考官由皇帝委派,正榜所取的叫举人,第一名叫解元。会试——每三年在京城举行的一次考试,因在春季举行,故又称春闱。考试由礼部主持,皇帝任命正、副总考,各省的举人及国子监监生皆可应考,第一名叫会元。殿试——科举制最高级别的考试,皇帝在殿廷上对会试录取的贡士亲自策问,以定甲第。实际上皇帝有时委派大臣主管殿试,并不亲自策问。录取分为三甲:一甲三名,赐"进士及第"的称号,第一名称状元,第二名称榜眼,第三名称探花;二甲若干名,赐"进士出身"的称号;三甲若干名,赐"同进士出身"的称号。一、二、三甲统称进士。

曹履泰,清道光癸巳年(1833)殿试中中榜眼,他在"进士"行列的位次是第二名。同榜的第一名"状元"是都昌邻邑的彭泽黄花畈新屋汪村人汪鸣相,状

元、榜眼同出一地,这在当时的九江,是一件很轰动的事。前三名犹如三足鼎立,所以"状元"也被称作"鼎元"。而"榜眼"之眼,原是有"两只"的,二、三名一度合称榜眼,后来榜眼专指第二名,第三名称"探花"。都昌人曹履泰在1833年的殿试考场考了个相当于天下第二名的好成绩,着实光荣。清道光癸巳年科汪鸣相榜一甲探花,是湖北天门人蒋元溥,同榜二甲100名赐进士出身,三甲117名赐同进士出身。

履 泰 其 事

曹履泰(1790—1861),派名敏政,又名昕,字曙珊(树山),都昌湖下曹村(现属都昌县芗溪乡马垅村委会)人。关于曹履泰生平,留下的资料极少,后人对他的权威述评都源于同治版《都昌县志》。

同治版《都昌县志》修撰于同治十一年(1872),离曹履泰辞世仅11年,所记曹履泰生平应具可信度。在《都昌县志》"卷九·人物志·仕绩"中有如下文字载录,我们试着标点断句予以转录:

> 曹履泰,字树珊,由副贡任乐安教谕。道光辛巳举于乡,登癸巳会试一甲二名进士,授编修,陕西道监察御史。丁父忧,起复迁兵科给事中,旋掌印。遇事敢言,略无瞻顾。咸丰改元,擢鸿胪寺少卿。逾月,授广东惠潮嘉道。抵任,饬属谨,巡防严,考察尤念为治首在得人。凡英奇魁杰之士,不惮拂试而磨砻之,且试之从事,以待荐扬。如前任江苏巡抚丁日昌其尤著也。岁甲寅,逆匪陈阿亮啸集潮郡对河之东津乡,履泰提兵进剿,贼败走揭阳,随督队穷追,陈阿亮就擒。尸诸市,余党分别处置。如法事平当叙功,乃独以丁日昌名登之荐牍,外此虽亲故子弟,无毫发私焉。无何与粤督隙,奏请开缺,送部引见,而履泰以终老告归。履泰事母至孝,母亦督教为严。既贵不少,假偶于母怒,必长跪请罪,俟母霁颜乃已。尤笃于师友,其任京秩时,身负山积,犹岁有馈遗。及官粤,师已谢世,则厚待其子,虽挚友亦然。回籍后,旋丁母忧,逾年辛。

解读县志文牍及相关资料,似可厘清曹履泰生平的一些脉络。一是功名节点。曹履泰嘉庆丙子年(1816)26岁时中副举,在乐安县任教谕;道光辛巳年(1821)31岁中举,保举候选知县;道光癸巳年(1833)43岁时会试榜眼及第。二是仕途履历。曹履泰荣登榜眼后,先后任翰林院编修、陕西道监察御史、兵科给事中、鸿胪寺少卿。咸丰辛亥年(1851),61 岁的曹履泰分巡惠、潮、嘉(今广东惠州、潮州、梅州一带)兵备道,又调署雷琼(今属海南)兵备道,授中宪大夫,后晋封通奉大夫,已属从二品显官。三是吏治显绩。曹履泰作为科举场上的榜眼,其文才毋庸置疑。难得的是,在学"文韬"之余,他还有骁勇定乱的"武略",特别是在治理粤地时,进剿陈阿亮之乱,更见其勇武。四是用人之道。曹履泰信守"为治首在得人",对英才,给予磨砺和提携,力荐褒扬;对下属,整饬严谨,"虽亲故子弟,无毫发私焉"。五是人品修行。曹履泰有都昌湖区人剽悍的一面,"遇事敢言,略无瞻顾",居功不享功,更不自傲。丁日昌(1823—1882)是清洋务运动的主将之一,曾任江西巡抚、福建巡抚等要职,不失为清朝一位有作为的军事家、政治家。曹履泰与小他 33 岁的丁日昌有交集,是因为丁日昌是潮汕先贤,而曹履泰任职惠、潮、嘉兵备道,得到情系桑梓的丁日昌的极度赞许。曹履泰叙功时,所拟荐功文书也归于丁日昌的名下。曹履泰最终辞官回乡,也是因为他与粤督有隙,道不同不相为谋。曹履泰就是这样一个文武兼备的二品显宦,在亲情、友情上尽显人性的善美。父亲在曹履泰年至半百时去世,他对母亲冯太夫人特别孝顺。即便身份显贵,且已不再年少,但只要拂了慈意而见母亲有愠怒之色,曹履泰便会在老母面前长跪请罪,直到母亲一展欢颜才起。对于师友,曹履泰慷慨解囊,予以帮助,从京城到广东,从不间断。每当有师友谢世,曹履泰对其子女的呵护之情日笃。曹母以高龄辞世,次年曹履泰亦去世,后人感叹,其间就有因母逝世而过度悲伤的因素。

曹履泰的同榜状元汪鸣相(1794—1840)1832 年中举时逸兴遄飞,在中秋之夜的南昌客邸曾以欢愉的笔调吟道:"今朝亲与嫦娥约,来日蟾宫任我游。"后因受父母连丧和经济窘困之累,在鸦片战争爆发的隆隆炮声中,道光二十年(1840),汪鸣相自缢于彭泽县城江边的行馆,年仅 46 岁。其时,曹履泰在都昌芗溪丁外忧,闻其死讯唯有一声叹息。

村 上 其 迹

曹履泰的桑梓地是都昌湖下曹村。有关资料显示,湖下曹属"龟山曹"(发脉地在都昌蔡岭镇)族系,其祖先可追溯到南宋理学家曹彦约。曹彦约亦是进士出身,曾知隆兴府(今南昌)、常德府,任礼部侍郎、文华阁大学士等,是朱熹在

都昌的"朱门四友"之首席。今天的芗溪乡马垅村有三个村庄承袭"谯国世家",其迁徙脉络是:曹彦约的五世孙曹简四,于元大德年间(1297—1307)由"龟山曹"的留恩山徙居十都石山源,即今天的马垅石山源曹村;曹简四的长子曹英一之孙曹才,于元末明初由石山源分居湖下,即今天的马垅湖下曹村;曹才幼子曹可八于明永乐年间(1403—1424)由湖下村分居军(君)山上,即今天的马垅军(君)山曹村。

湖下曹村实在是小,2020年只有8户人家。平日里,8户人家皆铁将军把门,可用"空无一人"来形容村里的冷静。村民们在外就业、创业,在城市买了新居,把老人和小孩带到身边生活,空留下小小的村落。"湖下"之"湖",说的是南峰湖。村前望去,入眼帘的便是南峰湖,对面树木掩映楼舍处,便是南峰镇的地界了。南峰、芗溪合守的南峰圩堤就在村头右侧不远处。

榜眼曹履泰留给家园的能寻的踪迹很少。寻得到的,是被湖前圩坝掩埋着的大旗鼓石,榜眼的村里有旗鼓石、系马桩这些标示身份的印记是再正常不过的事了。据说村里一老者的手上,还存有一副丈余长的锦缎对联,上书"五年露冕宣风岭海瞻同生佛,八月歌铙奏凯鳄蛟扫若轰雷"。这副对联是由"潮州府属绅耆士庶同顿首拜",而"恭颂曙珊曹大公祖上人德政"的。曹履泰用过的朝简、铜官印等随身理政之物至20世纪70年代已遗落殆尽。

曹履泰的嫡系子孙均在广东播迁,与祖籍地从无联系。

曹履泰晚年辞官归隐家乡照顾老母亲,咸丰辛酉年(1861)享寿71岁辞世,葬于今鄱阳县响水滩魏姓村庄,与其母并冢。后人有曹履泰为官28年没回过家之说,其间的一种解释是曹履泰身居要职,又处鸦片战争爆发之际,他夙夜在公,无暇顾及。湖下村村民曹和春平时在九江随儿子生活。在他的讲述中,有曹履泰久不归故里的另一种版本的故事。据说,曹履泰丁父忧之后在京城为官,将平日积攒的俸禄悉数寄回家中,委托族人给曹家营造气派不凡的"大夫第",族人回报的信札总是禀明府堂建得如何顺遂、如何巍峨,曹履泰闻之每每甚喜。第二年春,得有公暇,曹履泰及妻妾、子女,随同的还有知己同僚,浩浩荡荡地乘九条舟船入鄱阳湖,回家察看出巨资所建府邸。近乡情更怯,船至学堂咀(现南峰中学所在),曹履泰站在船头眺望魂萦梦绕的湖下村,一览无余之下,哪有府邸矗立?他顿悟族人在诓骗他,"大夫第"毫无踪影。曹履泰恼怒之余,不便在宦友和属眷面前尽失体面地发作,只令掉头回程,怕到了现场丢了面子。

接了无数银两的族人原来是堕落之辈,白花花的银子全用来逍遥,吸鸦片吸得萎靡不振。自此,曹履泰断绝了与族人的来往,长达20余年,直至晚年才归隐乡间。这才是曹履泰长久不回故里的"谜底"。当然,这也是民间一说。其间有个细节值得揣度,极为孝顺的曹履泰在外为官,应是将母亲一直带在身边服侍的。这就可以解释族人假兴府邸,而无曹母在场监督,并将实情告之儿子;也可解释曹履泰晚年为什么要决意回归家乡,因为母亲年老体弱,叶落归根是母亲的夙愿。

在湖下曹村村民零零碎碎的讲述里,府邸的故事还有续章。说曹履泰父亲在世时,得子贵之助,在村中建有三进的棋盘屋。曹履泰晚年蛰居乡间,亦是安居于此。此屋宅在曹履泰故去后,自然留给族裔居住。1964年,当地公社要在湖下村办所谓的"万头猪场",将曹家祖居拆了,前截改建成一间带天井的瓦屋,另置两间规制要小好多的屋舍,用来落居三户住户,柱、窗因用了原料,仍古朴典雅,雕龙画栋。后截便腾空办起了养猪场。这一大两小的房子仍存于村中,只是败落得再也没人居住。在深圳文化产权交易所官网上的中国古建筑资产管理计划宣传内容里,曾有一项托管资产名曰"聚福堂",这是一套徽派士绅官宅,资产托管代码GJA100009,卖家报价185万元。关于"聚福堂"的背景介绍称,曹履泰在道光十三年(1833)为了报答父母的养育之恩,聘请能工巧匠打造此"聚福堂"给二老安享晚年,原堂主就是鄱阳湖畔都昌县清榜眼曹履泰双亲。从网上的配图看,内部木质构件中有一部分是古朴的雕窗和檩柱,一部分是新拼接上去的。"聚福堂"的真实程度待考,不过,曹履泰父亲所居原老宅的古件,或为宗族所卖,或被文物贩子盗窃,的确有不少流失掉了。

曹履泰最终魂归故里,据说他安葬于鄱阳县响水滩,是请了风水先生堪舆择的吉地,有二三十亩,并专门请了当地人看守陵墓。在他去世50余年后,湖下村人将曹履泰的尸骨移葬至村里的祖坟山上,让这位荣耀之人真正魂归故里。

曹履泰在白鹿洞也留下了印迹。据李才栋先生的《白鹿洞书院史略》载,清道光二十三年(1843),都昌进士曹履泰捐修书院。他不仅自己捐资助教,而且对他人的助教之行大褒其义。在今天的白鹿洞书院西碑廊,留存有一块长方形石碑。碑上用颇具欧体风韵的正楷书写着江西鹅湖书院山长余成教在1842年所作的《重修白鹿洞书院记》,全文200余字,落款为"赐进士及第、翰林院编修、

国史馆编修、前任掌陕西道监察御史、都昌曹履泰敬书"。此记褒扬的是都昌芗溪声扬人余秀泰捐巨资重修白鹿洞一事。余秀泰、曹履泰"二泰"是芗溪同邑的"紧邻",余秀泰清道光年间(1821—1850)在瓷都景德镇陶瓷界堪称大富之家,曹履泰以书丹的形式,呈瓷业巨富余秀泰兴修书院、崇儒重道之"秀"于千年学府。

　　湖下帆影远逝,榜眼遗迹难觅。都昌的百姓素来重"耕读传家",如果撇开封建科举制度的利弊不论,单论"读书",160余年前的芗溪人曹履泰,无疑是都昌读书人中的一个标杆式人物。曹履泰的身世,曾在20多年前被录入一本叫《九江之谜》的书。如果把"曹履泰如何能成为榜眼"作为一个谜面,其让后代学子领悟到的谜底就是《朱子白鹿洞教条》中的话:博学之,审问之,慎思之,明辨之,笃行之……

69. 都昌镇中堡王村：大矶山下的一缕书香

【王氏家训家规】言宜慢，心宜善。

（一）

都昌王姓按人口算当然是大姓，据统计，全县王姓约有 3.5 万人，可跻身全县各姓氏人数的前 5 位。都昌王姓前后分五支迁入，有"琅琊世家""太原世家""三槐世家"等。

都昌镇矶山村委会中堡王村承袭"三槐世家"，始祖是北宋的王文显（1024—1107）。王文显的祖籍在山西太原，北宋仁宗年间（1022—1063）由文林郎授清水县教谕，治平三年（1066）升任都昌县令，任满后因受兵乱之阻，无法回原籍，遂定居于东山之长平里，即今张岭水库下边。王文显这一支枝繁叶茂，在都昌发"三宅九宗"，分徙出 85 个王姓村庄，人口约 2.4 万。2014 年，王姓族裔在蔡岭为祖先王文显重修了陵园。

都昌镇矶山村委会地理上以大矶山最为著名。1954 年出生的中堡王村退休干部王叙华是大矶山的一位赤子，他从小知晓矶山之麓有上、中、下"三堡"，"上堡"指现在的西河村周边，"中堡"指现在的矶山村周边，"下堡"指现在的中坝村周边。矶山还有上、下、西、松"四社"。中堡王村成村于明代初期，据 2012 年由都昌镇矶山岛同乡联谊会编印、中堡王村地方文史专家王旺春主编的《说不尽的矶山岛》一书列述，王大经（1394—1457）于明永乐二十一年（1423）乡试中举，任武清教谕，致仕后徙居中堡王村。王邦富（1457—?）明成化年间（1465—1487）由县市玳瑁阁（今县城金街岭）迁至望仙中堡。其七世孙王化宇（1589—1647）、王绳吾（1599—1680）分别住在中堡王村上段和中段，时称化宇厅和绳吾厅。由下堡曹家山分居中堡王村的族裔还有王伯玉（1472—1537）、王应扬（1600—1661）、王纯茂（1850—?）。

考证起来，首迁中堡王村现村址的，并不是王姓，而是艾姓。生于晚唐的读书人艾礼五于五代十国时的后晋开运年间（944—947），肇基于望仙中堡王村上

段。艾姓在早年是个很兴盛的村庄,多以渔为业,善舟行。以至《望仙艾氏宗谱》记载,民国时期,都昌人去景德镇必经的鄱阳县漳田渡,都昌陶义会就专门选聘望仙中堡人艾国波为摆渡船工,老渡工艾国波的独子艾昌端、孙子艾隆衡一门三代都恪守摆渡之职。从1926年到1978年半个多世纪,祖孙三代将摆渡人的背影留在了历史的风云里。这一支艾姓的后裔后来落籍于鄱阳县银宝湖。中堡王村至今有数户艾姓人家,村中有池塘叫"艾家塘"。中堡王村不只有艾姓人家,还有明万历年间(1573—1620)从左里三星墩迁来的傅姓数户,清康熙年间(1662—1772)从万户西岸咀迁来的查姓数户,均居住在中堡村上段。他们与王姓人家和睦相处,亲如一家。

(二)

元末明初的礼学大家陈澔,在"国学热"渐火的当下,成为都昌弘扬传统文化的一个标杆式历史人物。在陈澔故里都昌,他所创办的"云住书院"原址,兴起崭新的都昌一中校园,并保存"云住"摩崖石刻供后人寻访,塑像供学子记怀。都昌人将2019年秋季在滨水西区创办的一所学校命名为"云住学校",有道路曰"云住路"。中央电视台拍摄《都昌地理志》,陈澔的生平和对后世的影响被聚焦在镜头里。都昌有陈澔文化研究会,挖掘和丰富陈澔秉承的"礼学"。其实,与陈澔同时代的另一个都昌人王石梁(1245—1321,派名时潜,字元鲁),也堪称礼学大家,比陈澔大15岁的王石梁可说是与陈澔有亦师亦友的交集。陈澔办云住书院,王石梁在十几里远的矶山之峡办矶山书舍;陈澔著有《礼记集说》,这是明清御定的科举取士的教科书式的典籍,王石梁著有《礼记注释》。台湾学者刘千惠十余年前撰文指出,陈澔引用王石梁"疑经改经"说有91次之多。相对于陈澔的显赫声名,王石梁就显得寂然。王石梁是中堡王村的南宋祖先,且让我们拂去历史的尘埃,辨析其人生之光。

回溯远去的历史人物,同时代的人留存的资料较为可信,如果言说者是这个人物的朋友,其所陈人物生平就更为可信了。元朝至元二十五年(1288),都昌知县是一个来自楚地的叫"马一龙"的人。马知县留下了一篇《宋元石梁先生矶山书舍记》,是他在赴履都昌知县的第二年,应王石梁之嘱而拟的。此记开篇二字便把王石梁定位为"逸儒"。作为一个七品县令,马知县当然能悟出王石梁注经之价值:"六经所以治人心、修人身、治国家、平天下,而为道学之本也。"马知县在文末用了一首长诗称道王石梁穷经之苦砺和闪烁的光芒。他这样吟咏："隐德自足通山灵，时来九万随风搏。矶山流水扬华英，潜龙杏坛掌铨衡。桃李侍从广业停，乃知读书助修能。万事转圜无滞凝，石梁何待悬车荣。一泓澈处濯清缨，森森凤夜读书声。"

马一龙作为在都昌任知县的外籍人，为王石梁写过称颂文章，在四川安岳县任知县的贡生、都昌人罗孔道也为同邑的王石梁写过一篇《发逸儒石梁潜德序》。罗孔道写此文是明嘉靖二十六年（1547），离王石梁故去有226年。罗孔道在此文中大加称道王石梁"其行有足传世，以警人心，以扶世教"之"潜德之光"，还留下了不少关于王石梁生平的记载。

王石梁祖孙三代皆为进士。其祖父王惟一（号靖翁）登宋绍定己丑年（1229）进士，累迁金书、武安军节度使，后诏授朝奉郎，晚年居都昌县城金街岭。其父王子和，登进士后任国子监助教。王石梁年幼时聪颖过人，孝顺父母，与同年龄的孩童玩儿戏，总显得早熟——端坐其间，礼容整肃；成人后在乡间施教，以师道扬名。同时代人评价王石梁为"逸儒""潜德"，个人品行高洁。以宋、元之际的历史潮流而论，王石梁在气节上彰显着凛然的民族大义。面对一代大儒的才学，元初太子右赞善刘因、朝散大夫曹伯明等奉诏屡聘王石梁参与编修国史，王石梁践行义礼，"仁者不以盛衰改节，义者不以存亡易心"，坚"不事元"，而隐居矶山办书舍，注述《礼记》。当时王石梁与陈澔（云住）齐名，以至陈澔的子孙这样慨叹："曩昔，石梁与祖皆有注述之功。"

"逸儒"德显，"潜德"名达。在罗孔道为王石梁拟序的6年后，进士出身的都昌名士江一川（号西崖），在浙江温州府文林郎任上撰文《宋元逸儒石梁先生传行实录》，盛赞王石梁"先生之功，经纬天地，光昭宇宙，赫奕古今"。据《江西省通志》载，明朝都昌县的乡贤祠设在县城大成门外右翼室，王石梁于明嘉靖二十六年（1547）入祀乡贤祠，"礼炳策简，犹日丽中天时在兹矣"。

王石梁至元二十一年（1284）建矶山书舍，明初书舍毁于战火。不到百年的时光里，一批批都昌学子求学于此，矶山书舍培养了进士钟国光等乡邑才俊。王石梁将一代逸儒的形象展示在绵延大矶山的深处。

（三）

矶山岛上有大、小矶山，小矶山外鄱湖扬波，大矶山下书香氤氲。

中堡王村清晚期由王道智(1775—1846)先生创办的一所学堂,赓续着先祖王石梁的矶山学舍的文脉,成为矶山一带学人的从学摇篮。王道智,讳槐,这位"三槐世家"的后裔将学堂命名为"槐蔚"。也许这位私塾先生在"六书"上未能自立其说,不及先祖王石梁,但那份身正为师、海人不倦的师道却是一脉相承的。某年,下堡高村一学生与上堡的一学生相争打闹,被道智先生施了板子。溺爱其子的家长竟因不满先生的责罚而不交纳学费。年关将至,王道智持杖到高村催交学费,以成稻粱之取。高姓家长不仅不交学费,还反打为人师一板让先生蒙羞。王家湾有在场目睹者忙去中堡王村相告,王道智的儿孙们20余人愤懑不已,前往高家讨要说法。王道智在半途的王家湾听闻此事,忙向一本家讨了几粒饭粒,粘抹在长髯上。见了家人后,他厉声质问,作甚?家里后生说了原委,并声称先生可以不做,体面不能不要。王道智轻松道来,说自己不但没挨叱,高家人反而客气地招待了早饭呢!这不,吃的胡髭上都带了人家的饭粒。至于学费,他们迟几日会送上门来。众人听了便散去。后来高姓家长听说此事愧疚之余很是感动,第三天筹借了学费送至王先生家。槐蔚学堂接王道智教鞭任教的是邑庠生王学杰(1863—1919),人称"斗垣先生"。民国时期接续执教的是王升雯,曾任都昌县国民小学校长。1950年,槐蔚小学停办,校址原"化宇祠"仍存。

"书中自有黄金屋,书中自有颜如玉。"这是古时有名的劝学格言。说这句话的是宋真宗赵恒,出自他的《励学篇》。当下的人生箴言"知识改变命运"说的也是同一事理。中堡王村不少读书人的命运之舟在时代的风雨中"千帆竞发"。中堡王村20世纪40年代末有四个后生,从都昌当时的最高学府县中初中或高中毕业,四人分别名王平鼎、王平刚、王平才、王少华。新中国成立时,他们在激昂的锣鼓声中心潮澎湃,热血沸腾,决意离开家乡,奔赴九江,去开拓自己的青春之路。1949年12月,14岁的王平鼎避过父母,找到家里在石桥邵村开的油榨坊的管家,说父亲让取20担油钱家用,实则是作为四人悄悄离家的盘缠。四人相约第二天早晨过西河渡经县城赴九江。不承想,王平才凌晨在收拾衣物时,被其兄发觉并告诉了在灶间淘米的母亲,母亲让王平才的哥哥赶忙去告诉在田间犁田的父亲。父亲赤脚带泥地赶到家中,夺下了王平才的包裹,监视儿子,让他离不了家。王平鼎三人避过家人,逐梦而行。后来出走的三人,在九江或参加工作,或投身军营,人生盛时各自位列副厅之职,成为从中堡王村走出去的骄子。王平鼎(1936—2016)曾任江西省气象局副局长；王平刚(1931—)曾任福州军区某疗养所所长兼政委；王少华(1937—)曾任贵州省劳动人事厅副厅长。

中堡王村沐改革开放春风，"读书的种子"在大矶山下发芽而芬芳天下。同济大学毕业的王一琪在上海、江苏等地创办餐具公司，事业有成。王一琪几乎每年都会向他的母校都昌一中捐资，弘扬云住书院、矶山学舍崇学重教之风。他还在中堡王村捐资奖教奖学，对当年考上二本以上的学子予以数千元的奖励；对村里年过六旬的老人，每年都会发米、油，孝亲尊老蔚然成风。在外创业有成的王俊、王小民等，对故里也满怀眷念之情。

矶山樵唱风前曲，彭蠡渔歌月下词。更多的中堡王村人得矶山之灵气，注鄱湖之神韵，创造着属于他们的精彩人生……

70.都昌镇余家湾村：人文之望

【余氏家训家规】父慈子孝，兄友弟恭，抚恤孤寡，怜贫救难，勤修职业，俭朴节用，立志安分，忍气省事，齐家正俗，忠君爱国。

（一）

都昌镇西河村委会余家湾村在矶山一带的余姓村庄中，不仅人口最多——在千人以上，而且历史最长。始迁祖为十万公后裔余时珍（1465—1535），明代弘治年间（1488—1505）从县市陶公庙（今县实验小学）前迁至四十八都余家湾，至今已有500余年了。

据考，矶山岛上余姓村庄与余家湾的族源关系是：牛车咀村是余时珍的五世孙余光仲之次子余显擢（1622—1689）、四子余显採（采）（1628—1711）两兄弟在清初由余家湾分居七星墩，村名"牛车咀"源于依山傍水的村崖咀曾装有牛车，以牛力灌溉水田。上舍余村是余光仲之五子余显捷（1631—1683）于康熙初期由余家湾迁入而成村的。柿树垅余村是由余时珍的八世孙余英名（1667—1739）、余英义（1678—1747）康熙年间（1662—1722）由县市陶公庙迁来而成村的，想必斯地彼时当柿树满垅，柿花盛开。牌楼余村是余光仲之长子余显援（1616—1669）于清顺治年间（1644—1661）由余家湾迁至中堡而成村的。余显援（字伯玉）的五世孙余金保夭折，其妻李氏寡居时，乾隆御赐贞节牌坊，后人以牌坊称村名。颈里余村是余显捷三子余继廉（1633—?）于清康熙年间由牛车咀迁入，成村的缘由是余继廉在望仙岭搭舍办学堂而后携眷定居于此。会次咀余村是余显援四世孙余以享、余以通兄弟于清乾隆十九年（1754）由余家湾迁至望仙中堡桑家咀堰塆上，后人以余以享字"会次"冠村名。成村最晚的是蛤蟆石余村，由余式汉1953年从上舍迁居于此而成村。

余家湾的老人大都能讲出祖先三连公的故事。说三连公有兄弟三个，两个弟弟分别名叫三能、三财。兄弟大了要分家，老大三连看上了余家湾这方宝地——蟠龙肚上，湾型开阔，延拓空间大，又有福瑞之气。老大有意言此及彼称赞他方之地,老二、老三在为人兄的巧说下自愿外迁。其时,离余家湾数里远的大舍峦道下林场处,一棵壮硕的枫树下有一幢舍屋,住着强盗式的兄弟俩。两人倚仗不凡的武功,在乡邻大行不义之举。据说,兄弟俩在枫树下一跃,能站立到山外鄱阳湖边停泊的商船的桅杆上,居高临下地喝令之余,对过往商船的劫掠就如探囊取物。这样的远"跃"情节当然有点儿夸张,无非形容强盗兄弟武功盖世,令矶山岛上人惧怕。强盗兄弟的可恶之处在于,每年的除夕夜,专抢村民放在祖祠祭祀用的猪头盆(俗称"纯福"),以至村民用牲品祭祖时要将祖祠大门关上从侧门出入,以避其扰。

三连公生了六个儿子,个个长得人高马大,便有制服强盗两兄弟之意,方式上不强攻,而施韬光养晦之策。三连公将他的六个儿子关在家里,请了武师教武艺,又延请先生授诗礼,个个隐秘地修炼成了好汉。即使是这样,三连公也还是不敢强灭强盗两兄弟,而是带着六个儿子到大舍峦示威式地试探一下。他们真正制服两个强盗,用的是"阴攻"。三连公在其宅的天井四沿,铺了满地的绿豆。某夜,强盗兄弟从天井跃入欲行窃,相继跌落于天井而在滚圆的豆粒上滑倒不起。潜伏着的六兄弟一呼而上,瓮中捉鳖,将两个强盗拿下。结局是对他们痛打一番,还是把他们押送官府,以至他们被直接棒杀?版本不一,反正最终的结果是为余家湾人剿了一方祸害。不少余家湾人现今过年祭祖时,会将祖厅大门关上一阵,这个习俗一直保留至今。

(二)

余家湾人余忠信(1786—1864)在清咸丰年间(1851—1861)曾任福建莆田知县。据查,余忠信(又名余芳信)是清代矶山岛上考中的第一位举人,跻身七品县令之列,声名显赫。

关于余忠信的人生履历,能查阅到的资料有:庠生出身,清嘉庆庚午年(1810)取贡,嘉庆癸酉年(1813)补廪,嘉庆乙亥年(1815)就读于白鹿洞书院,道光乙未年(1835)参加江南省乡试,中乡魁第四名。因屡荐不举,余忠信独善其身,设私塾于七都(今南峰、芗溪辖地),为弟子传道授业解惑。清咸丰十年(1860)前后任福建莆田知县,后殁于为官任上。光绪廿年(1894),在其通谊晚辈、乙酉科举人、浙江巡抚刘品兰的主持下,其子余和盛及孙辈扶其柩归故里。

有余氏宗谱方家考证,三连公的谱名是余继乾,其弟三能公、三财公谱名分

别叫余继昆、余继廉。三连公(1654—1737)的六子依次叫英俊、英杰、英荣、英韶、英园、英家。余家湾的分族多溯源于 75 世的"英"字辈六兄弟。余英家这一支脉繁衍至余忠信及以下直系辈系的顺序为:英家生六子,其中第五子余以远(1733—?)是太学生、文林郎;余以远次子余全勋(1766—?)为郡庠生,授七品文林郎;余全勋长子余忠信传独子余和盛(1821—1898),从他这辈开始,余忠信这一支代代都有为人师者,可谓"教师世家"。余和盛次子余顺杰(1854—1916)、三子余顺循皆以诗书传家。余顺杰生四子,其儿子余式璜以授课为业,四子余式玠的次子余昭权(1925—2002)毕业于江西省临时中学,一生从教,传统国学造诣颇深,"昭权老师"的学品在矶山令人肃然起敬。

余式玠(1896—1968)家族"名师"辈出,他自己也是一位"名匠"。余式玠年少时因家贫,赴景德镇随人学徒,练就一身利坯好功夫。当年景德镇利坯有"二张半刀"之说,都昌人余式玠是其中"一张",在他所生活的瓷厂集中的里村,更有"第一刀"之称。余式玠散财仗义,乐善好施,居景德镇时颇有好口碑。也许是利坯泥屑纷飞,过度劳作,损伤了眼睛,他年过半百那年过年,风刮不止。他从镇上一路跋涉下乡来,行船坐风,七八天后才到余家湾,其时患严重眼疾的余式玠没得到及时治疗,回到家竟眼盲了。从此,一代名匠余式玠痛失手中的利坯刀,待在乡间安度晚年。晚年看不见世界的余式玠,心里却如世间礼圭似的亮堂。他会拉二胡,擅讲故事,72 岁时在余家湾安逝。

近年来每年春节,忠信公这一支族的后裔其乐融融,齐聚忠信公宗堂欢度新年。忠信公宗堂始建于咸丰十年(1860),由余忠信的儿子余和盛主造,依了清朝七品官规制,坐西朝东,两进、上、下厅,构件纹饰雕刻精致。时值太平天国军败退之时,当地遭受劫掠,内室来不及精雕细琢。至今仍青翠的一棵古柏见证了宗堂兴建的朝朝暮暮。忠信公宗堂经时代风雨,已破旧不堪。2018 年,族人筹资 23 万余元,"修旧如旧"式地维修,让古老的祖祠焕发光彩。耄耋之年的余育俊老人为宗堂的维修不辞辛苦,其情动人。现在,这一支族人丁兴旺,年轻一代事业有成。余前勇的陶瓷、余光明的建筑、余光平的医疗器械等做得风生水起。族人相约,春节前后一周,在"信和公"宗堂亲如一家地吃团圆饭,唱欢乐歌,让文明新风劲吹。

（三）

余家湾村中池塘旁,有三棵据说有 400 年以上树龄的古樟,至今葳蕤,生机勃发。余家湾在历史深处演绎的人文故事还有不少。

1950 年出生的余祖元向我们讲述了他曾翻阅过的一本其族上先人数代续撰的《平生叙》里的故事。他说余家湾南头清末出过一个叫余忠贤的秀才。因避时乱,他从余家湾迁往鄱阳县双港,以开粮行谋生,粮行后来做了鄱阳会馆。余忠贤 26 岁时生了个儿子,取名余香祖,字兰芳。余香祖从小入了鄱阳街的私塾受教,知书达礼。某日,先生给学堂里的学童们布置了作业——写一篇命题作文,余香祖笔滞语塞,便邀了几个同伴让茶房烧水的老头代为拟写,交换的条件是将身边的零钱给老人买烟丝抽。先生批阅学生作业时,也知那篇文章绝是他人主笔,连连叹服“其文吾不如也”。老人原是落难的一名大儒,余香祖后来得其教泽,修磨得人情练达,世事洞明。后来,余忠贤父子在景德镇的烈焰里成就了一番瓷业。老儒当年题赠了一幅画作给余忠贤,有人出 50 块银圆欲购未允。20 世纪 60 年代,此画在徐家一老表家因失火化为灰烬。

《平生叙》中该有数代余家湾人关于家国情怀的叙说,可惜也散佚于 20 世纪 60 年代。

（四）

人们常说“景德镇是都昌人的码头”,在 20 世纪新旧政权交替的那个特殊年代,都昌余家湾人余昭华无疑是“码头”上的一个风云人物。数十年前对他的事迹的介绍,用“爱国工商者余昭华”来定位,当下的媒体人醒目地用“红色资本家余昭华”来做标题。20 世纪 50 年代,余昭华曾任景德镇市副市长。让他在瓷都“码头”一展芳华的,当然不只是他的显职,还有他为人处世的智慧、处变不惊的通达,其间的内核是尚德和开明。我们不妨以“六步图”来勾勒余昭华一个甲子人生的轨迹。

第一步,家贫学徒。余昭华 1910 年 10 月 12 日出生于余家湾的一个贫寒之家,父亲余式圭在村里种了一亩八分薄田,在一幢破败的房屋里栖身度日。在余昭华 7 岁时,父母带着余昭华兄妹三人举家迁徙到景德镇谋生。余式圭得亲友帮助,在窑户冯茂和瓷号做杂工,妻子帮人做奶妈,全家租住在薛家坞。作为

家中的长子,余昭华9岁时也在冯茂和的坯房里学刹合坯。所谓刹合坯,是景德镇瓷业的行话,就是将釉浆施于生坯上的活计。三年下来,心灵手巧的余昭华学得一门好手艺,满师之后按业内规制又帮师傅干了三年活。此时的父亲余式圭已改做豆腐生意,后又开小茶馆,生活渐有起色。余式圭将儿子送入一个叫南山念慈庵的私塾就读,是年余昭华已有15岁了。余昭华头大个高,有"团头"的绰号,学堂里富裕人家的子弟讥笑他"个头大,人寒酸",余昭华暗下决心:我要当窑老板发家!

第二步,初创瓷号。读了两年私塾的余昭华在他17岁时,征得父亲支持辍学做窑。父亲倾其积蓄,外加借贷,兴办了一家制瓷作坊,取名"余鼎顺瓷号"。一家人克勤克俭地操持,父亲打杂,母亲做伙夫,余昭华做刹合坯。随着业务渐大,"余鼎顺瓷号"后来也招募工人。余昭华办瓷号有"三招":一是以质取胜。自己熟习生产的每个环节,确保不以次充好。二是以诚守信。笃守经商的诚信,比如有一次因存货短缺,无法及时交货,余昭华宁愿以高价从别的瓷号买来上品瓷器代为履约。三是以情暖心。余昭华十分关爱技术工人,每年正月初一,主动到瓷号的管事先生和做头的家中拜年。对于有困难的一线工人,他解囊相助。有一位伙夫,做饭省米省柴,谁要是糟蹋了粮油,即使是老板娘,他也会黑着脸纠错。送饭途中如遇有破坏屑,他就一一捡回来。到年终,余昭华奖了一只金戒指给他。工人下乡过年,余昭华每人预付一个月工钱。十年下来,余昭华在青峰岭拥有自己的3幢坯房、1幢屋宅,成了中等窑户。

第三步,变危为机。抗日战争时期,日军对景德镇狂轰滥炸,不少窑户老板席卷财资,逃往乡下避难。余昭华却在战乱中挟勇而上,寻找商机。他以低价买进日用瓷器,运往安徽、浙江绍兴等地转卖,又买回日常布匹等生活用品在景德镇销售。在绍兴办瓷庄时,他也行善积口碑。有一次,他捐献价值40担大米的款项用于救济灾民,被当地人誉为"活菩萨"。余昭华的瓷号产销两旺,从1938年到1948年,十年间,他做成了一个大窑户。新中国成立前夕,景德镇工商界推举他为灰可器公会的理事长。

第四步,开明代表。1949年4月,景德镇解放。余昭华顺应时代潮流,配合党的工商政策的落实,带头复工,带头开仓支前借款,带头密切劳资关系,带头认购公债,成为景德镇私营工商业的上层代表。1950年3月,他当选省首届人民代表会议代表。

第五步,市长荣光。1951年1月,余昭华在景德镇市二届一次各界人民代表大会上,高票当选副市长。在差额的选举中,与会代表173名,余昭华以172票当选。1951年7月,余昭华组织景德镇市工商联、瓷业生产联合会分别为抗美援朝捐献飞机一架、大炮一尊,此举得到时任江西省人民政府主席邵式平的嘉奖。其后的"五反"、公私合营等运动中,余昭华坚定地走在前列。1954年6月,他一手创办的"余鼎顺瓷号"接受社会主义改造,全部资产公私合营,1958年8月完成了生产资料所有制的改革。与此同时,党和人民也给了他很多荣誉。他先后担任景德镇市瓷业生产联合会筹备委员会主任委员、市工商联主任委员、中国民主建国会市委会主任委员、省工商联和民建江西省委副主任委员、中华全国工商业联合会执行委员会委员等职。

第六步,人生落幕。余昭华于1969年12月20日病逝。党的十一届三中全会以后,党和政府为他召开了追悼大会,肯定了他所做的贡献。余昭华生前十分眷恋家乡,矶山一带的人去景德镇找他,他总是热诚相待,尽力相帮,称誉乡梓。

余家湾地处大矶山,而大矶山有"望仙山"之称。据康熙版《南康府志》载:"大矶山,在县西七里,一名望仙山,传晋许旌阳拔宅飞升,苏耽于此望之。"许旌阳指的是晋代道人许逊,因早年曾任四川旌阳县令而有此称。相传,苏耽在都昌苏山羽化成仙后才迎风飘袂,到了大矶山。他应该是带着一份欣喜瞩望许天师在大矶山"飞升"成仙的。余家湾周边不少村庄嵌名"望仙"即源于此。古时的"望仙"毕竟是缥缈的传说,今天,当我们在望仙山下回望余家湾的一个个人文故事时,它又似乎触手可及,真实存在……

四、家族存史

71. 芗溪乡余声扬村：余秀泰与白鹿洞书院重修（上）

【余氏家训家规】吾族自祖宗以来，德积勤俭，才有今日，诚不可不知起家之艰，世守之重。人须专一业，业必求精，士则成名，农则余粟，工则致巧，商则盈资，此之谓各安生理也。

芗溪余姓探源

若论姓氏人口，都昌县芗溪乡余姓稳居全乡第一。要探源芗溪余姓，我们得先从都昌余姓的渊源说起。

都昌全县余姓村庄据统计有 169 个，近 5 万人口，是都昌的显姓。承袭"新安世家"的都昌余姓分两支迁入，一支是十万公的后裔。"十万公"叫余元诏（744—827），又称余迪，号隐耕。"十万"其称源于余元诏曾散十分银两赈灾。余十万唐代德宗贞元年间（785—805），择居都昌之大塘（今属徐埠镇莲花村），雪岭下的大塘余村成为县内外十万公后裔的寻根之地。另一支是杰一公的后裔。余杰一（1179—?）身处南宋，生活年代比余十万晚了 400 余年。余十万与余杰一可溯源于唐初的余钦（653—?），余钦居歙之休宁（今属安徽），余十万为余钦之五世孙，属余钦长子余杲之后裔，而余杰一是余钦之二十世孙，属余钦三子余玑之后裔，余玑十一世孙余从唐末因避黄巢之乱，迁韶之曲江（今广州韶关市曲江区），所以有"曲江余氏"之说。相关资料表明，芗溪乡余姓村庄除黄坡垅，新丰大、小屺垅口，新丰油榨冲，杨水塘新、老屋，井头大田咀，新塘余江垅，竹山上等村庄属十万公的后裔外，其余皆属杰一公的后裔。

余杰一播迁芗溪，有故事流传。余杰一，讳昌，号康宁先生，原籍武昌府江夏锡田里芭茅湾（今属湖北）。南宋宁宗嘉定年间（1208—1224），余杰一求学于著名的白鹿洞书院，从理学大师朱熹讲学，后举为本院校正。时红袄军起义军首领杨安儿起义,直下江南,贫困百姓响应者众。杰一公父母卒于江洲丁夏,杰一公不敢贸然归葬,遂寓居于都昌十一都都田畈(一说龙湾),即今中馆镇港西村辖地;后见地僻畈窄,再迁十都芗溪创基。

余杰一徙迁芗溪,落籍于枣树下,即今芗溪乡枣树下余村(今属芗溪社区居委会),所以,枣树下是芗溪杰一公后裔的寻根之地。《余氏宗谱》上记载了杰一公择定枣树下的一个小故事。传说,杰一公在寻访外拓之地的前一夜做了一个梦,梦里一道士告诉他:"逢香则止。"杰一公行至斯地枣树下,问偶遇的路行老者此为何地,老者答曰:"芗溪。"杰一公想起昨夜之梦,乍一听"芗""香"同音,于是便徙居于此。可见"芗溪"得名早在杰一公落籍之前。当地文化人的解释是,因港溪中有芗草而名"芗溪"。宗谱上的"芗溪地志"当然更权威。民间另有故事版本。余杰一得梦后,沐手焚香,从龙湾起始居住地出发,三炷香燃尽而步止踵歇,便到了徙居宝地。余杰一至枣树下,所持香灰飞烟灭,遂选定此处安居。

在芗溪,对于余杰一后裔的播迁,有"八份""三湾"之说。所谓"八份",是指包括芗溪及鄱阳、余干的八个族分,比如余晃里、白水塘、毛毯里、前头份里、昂四里、昂十一里。余声扬村以及同一村委会的枣树下余村、麻园里余村属昂十一里这一族分。所谓"三湾",不是指狭义的老声扬村委会的西湾、东湾、彦湾,而是更广泛的支族范畴,涉及都昌、鄱阳、彭泽等地的余姓村庄,按族源说,余杰一之孙余丙二的后裔统称"三湾族系"。芗溪乡的西湾、彦湾、东湾、刘家眼、源泗坨、罗古塘、罗磨、老屋、南坨、君山上、余猛山等泰四公(杰一公四世孙)的后裔皆列"三湾"。

都昌余姓人丁繁衍,支族众多,1923年,由都昌矶山的民国闻人余作民等12人,将十万公、杰一公世系叙清,从第81世世派统编,比如昂十一公的"略""韬"辈,相当于统派的"育""遵"辈,不过,更多的余姓村庄仍沿用各自支脉的辈派。比如十万公大塘支脉,第76世至85世字派为"以全忠和顺,式昭祖传荣"。

天下余姓一家亲,都昌余姓村庄和谐相处,亲如一家。芗溪余姓人家,一如勃发的芗草,芳香四溢……

"声扬"其名

都昌芗溪乡"声扬村委会"从 2019 年起,改为"芗溪社区居委会",当地群众习惯上还是喜欢叫"声扬村"。"声扬"其名从余声扬自然村而得,余声扬村的始祖名"声扬",以祖名称村名,此为"声扬"得名之源,不少村庄如是。

"声扬"其义,当地村民有另解。说芗溪湖有南岸、北岸之分,声扬村从南岸迁至北岸,新、老屋之间"呼声远扬"。村庄搬迁之地原是一个港汊填土而形成的,余声扬开基兴村,除了自家子孙荷担壅塞,而且附近的村民、过路之人,或拾捡猪、狗粪的内心一热便成了挑工,融入了填基工程。凹陷处的岸头,摆着一张八仙桌,叠放着铜钱,当天的工钱当天结算。声扬人数年前有在老宅地造屋的,从墙基深挖下去,10 厘米的红石,垫埋在地下,共垫埋 13 层,以至底层的劳作者,要靠长长的木梯上岸沿。余声扬不惜人力、物力迁居于老港汊,是信了一个梦。他梦见此地有三根红笋破土而出,逐吉地而迁。1943 年出生的余声扬村村民余忠发讲,"声扬"之"声"原写作"升",喻指祖宗肇基之地"升填高扬"。其实,最权威的解释还是"祖名说"。查《余氏宗谱》余声扬村祖先条有载录:廷琦幼子,瑞是,字声扬,生于康熙庚午年,即 1690 年;殁于乾隆癸酉年,即 1753 年,享年 63 岁。这样推算,余声扬成村距今约 300 年。

余声扬村现居住在村里的不到 200 人,而祖籍是余声扬村的应在千人上下。2008 年,当年 62 岁的余韬忠刚从都昌芗溪信用社主任岗位上退休,参与了那届族谱的修订工作,他记得余声扬村 12 年前纳入宗谱的男丁已达 400 人。余声扬村在外落籍的,以景德镇为多。鄱阳湖畔的声扬人,在瓷都景德镇立稳根基,水之柔与火之烈,成就了他们的非凡人生,而 220 年前的余声扬人余秀泰,是稚嫩的 15 岁少年,首次踏上景德镇这个"都昌人的码头",成为声扬人拓业瓷都的先行者之一。

72. 芎溪乡余声扬村：余秀泰与白鹿洞书院重修（下）

余秀泰之宅

余秀泰业陶富裕之后，便回到桑梓地兴宅，声扬于乡。余秀泰有三个儿子，分别名体仁（安之）、体义（安亨）、体信（安利），想必再生育二子，定会名"体礼""体智"。"仁、义、礼、智、信"，满满的儒学气息。余秀泰在声扬村连建三幢棋盘屋，老大的在前排，三进；老二的与老三的在后排，分别为三进、二进。余韬忠老人是余体信的后裔，他的讲述里有六世祖余秀泰因造屋而倍感挫败的故事。

他说余秀泰兴宅时，邻村麻园余村一老汉家也造屋，气势上显然无法与余秀泰家相比。就说去宁州（今修水）进树排，余秀泰家一调就是十余个排筏，而那家主人穿着破烂，貌不惊人。木材商见了他讽刺道："你老倌左瞧右转，要是你买得起，我买一送一。"余家老汉狡黠地让同行的余秀泰作证，他从破袄里倾倒出一个树排的钱，撑了两个树排回家。那户人家是芎溪马垅湖下曹村人曹履泰榜眼的舅父家，屋成架梁，正值在京中了榜眼的曹履泰春风得意，邀同榜一甲状元、彭泽人汪鸣相一同回家祝贺。新科状元、榜眼同莅临，府官、县官一应人等纷纷前来麻园里庆贺，车水马龙，热闹非凡。余秀泰对比自家在月余前上梁的场景，虽铳炮掀天，贺华厦落成者众，但无官仕前来。据说余秀泰在家唏嘘不已，以至三天没有吃好饭。他深悟到"家有万贯，比不上家有一官的显耀"。余秀泰后来靠善捐义行，享正三品通议大夫哀荣，也算以特定的方式，了此生官宦夙愿。

余秀泰长子余体仁的那栋老宅，先是被过芎溪的太平天国起义军石达开部的一把火化为灰烬。太平天国军残部正欲点火烧老二、老三家的并排两栋，被守护在家的余家长工上前护住了，说你我都是穷苦人出身，你们逼上梁山，揭竿造反，我们因穷在家打长工，主家待我们不薄，要是烧了这房子，我们到哪藏身？"长毛"竟停手不炽，只是泄愤式地将精致的花窗、狮撑等构件击破不少。建于1833年前后的宅子，主体得以保全。余体仁的房子后来在原址上重修过一次，只是规制比先前少了一进，变为两进。这栋房宅在1949年的洪水中倒塌，余体仁的后裔多在浮梁一带落户，有的族裔和故园已少有联络。在同一场洪灾中被

毁坏的还有村里同一低洼地势的 7 栋老宅。老二、老三的宅居建在后排的地势高处。民国时期,斯宅未倒。二十世纪六七十年代,内部构件破坏较重。1998年,号称百年不遇的鄱阳湖洪水肆虐,经岁月侵蚀和洪魔袭击,再受文物盗贩觊觎,斯宅已千疮百孔。2000 年,余秀泰次子老宅以 7 万元作价被人收购。2003年,余秀泰三子老宅以 5 万元作价出售。据说,几经倒腾,声扬老屋柱梁饰物一应移至京郊重装。鄱阳湖区的徽派建筑被拔根,移至他乡,不管水土是否相服,是否会失了灵气。在如今的余声扬村,"声扬老屋"只留下残垣断壁,攀附着爬山虎,倔强地将古朴气息弥散开来。村里还有其他支族的老宅,比如余略才的老宅,建得比余秀泰的老宅要晚,如今也在岁月的风尘里颓废了。

余秀泰 180 余年前在家乡建造老宅时,还有附属物与之匹配,比如从宅门通往外面的麻石路,逾五里长,直铺到石山源。20 世纪 70 年代,当地修排灌站,将整齐划一的麻石料抬去砌了沟渠,遗迹不存。如今我们只能踏步于村中声扬老屋的麻石巷道,才能叩击出时光的回响来。

捐资重修白鹿洞书院

地处江西庐山五老峰南麓的白鹿洞书院声扬古今中外。江西白鹿洞书院与河南应天府书院、湖南岳麓书院、河南嵩阳书院(一说为湖南石鼓书院)并称为中国四大书院;与鹅湖书院、白鹭洲书院并称为江西三大书院。理学大师朱熹在公元 1179 年至 1181 年知江南东路南康军,兴复白鹿洞书院,"白鹿薪传"得以延续,白鹿洞书院重现辉煌。人文昌盛的都昌县,因地属南康,先入朱子门下接受教育者众,尤以曹彦约、黄灏、彭蠡、冯椅"朱门四友"为突出代表。当后人将关注的目光投向或求学或讲学于白鹿洞书院的都昌历代名士时,我们不妨掸去历史的风尘,以见识捐建白鹿洞书院的都昌崇儒义行者的光彩。

清同治版《都昌县志》"卷之九·义行"篇中列清朝乐善好施者,有名"陈尚志"者,言其"平生慷慨,拯溺恤贫";还有名"吴应祥"者,言其"桥梁、道路经其助成者尤多"。旧县志对他们的"义行"事略只写了寥寥三四行,没有言及他们助捐白鹿洞书院一事。我们参阅江西书院研究会原名誉会长李才栋教授 1989年出版的《白鹿洞书院史略》一书,能找到都昌四十三都松口庄的贤达陈尚志及其子陈详谟、陈绩谟父子两代,在清道光年间(1821—1850)捐建白鹿洞枕流桥的记载,时任南康知府杨树基撰《重修白鹿洞枕流石桥碑记》记其事。我们也能在李才栋教授的著述中,找到道光年间的另一个都昌人吴应祥与其子吴峻捐资修建白鹿洞书院鸿胪桥的事略,此事在白鹿洞书院并没留下碑记。

大手笔捐修白鹿洞书院,既有碑记褒扬,又录县志记载的,是都昌芗溪声扬人余秀泰。同治版《都昌县志》称余秀泰"尝捐修郡考棚及白鹿洞书院,费钱二万余缗"。在白鹿洞书院西碑廊里,有《重修白鹿洞书院记》记余秀泰捐修白鹿洞书院一事。拟文的是江西鹅湖书院(在今上饶铅山县)山长余成教,此文拟于清道光二十二年(1842),书丹的是余秀泰的芗溪老乡、榜眼曹履泰。且录碑记文字如下:

> 夫本其好善慕义之素心,即以成其崇儒重道之盛举,天下不乏其人,何幸得其人于吾宗也。白鹿书院为人才渊薮,名公巨卿,鸿才硕彦多出其中。先圣讲学之地,条目具存。生徒肄业之区,饩廪有给,良有可加以栽培,贤师长精其训迪。一生缔造维新,规模焕奕,耳目为之改观,胸襟为之开朗。以时劝学,知其本原,不仅在于记诵揣摩课程贴括之间。本心以穷理,顺理以应物,动以考夫文章以得失,静以究夫道义之指归,他日之德业事功实基于此。则此际之藏修游息安其常,风雨晦明有所庇,于济济多士不无裨益世矣。

余秀泰为何直接捐建白鹿洞书院?若论祖上渊源,其南宋祖先余杰一曾在白鹿洞书院求学,后来还任了学院校正。在余秀泰后裔的讲述中有一说,言南康知府见书院日见衰败,便召集治下星子、都昌、建昌(今新建区、安义县)等地的巨富贤达商议募捐一事而无果,余秀泰于是站出来承诺独资捐建书院。有学者做了更权威的考证:余秀泰送子去南康府参加府考,在参谒白鹿洞书院时,见屋倾垣坍而乐意捐修书院。其经过是,道光十七年(1837)春,余秀泰送子赴南康府应考,见郡考考棚毁损破旧,便呈请南康府王知府同意,独资倡修考棚。从当年四月动工开始修考棚,历时四个月竣工,费钱2000余缗,而清代一缗相当于1000枚铜钱。次年九月捐修白鹿洞书院,历时一年,耗资18000余缗。捐建考棚和书院时,余秀泰率儿子常亲理其事,平日里延请同乡挚友、秀才陈梦悦协助。余秀泰还与陈梦悦一道出资,补刻重印了清康熙年间毛德琦主编的《白鹿洞书院志》,保存了珍贵的史料。

"因公殒命"辨正

清同治版《都昌县志·卷之九·义行》所录余秀泰事略的文字为:余秀泰,

字东山,十都芎溪人。业陶起家,延师教子,能敬礼读书人。尝捐修郡考棚及白鹿洞书院,共费钱二万余缗。事闻,准议叙同知职衔。子体仁,任教谕,加捐知府。咸丰八年(1838),办本县营务,捐助饷银一千两有奇。卒至因公殒命,人共哀之。

有当代九江学者在撰文解读旧《都昌县志》的此段文字时,将"因公殒命"者归为余秀泰,这显然是对县志里未加标点的文字表述的一种误读。揣摩原文识真义,"因公殒命"的是余秀泰之子余体仁。声扬村余韬忠老人讲述了他了解到的先祖余秀泰的身后事。族谱记载,余秀泰殁后"葬鄱邑十四都张田上首,地名洋埠村江姓屋背山东边"。余秀泰在吉地安葬数十年后,当地盗墓者打起了掘取"瓷都巨富"坟茔随葬品的主意。余秀泰在景德镇的后裔闻之很是忧虑,但又不便长守。无奈陵墓还是被盗,虽然余家也追回了一些随葬的财物。其时,正值余秀泰的后裔在金家弄出了命案,需一大笔银子了结,余秀泰的孙裔便将追回的八块大金锭解了官讼理赔之急。可以告慰先人的是,余氏后人将余秀泰的遗骨移葬于声扬余村的墓地。鄱阳章田渡那边原葬墓冢自是了无踪迹,年代久了,连余秀泰魂归故里的墓地在何地也无法知晓了。声扬余村当地有一种说法是,余秀泰葬于鄱阳的墓茔,抗日战争时期被人盗挖。因了余秀泰的义捐之举,千年学府白鹿洞书院的捐修碑记,让其德行与匡庐同在,随文脉绵延不绝。据谱载,余秀泰的捐例功名可谓"连升三级",道光庚子年(1840)授奉政大夫,属正五品;咸丰辛亥年(1851),授朝议大夫,属文散官从四品;同治癸酉年(1873),追授通议大夫,属正三品。

清同治版《都昌县志》余秀泰"义行"条目下,叙及其子余体仁,言其"因公殒命",这一"公"之定位,当然含了当朝史官避讳而持的史论立场。余秀泰的长子余体仁(1812—1858)一如其父,疏才好捐,科举场上只是个秀才身,在南康府考棚的"郡试"中授邑庠生,后任教谕,再迁乐平儒学正堂六年。因襄助父亲捐资白鹿洞书院的重修,例授知府。咸丰戊午年(1858),太平天国军进犯都昌,余体仁被一个彭姓钦差大臣委授统领都昌营务,操持团练,驱"贼匪"有功,且为安稳一方,捐助饷银1000余两。余体仁为"办本县营务",积劳成疾,咸丰八年(1858)46岁时英年早逝。是年,父亲余秀泰已逝去6年之久,所以将咸丰八年之事安在余秀泰身上,言其"因公殒命",此说显然属谬误。鹿鸣呦呦,千古传唱。白鹿洞这座古老的书院在当下文化复兴的大潮中重焕生机,熠熠闪烁。距今180余年前,都昌人余秀泰捐巨资修建白鹿洞书院,我们遍搜史料,笃实成文,让历史的回声在文化的天空悠扬响起……

73. 芗溪乡彦湾余村："雪景大王"余文襄的粉彩人生（上）

【余氏家训家规】吾族自祖宗以来，德积勤俭，才有今日，诚不可不知起家之艰，世守之重。人须专一业，业必求精，士则成名，农则余粟，工则致巧，商则盈资，此之谓各安生理也。

"廿里长街尽窑户，赢来随路唤都昌。"人们常说景德镇是都昌人的码头，"上镇下乡"是清代至民国年间不少都昌人的一种生活日常，是羁旅，亦是归途。"千年古镇"景德镇，对于立足于此的都昌人，是心安处的吾乡；对于"镇上"的业陶者，"我的家在鄱阳湖畔"，"乡下"是他们的梦里故园。

都昌人在景德镇"业陶"，多半是背井离乡为谋生计的普通窑工，亦有出人头地烧做两行的工匠和窑户老板，当然亦有在瓷艺界妙笔生花、熠熠生辉的陶瓷艺术大家。所谓"千年古镇"，其实已逾千年。宋真宗景德元年（1004），因隶属浮梁县的斯镇所产青白瓷质地优良，遂以皇帝年号为名置景德镇，镇名沿用至今。景德镇已然成为无法撼动的中国乃至世界的陶瓷艺术中心，因为有一代一代的标杆式名家坐镇。回望景德镇陶瓷艺术的辉煌之途，清末民初的"珠山八友"无疑是代表性人物。随着清朝国力的衰败、皇家御窑厂的衰落，一批出类拔萃的优秀民间陶瓷艺术家异军突起，珠山八友就是杰出代表。我们来看珠山八友的祖籍地：领军人物王琦（1884—1934），祖籍安徽，后迁居江西信江；王大凡（1888—1961），出生于江西鄱阳县，后移居安徽黟县；汪野亭（1884—1942），江西乐平人；邓碧珊（1874—1930），江西余干人；毕伯涛（1886—1962），安徽歙县人；何许人（1882—1940），安徽南陵人；程意亭（1895—1948），江西乐平人；刘雨岑（1904—1969），安徽黄山人，客居鄱阳。珠山八友无一都昌人，这多少令人有些遗憾。文明古县、文化之邦的都昌，素来人杰地灵，文脉昌盛。珠山八友的传人中，有不少是都昌人，这令一丝遗憾在传承和超越中蜕变成几许荣光。在新时代的景德镇艺坛，更有黄卖九、方复、李文跃等一大批老中青艺术大师活跃于景德镇，其艺术之光闪烁于瓷都的浩瀚星空。

艺坛高峰耸,且仰雪山景。我们遍搜资料,对珠山八友的第一代传人、有"雪景大王"之称的都昌县芗溪乡彦湾余村人余文襄的多彩人生来番追寻。

雪泥鸿爪:少年时代的启蒙

查芗溪彦湾余村的《余氏宗谱》,余文襄的派名叫恂松,属杰一公第 83 世孙,字华舜,生于宣统庚戌年(1910)十月,娶程氏。其实余文襄原籍是都昌芗溪彦湾村,而他出生在景德镇原小苏家弄十四号的老屋里。

余文襄家族哪个年代搬迁至景德镇尚待考证,起初可能徙居于浮梁县的红塔,余文襄年过古稀后,曾带着孙辈前往红塔凭吊过。余文襄的祖父余会森在景德镇是个小有名气的外科中医医生,父亲余昆济在景德镇开着一爿"千斤柴"行维持生计。生于光绪辛巳年(1881)的余昆济生育五子,名曰恂椿、恂松、恂(荣)顺、恂柏、恂栋,而老大恂椿、老三恂顺皆夭折,余文襄(恂松)成了余家事实上的长子,宗谱有过继到余昆济的胞兄余昆毓名下,兄弟俩共为嗣的记载。

余文襄的祖父、父亲与"业陶"无涉,其艺不是来自家传。余文襄 8 岁开始上学,读了四年小学,12 岁时考入江西省立乙种工业学校,校址在御窑厂前,后来成为景德镇市人民政府所在地。江西新建人张浩为校长,景德镇著名陶瓷实业家、教育家汤有光先生为校务主任,张浩(1876—1954)年轻时曾留学日本东京高等工业学校窑业系,学习窑业。他 1912 年就提任"江西省立饶州陶业学校"校长。1915 年,"江西省立饶州陶业学校"更名为"江西省立甲种工业学校",1916 年,张浩在景德镇添设一所分校,这就是余文襄少年时求学的"江西省立乙种工业学校"。所谓"工业",实际上就是陶瓷工业。可以说,校长张浩是我国培养近代陶瓷技艺人才的教育家和运用科学技术革新陶瓷业的开拓者。

余文襄就读的陶瓷技艺学校,校长是名校长,更有一批名师任教。其中四川籍美术老师周筱松知识渊博,教学经验丰富,让余文襄受益匪浅,以致余文襄在晚年如此评价擅长粉彩人物瓷画的周筱松老师:"他事实上是我踏上绘画之路的启蒙老师。"在江西省立乙种工业学校读书时,余文襄年龄在班上最小,但他求学非常刻苦,每天总是严守纪律,提前到校,从不迟到早退,如果有事,也会事先请假,事后请人辅导,将所缺功课及时补上。很快,小小的余文襄跻身品学兼优的学生之列。学校开设了陶瓷制作、烧炼、绘画等实用的功课,余文襄最喜爱的还是周筱松老师的绘画课,他成绩最佳,受到老师的赞赏,也受到同学的羡慕。两年之后,因父亲柴行生意不景气,14 岁的余文襄辍学回家。

　　贫穷无情地关闭了余文襄求学的这道门,可命运之神正在将拜师学艺的另一扇窗缓缓开启。

"何门立雪":珠山八友之一何许人的高徒

　　翩翩少年余文襄,15 岁时拜师于珠山八友之一的何许人门下,真正开始了他的雪景粉彩人生艺途的跋涉。

　　余文襄拜师于何许人门下,起因不是择良师而从,而是迫于生计:经人介绍拜师学艺,谋条出路。"何许人"何许人也? 何许人少时家境贫寒,受雇于人学艺,一如他成名之后拜他学艺的众徒弟。何许人原名处,字德达,乳名"花子",叫"花子"毕竟是贬义,据说是珠山八友之首的王琦先生从谐音将其改称"华滋",又谑以陶渊明《五柳先生传》中"先生不知何许人也"之句,改名为"何许人"。何许人在其作品中往往自署名"许人何处",他确有一单名"处","何处"亦是其名。何许人在景德镇陶瓷美术界名声卓著,所绘雪景冠绝一时、独树一帜。艺良名起,名起财聚。何许人的"花子"之帽早已甩过昌江,飘逝杳杳,他的身上顶着"大红店老板"的桂冠。红店里雇用了几十名伙计,且身边的学徒有八九个。先前的景德镇,师傅带徒弟,还真要"图利",不在师傅家做三年杂役,就别想正式学艺入门。何许人带徒弟,徒弟们都会做些诸如上山砍柴、下河挑水、上下"推板"、打扫卫生、买菜烧茶一类的杂活,两三年没机会握画笔也不奇怪。余文襄拜师何许人,几乎是吃"小灶",从师数月,便上了画桌。何许人之所以对余文襄另眼相看,是因为余文襄有灵气和扎实的绘画功底,一拨就通,一教就会,让何许人有为人师的成就感。余文襄在江西省立乙种工业学校就读打下的扎实绘画基本功,让他学艺时如鱼得水。彩绘雪景,在工艺上是釉上彩,无论是"画"还是"填",余文襄都施行苦练,日见长进。师傅领进门,修行在各人。其时何许人要经营门店生意,还要创作,并没多大精力放在授徒上,但六年的朝夕相处,给余文襄的雪景粉彩以充足的艺术滋养。比如观摩何许人创作的《寒江独钓》瓷板画,余文襄就能从老师的画作领略到"千山鸟飞绝,万径人踪灭。孤舟蓑笠翁,独钓寒江雪"的深远意境。何许人画雪景,布局疏密有致,构图简练明快,画风洒脱,景物传神,给日后淬炼成"雪景大王"的余文襄以启迪。

　　何许人先生长余文襄 28 岁,两人既是师徒,也情同父子。何许人很器重余

文襄,歇笔之余,常常高兴地和余文襄聊他的过去。何许人1911年曾被高级匠人詹元广、詹元斌兄弟聘请到北京,借机认识了不少前清的遗臣贵族,并得以亲见并摹画宋元名家画作。其作品也承宋代画家的风格,长于造景取势,构图层次分明,近、中、远三层递进,布局十分有序。

民国十八年(1929),余文襄结束了六年学徒和伙计生活,回到家中从事陶瓷彩绘,赚钱糊口。六载"何门立雪",余文襄蓄"青出于蓝而胜于蓝"之势,振翅欲飞。

从军雪耻:抗战岁月的磨砺

品赏余文襄的雪景作品,虬枝冬岩中显刚劲不阿,雪松红梅中蕴冰洁挺拔,冰雕玉琢中含生机勃发,琼楼玉宇间有暖意向往。余文襄赋情以雪,以雪赋情,传世作品之卓绝,除了笔端娴熟的功底,更有襟怀的不凡,这与他独特的人生经历造就的深远艺境有关。21岁那年,余文襄有一段投笔从戎、奔赴抗日前线的经历。

余文襄1932年的那次远足,起初是为了陶艺,践行"读万卷书,不如行万里路"的古训。是年7月,余文襄只身打起背囊,经省城南昌转道南京,沿途饱览祖国名山大川,胸中万千沟壑铺展开来。抵达南京时,适值国民革命军第19路民主联军补充兵员,余文襄怀一腔热血,毅然入伍,经过短期整训,赴上海参加了著名的"一·二八"淞沪抗战。"一·二八"事变中,第19路军在总指挥蒋光鼐、军长蔡廷锴的指挥下奋起抵抗,给日军迎头痛击,日军先后四次更换主帅,死伤近万人。1932年3月正式停战,淞沪抗战沉重打击了日本帝国主义的侵华气焰,鼓舞了全国人民的抗日斗志。余文襄怀为国捐躯、一雪国耻之志,亲手射出了复仇的子弹。

1932年5月5日,《上海停战协定》签订,余文襄所在的部队在江苏昆山稍事休整重回南京,继续开赴福建泉州驻防。同年7月,余文襄患重病住进了陆军医院,他急电父亲余昆济,被父亲从福建接回景德镇治疗。这样算来,余文襄的军人生涯只有短短的半年时间,但他亲历了"一·二八"淞沪抗战,亦是一位抗战老兵。

余文襄病愈后仍操旧业,以画瓷为生。1937年7月,抗日烽火燃遍山河,市场萧条,余文襄歇业了。他打听到师父何许人正在九江开店经营彩瓷,便去九江投奔他。可以想见,余文襄重返师门,除了潜心学艺,还有战乱之际谋生计的动因。何许人传世作品中有"许人何处画于溢浦客次"落款,"溢浦"即九江的古称。何许人的九江"红店"毁于战火,他又回到了景德镇。晚年,他悉心传道,入室弟子龚耀庭、邓肖禹等都成了画瓷名家,名重一时。余文襄离开九江后,转赴湘、鄂等地,欲重请缨,未果。他一路寻幽览胜,南岳衡山纵云端,汨罗江畔怀屈子,黄鹤名楼看烟波,襄阳鹿门山悟孟浩然之孤寂,浩荡扬子江涤心间之块垒。余文襄在"行万里路"中廓阔艺术视野。

74. 芗溪乡彦湾余村:"雪景大王"余文襄的粉彩人生(中)

风雪归人:行走在瓷都的春色里

1949年4月,景德镇市解放,这个历史转折点可以看作余文襄人生的分水岭,这个节点既处于他80余载生命历程的中点,又是余文襄由"老艺人"到"陶瓷美术大师"华丽转身的节点。1964年,余文襄创作了巨型陶瓷壁画《瓷都春色》,春天里的雪景于琼楼玉宇间透出阵阵暖意,其实也正合了余文襄走在春天里的愉快心境。

1950年,余文襄加入了陶瓷加工业业组织。1954年,作为陶瓷美术界知名人士,余文襄被调进景德镇市第一个国营性质的建国瓷厂,从事生产和研究工作;1958年春,被调往市出口瓷彩绘工厂,任研究员,同年10月,调入景德镇艺术瓷厂,后未再变动。从20世纪50年代起,余文襄历任景德镇市第三届、第四届、第五届、第六届政协委员,市第三届、第四届、第五届人大代表,并被吸收为中国美术家协会会员、中国工艺美术协会会员。1959年,市人民委员会授予他"陶瓷艺术家"称号。1983年10月,他作为江西省特邀的唯一的一位退休工人,参加中国工会第十次全国代表大会。2011年1月,被权威机构追授中国陶瓷美术界的最高荣誉"中国陶瓷美术大师"称号。

余文襄在陶瓷艺术上,秉持"师古不泥,创新不乱"的理念。雪景粉彩是"冷门艺术",专攻的艺人甚少,且难学难精。余文襄谈起创作体会时,如此道来:"我认为粉彩雪景若因循守旧,则赶不上时代潮流;如丢掉传统,便将失去景窑特色。"他曾两次赴北京参观学习,他抓住一切机会观摩各种流派的名画,取其所长,为我所用。问君哪得白如雪? 唯有空中精灵来。余文襄非常注重深入生活,生活的源头活水催生精品问世。他每逢下雪,必外出观景写生。1961年1月正值隆冬,风雪交加,当世人以藏居于温暖的家中为乐时,余文襄却将此时视作观察雪景、体悟意境的最佳时光。他冒着严寒,独自一人前往浮梁县东部的金竹山写生。沿途崇山峻岭,坡陡路滑,为了获得最佳的雪景素材,余文襄几乎踏遍了金竹山垦殖场的所有山岭。从丘陵起伏的水源,到四面环山的桃岭;从怪石嶙峋的楚岗,到层峦叠嶂的曹村;从云遮雾掩的集源,到松竹掩映的老革命根据地程家山,都留下了他的足迹。1 月 18 日上山,28 日返回,历时整整十天。返回市区的当天未搭上汽车,年过半百的余文襄便从鹅湖独自步行而归,行程逾 42 公里,抵家已是万家灯火时。艺道酬勤,根据这次的写生素材,余文襄创作出瓷板画《金竹山风光》,给党的 40 周岁生日献上了一份厚礼。20 世纪 60 年代初期,余文襄的雪景创作迎来了一个小高潮:1960 年创作大型瓷板画《瓷都风光》、1962 年完成瓷板画《红色安源》,1964 年创作巨型陶瓷壁画《瓷都春色》等雪景作品,频频获得国家级、省级大奖。二十世纪六七十年代,余文襄因所谓的"历史污点"被下放农村,放下了心爱的画笔,直至落实政策重返艺术瓷厂。傲骨行天下,雪寒育劲松。余文襄重返艺术创作岗位后,向党组织递交了入党申请书,以此证明他不是旧时代的"兵痞子",他是新时代可信赖的人。

改革开放东风拂,瓷都春色更迷人。古稀之年的余文襄迎来了艺术生命的第二个春天。1980 年创作的《扫雪图》《赏雪》《飞雪》《风雪归舟》四块 2.4 尺长的长条瓷板画,1983 年在无锡举办的中国工艺美术百花奖评比会上荣获"金杯奖"。根据亲身乡居生活体验创作的 2 尺瓷板画《风雪夜归人》,以构图新颖、乡土气息浓厚大获赞誉。《灵台积雪》中日照雪原,枝展亭榭,观者游目骋怀,襟怀大开,众望所归,斩获中国工艺美术百花奖一等奖。余文襄的粉彩雪景,成为国家出口创汇的抢手货,近九成销往国外。1978 年创作的 150 件粉彩雪景梅瓶,在北京举办的展览会上被外宾以高价收藏。以上获奖作品,连同《程门立雪》《琼阁飞花》《江天雪齐》《寒江夜泊》等成为一代大师余文襄的雪景粉彩的代表作。

雪山之巅:玉宇里的艺术王国

如果说"中国陶瓷美术大师"是官方权威部门在余文襄逝世 18 年后给予他的实至名归的追授,那么,"雪景大王"之誉便是民间对余文襄的广泛认可,而且录入了他生平介绍的各种资料。余文襄在他辞世的前一年,如此正面谈及对"雪景大王"称谓的淡定态度,这说明在他生前"雪景大王"的冠冕已令他德劭声隆。世人对有真才实学的大师总是崇敬有加,但在世风有些浮躁的当下,一

些盛名之下名不副实的"大师"拽虚冠以盗世。余文襄如是说：

> 人们赐我"雪景大王"雅号，是对我艺术上的推崇，但我是不大赞
> 同的。历代著名画家，从来没有被人誉为某某大王的。后人慕仰他
> 们，每每以最美好的词汇称誉之，诸如艺术大师之类，唯独没有"大王"
> 这顶桂冠。尽管本人持有不同意见，而这个雅号却不胫而走，不仅在
> 国内叫开了，而且随着我的作品远销海外，也流传到亚美欧非和港
> 澳台。

余文襄的雪景粉彩师承珠山八友之一的何许人，有后人评价其实他有"开宗立派"的成就。那么，余文襄的雪景作品王者之气在哪里？于此，一千个观赏者有一千种表达，我们不妨实录余文襄本人、与他同时代的画友、他曾经的同事，对"雪景大王"艺术魅力的评说。

余文襄 1992 年 82 岁时留下了一篇由他口述，芗溪声扬老乡余静寰整理的《我的瓷画艺术生涯》一文。生于 1925 年的余静寰先生祖籍芗溪乡麻园村，是景德镇陶瓷实业家余用正的儿子。他文字功底过硬，真实记录了都昌人在景德镇的文史资料。他对讲述者的记录尽管说不上原汁原味的口语化，可以看出文采上的修饰，但毕竟得到了余文襄本人的认可。在文中，余文襄如此评价自己的创作风格：

> 如果说我随着年龄的增长，画风逐步有所改变的话，那么我中青
> 年的作品，似乎可用"体物精细、状写传神、笔墨秀润、景物清隽"16 个
> 字来概括。步入晚年，恕我狂妄，耳虽重听，但思想更加集中，画风遽
> 变为豪放粗犷，景物势状雄峻，笔迹磊落，生动而有立体感。所谓"意
> 存笔先，画尽意在"者是也。

1932 年出生的江西东乡人徐焕文是高级工艺美术师，师承"珠山八友"之一的汪野亭之子汪少平先生，以陶瓷粉彩山水见长，代表作为《井冈山主峰瓷盘》。他曾任景德镇艺术瓷厂美术研究所（简称美研所）副所长，主持所里的日常工作。从 1960 年起，他与余文襄先生一直在美研所做同事。余焕文非常尊敬和崇拜余文襄，尊称他为"雪山巨匠"。徐焕文以同行身份如此精准地评述前辈余文襄具体的创作手法：

> 余老将中国水墨画的黑、白、灰色调，运用到陶瓷粉彩雪景山水画
> 中，使画面清激空寂，出尘脱俗。他在画雪景山水的石头皴法上，也另

辟蹊径,用装饰性很强的卷云皴来表现近景的石头,既厚重又美观。远景则用灰色淡料轻轻一扫,层次隐约深远,寒气逼人。中景略用些短浅小斧皴法,使整幅画层次分明。老树也画得非常好,枯树枝穿插错落有致,晶莹剔透有空灵之感,画松树苍老劲健,画松针更有创意。他很少画传统金钱针,他总是把近景松针画成大朵,大朵蘑菇云状松针层层叠叠地覆盖在松树杆上,烘托出大雪压青松的意境……余老师在作品构图上也非常讲究,有时画面极其简练,却寒气逼人。若画起"梁园飞雪""瑞雪兆丰年"等喜庆场面,则表现生机勃勃、喜气洋洋的欢快场景。他在楼台、房屋、人物等上点缀着赤、橙、黄等暖色调,使白茫茫一片寒冷的画面透出祥和的丝丝暖意。粉彩雪景填色也是一道很重要的工序。红店佬有一句俗话:"画得好不如填得好,填得好不如烧得好。"雪景山水的填色,看起来简单就一道白色,其实很难。填时只是一种白色在画面上推进,但烧出炉后,画面要层次分明,雪的质感性强。余老师填雪景功夫很深,是高手,对玻白颜料非常有研究。他喜欢用传统玻白,烧出来发色白度纯,白得像玉一样,老红店佬用行话形容白得跟猪板油一样好看,使画面和瓷的釉面之间的白度和谐融洽,二者天人合一,增加了画面的意境美。

1943年出生的夏忠勇是江西省工艺美术大师,擅长陶瓷黑彩描绘装饰,尤以仕女人物见长。夏忠勇在艺术瓷厂美研室与老前辈余文襄共事多年,后调景德镇陶瓷职工大学任教。夏忠勇以"内行"之身,如此道出余文襄先生雪景粉彩在"料性"上的门道:

他能很灵活地把握料性,画面处理得比较柔和,就粉彩而言,这很不容易。实际上,雪景主要靠画的表现力,并不主要靠填,填只是辅助工具。画完,哪怕不填,效果都基本上出来了。关键是填完玻璃白后增加了它的厚度,看起来更有体积感。雪景总的来说是黑、白两种颜色。黑色打好画稿之后,要把预备上玻璃白的地方的黑底子剔干净,不然罩上玻璃白后,烧出来的玻璃白就成了黄色。过去的雪景玻璃白和粉彩花鸟的玻璃白有所不同,雪景的玻璃白要求纯,容不得一点儿脏,所以需要很严谨地去作画。现在的玻璃白的配方做了改进,不容易发黄、发黑。以前完全是靠剔出来再填。但是剔也有剔的好处,显

得苍劲，通过硬笔来剔，能剔出软笔画不出的苍劲和力度。余老师用的是竹筷子削出来的竹针笔，剔出来的效果有点像木刻的效果。大家都知道，木刻有刀子的感觉，有刀法的味道，有笔画不出来的感觉。他先打一个稿子来构图，画一下哪里是山，哪里是树，哪里是房子，哪里是河流，然后通盘铺灰，用灰色的天空烘托出雪的洁白，因为瓷胎原本是白的，不能很好地凸显雪的白。用竹针笔蘸水剔出来，枯枝显得更苍劲、硬朗。但是孤零零的白色太单薄了，树的厚度无法表现，所以要再用黑线烘托一道边，否则白色没有了体积感。他的黑有讲究，不是千篇一律的漆黑一片，你能看到落雪的天是灰蒙蒙的，天色拍太黑了也不合理。但是靠近树丫子的地方，可以稍微深一些，这样做是为了更好地衬托枝丫上落的雪的白度……他的山啊，树啊，石头啊都有结构感和节奏感，有章法。有些画家吧，远山基本上不画，直接拿玻璃白做出来，这样画就没有结构了。他不赞成这样的画法，他认为山无论罩了多少雪，都是有结构的。余老师的枯树枝、石头的皴法很苍劲，而且料性纯熟，用笔老辣。

这些关于余文襄雪景艺术的自述和他评，仿佛给我们上了一堂陶艺鉴赏的科普课，让我们又一次徜徉于余文襄开辟的艺术长廊里。

75.芗溪乡彦湾余村:"雪景大王"余文襄的粉彩人生(下)

雪映惠光:"余氏雪景"的第二代传人

"雪景大王"余文襄一手缔造的"余氏雪景",成就了一个陶瓷世家的美誉。

余文襄的儿子余一清没有子承父业从事陶艺,而是先教书,后在景德镇市黎明制药厂工作。2020年已83岁高龄的余一清在景德镇安享晚年,其妻子原是建国瓷厂的一名普通职工。余文襄的粉彩雪景第二代传人是他的小女儿余惠光。

余惠光(1945—1996),中国陶瓷美术大师。她以其"聪慧之光",14岁考入景德镇陶瓷学院美术系,受到学院专业训练,1962年毕业后随父亲专攻陶瓷雪景山水,作品销往世界各地。1960年初,余文襄尽管已名闻瓷都,但生活上仍依靠微薄的工资养家,所以女儿在陶院求学时靠学校的补助缓解家庭重负。余惠光毕业后分配到景德镇艺术瓷厂山水组工作,其早期粉彩雪景作品临摹古代经典作品,画面带有传统的审美趣味,清新脱俗,富有表现力。余惠光后来调到景德镇艺术瓷厂美研所,从事美术设计工作,得父直教,将余氏雪景弘扬和发展开来。

余惠光从小受父亲艺术的熏陶。1964年,她芳龄19岁,那年冬天,大雪弥漫,父亲带着她踏着深雪,越过中渡浮桥,前往公园赏雪。父亲对大雪覆盖的远山、积雪压弯的近树以及银装素裹的楼台亭榭都观察入微,每有所悟,便向女儿道来。余惠光1986年应邀赴日本东京举办的"大中国展"进行现场绘画表演,广获赞誉。其作品"长胫瓶"作为国家礼品送美国白宫收藏。相对于父亲雪景用笔的雄浑、豪放,余惠光作品则有女性的细腻、缜密,线色简洁,色彩淡雅,笔下雪景预示着春天,昭示着希望。令人遗憾的是,余惠光雪景粉彩渐入佳境时,1996年突然病逝。她的女儿王琦传承其高超技艺,粉彩雪景艺术日益精进。

余文襄亲授的学生沈盛生1941年出生于都昌,是中国陶瓷艺术大师。沈

盛生早年师从余文襄先生,从事粉彩雪景及山水创作。他中年推陈出新,与时俱进,研制出彩色雪景,使黑白的冰雪世界有了丰富的色彩,堪称粉彩雪景艺术的一个里程碑。

含霜履雪:爷孙情深

1972年出生的余刚,又名余小襄,是余文襄粉彩雪景的第三代传人,已跻身江西省高级工艺美术师、江西省陶瓷艺术大师之列。余刚是余文襄的嫡长孙,雪景艺术的雅洁殿堂,是爷爷牵着他蹒跚步入,而行稳致远的。已入中年的余刚从来不是追星族,但他的心中,爷爷成为他最敬仰的人。无论是作为"雪景大王"的卓越艺术,还是高洁的品行,都哺育和教诲了余刚,让孙辈受益终生。余刚的别名"余小襄",就是爷爷当年替他取的,寄托着一代"雪景大王"对艺术传承和弘扬的殷殷期盼。

余文襄晚年最疼爱的人,就是孙子余刚。20世纪80年代中期,担任数届景德镇市政协委员的余文襄,分到了一个小户型的房间,老人便从家中的老宅搬至单位分的房生活。这间房子是狭窄的木楼梯房,快80岁的余文襄老人需要一个人在身边照顾。其时,孙辈中,余刚的姐姐作为女性不方便,弟弟又年幼,于是读中学的余刚便随爷爷住在一起。余文襄年轻时从过军,老了之后,身体一直硬朗。随着年纪渐长,老人愈发意识到他的雪景瓷艺要在家族内传下去,也许骨子里还有老艺人"传男"的执念,长孙余刚是最佳人选。于是,他首先向所在的艺术瓷厂的领导,后来还找到当时的市委主要领导,申明艺术传承至后代的紧迫性,争取到了"带薪学徒"的指标。爷爷决意要将正在景德镇二中读高一的孙子余刚扯出校门进厂门,随他学艺。那时的国营艺术瓷厂是很红火的,能招工进厂做学徒也是一种不错的安排。身边大人担心的是,余文襄老爷子脾气有点儿急躁,授徒特别严厉,怕余刚会受不住苛教。余刚在爷爷的坚持下,办理了退学手续,17岁那年正式进了艺术瓷厂。作为一个独例,余刚没有随同一批招工的人下车间,而是进了当时有名的艺术瓷厂美研所,成为厂里安排的余文襄"一对一"授课的徒弟。

余刚的瓷艺启蒙第一步是照帖练书法,再后来在纸上临摹国画。先是"摹",用透明的纸蒙在画谱上像描红一样摹,尔后脱稿对照着画。到了一定的阶段后,便在瓷胎上直接画。瓷坯上的"雪景山水"也是先分后总,先单独地练山、树、房、人,然后整体构思,形成有主旨的画面。余刚在美研所有自己单独的一间学艺室,爷爷经常手把手地指导。面对自己的涂鸦,爷爷从来都说"好""不错",在指出需改进的地方时,总是满含包容之心,积极鼓励。有一次爷爷改画的场面,让余刚震撼不已,其身教效果胜过千万次的锤击。那是进厂学艺一年多后的一天,余刚在一块瓷盘上完成了一幅雪景画,可以说这是余刚的"处女作",爷爷看后,连声说"好",余刚心里也有点儿得意。爷爷在端详了一番之后,将余刚的画笔握至自己手中,将孙子的画作涂抹修改起来,再让余刚看,余刚顿有醍醐灌顶之感。如果说自己的画作只能得二三十分,爷爷的修改稿便有七八十分,因为爷爷只是在稚孙的原稿上修改,所以达不到爷爷亲绘的百分标准。任何理论在实践面前都是苍白的。爷爷的亲笔示范,胜过一沓的授课提纲,余刚对眼前慈祥的爷爷充满了敬佩。如今年近知天命的余刚,现在回想起爷爷一改平日的严厉,对他年少时学艺满是宽容,以至有宠爱。爷爷的良苦用心在于让孙子在激励中充满自信地去学得真艺,其情动人。

余文襄对孙子余刚不仅悉心传授技艺,还慢慢地塑造着他的人品,立德树人。爷爷特别爱看书读报,到老都没有停止练书法、吟诗词。老人几乎用一半工资来买书订报,他订阅了《长寿》《参考消息》等报刊,有时也去书摊上掏旧书。20 世纪 90 年代,金庸武打小说流行,爷爷喜欢看,余刚也入迷地看完了金庸发表的所有武侠小说。雪落无声,静穆有致,金庸小说中的传统文化因素,一定融入了"雪景大王"的笔下。那武林中的侠气豪肠,让余文襄的雪景作品飘溢着灵气。这一切自然影响着余刚后来画风的形成。那时的艺术瓷厂美研所大师云集,众星闪烁,可以说是景德镇陶瓷艺术皇冠上的明珠。余文襄晚年患有白内障,还摔过一跤,80 岁以后基本不再创作了,他将主要精力用于指导孙子在艺苑茁壮成长。他还引导余刚不时地去观摩和拜会工作室的其他名家,诸如毕渊明、陈先水、汪昆荣、邹甫仁、王隆夫等大师,以博采众长,自成一体。至今活跃在瓷都艺坛的中老年名家,不少人就出自当年的艺术瓷厂美研所,20 世纪 70年代出生的余刚曾在这座艺术的熔炉里淬炼成钢。

素心若雪:"余氏雪景"代有传人

余刚 1987 年 15 岁时,爷爷余文襄手把手地亲授其艺,1993 年,爷爷以 83岁高龄辞世,余刚从祖父学艺已整整 6 年,其"余氏雪景"传人身份,不只是血缘

上的嫡传,更是崇艺上的关门亲传。

余刚 2019 年 5 月 19 日在河北石家庄市中瓷艺术馆举行的"余氏雪景"学术交流会上,对爷爷余文襄的创作脉络分四个阶段做了梳理。第一个阶段是 20 世纪 30 年代到 40 年代中期,作品以学习模仿珠山八友之一的何许人先生的风格为主。第二个阶段是 20 世纪 40 年代末至 50 年代中期,逐渐形成自己的艺术特色,但工艺性痕迹未脱。第三个阶段是 20 世纪 50 年代中期至 60 年代早期,这个阶段的作品个性风格鲜明,笔触细腻,构图严谨,作品精致,色泽秀雅,受到藏家热捧。第四个阶段是 20 世纪 60 年代至 80 年代,这个阶段的作品雄浑大气,意境深远,笔入筋骨,意出瓷外。他在这个阶段创作出不少脍炙人口的精品佳作,观者爱不释手,藏者视若珍宝,这个阶段是其艺术生涯的高峰期。

余文襄笔下的雪景在岁寒萧索、冰天雪地里,露出春的生机。人品如艺品,余文襄的操守一如冰清玉洁的雪,银装素裹里是真、善、美的质地。余文襄是一个十分懂得感恩的人。由旧社会一名挣扎在饥寒线上的"手艺人",到新社会受人尊敬的"陶瓷美术大师",他心底里热爱中国共产党,热爱社会主义。余文襄对生活很知足。厂里给他配齐绘画设备,有一间几净窗明的画室。置身其中,他想起的是过去帮私人老板打长工时,那破旧的画桌,那昏暗的灯光,十余人挤在一室的情景,于是倍感知足。市里给老艺术家分住房,他主动要求得个小户型,不与他人争大户型。同事劝他,小户型狭窄又阴暗,不便于作画,也有损健康,他心安理得地回应:"小户我不在乎。暗点儿也有好处,省得一些追求名利的客人向我索画。个别人胡搅蛮缠,我可以以室暗为由,推卸得一干二净。"余文襄不但自己淡泊名利,而且严格要求子女不要图名逐利。女儿余惠光申报技术职称时,有些资历和能力比不上女儿的,竟然报陶瓷美术设计师,余文襄却让女儿报个设计员。夏忠勇先生回忆,有一次,艺术瓷厂组织大家游园,本来中午应该聚餐,但那时经费紧缺,就买了些糕点分发给大家,余文襄当时表示厂里能接大家游园已经很好了,完全不必花费买糕点的钱。余文襄晚年将"知足常乐"作为人生真谛。

余文襄对待工作一丝不苟。他在艺术瓷厂兼管过一段时间的报纸,从每月的 1 日至 30 日或 31 日的全套报纸,一张不落地收存起来。谁借了一张报纸去看,他让谁签上名。过时未还,他便会追问:"你借过一张报纸,看完了吗? 看完了请还给我。"余文襄退休后被留用,继续发挥余热。本来晚上是不需要到厂里上班的,可他晚班照上不误,指导所带徒弟多学一点儿东西。

　　1959年出生的秦晓明先生是中国高级工艺美术师,现任景德镇昌江区美术家协会主席。秦晓明出身陶瓷艺术世家,其父秦宪波曾任艺术瓷厂原书记、厂长。1973年,作为第一批"带薪学艺"的老艺人的后代,秦晓明进了当时赫赫有名的艺术瓷厂美研所当学徒。在他的印象中,余文襄老师工作特别严谨,作品有意境,有灵气,不是一般意义上的工匠之作,的确有大师风韵。余文襄对创作从不粗制滥造,就是一件小作品,也千磨万琢,从不懈怠。

　　2020年岁在庚子,"雪景大王"余文襄诞生110周年。一代陶瓷艺术大师辞世距今已27年,余刚对祖父的音容笑貌铭记于心,更将祖父似雪般高洁的品行践之于行。余刚1996年毕业于中国美术学院国画系,2013年跻身江西省陶瓷艺术大师之列。比他大两岁的姐姐余艳春毕业于景德镇陶瓷职工大学美术系,是江西省工艺美术师。作为"余氏雪景"的第三代传人,姐弟俩创办了"文襄艺陶坊",传承和弘扬爷爷余文襄的粉彩雪景艺术,并开拓创新形成各自的艺术风格。余刚的釉下青花雪景,将灵气灌注其间,让"瓷魂"得以升扬,在瓷坛崭露头角,独树一帜。余刚心怀一种责任,要让"余氏雪景"在第四代、第五代传承和弘扬下去,甚至一代代薪火相传,把"余氏雪景"打造成一个流芳千古的优质陶艺品牌。

　　余刚至今还未踏上都昌芗溪彦湾村这片故土。某年冬日的某一天,他回到家乡,站在鄱阳湖畔,看远山近岱白雪皑皑,铁骨冰姿千堆掩映,满目都是"雪岸丛梅发,春泥百草生"的意境,这是何等辽阔的一幅雪景美图啊!

76. 春桥乡黄邦本村:进士之家的诗坛"三黄"(上)

【黄氏家训家规】务敦孝悌,务存忠信;务习礼仪,务尚廉耻;务睦宗族,务和邻里;务读诗书,务勤耕种;务亲君子,务重有德;务厚亲朋,务笃故旧;务慎言行,务襟交游;务守王法,务畏官刑;务尊高年,务怜孤寡;务崇节俭,务严教训。

都昌《黄氏宗谱》皆会冠"沙港"二字,沙港是个地名,在今湖口县流芳与都昌县春桥凤山交界处。沙港是都昌黄姓的发脉地,且有故事。说沙港黄氏的祖先是后周任比部郎中的黄俊伯,赵匡胤公元960年发动陈桥兵变,宣告了宋朝的成立。黄俊伯作为旧朝之臣目睹了五季之乱,深知天命难料,便避乱隐退,带着家眷从后周都城开封潜出,直奔祖居地湖北江夏,后隐居于柴桑;又惧北宋朝廷的追捕,遂肇居于沙港。自此,黄俊伯的后裔瓜瓞绵绵,外迁者众,仅在都昌就分居出155个黄姓村庄。

现今归都昌春桥乡凤山村委会所辖的黄邦本村,是离沙港最近的黄姓村庄。黄邦本之名,很容易让人解读为"黄姓族邦的本源之地",其实"黄邦本"是个人名,但不是兴村始祖。黄俊伯6世孙黄遵的11世孙黄善七(约生于1306年),于元顺帝至正年间(1341—1368)由沙港迁至流香垅。后人以其5世孙黄邦本之名冠之于村名。做了这样的梳理后,几个时间节点便清晰起来:都昌黄氏自一世祖黄俊伯始,距今逾千年;黄邦本村成村近700年;村名叫"黄邦本"约在200余年前。

沙港黄氏可谓簪缨累代。在黄邦本村朝门一侧镌刻着《沙港黄氏历代进士名录》,黄俊伯之子黄询谋为宋乾德癸亥科(963)进士,黄为基为清光绪甲辰科(1904)进士,据统计,这941年间,一门名列进士者达41人。清光绪癸卯科(1903)进士黄锡朋就是黄邦本村人。进士黄锡朋曾官至工部主事,属正五品。让他名垂青史的,当然不是官衔,而是清末民初在江西诗界的翘楚地位。胡先骕先生曾将黄锡朋与陈三立相提并论,将他列为"同光体"赣派四大代表性人物之一。黄锡朋与他的两个儿子黄养浩、黄次纯在诗坛并称都昌"三黄",2003年作家出版社曾出版有《都昌"三黄"诗文集》一书。且让我们拂去历史的尘埃,让都昌"三黄"的诗性之光闪烁起来。

"三黄"之诗与时代

"文章合为时而著,歌诗合为事而作。"这是倡导"新乐府运动"的唐代著名诗人白居易在《与元九书》中,向他志同道合的好友元稹提出的诗文创作的主张。清末民初的都昌人黄锡朋和他的儿子黄养和、黄次纯"三黄"之诗,是合时事而著作的。对于清末进士黄锡朋的生平,我们可做如下勾勒。

黄锡朋(1859—1915),字百我,号蛰庐。1859年出生于都昌春桥黄邦本村一个诗书世家。少时父亲黄武韶、母亲王氏对他严加管教,"日暮学童各散归,锡朋篝灯读,读竟,府君促之先寝"。17岁时,拜本村同宗族人黄椒圃先生为师,黄锡朋在《椒圃先生事略》一文中,这样描述曾任靖安县教谕的恩师对他的严厉教导和殷殷期盼:"忻然以育材为乐""先生讲画勤恳,略无倦却,常至夜分不休。凡考据、义理、辞章各门,锡朋颇窥藩篱"。先生性情"简易而刚介,训饬后进,尝面呵之"。光绪五年(1879),黄锡朋补学官弟子,旋补廪膳生。同年,椒圃先生在罹沉疴离世前,泫然对黄锡朋说:"予家书声渐替矣,承先启后,责在汝一人,途远任艰,汝其勉之。"怀着父母和恩师的嘱托,黄锡朋来到庐山下的白鹿洞书院读书。这座中国四大名书院之首的书院,在朱熹知南康军时,黄锡朋的南宋祖先黄灏便成为都昌"朱门四友"之一。沙港黄氏的诸多进士加身之人,亦曾求学于白鹿洞书院。

光绪十八年(1892),年仅33岁的黄锡朋为南康知府王延长代笔作《天人九老图后记》,其间游历庐山,黄锡朋作《南康城楼春眺》《爱莲池》诸诗。光绪十九年(1893),黄锡朋考中举人。按例,应于次年赴京考进士,但连续两年因缺路费而"乏资不前"。黄锡朋以举人之身,经龙阁学举荐,赴高安县就任瑞州府学训导。光绪二十九年(1903),黄锡朋赴京参加会试,登光绪癸卯科进士(名列二甲108位),授工部主事,后加员外郎衔。京官部曹多为清闲职务,黄锡朋不事钻营,耿介清高,每有"超然帝乡之乐",闲暇时读书治学,稍有积蓄,即用来购书,平素则蛰居不出门,故号"蛰庐"。在京为官九年,内政腐败,外患频生,黄锡朋诗作多以咏物、咏怀与酬答为题材。黄锡朋在《自咏》中慨叹"九载衣冠陪粉署"。宣统三年(1911)八月,黄锡朋以请病假为由辞官回家。带回老家的大部分是书籍,据说藏书量达到两万余册。

1941 年出生的邵赛娥是黄锡朋的孙媳妇,她年轻时听公婆讲述,黄锡朋当年乘船隐居乡梓,在湖口红桥码头下船,满舱的书是用独轮车一趟一趟地转载到黄邦本村家中的。黄锡朋归隐乡间,潜心创作诗文,在《避世》一诗中这样表明心迹:"避世心情久泊如,且随潘岳赋闲居。却缘迟暮好言命,敢借穷愁轻著书。"民国二年(1913),他曾受族人之邀主编《黄氏宗谱》。民国四年(1915),胡思敬辑刊《豫章丛书》,邀黄锡朋来南昌做编校,黄锡朋婉言谢绝:"顾为俗累所缚,不克远离。乡间苦无名师,两小儿均已长成,不能辍读,又不能外出,家庭教授,更无代劳之人,以兹裹足,为怅怅耳。弟蛰伏村巷,颓然而昼眠,忻然而夕咏,惟性所适,幸脱樊笼,若复仆仆于城市,恐亦与野性相违反也。"1915 年冬,黄锡朋患中风逝于家中,时年 56 岁。

黄锡朋在他 52 岁正当壮年为官京城时,为何毅然返乡归隐乡间？黄锡朋的这个人生抉择,是庙堂与江湖的不归路,是京城与乡间的断头桥,是仕宦与村叟的分水岭。对于黄锡朋这个人生十字路口的选择,我们当然可以解读为他不愿与黑暗的时局共沉沦,也可以说,他有超然高洁的"莲""菊"之格局。其实真正的成因是,黄锡朋在辛亥革命改朝换代之际,有着浓郁的前清遗老情结。他的后期诗作每每咏怀言志,均会出现落叶、枯木、秋蝉、落日等意象,呈现出一种凄凉悲怆的情绪,诗风悲凉苍郁,就是此时心境的表露。黄锡朋这样咏菊:"敢谓孤芳能傲世,自知老气独宜秋。"如此咏梅:"我念故园结遥梦,梦醒尚疑闻冷香。"在《落叶》一诗中,那落叶是旧王朝臣民飘落的写照:"纵已辞柯犹带露,休因坠地便随风。"在《秋感八首》其七中,流露出对故园的留恋与哀挽:"玄黄变色哀天地,回首长安事已陈。"

黄锡朋的长子黄养和的人生围绕"两师"展开,先为"塾师",后为"医师"。黄养和(1898—1951),字公佑,名福基,号镂冰室主,早年师从父亲的挚友、苏山益溪舍名士胡雪抱。胡雪抱也是出身名门望族,其伯父胡廷玉是同治年间(1862—1874)进士。黄养和抗战前在乡间设塾馆授徒,教授诗文,抗战期间,曾迁至九江避乱。1938 年 7 月,日寇攻占湖口,黄养和举家迁至老家黄邦本村,在村里的贻珠楼设馆教书,从学者有来自都昌、湖口的 10 余名学生。1944 年,塾馆停办,他以中医为业,声名远播。1951 年 2 月 19 日,黄养和在家中病逝,是年53 岁。黄养和有诗作《镂冰室诗》传世,辑缮写的诗作 200 首。黄养和的诗风格逸气清、洗练精工。"篱落纵然拘野性,柴门终觉胜朱门。"他这样借诗明志。

"断诗好趁闲宵续,喝病人多叩晓扉。"他对自施仁医如此惬意。"天意沉冥宁可问,万千哀乐对深扃。"他在《除夕》里忧愁着时局。"弦歌辍后诗仍续,学问深时世傥平。"他如是抒发心性。

黄锡朋次子黄次纯(1903—1978),名仁基,号工善,晚年又号籽耘,少年时与其兄黄养和一同师从胡雪抱,19岁时求学南昌,毕业于省城中学。黄次纯立世耿介而高洁,颇有其父之神韵。他年轻时以文才见长,曾任县秘书科科长。一日,县长卧榻自吸鸦片而令黄次纯起草禁烟令,他愤而辞职。彼时天下官场皆腐败,他到另一县谋职,县长一手搓麻将,却口授禁赌令。黄次纯复又辞职,慨然长叹:"昏暗如此,不如归去。"从此绝迹仕途,执教乡间,淡泊名利,怡然自得。"其轩名持轩,为学贵有恒。"他这样以轩名自勉。"我愿诗清真彻骨,会凌绝顶访茅茨。"他如此表述淡泊超脱、率性纵横的意境。"知否摘花须问主,几家生计在枝头。"他朴素地悯农。"细数炊烟几家断,来寻净土一龛无。"他在《苦旱》里苦吟。黄次纯在新中国明朗的天空下生活了29年,诗心在新生活里绽放芳华。1950年开始,他教学生写民歌、儿歌,并以都昌凤山山歌小组署名在《江西文艺》《新农村报》上发表,在省电台广播。黄次纯写过不少诗文评论。1950年,他寄书郭沫若谈集录劳动诗歌事,郭老有答书。其诗论《读钱澄之田园诗》一文发表于1963年8月的《人民日报》"评诗说文"栏中。1951年,他还当选为都昌县特邀人民代表。1978年5月1日,黄次纯病逝家中,享年75岁。

"三黄"之诗与名流

中国晚清至民国时期的旧体诗诗坛,"同光体"是一个绕不开的诗派。所谓"同光体"之"同光",指清代同治、光绪两个年号。光绪九年(1883)至光绪十二年(1886)间,郑孝胥、陈衍开始标榜此诗派之名,宣称指"同、光以来诗人不墨守盛唐者"。随着后期大批文人追捧,"同光体"逐渐成为一种成型的诗风,其诗风特点是学古"宗宋",追求字句上的新巧,有时流于艰涩。"同光体"前后历经40年,流派纷呈,主要有赣派、浙派、闽派。江西派的代表人物是陈三立,闽派代表人物是诗评家陈衍,而都昌"三黄"与陈三立、陈衍皆有密切的联系。

1993年版的《都昌县志》在"人物卷"收录了黄锡朋的简传,传略中如此评价黄锡朋之诗品:"辛亥革命后,以遗老自居,读书吟诗,潜心辞赋。其诗作风格瘦硬,避俗避熟,流于隐晦,与其政治态度不无关联。但他的诗词不泯没,字无

虚砌,锤炼甚精,显为同光体诗派作者。"曾任中华诗词学会副会长、江西省诗词学会会长的胡迎建先生是胡雪抱之孙,他在2013年曾主编《坚守·风骨·传承——都昌黄锡朋、黄养和、黄次纯、胡雪抱诗文研究》一书(江西高校出版社出版)。在序言中,胡迎建引用现代大诗家、民国年间中正大学(现南昌大学)第一任校长、著名植物学家胡先骕先生(江西新建人)之言:"吾乡自赵宋以还,以文章领袖宇内,逮清而稍衰,至清之末叶尤不振。自陈敬原出,始重振西江绪余,夏映庵、华澜石、黄百我、杨昀谷诸前辈,亦能各树一帜。"陈敬原即陈三立,黄百我即黄锡朋。胡迎建如此阐述:"胡先骕所列举的夏、华、黄、杨四人,均为近代江西诗坛的著名诗人,同光体赣派的重要骨干。"胡迎建先生也明确地将黄锡朋归入"同光体"赣派之列。

胡先骕先生大有将黄锡朋列为"同光体"赣派四大家之一的用意,同时对于黄锡朋,对于江西乡贤、"同光体"赣派的扛旗者陈三立极为推崇。陈三立,字伯严,号散原,比黄锡朋大6岁。黄锡朋在《陈主事伯严》一诗中称赞陈三立"冥搜造幽荒,得句苍天悲"。黄锡朋诗风学自陈三立,但他的诗词创作呈现的清新平淡的自然之风又与同光体有不同之处,其特立独行尤为可贵。

黄锡朋长子黄养和在诗歌创作上最为推崇陈三立,他在《读散原精舍诗》中咏道:"冥搜元化幽荒气,自洄灵根旷古姿。"陈三立当年居庐山牯岭,黄养和持其诗稿登山至门下求教,一了多年夙愿。在《谒散原丈》一诗中言"瓣香不负平生愿,湖山端居望俨然"。陈三立是江西义宁(今修水)人,出身名门世家,为晚清维新派名臣陈宝箴长子,国学大师、历史学家陈寅恪之父。他比黄养和大了45岁,黄养和"以世晚请谒",陈三立留他在家中用饭,并关切地问起眼前的这位"贤侄"在父亲黄锡朋逝世后家境如何。饭罢,黄养和取出早准备好的一册诗作给陈三立点评。陈三立翻阅数首后,道出了他的直觉:"贤侄之诗,照理应传乃翁的家法,何至读来句调反似我?"对于诗坛泰斗级人物陈三立对他的诗作在格调上的认可,黄养和脸上谦逊地说:"晚辈何敢随慕长者?恳请赐教。"过了数日,黄养和收到陈三立的手稿以及退还的诗册,陈三立批阅了诗册并划红双圈做了点评。黄养和奉之如此感慨:"竭念年之力,心摹手追,竟能得此,天不负我矣。"黄养和咏陈三立"开山妙手春秋笔,刻镂空灵乃尔工",道出陈三立乃同光体的开山鼻祖,诗有如史笔之褒贬。陈三立后来还为黄养和的《镂冰室诗》题词:"情思沉挚,气息深静。""构思沉挚,缀语峭洁,盖能脱凡近而渐进于古之作者矣。"

黄养和之弟黄次纯,也曾以诗寄陈三立求教,陈三立评价其诗:"气清格逸。"黄次纯在《寄陈散原丈庐山》中道尽仰慕之情。

都昌"三黄"与同光体闽派代表人物陈衍的交往也堪称诗坛佳话。陈衍(1856—1937),号石遗老人,福建侯官(今福州市)人。陈衍在民国十五年(1926)交付涵芬楼主人合刻刊行的《石遗室诗话》32卷蜚声文坛。《石遗室诗话》同时收录了黄锡朋、黄养和、黄次纯父子三人的诗作及评述,这是可以载入都昌艺文录史册的一份荣耀。陈衍在《石遗室诗话》中如此论述都昌"三黄"的诗风:黄锡朋"古诗皆选体,律诗妥帖排界者居多","绝不为皮里阳秋矣"。黄养和"风格似诗庐(指胡朝梁),而面目却肖散原(指陈三立)"。他在点评黄养和的《读近代诗钞有怀石遗先生》诗时云:"赠余诗多矣,往往非不及即太过,不如此首字字切实,包括余一生行藏。"黄次纯"诗无多,而可采者不鲜"。民国十一年(1922),黄次纯在南昌求学时曾寄一册诗求教于闽中的陈衍。陈衍很快回信,说其诗已"与时贤合"。黄次纯以《得陈石遗丈书》五言排律记叙了与陈衍之间的意会。他寄诗请教的起因,是读了报刊所载近代诗人作品后,被陈衍的诗艺打动。陈衍教导黄次纯作诗应以诗意为中心,在具备胸襟的同时,兼顾句法、词语的选用与斟酌。在聆听陈衍的教诲后,黄次纯"抠衣欲往从,寒波隔闽岛",无奈距离太远终未果。

都昌"三黄"与当时的诗坛大家夏敬观、汪辟疆、王易、王浩等人都有唱和之作。从诗到远方,黄邦本村是一处驿站。

77. 春桥乡黄邦本村：进士之家的诗坛"三黄"（下）

"三黄"之诗与亲情

常言道"三代才能培养成一个贵族"，意思是一个人的成长离不开环境、教育与人脉。对于中国的传统家庭来说，功名簿上出一个进士要承祖荫，说的也是进士成长的家庭环境尤为重要。对黄邦本村的进士黄锡朋上溯三代觅踪，似也能追寻到黄家先人泽被后辈的拳拳之心。

黄锡朋主修《黄氏宗谱》时自撰的《先王考事略》《先王母事略》《先府君暨先妣事略》存世。对其祖父、祖母、父亲、母亲的生平有载录。黄锡朋的祖父黄昌辟号海圃，父亲黄益叶号照黎，此二辈都是耕读持家。《黄氏宗谱》载皆"业儒"，也就是在乡间以教书为业。黄昌辟、黄益叶亦皆因进士黄锡朋为工部主事之故，被诰赠中宪大夫而享哀荣。生于嘉庆己巳年（1809）的海圃先生英年早逝，时年38岁。12年后，长孙黄锡朋才降生，他对族圃里的这朵花并未直育。倒是36岁便守节的祖母王氏对黄锡朋极尽教诲。王氏端庄娴静，但不识字。在私塾求学的黄锡朋回家后，她总要问上一句："你先生对你的作文写字是涂抹了还是划圈了？"当孙子回答："划圈了。"她便喜不自禁，她知道老师批改以圈红为佳。王氏逝于光绪十四年（1888），黄锡朋是年届而立。

黄锡朋的母亲亦姓王，生黄锡朋、黄锡明俩兄弟，第三子夭折。王氏性慈爱，识大体，把家族图兴的希望寄托在长子锡朋身上。黄锡朋在瑞州府学训导任上，曾回家看望头上生疮的母亲。怀揣东汉远祖黄香之孝德的黄锡朋一定要等到母亲头疮痊愈才肯回府，可王氏怕儿子请长假违例，再加上正值儿子备考礼部会试之际，更怕绝了儿子的进取路，便坚决劝导儿子归去，母子垂泪而别。后来王氏病重，黄锡朋已中进士，在京城为官，母亲叮嘱家人不要将病重的消息告诉黄锡朋。黄锡朋父亲45岁时病逝，他生前对儿子的诗礼教育倾尽心血。早年家贫无钱购书，而"四书"注本又无满意者，父亲严冬手写《朱子章句》一大册以教儿子，以至手脚被冻伤。"村馆荒冷，每风雨之夕，林木悲吟，山鬼叫啸，府君亟入室为壮语以安锡朋，已而诵如故。"父亲的言传身教熏陶着年少的黄锡朋。黄锡朋对两个儿子黄养和、黄次纯的教诲亦是谆谆,他在 1915 年病逝家中时,黄养和时年 17 岁,黄次纯时年 12 岁。

黄养和、黄次纯手足情深,惺惺相惜,兄弟间留下了不少互诉思念之情的诗句。黄养和在《镂冰室诗》中有《寄怀莼弟》《答莼弟》《午日寄莼弟书》《贻珠楼雨坐寄莼弟南昌》《纳凉新宅同莼弟作》《夏日村居示莼弟》等诗作。"侑食烹鲜亲尚健,招朋呼酒弟如何。"他在《中秋侍母食鱼鲜有怀莼弟》诗中牵念在中秋节家人团聚时未归的弟弟。"更使中年念兄弟,岂容幽抱没风尘。"他在《寄莼弟南昌》中言说饱经荒乱之后兄弟间的哀婉之情。"未惯饥驱学忍饥,转喉触讳拙言辞",他为生活清苦的弟弟"仁基"名谐音"忍饥"而以诗解之。黄次纯在《持轩集》中也有大量寄酬兄长黄养和的诗。如《招和兄游庐山未至,有诗见寄,因次其韵》《与和兄谈匡山诸胜,并言有朱氏兄弟结庐黄岩,和兄纪以诗,因次其韵》《酬和兄浔阳见寄》《中秋日与蘅甫居士家兄养和游合觉园,晚归留饮寓庐》《午日偕兄游烟水亭》等。"晓月照僧窗,念子方支颐。"他在《忆兄》中撑起下巴痴念。"透甲笋香知饷美,缄书箧石接灯妍。"他在《寄酬和兄》中诉说思念之情。

黄养和有三子,长子黄敦艺曾任职湖南湘乡金融系统;次子黄崇艺早年毕业于兰州大学,退休前曾在中国科学院和北京一研究所任职,是知名化学传感器专家,其诗文集《拾贝吟草》2015 年 9 月由作家出版社出版;幼子黄尚艺,生前系春桥凤山小学教师。黄次纯亦有三子,长子黄素心,生前系九江县委党校教师;次子黄铁心,生前系华东地质学院(今东华理工大学)教授;幼子黄乐心,从湖口县卫生局退休,耄耋之年的他在南昌安度晚年。这个家族的后辈一个个追逐诗意生活,传承良好家风,各展人生风采。黄家第三代黄敦艺、黄崇艺、黄铁心等咏吟珠玉,不坠家声,诗作有令父之风。2003 年,黄家后人合编的《都昌三黄诗文集》由作家出版社出版,辑录了黄锡朋的《凰山樵隐诗钞》与《蛰庐文略》,黄养和的《镂冰室诗》,黄次纯的《持轩集》。

"三黄"之诗与故园

在赣鄱大地的很多村落,山是地理坐标,黄邦本村村前村后亦有山。村北之凤凰山,是湖口县与都昌县的一段界山。凤凰山绵延其间,似可分凤山与凰山。黄邦本所属的行政村便曰"凤山",而黄锡朋自称"凤山樵隐"。稍远一点的是横山,横山在战时可成居高点。抗日战争期间,日寇就驻扎在横山顶上,向

周边村庄扫射。更早的土地革命时期,横山上的圆密庵也曾是农民协会的革命活动基地。对于诗家黄锡朋父子,凤凰山与横山自然也是登高咏怀之地。

门口塘赋予了黄邦本村灵性。绕着此塘,依着地势,黄邦本村分为老屋里、岭上、细房、新屋上和坂上五个居住点。门口塘两侧有"朝门",2006 年秋,黄邦本村作为全县首批新农村建设试点村,对朝门进行了重修。是年底,黄养和的次子黄崇艺(友虞)撰写了《重修朝门记》。2014 年,黄次纯次子黄铁心(友郭)重拟《重修朝门记》,新嵌碑文记之。碑文这样描述:"朝门,始建于何时已不可考。朝门位于村中央。当年,朝门内有祖堂、观音堂、义学堂,还有诊所、药店、百货店。老式民居鳞次栉比,麻石路纵横交错,连接着十几户人家,被称为老屋里,这就是村庄的核心。朝门内两侧设有石旗石和系马石,紧贴围墙有麻石砌成的条凳。门向东,远迎横山,近映池小。四周古木参天,绿荫如盖,将细屋里、新屋上、坂上、岭上和老屋里等居民点环抱在一起。每当农事毕,课业完,茶余饭后之隙,村中老幼青壮妇孺常聚于朝门口,说古论今,议事调停,拉扯家常,嬉戏练身。那种祥和安泰的氛围感染着一代又一代的沙港人。"黄崇艺曾在乡情诗章中这样吟咏:"绿树阴浓映水池,凰山遥对白云驰。千年踪迹消磨尽,只有民风仍旧时。"朝门内稍北是大堂前,即祖堂,上、下两进营式。黄邦本村将进士黄锡朋的荣耀呈于祖堂,上堂楹门右上方原有一块竖匾,四沿镶着波纹状的木边,正中是"工部主政"四个金字,上款是"钦点"二字,下款是"臣黄锡朋"四个红字,为朝廷所赐。

在黄邦本村有一栋敞阔的古式老宅,被冠名"蛰庐"。这本是黄锡朋家中的祖宅,嵌"蛰庐"是为了纪念黄锡朋,黄锡朋自号"蛰庐",有《蛰庐文略》存世。这栋祖宅原名叫万桐堂,继名桐阴老屋,又名清余阁,始建于清同治年间(1862—1874),黄锡朋光绪癸卯年(1903)中进士,便在祖宅挂上了"进士第"的匾额,他晚年就居住于此。20 年后,其次子黄次纯承业。1985 年,黄铁心兄弟曾出资出力进行维修。2013 年,黄次纯后裔又对祖宅进行了翻新。在黄崇艺等老人的记忆里,这栋传统的四水归堂式的建筑细处都有诗家的文化味。比如,天井两端厢房的镂花窗棂,每扇窗上镶着一个木刻字,八扇合起来便是"父慈子孝""兄友弟恭"。上堂的柱上有一副对联:来从华严法界,去观天下名山。楼上堆放着黄锡朋穿过的携带马蹄袖的官服。黄次纯早先曾在桐阴老屋设馆教书。

与桐阴老屋一墙之隔的是贻珠楼,这是黄养和的家居所在。他在《春尽日贻珠楼茗坐》诗中抒愉悦之情:"沉沉溪水风吹绿,一角山痕眼又明。小槛人稀花独秀,高楼春去雨无声。自披灵府冲和气,未解芳年旖旎情。尘世何心问枯菀,坐招林籁听蝉鸣。"贻珠楼同样散发着诗书之家的儒雅气,入朝门向左,即步入了一条长长的石子路。春夏之交,路边的竹篱上挂满了金银花。金银花学名为忍冬,花初开为白色,后转为黄色,可作药用。黄养和徜徉于小道,触景生情地咏道:"不屈寒威不借春,药经何故署金银。使君果有金银气,未必容君伴野人。"路前方便是贻珠楼的北院门,院门的草书对联"自识鱼鸟性,本来丘壑姿",是黄养和的手迹。入得院门,便是一方庭院,培育着各式各样的花草树木,柏树、桂花树、海棠树、樱桃、葡萄、橘树、玉簪花……满目芳华,简直是孩童的"百草园"。

　　贻珠楼也是四水归堂式的建筑。对于上堂的摆设,黄崇艺老人是这样回忆的:上堂正上方"鼓皮"(老式房屋的木质墙壁)前摆着条台;正中安放先祖和父母的瓷板画像;两旁放着帽筒、胆瓶。左侧还放着两个书箱,一箱是《二十四史》,另一箱是《曾文正公全集》。条台前放着一张八仙桌和两把太师椅,南、北两侧的鼓皮前分别放着茶几和椅子。正上方鼓皮上挂着一幅中堂和一副对联。中堂是一幅画,画的是什么记不得。这副对联是:黄钟大吕元音畅,周鼎商彝古泽醇。南、北鼓皮上还挂着一副抱柱对联:一轮明月思偏逸,半砚冷云吟未成。楼上北侧有一扇门通到骑廊晒楼上,北侧楼基本上是空的,可以读书,也可以住人。南侧楼则堆满了书,从地板到房顶,塞了整整一楼。这些书主要是祖父从北京返家时所购买的。

　　贻珠楼既作黄养和"宜居"之用,又是他的"宜业"之所。他在这里开塾馆,教授学子诗文,后来也在这里开医室。周边数十里求医者络绎不绝,堂上堂下坐满了病人和家属。黄养和在《五十初度》中吟:"一事平生深自慰,楹书能读养生方。"黄养和从医,可以说是自学成才。他弃师从医的原因一是有子女早夭,令他下决心学医自疗家人;二是学医比从师所得要丰厚,养家更容易。中医师黄养和的人生处方上自然少不了"苦味"这剂药。他的大儿子从庐山中学返家过年,天降大雪,夜色昏暗时,在猪栏里遭恶狗袭咬,抵家后高烧不退,谵语发狂,治了两日毫不见效,黄养和给亲儿开出了猛药——辰砂,开方时手抖心惊。好在一剂下去,儿子转危为安。传说他首诊的是黄邦本村的一位病人。开方后,黄养和蹲守在病患窗前一个通宵,察其悸变。直至天明病人好转,他才悄悄

离开。为保证用药质量,他引进来自樟树的郑姓先生在村里开药铺,其出发点绝不是"一条龙"的利益链,而是保证药品质量,方便患者。黄养和医者仁心,从不计较报酬,对赊欠药费的患者从不主动索取。他在《己巳初秋就诊索方者踵至,作此纪实》一诗中这样抒怀:"文章贱尘土,驰骋安可能。供世与事亲,此技如可凭。"黄养和的夫人游志莲以贤淑称世,持家有方。

垅里流香,横山呈翠;故园多情,笔端有诗。黄锡朋、黄养和、黄次纯都在生于斯长于斯的黄邦本村度过各自人生的最后岁月,"三黄"留下了不少咏吟家乡的诗歌。黄锡朋的田园农事诗,颇得陶渊明的静穆、恬淡之味。他在《于东畦获稻》中以慕农耕:"昔年束缨绂,久与田事违。""力疲有余欢,腰镰争落晖。"他享《田居》之美好:"环宅茂群植,欣欣情以怡。"他得《幽栖》之乐趣:"驱牛不我顾,相忘自徐徐。"他《晓望》田垅:"山田蔚新穄,绿叶连丘塍。"他于《晚兴》中得悠然之趣:"暮禽犹未还,瞻林候柴扉。"他享天伦而《闲中作》:"门闾蔼和气,举家言笑亲。"他度《村夜》而享村居之乐:"田父闲造门,农谈喧我庐。""山墟如画斜阳淡,乌桕阴中认寺门",咏叹的是流香垅东的香沙寺。黄养和创作诗词推崇同光体的"骨重神寒",他在家乡怀抱的歌吟"真挚感人"(宗远崖的评语)。他在《雪中放歌》:"心随冻雀堕芒盼,冷突号饥尚有人。"他在苦旱的日子关心民瘼:"天未明朝事,今夕饱肠肚。"他以红梅自喻:"待舒冷艳供残腊,照影吹香又一时。"他在《旅怀》中怅别:"故园花已春,春半弃之走。"他在《书感》中拈来:"抚石看云寻妙悟,吟飙吹送薜萝边。"他在《园居》中怡性:"香散药栏一帘雨,青分梧几半园蔬。"他如此放歌:"城市浮嚣慎涴袯,浊流宁涸在山清。"他忆幼时兄弟俩承教于胡雪抱先生读书处的葆素斋:"袖手低回问兴废,断云明处暮山横。"黄次纯在《寄陈散原丈庐山》中亮出了他的诗学主张"我愿诗清真彻骨"。他咏吟家乡生活的诗有清远香逸的审美情趣,更有悲天悯人的人文襟怀。他在《持轩》中抒情:"终日看不厌,只有轩外山。"他以野菊道情趣:"爱此荒郊菊,著花殊未迟。"他在《村居》中忧民:"风尖尚可支,但愿盐价贱。"他在《不雨》中哀叹:"桔槔声转急,坐看禾苗萎。"他为《卖米翁》鸣苦:"村南村北禾苗长,禁粜文告贴村墙。"他为底层劳苦百姓呼号:"生死真毫厘,斯世乃尔惑。"新中国成立后,黄次纯热心欢快民歌的推介,诗风为之一变。

黄锡朋、黄养和、黄次纯合称都昌旧体诗坛"三黄",他们与时代、与名流、与亲情、与故园共融,让我们在回望之余,亦与诗意共鸣……

78. 大港镇飘水岩村：石氏兄弟（上）

【石氏家训家规】祖先当敬，王法当从，五常当记，五戒当持，衣食当简，言行当慎，婚姻当厚，操守当洁，身心当修，争讼当止，利益当让，恩深当报，慈悲当行，德善当本，为人当正，阴功当积。

（一）

飘水岩，是个山水相融、饱含诗性的名字。飘水岩在都昌县大港镇漂水村委会，既是一处景致的地名，也是个村名。

飘水岩作为都昌的一处名胜，在大港黄金山之西的腰间。2013 年由政协都昌县委员会主编的《都昌名胜古迹》一书对"飘水岩洞"如此描述："在山西面腰间有一方广两三亩的小池。水自岩罅中渗出，澄碧如镜。冬夏池中水位不涨落，池深不可测，传说此池为龙湫，有神龙蛰伏其中。""池水从石坡下冲泻而出，怒号激荡，瀑声震耳。远望其处，一条白练从山腰飘下，长数十米。山风吹来，水流细分飞扬，如雨似珠，散洒而下。瀑布后面，白石峭立如壁。石壁间有洞，大者如门，小者如窗，人可进出，真如《西游记》中花果山水帘洞一样。"

像"花果山水帘洞"一样的飘水岩溶洞叫蝙蝠洞，想必是山里蝙蝠云集之所。这溶洞的样貌只留在当地老人的记忆里，因为溶洞口因山岩坍崩已被封，游人无法入洞。1952 年出生的但盛荣老人在 20 世纪 70 年代曾担任漂水大队的支部书记，他在 1975 年引着九江下放在当地的知青探胜般进得洞内，他们从飘水岩腰间折向一条小路，走 20 米许可见入口。洞内有晒篮一般大的井口，掷抛一石块入井，三秒后才听到石块落地的响声，可见这横洞中的竖洞也是深不可测的。与但盛荣同年的当地村民石凡平讲，黄金山那边的一个疯子从鄱阳县周家畈入洞，点着松枝照明，结果有去无回。飘水岩一年四季飞流直下，银河泻落，哪怕土地干得龟裂，飘水岩之水还是潺潺飘落。石凡平记得 2019 年是个干旱年，当地村民就从飘水岩旁的庙后塘、杨梅塘引来水源缓解生产和生活用水之急。飘水岩的半腰间有庙宇，叫莲花庵，早先有 6 间房屋那么大。民国三十

六年(1947),大山里闹土匪,当地人便拆了庙让入山的土匪无藏身之处。1995年前后,当地善男信女捐款投劳,重修了莲花庵。石凡平仍能数得出守庵的居士的名字来,盐田畈段器里,段家港的段姓、石姓居士,都阳的叶婆婆,湖北的90多岁的王先生,都在莲花庵坚守过一段远离尘世的日子。莲花庵旁有一棵大枫树,树围也是晒篮一样大,五六个男子才能合抱住。生产队年代,有人动议把大枫树锯成板建保管室,可没人敢持锯,一是太费力,二是怕这不知年代的树已成精,具有了庵里的神性,不敢去砍斫。直到2000年,枫树经不住风雨雷电的侵蚀而枯倒。

飘水岩鬼斧神工,堪称胜景,但流在深山,是一块未及开发的生态旅游的处女地。大港镇所辖的大港水库、高塘、土目源、飘水岩,一颗颗璞玉似的明珠,等待着乡村旅游的璎珞线去连缀。

(二)

飘水岩亦是个自然村庄之名,属大港镇漂水村委会所辖。同大港镇许多村落一样,飘水岩村也为多姓共居,现有人口600余人,石姓有300余人,其余为程、曹、张、夏诸姓。飘水岩村开基于明弘治年间(1488—1505),石景阳(1441—1541)由城山墩石村迁至上埠漂水庄,距今已历550余年,清朝时属黄金乡十六都。

在飘水岩石姓祖祠前,至今保留着清朝光绪年间(1875—1908)的一对旗鼓石。旗鼓石上的字迹已模糊不清,但依稀能辨出"并庆六旬""赏加六品衔"字样。村里人说这对旗鼓石是石砥如的曾祖父所立。石砥如是飘水岩赫赫有名的缙绅。石砥如曾任江西省参议员,民国时期一如山里飞出的凤凰,抵达庙堂的梁桁上。在1993年版的《都昌县志》"人物卷""民国闻人表"中有这样一行文字:石砥如(1903—1937),大港飘水人,曾任江西省参议员。查《石氏宗谱》,石砥如生于"光绪壬辰年",是年为1892年。县志所录石砥如年龄应该有误。石砥如毕业于民国年间的朝阳大学,这所创办于1912年的著名法科大学是我国法学摇篮之一,民国时期有"南有东吴,北有朝阳"之说。1949年间改建为中国政法大学,1950年并入中国人民大学。旧中国一流法科大学毕业的石砥如,在都昌乃至江西的律政界都颇有名气。三汉港韩婆庄石村就流传着石姓村庄延请同宗的石砥如代为诉讼,打赢与邻村他姓山水权属争端官司的故事。石砥如 45 岁时英年早逝于飘水岩家中。关于这位江西省参议员的生平事迹留下来的资料极少。"百度"其名,在"中红网"刊登的《新四军都昌留守处的来龙去脉》一文中写道"田英带领都湖鄱彭中心县委成员和少数武装人员回到都昌大港,在大港街上借地主石砥如做店铺用的空房子,设立了'新四军都昌留守处'的牌子,管辖都昌县、湖口县、彭泽县、鄱阳县四县抗日工作,田英为主任,苏远全、邵荣兴为副主任"。这段历史发生在陈毅领导的新四军奔赴抗日战场的 1938 年春,其时石砥如已故去。

已亡故的石砥如依然在史料的载录里成了"大地主"。石砥如家族的确为当地有名的大地主,至少在那个"赏六品衔"的曾祖父那一代就已发家。所谓"赏衔",无非是捐财而得的。石家何时成为富甲一方的大地主? 这自然有"耕读传家"的秉持,也有老一辈的传说,说石砥如的曾祖父是有名的中医,曾治好了曾国藩母亲的病,后得权贵提携,家道中兴。石家到土改时,还藏有不少古代医学著述。

石砥如家族家业巨大,但盛荣听老一辈描述,从彭泽县的金家岗到都昌县的飘水岩,目之所及之山峦都是石家的,从彼到此可不走他人家的田塍,可见石家置地之广,时传石家为都昌、湖口、彭泽三县完粮纳税。石砥如家族为富尚仁,德行上的口碑不错。说每年正月初一,周边穷困人家的汉子挑着一担山里砍伐下来的木柴到石家,讨个吉利,道上一声"发财"的祝福,石家会给每人散发两块银圆。据说,某次山里的土匪假扮成乞丐上门乞讨,要是石家人倚富要横,吝财惜赐,土匪晚便要结帮抢劫石家。石家拿出满满一斗米粮,让乞丐满意而回。此伙土匪此后不再滋扰石家。山区闹土匪是常事,飘水岩早年村头建有碉楼,村外垒起围墙,就是为了防御土匪劫舍。据说,其时河南闹饥荒,不少入大港山讨饭的人,在石家租种田地,得善待而定居下来,对老东家也常怀感恩之心。

石砥如家族号称五代同堂而不分家,大有"义门"之风。石砥如作为他这一辈的长子(第 87 世),奔赴于律政界,无心管家。石砥如被人称为"少先生",他在南京、南昌生活的时间多,每回家,带来当时稀罕的留声机,摇着把子,便能发出咿呀吹弹歌唱之声,令村民很是诧异。石氏家族传到石砥如这一辈,操持大家庭的是堂弟石廷铎。石廷铎读书时打篮球伤了眼睛,视力好差,于是留在老家理事。石廷铎处事有主见,行公道,在飘水岩一带很有威望。村里要是有两

家闹纠纷,大户人家的头面人物石廷铎往往被请出调停。有人报"廷铎先生已到了菱角塘,快到村里了",纠葛的双方会消停下来,等待石廷铎调解。有一次,国民党的三个士兵前来飘水岩村骚扰百姓,见一村妇种的满畦的辣椒,便毫无顾忌地摘起辣椒来。村妇丈夫孔武有力,挥锹上前斯打驱赶间,其中一个士兵突患高血压,一命呜呼于田垅,其余两卒仓皇逃回团部,第二天引来追兵剿杀。石廷铎早有准备,杀猪摆酒,款待团部一行人等,并出钱安葬死者,抚恤家属。数天好吃好喝、好说好劝,总算将兵家的事情摆平,没有让伤人者以命抵命。

飘水岩村其实有上飘水岩、下飘水岩之分。下飘水岩又称新屋里,起初成村,就始于石砥如这一辈。村里老人讲,石家平日里供养了看地、择日的地仙先生,俨然是石家的谋士。地仙相中了离老村居一里许的那块荒地,石砥如牵头在那里建成数栋棋盘屋。如今大飘水岩村子不大,也是多姓聚居。石家老宅后来分给贫下中农居住,现在遗迹不存,被一栋栋的楼房替代。

抗日战争后,乱世中的石家家道中落。1947 年,石氏兄弟分家,按四支族而分。石砥如和其胞弟石廷瑜,石廷铎和其胞弟石廷钟,四兄弟各立其业。四兄弟的后裔在时代的大潮中,各自演绎着不同的人生命运。有的坚守于飘水岩村这方故土,有的怀揣乡愁,于心安处将他乡视作故乡……

(三)

飘水岩石氏兄弟中,真正彪炳史册的是石廷瑜。石廷瑜在《石氏宗谱》上的派名叫纪贤,号剑青。都昌石氏 1934 年新编的百世派有"纲纪植乾坤,培元崇孝谨",石廷瑜的父亲为纲字辈,谱名叫石纲义。大概新派"纪"相当于宋时都昌石氏统修时的"毓"字辈,乡间对石廷瑜习惯称毓贤,其兄石砥如派名叫"纪才",亦被称作毓才。如果要给石廷瑜的人生贴上几大标签,那么"江西早期进步团体改造社的创始人之一""北京大学毕业""《都昌县志》录有单传""江西执教 40 余年"都足以昭示他不平凡的人生。

1993 年版的《都昌县志》关于石廷瑜的传略如下:

> 石廷瑜(1896—1961),大港飘水岩村人。1918 年,至南昌二中求学。在校时,与同班同学袁玉冰、黄道、徐先兆、支宏江、黄在璇、黄家煌、刘轶相交最密,常在一起抨击社会,探讨人生,被同学戏称"八大家"。石廷瑜善诗文,1919 年 3 月当选校内诗社社长。5 月,五四运动

（的）消息传到南昌，二中学生热烈响应，成立救国演讲团，罢课上街进行演说，石为演说团骨干之一。6月5日，省农专学生陈迪亚至二中找同乡石廷瑜、刘轶，谈及国事，同感"当局无望，所望者我青年学子"。事后，与袁玉冰等商议，成立了江西最早的进步团体鄱阳湖社，以此团结同学共议救国之计。后因觉此社名无意义，又于1920年底更名改造社，石廷瑜为8名发起人之一。改造社成立后即创办刊物《新江西》，并广泛吸收南昌各校青年参加，由讨论婚姻、人生等问题而进而涉及运用"马克思派的社会主义"改造社会的问题，成为中国共产党江西地方组织产生前最早将马克思主义引入江西的进步团体。1922年夏，石廷瑜等改造社主要骨干考入北京大学，又将改造社总社设到北京，另于南昌、上海设立分社，继续用通讯和出刊物形式讨论改造社会等问题。1922年10月，袁玉冰与改造社在京社员石廷瑜、张倬陵、苏芬、刘轶等在北京大学三院教室召开会议，通过将《新江西》季刊改为不定期出版物，社员每人每月至今通讯一次等决议。1923年2月7日，吴佩孚在武汉进行大屠杀，石廷瑜等改造社在京成员积极参加了中国共产党领导的罢课示威等活动。北大毕业后，一心致力于教育事业，在南昌等地教书至逝世，前后执教近40载。

飘水岩威武石氏宗谱上对"纪贤"做如下载录：义幼子，名廷瑜，号剑青，生于光绪戊戌年，毕业于北京大学。曾任江西教育厅科长，又任江西省临川中学教导主任。娶陈氏，生子一，女四……公殁于一九六一年，氏殁一九六〇年十一月，公妣葬曹寿门首。宗谱所述"光绪戊戌年"为1898年，县志上所载石廷瑜出生于1896年，是年为光绪丙申年。县志与宗谱关于石廷瑜年龄的记录相差两岁，两者谁为准，有待考辨。

改造社是最早将马克思主义引入江西的进步团体，9个发起人中有2人是都昌人，一个是石廷瑜，一个是刘轶（汪墩老屋人）。当代著名学者摩罗（都昌鸣山人）在发掘这段史实时发出感慨："八位贤人，都昌占二。咱都昌，不简单啊！"

改造社的"八大家"当时都是学生，编辑出版的《新江西》杂志是自费印刷发行的，石廷瑜家族是大地主，在经费上他负担了主要部分。1921年1月1日上午9至10时，南昌二中第三区自修室9个青年举行改造社成立大会，他们是袁玉冰、徐先兆、黄在璇、黄家煌、黄道、刘轶、石廷瑜、熊国家、邹秀峰。当时有

社员 10 余人。会议主持人为袁玉冰,他首先报告改造社的筹备经过,然后豪迈地说:"我们 9 个人如一家里面的兄弟们一样,在这里过这个元旦,是何等的快乐! 但我们要把这个范围推广,使成世界一家,世界上的人都是我们的兄弟。这虽是理想上的话,我相信终必有实现的一日。我们只有向着我们的目的去进行就是。"接着,大家纷纷发言,对袁玉冰的话表示赞同。"世界一家"成为他们共同的理想和抱负。会议还通过了改造社的"简章"和"规约"等。该社成立于 1919 年底,原名鄱阳湖社,此日易名为改造社。1922 年发展到 100 多人。有名可查者除上述 9 人外,还有支宏江、杨柳、黄文中、丘秉铭、李穆、涂振农、刘意生、洪宏义、苏芬、方铭竹、张倬陵、江宗海、汪群、汪伟、张石樵、黄湘陵、车驭卿、何基、崔豪、邹努、方志敏、邵式平、李兰湘(女)、方芙镜(女)、黄唐英(女)、钟国辉(女)、杨天真等。其中袁玉冰 1927 年牺牲,方志敏、邵式平、黄道成为赣东北、闽浙赣根据地和红十军的主要创建者。

79. 大港镇飘水岩村：石氏兄弟(下)

(一)

《都昌县志》和《石氏宗谱》对石廷瑜在时代大潮中的人生结局都缺乏叙述,且让我们从能查阅到的珍贵史料和后人的讲述,来试图还原石廷瑜人生的春秋与冬夏。

石廷瑜1928年从北京大学毕业后,回江西教书,他虽未参加中共党团组织,但是他的心是向着党的。抗日战争爆发后,新四军南昌驻赣办事处主任黄道是当年创办改造社的"八大家"之一,他关心石廷瑜的工作和生活,更了解昔日同学的才华与志趣。当时日寇将进攻武汉,石廷瑜的家乡都昌快要成为沦陷区,石廷瑜来到南昌,黄道介绍他到赣东北游击区一带教书。这样,石廷瑜便来到临川中学教书,先后担任临川中学的总务主任、教导主任。他晚年人生命运多舛,就源于临川中学任教期间的这段经历。石廷瑜在国民党执政时期的临川中学任教时,也心仪革命。他对自己的学生组织的进步活动多加支持,不惧风险。有一件很能证明他心向中国共产党的事是,他唯一的儿子石溥当时考取了福建协和大学(福建师范大学、福建农林大学的前身),读书期间积极参加地下党组织的革命运动,作为地主阶级家庭出身的父亲,热忱地表示支持,并鼓励儿子石溥去延安投身革命,后来因故未成行。他的侄子石洪1949年前夕在清华大学读书,是中共地下党员,石廷瑜作为叔父也积极支持他追求光明与进步。江西革命烈士纪念堂展出着黄道烈士生前致友人的一封书信手迹,让都昌飘水岩的石廷瑜在红色记忆里闪烁着人性之光。同为改造社"八大家"的黄道和石廷瑜的友谊一直非常深厚。1937年冬国共第二次合作开始后,黄道从闽北游击根据地带领部队下山到赣东北铅山石塘以前,写了一封信给他的友人。信中说:"在璇、廷瑜、刘轶等老同学的消息你知道吗?请告诉我!虽然志各不同,但是这些老同学,我还是不能忘记的,特别是待朋友像慈母待爱子的廷瑜,我更是不能忘记他。玉冰是我们同学中最出色的一个,他已为自己的信仰而光荣的(地)牺牲了,大概你知道吧!对于他,我是极佩服的。"1949年后,石廷瑜满腔

热情地在新中国明媚的阳光下教书育人,从事太阳底下最光辉的职业。在临川这个有"才子之乡"之称的文脉昌盛之地,桃李满天下。他在临川中学得师生爱戴和组织信任,担任副校长,还被评为教师模范,推荐担任临川县人民代表。1956年,经江西省人民政府省长邵式平介绍(邵式平也是当年石廷瑜参与创办的改造社成员),石廷瑜调江西师范大学历史系任教,后调南昌七中任教。1958年,有人以石廷瑜曾在江西省立临川中学担任过国民党区分部委员之罪名,将他定为"反革命",开除公职,送劳动教养。事实是,石廷瑜并未加入任何国民党的组织,由于他当时担任临川中学教导主任,又在师生中有威望,该校国民党区分部为了扩大影响,在石廷瑜不知情的情况下,将他纳入该区分部的委员名单中,他自己并未以此身份参加过任何一次活动。石廷瑜在彭泽县芙蓉农场劳教期间,患血吸虫病,于1961年8月去世。次年,飘水岩的族亲去芙蓉农场收殓石廷瑜的尸骨,安葬于飘水岩桑梓地。

党的十一届三中全会后,党的政策得以落实,凝聚"四化"合力。1984年9月,向法宜以江西省政协委员、南昌市政协常委的身份,连同当年改造社"八大家"之一的徐光兆(时任江西师大教授),向上级党组织和有关部门呈送石廷瑜的相关报告。新华社资深记者李晓岗先生是石廷瑜的外孙,他曾任中共新华社机关委员会委员、参编部党委副书记兼纪委书记,荣获第三届新华社十佳编辑称号。退休多年的李晓岗忆起时年82岁高龄的向法宜拄着拐杖找到他,如此恳陈:"我们同石廷瑜青年时期就熟识,曾为革命战斗在一起,深知其为人及一生经历……他虽早已不在人世,但是他的爱人,他的儿女,他的许多亲友却还在为党为国努力学习和工作。拨亮一盏灯,照亮一大片。希望党的恩情泽及枯骨,把中国知识分子为四化努力的积极性最大限度地发挥出来!"向法宜在20世纪80年代所言健在的石廷瑜的"爱人",指的是在石廷瑜人生后期与之相伴十余年的吴德华女士(都昌北山乡人)。

李晓岗深情地忆及当年的情形:大概是1984年9份,素未谋面的革命老人向法宜来到北京,拄着拐扙到新华社找到我,拿出报告对我说:"你外公不是反革命,而是老革命,应当平反昭雪!"我当时担任新华社总编室秘书,虽是外孙,但由于众所周知的原因,很遗憾,母亲从未给我讲过外公的事情。我也没有到过外婆家,也未见过外公、外婆,所以我对外公几乎是一无所知。最后,我外公终于平反了!此事已过去35年,向老等革命老同志早已去世,但我对他们的感激之情永留心中。

石廷瑜一如他的名字显示的寓意,是岩石深处的一块美玉,时光终是还了他以高洁的质地。

<h2 style="text-align:center">(二)</h2>

每个人都属于自己所生活的时代,石氏兄弟也如此。我们且从后人对石氏兄弟的追忆中,来寻觅飘水岩这个大家族的繁衍与兴盛。

石砥如生育四子两女,皆以有三点水的字命单名,属石姓"植"字辈。大儿子石渠(1914—2001),派名植中,早年毕业于民国时期的中正医学院(第三军医大学的前身),在第四防疫医院任院长,新中国成立后在吉安从医。次子石渊,派名植华,生于1921年,享寿92岁,早年毕业于民国时期的中正大学(今南昌大学),后在江西财经大学任教授。三子石洪(1929—2019),派名植民,早年就读于清华大学电机系,后在南京一雷达研究所工作。四子石涛,派名植群,生于1931年,早年毕业于中南大学,新中国成立后投身军营,在广州空军某部服役,1955年授尉官军衔,转业后在江西洪都大学、南昌五中、南昌十二中等学校任教,2020年去世,其妻子胡式珊(都昌汪墩人)退休前是江西中医学院(今江西中医药大学)主任医师、教授,如今在省城颐养天年。长女石淑,一生在崇仁县从教。次女石淳,生前系临川县教师。

石砥如的6位子女,至今健在的是小儿子石涛,出生于1931年的老人同爱妻胡式珊幸福地生活在南昌的女儿家中。石涛幼时,父亲突然去世,他对父亲的音容笑貌没留下什么记忆。父亲主张男女平等、注重读书,对于父亲的主张,他感受很深。石家同样鼓励女子求学不止,石砥如有个妹妹叫石梅,旧时从南京中央大学毕业,后在南京、广州等地从教,担任教化学科的老师,卓有建树。石涛对鄱阳县很有感情,不只是因为大港与鄱阳地域相近,还因为他母亲黄园绣娘家就在鄱阳。他也在鄱阳县中学读完了中学,其时三哥石洪也在鄱阳中学上高中。1949年新中国成立后,石涛投笔从戎,离开家乡,直到47年后的1996年,已是65岁白发老人的他,才重新踏上飘水岩这方故土。近乡情更怯,石涛那次回家,有一种挚念只有游子能体味,当年他一个人独身离家,回来时他也是一个人,没带家眷,而且选择的路线亦如当年离家的那段路程一样,鄱阳是必经的驿站。其时,一直生活在大港的小堂叔石廷钟已过世,另一个堂叔石廷铎卧

床难起,兄弟相见自是百感交集。石涛后来数次回家乡,为父亲上坟祭祀。鲐背之年的老人,如今与人交谈还是会发出爽朗的笑声,生性乐观豁达。

石廷瑜与结发妻子陈贤贞生育一子四女。儿子石溥(1926—2012)早年毕业于福建协和大学,生前任福建医科大学生物学教授,妻王涵光(1931—2012)系福建医科大学附属第一医院骨科主任医师。其子石铮毕业于福建医科大学,现任福建医科大学附属第一医院肝胆胰外科主任,为二级教授。石廷瑜的长女石清,嫁鸣山马涧桥。次女石沄,与李会湖先生结为伉俪,终生从教,诲人不倦。称誉都昌教坛的李会湖、石沄夫妇曾经在都昌左里新溪学校(左里二中)留下了一段美好岁月。石沄之家堪称教师世家,她的小女儿李晓园现为江西师范大学二级教授、博士生导师、享受国务院特殊津贴专家。石廷瑜的三女石萍,适刘门,曾在都昌中馆、周溪、鸣山等乡从教,立德树人,其子刘成曾任瑞昌市人民医院院长,现在九江学院附属医院从事中医,医技超群。四女石毕,嫁都昌阳峰,毕生于无声处见懿德善行。

石廷瑜的三女石萍是五兄妹中至今唯一健在的,老人已是耄耋之年,在南昌开心地度过有品位的晚年生活。出生于1934年的石萍少年时一直在乡下生活,难得见到父亲。在她的记忆里,最后一次见到父亲是抗日战争胜利的1945年,后来读书、参加工作时偶尔能接到父亲写给家里的信。1954年,她与在都昌银行部门工作的修水籍有为青年刘星和喜结良缘,父亲也没参加女儿的婚礼,只是修札一封表示祝贺。新郎刘星和到南昌出差,专门去拜谒岳父,回来告诉妻子他对岳丈大人石廷瑜的评价是:"人很善良,特爱整洁。"石萍的母亲陈贤贞心地善良,她曾以本能的慈爱善待红军游击队战士。石家在烽火连天的岁月里,没被当作"土豪劣绅"而受打击,可以说,善待他人成为那个年代这个大家族的"护身符"。陈贤贞老人温软善良之心无形中影响了子女的人格,儿女们都很上进,对于所从事的职业恪尽职守。老人晚年随儿子石溥在福州生活,1960年溘然长逝。

石廷铎是石氏四兄弟中最后告别这个世界的人:1996年辞世,享年76岁。现在大港中学担任学校中层领导的石文海是石廷铎次子石拱胜的长子,他对晚年几乎失明的爷爷十分依恋。石廷铎、黄明夫妇生二子一女。长子石拱星大学毕业后终身从教,曾任大港中学副校长,其长女石颖师范学校毕业后承父业,成为新一代的园丁。石廷铎次子石拱胜、女儿石蕾蕾均在大港本土生活,晚年的生活平淡且幸福。

"80"后石鹏现任《江南都市报》江西营商全媒体中心副主任,他是石廷钟的嫡孙。作为敬业精业的媒体人,他在回望祖父辈"石氏兄弟"的人生时,心中总会激荡起传承优良家风、赓续美好未来的情怀。爷爷石廷钟一生务农,土改时带着家人迁徙他乡。他们先是迁到了大港石岗,而后迁到了金家村、梧桐源,最后落籍于曹塘村,在这片热土挥洒着这一石姓支族的勤劳和智慧。石廷钟、骆凤娥夫妇含辛茹苦地养育三子二女。三个儿子石拱辰、石伟生、石健平在田野躬耕,收获着属于普通劳动者的甘甜的果实。长女石鑫鑫退休前为彭泽县乐观乡的医生,次女石明明嫁大港当地。石鹏的父亲石伟生5岁时就跟着父亲放牛,一天学也没上,但他在骨子里渴望认字识理,当年修建柘林水库,苦累之余还求人教他认字。2019年春节,64岁的石伟生用韵体文回首走过的坎坷路,如此感慨:"水流直路港有汉,青草春天会发芽。贵人四海可以走,善人五湖都是家。"

黄金山,说不上有多巍峨,但大山怀抱里的子民,将百折不挠、追求美好的信念奉为精神世界的"黄金"。飘水岩,也说不上有多壮观,得其滋润的子民们,在弱水三千里取一瓢,品味生活的苦与甘。黄金山下,飘水岩旁,"石氏兄弟"的背影日渐远逝,他们的后裔在时代的大潮里击楫中流,谱写着各自人生的金色诗篇……

80.阳峰乡龙船地罗村:微微南来风

【**罗氏家训家规**】俭可助廉,勤能补拙。开财之源,非勤莫克。节财之流,唯俭是则。士农工商,各精其业。怠惰奢华,切宜刻责。休待老年,徒伤落魄。克勤克俭,是为美德。

(一)

"吴天荡荡柏成声,院宇深沉月正明。墙外数声鸟鹊起,啼残人子永思情。"这是一首思乡诗,作者是北宋末年宋徽宗政和年间(1111—1118)的罗功勋。罗功勋是都昌罗姓的始祖,诗中首句的"吴天"指的是豫章(今南昌),三国时属吴地。罗功勋由迁徙之地都昌归豫章新建园石洲,夜宿报本堂,但闻屋宇外古柏枝丫被风吹得咿呀作响,庭院朗月普照,墙外鸟鸣不止,令人思乡心切。

都昌罗姓村庄据统计有 38 个,承袭"豫章世家",尊迁江西的始祖罗珠(前245—前155)为一世祖。罗珠曾任西汉时大农令,湖南浏阳人,后徙居豫章,在江右繁衍成望族。都昌罗姓始祖罗功勋(1113—1185)为罗珠 41 世孙。罗功勋原籍在离省城 60 里的新建园石洲,他在距今 880 余年前迁至都昌。查《豫章罗氏宗谱》,有如此文字载录:"绍兴甲子岁(1144),承父汝甫公命,游学四方,东至都村,仰视储峰(指阳储山峰)之笋萃,俯察汉水之潆洄,流连不释,逐四都株桥之东而家焉,是为都昌始祖。"罗功勋首迁地便是如今的阳峰乡金星村委会咀上罗家。罗功勋 73 岁时终老,墓冢安葬于村东,功勋公墓仍存,古茔肃穆,古樟参天,成为都昌罗姓人的寻根祭祖之地。

始祖罗功勋落籍都昌株桥,在阳峰一带的罗姓老人口中,流传着另一个与"功勋"有关的故事。说罗功勋避金乱来到都昌,且驰骋抗金疆场。某战失利,罗功勋被敌兵在阵前砍下头颅。而胯下之骑笃诚动天,老马识途,遂将主家背至安居地株桥,魂归家园,无头尸首才落下。落马之处便称"下马岭",至今仍存。仓皇中的赵室皇族念罗功勋作战勇敢立了功勋,赏"金头银颈"予以厚葬,为防毁窃,葬五处疑冢。

罗功勋战金兵的悲壮功勋,在历史典籍中无从稽考,但他在都昌立功建勋,使子孙繁衍,披罗戴翠,一片繁盛。

(二)

都昌和豫章的 38 个罗姓村庄一般分为西源、金星、周溪、翰公、罗岭、大沙、阳峰七大片(另彭泽片有长岭等罗村)。龙船地罗村属金星片,包括港西湾、福特公房(港头村)、龙船地、东坂村、叔昊村、铁舍村、咀上村,仲玉铺、铭通村等罗姓村庄,多集中在阳峰乡金星村委会一带。清咸丰年间(1851—1861),此罗氏支族曾按"天上麒麟原有种"七字号各领七宗分集族谱。这些罗姓村庄之名多状地貌,诸如港西、港头、东坂、咀上,至于"叔昊",源于先祖名"叔昊"。"仲玉"也是村里先祖之名,罗仲玉在村头垅里开的一间杂货铺,被人顺口叫成了"仲玉铺"。"铁舍"之名,源于村里先祖罗懋爵以铁匠手艺为生,言的是技艺。

"龙船地"之名,当然亦是状形,配了故事背景,便动听起来。龙船地罗村居阳峰乡的南大门,与三汊港街毗邻。"三汊港"其实作为港系,发源于阳峰乡,阳峰深处的阳储山、龙山、黄梅三汊之水在龙船地相汇,而后注入鄱阳湖。在以水运为倚靠的古代,龙船地也因水而热闹起来。在茅山(老煤院)与郑婆塅(马影垅)之间,有一处"U"形港湾,是天然的避风、歇憩的佳处,店铺鳞次栉比地在这里开起来。某日,一云游老道至现在的龙船地村址,观察之余,发出赞叹:"真乃龙脉之宝地!"说它是"龙",不止神像,而且形似:斯地前尖、后狭、中宽,傍鄱阳湖港汊,宛若一条"龙船"。因这里的人从店前迁徙而至,所以村名称"店前龙船地",肇村始祖为罗之润(1467—1508)、罗之湛两兄弟,接辈叙,为罗功勋 15 世孙。龙船地兴村距今 540 余年,现有村民 800 余人。

店前龙船地经三汊港街市,有一座龙兴桥,是"龙船地"先著称,还是"龙兴桥"先通达,没有人去考证,反正皆有堂皇之"龙"气。龙船地一带的罗姓人家,先前在三汊港街市很是威武,原因是罗家后生多有习武之人。据说,罗家子弟有 72 根"打棍",既镇邪,也显威。龙船地人自古有打井之技艺,直至 20 世纪 70 年代,都昌南芗万一带请到村头院里打井的师傅,多半是龙船地罗村人。在"店"言商,彼时店铺里摆着的,一定有村人擅长的美食——手工豆折,亦有散发芳香的一捆捆香。龙船地人有制香的技艺,直至 20 余年前仍有 20 余户凭此活谋生计。龙船地的手工挂面,品咂起来津津有味,令南来北往的商贾旅人满口喷香。龙船地手工挂面的历史始于何代,无考,但近30年来的挂面制作技艺,似是发轫于当年从县茶果桑公司退休回家的罗序玉师傅。龙船地手工挂面以其筋道、柔软、久煮不煳而热销县内外,远在广东、上海等地的都昌游子惦念"家乡的老味道",便通过线上电商求购阳峰挂面。龙船地罗家现有"老字号""长寿面""乡巴佬"三个挂面先后申请了品牌,制面业成为当地一个富民的传统产业,声名远播。

(三)

"廿里长街半窑户,赢他随路唤都昌。"这是清代一文士吟咏瓷都的诗句,道出了景德镇是都昌人的码头,都昌人在景德镇势盛的实情。出生于1958年的龙船地人罗小龙,近年来担任都昌豫章罗氏宗亲研究会会长,为弘扬豫章罗氏文化热心奔波。庚子年农历腊月二十五(2021年2月1日),都昌罗姓诸村喜气洋洋地迎接新修的族谱入祖祠。罗小华和众多罗氏宗亲贤达为新一届族谱的撰写付出了辛勤的汗水。罗小龙在村里为龙船地的公益事业也着力颇多,深受敬重。他算是与龙船地罗姓在景德镇定居生活的乡亲联络最为广泛的一个人,他估算龙船地现今有600多人在瓷都繁衍生息,长发其祥。清末民初人罗来炳,在瓷都打造的"罗炳昇造"百年老字号,无疑成就了龙船地瓷匠的一段辉煌。

20世纪90年代初,一艘中国近代沉船在东海被打捞起来,一批出口海外的中国瓷器底轮上标有"罗炳昇造"字样,百年历史的"罗炳昇造"浮出水面。

"罗炳昇造"的创始人便是清同治年间出生的景德镇一代瓷艺大师、龙船地人罗来炳,当初坊号嵌"昇"字,寄托的是朴素的生意升腾之意。罗来炳能在瓷界脱颖而出,肯定有一段从刻苦学徒到成就大老板的独特人生经历,也有一个从白手起家的磨砺到创业有成的拓展过程。他的故里鄱阳湖之水的"柔"、他的创业之地景德镇的瓷窑之火的"烈",淬炼了他一身绝技,也成就了罗家在许家弄11号的偌大家业。当时景德镇许家弄有三家窑户显赫一时,"罗炳昇造"居首位,集设计、烧制、销售为一体,吸纳200余人终年忙碌在瓷业线上。发了家的罗来炳宅心仁厚,乐善好施。龙船地周边的罗姓乡亲去镇上,若是回程下乡缺盘缠,罗来炳总是慷慨解囊。族上子侄在乡间耕田,若是死了耕牛,简直是失了一半家当,罗来炳得知后捎来银两,让晚辈重置耕牛,行于垅亩。龙船地当年村道里的青石板路,由此巷接彼道,也多是罗来炳捐建的。

"罗炳昇造"的创始人罗来炳的代表作是"高足宁波碗",其碗底高远的设计理念,也许就来自鄱阳湖区渔民的喜爱与追捧。罗来炳生有两个儿子,大儿子罗贤宽在龙船地打理广置的田产,出生于1901年的小儿子罗贤丰从小跟着父亲学瓷艺,他配制的颜料成为行内一绝。作为第二代传人的罗贤丰在20世纪50年代初制作的"工农联盟碗",一度引领景德镇日用瓷的新风尚。第三代传人罗山东是罗贤丰的侄子,为江西省高级工艺大师,他开创的"罗氏青花"独树一帜。在中华人民共和国成立50周年和人民大会堂落成40周年之际,他应邀设计的"国宴用瓷",得到高层好评。他设计的"青花玲珑凤葵5头酒具"获1982年全国陶瓷美术设计评比二等奖,作品"孔雀双耳瓶"被景德镇陶瓷馆收藏,作品"8头青花玲珑飞鹤酒具"获国家专利。第四代传人罗文波出生于20世纪70年代,是罗山东的第四子。他在景德镇高新区创办青花恋瓷业有限公司,主张日用陶瓷艺术化,艺术陶瓷生活化。罗文波在传统器皿上精进打造"老茶花系列",不断出新出彩。2019年中俄建交70周年之际,北京市政府委托罗文波与其子、第五代传人罗智超设计和创作青花瓷赠品,罗文波父子合作烧制的"盛世牡丹"青花瓷瓶作为礼物馈赠外国友人,更是让"罗炳昇造"在世界大舞台上续写出新辉煌。

(四)

村民罗穆旺近年来热心龙船地历史掌故的搜集,能讲述不少清末和民国闻人的故事。罗穆旺讲得最生动的是关于龙船地人罗时翔(1823—1902)善讼的故事。

某年某日,罗时翔携其有绅士风度的侄子罗来徽前往景德镇,借宿于鄱阳天平桥一罗姓小村庄。是夜,村民在罗时翔卧榻之宅隔壁的祖祠议事,激愤的嚷嚷声让他不得安寝。罗时翔披衣而起,笑着问"本家"为何如此吵闹,不妨说来听听。罗姓长者抚髯长叹,告曰,吾罗姓小村受欺,邻村外姓大村庄田头的一颗壮硕的樟树遮天蔽日,硬是将罗姓一方田垅挡了阳光雨露而近荒废。让对方将枝丫砍了,可大姓村庄就是不肯通融,诉之于官府也是得到一阵搪塞。眼看又到春耕之时,村人商议重提状纸于官府,只盼获准削枝透阳,庄稼见日生长。村人欲众筹贿官,又担心肉包子打狗——有去无回,因此便七嘴八舌地愤愤不平起来。罗时翔接过状纸扫了一遍,提笔在讼文中加插了十个字:上不得天露,

下应免田赋。罗时翔掷笔嘱村人明日再呈官家。十余天后,罗时翔叔侄从景德镇返都昌,中途又在天平桥罗村歇息一晚,村民异常热情招待他,告诉他这次全赖"家先生"点睛十字,村里人总算在官府面前更体面些,蔓盖的树枝已砍,多谢"家先生"。

又说某年,阳峰罗家嘴与邻村因灌溉打起了官司,地处上游的他姓村庄筑死山溪的档口,下游罗家的用地只等干涸。久置未决,罗家嘴人恳请"家先生"时翔公出面,质对公堂。罗时翔在辩论关键处掷地有声:"断水即断粮,断粮即断命!"官吏闻之,当场判决"掘坝析水"。在龙船地罗村保存的族谱里,收录了"监生"之身的罗时翔在光绪十七年(1891)为村里与邻村詹家和谐使用石头港渔权和用水的一份"印谳"。

龙船地罗村人罗文海,清末举人,曾任高安县令。罗嗣德(1900—1951),黄埔军校三期毕业,曾任国民党军政部上校衔。历史背影渐行渐远,风流人物数今朝。从阳峰之南,新时代的微风吹来,轻拂在人们的笑脸上。在乡村振兴的大潮中,如今的龙船地罗村人,一个个龙腾虎跃,胸罗锦绣……

五、风情风物

81. 北山乡斓石咀徐村：斑斓故事徐徐道

【徐氏家训家规】徐氏《十训》"训和邻"言：我族散处各乡，其往来者，岂尽皆本支，尽皆姻戚哉？有邻焉。鸡犬既已相闻，田产亦且相挠，出入既可相友，守望亦可相助。

都昌县北山乡团山村委会徐家咀村，又称烂石咀徐村，现在雅化为斓石咀徐村。"烂石"也好，"斓石"也罢，此磐石就在徐家咀老村址临新妙湖岸边，s214线经县城芙蓉山工业园区连接新妙湖大桥的桥头。这条都昌人出城、上市、奔省的新公路穿徐家咀村而过，左侧是 1998 年洪水肆虐后实行移民建镇的新村址，右侧是成村于明代嘉靖年间（1522—1566）、距今约 500 年的老村址。近年不少村民又拓迁至徐家湖边的老村址建造新宅。斓石咀是北山乡团山村的一个地标。斓石咀徐村口耳相传的故事从老一辈村民的口中徐徐道来，何其斑斓多彩。

杀猪立村规

清朝中晚期的徐声熙是徐家咀有名的乡绅。秀才出身的徐声熙有个乳名叫"傻嘻"，他不只不"傻"，还显得文武兼备，能辩善论，既能打拳又善舞棒。村里的徐远虑等老人对徐声熙"杀猪立村规"的故事津津乐道。

徐家咀老村后有一片茂密的树林，不只是添绿的一景，更是挡北风、护屋宅的一道屏障。徐家咀人为了护好这片树林，屡立村规，屡遭废弃。为禁牲畜糟蹋树林，村里人在外围插了篱笆，仍旧屡禁不止。后来村里人干脆立了村规：入林的猪格杀勿论，犒享全村，以儆效尤。某日，树林里闯入了一头大肥猪，被看山的村民圈住，只待族长发落。新规刚立，村民们一阵兴奋，看谁家的畜生挨第一刀。村民们除了有大啖一餐的期待，更有对村规能否践约的观望。族长徐声

熙端坐在祖厅,对周边的父老乡亲掷地有声地说:"今天不管谁家的猪,破了规矩,杀无赦! 烹有味!"村妇们忐忑中怀着好奇,去看自家猪栏里的猪是不是私宰了。在池塘石板上搓衣的徐声熙的妻子听到风声,放下杵衣棒,去自家猪舍察看,但见圈内石槽里空空如也,便知是自家的猪闯祸了。她不动声色地来到祖厅,附在丈夫耳边悄声说道:"猪是我们家的。"徐声熙大嚷:"我们家的猪破了规矩,照杀不误!"当天,全村人享用了一顿美味,更将村规刻在了心里。这个故事的抖出来的"包袱"是,徐声熙故意让自家的猪入林,借此儆众律己让村规生威。自此,再无牲畜践踏树林。

在法治观念淡薄的封建社会,乡间的村规民约是社会治理的有效形式。比如徐家咀的村规确定在村中禁赌,一些好赌的村民便不敢在村中涉赌,熬不住便只得取个竹篮盘托着在野外打纸牌,或是到外村去过一把打麻将的瘾,就是不敢在村里赌。对违犯村规族规的,重的绑石沉塘,轻的响锣唤村里男丁吃违者的"关门号"。所谓"关门号",就是让违者杀猪款待全村所有的男丁或是烟户代表,以此惩戒谢罪。对家贫无力办"号席"的,株连亲戚代出餐资。民国时期,北山徐村有个叫徐笑三的,到左里籴米糠,随手将一户人家的妇人所用的青丝巾放在米糠箩里,取了回来,后被失物人家告发。徐姓族上人对犯了"禁盗"族规的徐笑三施以惩罚,响锣鼓让徐笑三家办了一次"关门号"。

徐家咀人传承肇村始祖徐廷铣(1495—1533)秉持的家训家规,在新时代注入社会主义核心价值观的内涵,将新的村规民约勒石铭志于祖祠的外墙上。在苏州创业的徐杰志与村干部徐少玲 2011 年倡导并首捐 5000 元,发动村民自愿捐款成立徐家咀公益爱心基金会,对当年考上重点高中和二本以上大学的学子予以奖励,对遭遇变故的特困家庭予以救助。

择时观水火

徐家咀的乡绅徐声熙擅堪舆之学,是远近闻名的风水先生。彼时都昌县城周边有"三个半地仙"之称,徐声熙算"半个"。村民理事会理事长徐辉柳讲起徐声熙替段海里(现属汪墩)女婿家造屋择时的故事。

段郎的送节肉被煮熟了,上桌后,徐声熙把一块一块的硬骨头往女婿饭碗里夹,女婿甚是不好意思,他也悟到了岳父对送节送骨头肉的一分揶揄:难道做岳父的成了啃骨头的狗不成? 第二年送年节,女婿长了记性,让屠夫尽挑不带骨头的两斤瘦肉,喜滋滋地提着瘦肉来到岳父家。岳父同样把肉煮了,端上大块红烧肉招待女婿,并嘱咐女婿明年送年节时不要两斤肉,只要两头仔猪,说新桥头的猪崽养大了只长膘不见骨。做女婿的也听出岳丈的话中之话,泰山大人正通过尽骨、尽肉的话题教他为人处世的"中庸"之道。

段海里的女婿勤劳致富,要建屋宅。岳丈是一流的风水先生,选择吉日开工的事自然全托付给徐声熙。岳丈掐指而算,告诉他开工的日子。做女婿的偏偏又是个事事讲究妥当的人,他又另请了周边数里有名的风水先生测算吉日,得出的一致结论是:那天是个犯"火星煞"的引火烧宅的凶日,于是作罢。做岳丈的言出必行,徐声熙当天一大早来到女婿家,嘴边架起长长的朝烟杆。早晨一通烟,那烟杆长得吸烟人的手臂够不到香火点燃烟丝孔,要段家小外孙在一旁专门点烟,这当然也显示了一种体面的身份。来到段海里,但见空基地上冷冷清清,徐声熙厉声质问女儿何故,并让女儿喊来了在田畈锄草的女婿,他余怒未消地说:"你说今天是火星日,你燃柴薪烧做屋的磉墩,石料着火,我就信你,要不今天非架码动工不可!"女婿拗不过勃然大怒的岳丈,只得临时请来石匠和木匠,点起开工的爆竹,拉线定位,固磉定柱,砌墙竖柱。到了上梁日,日子是定了,时辰却秘而不宣,却只能依了岳丈。按照民俗,先是鲁班传人"祝梁",即木工在梁头吆喝着祝福的彩语,众人和着"好啊",伴着抛粑撒糖,一片祥瑞。"祝梁"之时,晴空万里,可徐家老丈人却要木工带上"笠帽蓑衣",说是大雨降时听他吩咐定主梁之位。师傅以为徐声熙是在故弄玄虚,有如白日做梦,凡夫岂能左右老天爷变幻雨晴?师傅顶着灿烂的阳光,顺着木梯上了檩桁。徐声熙搬把椅子,坐在段海里西边的背口岭观星斗。不一会儿,乌云笼罩,转瞬下起雨点,他传令"水星到宫",可以请梁正位。只见他几个箭步跃至新宅天井,搬离了上梁的木梯。在木工削、敲主梁间,倾盆大雨突然而至,木工无梯可下,淋得湿透了。在正梁完全正位后,村里人才架了木梯让工匠下来避雨。工匠虽淋了雨,但心里不得不佩服徐声熙老先生的神算。

段家女婿后来在此宅的下方,建了门楼式的下厅,在上方毗邻的地方建起了上厅。神奇的故事还在续写。某年,下厅起火,化为灰烬,其间一个杉节爆燃,使上厅也遭了火灾,唯独当年徐声熙择了"火星日"开工的中厅躲过一劫。此宅至今仍存,据说在宅中降生的子弟都知书达理,聪慧伶俐,考取二本以上大学者众。

金猫捕鼠地

徐家咀人徐辉圣向我们讲述了村里流传下来的"金猫捕鼠地"的故事,发生地在老星子县(今庐山市)。

清初,徐家咀一代祖先徐献征或许是在外入仕的缘故,终老时葬在星子县城东临珠林湖的一座山坡上,这是风水先生看的"金猫捕老鼠"之吉地,且徐家人买下了这座山,山麓有陶、李、张、杜诸姓人家。相传,徐献征曾在星子县城北建了一座徐氏试馆,供都昌赴南康府参加功名考试的学子落宿,生活上的照应自是周全。徐献征辞世后享春、秋二祭,特别是徐家咀的后裔清明都会远涉鄱阳湖扫祭。某年清明时节,徐家咀人发现陶姓人家的一幢新建三间私宅的一个屋角占据了徐家咀人的祖坟山。陶姓人家仗势说此山本就是陶家林,三年官司下来也无了断。

徐家咀有个叫徐丹九的先生在村里教了两个高生,一个是"会说"的徐述銮,一个是"会写"的徐继禄。徐继禄为村里争此山重拟了一纸讼状,呈给徐丹九先生审看。徐丹九看罢拍案称好,断定凭此状此案必胜。第二天,徐继禄却要从先生手中取回状纸,说是要改一字:将以"潜"为界,改为以"埂"为界,担心昧着良心说了造孽的话要遭报应。先生捻须而慰,言不改也无妨,为祖宗争光,己害如何避? 老先生徐丹九当然能读懂一字之差的厉害,《诗经·小雅》有"潜虽伏矣",《山海经》有"西望大泽,后稷所潜也",范仲淹《岳阳楼记》有"日星隐耀,山岳潜形",其"潜"可通埋葬、崩藏之义。按山体所崩之处来论,陶姓人家不只超占了一个屋角,整幢房子都是徐家的所属地。这场官司的最后结局是,陶姓人在府里做官的外甥无奈地对拟状人发出一声"倒绝三代"的咒骂。陶家被官府判了拆屋还基,主人冤屈难伸,竟吊死在超出的屋角处。赢了官司的徐家人连夜开船回了都昌,惧怕事情闹大遭报复。一时的报复可以躲过,拟状人徐继禄为了一村的利益,36 岁时遽然而逝,其后代一直缅怀其义举。

这当然只是传说,能眼见为实的是,徐献征的旧墓至今仍在庐山市的陶姓村后附近的山坡上,徐家咀人前几年还进行了重修。

斑斓徐家湖

徐家湖就是徐家咀老村居面临的一方湖域,古时是鄱阳湖的一个港汊,

1962 年新妙大坝建成后,便成了新妙湖的一部分。新妙湖号称有 5.5 万亩,属 8 个乡镇管辖。20 余年前,徐家咀人在斓石咀处筑了小圩堤,徐家湖才算真正属于徐家咀村。如今,村里将湖面承包给养殖户养珍珠。临村垒湖岸的巨大卵石已显得斑驳,通往湖边的石级透着古朴,湖面上珍珠浮标笔直成线,对岸的村庄静谧隐现,不远处的新妙湖大桥有如卧龙。站在湖边,入眼的景致十分怡人。

村民徐森林对我们讲了一则徐家湖的故事。说徐家咀与邻村争这方水域,官府的判决是两村都派人穿烧得通红的铁鞋,在湖水干涸的季节跑到哪歇脚,边界就划到哪。邻村人不缺侠勇,少的是智谋。他在布鞋外穿着铁靴,没行数步便灼烧难耐,于是弃靴而弃地。徐家咀人智勇兼备,在自己的布鞋外垫了特殊的垫层来减轻烧灼感。他疾行湖洲,有了"上齐蛤蟆桥,下齐古楼巷"的界域。

徐家咀现有人口号称逾千,所称"半镇半乡"的分布,就是有近 500 人在景德镇定居生活。至今徐家咀人在瓷都的兴旺发达,据说是自清朝中期的徐贵豪起步。徐贵豪家里很穷困,所以自小就到景德镇学艺谋生。徐贵豪人穷志"豪",先前去镇上要在鄱阳县境过漳田渡。都昌人"上镇""下乡"要过此渡,总要以恳求的口气喊"渡爷",缴费之后让"渡爷"摆渡。徐贵豪掷下豪言:"有朝一日,我捐建义渡。"相传徐贵豪当年学艺的那家老板在他来景德镇的前一天夜里做了一个梦,梦见水牛弯角入其宅门,送来财宝。第二天,徐贵豪第一次来景德镇投亲谋生,正巧在这家老板的屋檐下躲雨。应主人邀请,徐贵豪当天戴着的斗笠一时未取,头偏侧着从狭窄的店门而入。老板见状猛然悟到这就是昨夜的"水牛弯角入宅"之景。仔细一看,眼前的少年嫩皮细肉,一副福相,老板便主动留下徐贵豪在店中帮工。从起初的扫地抹桌,到后来合股烧窑,再到后来独自拥有 8 座轮窑,徐贵豪一路成就了富贵。

徐家咀的后生们逐梦而来,更多的人在瓷都安居乐业,繁衍生息。据说富贵了的徐贵豪践行了诺言,资助漳田渡成了"义渡"。在都昌有种年俗,就是腊月三十前的三天里,还会过一次预年,叫"还年"。而徐家咀村没有过两个年的习俗,只过除夕之年,据说这也是源于徐贵豪某年忙到腊月三十傍晚才到老家过年,他第二年为其支族另建一个祖堂,免了腊月三十之前的年俗。徐家咀至今只重除夕之年。

其实"着铁靴定湖域""水牛弯角入宅带财"的民间故事,在其他村庄也有流传,算不上是徐家咀专有的故事。倒是徐家咀人一代一代传下来的一个不是

官职又是角色扮演的叫"皇课"（或是"黄科"）的词他处难觅。据说,徐家咀清朝出过太学生徐士发,敕建了荣耀的门楼,还出过三任皇课。首任皇课是徐云腾,从 20 岁到 60 岁,在府城一做就是 40 年。末任皇课是咸丰年间(1851—1861)闹"长毛"时的徐继塈。

徐继塈是四兄弟中的老大,利用"皇课"之便,聚集财力,为村里铺设穿巷入户的麻石道,连徐家耕种的主要田垅都铺设了石路。起初麻石道的铺设由老大筹资,老四徐继奎管理。老四没按长兄规划施工,另建了宅第,徐继塈便亲自督工。他从星子运来上等麻石料,在徐家湖下船,请了工匠环村铺道,造福桑梓。自家的棋盘屋连建 7 栋,飞檐翘角总计 100 个,甚是显达。

徐家咀老村庄的规制堪称清时民间建筑的经典之作,用当下人的眼光去打量,村庄规划也能得高分。村为排行地,三面环水,祖屋正中隔湖正对南面的芙蓉山主峰,前面有阔大的空地。村前两口池塘,一口呈圆形,一口呈椭圆形,中间有一眼供全村人生活用水的古井,塘与井皆用麻石砌岸,两圈麻石将祖屋围在正中。棋盘屋傍麻石路而建,村东、西两岸都建起约 5 米高的防水岸墙,长400 余米。北边有 50 多亩的人工山林,挡住湖上来的北风。徐家咀的铺路麻石二十世纪六七十年代大多被移去筑圩堤,古宅因 1954 年和 1998 年的洪水侵浸也早已颓废,厚实的防水护岸石墙至今还能在草丛中找到遗迹。

徐家咀有许多美丽的传说,精美的石头在唱歌。歌声飘入新时代,乡村振兴的斑斓故事亦在徐徐展开……

82. 芗溪乡新塘江村：平淡日子里的咸挂面

【江氏家训家规】夫孝悌为人伦之首，百行之源。推别立孝悌之方，详申孝悌之义。哀哀父母生我劬劳，寒则衣，饥则食，笑则喜，啼则忧，抚育教养无刻少解。父母之恩，昊天罔极，竟无涯际，其可忽乎哉！

2020 年庚子中秋节快到了，入了仲秋，"秋老虎"也遁形了，气温日见凉爽起来，83 岁的都昌县芗溪乡新塘村委会江家江宗炎老人和耄耋之年的老伴拾掇着面竿、面架，准备做手工咸挂面。从当年中秋节前后到来年端午节前后，是自家面坊手工制作挂面的档期。千余人的村庄，38 年前几乎家家手工做面，现在仅剩下四五户。江宗炎 20 岁出头就开始跟着师傅做咸挂面，如今已历一甲子。好在年逾八旬的他还能从事这份手工活，除了挣些零花钱，还维系着手工做面 60 年的情感。

新塘江村其实是由三个江姓村庄合成的，内里江村现有 420 余人，口头江村现有 380 余人，土库江村现有 200 余人，合在一起，新塘江姓大村逾千人。秉承"济阳世家"的都昌江姓族脉有"四本两济"之说，而芗溪的很多江姓村庄是江济九（约生于 1238 年）的后裔。相关资料显示，江济九的八世孙江诜仕于明正统年间（1436—1449）由平池江家坊大宗里（属芗溪新兴村）迁至新塘，形成如今的内里江村；江诜仕长子江琼裔的十世孙江中明，于清康熙年间（1662—1722）由内里江村迁至土库村，后江琼裔弟弟江琼畴的九世孙江有第也迁来土库村，两公子孙共居一村，形成如今的土库江村；江诜仕次子江琼畴的九世孙江有科，于清康熙末期由内里江村迁居塘堰口，形成如今的口头江村。"新塘"其名，有种说法是，江姓始祖徙居此地开辟成塘，遂有"新塘"之说。

新塘江村是远近闻名的"挂面之村"，纯手工制作咸挂面成为"舌尖上的都昌"的一道美味。新塘江村肇村历史可追溯到 570 余年前，而手工制作挂面的历史却不长，据说不足百年。1965 年出生的江亲世是新塘村委会的一名村干部，他给出的说法是，村里制作挂面，始于他的父亲江孔龙。1942 年下半年，父亲江孔龙在县城拜师学制作手工咸拉面的手艺，回到村里后带徒而兴挂面业。

村里原本就有不少人做豆参、排粉,手工食品制作的氛围本来就很浓。江宗炎说他的做面手艺是20世纪50年代向师傅江亲世学的。江宗炎在生产队年代,还被同县的西源塘口村请到村里,教了两年做面手艺,带了不少徒弟。那时他一个月的工钱讲好是45元,悉数交给队上,队上按每月300分计工分,相当于一个全劳力出了满工。

1950年出生的江会旺是村里坚持扯面的寥寥数户中的一户。只读了小学四年级的江会旺,在生产队挣工分时学的扯面活,20世纪70年代前后的扯面生涯只能停留在他这样的亲历者的讲述里了。那个年代扯面的原料面粉,是队上地里自产的小麦做的。四五个人用石推磨把小麦磨成粉,一天一夜才磨100多斤小麦,以至到了分田到户实行承包责任时,独家单干无法轮圆磨盘,只得四五家采取换工的方式,今天你帮我家,明天我帮你家,使磨盘转起来出粉。后来,自家的麦子种少了,市场上的精粉销售旺起来,人们便到县城甚至九江去购买袋装面粉,告别了纯手工磨研面粉的工艺。为了节省运费,常常十余家合租一部带斗的货车,一车能载回200余袋。现在做挂面的少了,江会旺往往托从县城到芗溪的客运班车稍带面粉。

说到挂面的手工制作,和粉、揉粉、上条、搓条、晒面、收面诸多工序,都是功夫在手中,诀窍自琢磨。而在江会旺看来,最关键的工序在于放盐。食盐对于新塘江村的挂面来说,不单是为了调味,更重要的是"筋道"。挂面能长长地挂起来,靠的是食盐的筋劲维系着。纳入的盐量,与气温关系很大:当日气温高,盐要多放一点才能让面劲道,能挂得住;气温低,盐可少放,一斤面粉放两三钱盐足够,不到天热时盐量的一半;当气温超过30℃,一斤面粉要放八钱盐以上,这面因过咸已无法入口了。所以,扯面工通常在酷热的夏季停工,当然在春、秋、冬的阴雨天因无法晒面也会停工。机器压面,一年四季不管寒暑雨晴都可以在车间生产,却没有手工挂面的传统口味地道。

挂面作为一个作坊式的产业,当然有产、供、销的门道。做好的挂面如何卖掉,让它货有所值,为农家带来收入?其实早在生产队年代,马克思主义政治经济学就在乡间被用于新塘江村的挂面行当。那时"兴无灭资",做面的收入统归生产队结算。社员或是挑着谷箩担,或是推着独轮车走村串户地帮生产队卖面,1斤面换回1斤2两小麦,还要收回加工费。最早加工费1斤才1毛钱,到20世纪80年代初期,上涨到8毛钱。分田到户后,江会旺也是或荷担或推车地吆喝卖面,近的地方到过都昌的周溪、万户,远的地方也到过鄱阳县的鉴玉那边,不论远近都是当天去当天回。现在村里做面的少了,也不愁销路。南峰镇芦家园里有个当地小伙子做电商,将江会旺家产的一天最高产量不到 30 斤的咸挂面从网上销售。也有都昌人留恋"舌尖上的都昌"味道,寻找到新塘江村,直购挂面,时下的价钱是每斤 9 元左右。

生活的滋味尝个遍,平淡的日子才是真。江会旺做手工挂面挺辛苦的。扯面的时日往往半夜起来揉粉,上午 8 点钟左右将面条挂上架。经足够的日晒后,长长的挂面被娴熟地一分为四,收至谷箩内、晒篮里,待售后变成柴米油盐的家用。扯面既辛苦又赚得少,年轻人都不愿干,村里做挂面的活几乎快要失传了。江宗炎老人有 5 个儿子,只有大儿子江会荣学了扯面手艺,但现在也弃了面业在福建带孙子,家里其他人都没继承他的做面手艺。

要是村里的咸挂面制作工艺能申报为省、市非物质文化遗产,从而打造自己的民间美食品牌就好了,村干部江亲世如此想着。行走于都昌芗溪这片生机勃发的土地,"黄坡豆参新塘面,井头鱼虾新丰莲","舌尖上的芗溪"满口生香……

83. 阳峰乡张家岭村：张家岭手工米粉的老味道

【张氏家训家规】礼义廉耻,国之四维。故必制心以礼,制事以义,取财以廉,措行以耻。苟能心依于道,是合于宜,财不苟取,行不妄为,教化隆而儒出,四维张而家声振矣。

都昌县曾有个"张岭乡",也被当地人顺口称作"张家岭"。后来张岭乡与北炎乡合并,形成现在的蔡岭镇。而"张家岭"作为一个自然村之名,属都昌县阳峰乡金星村委会所辖。令"张家岭"名声叫得响的,是"张家岭排粉"——"舌尖上的都昌"一道上好的地方美食。

（一）

"排粉"是手工米粉的俗称。张家岭排粉从历史的深处蕴香而来,其流传下来的传统制作技艺,远超"百年老字号"所设时限。

张家岭排粉曾是明朝皇宫御食,历史故事更增加了它的神秘味道。朱元璋与陈友谅大战鄱阳湖,有一次,朱元璋的军队被陈友谅的军队追杀,遂避躲于三汊港、土塘一带的湖域,数日坚守后,面临粮绝的困境。当地湖区百姓为朱元璋的部队送去粮草,其中就有张氏米粉。朱元璋品咂一番后,对此米粉之美味大加赞誉。张氏米粉让他的将士得到补给,士气因此大振,擂鼓反攻,大败陈友谅部。当了皇帝的朱元璋,对都昌老表的米粉感恩于心,封其为贡粉。朱元璋650余年前品尝的米粉不是来自张家岭,因为那时张家岭村还未形成。查有关资料,张家岭的始祖叫张洪(1452—?),张家岭成村于明代弘治年间(1488—1505),比朱元璋、陈友谅大战鄱阳湖要晚了一百多年。张家岭从鹧鸪塘张村(现属阳峰乡竹林村委会)分迁而成,而鹧鸪塘建村于南宋宝祐二年(1254)。这样看来,在张家岭成村前,想必当年的鹧鸪塘张村就有制作手工米粉的技艺行世。江晚正愁余,山深闻鹧鸪。鹧鸪塘张氏米粉为朱元璋一解余愁,浩荡东去。

张家岭人做排粉的历史悠久,1952年出生的张芳俭三代做排粉,他们是排粉的见证人。张芳俭的祖父张德耀、祖母江绪莲以手工米粉的制作手艺养家，张芳俭的父亲张承宜得家传亦是做米粉的高手，张芳俭年轻时也干着手工米粉的活儿。张芳俭关于米粉的记忆，淘煮在时代的沸汤里。先前，张家岭几乎家家做手工米粉，碎粉的石磨家家配置，碓粉团的石臼四五户共一间。晴天，村头巷尾，阡陌岭畈，处处是晒板晾晒的米粉，村里弥漫着粉香。小农经济时代，张家岭人用谷箩担着自家产的米粉，到新桥、杭桥、狮山、万户等周边村庄走村串户地吆喝。那时一般 1 斤米可制成 8 两排粉，上户交易含了赚头，便是 3 斤谷或 2 斤米兑换 1 斤排粉。张家岭人早晨挑着粉担上门，半下午便回，轻担挑米粉上户，重担荷稻米回家，半下午接着干浸粉、磨粉的活儿，准备第二天的生计。生产队年代时兴"割资本主义尾巴"，私户做米粉卖钱便受到了制约。再者二十世纪六七十年代，兴修水利任务重，张家岭人只在农闲时才小规模地做些排粉，供自家用，也用于馈赠亲友。那时用排粉回礼，算是很体面的一件事。碰上家里有喜事办酒，便无粉不成宴，炒盘排粉，这酒宴便大气不少。20 世纪 80 年代初，沐浴着改革开放的春风，张家岭的手工米粉在春风里飘香，家家户户都小打小闹地做起手工米粉，让日子过得日渐滋润起来。那时村民受惠于萌发的商品经济，除了提着篮子到街市上贩卖，也给贸易公司加工米粉。张家岭排粉从整村制作的热闹场景到仅有数户制作的变化，始于 20 世纪 90 年代初。那时景德镇米粉行销一时，在当地被唤作"活粉"，而张家岭排粉是纯手工制作的无添加的纯正原生态食品，制作工艺复杂，成本自然高，便没有了价格上的优势，因此景德镇的"活粉"在都昌市场上占了大片江山。张家岭人起早贪黑地制作手工排粉，早上凌晨两三点就要起床。就因为做排粉是一门苦差事，所以年轻人不太愿意学，宁愿到外面打工挣钱。手工排粉制作后继乏人，自然也就冷落了。

（二）

张家岭排粉在新时代重焕生机，美誉远扬，得益于村里一个叫张廷尧的年轻的排粉传人。1983 年出生的张廷尧高中毕业后便走上社会务工，在九江做过石匠，后到浙江宁波打工，凭着农家子弟的勤奋和诚笃，在一家品牌服装企业做带班组长。2015 年，父亲张芳发、母亲沈正凤开办多年的排粉加工小作坊面临难以为继、只待停业的困境。张廷尧觉得很是可惜，他多年走南闯北，看到了传统食品的市场前景，再加上从小在村里生活，自然对手工米粉这门技艺有不舍

情结。于是,张廷尧不顾亲友的劝阻,辞了宁波一份不错的稳定工作,2015 年秋冬之交,怀揣振兴家乡"老字号"美食的梦想,踏上了返乡创业之路。

张廷尧和妻子张珍珍情投意合,在家里办起了传统手工米粉作坊。村里的老者成了张廷尧坚守传统手工米粉技艺的良师,也成了他诚信经营做良心排粉的示范人。起初,张廷尧一天只做六七十斤米,现在一天可做 500 斤上下的米。张廷尧意识到,要大规模地生产传统的排粉,赢得市场准入是第一道坎。他生产的排粉经多批次送检,2016 年顺利获得了食品生产许可证。随后的创业核心便是打造"张家岭排粉"这一形象品牌,让前行的创业路延伸得更长。四年扬粉,美名渐隆。对于张廷尧来说,2019 年是张家岭排粉真正走上品牌之路的起始年。张廷尧注册了"张家岭排粉"商标,在余干县举办的由全国性协会组织参与的江西米粉节上,荣获"中国地标美食"食材称号。2020 年 6 月,都昌排粉制作技艺跻身九江市第 8 批非物质文化遗产代表性项目,张廷尧成为这一"传统技艺"的传承人。2020 年 11 月,张家岭米粉在江西宜春举办的第三届中国赣菜美食文化节暨第二届江西米粉节上,入选江西米粉馆版图。2020 年 11 月,张家岭手工米粉荣获中国饭店协会授予的第 20 届中国美食节金奖。2021 年 6 月,在南昌举行的首届中国米粉节上,用都昌手工排粉制作食材的烹饪厨师获得金奖。张廷尧让张家岭米粉在做优品牌、拓展市场上美名和效益排对排、行对行,织成一幅创业锦绣图。这图中贯注了一份心志、一种情愫。如今,张廷尧汇入特色产业精准扶贫的大潮中。他的排粉生产车间吸纳了六七户村民在家门口就业,让一些贫困户家庭和一些老者务工增收,少的年收入五六千元,多的达两万余元。设在他家的张家岭排粉生产基地被列为市级非遗扶贫就业工坊。张廷尧个人也获得了一系列的荣誉。2020 年底,张廷尧作为"农村实用人才",入选中共九江市委人才工作领导小组办公室组织的九江市第 8 批"双百双千"人才工程。

(三)

在古时,张家岭手工米粉技艺一般不外传,甚至有"传男不传女"的讲究。为了让众多张家岭排粉的爱好者们了解排粉的制作过程,我们在此不妨来一番解密,以弘扬其法,广惠天下。

第一步,选料。顾名思义,米粉的原料就是大米。大米的选择有讲究,以陈化一年的晚稻大米为最佳。因为当年的新米,米汤浓稠有损味道,也有碍搅匀;超过一年的陈米,则粉色混浊,也影响米粉的纯正味道。

第二步,浸米。浸米的水要选深井里的水,既清冽又醇净。冬天气温低时,浸米时长在 10 天左右;夏天酷热,浸两三天即可。浸米的过程就是晚米自然发酵的过程,不添加任何曲糟催发,全靠野生的酵母菌和乳酸菌等在浆水中繁殖,产生浓郁的酵味。

第三步,磨浆。米浸好后洗净杂质,磨浆时,浆粉越细越好。原来磨浆是纯手工用推磨,现在改进工艺,提高功效,一般用磨机。米浆的含水量是关键,一般含水量为 40%—50%。磨浆含水量过多,则做出来的米粉不筋道,易断;磨浆含水量过少,下一步的榨丝则榨不利索。把磨好的浆水装入大瓦缸中,米淀粉很快下沉,倒掉面上清液。若浆水太多,则要放进纱布袋里,扎口,滤掉水分。为增加压力,布袋子上可放置石块帮助挤压水分。

第四步,复酵。将滤干的粉浆放在木盆里发酵,天热只需发酵一天,气温低则要两三天。

第五步,揉团。将粉浆搓揉成直径约 10 厘米的粉团。

第六步,煮团。将揉好的粉团放入锅中烧煮,至粉团通体熟透深度约 3 厘米时捞出。煮粉的是柴火灶,煮的关键在于把握火候,春、夏、秋、冬所需火候各有不同,全凭做粉人驾轻就熟。粉煮得太熟,则缺少黏性,舂打时无法粘连在一起;粉煮得太生,则不筋道,韧性差。把煮好的粉团放在案板上,将粉团彻底揉匀。

第七步,舂粉。老式的方法是放在石碓里舂,现在为了减小劳动强度、提高效率,用搅拌机搅拌达到匀粉的效果。

第八步,挤丝。先前是用小木榨将舂过的粉进行手工压榨,直至粉丝从铜孔筛里挤出,现在则采用电动设备将舂过的粉从孔筛中挤出长一米左右的粉丝。

第九步,煮粉。挤出的粉丝直接落入柴火灶上沸腾的水中,粉煮至浮于水面即捞起,并放入冷水中迅速冷却。

第十步,晒粉。将冷却的米粉铺在一方方竹牌上晾晒。晒牌一般长 30 厘米,宽 20 厘米,上下通风,便于托举。晒时要将粘连在一起的粉丝,用冷水刷开,呈一根一根排列状。若阳光足,气温高,晾晒 8 小时左右即可,气温低时要晾晒两天。所以,做排粉的作坊阴雨天会停工。

第十一步,绑粉。把晾晒好的米粉当天从晒板上拾起,三四层叠放在一起,用禾秆绑扎,极富乡土味。

第十二步,包装。张家岭排粉用大小不一的包装盒装着。盒面上有产地、名优特色、烹饪方法等信息。顾客在包装盒上往往能读到"传统手工技艺""无任何添加剂的绿色健康米粉""久炒不碎,久煮不烟,柔软筋道,口感爽滑"等推介语。

以上所述就是张家岭排粉制作的 12 道工序。至于销售,有上门现称的,有线上邮购的,有从超市进货的,有给酒店定送的。现在还在做张家岭排粉的只有三家,而长年成规模地坚持生产张家岭排粉的,只有张廷尧一家,他家的排粉生意一直红红火火。2020 年,张廷尧的排粉生产基地,克服新冠肺炎疫情影响,年产排粉 40000 斤以上,参加县农业、商务、旅游等部门在县内外组织的名优特产品展示活动十余次,广受好评。张家岭排粉现在的市场价为每斤 14 元上下,以正宗的传统味道赢得食客的青睐。

居家的日子,炒一盘张家岭排粉,品出的是童年时的老味道,舌尖上回味的是一份乡愁……

84.阳峰乡上山虎詹村：莽莽峰东虎气蹲

【詹氏家训家规】训尔孝,训尔悌,训尔忠,训尔信,训尔慈,训尔让,训尔忍,训尔廉,训尔勤,训尔馆,训尔耕,训尔读,训尔庄,训尔俭,训尔宽,训尔严。

"上山虎"与"下山虎"无所谓孰优孰劣。"上山虎"代表着权势,老虎上山,王者归来,遨游三山五岳,寓意平安无事、步步高升;"下山虎"代表着财富,老虎下山,饿虎扑食,虎啸王威,镇宅避邪。都昌县阳峰乡黄梅村委会上山虎詹村以特别的"上山虎"命名村名,村里老一辈人给出的说法是"村东青山环抱,其中一山行如虎,势如上山状,故名上山虎詹村"。阳峰乡因阳储山而得名,上山虎詹村处于阳峰乡东部。阳峰乡辖域有 5 个詹姓村庄,皆为唐末徽公后裔,秉承"河间世家",另四个詹姓村庄为詹家山、大坂上、石头山、振南里。上山虎詹村的始祖詹全忠生于明正德元年(1506),系徽公第 23 世孙,属都昌詹氏书十四公后裔,克明支派。詹全忠于明嘉靖年间(1522—1566)由车家垅迁入四都,始居胡家湾,后迁至港东现村址,距今约 500 年。

探访一个村庄的变迁,每每能听到村民口口相传的关于村庄兴衰更替的传说。在现今的黄梅村委会办公楼附近,有一口池塘属上山虎詹家,塘周有座山岭叫猪婆山。相传,一位存有不良之心的看地先生让詹家人在猪婆山下掘一口塘,形如猪槽,成群的猪崽拥槽而食,定能人丁兴旺,这说法也的确在理,詹姓村民遂听指点掘塘,锨钎并用使劲地挖,但见土质不是肥沃的黑褐色,而是猪血似的暗红色,且有小孔筛状缀满土块。村民觉得异常,停掘生疑。另有堪舆者指点,这猪槽打近了位置,打在了猪脑部位,不仅带不来吉祥,还伤了元气。这当然只是一个流传下来的故事,毫无科学依据,但是这口池塘一直到生产队年代,底部从无淤泥可挑,那未掘完而遗留下来的小土墩至今仍存。关于这口池塘的土质异样,成为一个有待科学验证的自然之谜。

上山虎村人虎虎生威,龙腾虎跃,说的是那种精进向上的气度。对于一个传统村落来说,这种"虎气",更多的蕴含在日常的人间烟火气里。上山虎詹村农耕时代,手工裁缝和熬制桂花糖的工艺闻名乡间。村民理事会理事长詹细老

将其姐夫、九江市诗词学会原会长巢理庭生前赠予他家的一幅书法作品,张挂于旧居的中堂。"昔日糕糖花尚茂,今朝卉盛四时春。"诗句所吟的"糕糖"业,便是詹细老父亲詹大宏的拿手工艺。詹大宏在三汊港港头糕饼铺当学徒,学得一身食品加工的好手艺。他做的桂花糖有一截一截的空心筒,既酥香好吃,又雅致好看。旧时乡间办婚庆喜事回礼篮,成双成对的桂花糖是必备的。詹大宏后来在港头开糕饼店,生意异常红火。艺多不压身,詹大宏还擅长手工"盐面"的制作。"盐面",就是口感独特的咸挂面,现今此技在村里几乎失传。

世间烟火气,最抚凡人心。上山虎詹村的"虎气",在一些禀赋卓绝的劳动者的身上得到了展示。村民詹开亿20世纪50年代年逾古稀后去世,民国年间,他那"虎咽"的食姿令人叫绝。詹开亿一米八的个头,威武勇猛,食量惊人,五升粟米(约合七斤)煮粥,能吃得锅巴都刮个精光,还要加上一篮芋头。有一次,他与人打赌,生吃了屠夫在杀猪现场撕下的6斤新鲜板油。传说到家后,他将猪油吐出来煅油,待后餐食。詹开亿食量超大,臂力亦超强。他到官洞山上砍柴,早晨在家吃过饭,不带中午吃的点心,半下午挑着超过村里任何一个樵夫的粗捆柴薪回家来。他推着车到景德镇乐平贩柴,早晨出门一直挨到晚上到达目的地,取了薪金才填饱肚子。詹开亿的儿子詹大友,一天也能吃下五斤米饭,同样体力超常。生产队劳动,詹大友一人包扯秧,包插秧,一天能栽田二斗五升。詹开亿的孙子詹东水,从部队转业后做了一名石匠,食量同样过人,早上能吃下十余个鸡蛋,中午吃一斤红烧肉不在话下。詹东水老人2021年已69岁,身体硬朗得很。詹开亿祖孙三代食量大,让他们干活发力时如虎添翼,在他们各自生活的年代为社会做着独特的奉献,赢得人们的尊重。

上山虎詹村的"虎气"里,何尝没有人间至善的柔情。1975年,85岁的詹大盛老人辞世,他的美德在乡间一直传颂。詹大盛没进过什么学堂门,也没跟人学过徒,但弄起油榨、甘蔗榨行业身手不凡。急性子的老人一生崇善,多做好事。旧时从三汊港铸山到阳峰南洲里、梅舍里,上山虎詹村是必经之途。詹大盛夫妇一年四季在路旁的自家院门口备了茶桶,供过往行人停歇饮用。1969年,县里组织做东风圩堤,阳峰公社杨家山一个60多岁的老民工行至天黑,身体极为疲惫,提出要在詹家歇息一夜,詹大盛二话没说,腾出床铺让老人休息。不料,已罹患重病的老人当夜猝死在詹家。事后想来,要不是詹大盛收留他,他多半会毙命于半途。詹大盛一生做善事无怨无悔,直到谢世的前两年,83岁高龄的他还扛着锄头、铁锹,自带茶水,去黄梅岭上义务修路,让芭蕉山到杭桥之间的路变得没那么泥泞。黄梅岭上无虎,黄梅岭上有情。上山虎村人詹大盛将无形的厚德碑矗立于岭间。

日月无私照,天涯有至亲。2019 年 5 月 21 日,台湾詹姓宗亲团一行 22 人,跨越海峡,来到鄱湖之滨的都昌阳峰上山虎詹村,开展海峡两岸詹姓宗亲交流恳亲会活动。据统计,台湾地区有詹姓宗亲 3.8 万余人,与都昌一县的詹姓人家数量相当。在这次交流恳亲活动中,海峡两岸的詹氏宗亲去都昌大港拜谒了先祖徽公的陵墓,在阳峰乡政府礼堂开展了叙根脉、创辉煌文艺联欢活动。台湾詹姓宗亲总会副会长詹桂美女士还向上山虎詹村赠送了果树苗木。大江南北,长城内外,詹氏亲睦奋进的家风植根心间,一个个上山虎詹村人更是在苍茫的世界集虎气,展虎威,一派啸鸣……

85. 阳峰乡后垅汪村：古樟扶疏

【**汪氏家训家规**】孝悌忠信、礼义廉耻，乃人立身大节，一刻不可或离，倘能依此遵行，做事不流于非僻，自无法网之事，庶不愧为闾里完人矣。

阳峰乡株桥村委会后垅汪村之"后垅"，显然言的是地貌。若放眼四野，大视域地描摹"垅"，似可作如是观：东北为伏牛岭，南边为匹丝岭，西边为吉阳峰，北边有话涧岭，确是一方胜地。

在后垅汪村祖祠上嵌有"越国世家"，都昌汪姓皆承袭"越国世家"，"越国公"指唐初的名臣汪华，史学界称他为"古徽州第一人"。汪华（586—649），原名世华，字国辅，由隋归唐后避唐太宗李世民讳改名华。歙州歙县（今属安徽绩溪县）人。隋末起兵统领歙、宣、杭、睦、婺、饶六州，建吴国，称吴王。武德四年（621），汪华率土归唐，授六州军事总管、歙州刺史、上柱国，封越国公，食邑3000户。贞观二年（628），授左卫白渠府统军；贞观十七年（643），改任忠武将军、右卫积福府折冲都尉。后唐太宗御驾亲征辽东，召其为九成宫留守。贞观二十三年（649），汪华在京城长安去世，享年64岁；永徽初年，归葬歙县云岚山。汪华一生，忠君爱民，功德卓著。在隋末天下大乱之际，他顺应民心，起义兵保据六州，使六州百姓免受兵革之苦。当李唐兴起，他又审时度势，主动放弃王位，纳六州版图归于大唐，为国家统一做出了贡献。自唐至今，六州百姓奉其为神灵，称他为"汪公大帝""太阳菩萨"，并纷纷建祠立庙，四时祭祀，千年不辍。

据统计，都昌汪姓有43个村庄，其中阳峰乡为最多，有10个。阳峰乡汪姓村庄集中于四都垅，其中株桥村委会有8个汪姓村庄，分别是上东家边、下东家边、上畈、下畈、黄婆林、南山村、团结新村（1970年建团结水库，由大山里和㙦上合并而成），总人口达2400余人。阳峰乡阳峰村委会有团丘汪村和西汪山村，两村有人口800余人。

越国公汪华生八子，都昌汪姓分别为其长子汪建、七子汪爽、八子汪俊之后裔。在此，我们不妨梳理阳峰"十汪"之族源。首迁都昌的汪姓村庄的是团丘村，俊公15世孙汪洪由安徽歙县黄墩团丘村迁都昌四都阳储山下吉阳里，"团丘"之村名一脉相承。同属俊公后裔的阳峰乡汪村还有西汪山、团结新村、黄婆林、南山村。属爽公后裔的有上东家边、下东家边、上畈、下畈四个村庄。

后垅汪村在自然风物上闻名乡间的,是一片樟树林。村里老一辈人称之为"背口坟",现有古樟6棵。据《都昌县志(1990—2005)》载,垅里古樟名木树龄为600余年。而后垅里肇村于元代延祐年间(1314—1320),最早是从团丘迁入的,距今已有700余年,显然村兴于成林前,此树为垅里祖先所手植。2006年,从垅里成长起来的建筑领域企业家汪申生情系桑梓,先后捐资100余万元,为村里修建祖祠,建村民文化活动中心,硬化村道等基础设施建设,建立围墙保护古樟。古樟园冠名"柑园英秀","柑园",垅里古称"柑园畈",想必此处旧时柑果飘香。汪际恭老人曾任株桥村委会书记多年,在村里德高望重,他说儿时这片古樟树林是小伙伴们玩耍的乐园。村人劳作之余,常常聚居在擎天如盖的樟树下纳凉。现今古樟园里安装了健身设施,成了村民休闲的乐园。居园中伏卧一座石牛像,让人感悟到生命之坚韧、生活之沉重、生产之艰辛。

越国家声远,后垅继世长。后垅村的老一辈会谈及村里已逝的一些乡贤、名流的逸事,如汪先松(西圆)、汪利川(际贵)。新时代的后垅人,在各行各业施展抱负。近年来,在当地党委和政府的支持下,村里依托新农村建设建起了村民文化广场和老年活动中心,实行改水改厕,户户通了水泥路,门口塘砌起了护栏,村容村貌变得越发亮丽起来。乡村振兴的春光里,垅里芬芳更添锦绣……

86. 三汊港镇堂下山方村：这方水土

【方氏家训家规】尚世希贤，克继愈兴。中和恒守，乐利昌平。正道光裕，大义昭明。经传祖训，书振家声。文思炳发，理学纯清。功崇良佐，才选奇英。时逢隆盛，会庆顺成。显谟永赞，泰运常亨。

都 昌 方 姓

天下方姓溯源，主要有两支。第一支是方雷氏，系神农氏九世孙，因战功被黄帝封于方山（今河南嵩山一带），建立诸侯国。方雷后裔繁衍成两姓——方、雷。方氏郡望为河南，承袭"河南世家"。第二支出自姬姓，周宣王之叔父字方叔，系周朝元老大臣，封国于洛邑（今河南洛阳），方叔氏的后裔称为方氏。都昌方姓村庄据统计有 13 个，其中鸣山乡丁峰村委会方家与土塘镇潭湖村委会方家山是方叔的后裔，其余 11 村皆为方雷之后裔。

大多数都昌方姓人家的寻根之地叫"紫荆山"，在今苏山尖山附近（一说为今春桥乡官桥村委会所辖）。方雷的 117 世孙方汉英（799—?）发迹于安徽铜陵，由选贡任南昌军厅（同知衔），致仕后云游，慕紫荆山之胜景，遂于唐懿宋大中年（859）初落籍于此。另一说是方汉英知南康军，秩满正逢黄巢起事，他的家乡桐庐当时为"贼区"，时年八十的汉英公渡彭蠡湖（鄱阳湖）在紫荆山避乱而居。都昌方姓村庄历史最为悠久的是春桥乡官桥村委会海泗村，肇村始祖是方汉英的 4 世孙方遄（约生于公元 890 年），于后唐明宗天成年间（926—930）由紫荆山迁徙而至。关于方遄的外迁，也有故事流传下来。

方汉英有两儿子，名益龙、益虎，益龙生方徽和方嵩，徽公首迁官桥相士垅。此地山清水秀，堪称财旺人旺之福地。徽公连生五子，建祠立村。毗邻方姓村庄的他姓望族，便对人丁渐旺的方姓人家起了戒防之心，遂生排外之意。他姓主事者在一个月黑风高之夜，将方姓祠堂一夜拆毁，并将一应的砖木石砾全抛弃于一口深塘之中，并在清理平整后的地基上，撒播已催胚的小麦。麦秧在充沛雨水的滋润下,日日萌发出绿意来。方家人受此无端挤压,自知势弱,不好硬拼,于是告之于官府。县老爷在方家人的翘首以盼中,某天坐着轿子姗姗而来,在争执之地落轿,但见眼前是他姓人家播种的绿油油的麦苗,说此地有麦十垧,处处皆为吾家田。他姓人家信口雌黄,方家人则理直气壮地申辩。县老爷原在彭蠡之滨断过湖洲之争,他心生一计,把处理湖洲之争的老办法施于此讼:哪方敢赤脚穿烧红的铁靴穿行于田垄,这方田垄便是谁家的。只见一个方姓后生在对方面面相觑之时,从容地将裸足伸入炽红的铁靴。尽管他在数步之内便悲壮地倒毙于田垄,但他以大无畏的果敢精神证明了此麦地的归属。县官当即下断:这方麦地是方家之产。方家在原址扩大了一倍的地域,重新建起巍峨的祖祠。

徽公经此一悟,便有了方家向外播迁繁衍之心。他将五个儿子召集在一起商议,留下他守着祖祠,五子皆外迁。迁得近的是二儿子方遄,其余四子分迁外地,成为如今湖口、彭泽、鄱阳诸县不少方姓人家的祖先。

第二支迁来都昌的方氏尊周大夫方叔为一世祖。方叔 76 世孙方北山(约生于 1070 年),曾授建阳府太守,宋高宗时归鄱邑之吴江。有名士之称的方北山 7 世孙方茂山,于明洪武年间(1368—1398)由鄱阳吴江冷水坊,迁居都昌二十都丁峰山,形成今天的鸣山乡丁峰村。方茂山 20 世孙方哲盛(1761—1807),于清嘉庆年间(1796—1820)由丁峰山迁十七都潭湖,形成今天的土塘镇方家山村。

村 居 方 位

三汊港镇聚居了都昌方姓半数以上的人口,其迁徙的时间在宋元之交,迁徙路线为由紫荆山迁往龙城畈,今属三汊港镇亮星村委会辖地。三汊港方姓南宋共同的祖先是方汉英的 16 世孙方镛(1238—1304),方镛的 5 世孙方仲荣发龙城畈周边方姓六族,包括程家舍、亭宇、上方、禾场畈、骆亭、堂下山、石门楼、方家垅、塘边、咀上诸村庄。堂下山方村的祖先方尚朴(1493—1572)是方镛的 11 世孙,他于明嘉靖年间(1522—1566)由龙城畈徙居山下,现有村民 1100 余人。

堂下山方村始终是三汊港集镇的一个地理标识。20 世纪 60 年代,都昌和

景德镇公路开通,当地人有个顺口溜:"汽车嘟嘟叫,到得大沙桥;汽车拐个弯,到得堂下山。"现在新修的都中公路在村东延伸而过,而三周公路连接都中公路的十字路口,就在堂下山方家的田头。若将目光放到堂下山方家的村居,其中的聚焦点无疑是村中祖堂。堂下山方村祖堂冠名"元老第",始建于清嘉庆辛酉年(1801),新建于2007年。对于老祖祠的敞阔程度,堂下山方村老一辈人,用"100根屋脚"来描述。

"元老第"祠之后至今仍保存有堂下山方家祖婆之墓茔。墓碑字迹经风雨侵蚀而变得模糊难辨。此墓碑重立于清道光年间(1821—1850),若按照建村历史来论,墓存应逾400年了。三汊港镇退休教师方仁和先生爱好摄影,是江西省摄影家协会会员。他在2017年底曾撰文《村中有座太婆坟》,并配发照片发表。他在文中写了童年时代"太婆坟"带给他的记忆。从祖婆墓地拾级而上,可见青石铺展开的一个大平台,这里曾是孩童们的乐园·西边原是偌大的一片晒场,是大人们的打麦场、晒棉场,亦是孩子们放飞童趣的地方。后来,西边的晒场上渐渐兴建起一幢幢楼房。新修的祖祠气派威严,新护的祖茔肃穆庄重,堂下山方村人敬祖崇宗,慎终追远,弘承祖德,长发其祥。

堂下山方村的村居由"元老第"生发开去,在日新月异的三汊港集镇延展开来。随着村里人口的繁衍和集镇建设的拓展,在与港东、岭东相接的沿街,在新兴的府前金街商贸聚居地,遍布着安居乐业的堂下山方村人。

"堂下山"发脉于山,其实也连系着水。400多年前立村时,为防鄱阳湖水患,先民们就在村西南筑起连环堰,有部分村民在1954年的洪水侵袭下迁至左桥石门楼方村;1998年又有一场洪水肆虐,石头塘、冯家颈新村便是此时移民建镇而形成的。2020年,洪水再次肆虐,淹了村中低洼处的农户的房宅,冲在抢险一线的镇、村干部,让受灾的村民体察到了精神的圩堤永不溃决。

凡 人 方 志

在出行倚仗水运的古代,三汊港的码头曾是都昌中心腹地的一个商埠重镇。堂下山方村得地利之先,从商者盛,发家者众。仅民国末期,村里就有13间油榨坊。老字号"永春福"五代和睦相处,不分家。三汊港镇老初中的校舍就是利用"永春福"的宅院办的。

堂下山方村人会读书，似乎得了族传。唐宋之际，福建莆田的"六桂联芳"者为洪、江、翁、方、龚、汪，六子皆为进士，其中四子叫方处朴，字伯惇。安徽桐城方氏文风衍长，数百年不衰，"桐城方氏易学学派""桐城派"博大精深。当代著名学者钱理群说，桐城方氏是继曲阜孔氏以后对中国文化影响最大的家族。堂下山方村文运昌盛，现今的博士名录就载有方平安、方成效、方玉霞、方亚林、方正松等骄子。

一代一代的堂下山方村人，在属于自己的人生舞台上，演绎着或绚丽或落寞的世情大戏。在此，不妨多花些笔墨，为一个平凡的堂下山方村人，记录一段让人潸然泪下的异国恋情。这个叫"角佬"的故事，在方仁和先生动情的讲述里，令人惊叹，唏嘘不已。

角佬年轻时投身军营，担任过国民党驻缅甸远征军的飞行教官，机械修理是他的绝活。角佬恋家，没有随溃败的国民党政府逃往台湾，而是在 1949 年 10 月后被遣返家乡。老了后，身体干不了重活的角佬，在生产队里放牛，挣些工分糊口。放牛翁角佬有一次在外人面前露了一回绝活。某天，在山坡放牛的角佬听着坡下马路上正爬坡的一辆货车的马达声，对放牛的同伴说那车子快要熄火。话音刚落，货车果然趴在半坡上一动不动。司机满身油污，汗流浃背地忙活一个多小时后，货车连轻微的哒哒声都发不出来，依然纹丝不动地停在原处。好心的角佬走上前去，接过司机手上的扳手鼓捣了五分钟，再让司机掏钥匙打火，这货车竟"嘟嘟嘟"地发动起来，行驶如初。司机对眼前这个放牛老头连声道谢，他当然不知道这位有些邋遢的老人曾是修战机的好手。

角佬孤身一人，未曾成家，在村里过着极为困窘的生活。让人称奇的不仅是他的机械修理绝技，还有他的凄美爱情故事。如果可以，作家完全可以以他为人物原型将他的故事改编成跌宕的剧情。角佬年轻时一表人才，饱读诗书，抗日战争初期被上峰派去打探日本方面的军事情报。他在伺机与日本商人酒井三郎的接洽中，与酒井三郎的掌上明珠酒井静子坠入爱河。歌厅酒吧是恋人们出双入对的场所，既是角佬探听情报的台面，也是假戏真做、山盟海誓的情场。角佬与静子的爱情沸汤止熄于时代的釜鼎。抗日战争胜利后，作为日商的酒井三郎夫妇在回日本之际，决意要携爱女回国。可静子誓死不从，她要留在中国笃守她的情郎归来，共度今生。后来，角佬以溃败之卒的身份回到家

乡——堂下山方家,静子被中国政府安排到景德镇一所高校任教。20世纪60年代末,角佬在收到静子寄来的布鞋后,泪流满面地吟诗:锦履双双远寄将,线头犹带口脂香。若是阿静亲手制,教人一步一思量。

20多年的泪眼相守中,角佬与静子彼此皆未与人组合成家庭,当年的盟誓值得用一生去践行。静子也曾寄来书笺欲执子之手,可角佬家徒四壁,怎会让心爱之人随他低至尘埃,便断然回绝,甚至以死相拒。其间的情长与气短,足可成为这部爱情剧的点睛演绎。20世纪70年代初,角佬在家乡堂下山村孤独病逝,他的静子人生结局如何呢?剧情伤感而耐人寻味……

端 午 方 俗

堂下山方村一年中最热闹的是哪一天?答曰:农历五月初一。这一天的重要性不亚于五月初五端午节,从待客的隆重和相聚的氛围来论,也不逊于过大年。

这又是一个源于祖先的故事。说三汊港周边方姓村庄的先祖生育五个儿子,各自分枝,繁衍成五个村庄。五兄弟皆孝亲敬老,到了端午节,为人父母者不知到哪个儿子家过节而有些犯难。崇尚中庸之道的父亲提议,从农历五月初一至初五,每天到一个儿子家欢聚过节。堂下山的先祖似是抽到了头号,所以排在每年农历五月初一孝敬父母。为讨大人欢心,堂下山的先祖五月初一这一天将自家的七大姑八大姨一并请到家中,陪父母过节。其他村庄的这个民俗后来失传了,而堂下山方家五月初一盛宴宾客的习俗一直延续至今。

早先的堂下山人欢度五月初一,当然不只是亲友间在餐桌上吃美食,还有划龙船比赛。村落本就濒临鄱阳湖,传说有一年龙船竟被划活了,翘起的龙首张开嘴巴,将岸边的垂柳叶子吃个精光,添了洪荒之力似的,甩开一群"水上漂"的后生,径自遨游至湖中,通江达海地远潜了。村民来年五月初一便约定划旱船,地点自然是选定有100根柱子落地的阔大祖厅里。推王八车,打蚌壳精,你方唱罢我登场,煞是欢畅。不只是当天来做客的亲友开了眼界,方圆十余里的比邻,也扶老携幼地体验了一番这乡间的娱乐盛宴。这可谓是天下同乐的一天,平日里讨饭的乞丐、求施的弱者,也闻鼓而聚,望彩而来,怀中意外地揽入了许多受助的钱物,这让热闹的场景增添了人性的暖意。

　　方仁和先生如此回忆早先村中过农历五月初一的情景:"为了陪父母过好这一年的这一天,勤劳的堂下山人早早地就开始忙碌。要磨好麦粉,要洗好做粑、蒸粑、装粑的用具,要提前几天拿一包糖到众亲戚家去诚请。到了那一天,先要用咸鸡蛋、鸭蛋和做好的麦粑招待亲朋好友,中午要用丰盛的酒菜款待大家,临回程,每家亲戚还要带几十个粑走。要是亲戚有特殊原因没来,那还要带点儿剩菜回去,在家聊补一餐。送走亲戚以后,村民有了点儿空闲,便会你问我、我问你——今天来了多少亲戚呀? 吃了几桌呀? 亲朋多的人就会自豪地说,今天吃了五六桌,白酒喝了几瓶,啤酒喝了几扎,谁谁谁当时就溜到桌子底下去了。"

　　如今很多村民都在外务工和生活,农历五月初一自然没有先前那么热闹。但乡愁就是凝望故乡时天空的一朵云,回家相聚时的一盏茶,互敬时的一杯酒,祈福时的一句话。堂下山方村的这个民俗,恒久萦绕在村人的心头。

87. 西源乡塘里曹村:邓蒲塘的匠气

【曹氏家训家规】士农工商各有执业,如浪子辈不务生理,朝歌夕饮,夜聚晓散,喝雉呼卢,以至破荡家产,凡百非为无所不至,后子孙有蹈此者,亟宜公惩。

承袭"谯国世家"的 140 余个都昌曹姓村庄,皆属"龟山曹"。"龟山"是个山名,大概是其状似龟,在如今的蔡岭镇北炎村委会辖地,北炎旧时一度被称为南康府都昌县清化乡。龟山曹的始祖曹贺(862—939),唐昭宗乾宁年间(894—898)由彭泽县悬鱼洞迁入。在都昌周溪、西源一带,龟山曹又析分出沙塘曹氏,比如现今的周溪箸堑、虬门、古塘,西源的沙塘、长溪等曹姓村庄,不少就属沙塘曹氏。沙塘曹氏的始祖叫曹丙一(1206—1274),是曹贺的 16 世孙。其祖父曹孝恺(1150—1211)南宋光宗绍熙年间(1190—1194)由龟山分居中堡长平畈。南宋理宗端平年间(1234—1236),曹丙一由长平畈徙居六都沙塘墈上枣树下。所以对于沙塘曹氏,地标式的"墈上枣树下",一如移民建成的"大槐树""瓦屑坝",是他们的寻根之地。

都昌西源乡长溪村委会塘里曹村属沙塘曹氏,明正德年间(1506—1521),其肇村祖先曹曰智(1489—1549)由墈上枣树下分居邓蒲塘,距今已有 500 余年。塘里的村名起初就叫邓蒲塘,后来简化成了"塘里"。名"塘里"的历史也很长了,至少在清乾隆年间(1736—1795)的湖区文书原件上,能查证到将"塘里"与"墈上"并称。如今在村口的门牌上,嵌着的还是"邓浦(蒲)塘",现有村民 1700 余人。

(一)

旧时塘里人的生存空间在湖里,世代以在鄱阳湖捕鱼为生。村里的曹达煌、曹和平两位老人均出生于 1945 年,都是小学退休教师。他们年轻时都是教书先生,但他们的父辈和兄弟辈有太多的人是地道的渔民,他们在假期也跟着村里人上渔船捕鱼。所以对于塘里人来说,在湖里捕鱼,是一种生活,也是乡愁式的回忆。鄱阳湖已进入十年禁渔期,这是为全局计、为子孙谋的重大民生工程和历史工程。如今渔民生活方式改变了,撒网捕鱼、渔舟唱晚的情景只留存在老一辈人的记忆里。曹达煌、曹和平讲述起捕鱼的故事,一如站在讲台上授课,栩栩如生,令人向往。

塘里人捕鱼的方式,都有口语化的通俗表达,且皆以动词开头:

第一种方式是"撑白船"。村里一条条长 10 余米、宽 1 米许的渔船,头接尾,尾连头,一条长龙似的铺展在湖面上。船舷一侧,横插上清一色的涂抹白漆的木板,远看宛如一条白色的圩堤。每条船上的渔民敲击侧板,鱼儿一是因为敲击声的惊扰,二是因为白色刺眼,纷纷跃出水面,跳入船舱,煞是壮观。

第二种方式是"打网船"。渔网的网眼很稀疏,直径半寸许。这样大的网眼使渔民起网时阻力小,能够快速将渔网拉出水面,能网到的是大鱼,而小鱼则漏网。"打网船"要三船一组,每条船上至少有两个渔民配合作业。三船一般要两小一大,大船叫"坐船",渔民出湖在上面生活;小船叫"依划船",用木桨划,装载量约一吨,船型大小与载运量都不及大船的一半。捕鱼时,三条船呈半圆形布阵,坐在大船上的人用竹篙拍击水面,其声将水底之鱼受惊而跃出水面,小船上的渔民沿半月形的路线拉网,满载而归。

第三种方式是"扯大网"。"大网",其实是指铺展开来面积大,而网眼比"打网船"的渔网密许多的"布网",大鱼是网不进的。船行湖中,或单船作业,或双船配合作业。船上四五个渔民将网抛出,偌大一片水域成了渔民的丰收地。扯大网、撑白船、打网船都适合在端午节过后的丰水期捕捞,也最让渔民快活。

第四种方式是"拖钩"。捕捞的工具是悬挂一字排开的钢丝吊钩的一缕细绳。细绳早先是麻绳,后来换成尼龙绳,如今是钢绳。捕鱼时两条小船上的渔民,各自拽着拖网的一头,沉入水中的鱼钩让不愿上钩的鱼儿,触网入钩,无处可遁。

第五种方式是"摸鱼"。摸鱼照例是在船上操作,而非通常意义上的踩赤脚在水潭里捉鱼。摸鱼的时节是冬季的枯水期,大船底部的犁型船舵,所过之处往往会在湖底形成一条泥巴舵漕,这成了小体型鱼的窝藏之地。渔民们划着小船,贴着舵漕缓缓地滑行,赤裸着臂膀,将手伸进漕内去摸捉鱼儿。个子高、手臂长的汉子,能够触及相对深的水区,所获自然要比手臂短的人多得多。摸鱼是最艰苦的一种捕捞方式。冬天湖面结冰了,渔民便破开滑漕附近的一大块

冰,刺骨的冷是避免不了的,有时贴伏冰面的一侧脸会在不经意间浸了冰冷的湖水。摸鱼也是最有趣的一种捕鱼方式。漕底的鱼有鲫鱼、乌鱼、鳜鱼、黄丫头等。黄丫头腮边刺角锋利无比,要是被它刺了手指,捕鱼者的鲜血便会浸洇湖面。好在有经验的渔民熟悉黄丫头的习性,此种鱼在水底水暖处乖乖地收起利角,游动时可减少自身的阻力。水底的温度比湖面高,而人体的温度又比水底温度高,捕鱼人的手掌伸下去,黄丫头会敏锐地逐暖而行,束刺被擒,光滑无鳞的鱼身带给捕捞者畅快、滑润之感。

(二)

塘里村的渔民以捕捞为生,卖鱼的收益便成了生活费用的主要来源。老一辈的渔民现在想来,二十世纪六七十年代的鱼价实在是低。比如,半斤重的鲫鱼,0.15 元 1 斤,黄丫头才 0.05 元 1 斤,最贵的鳜鱼,也才 0.33 元 1 斤,1 元钱可买 3 斤。当然渔民也可以挑担走村串户地卖,价钱稍高些,但渔民大多将鱼销往县水产公司,水产公司在周溪开设了一个水产收购组。西源长溪有一个鱼产品加工厂,将收购来的鲜鱼腌制、晒干,转送县水产公司。20 世纪 80 年代,市场经济勃兴,加工厂被关闭了。

在"势管青山力管湖"的旧时代,关于捕捞权属的争执和诉讼从未停息过。沙塘曹姓在当地湖区人多势众,捕捞水域也十分阔大,延伸到石牌湖、竹筒湖、焦潭湖、强山、乌头山、朱袍山等众多水域和地界上。沙塘曹氏的湖权在曹丙一的四世孙曹万一代,奠定了坚实的基础,以至曹氏后人在万公的谱像边撰联"创湖山名垂百世,建家园福泽千秋",并赞曰"始创湖山,利泽非常;爰及苗裔,受福无疆"。塘里的老一辈能生动地讲出曹万的后裔曹亨在与周边他姓产生的湖权诉讼中,敢当着官府断案之人赤脚穿铁靴的故事,以证其勇。传说,争执的另一方用蜜蜡将湖契上的"曹"字蒙住,而改成"詹"字。官府在曹家人赤脚穿铁鞋的震撼之证下,将"詹亨"复原成"曹亨",沙塘曹氏最终打赢了湖权之争。穿烧红的铁鞋勇行湖洲,在官家面前令诉讼的另一方溃败的故事,在湖区不少村庄都能听到,但塘里的版本里所言的曹亨确有其人。2018 年 5 月,上海交通大学出版社出版了由曹树基教授主编,刘诗古、刘啸两年轻有为的史学界后起之秀编辑的"中国地方历史文献丛刊"《鄱阳湖区文书》(共十册)第七册便是《都昌县西源乡曹家》。此册刊印了墈上曹家曹元建老村长收藏的清代和民国年间的关于湖池买卖契约、立收领字、纳税课册和诉讼文件等。在其中仍能屡次见到"曹亨老户""课甲一户"的字样。这里有个颇有意思的细节,上海交大教授曹树基老家在鄱阳县磨刀石,且是从都昌沙塘塅上枣树下迁过去的,塅上枣树下亦是鄱阳湖区不少曹姓人家的祖籍地。在一应的文书中,能看到"曹琦、曹珙公裔孙"字样,曹亨生活的年代在明初。丙一公是沙塘曹氏始祖,在枣树下肇基。而其裔孙曹琦、曹珙与曹琉、曹瓒、曹琛、曹琏诸兄弟生活于明永乐年间(1403—1424),在西源、周溪和鄱阳油墩街等地发脉诸多村庄。曹洪、曹澄、曹淳、曹浩属曹琦、曹珙这一代的父辈,是塘里曹村始祖曹曰智的曾祖父辈。湖产祖授让后来人总能平添不少笃诚守护的庄重感。

如今,平安湖区建设深入人心。塘里人在赣鄱大家庭里安居乐业,共享祥和。

(三)

塘里人世代相传地捕鱼,造就了一个个水上漂、湖中捞、浪底翻。塘里的不少汉子渔技加身,堪称渔匠。塘里曹家除了曾经兴盛的渔业,当然还有其他业态。塘里人在锻造工匠精神的历练中,升腾着生生不息的人间烟火气。

塘里人在景德镇业陶是颇成规模的,据说塘里有近1/3的村民在瓷都从事陶瓷业,定居生活。塘里人在陶瓷界当然不乏出类拔萃者,现当代最有名的是曹星垣和曹开永。曹星垣(1870—1940)又名明璜,号振东,出身书香门第,得家传精通岐黄之术,曾任饶州府医官。民国初年在景德镇挂牌行医,后涉足陶瓷业,开办的"曹协盛号"兴隆一时。曹星垣凭着声望,曾在景德镇任瓷业九堂公会会长、商会会长等职。抗日战争期间,他惨淡经营的瓷行被炸。1940年,他在悲愤中病逝于故里。如果说曹星垣以医技和商德显身于瓷都,比他晚了近70年的塘里人曹开永则以卓绝的瓷艺诠释着大国工匠精神。出生于1939年的塘里曹家人曹开永,两岁时随父亲来景德镇谋生,长大后师从名匠高金泉学刮坯,渐成大技。2009年,曹开永成为第三批国家级"非遗"名录项目代表性传承人,他也是景德镇榜上有名的4名陶瓷工人之一。现今生活在景德镇的都昌塘里人,有400人以上,他们在瓷都将湖水与窑火的秉性彰显于一体,焕发着异彩。

先前的渔民,在每年春季都会歇船停捕。这时节,塘里曹家人有的务农,有的谋得其他职业,多个挣钱养家的活计。塘里有"两匠"很有名。一是篾匠。篾

匠不仅能制作晒篮、箩筛,编各式鱼篓、船篷更是在行。鄱阳县山里毛竹多,不少塘里人上半年进山做篾匠,下半年回湖上做渔民。二是铁匠。最有名的铁匠是已故的曹正南,堪称名匠。曹正南家族至少三代是铁匠,他的两个儿子曹达英、曹达寒均师从父亲,第二代传人也自带了不少名徒,所以西源乡的不少铁匠都师出曹门,联亲的江长麦、江长庚兄弟在西源畈一带也是响当当的铁匠。传统铁具,除了锹、耙一类的农具,刀、铲一类的炊具,还有和捕捞有关的渔具,比如打船的铁钉、精致的网坠。乡里的手工业社、县里的造船厂、河南开封的铁路段,凡是有钢铁锻锤成零件的行业,都留下了塘里铁匠的精湛手艺。湖里行船,路上行车,塘里人的客运业也曾红火一时。

扬楫争先,匠气贯身。新时代的塘里曹村人,在各行各业施展才干,风帆正举……

88.鸣山乡陈宝湾村:石峰尖下

【陈氏家训家规】毋作非法,而犯典刑。毋以众而暴寡,毋以富而欺贫。毋以赌博而荡产业,毋以谣辟而坠家声。制行唯严以律己,处世当宽以绳人。苟能行之于久久,当必报之以冥冥。

都昌县鸣山乡一如其名,让它"一鸣惊人"的不是鄱阳湖水,而是巍峨的武山山脉。鸣山其实有"大鸣山""小鸣山"的地域概念。"大鸣山"下有都昌县鸣山、中馆、狮山、土塘四乡镇;"小鸣山"下有鸣山乡石峰、源头、七里、马涧四个村。陈宝湾村属于鸣山乡石峰村委会。"石峰"之名,源于斯地有"石峰尖"山;"宝湾"之名,源于出生于明代天顺七年(1463)的开村始祖名中带"宝"字,距今500余年。所谓"湾",状的是地貌。村里的老人有句俗语"三湾搭一垅,要穷也不穷",说的是宝湾村先前拥有广阔的田畴,村民在农耕时代过着富足的生活。"三湾"指小收湾、上港湾、泥湾,"一垅"指漕水垅。宝湾村被村前的门口港和村后的背口塘环绕着,像在山水间欢愉着的"宝娃娃"。宝湾村和周边七八个陈姓村庄皆属都昌陈氏十八庄中的"天井庄"。

宝　　地

宝湾人把寻道寓善的目光投向开门见山的石峰尖上的东国寺。

东国寺大概建于清初,起初建在石峰尖陡峭的顶部,后来迁至南坡往下大约100米的平缓处。东国寺原有一口铸造于清光绪十四年(1888)的洪钟。20世纪50年代初,东国寺被毁,而镇寺之钟被移至鸣山丁峰村学堂做了校钟,而后一度被窃,沉藏于中馆镇的泥淖里8年,后来被丁峰人复移至丁峰小学内。丁峰小学在20世纪70年代是办过初中的,曰"红旗中学"。其时,鸣山公社境内有丁峰、九山(红卫中学)、源头、鸣山四所中学,鸣山中学设有高中部。当年很多学子肯定对丁峰校园里那座古钟之声终生难忘。这座洪钟发出的悠远之声曾响彻石峰尖。东国寺前的修竹丛前有两口水井,一口水井之水用来洗漱,另一口水井之水用来饮用。井水中有一种寸长的小动物游弋,样子像蜥蜴,有

人说是"蝾螈",此物有毒,但入中药可除湿止痒、清热止痛。20世纪40年代,东国寺因战火倒塌,只留下半人高的残垣,20世纪50年代重修过一次,后又毁弃。20世纪70年代,石峰大队在寺庙旧址临时搭起一间茅屋,供看护森林的农人躲避风雨。时光流转一个甲子,2010年,鸣山人氏冯春生先生牵头筹资重修东国寺,石峰周边的善男信女攀登而来,虔诚膜拜,成了一处景致。东国寺的殿堂里原有一副对联:神居后殿东国寺,位列前堂是尹公。尹公指的是对东国寺的兴造倾注心力的尹县官,当然还有罗县官,两人都有塑像供后人缅怀。2010年重修时,对联被改成了"神居前殿为东国,位列后堂是尹公",还是让"神"居"公"前。

石峰尖上的东国寺有了神性,山下的宝湾村人,还是过着平凡的日子。时光里的一些故事散发着几分魔力。说清代中期某年发大水,武山山脉的洪峰一泻千里,冲刷着宝湾村。村中一幢繁盛的花屋也被冲倒,宅中的老奶奶带着她的小孙子在激流中抱住了一个屋柱,随肆虐之水,被冲至数里远的七里桥。老奶奶在途中爬上了岸,孙子却不见了。洪灾过后,老奶奶回到屋址,但见占地二分许的原处被洪水冲成一个大坑,周边房屋虽倒,但屋基仍平整。族人这才说起这方地的前世今生来。先祖在这大宅基上造屋,原是专门请过地仙看风水的。大概是主家在礼仪上怠慢了地仙,缺德的地仙竟起了祸害这户人家乃至全村之心。工匠按地仙划定的灰线挖墙基。因此方平地通了地泉,工匠竟挖掘到活蹦乱跳的一窝小泥鳅。在村民诧异之时,地仙让村人倒入石灰去腌渍泥鳅。最后只剩一条瞎了一只眼的泥鳅,一个信佛的妇人捧起那条泥鳅放入了池塘放生。按民间的说法,泥鳅可是吉物,一条泥鳅代表村里后世会出一位显赫之人,文治武功,祐荫子孙。正是地仙将村里后世飞黄腾达之辈一并泯灭了,只应验了那一条瞎了一只眼的泥鳅,后来转世成宝湾村的一位独眼武才。那块成了坑的屋宅地变成了一口池塘,20多年前,也被村民填平。

这当然只是个民间传说,宝湾村历代人才辈出。明清时最有名望的是陈功旺,清同治年间例授六品官衔。陈功旺精《内经》而有医人之术,精《易经》而熟堪舆之学。在他的眼中,宝湾村背倚的山状如骆驼,骆驼停驻此地卸宝,有何不好?骆驼山峰的好,还在于炎热的夏季带给村民清凉,伴着山下如月牙般的一湾清水,令人神清气爽。村里的小孩子在黄檀、香樟间攀缘,格外开心。倒是距宝湾村不足一里的阳斯畈的陈姓人家的命运令人不胜唏嘘。清时某年,村民染上瘟疫,一个个又呕又吐,瘟疫很快蔓延到整个村庄,一个个村民快速死去。两个月不到,除了搬离村庄挨着宝湾的一户存活下来,全村死了近百人。后来死者都是由同样秉承"义门陈"家风的宝湾村人掩埋的,他们用湿巾捂住口鼻把门板、柱间的"鼓皮"做成棺木收葬死者。后人才知这场瘟疫似叫"霍乱"。

宝　　藏

宝湾村方圆一公里有宝藏。1955 年出生的退休老干部、书画家陈细送先生多有发现。这宝藏多半指矿山资源,陈细送先生能叫得出名字的就有石灰石、煤炭、熔岩、花岗岩、石墨、稀土等。

在宝湾村与湾下程村之间的黄土岭,30 多年前就有鸣山籍老板在此开挖煤矿,挖出来的煤可直接燃烧,因燃烧值不高而废置。1986 年,"多种经营"红火一时,有宝湾村民在当地拉着一车石头到湖口县石灰窑,也能烧出砌墙的石灰来,可见当地有石灰石。陈细送年少时家里穷,买个笔墨都捉襟见肘。从小爱好练字的他在石峰尖南坡石坎扒一块薄饼干似的墨石,在砚池里磨了,用毛笔蘸着写字会留下墨痕,只是痕迹不浓。陈细送断定,这就是石墨。石峰尖半山腰有一块两亩大的石面,走近细看,是一簇簇直径不到 1 厘米的赤褐色的小石块,也有鸡蛋大的,高高低低,不规则地嵌在大石头上。十余年前,陈细送约了都昌"玩石协会"的韩礼贤、余光华等六人,带着凿锤上了石峰尖。"玩石者"给出的一致结论是,此为玛瑙石,只是质地不及上品。陈细送后来推介家乡的旅游路线时,将此处命名为"玛瑙崖"。石峰尖不只有玛瑙石,还有更珍贵的水晶石。六面体水晶石附着在母石上,大的和玻璃弹珠一样大,小的有米粒大,甚至微小到和粟米粒一样大。生产队年代,村民烧火做饭全靠山上的柴火,所以山上时常被砍斫得光秃秃的,身在此山中的石形便一览无余。现在家中留守的人家大多靠电、靠液化气弄炊,山上的植被好起来了,奇石怪岩隐于柴丛中难觅,上山的路也被灌木和野草遮蔽得难以攀登,石块在沉睡的山林一片岁月静好的模样。

宝湾村周边的矿藏在亘古的静好岁月中,也曾被人撩起过神秘的面纱。石峰山麓有一个当地人叫"新坑"的地方,坑深 10 丈,口面宽 5 丈,清末民初挖的。马车岭也有数个小坑,深 2 米许,宽 1 米许,先前小孩子在山上放牛一不小心还会掉进坑里;也有依岩面凿的壁洞,能藏人,一个叫"百花洞",一个叫"毛狗洞"。百花洞之名源于当地的孙姓女子名"百花",为抗婚而躲在此洞中生活了大半年。"毛狗"是乡下人眼中的野狗,村里的孩童常到村后骆驼峰中的此洞探

险,玩"毛狗拖鸡"的游戏。陈细送先生推测,这些坑、洞就是旧时村民探挖矿藏留下的手笔。

石峰尖不只有奇石,还有石泉。在石峰尖主峰东南一里处的山脚下,有 8 米见方、4 米许深的水池,当地人叫"龙潭"。一年四季,清溪从潭口溢出,潭内总是绿水盈盈。20 世纪 70 年代某年大旱,生产队在龙潭架起柴油抽水机,并做好了 1 公里的沟渠,将潭内的水抽到农田里灌溉。抽了两天两晚,深潭里的水下降了 2 米,可社员没看见一滴水流入农田。汩汩的泉水只在 200 米处细流,有长辈说泉眼无声细流回潭里了。村民将潭里横七竖八的不知何时沉积的树木吊上来,锯了五六方木板分给各户。过了数日,潭仍是满的,真的有龙王引水似的。这样的龙潭在石峰尖往北 1 公里的郭家山村后也有,抽水抗旱时惊起潭壁上的蝙蝠。宝湾村在 20 世纪 70 年代初水利灌溉条件大大改善,村前有引大港水库之水至狮山长垅水库的百里渠道,村后有引百里渠道之水入七里桥、入上收湾的七湾渠道。宝湾村周边山上有珍禽异兽,山麂、豪猪、麻兔、竹鸡一应俱全。山上植物也多种多样,各呈其彩。有野生名贵中药材细辛、麦冬、乌药等,有樱桃、小山梨、蓝莓等野果。有一种生长在枯枝上的野生蘑菇叫"八担柴",味道鲜美极了。当年入山抗婚的孙百花,是靠了石峰尖这百草园里的野果度过了半年日子吗?想起这些,人们就觉得宝湾村的宝藏有了灵性。

浩荡东风吹响新时代,石峰尖下宝湾村在谱写新的山水诗篇。脱贫攻坚惠民生,村庄整治成亮点。2017 年 12 月 28 日,时任江西省委常委、常务副省长毛伟明一行来到宝湾村调研脱贫攻坚工作,对村中秀美的环境给予赞赏。青山藏宝,宝湾村人更是"宝"。宝湾村的陈细送先生曾任鸣山乡人大主席团主席,是江西省美术家协会、江西省书法家协会、江西省工艺美术学会、中国烙画研究会会员。陈细送 2010 年创作的烙画《鄱湖风情系列——牛》在全国工艺美术大赛中获三等奖,填补了江西烙画艺术的空白。他近年来专攻国画创作,画风追慕北方山水的雄浑。其女陈群芳、陈丁丁分别是天津美术家协会、江西省书法家协会会员。从宝湾走出去的陈思宇毕业于南昌大学,现任职于浙江农林大学,被聘为浙江龙泉市市长助理,为当地竹木产业转型升级深入基层,为人生添彩。他作为浙江农林大学派驻龙泉市八都镇的科技特派员,工作五年,成绩斐然,2019 年 10 月荣获全国表彰。青年才俊陈强扬创业风帆,在证券业身手不凡。宝湾村现有村民 220 余人,他们在各自的人生路上招"宝"奋进。

宝湾村人杰地灵,物丰民淳,是为宝。

89．土塘镇大屋舒村：长山深处

【舒氏家训家规】义者，事之宜也，凡事有一定不易之字，肃闺门辨内外，正名分严取舍，无非义之所当然。故君子有勇而无义为乱，小人不勇而无义为盗，义诚人之正路也。诚能法肃词严，见利思义，则问闾共归于不苟，而邪淫之风息矣。

（一）

都昌舒姓的祖祠上都会赫然嵌上"京兆世家"四字，"京兆"二字很有壮阔且辉煌的气韵。若溯其源，"京兆"指的是西汉时的帝都长安（今陕西西安）。天下舒姓早期的发祥地在安徽庐江一带，其所辖的舒城便有很多舒姓人家。汉武帝时有丹阳太守舒骏，其不少子裔迁入长安郊区，形成"京兆"郡望。更远的舒姓溯源是：《左传》所载，周朝皋陶的后代被封于舒国（今安徽庐江县西），子孙以国为氏。舒国先前叫纡国，《舒氏宗谱》有序开篇言：尝思万物本乎天人，本乎祖。溯我姓氏由来，始于伏羲之叔子，封为纡地，改"纡"为"舒"。还有一部分舒姓由清朝舒穆鲁氏所改。著名作家老舍原名舒庆春，即是满族人改姓"舒"的例子。

据考，都昌舒姓的始祖是叔子的149世孙舒天禄（1086—？），他是在南宋建炎年间（1127—1130）迁入都昌的，其迁徙图以"三山为记"。先是由江西进贤县麻山徙居到都昌周溪泗山，彼时尚无"都昌"之称，县名曰"鄡阳"。都昌舒姓算是落籍于这方水土的较早的族群，以至都昌舒姓的老一辈人会诵出一句口诀"未立都昌县，先有田山舒"，说的是唐代武德年间设立都昌县之前，鸣山源头田家山和泗山舒姓就已播迁至此区域了。大自然威力无比以至"沉鄡阳，浮都昌"，泗山生活环境恶劣，舒姓人家便再循山而居，迁徙到现村址——长山坳。有一说是泗山舒家一度迁回故里进贤麻山，后复迁都昌长山坳，绵延的长山坳又称舒家坳。舒家人逐山而居，心理上图的是大山里的安定，长山坳便成了都昌舒姓人新的温暖怀抱。现今都昌县舒姓只有四个村庄，其繁衍的脉络是：舒天禄后裔在鄱阳湖区播迁，其留在都昌的八世孙舒英三（1323—1373）、舒英四、舒英五（1331—1377）卜居一村，形成现在的土塘镇长山村委会贤九舒村，现有

村民400余人。贤九之名,源于舒英三的儿子名"贤九"。舒英五的儿子舒贤六明代洪武年间由长山坳分居大屋里,形成现在的土塘镇冯家坊村委会大屋舒村。现在村民660余人。舒英五的八世孙舒显禄(约生于1600年)于明崇祯年间由大屋村迁八都花得桥,形成如今的狮山乡八都村委会花得桥舒村,舒显禄之孙舒继柏(1668—1752)于清康熙末从花得桥村分居扶琴洲,形成如今的狮山乡珠岭村委会扶琴洲舒村,两村庄人口都远不及长山坳的两个舒姓村庄。

(二)

1949年出生的大屋舒村村民舒祖财能讲述关于"大屋"的早年记忆。

大屋村有三幢大屋。第一幢大屋门前有一口塘,叫"土府塘",或许此屋就叫土府。土府庭院也有小池,传说主人家来客人了,打开院栅栏,外塘里的鱼会欢跃到内池里,其后成为盘中餐。这样的情景,要是配了"故人具鸡黍,邀我至田家"的情缘,不知有多温馨。第二幢大屋失于一场火灾。起因是一个乞丐某天晚上到大屋主人家讨饭,民间的讲究是"叫花子千千万,不能讨夜饭",叫花子讨夜饭冲撞了主人家,大屋主人便未施舍给他。叫花子为泄愤于深夜放了一把火将大屋烧了。第三幢老屋叫"楼府厅",楼分楼上、楼下,指的不是一幢楼的上、下层,而是居东、西的两栋房宅。楼上、楼下相距40余米,宅第间来回可不走湿路。楼府堂内有一块古匾,住家的人都听说富实的木匾内夹层藏着金银财宝,但谁也不敢去动,一是匾后做了窝的蜂会飞出蜇人,二是出于对祖先的敬畏。话说到了清咸丰年间(1851—1861),太平军闻得风声,起了非分之想,竟将匾里的财宝掏空了。

大屋建于元明之际,现在当然遗迹不存。舒祖财记得20世纪60年代大屋前的门楼被拆除。门楼顶端插了风戟瓷瓶,两边八字排开的红石墩7米见方,高3米,很是气派。现在能见到的是一对青石料的旗鼓石,昔日招摇的木旗杆自然也已不存,空遗安插旗杆的小圆洞。旗鼓石的上平面已被村民磨成了月牙状。这对旗鼓石在村中落寞立定,500余年间见证了许多荣光。

立在祖祠前的门楼、旗鼓石、系马桩,在封建时代是身份显赫的象征。大屋舒村人讲不出村里是否出过显达之人,有人把这份荣耀归于一个叫舒芬的人。舒芬(1484—1527),是明代南昌进贤人,经学家。正德十二年(1517)状元,曾任翰林院修撰,著有《梓溪文钞》,敢于直谏,嘉靖年间(1522—1566)有"忠孝状元"之誉,谥"文节"。舒芬不是大屋舒村人,因其文名而在都昌立门楼,此说不可信,但大屋村尚文的确不假,村中有塘,名"砚池塘";村前有山,名"笔架山"。天下舒姓多名士,有例子可证。浙江金华人舒元舆登唐元和八年(813)进士,迁刑部侍郎,其《牡丹赋》颇受称道,以致唐文宗一日绕栏微吟,为之泣下。"不仅爱你伟岸的身躯,也爱你坚持的位置——足下的土地。"这是当代著名诗人舒婷的名诗《致橡树》一诗的结句。对于大屋舒村人来说,深爱着"足下的土地"已然足够。

(三)

大屋舒村老一辈村民能讲述村里流传的一些老故事。大屋舒村人始迁长山脚下时,在蛮荒年代所据山林和田地便算得上阔大,有"东(上)齐狗颈岭,西(下)齐大门池"之说。村中有盐塘,说此塘有一钵状浅洼,经年出咸盐水,取之不尽,用之不竭,提供了全村人食用的盐卤。但小潭之盐只供大屋舒村人专用,否则失灵。某日,村中一慈母怜其外嫁的女儿家贫,便舀了盐卤悄悄送给女儿,这就破了规矩。第二天,盐水干涸,从此盐迹全无。

长山之巅有一座历史悠久的云山庵,其中也有故事。庵边有两亩五分田,靠着两口水井,井水既维持庵内人生活所需,也可以供田灌溉。传说很久以前,孽龙带着他的母亲降至云山庵,孽龙要造良田百亩供人耕种。他让母亲在云山庵休憩,并嘱母亲:他待会儿推平沟壑造田时,母亲如果受不了山呼海啸般的震荡,就撞三下庵里的钟,他便会停下来。孽龙施法,顷刻电闪雷鸣、地动山摇。母亲果真惧怕,连敲庵钟,孽龙听闻钟声立马停下了稍稍摆动的尾巴,造田百亩一事因此搁置,只造了两亩五分田。关于云山庵两亩五分田的来历,当然是附了神话传说,但这方水田的确存在过。田产的收成由土塘这边的大屋舒村、贤九舒村,中馆那边的薛家山、叶家,四个村庄按约定的股份分成。直至20年前,此田才荒弃而杂长着树丛。

大屋舒村最动听的故事当然是大屋舒村人新时代奔小康的新故事。20年前,村民出入大山只有一条宽约60厘米的羊肠小道,上坡下坎,十分不便。生产队年代交公粮也要靠肩挑车推。村民建房,也只得雇人用独轮车把材料运进山里。那时村民们过的是穷日子,消息闭塞。要致富,先修路,1999年,大屋村拓宽了入村公路,并进行了降坡,而后对公路进行了硬化。近年来,村里在当地党委和政府的支持下,开展新农村建设,打造秀美家园,面貌焕然一新,大屋舒村人的日子一天天变得舒坦起来……

90. 土塘镇江东畈聂村：声声入耳

【聂氏家训家规】身范宜端,子职宜尽,友恭宜笃,祀典宜崇,祖莹宜护,睦族宜重,生理宜务,闺门宜肃,嫁娶宜慎,家法宜严,交游宜重,贫苦宜周,和乡党以息争讼,重农桑以足衣食,尚节俭以惜财用。

元末明初的鼓声入耳

现今的都昌县土塘镇人口逾 6 万,是全县人口最多的乡镇,2002 年由原土塘镇、杭桥乡、化民乡三乡合并而成。此前的杭桥乡辖刘云、杭桥、珠光、潘垅、横渠 5 个行政村,有人口 1.4 万。江东畈聂村现属土塘镇杭桥居委会,杭狮公路穿村而过。

"杭桥"起初就是桥之名。这座桥由三节长条麻石组成,先前是周溪、西源、三汉港一带通往饶州、景德镇的官马大道必经之驿。桥边有街市,酒肆、茶楼、商铺、歌坊,闹腾得很。杭桥其名有来历:朱元璋与陈友谅大战鄱阳湖之时,在某一战役中,陈友谅的部队被围困于都昌黄岗山东边的湖汉里,粮绝之际只得投降。受降地在此桥,此桥便被称为"降桥"。因杭州之"杭"与投降之"降"谐音,于是人们就把这座桥唤作远避萎顿之气的"杭桥"。杭桥一带在鄱阳湖大战时的确是兵家相争的古战场,20 世纪 60 年代修建西湖联圩时,民工就挖出过刀、剑一类的兵器。从科级领导岗位退下来的聂宗法熟稔杭桥的历史,他推测那个给朱元璋献上"高筑墙,广积粮,缓称王"的良策、自号"枫林先生"的谋士朱升,其灵感或许就源于当年都昌杭桥一带辅佐朱元璋大败陈友谅的事实。聂家所居有枫林派之称,湖畔岂有枫叶? 想必言说的是枫林傲然脱世的气度。

在此不妨梳理一下杭桥的历史变革路径,让老杭桥人凝望一回乡愁之叶。杭桥元末成名时属都昌七都,明代属于十四都,清时隶属于新城乡,民国初期隶属于双湖乡,1935 年后属皇冈乡,20 世纪 50 年代初,隶属于土塘区(第五区)杭桥乡;1959 年 3 月,属土塘人民公社;1962 年属杭桥人民公社,1968 年扩社并队复属土塘人民公社;1973 年 10 月,恢复成立杭桥人民公社;1984 年,机构改革,设杭桥乡,2002 年并入土塘镇。

650 余年前,震耳欲聋的喊杀声已随水而逝,黄岗山下聂家村留下的以这场战争为背景的一些故事,永远定格在都昌《聂氏宗谱》里,流传在后人的口述里。传说,江东畈聂村有个人,叫聂克修,号养吾。元末时局动荡,地方割据势力云起。1352 年,聂克修时年 12 岁,父母和弟弟丧命于一个叫李毕九的莽寇的屠杀。聂克修也身中九刀,伤得肠子都流出来了,幸得一阮姓老婆婆调理。老婆婆用针线缝合聂克修腹部的刀口,聂克修以超人的忍耐力捡回一条命。与杭桥相邻的八都山人于光,拉起反元的义旗。于光在左冲右突中诛杀了李毕九,算是替聂克修报了不共戴天之仇。在于光的劝说下,勇猛精进的聂克修怀着感恩之心,投身于光部队,并被委以军旅重任。1363 年,鄱阳湖上的另一条好汉江龙,引水军攻打于光的辖地浮梁,于光遣派聂克修领舟行进进行抵抗。聂克修首战告捷,射杀了江龙,击溃其主力。江龙残部彭福率四百余兵力进行反扑,在康山交战。聂克修以百余人与敌死战,将彭福斩首于马下。于光论功行赏奖锦缎百匹给聂克修。随后,于光的部队汇入朱元璋的麾下,聂克修战安庆、攻九江、降武昌、平浙西、进四川、入沙漠(巩昌之战),屡立战功,被封鹰扬卫。在老一辈聂家人的讲述中,聂克修被朱元璋敕封"铁骑将军"。铁骑将军作为一种官职,只是八品,南朝梁设过。《聂氏宗谱》留存有聂克修的一篇自述,其中并未提及他受封"铁骑将军"一事。据此几可推断,"铁骑将军"是后人嘉其勇武的一种说辞。

鄱阳湖大战一战成"明",朱元璋成了洪武帝之后,聂克修的人生命运跌宕起伏。入仕历任华山卫、嘉议大夫、侍郎,其时岁禄有四百担,俭朴本色不改的他还用岁禄救济贫者,理政时守正不阿。一方水土养一方人,出生于鄱阳湖畔的聂克修带着湖区人的耿直,抑或是倔强,忤逆上意而遭贬,于是解甲归田。让他的命运之舟触礁这件事的前因后果是:洪武十七年(1384),朱元璋核查军队员额,发觉军队人数锐减,怀疑部将卖放役卒,松弛军纪,于是治罪。朝中大臣害怕祸及自己,不敢直言;聂克修越级直谏,为获罪的诸将申辩。他以他在军中十一年的经历,直陈军中少兵的缘由。一是连年征战。征蜀四年,后又五征沙漠,损兵折将不可避免。二是天灾人祸。征战中河津泛溢,补给不继,加上军中疾疫,死者甚多。三是体恤缺补。对伤残士兵赏以银两,放归乡里,阵亡的士兵家庭免了户丁承役。诸种因素综合作用,军中士卒便少了总数的一半,并非诸将徇私卖兵、放兵。朱元璋听不进良言,对聂克修的直谏怒不可遏,尽管没治聂克修的死罪,但剥夺了他的职务。开始是削职为行伍中的卒隶,后念及早年征战之功以文吏从六品。离开皇宫,得以全身保家,退居故里,颐养天年,也算大幸。

聂克修以"迁叟"自名,解甲归田。他先徙居于鄱邑朱湖,后转迁利池湖,瓜瓞绵绵,枝繁叶茂。如今在鄱阳县双港镇(曾称聂家乡)有其后裔形成的聂家村,人口有 1600 多,与都昌聂氏同宗同源。

湖上湖下的涛声入耳

朱元璋与陈友谅大战的战鼓声已息止,烟波浩渺的鄱阳湖仍旧潮起潮落,波涛汹涌。江东畈聂家人在入眼的潮影里,在入耳的涛声里,与鄱阳湖休戚与共,一代一代的聂家人在母亲湖的怀抱里吟唱着生活的乐章。

在江东畈聂村人的播迁史上,鄱阳湖是永不褪色的背景。都昌聂姓承袭"河东世家",望出河东郡(今山西夏县一带),尊周朝时的僷公为受姓始祖,以封地去掉言字旁为姓。都昌聂姓有五六个村庄,江东畈聂村在人口数量上是绝对的主体,有 1300 余人,他们尊僷公的 57 世孙聂溉之(1117—?)为始祖。聂溉之的曾祖父聂昌(1078—1127)是南宋大观三年(1109)的进士,宋钦宗时任户部尚书,拜同知枢密院事。他被那个日薄西山的赵宋王朝绑着一起沉沦,最后在奉命与元军议降时为元军所杀。聂昌生五子,其后裔在江西一带繁衍成"林"系五派,分别为桂林派、超林派、枫林派、傅林派、桐林派。聂溉之原籍临川具庆坊,于南宋淳熙年间(1174—1189)出任东昌太守,致仕荣归饶州大寺前。某次,他在鄱阳湖边览胜,但见都昌楮树溇(现称游水潭)万木青翠,碧水长流,遂占卜而居。数年后,在这绿水青山间,出现了令当今社会称羡的一幕生态美景——一群猴子嬉闹成性,甚至窜至居民家中抓饭吃。居于此地的聂姓人家不堪其扰,也不忍伤害毛猴,于是转居于黄岗山脚下(今江浒湾)。不到一年,一群更厉害的生灵出现了——成群的黄蜂嗡嗡乱飞。村民更是防不胜防,于是再次徙居。第三次播迁仍与动物有关。聂家的一头母猪失踪三天后在不远处的傅家塘下被找到,而且产下一窝猪崽,这在民间是吉地之兆。聂家于是避蜂逐豕而居,称傅家塘尾聂家。

聂家搬迁到如今的江东畈也经历了"三迁"。1954 年的那场大水,逼迫不少村民搬迁到地势稍高的江东畈,人们习惯上称这里为上聂。1963 年的那场大火,烧掉了上聂 70 余栋民宅,不少村民又搬回傅家塘尾老村址——下聂。江东畈聂村是一个村庄的概念,所谓的上聂、下聂指的是村民居住地的地势,有的父子、兄弟分居上聂、下聂,而且在生产队年代分属不同的生产队。1998 年百年不遇的洪水肆虐后,在党和政府的支持下,实行移民建镇,下聂的农户全部实行大搬迁,不少村民沿杭狮公路两侧建房。那次搬迁给村民最深的印象是,时任县长亲自到聂家村开会,商议搬迁和规划之事。

江东畈聂村以田多地广著称,有"种一年,吃三年"的说法。但鄱阳湖一度频发水灾,让村民遭遇"十年九涝"的冲击。20 世纪 60 年代,杭桥境内修建了三条"闪光"的保千亩以上良田的防汛和抗旱的圩堤,1964 年修建了霞光圩堤,1966 年又修建了珠光圩堤和越光圩堤。如今的东风圩堤更是让江东畈人安下心来。圩堤内有镇政府的江湖洲农场,聂家的庙湖洲、枫林畈成片土地纳入农场的经营范围。

田多地广的聂家如果要论村里的图腾,谷穗是最好的标志,而蜿蜒的圩堤就是最多姿的图腾背景。1949 年出生的聂和富和 1967 年出生的聂建圩和许多聂家人一样,都能讲出 200 余年前村里的先人聂泰堦"飞谷生财"的传奇故事来。说清代傅家塘尾村民聂泰堦个子矮小,家里穷困,讨不到老婆成家,后来经媒妁之言牵线,娶了和合二都里詹家的姑娘。这门亲事在当时看来有点儿门不当户不对,女方父亲詹显命是太学生,可谓书香门第。女方本人倒是同意,可父母硬是阻拦。詹家姑娘听从一个地师的劝说,铁了心地要嫁入定能兴家的聂家。某天,她避过万般阻挠的父母,用闺房的红布巾包了数件细软和平日积攒的银两,天未亮就偷偷地奔赴聂家。也算两人有缘,詹家姑娘逡巡间竟在杭桥桥头遇到了清早扛着筐箕捡拾狗屎沤肥的聂泰堦。后来这对年龄相差两岁的贫贱夫妻,过起了平凡的日子,倒也衣食无忧,詹家姑娘从娘家带来的银两也贴补了不少家用。

话说某年冬闲时,聂泰堦戴着一顶宽边破棉帽去杭桥邻村的车水桥詹家看戏,入村口时发生了两件令人称奇之事。一是帽耳朵上承接住一挂短稻穗。这种反季节的谷穗不期而至,聂泰堦于是惊喜地把稻穗揣入衣兜,想着拿回家去给鸡啄也是好的。二是一个从不相识的乞丐在众目睽睽之下跪伏在他面前,口念"五谷神来了"。聂泰堦受宠之余,冥冥中觉得似有神祇在暗示什么。他看完

戏回到家,将"飞谷"和"丐誉"的事告诉了妻子。詹氏本来就信扶乩一类的兆示,她让丈夫将那串谷穗摆放在自家空空如也的栏板谷仓内,并做了一番祀谷供奉仪式。晚上,詹氏做梦,梦见丈夫变成了黄狗。第二天起床,她抽开谷仓顶格的一块栏板,只见金黄的稻谷哗哗地直泄下来,聂家这对夫妻傻眼之后搂在一起。更不可思议的是,只要当初的谷穗压在仓底,填仓之谷便取之不尽、用之不竭,可自用、可外借、可馈赠。还有让人不敢相信的事是,仓里有时还会飞来乌金砖。据说是某个大财主家的儿孙不敬惜五谷,惹怒了谷神,家道因此没落。这户财主见粮仓里的谷无端地飞了,而且不知去向,便抱来乌金砖压仓,不承想乌金砖一应的也不翼而飞。

聂泰塏"飞谷生财"当然只是一种传说,但聂泰塏确有其人,生于清乾隆丁酉年(1777)。他的发家致富与其说是"飞谷"神助,不如说是勤劳富家。聂泰塏为富也仁,碰到大水大旱之年,他会开仓散谷赈灾,帮助乡亲度过饥馑之年。他在阳峰和平岭、三汉港枫得坳等地捐建凉亭,供路人歇息,以德济世。聂泰塏家财殷实后捐了功名,比当年瞧不起他的岳父大人要体面得多。《聂氏宗谱》记载其"嘉庆壬甲年(1812)春季奉旨例赠岁进士,候选儒学正堂",时年36岁,可见聂泰塏发家很早。据说多年前赌气趋婚的詹氏成家后一直未回娘家,在父亲做古稀大寿时,夫家用四顶大轿抬着她,经杭桥回娘家为父亲贺寿。寿礼是一块用金子镶了祝寿辞的金匾,其荣光赛过当年嫁给秀才的姐姐。

村里村外的歌声入耳

在过去的年代,同许多鄱阳湖滨的村落一样,江东畈聂村的村民,生活中有很多无奈而悲怆的咏叹调。

聂和富能顺口说出杭桥流传的关于水患带来的困厄生活的民谣。最早是道光年间(1821—1850)的水灾——"道光道光,百姓吃糠"。近代的有"好田好地枉自多,一到汛期都是河。辛辛苦苦空耕种,只见栽田不割禾","杭桥街上水悠悠,江吕两姓难放牛,詹聂两姓难活命,可怜还有夏家洲"。消弭水患之日,便是聂家人喜获丰收之时。随着人民政府的重视和防汛水利设施的改善,村民土里刨金不再是梦。2019年,江东畈聂村经过高标准改造的不少农田,有序流转到江西明成观光生态产业园,成为村民脱贫奔小康、致力乡村振兴的一方乐土。

在党和政府的领导下,江东畈聂村的村民生活逐浪高,一年比一年好。村里人才辈出。从村里走出的热血子弟聂宗贤,1951 年元月跨过鸭绿江参加抗美援朝,当年 10 月 28 日血洒朝鲜战场,年仅 27 岁(1993 年版《都昌县志》将其名错写为"聂宋贤")。村里的聂和梅 1967 年曾任都昌县革委会副主任。聂文亮在云南保险行业争雄,聂文会在珠海海关显彩,聂宗仁在中铁物流放光彩,中国科学院化学研究所研究员聂宗秀 2016 年当选为"国家杰出青年科学家",聂华荣、聂自超、聂文金等博士学贯中西,聂文革商界弄潮,聂文荣舞坛舒袖⋯⋯聂家祖祠上,"聂"字大写成三耳之"聶"。一个个"江东子弟",在各行各业踏着悦耳动听的人生欢歌,和着上下求索、自强自立的旋律,铿锵前行⋯⋯

六、文明新风

91. 土塘镇大树冯村:冯梓桥的深度

【冯氏家训家规】子侄当竭力以奉长者,然长者亦不可恃尊攘拳奋袂、横语狂言以加卑幼,致失教养之道。即子侄不幸有过,长者当从容劝诚,使之悔悟,如怙恶不悛,鸣众惩之。

冯 梓 桥

都昌县土塘镇冯梓桥村是全县脱贫攻坚的三个深度贫困村之一。在当地党委和政府的领导下,脱贫攻坚工作卓有成效,其典型做法被各级媒体频频报道。最引人注目的一次是 2020 年 4 月 8 日,江西省委书记刘奇来到都昌调研防汛和脱贫攻坚工作,在土塘镇冯梓桥村产业扶贫基地的茶山上,与正忙着采春茶的村民交谈,鼓励当地要发挥带动效应,发展扶贫产业,提升脱贫质量。

冯梓桥村有很多杨姓村庄,唯大树冯家是冯姓村庄,冯梓桥之得名,是因这里的先祖姓冯。冯梓桥原叫冯祖桥,关于桥的兴建,还有故事流传下来。明清之际,从佛子山深处发源的岛山港经过村东。岛山港两岸的人往来,起初要绕很远的地方迂回涉过,后来有善士架设简易的松木通行。冯家村的老祖宗花了36 担谷,买来三根长约 10 米、宽约 40 厘米的麻石料,架起了贯通东西的石桥。冯家人为了让后人记住老祖宗的兴桥之举,便把此桥命名为"冯祖桥"。后来,"冯祖桥"演变成浸润着文雅气息的冯梓桥,也有一阵子被当地人简写成"冯子桥"。冯梓桥通往的岛山港上游,周边可谓崇山峻岭,有凤凰山、祁林山。古时山民推着一车车的柴薪、树木运往山外换取生活所需,又将山外的一应生活所需,包括建造屋宅的砖瓦梁石运进山里,无数游子羁客进进出出,皆要在冯梓桥通行。于是,桥中间的那方麻条石上,留下了一道 3 厘米宽的"U"形槽印,是当地那种套了铁箍的独轮车磨切而成的。历经数百年风雨侵蚀,以及车辙马蹄的碾压,冯梓桥已不堪重负,呈毁圮之态。1998 年那场百年不遇的洪水,更是让冯梓桥千疮百孔,后来村民对此桥进行了维修。2019 年 7 月,驻点帮扶的九江市政府办公室和土塘镇党委、政府将此桥列为增进民生福祉的民生工程,利用国家扶贫项目资金对冯梓桥进行了重建,既方便群众安全出行,又让冯梓桥成为一道有历史底蕴的人文景观。

冯梓桥建于何年,没有确切的记载,但桥建于明清之际,应是一个可信的概述。桥由"冯祖"捐建,下面让我们追溯大树冯村的肇村历史。大树冯村的始祖叫冯贤二(约生于 1325 年),是南宋理学大师、都昌"朱门四友"之一冯椅的七世孙,这也是村里的民宅冠以"理学世家"的缘由。2019 年,冯椅故里土塘冯家坊重修椅公陵墓,大树冯村作为都昌冯椅后裔所组成的 43 个村庄之一,参加了这一缅怀祖德、激励后人的盛事。冯贤二于明洪武年间(1368—1398),由浤潭柏树下分居大树下,这样算来,大树冯村的历史已有 600 余年。村名"大树",说的是此地当年有一棵空心的大樟树,树荫如盖,空心处可关马圈牛,可见树干之硕大。于是,村名便取"大树冯村",寄寓着背靠大树、倚福可贵的期盼。

冯梓桥下奔流不息的港河,在岁月的流逝中,见证了桥上的刀光剑影。1952 年出生的退休教师冯火贵,少年时代读书期间,曾听做桶匠的父亲冯玉琬讲过一个太平天国军官与冯梓桥的故事。冯玉琬的父辈有兄弟五人,因为家贫,只有冯玉琬的父亲娶妻成家,因此冯玉琬几乎承载了这个家族传宗接代的希望。他的另外几个叔伯每年供养他读私塾一年,这样,读了四年书的冯玉琬也算是识字断理之人。冯玉琬讲述的故事自然也是上辈传下来的。清咸丰年间(1851—1861)的某个萧瑟的冬日,冯梓桥东来了一位头披长发、骑着一匹枣红色马的太平天国军的长官。此时,洪秀全的太平天国军遭清军追剿,又面临诸王自残的局面,一时内外交困,兵败如山倒。所以这名长官独自流落至此,一脸疲惫、落魄之相。行至桥头,胯下之马竟戛然止步,就是不肯过桥。民间有"马有生悔不过桥"之说,马是有灵性的,可预知过桥即遭凶事,便裹足不前。长官只得下马,行至桥西。他没强求马同他前行,而是将它系于桥头,独自背着马刀,来到大树冯村的祖堂,大概要找藏匿之地和果腹之食。村里人见祖堂来了不速之客,便三三两两地聚在一起围观。有长者识得这"长毛"的装束,在民间太平天国军被唤作"长毛"。"长毛"时有扰民之举,既有劫贫济富的美名,又有烧杀掳掠的恶名。村里长者示意几个后生捉住他,后生领悟其意,乘长官不备,

窜上前去将"长毛"反抱住,反应快者抽出"长毛"身上的马刀,狠劈下去,"长毛"被削头而毙。祖厅上进的天井里,顿时血流如注。

村民杀了"长毛",也惧怕被追究,于是众人将血迹冲洗掉,将尸首埋于野外,皆缄口不言,后也无事。流传下来的故事版本没有讲到那匹有灵性的马的归宿,其中当然也可演绎出悲壮的后续故事。

冯火贵从父亲那里听来的兵燹故事还有抗日战争时期的,父亲还是亲历者。说烽火连天的抗战时期,大树冯村村东隔着几坵田亩约 300 米处的团山上,有一日来了一连左右的国民党军队,他们在团山顶上占据有利的地形,挖壕沟,筑工事。不一会儿,日寇的敌机从西南往西北掠过山顶飞去,大概没发现目标——并未扔炸弹。过了一阵,从距团山很远的另一座高峰下,过来一支有一营人的日军队伍。日军扛着旗帜,直冲团山山麓,似要歼灭驻团山之部。团山上的部队猫在战壕里扫射,终因寡不敌众,且战且退,向徐埠方向的山脉遁迹。待到枪声停下来,村民悄悄探出头来,有胆大者径直上了团山顶,捡回一筐箕子弹壳。团山之巅当年的战壕仍在,但村民并不知晓这场战争的战情。冯梓桥周边的山峦,扼守着从土塘通往徐埠、张家岭的峰喉,成为战争要地。

风　　物

冯梓桥经历过战火的洗礼,当硝烟散去,站在桥上的人,看遍桥前桥后的风物之变。

冯梓桥并不濒临鄱阳湖,所以桥下之水只是潺潺港溪,并不汹涌澎湃。冯梓桥周边的山大多平缓而非陡峭,有些连当地的年轻人都叫不出名字的山名却耐人寻味。比如南峰尖,又叫毛鸡窝,想必有珍禽栖息于此。南峰尖的石洞里有一块翻转的岩石,叫雷打石,说是老天打雷而把它翻转过来的,别有情趣。社下坳是狮子朝北斗的吉地,逆向的狮头狮身,神态毕肖。山不在高,水不在深,皆因桥而显得灵动。先是因桥而兴市,民国初年,小港肖村有位地主在桥头开了一间杂货店,方便过往行人购买日常用品,当然也看中了其中的商机。随后,肖家店周边日渐兴起裁缝店、打油铺、伞行、药店一类的商铺,冯梓桥沿岛山港的这一段人气渐旺起来,也成了山里山外的通衢,于是便有了"冯梓桥街"的说法。现今对冯梓桥村委会所辖村落的介绍,在罗列坳上杨家、大树冯家、康山里杨家、棋杆畈、上海中、王家岭、新舍村之后,往往还会加上一个"冯梓桥",此处冯梓桥作为一个村落。村民多为周边其他村庄的村民,或早年新建房宅于此,或更早年间在冯梓桥街开店的后裔落籍于此。所以冯梓桥是一个多姓聚居地,在村貌上俨然与大树冯村成为一体。

冯梓桥街的商业开始衰落,是在 20 世纪 60 年代末,也是时代大潮的淘漉所致。1968 年前后,江西省委书记程世清治赣,提出以人的思想革命化来带动农业机械化、农村电气化、村村公路化、运输车子化、水利自流化、水稻良种化、土地园田化。"八字头上一口塘,两边开渠靠山旁。中间一条机耕道,村庄建在山边上。充分利用水发电,植树造林满山岗。自力更生创大业,世界革命担肩上。"这样的新农村歌诀响彻一时。在这种背景下,战鼓在大树冯村擂响,留下的余音便是重修土桥大队经冯梓桥至岛山涧的公路,原冯梓桥街渐渐冷落。这条路几经改造,现在成为土塘镇西部的一条干线,从土塘集镇通往鸣山七里桥的干道往左,折往这条公路,沿途穿越土桥、冯梓桥、小港、辉煌、佛子五个行政村,再向左延伸可直通信和村。冯梓桥单独成为一个村委会之名,是在 20 世纪 80 年代中期,先前的新丰大队拆分为现在的冯梓桥村委会和小港村委会,"冯梓桥"以更响亮的名片行世。新中国成立初期,冯梓桥属孝兴乡十三都五区,后改称小港乡。1956 年,小港、佛子、信和三乡合并为大岭乡。

民　宿

大树冯村现有 20 余户,一百余人。"十三五"脱贫攻坚激战正酣,有个叫邓长根的人,以自己的特殊奉献,成为大树冯村的特殊"荣誉村民"而载入村史。

邓长根是九江市人民政府办公室的一名干部,他以脱贫攻坚驻冯梓桥村第一书记的身份,踏上冯梓桥这片热土的时间是 2018 年 4 月。此前,从 2016 年 9 月开始,他也一直在修水县黄沙镇岭斜村担任驻村第一书记参加扶贫帮扶工作。邓长根老家是南昌市,20 世纪 80 年代初大学毕业后,就一直在九江工作和生活,1989 年在九江市政府办公室工作一直至今。大机关下来的城里人邓长根,对"三农"有着一份特殊的情结。他在都昌土塘镇冯梓桥村这个深度贫困村担任第一书记,业绩上卓有成效。其间,他连续三年考核为优秀公务员,被记三等功。

大树冯村至今保存完好的 10 余栋建于二十世纪六七十年代的传统民居,勾起了邓长根美好的乡愁式记忆。邓长根平日里喜欢旅游,走南闯北,尤其对

各地的古旧民居情有独钟。他了解到大树冯村的旧居大多闲置,房主都搬迁到建起的楼房生活,于是他萌生了将这些民宅打造成富有特色的民宿,促进当地乡村旅游业的念头。当他深一步调研到大树冯村人是南宋理学大儒冯椅的后裔时,邓长根打造特色民宿的理念找到了一个具有人文特色的切入点——理学世家。邓长根找到两栋房宅的主人冯家义、冯家胜兄弟,达成了两兄弟供出闲置的房客,邓长根出资打造,若有收成按比例分成的意愿。邓长根利用自己平时对民宿文化知识的积累,并多方请教专家,因地制宜地对冯氏兄弟的旧居,修旧如旧地进行整修。他收购来一些寄寓乡愁的风车、石磨、屏风等古物件衬托环境,并添置古色古香的精品寝具。2019 年、2020 年相继将冯家胜、冯家义的旧宅打造成了感受理学文化、体验民俗民情的精品民宿。邓长根在村口建起了独具风格的柱撑,冠名"贤二椿"。"贤二"为大树冯村始祖之名,"椿",为长寿之大树。

邓长根在打造大树冯村的"理学世家"民宿时,着力在彰显特色、提升形象上花心思。他个人出资流转村里的土地 10 余亩,请包括建档立卡的贫困户在内的村民务工,种上各色时令庄稼,让前来住宿的游客去田野体验农事的快乐,品尝农家自产的绿色农家菜,采摘果蔬,享受亲近大自然的美好。邓长根为打造大树冯村民宿业态,个人已出资数十万元。目前尽管民宿业态处于初创阶段,但他对他的民宿融入当地旅游经济发展的前景充满信心。绿水青山就是金山银山,他更期盼他的民宿基地成为冯梓桥村永驻的"工作队",帮扶当地百姓可持续增收致富。

云无心以出岫,鸟倦飞而知还。邓长根设想,大树冯村的民宿基地,肯定是他晚年生活的一个好去处。从九江市区至此,也不过个把小时的车程。不说融入大庐山旅游圈的广阔市场,单说远离都市喧嚣的"大树"下,周边就有刘涑古楼、信和祠堂、冯任故里、神脉溪茶园、潭湖果园等人文生态景观,让人流连忘返,乐宿不倦……

92. 土塘镇八斗垰刘村：九龙山下

【汉高祖刘邦遗训】夫运筹帷幄之中,决胜于千里之外,吾不如子房;镇国家,抚百姓,给饷馈,而不绝于粮道,吾不如萧何;连百万之众,战必胜,攻必克,吾不如韩信。三者皆人杰,吾能用之,此吾所以取天下者也。

(一)

九龙山下的八斗垰刘村,属都昌县土塘镇莲蓬村委会所辖。山名上通天龙,村名下接地气。承袭"彭城世家"的都昌刘姓,汉高祖刘邦在他们的眼里当然是历史上的"天子真龙",九龙山之得名其实与"真龙"无涉,言的是绵延的山势——有九座山头峙立。"八斗垰"之名,有个小故事。说清朝村里有叫刘世宝的,勤劳致富,家财万贯。在村民的叙述里,其人非常俭朴,是"长毛巾系着腰带"的老农形象。刘世宝致富后造屋,三栋三进的房子铺展开来,有八斗垰田一样大。古时的"一斗"相当于现今的"一亩","八斗"相当于5330平方米,不可谓不大。自此,村名便有了"八斗垰"之称。

八斗垰刘村其实说的是两个村庄,一个是上八斗垰,又称"八斗垰山里";一个是下八斗垰,又称八斗垰口头。八斗垰山里肇村更早,八斗垰口头人是从八斗垰山里迁过来的,两个村庄只隔着一个田垅,形同一村。现今八斗垰山里农业人口不到200人,八斗垰口头要大得多,农业人口逾700人。八斗垰人早年在景德镇做窑工,在鄱阳县枧田乡、都昌县徐埠镇等地种田落户的也不少。

参天之木,必有其根;怀山之水,必有其源。在此,我们不妨来梳理一番八斗垰刘姓的"谱系图"——都昌刘姓尊中唐的刘巨容(826—889)为一世祖,刘巨容的七世孙刘彦诚(?—975)初入居都昌二十都黄金乡(今鸣山乡七里桥村)。刘彦诚功名显赫,在那个写过"问君能有几多愁,恰似一江春水向东流"的南唐后主李煜当朝时,官至散骑常侍、光禄大夫,后率部归附宋太祖,被封彬国公,并以开国元勋之荣赐谥"武忠"。抗金名将刘锜即为刘彦诚的六世孙。刘彦诚生六子,长子刘托一的十世孙刘梦源(约生于1273年)生四子,第四子刘庆四

之长子刘同一(约生于 1260 年)有孙叫刘武二,于元代至正年间(1341—1368)由筱港下堡田枣树下(今属土塘镇辉煌村)迁至十五都河塘畈,即如今的土塘镇莲蓬村委会驻地。想必当年的河塘荷花盛开,莲蓬常盖,很容易让人产生"莲蓬"之名源于此的联想。刘武二的六世孙刘正亮(约生于 1400 年),于明代宣德年间(1426—1435)由河塘畈迁至九龙山八斗坵。这样算下来,八斗坵在九龙山下立村已有近 600 年了。后人为纪念先祖刘正亮,将九龙山称为"正亮山"。刘正亮的八世孙刘良金(1570—1645)于明万历年间(1573—1620)由八斗坵山里分居八斗坵口头,八斗坵口头比八斗坵山里立村晚了 160 余年。

(二)

八斗坵村的风物特色,自然是山清水秀。

山不在高,有仙则名。九龙山上也是有庵的,以致留下了"老庵场"之名。"老庵"名龙泉庵,相传是刘正亮所建,坐落于九龙山的细木鱼山,面对青山岭,左边有龟头凸、仰面锣,右边有玉焕山、鹦巢垴。八斗坵的年轻一代很少有人辨得出这些山峰的方位。清初的顺治年间(1644—1661),龙泉庵移至九龙山麓,细木鱼山遂命名为"老场庵",庵堂旧基尚存遗迹。清初移建的龙泉庵,二十世纪六七十年代倒塌,后来周边村庄在八斗坵水库边修建了新庵,承祈香火。

九龙山曾是八斗坵刘村与周边村庄在权属和山林管护上的相争之地,以至《刘氏宗谱》要郑重其事地收录一些关于山林权属协商和了断的协议。20 世纪 90 年代初,八斗坵刘村还因跨界砍柴一事,与邻村闹过命案。如今,八斗坵与周边村庄和谐相处,共唱呵护九龙山生态欢歌。

九龙山之水在于明镜般清澈的八斗坵水库。八斗坵水库始建于 1958 年,1972 年扩容续建,集雨面积达一平方公里,属小(2)型水库。傍山临道间有水经年长流下来,分明是一条泄水的长堰,各分段各有其名——孟母堰、承坝堰、高坵堰、庙根堰、龙水堰、新堰、管坵堰、中堰、沙坵堰、李家堰。长堰曲折向前,一直通到游水潭,注入鄱阳湖。依山傍水间,八斗坵口头在新农村建设中建起了廊亭,增添了几分韵致。八斗坵村民理事会老理事长刘国珠与村民一道打造家园,使村里一日日变得更绿、更净、更美。

（三）

九龙山下八斗坵，刘氏子民著华彩。说起古时八斗坵的风流人物，远古时代的八斗坵人的背影已然远逝，村民言之凿凿的是晚清光绪年间（1875—1908）村里出了同科的两个秀才，宗谱记载皆"入泮"。一个是刘纶法，另一个是刘纶润，他们对都昌刘姓在县城兴建刘氏宗祠出力不少。在 1996 年版《都昌县志》和相关的都昌党史资料里，八斗坵人刘八禾尚在"革命英烈"栏留下了英名。刘八禾尚参加过红十军，1930 年 24 岁时在江西弋阳牺牲，血洒磨盘山。在《刘氏宗谱》上载录刘八禾尚的谱名叫"传显"，字国柱，"参加红军未归"六字显示出八斗坵子弟为革命壮烈牺牲的豪情。

八斗坵有舍生取义、英名赫赫的革命先烈，也有名不见经传，以自己持之以恒的操守彰显中华民族传统美德的平凡曳姬。刘兴孝是化民中小退休教师，算是村中的"文化乡贤"，他讲起曾祖母江蒲香在乡间践义的故事，总是心怀敬佩。江蒲香生活的时代是日薄西山的晚清，那时村里人起早下田耕作、上山斫柴前，要吃爆米、芝麻粉一类的早点。江蒲香一年四季都是天未亮就早起，在自己家里用大铁锅烧好开水，呼唤村里人到她灶间来冲开水用早点。她家并不宽裕，是个佃户，家中只有五分田，平日里靠租种别人家的田地讨生活。江蒲香家的犁耙水车倒是一应俱全，村里人出工劳作碰上农具不够用，多向江蒲香家借用，她从不拒绝，总是和颜悦色地说："我来找，你只管拿去用。"

旧时代农家妇女江蒲香的义举说不上惊天动地，却润泽人心。在弘扬社会主义核心价值观的当下，不少八斗坵人将"崇义"二字踏石成印，行之成风。如今已年过半百的刘兴瑞在景德镇艰辛打拼多年，终于在建筑行业创业有成，他对家乡的公益事业总是慷慨解囊。2009 年，八斗坵新建祖祠兼村民文化活动中心，刘兴瑞捐款 20 万元。他还出资硬化村民上九龙山的便道 2000 余米，每年春节前会请来民工砍伐道旁的荆棘柴丛，一方面让村民上山更便捷，另一方面可以形成一条防火带，减少村民上山祭祀先人墓茔时发生火灾的可能性。刘兴瑞还悄悄资助村里的困难户和贫困学生，做好事从不图名。

一个个八斗坵人将祖祠上铭刻的"诚信守德，善博图强"八字融入人生的追求中，谱写着奋斗的新篇章。刘芸、刘英两兄弟分别在九江市残联理事长、庐山管理局党政办公室主任的岗位上一展公仆情怀。他们在时代大潮中无论怎样

远行,对故里总是念念不忘,一往情深。刘国浪担任莲蓬村支部书记25年,勤廉为民,不负众望,曾荣获江西省优秀农村基层干部、九江市优秀共产党员、都昌县优秀人大代表等称号。刘国浪从村支书岗位上退下来之后,仍情系桑梓,笑意总是挂在脸上。刘盛松在北京从事文化传媒产业和互联网就业教育行业,为都昌学子学一技之长助一臂之力。留美博士刘盛文等青年才俊可谓才高八斗,为家乡八斗垅的腾飞注入了新的力量……

93. 左里镇邵翘仙村：晟昌之家

【邵氏家训家规】敬祖先，孝父母，感师恩，和兄弟，正闺闱，慎交友，尚勤俭，睦族邻，务读书，劝职业。

古县志里的古迹

邵翘仙，乍一听像个邵姓人名，且带了一丝飘逸。"邵翘仙"是个村庄之名，属都昌县左里镇旧山村委会，现有人口 500 余人。

邵翘仙有灵动的一面，更有古朴的一面，藏着的是丰厚的底蕴。邵翘仙周边的风景名胜，录入清同治版《都昌县志》的就有五六处之多。

首先来看旧山与城山。"旧山"是现今邵翘仙村所属的村委会之名，而自然界的实体旧山却在现今的左里镇永华村委会境内。1952 年，都昌区划曾设 13 个区，其中第二区叫左蠡区，驻地在饶公祠。左蠡区所辖大致相当于现今的左里、多宝、苏山三个乡镇的范围，其中所辖分列 16 个乡，旧山、城山均列其间。1956 年至 1957 年间，旧山乡依然存在，现今的永华、旧山、城山、双明村委会皆属旧山乡所辖。现在的四个村委会在 20 世纪 60 年代易名，带有鲜明的时代印记，城山名"永忠"，双明与旧山合称"永红"，加上原有的永华，合称"三永"。"旧山"之"旧"是相对于苏山之"新"而言的。且录同治版《都昌县志》"卷之一·山"对"旧山"的描述：旧山，在城山岭西南，东过郑四颈、宋家岭。晋苏耽与吴猛初于此修炼，后迁元辰，故以"旧"名。元辰山即苏山。邵翘仙周边的城山岭、城山庙也入了县志。城山得名晚于旧山，是在南朝时期，距今有 1500 余年了。说是南朝名将檀道济追随晋太尉刘裕征剿卢循，在左蠡这一带依山筑城，破栅直进，以阻卢循逃往豫章之路。檀道济在刘裕代晋建宋后，因从征有功，封为征南大将军，兼江州刺史。后人将檀道济筑城之山，命名为"城山"。功勋卓著的檀道济一家后来却惨遭杀戮，"长城"被毁。左蠡老百姓膜拜檀道济，尊其为"城山老爷"，设城山岭庙敬奉，至今香火鼎盛。城山岭庙距邵翘仙村不过一里路，有硬化的水泥路直达岭顶。

览过山且来觅水。邵翘仙村址早先叫仙井畈。"仙井"又称"天井",也有故事。古县志言之凿凿:天井,在治西四十一都桃源乡。宋末有杜氏夫妇于路畔施茶时,连年亢旱,汲水甚艰。有异人往来数四,见其供饮无倦,最后引杜老至所,拔剑插之,泉即混混上涌,甚清冽,曰"吾以此报君,其水可愈疟痢",故名"天井",亦曰"仙井"。今其地名天井畈旁有桥,曰"仙井桥"。"仙井畈"的故事当然有传奇色彩,说宋末的杜氏夫妇在路畔搭凉棚积善施茶,给行人解渴,甚至在大旱连年、取水艰难之年,也不放弃善举,这是彰显的是助人为乐的中华传统美德。杜氏夫妇所居之路,在当年可是一条车水马龙的驿道。在漕运为主的古代,达江通湖而至湖口屏峰港的人流物流,往都昌县城的驿道路线通常是:经苏山谢家湖,折陶家冲至仙井畈,再至北庙湖(今新妙湖),再经澜石嘴、鲇鱼山、破塍塘、生水垅,一路入得城来,逆行也是此程。那个"异人"的确奇异不凡,竟能插剑为泉井,以报杜氏夫妇之善德,也以甘冽之井水,为当地老百姓解饮水之困、治疟疾。

《都昌县志》所载仙井畈的故事,由都昌杜氏文化人讲的,有更接地气的版本。所谓"杜氏",便是都昌杜姓祖先、宋末元初的杜云华,他其中的三个儿子杜万一、杜万方、杜可用后来都揭竿反元。所谓"异人",是个黄冠道人。杜氏夫妇在草垅头赈粥施茶达十余年。那剑插成井与家国情怀竟有联系。传说,那井是杜云华事先掏挖好的。他与志趣相投的黄冠道人共同演绎的"天赐仙井"的场景,一如反秦的农民陈胜起义前将丹书帛"陈胜王"置于鱼腹,而杜云华的"仙井"是为保家抗元生发出的源头活水。

元辰山上有橘井,关于橘井的耳熟能详的故事也上了古县志。古县志中写道,苏耽在元辰山修炼得道后辞别老母,并对难舍难分的母亲说岩边有一口井,井旁有橘林,当年会有瘟疫肆虐,母亲可用井水浸泡橘叶,救活百姓,祛除瘟疫,此井便称橘井。橘井的来历还上了晋代葛洪所著的《神仙传》,唐代诗圣杜甫曾吟"敢忘二疏归,痛迫苏耽井"。在邵翘仙老一辈村民的讲述中,仙井与橘井不仅功能相同,水源也是相通的。据说,邵翘仙的一个樵夫上元辰山砍柴,挑柴的"冲钩"掉进了橘井,不得不空荷归家。他回到家中却看见标记了"邵记"两字的"冲钩"靠在自家坦场的柴薪堆上,妻子说是村人在仙井水面上拾起而归还的。

仙井的确存世,就在邵翘仙村东南角的港边。20世纪80年代中期,古井尚存,井口岩石斑驳,后来此处日渐淤塞,被夷为平地。仙井畈的故事,县志中明确地写明发生在"宋末",与杜姓先祖故事的背景相契合,邵翘仙村祖先徙居此地晚于宋末 300 余年。追根溯源,邵翘仙村的肇村祖先邵日成,其孙邵仕教,是县城邵家街(恭仁坊)一族邵佽的十七世孙。他于明万历年间(1573—1619)由周溪泗山迁四十一都仙井畈,距今已有 400 年了。傍依仙井畈的仙井桥,又叫"许家桥",由花岗岩砌成。2017 年修建都九高速时,桥梁被毁,构件仍有遗存。

曾在县委政研室、县教师进修学校任过职的邵翘仙村人邵楠是村里的文化人,他考证过村名"邵翘仙"的来由,一说是村庄始迁祖仕教公的曾孙、邵良辅(1614—1668)之子邵世元,字翘生。他饱读诗书,热心公益,城山一带的百姓遇有讨主意、论公平之事常慕名而来,请他帮忙排忧解难。"找邵家翘生"几成口头禅,于是邵翘生所在的村庄谐音成了"邵翘仙"。无意中的谐音,却有几分誉意。"仙"者,当然有呼风唤雨、顺风顺水之力。另一说是村庄邻仙井畈与仙井桥,村名便叫"邵桥仙","邵翘仙"也的确时常被书写成"邵桥仙"。

新农村的新貌

仙井空落,石桥自斜。昔日的邵翘仙人的生活非但没有仙人般潇洒,反而在岁月的风霜里格外沉重。

邵翘仙村从地理环境来说,有点儿缺山少水。因为贫困,民国年间村里的薄田大多押给了周姓的饶公会。一年劳作下来,村民要靠借粮度日。百姓生活离不开柴米油盐酱醋茶,"柴"字居首,无论是平日在灶间烧茶煮饭,还是冬日在火坑前围坐取暖,柴薪都是必备的。常言说,巧妇难为无米之炊,其实巧妇更难为无柴之炊。20 世纪 70 年代的生产队年代,邵翘仙人关于砍柴的记忆烙于肩、记于心。村里少山,自家柴山的柴仅可保一个月的炊需,村民便成群结队地到十几里外的苏山去找。无业主的野山称"官山",或怪石嶙峋,或荆棘丛生。村民带着简易的干粮,头顶星星出门,一天下来累死累活地从陡峭的山路挑回家的,也许只是一担茅柴;若能扎扎实实地挑回一担棍把柴,脚步都变得欢快,仿佛有了仙气。

对于过紧巴日子的油盐钱,邵翘仙村人通常是"上半年靠捉黄鳝,下半年靠拉耙网"来换取的。邵翘仙人在二十世纪六七十年代捉黄鳝卖来换钱,在当地远近闻名。村人背上的簸笼里别着三尺来长的数根小竹竿,竹竿头上绑着数寸

长的铁丝钩，他们在左里、多宝、苏山、徐埠一带行坲走畈，依港沿汊诱捕黄鳝。钩间串着蚯蚓一类的饵食，把竹竿放入塘池岸边的石块缝隙里，或是野外泥壁上的洞穴里，手捻搓而竿蠕动，有时还用手指轻弹水面、嘬嘴发出唧唧声来引诱黄鳝出洞。其间捕捉黄鳝的捏拿等动作，堪称邵翘仙人的绝活。邵翘仙村靠着新妙湖，冬季枯水期，村民用一种叫拖网的渔具，在湖港捕捞小鱼小虾，贴补餐盘之余也卖给贩子换些零花钱用。

改革开放前的邵翘仙村，全村没有一幢封火砖屋宅，全是清一色的泥巴土坯屋，连祖厅都如此。外人称他们的村居为"燕子窝"，邵翘仙人在困窘的生活面前从来是乐观的，不乏幽默天性，他们自嘲："燕子泥窝，吉祥金窝。"那时邵翘仙的后生讨个媳妇都难，皆因"穷"怕了。

沐浴着改革开放春风，邵翘仙村人的生活芝麻开花节节高。特别是近年来，邵翘仙村融入新农村建设，打赢脱贫攻坚战，村庄面貌日新月异，村民生活欢天喜地。曾任多宝乡党委书记、县国土局书记的邵同斌退休后成为邵翘仙村的乡贤，一度担任村民理事会理事长，配合当地党委、政府，带领村民投身新农村建设，决战决胜脱贫攻坚。他对村里的变化如数家珍。近 20 年来，村民建楼房超过百栋，彻底告别了土坯房时代。良好的生活环境，吸引了不少在外生活的乡亲回到故里建房，有的在村里安度晚年。1948 年出生的邵伙军是从邵翘仙村走出的一位全国劳动模范，曾任解放军某部团政委、九江玻璃纤维厂厂长兼党委书记。邵伙军一直关心家乡的建设与发展，晚年在村里自家村居养养花、种种菜，与邻里和谐相处，在生他养他的家乡看夕阳无限好。现在村民出行，水泥路四通八达，到左里集镇车程不超过 10 分钟；随着新妙湖大桥的贯通，到县城也只要 20 分钟的车程。村民秉承"耕读传家"的理念，不少莘莘学子考入名牌大学，步入社会后一展人生风采。邵继锋北京大学博士毕业，邵斐也博士加身。邵忆雯、邵忆霏是一对双胞胎姐妹。邵忆雯就读英国帝国理工大学，邵忆霏就读香港大学。邵桂林、邵徽豪、邵继旺等人在上海、北京等地的名牌大学攻读研究生后事业有成。邵翘仙人将原来祖祠前的一方池塘填塞，形成如今宽敞的文化广场，新开挖了一口 2000 平方米的门前塘，安装花岗石护栏，既实用又大气。

2018 年村里建起的"晟昌广场"，成为村民节假日表演和观赏精彩文艺演出的一个舞台。"晟"，字形上是由先祖之名"日成"二字上下组合而成，表兴盛之意;"昌"者,寓意繁荣昌盛之寄托。2019 年 1 月 30 日,新建成的晟昌广场见证了一场翘首以盼的盛会。猪年春节前的这一天,邵翘仙村举办了一场"踏步家乡路,畅述姐妹情"的出阁女儿集体回娘家的盛会。当天,有 130 余位已出嫁的女儿,穿着红红的节日盛装,手捧鲜花,踩着喜庆的红地毯,在祖堂前的晟昌广场,喜气洋洋地大团聚、大联欢。年纪最大的 96 岁冬花老姑婆也回到了娘家,喜上眉梢。在文娱大联欢活动前,镇、村领导殷殷期盼,邵翘仙人撸起袖子加油干,乡村振兴当示范;村里长辈谆谆告诫,参天之木必有其根,怀山之水必有其源,出嫁的女儿要常回家看看;出阁的姑姐款款表白,在娘家是好女儿,在婆家当好媳妇;邵家姑爷喁喁私语,娶了邵家女,幸福享不完;外孙辈深情寄语,鱼儿离不开水,瓜儿离不了秧,外婆温暖的怀抱是令人心安的吾乡。

邵同斌老人兼任左里镇诗词分会会长,他曾吟诗赞美邵翘仙村的巨变:

苏峰挹胜邵家庄,亮丽新村誉梓桑。

蠡水汇流财路广,匡庐叠翠脉源长。

钟灵毓秀贤能济,叶茂枝繁昆裔昌。

遗爱甘棠荣万世,人文蔚起谱华章。

94. 阳峰乡博士畈江村：书山有路

【江氏家训家规】忠孝为人之大端，根于至性，出于内心，人人所觉自矢，不必食禄而后为忠，亲存而后为孝也。廉节尤人所以立身，亟当操持，倘不顾分谊，贪黩躐行，以致遗亲后君，又安所为忠孝之人。

　　"博士畈"，是个奇妙的词语组合。学富五车的"博士"遇上稻谷飘香的田畈，这也许是对"耕读传家"家训的最好诠释。

　　博士畈是个村名，属都昌县阳峰乡共升村委会，是江姓村庄，现有村民160余人，博士畈曾称湾里江村。承袭"济阳世家"的江姓村庄都昌全县有170余个，人口近6万，江姓号称都昌第二大姓。小村庄博士畈的村民以"都昌江姓第一村"自居，其间要论及都昌江姓的渊源。都昌江姓由鄱阳清溪泽源铁炉埠自北宋分六支迁入都昌，有"四本两济"之族脉，"四本"即本茂、本善、本仁、本直，"两济"即济一、济九。江本茂（1057—?）、江本善（1059—?）于北宋政和元年（1111）由鄱阳十四都铁炉埠徙居都昌十六都楼山下和林塘，即今阳峰乡共升村委会辖地。"四本两济"中年岁最长、落籍时间最久的是江本茂，他迁徙都昌的时间极为好记——公元1111年，距今已有910年了。本茂公的八世孙江季坪（1205—?）于南宋理宗淳祐年间（1241—1252）由楼山下分居西麓庄，肇村湾里江村。阳峰乡共升村九川江村人、土塘镇南源村委会棋盘江村人亦是本茂公的后裔。博士畈的肇村之人为本茂公这一族的长房，所以有了"都昌江姓第一村"的说辞。前些年都昌江氏统修宗谱，发谱的第一站选定为阳峰乡博士畈江村，就是以此为依据。

　　在阳峰乡财政所工作的江亲玉能讲出关于"博士畈"村名的由来的故事。明朝时，湾里江村的某位先祖年轻时以做木工谋生。都昌乡间称木工为"博士"，俗语"博士多，打破船"，似乎又将"博士"的业界拓展了——凡以木材为制作之本的手艺人皆可称"博士"，比如木匠、桶匠、船匠一类。湾里江村在历史上曾出现不少鲁班的传人。这位木匠出身的先祖后来发奋读书求功名，中了进士,在皇宫便有了接近皇帝的机会。皇帝某天兴起,唤来这位来自鄱湖之滨的"博士"一展匠艺,令他亲自制作一件木制御品。不日完成后,木制品精致得令人叹服,博得龙颜大悦,皇帝夸道:"真博士呀!"从此,江大官人"博士"的雅号便在宫廷内外传开来。江博士后裔干脆将村名改成了"博士畈"。

这样考究起来,"博士畈"之"博士"的含义是"木匠",而非如今的中国最高学历的"博士"之意。岁月悠悠,匠气飘逝之际,博士畈村倒真的汇聚起一股"文气",村里读书的风气日盛。1977 年中国高考制度恢复,小小的博士畈考取二本以上的就有 20 余人,博士畈里还真有硕士、博士。

今年 85 岁的老人江和良是县农机厂的一名退休职工,江和良夫妇在博士畈颐养天年。他的孙子江永楷 2008 年从都昌一中考取清华大学,毕业后继续攻读清华大学环境工程方面的更高学历,并在随后通过了赴英国剑桥大学攻读博士的所有考试考核,考虑到导师等因素还是选择留在国内发展,现在百度公司任高管。江永楷的亲密爱侣刘翼飞,这位成都姑娘与江永楷是清华同学,一如她的名字,赣蜀缘深,与江永楷"比翼齐飞",她以优异的成绩从清华大学本科读到博士。真博士每每来到小山村,在村头的"博士畈"石碑前,总会会心一笑。博士畈的江建国在某所坦克学院研究生毕业,现以"大校"军衔在母校任教,将聪明才智奉献于国防事业。年轻学子江会欣、江会帝、江莹等研究生毕业后分别在广州、南昌、上海等地施展自己的人生抱负。一批又一批博士畈的年轻学子在书山学海间跋涉,向往在顶峰览胜,在天际瞭望。

博士畈人崇尚读书,后辈常怀有知识改变命运的执念。究其成因,有村民笑谈是"风水养人"。博士畈村后的山叫"来龙山"——一个极具王气之山名。山峦间有"备战水库",是 20 世纪 70 年代建成的小(2)型水库。博士畈江村与墩上江村毗邻,墩上江村现有人口 1300 余人,是阳峰乡域人口最多的村庄,属本仁公后裔。博士畈与墩上江村两村之间的山脉发源的一条港汊,成为流向三汊港镇的三条原发港汊之一。沿港至阳峰乡集镇所在一线,周边有很多江姓村庄。南宋爱国名相江万里的故里府前江村亦与博士畈同属阳峰乡共升村所辖。府前江村与周边的上、中、下南洲江村,林下江村,梅舍江村,新安江村等村的村民同属本善公的后裔。博士畈村前有口池塘叫井圻塘,终年不干涸,既是 20 余亩农田的灌溉用水,也是村里乃至周边大旱之年的生活用水。

　　"风水养人"之说当然也通了一方水土养一方人的大理,博士畈人崇尚读书,究其实是"风气育人"。村民江亲主1987年从九江师专数学系毕业,现在家乡阳峰中学任教。他认为博士畈村有一种家长苦送、学生苦学、你追我赶、攒劲读书的风气,要是子女读书成绩差、不专心,家长就有羞愧得抬不起头来的感觉。

　　博士畈里多学子,书山有路勤为径。正是凭着勤勉争先的精神,一代代博士畈人博采众长,砥砺前行……

95. 阳峰乡李家港村:小桥流水人夸

【李氏家训家规】敦孝悌以重人伦,笃宗族以昭雍睦,和乡党以息争讼,尚节俭以惜财用,解仇忿以重身命,训子弟以禁非为,躬稼蔷以知艰难,忍耻辱以保家业。

阳峰乡吉阳村委会李家港村的前身叫青林畈沙墩头。据统计,"陇西世家"的李姓村庄在都昌有 111 个,而阳峰乡唯有李家港村。对于李家港的肇村历史,在村头的村庄简介里如此溯源:"吾村始祖钦五公乃隆卅九公六世孙,约生于南宋嘉熙二年(1238),娶土塘刘氏,约于南宋咸淳五年(1269)由土塘东湾(今属横渠村委会辖地)迁现址。"这样算来,李家港建村距今已有 750 余年。自李公显(1211—?)瓜瓞绵绵而叙,李家港与都昌周溪镇青旗湾李村、鄱阳枫树山李村、狮山乡义家山李村、土塘镇李志昌村、枫树下李村、坳上李村、土塘镇横渠口村等渊源更近些。

沙墩头有"墨斗地"之称,"墨斗"者,为鲁班之艺必备的拉线工具。李家港旧时鲁班传人居多,村里工匠(俗称"博士")有很多。相传某年腊月二十九,村里祖祠因过年喜过头玩爆竹的孩童而发了一场大火,檩柱、桁椽被烧成灰烬,唯墙体犹存。村里的木匠连夜维修,第二天过除夕,祖厅完好如故。这个传说在关于祖祠复建的时间上当然具有传奇性,但李家港名匠云集却是确凿的。那时村里有 36 张名斧之说,在江西、安徽、湖北等地施展技艺于楼榭亭阁间。有的李家港匠人便在当地落籍,比如安徽天柱山周边有多个李姓村庄,现繁衍 3000 余人,就是木匠出身的李家港人的发脉。一代一代的李家港人用墨斗中规中矩地拉直人生的路途,用斧头砍斫出储藏人生精华的橱柜。时至今日,不少李家港人在外务工,就是凭着一身家传的木工、泥工手艺而行走天下。

艺从师授,匠凭教来。李家港现有村民 600 余人,他们将尊师重教的要义赓续下来,重视子女的教育,希望后辈以知识改变命运,以拼搏成就梦想。村里人能随口说出一些村民因"苦送苦学"的执念,而培养子女考上大学的事例。李会环是一名村干部,他儿子、女儿分别毕业于江西农业大学和九江学院。李会森在家境并不富裕时,执意要将子女送往"才子之乡"的临川求学,儿女都如愿考取了一本院校。李国良两个女儿、一个儿子全部考上大学,而且他们在选择职业时,成了薪火相传的园丁。李会福是三汊港中学爱岗敬业的优秀教师,他在村里新建祖厅兼村民文化活动中心的 2012 年,倡议成立李家港励志奖学基金,发动村里创业有成、热心公益的村民自愿捐款,当年就筹集到 10000 余元,而且年年有增资。基金会对考上高中和大学的村中学子,按照不同的档次予以奖励。比如对考上二本的,每人奖 2000 元;对考上一本的,每人奖 3000 元,依此类推,最高奖额为 18000 元。李家港以乡间朴素的方式,为学子们远渡无涯学海扯起一叶风帆。

李家港在新农村建设中开展村庄整治工作,成为全县的一个亮点村。阳峰乡党委和政府将"秀美村庄"的奖牌授予李家港,县电视台多次采访报道李家港如何打造令人称道的小桥流水生态景致。2019 年,李家港相继成立村居改造整治理事会、环境监督保护理事会,在当地乡、村和脱贫攻坚帮扶单位的大力支持下,高品位地推进村居环境改造。村头的一条港渠原来是一条杂草丛生、垃圾成堆的臭水沟,李家港人着手清淤、垒岸、绿化,建桥立亭,增加休闲功能,添其生态情趣,将原来的臭水沟打造成一条亲山悦水的绿色画廊。港边楼房参差,墙体文化将社会主义核心价值观的要义与优秀传统家训文化的精髓相融合,这里也成为村里的一处胜景。

"屏峰叠翠送青来,阳储山泉明镜开。走马畈前稻菽壮,沙墩头里栋梁栽。温良恭俭铭家训,军政科工涌俊才。优策惠民恩浩荡,小桥流水映楼台。"村民李会福以一首七律歌颂家乡的新貌。李家港的小桥流水人人夸,李家港的文明新风更是在阳储山下劲吹……

96. 鸣山乡郭家山村：有一种淑德，叫慈母

【郭氏家训家规】先积德，勤读书，力耕田，敬双亲，和兄弟，睦邻里，敦戚谊，正闺门，早完粮，勉丧祭，莫争讼，戒赌赛，惩游惰，戒奢华，远匪类，甘俭朴，整墙垣，习礼仪。

郭家山是都昌县鸣山乡石峰村委会的一个村庄，郭家山在大鸣山里。被群山环抱的郭家山距七里桥约 5 公里，现有村民 580 余人。郭家山成村于明代永乐年间（1403—1424），距今逾 600 年了。肇村时，祖先郭以和（1367—1441）居枫水塘（大塘湾），其弟郭以春（1384—1424）居新屋村。清咸丰年间（1851—1861）为抱团抵抗太平天国军拉丁，两村合二为一。

郭家山的陈苦珠出生于 1936 年，19 岁时从邻村栗峦山嫁给郭家山的后生郭永元，一直至 2019 年 7 月以 84 岁高龄辞世，66 年几乎没离开过这深山。她含辛茹苦地拉扯大 6 个儿子和 3 个女儿，把儿女培养成才，称誉乡间。陈苦珠老人为人处世知书达理，哺育子女呕心沥血，让世人为之动容，心生感动。无须用华丽的辞藻去渲染，亦无须用浓烈的氛围去衬托，我们且根据老人子女的成长体验，去梳理这个家庭爱的肌理，触摸人世间伟大的母爱。

老人的大儿子郭继华是一位小学高级教师，现退休在家。陈苦珠嫁入郭家后，子多家贫，人生的滋味一如她的名字，满含"苦"味。但她面对苦难时表现的坚韧、从骨子里散发出的善德，让身材娇小的陈苦珠，散发着人性的光辉。作为郭家长子，郭继华记得他 10 岁时，在生产队一直做着会计的父亲随村里人去做大港水库，那年腊月二十九还不见父亲回家过年。家里过年也盼不上吃肉，母亲把 5 升米磨成粉末拌了煎豆折的米汤，这几乎是那一年全家人的美味了。可幼小的郭继华帮母亲端米汤盆时，不小心摔在地上，米汤在灶间撒了一地。此时的母亲没有责怪儿子一句。知道做错了事的小继华天未断黑便躺在床上流眼泪，母亲劝他下次干家务时要细心一些，依然对儿子无限宽容。郭继华读完初中便走出校门，在大队的代销店站了 5 年柜台。在此期间，他与在石峰知青点插队落户的上海知青金芳蓉相知相爱，尔后结为恩爱夫妻。1975 年，郭继华

做了村小的民办教师,1994年考入都昌师范学校,当年的报名费1000多元,都是妻子在赣州的江西第一糖厂上班积攒的工资。师范毕业后转为国编老师的郭继华扎根石峰村小,前后教书41年。母亲对郭继华的人生教诲,是他后来为人师表、立德树人的不竭动力。母亲年事不高时见到挑不动担的老人,总会帮忙换个肩挑一程;她在路上遇到好人帮她挑担,回家后总会把这样的善举讲给儿女听,让他们感知到这人世间的好。2002年,郭继华种了一垄西瓜,一夜之间被人偷摘了40多个,快70岁的母亲劝儿子看开点儿,千万不要去诅咒偷瓜的人。郭继华从母亲的言传身教中,深悟到"善待别人,就是善待自己"的为人之道。他教书尽心尽职,多次被评为优秀教师。2014年,族上建祖祠兼村民文化活动中心,已经退休的郭继华被村民推举管理账目,负责监督建造质量。郭继华忙前忙后,不要村里付一分钱报酬。他这个憨厚的都昌姑爷得到了妻子上海娘家人的认可。在当年上海知青大批返城时,郭继华与金芳蓉从未想过分离,而是相濡以沫,白头偕老。

老人的二儿子郭继贵读完高中后在家做了一名木匠,匠艺精进。郭继贵叙说了一个母亲生前受人敬重的场景。母亲去世后,郭家山的不少村民从外面赶回村里,给老人送别。出殡前,每晚有近百人自发来到郭家,为老人"坐夜"守灵。

老人的三儿子郭腾金现在是九江市一中物理科高级教师。在郭腾金的记忆里,他小时候家里人多缺粮,早、晚两餐都喝稀粥。即使生活这样困窘,父母勒紧裤带也要送他们兄弟读书。郭腾金读书颇有天赋,且很用功。早晨早起帮父母在灶间生火,他会就着火光抽空看一会儿书。星期天在家帮着放牛,他也要带着书去读。1978年,都昌中学首次在全县招收两个高中重点班,郭腾金被择优录取,1980年考入江西师大物理系,1984年被分配到当时的都昌师范学校(都昌二中的前身),2004年从都昌二中调入九江一中,淬炼为一位响当当的名师。他曾连续9年教这所全市一流中学的"培优班"的物理。2009年,他指导的学生杨康摘取全国中学生物理奥林匹克竞赛决赛的金牌。他所带的学生毕业后,有不少人成为社会的栋梁。

老人的四儿子郭康生现任九江市公路局路桥工程处工程师。郭康生在大哥郭继华身边读小学,高中是在武垦读的。那时家里穷,他一度产生弃学的念头,父母说砸锅卖铁也要让他考上大中专院校,用知识改变命运。1987年,参加当年高考,郭康生落榜,在父母的规劝和三哥的支持下,第二年在县中复读一年,考入济南交通学校。当年录取学校的通知书来得特别晚,郭康生以为又一次落榜了,父母以不考上决不罢休的韧劲鼓励他,又让郭康生纳了补课费再去复读,直至收到录取通知书才作罢。每念及此,郭康生对父母在他徘徊不前时苦劝他读书的执着深怀感恩。1990年,郭康生被分配到都昌公路局工作。后来号称"江西第一路"的南九高速公路修建,郭康生作为技术骨干,被抽调到九江,从此一步一步踏上人生的创业之路。

老人的五儿子郭磊现在九江市第一人民医院任心血管科副主任医师。郭磊先后在江西医学院(今南昌大学医学院)、南昌大学攻读本科和硕士研究生。母亲的美德融入了他的医德,在郭磊的记忆里,母亲从来不会说人家一句坏话,总是以微笑面对生活。父亲是一名老党员,2000年病逝。作为农民的父亲,一生最大的收获就是与母亲佳偶天成。母亲与父亲无比恩爱,夫妻之间从没红过一次脸,从没吵过一次架。母亲与邻居相处,从来是和颜悦色的。对闹纠纷的村里人,母亲总是入情入理地劝导。连村里挨了家长打骂的孩童,也总喜欢到陈老婆婆身边来寻求安慰。乞讨者上门,母亲会给些饭和米;流浪者奔命,母亲会把他引到家中避一阵风雨。家中缺粮少米,母亲总是等儿女们吃过饭放下饭碗后,才将就着上桌,宁愿自己挨饿受冻,也要尽力保证儿女们的温饱。

老人的六儿子郭郁(继敏)现在深圳一家证券公司任职。郭郁1998年南昌大学工商管理专业毕业,然后到深圳一家台资企业就职,担任业务经理。2002年,郭郁自己创办了一家电子零部件公司,受2008年金融危机影响,公司停办。2009年,郭郁到一家投资公司做投资总监,2019年投身深圳证券行业。作为幼子的郭郁记得母亲说话总是轻声细语,温柔而坚定。只读过两三年书的母亲对儿女的教育没有高深的说教,而是以自己的点滴言行渐渐培养儿女们的正直品格。郭郁在石峰小学读三年级时,有一次在放学回家途中发现了一只离群的鸭子在稻田里嘎嘎叫,便把鸭子抓回了家。母亲知晓后,教育他别人的东西不能要,放鸭人掉了鸭子肯定会回去找的,你把鸭子捉走了,失主便找不回。母亲让郭郁第二天上学时将那只鸭子放回稻田。郭郁在事业有成的同时,精心哺育自己的儿女,他从母亲的身上体验到了一个小家族的温馨给予人的幸福感。在郭郁的记忆中,步入老年之前的母亲似乎没生过病。现在想来,母亲肯定也是有过病痛的,只是忍着病痛为全家人操劳。母亲知道她要是病倒了,一大家人的

茶饭就没着落,所以她一直隐忍着。母亲在生活磨难面前从不叫苦,从不喊累,从不诉委屈,总是将微笑的一面呈现给别人,大儿子郭继华每每念及母亲的善良和坚韧,总会眼眶湿润。2018年春节前后,老人得了脑梗,神志有些不清,郭继华给母亲喂饭,听到母亲轻声感叹了一句:"我过去吃的苦多呀,就是没饿死。"在弥留之际,母亲不经意地说出了心声,平日里母亲何曾言过一个"苦"字?每当郭郁身体染上小恙,他会像母亲一样坚强地挺过去,以不懈怠的人生状态,一路奋进。

老人的三个女儿每个人都能说出不少母亲的故事。大女儿郭南英1973年以优异的成绩从初中毕业,因为家中当时是"缺粮户",她只得辍学在生产队挣工分。二女儿郭文英读小学时,有一次不小心把母亲给她纳的千层底布鞋掉进了池塘,怎么也捞不着,母亲没责怪半句,只低声说了一句"再给你纳一双"。三女儿郭小英读小学时,遗失了父母给的五毛钱报名费。父母没抱怨,又给了五毛钱,让小女儿交给学校。

"哀哀父母,生我劬劳""谁言寸草心,报得三春晖"。陈苦珠老人的9个儿女对父母也极其孝顺。母亲暮年卧病在床,在九江工作的老三、老四、老五几乎每周都会回家看望老母亲。他们六兄弟还为母亲兴建了一幢楼房。3个女儿回到娘家,总会烧一大盘母亲喜欢吃的红烧肉。6个儿媳被娶进郭家时,大多因郭家困窘而没办结婚酒宴,她们也不计较,婆媳一直相处融洽。2019年11月17日是星期日,都昌县关心下一代工作委员会组织拍摄《我和我的家》微电视,以弘扬陈苦珠老奶奶的美德。郭家六兄弟三姐妹一个不落地齐聚家中,最小的儿子郭郁也专程从深圳赶来,配合这次拍摄,他们以此作为一次感恩母亲的活动。老人的9个儿女平日里谨记父母的教诲,彼此和谐相处,亲密无间,为人处世皆有好口碑。郭家在当地有"书香门第"之称,这个家族得到了福报。可以告慰老人在天之灵的是,她的孙辈传承家训家规,奋发图强,已然崭露头角,有就读浙江大学、复旦大学、上海大学、黑龙江大学等名牌大学的,有攻读硕士、博士成就不凡人生的。

当我们凝视陈苦珠老人的慈母形象时,总会心生感动。也许承载这类慈母形象的生活环境已不复存在,比如温饱堪忧的困境,但陈苦珠老人身上所呈现的传统美德,恰恰是当下社会主义核心价值观所应该弘扬的。谨以此文致敬天下慈母!

97. 万户镇民丰宋家：宋家汊里的民风

【宋氏家训家规】以身作则刚正爱为本，立家行道柔和性如水。

崇武尚义的背景

天下宋氏，以国为氏。周武王封微子启为公爵，国号"宋"，建都河南商丘。宋立国 800 余年，公元前 286 年，宋被齐所灭，其子孙以国名"宋"为氏。都昌宋氏承袭"京兆世家"，奉北宋的宋哲为一世祖，宋哲的四世孙福二公（约生于 1055 年）于北宋元丰年间（1078—1085）由南康（今属庐山市）黄龙山迁至都昌鹿冲山麓的姜家山，形成今天土塘镇杭桥村委会宋家塘村。宋福二的十世孙宋启升，南宋末年由姜家山迁至九都西湖汊，形成如今万户镇民丰居委会的宋家汊村。宋家汊村在当地又简称宋家村，现有人口 1500 余人。在宋家祖祠兼村民文化活动中心的大门上，有一副对联"启脉增辉耕读传家昭日月，升华裕后文章泽世著春秋"，显然上、下联的首字便嵌了祖宗的名字"启升"。都昌有宋姓村庄 5 个，另外 3 个村是土塘镇潘垅村委会的老屋宋村、新屋宋村、湾里宋村。

在南芗万一带，宋姓村庄只有宋家汊。当人们探索鄱阳湖区村庄的历史时，周边的独姓大村庄总会流传他们的先人如何刚毅、勇猛地守湖业的故事，这在旧时"势管青山力管湖"的大时局下，是自我图存、守拓家园的写照。在鄱阳湖区的很多村庄，总能听到某代先人在官府断湖区产权纠纷时，赤脚穿炽热铁靴的故事。在民丰宋家，同样流传着这个故事，此故事的生动之处在于主人公有姓名，有具体的情节。说清代初期，宋家汊与邻村发生讼案，多方调和无效，便上诉至官府。案由是邻村人在湖区打草，要经过宋家大塘。原本宋家大塘留有能进出的豁口，因此双方相安无事。某日，邻村的后生经过时，见宋家妇女在塘边洗衣，一些轻浮的后生便有了戏谑宋家女的言行举止，惹得宋家人干脆将那豁口堵了，禁止通行。邻村人不服，说这方塘域是两村共有的，讼案由此产生。官府人不明就里，便约定断谳之日，两村都派人到堂，以赤脚穿火靴为证。宋家汊的族首觉得受了冤屈，那池塘自宋家人宋朝时迁居此处就有，岂要用此

酷法自证其归属? 耿直的族首长吁短叹间竟病倒了。他 18 岁的儿子叫宋士述,邀来各分族族长在父亲病床前商议,说他作为宋家子弟愿以死穿铁靴护祖业,他提出的条件,一是在他死后父母的生老病死由族上负责;二是他为宋家祖业献身后应享伴祖之殊荣。族长们褒其忠贞,满口应允。三天后,官府现场将炽热、通红的一双铁靴摆于堂前,看争讼双方谁敢赤脚穿铁靴,且要行三步以上。在对方退却不前时,宋家后生宋士述裸足穿铁靴,行三步后倒地而亡。自此,宋家大塘得以保全。宋士述的墓茔傍着那方水塘,后人多次修缮,至今仍存。宋士述也与始祖宋启升同享后人的祭祀。那口大塘后来筑了堤坝,也见证了当年争执的两个村庄在新时代和谐相处。二十世纪六七十年代的"胜利圩堤",现在称"宋家圩堤"。在政府的支持下,"宋家圩堤"实行了硬化护坡,固若金汤。

宋家人自古尚武,有湖区人剽悍的秉性。乱世的刀光剑影间,亮出的是侠勇,照见的终归是世道人心。清咸丰年间(1851—1861),宋家汉的宋端年(又名壬午)和宋春发是一对堂兄弟,两家合请了一个武艺高强的师傅教这对堂兄弟习武。三年期满,某日,师傅说应教的都教了,他要实地测试两人的武功,方式是师傅躺在半人高的长裙凳上,让他们持刀砍他,以验证他们的攻防之功。先是宋端年,他恐惧得不敢直视躺在长凳上的师傅的目光,一刀下去,人头落地,会要了师傅的性命。轮到堂弟宋春发上场,只见他撸起袖子,眼露凶光,大喝一声,挥刀而下。刀落瞬间,师傅侧身避到裙凳下,刀刃陷入凳板寸许。武品即人品,师傅见识了春发的鲁莽和骄躁,将他武功的最后一招"开身术"传给了宋端年,而对宋春发留了一手。待师傅离开宋家汉后,宋春发知道堂兄有师傅密授的"开身术",于是央求宋端年教他要领。宋端年告诉他师傅曾留下话来,他必定艺多祸身,硬是不肯传授"开身术"于他。某日,宋春发从背后反箍住宋端年,喝了一声:"教我!"宋端年用"开身术"将宋春发甩得好远。宋春发以身试法,悟到了"开身术"的真谛,琢磨日久,也算补上了这一功课。

武功练成之后的宋春发果然如师傅所料,骄横无比。宋春发家里断了柴薪,竟逼着邻村人抬来碓米石磨的木架当柴烧。宋春发在茶园山王村欺凌一美妇,深夜雀跃着从天井进出。某晚,宋春发又去寻欢,王家人在天井地面铺上了滚圆的黄豆和光滑的西瓜皮,宋春发一落地便跌倒难立,被埋伏的人持棒捆绑,不得不束手就擒。王家人天亮后到宋家通报情况,宋家人也不怜悯这个"害群之马"，王家人对宋春发施了极刑，应了"多行不义必自毙"的古训。在万户一带，流传着武功奇人宋春发的故事，说宋春发从小就天赋异禀，天生具有神力。他在村头三口大缸的缸沿上行走，大人抓不住他。耍猴把戏的流浪艺人敲着锣从宋春发面前经过，七岁的他伸出两个指尖凿锣，竟凿出两个洞来。宋春发的拿手功夫是铁砂掌和金钟铁罩功。据说他参加过太平天国军，因好女色，藏匿入旗之满女而遭追罚，被迫逃回了家乡；后奸淫妇女，被茶园山一个叫王献贵的人设伏杀害。

宋家人还能讲出一些先人崇武尚义的故事。清末咸丰、同治年间，中馆一带的刘士豪落草为寇，占山为王，侵扰得周边村庄鸡犬不宁。宋家有一个卖篾器的，某天走到了中馆。见刘士豪的部下在一王姓村庄作威为王，欺压平民，他丢下话来："有本事进我宋家之门，定杀得狗东西丢盔卸甲，嗷嗷直叫！"刘士豪的手下人应道："且留你一条狗命回去报丧，明天就去宋家，看送命的是谁。"篾匠回到村里，通告了他招惹刘士豪一事，宋家人做好了迎敌的准备，男人准备了枪矛，女人准备了石灰包。第二天，刘士豪的部下扑到宋家，与宋家人在村外的大园山对峙，一较高下。或许是天助宋家，北风转眼变成南风，宋家人投掷的石灰顺风而扬，弄得对方睁不开眼，弃阵而退。宋家人料到刘士豪第二天会率部反扑，村里人联络到其时驻营在九都的太平天国军"冬官丞相"罗大纲。罗大纲带着兵马杀向刘士豪的驻地，在柳树荫下将闻风而躲的刘士豪抓住，灭了这个祸害。

"背包书记"宋德升

那些崇武尚义的宋家旧事已然逝去，生生不息的宋家代有人才出。1952年出生的民丰村原党支部书记宋德升，是一名基层党员干部，其亲民形象熠熠生辉。2014年"七一"前夕，中共都昌县委发文，在全县开展向宋德升同志学习的活动。2016年，宋德升从担任了30年的村支部书记岗位上退了下来，但年近古稀的他，退岗不褪色——担任居委会党支部支委。"背包书记"宋德升在当地开展的"不忘初心、牢记使命"主题教育中，依然是一面凝聚正能量的旗帜。

宋德升1984年担任村主任，1986年开始担任村支部书记，一直到1996年改任支部委员。万户镇民丰居委会是一个有着4000多人的大村，各项工作一直走在全镇前列，曾多次受到县委、县政府的表彰。宋德升无论是上集镇还是奔县城，身上都会拷一个旧背包，里面装着为村民代办的脱贫、优生、户口、低保、审批、民政等各种证件和"备忘录"。村民亲切地称他为"背包书记"。"背包书记"义务担任村民的"民事快递员""金牌调解员",是俯下身子、贴心为民形象的生动诠释。2014年"七一"前夕,中共都昌县委发文,要求全县党员干部学习宋德升同志"一心为民、心系群众、以民为先、为民尽责的公仆情怀""坚持原则、公道正派、以身作则、模范带头的过硬作风""勇挑重担、事不避难、善于攻坚、敢抓敢管的担当精神"。

万户镇民丰村地处偏远的鄱阳湖畔,与芗溪、西源两乡隔湖相邻,12个自然村地域分散,全村近4000人。青壮年村民大多在外务工,出现了不少"空巢户",村里留守家庭的老人、小孩外出办事十分不便,"背包书记"宋德升义务当起了村民的事务代办员。30余年为村民代办事务,背包破旧了再更换,永远不变的是为群众打通"最后一公里"。宋德升为人正派,处事公正,德高望重,有口皆碑,叫人心服口服。宋德升带领宋家村对宋家圩堤外坝建立护坡,起初是用水泥块砌坡,前两年在政府的支持下再次进行了提升改造,让村庄免受洪涝灾害;争取资金,建起全镇办学条件一流的村小;着力精神文明创建,2013年新建了村民文化活动中心,开展移风易俗,丰富群众文化生活。时光在流逝,时代在变迁,老党员宋德升在谱写着俯身为民的新篇章。2016年夏季防洪抢险,他冲在一线,冒着生命危险跳下水堵缺口。2017年农历正月初八,宋家与刘仲村两户养鹅、鸭的专业户发生争执,当晚两个大村庄的流血斗殴事件就要发生,宋德升用自己的身子挡在宋家手持刀棒的年轻人的两辆货车前,喊出话来:"你们想过去,先从我的身上碾过去!"他硬是震慑住要报复对方的村民,并配合镇村领导合情、合理、合法地平息了这场械斗。"大事不出村,小事不出组。"宋德升在保一方平安上成为称职的"维稳员"。近年来开展村庄整治工作,宋德升精打细算,组织群众多办事,办好事。

古时的宋家人崇武尚义,厚植的是民风;今天的"背包书记"宋德升,涵养的也是新民风。宋家汉上,宋家人齐绘民丰图。民丰图里,有志在必胜的脱贫攻坚。民丰是"十三五"贫困村,2018年已如期脱贫。民丰图里,有山清水秀的生态美景。万户水泵厂退休职工宋尚忠在村里义务护鸟,让候鸟贴着鄱湖飞。民丰图里,有助推增收的产业振兴。宋家流转村里土地500多亩、水面400多亩,发展生态种植、养殖业,民丰的光伏发电也让"蓝板板"惠及群众。民丰图里,有在书山学海跋涉的宋家学子,还有励精图治、拼搏奋进的创业者……

98. 春桥乡城隍余村：都湖一家亲

【余氏家训家规】溯观前世，隆师亲友，督责每严，以故人才辈出，有名列邑庠而文场屡战者，有宾兴上国而绩著宦林者，有道义自闲而高尚林壑者，有练达勤功而著英党约者，皆为有贤父兄严师友以作成之也。

都昌与湖口两县交界处有个村庄叫城隍余村。以"城隍"命名村庄，应该有辉煌的背景。

城隍起源于古代，"城"原指土筑的高墙，"隍"原指没有水的护城河。古人造城是为了保护城内百姓的安全，遂修高大的城墙、城楼、城门，还有壕城、护城河等。城和隍被神化为城市的保护神，很多城市便有了城隍庙，敬奉守护城池的城隍。城隍村其实是两个村落，且分属于两县：湖口县流芳乡老山村委会城隍余村，现有人口1200余人；都昌县春桥乡云山村委会城隍余村，又称中房余村，现有人口120余人。"一鸡鸣两县"常用来形容两个村落在地域上毗邻，而都昌、湖口的这两个城隍余村已然融为一体，只得凭房宅边的一条滴水沟来区隔两村，"一沟"便成了两县的分界，这种现象在中国的村落分布版图上极为奇异。

先来探索一番"城隍"其名。一些慕名而来的乡土文化人对城隍村村名的解读是"山环如城，土阜若隍，故曰城隍"。城隍应有实指，城隍村头的一块石碑上镌刻着余启明先生2012年深秋所撰的《城隍村简介》，其中有一句话让人生出探源之思："本为宋檀道济寨府也。"檀道济是东晋末的一位名将，曾追随后来成为南北朝时宋武帝的刘裕征讨卢循，而屯兵鄡阳（后称都昌）。清同治版《都昌县志》"寓贤"载："檀道济（山东）高平人，初为晋太尉刘裕参军，义熙六年（410）从征卢循，循败，将趋豫章，悉力栅断左里，道济就今县北境，依山筑城，扎营为游兵。"左里即今都昌县左里镇，古代又称左蠡。小名寄奴的刘裕征剿谋反的永嘉太守卢循，双方交战于彭蠡湖（鄱阳湖）。卢循仓促遁走左蠡，并在此地竖起密栅，阻击晋军。檀道济为破密栅，勇猛锐进。这一仗打得昏天暗地，卢循乘孤舟遁去，余众多降。在如今的左里镇旧山村委会城山岭上有城山岭庙，又

称檀道济庙,供奉的就是刘宋良臣檀道济。檀道济当年鏖战的左里战场距城隍余村 10 公里许,依山筑城而到此域,也是合乎情理之事。言及"城山",湖口亦有"城山镇",距城隍余村也不过 10 余公里。此"城山"与城隍余村有无关系,留待文史专家去验证。

讨论过"城隍"其名,且来梳理城隍村之肇村历史。在湖口所属的城隍余村的祖祠上方嵌着"十万世家"四字,大门两侧有长联"溯春秋始祖""纪唐宋先宗"。"十万公"是对发脉于如今的都昌县徐埠镇莲花村委会大塘余村的唐朝祖先余元诏(744—827)的尊称,都昌县有百余个余姓村庄属十万公的后裔。余元诏的四世孙余伯渊(812—?)于唐会昌年间(841—846)从紫藤山下的大塘迁至坦塘,即现今的城隍余村。这样算下来,城隍余村的兴村历史已有近 1200 余年,村中的条条磨石古巷见证了沧桑的历史。

城隍余村起初肯定是一个村,共同的祖先是唐代中期的余伯渊,那么是什么时候"同祖不同县"的呢? 这里有村民耳熟能详的故事。广为流传的故事版本大致是,两兄弟——老二和老九功名路上赶考,先是双双赴九江考试,皆名落孙山。次年,老二在都昌参加考试而榜上有名,老九在九江再考,亦榜上有名。因生源之地所属,老二家归都昌县管治,老九家归与九江更近的湖口县所辖。细究这个有趣的立村分县的故事,其间当然有诸多细节值得辨析。两兄弟考什么功名? 后人说考的是秀才,而在封建时代,秀才不是"一考而定"的,有县考、府考、院考之门槛。两兄弟是哪朝哪年因考试而分县属的? 且来摘录得到村民认可的余启明先生所撰的《城隍村简史》中的数语:"吾城隍自十万公居此,历残唐、五季、宋、元六百余年,仅有一脉。星星之火可以燎原,蒙祖荫庇佑开枝散叶,问生子九,三、四、六、八俱不嗣,敖一清嗣居钰舍猴唐山,敖二高嗣居中房北源湾,敖五杰嗣居坦塘,敖七铭嗣居舍下,敖九仕贤嗣居大屋,此五支脉系合称'五大房'。然高公于南康都昌取秀,吾公随主考官赴九江中秀,因地域生源之故,吾公毅然携七兄仕铭迁户授辖湖邑,故有一村二邑之状。"

品读这段话,能得出的核心信息是:属湖口县的城隍余村(大屋)的祖先是兄弟中的老九余仕贤;属都昌县城隍余村(中房)的祖先是兄弟中的老二余仕高;都昌钰舍余村的祖先是兄弟中的老大余仕清。而查相关资料,"仕"字辈所生活的年代约在明永乐年间(1403—1424)。这样推断,老二与老九两兄弟因考而分县辖距今有 600 余年了。老九毅然"迁户授辖湖邑",那么,在其迁之前所辖当是都昌县。故可推断城隍余村在明代永乐年间（1403—1424）之前，属都昌县管辖。

一村两县管，都湖一家亲。悠悠600余载，分属湖口与都昌的两个城隍余村见证了行政区划分不开的亲情。一条滴水沟的宽不过20厘米，两村村民的心心相印更是零距离。门首塘的产权归属湖口城隍村，而塘域却横跨了两个村域，两个村庄从来都是同饮一塘水。两个村庄出了"五服"，没有血缘关系的村民幸福恋爱而通婚姻者众，邻与邻之间更是亲上加亲。都昌城隍村村民余建新三个儿媳妇的娘家都是湖口城隍村的。村中主干道这边早铺了一年，那边迟铺了一些时日，相接处便见一条新的分割线，谁又能辨识出此路是两村分修的？1959年出生的余贵初从小过继给都昌籍的大伯余祖茂，而三个弟弟余平初、余雪保、余冬贵均为湖口籍。余贵初的房屋与四弟余冬贵的房屋仅隔一米的村道，呼应间两县两兄弟就是一家人。湖口族房这边干塘分鱼，余贵初也会得到一份；而湖口那边新建祖堂兼村民文化活动中心，余贵初也会按人头捐资。清明时节，四兄弟同宗共祭，同读血脉。湖口城隍村的余保平从1984年开始就调至都昌县农业部门工作，在都昌成家立业，去年他在村里建了很有品位的新宅。两村之间不少人像余保平一样身在两县心系一处，湖口籍的城隍村人工作在都昌，都昌籍的城隍村人奔波于湖口。心安就是吾乡，乡愁皆系城隍。

云山秀，老山美。在乡村振兴的新时代，两个城隍村合奏着"都湖一家亲，年年庆有余"的新乐章……

99. 大树乡桐树巷陈村：花开闹市

【陈氏家训家规】*崇祭祀，正世系，谨婚姻，敦族好，端行谊，崇文教，隆礼节，谨游荡，恤孤寡，禁侵夺。*

"我是深信不疑的／那时候，一定有条百年的巷子斜过官道／铁马蹄从民间穿过，桐花一树一树惊醒／一地一地陈铺／雨在四月的庭前飞，拾花女手捻桐花／把每一朵都标好了／今生风向的胎记。"这是都昌本土诗人周玲 2013 年写的一首题为《桐树巷》的诗中数句。写这首诗时，"桐树巷"是女诗人的意象诗绪，她并不知晓在她每天去县检察院上班必经的县城大转盘处，就是明代的桐树巷所在，而且此处附近真有个村子叫"桐树巷"。

桐树巷是陈姓村庄，现有 600 余人，属都昌县大树乡瓦塘村委会。瓦塘村是典型的"城中村"，从县城大转盘接都中路小转盘，沿鄱湖大道两侧大多是瓦塘村的地界，城乡一体化让瓦塘村得发展之先而繁盛起来。究其名，"瓦塘"实是一口池塘之名，现今仍存，在鄱湖大道中段西侧、竹峦陈村路口对面，只是塘域比早先缩小了很多，且没有了先前的清澈。瓦塘附近古时有一座瓦窑，塘水给了窑工以水淬火的方便，于是名"瓦塘"。瓦塘村委会辖陈、曹、郑、邵等 8 个自然村，其中桐树巷、桐树铺、南畈、北畈、上竹峦村的村民皆姓陈。都昌陈姓承袭"义门世家"，在宋代义门陈的分徙册上被称"南桥庄"。都昌 138 个陈姓村庄，现有人口约 5.6 万。都昌"南桥庄"又分 18 庄，大树瓦塘五个陈姓村庄均属"茗洞庄"。在桐树巷的祖祠上，嵌的"茗洞衍盛"的门楣，即源于此。瓦塘五个陈姓村庄中，上竹峦陈村成村历史要早些，明正统年间（1436—1449），陈宗能（1424—1467）由茗洞庄（今汪墩乡土安村委会甘罗咀）迁入。据都昌义门陈文化研究会会长陈修明先生（瓦塘桐树铺人）考证，其余四个村庄更接近同宗，祖承脉络是：明中期的陈藩生四子——万实、万通、万秀、万广，其中老二陈万通、老四陈万广幼时夭折。陈万广夭亡后所葬的山就叫万广山，在如今的县中医院后墙外。老大陈万实（约生于 1475 年）、老三陈万秀于明弘治年间（1488—1505）由新桥迁到赤石岭，即现在的桐树巷陈村所在。两兄弟建了一北一南两座祖祠,某年的一场大火,将陈万秀的南头祖祠烧为灰烬,于是他动了就近外迁的想法。陈万秀的儿子陈玉荣(1503—?)于明嘉靖年间(1522—1566)由桐树巷迁到瓦塘畈南,形成今天的南畈陈村,另一个儿子陈玉隐(1510—?)同期由桐树巷迁到瓦塘畈北,形成今天的北畈陈村。陈玉隐的四世孙陈子川(1606—?)于明末清初从瓦塘畈北分居桐树铺,形成今天的桐树铺村。

"桐树巷"这个具有诗意的名字,当然指向"桐树",应该不是那种秋风吹落叶飘的泡梧桐,而是更具中国乡土气息、能用桐籽榨油的桐子树。明清时桐树巷村到都昌县城约四公里路远,其行走路径通常是:从桐树巷村出发,经现在的大转盘南行至桐树铺,再行至现在的县中医院,再行至如今的运管所,那时叫乌鸡塘,然后行至石桥邵村(今属都昌镇星火村委会),再至夏家巷,复抵县城东门。说是"桐树巷",其实只有半边巷道。在如今的大转盘处,有一片树林,满是桐子树,当然还有其他树木,比如栗树、松树。树林旁是一条通往县城的麻石路,一侧桐花飘香,另一侧是店铺,有了"巷"的韵味。从桐树巷往前行半里,茶铺、肉铺、饼铺、当铺鳞次栉比,所以干脆叫"桐树铺"。

同都昌不少村庄的人一样,桐树巷陈家也有不少人在景德镇经营瓷器而发家,发家后便回故里造大院子。桐树巷现存的数幢因年代久远已破败的老宅子,就是陈幼如五兄弟民国时期建造的。五兄弟中家境最殷实的是老四陈功位,关于他的发家有个故事。

据说,陈家五兄弟中有四兄弟都在瓷都起步,生意做到南京去了。老四陈功位在家侍候母亲,并领头雇长工,料理十几亩薄田。某年酷暑,陈功位与村里另一户人家因争水车在取水潭与居家兄弟多的对方发生争执,在短械相接中吃了亏,陈功位很窝火。想到自家兄弟在外穿"锦鞋"很风光,自己在家打"赤脚"种田,还受人欺负,他便想弃田而商,过上体面的生活。陈功位的母亲是个大管家,儿子在外经商,过年回家都先到她身边请安,将一年辛苦挣下的钱一文不留地交给老母亲,因此,老人家平日里积攒下不少的家财。陈功位趁母亲外出串门不在家,将母亲存下来的家当从上了铜锁的木柜里悉数取出携带在身上,第二天拂晓离家。陈功位对早起在门口塘搓洗衣物的族嫂交代了一句话:母亲发现钱没了,不要咒他人,是他卷走钱出门做生意去了,他日定当加倍奉还。

且说陈功位到了景德镇,置办了一船的瓷器,直奔南京。那时正值1930年前后,蒋介石南京国民政府反共,奉行"宁可错杀一千,不可放过一个"的政策。

用布条绑着棉袄的陈功位一下船，便被当作"共匪"关了起来，第二天背上插着标牌游街示众。也算大难不死，陈功位有个姐夫是大树龙门破堰周村人，当时他姐夫在帮陈功位在南京开瓷店的三哥陈功俊打杂。姐夫当天出门走过一条街巷挑水，看见自家四妻舅在落魄游街，赶忙告诉陈功俊。陈功俊救弟心切，他在南京经营的货栈叫"陈同泰"，他当天就到隔壁十几家商铺诚求，以至下跪乞求，让商家在弟弟不是"共党"、只是一个普通生意人的"讨保书"上签字和具保。第二天，陈功俊再花了些银两疏通关系，竟救出了弟弟。当年年底，南京不少商家在风声鹤唳中，纷纷关店门躲"兵匪"，而陈功位本来就是怀着"华山路一条"的恒心来挣钱的，他偏不信邪，照常天天开门，天天迎客。那一年，风传的"匪劫"并未发生，陈功位大有独家做大之势，年前年后生意格外兴隆，着实大赚了一笔，真正印了"大难不死必有后福"这句话。第二年，他又在景德镇办起一家"青山窑"，生意一如窑里的烈焰，越做越旺。陈功位不仅做瓷器买卖精明，而且烧瓷窑的技艺也了得。有一次，他的青山窑里眼看烧了半程的瓷器要倒塌一半，陈功位不慌不忙地让手下伙计把淋透了水的数床棉絮扑向窑火里，掷上泥糊，再加一层棉絮，复抹糊泥。这样拨弄几番，熄火开窑时，一窑的货不仅没废，还别具瓷韵。陈家五兄弟在瓷都发家后风光还乡，分批回到桐树巷造棋盘屋。很多陈家后裔至今在景德镇安居乐业，陈功俊的儿子陈金泉二十世纪七八十年代曾先后任过红旗、光明、红星、艺术四个国营瓷厂的主要领导，名重一时。

2019 年中秋之夜，桐树巷照例又在村头的文化广场，用砖块架空垒起"太平窑"。农历八月十五日这天晚上皓月当空，村民在空旷的村民文化广场上烧起柴火，窑身透出的火光直至第二天子时才渐熄。村里人和周边的城里人，都来观赏这一民俗，以烧"太平窑"的方式祈求圆满、太平。第二天，新华社对桐树巷的这一民俗活动予以了报道，记者对太平窑的寓意做了新的解读：众人拾柴火焰高。传统中秋佳节往往以团圆赏月、品中秋月饼为天下乐事，而烧太平窑这种民俗不是桐树巷独有，周边村庄过去也烧"太平窑"，只不过后来都废弃了。江西其他地方也有此类民俗，《中华全国风俗志》卷五便有如下记述：江西"中秋夜，一般孩子于野外拾瓦片，堆成一圆塔形，有多孔。黄昏时于明月下置木柴塔中烧之。等瓦片烧红，再泼以煤油，火上加油，霎时四野火红，照耀如昼，直至夜深，无人观看，始行泼息，是名烧瓦子灯"。桐子巷村烧太平窑的民俗也曾中断过十余年，近年来，这一民俗又红红火火起来。

　　2016年10月,在村民陈玲成等人的倡议下,桐树巷村成立了桐树巷爱心基金会,由村里人自愿捐款,开展爱心助学、重阳敬老、扶危济困、文化传承等活动。爱心基金会成立后,每年重阳节都会组织村里70岁以上的老人相聚,请老人们观赏都昌鼓书等表演,让老人们开心一番。2019年重阳节期间,桐树巷爱心基金会组织村里22名70岁以上的老人,免费去德安县车桥镇义门陈村观摩和传承义门陈文化,并游览庐山市东林大佛、都昌老爷庙等景点。老人们的家属60余人也自费随行陪同,其乐融融。爱心基金会对村里考入985大学的学子每人奖励2000元,考入其他一本院校的学子每人奖励800元。2019年8月初,桐树巷村里一对母子溺水身亡,村里自愿捐款5万余元,对这个不幸家庭的3个孩童进行救助和抚慰。桐树巷村创业有成的人乐善好施,热心公益。村里建村民文化活动中心,一应的办公设施和绿化工程都是村民自愿捐建的。

　　桐树巷2016年被省民政厅授予"全省精品农村社区"称号,2018年被九江市民政局评为全市农村社区建设试点工作示范社区。如今的桐树巷,虽没有了飘絮的桐花,但文明之花吹遍村头巷尾,香溢闹市……

100. 苏山乡鹤舍袁村：魅力鹤舍　人文古村

【袁氏家训家规】 务孝悌，教读书，尚勤俭，珍继嗣，惜谱牒，谨嫁娶。

都昌旅游业正蓄势待发，苏山鹤舍古村，无疑是一张亮丽的名片。一些成熟的景区也许会"无中生有"地植入故事提升人气，而鹤舍古村融入骨子里的故事俯拾皆是，故事中散发着浓浓的人文气息。

鹤舍与学舍

"缘仙得号，重读称名，古村鹤舍为学舍。厚德经商，凭才入仕，先祖文明更开明。"这是曾先后任都昌县苏山乡文化站站长、副乡长、苏山诗词分会会长的鹤舍村人袁德芳先生退休后为鹤舍古村所撰的一副楹联，道出了一村两名的由来。

1800 余年前的东汉年间，鹤舍周边村落寥寥，山野荒凉，有善德者于此地建茅舍三间，供过往客人小憩，亦可短宿。其时，彭蠡湖的屏峰河畔（今苏山马鞍岛处）已有商埠雏形。时光流转，后来这里便成了当地通往千年瓷都景德镇的必经码头。入住茅屋者或商贩或游民，长者一年半载，短者三天两日。善举可承，茅舍破了，有人修修补补，几成驿站。时至东晋，茅舍对面的元辰山上来了一位湖南郴州人，名苏耽，寓居元辰山，奉母结庐、修道、炼丹，最终得道成仙。元辰山因苏耽之故改称苏山。元辰山在宋代张君房的《云笈七签》中被列为天下七十二福地中的五十一福地。

苏山流传着"苏仙公"苏耽的故事。海拔 385 米的苏山上有一座苏仙庙，二十世纪六七十年代遭拆毁，1995 年重建。庙南侧的巨石平台上，有两个茶杯大小的水洼，相传叫"油盐潭"。先前这里的油盐取之不尽，用之不竭，仅供庙里的僧人使用。后来，庙里的僧人贪心，将潭洞凿大了一些，此潭遂不再出油盐，空遗穴面。北侧的另一块巨石上有一个圆形的臼洞，碗口大小，是苏耽修道时的捣药处，所贮的水不涸也不腐，堪称奇事。在东南方的岩下有一口古井，称为"橘井"。相传苏耽得道成仙，辞慈母之际，预言来年当地有瘟疫，嘱母助民众用橘叶和井水煎汤救人。苏耽道过此话，乘鹤而去。第二年，苏耽之言应验，其母帮很多乡民祛了灾疫。

相传300年后,苏耽驾鹤而来,停歇于茅屋上,孩童用弹弓射之。"苏鹤"哀鸣,并以爪书告"吾是三百年前苏君"诸语。物是人非,鹤去鹤回,此地便有了"鹤舍"之名。

明英宗天顺年间(1457—1464),都昌袁姓双港畈一族的祖先袁鲁成(钦七公,字双溪)徙居双港(今徐埠镇袁钜村)。袁鲁成出生于南京鸡儿巷,明永乐年间(1403—1424)进士,曾在云南、四川等地为官,父亲袁仲仁当时在南京生活。袁鲁成生11子,第十子袁崇美(1443—1490)曾在南康府白鹿洞书院求学,路过元辰山普湾,见此地紫燕展翅,遂于明代弘治年间(1488—1505)由双港畈迁居"如龙卧岗"的祥地,形成如今的袁如岗湾村。袁崇美次子袁邦青的3个儿子天享、天卫、天洞于明嘉靖年间(1522—1566),由如岗湾迁至观音峦北麓,繁衍成现在的鹤舍村。袁崇美的诞辰日是正月二十,每年的这一天都像过年一样热闹,鹤舍村人在这一天缅怀祖宗功德,激励后人奋进。族裔曾在此办学堂,故名"学舍"。

"鹤舍"有"仙气","学舍"有"文气","鹤舍"与"学舍"二名互用。通常,当地人还是称"鹤舍村",更契合了旅游景点的灵性与神秘。

袁蕃杰与袁绍起

鹤舍古村最亮眼的景致,当然是徽派建筑风格的明清古民居。成村于明代的鹤舍村,一些青砖灰瓦、飞檐斗拱的民居自明代以来保存至今。今天能观赏到的民居群,建成于清乾隆年间(1736—1795)的为多,距今220年以上。鹤舍民居群的始建者是袁蕃杰的长子袁绍起。后人从袁绍起的兴家故事中,总能领略到传统美德的内核。

鹤舍村村民袁蕃杰家境贫寒,夫妻俩平日里靠做豆腐为生。某年腊月三十,家中过年不仅吃不上鱼肉,连米和油都没了。袁蕃杰这天上午从三里之外的王家山的亲戚家借了米和油,挑着轻担回家,家中妻儿望眼欲穿呢。行至半路,下起瓢泼大雨,身体单薄的袁蕃杰在泥巴路上摔了一跤,油团粉碎,菜油淌了一地,散落的大米,仍可聚拢来,只是和了泥巴。袁蕃杰愤愤不平:"老天真是欺负穷苦人,连年都不让好好过。要是我儿子长大发财了,捐款修麻石路,不让人滑倒。"这个故事也有不同的版本:次子袁绍起作为穷人的孩子早当家,挑担卖豆腐时摔倒,而立下发财捐建之愿。

关于袁绍起的发家脉络，鹤舍村流传着"水牛精转世"的故事。袁绍起生于清道光二年（1822），因家贫小时候在村里放牛，十二三岁时在景德镇当学徒工，所学手艺起初并不属于瓷业，而是从了他父亲袁蕃杰的本行——做豆腐。年少的他一天挑着豆腐担子走街串巷地卖，路遇大雨。他戴着斗笠，侧低着头，好让大斗笠进入窄院门，接着在一户人家的屋檐下躲雨。这一幕正好被瓷柜后面吸着烟杆的店家老板瞧见，老板猛然悟到：这侧笠入宅门，不正印了我昨夜所梦水牛弯角入宅送财来吗？再一打量，但见豆腐童眉清目秀，一副孺子可教之相。于是，店家老板吩咐用人取来干净的衣服让袁绍起换下，并让小绍起把豆腐店的活辞了，第二天来他店里打工。起初，袁绍起在新的东家那里干些打扫卫生、茶童酒侍一类的活，同时在弄里的学堂识字断文，后来随老板学瓷术，从做泥坯到成窑观火，淬炼成了出色的窑把式，以致后来经袁绍起把桩的窑，总是烧出满意的成品，绝无塌窑、毁瓷的情况。老板为留住袁绍起，分了不少自家窑的股份给袁绍起，用当下的行话来说，叫"技术入股"。再后来，袁绍起拥有了自己的窑场，从1座到7座，有自建的窑场，有也收购的他人行将关闭的窑场，其中还有一座官窑，另外还置办了29间店铺，生意越做越大。袁绍起的功名有"国学生，钦加同知衔，加封典赏戴花翎，诰授资政大夫"，"资政大夫"在清代是个二品级的虚衔，想必是因富而捐授的。其父袁蕃杰"诰资政大夫"，是殁后因子而得的一种荣耀。

子富，父亦贵。袁蕃杰年过六旬后，倒有返老还童之感。袁蕃杰与原配夫人龚氏均是1799年生，育有二子——绍腾（1818—1888）、绍起（1822—1908）。财旺，人更旺，更何况在村里还受过同族子多者之欺压，比如袁蕃杰家要建屋宅，想让屋宅与村里的祖厅同向，族上势众者偏偏出面阻挠，屋宅只得偏向。袁蕃杰续娶比他小30多岁的余氏，又连生五子，取名绍清、绍慎、绍勤、绍俭、绍敬，颇含励志古意。老大袁绍腾比继母余氏大15岁，比最小的弟弟袁绍敬大50岁。当时袁蕃杰家四世同堂，100余人的大家族和睦相处。袁绍起在景德镇把瓷业做得红红火火，财源滚滚。袁绍腾作为长兄为人笃诚，在家料理广置的田产，东至徐埠、西至左里都有袁家田地，雇用的长工有上百人。

像不少在景德镇发了家的人一样，袁绍起携带着挣下的殷实家财衣锦还乡，在故里兴建屋宅，将显赫立于家乡。袁蕃杰老夫少妻，年轻的余氏时常唠叨：要是"老倌"倒了，年幼的儿子们谁来呵护？绍腾和绍起两兄弟商议，在鹤舍村大兴土木，并出资在村里村外铺设了麻石路，通往王家山的麻石路尤为显眼，方便村民出行,算是遂了父亲摔跤时的心愿。为让大家族有拓展之居业,袁氏兄弟在鹤舍建造华堂,而且一建就是 18 幢正屋,还有 30 余间偏屋。18 幢宅子在一个日子破土动工,在同一个时辰立柱上梁。竣工吉日,庆贺的流水宴办了三天,路过的只要道声喜,哪怕是流浪的乞丐,都可以登堂入席,豪饮无妨。这18 幢宅子,便奠定了鹤舍村古民居的大布局。

大夫第与小洋楼

  袁绍起兄弟将 18 栋屋宅立于鹤舍,也将承袭自"汝南世家"的卧雪家风弘扬开来。重孝悌是传统的家道文化,袁绍腾、袁绍起对五个同父异母的兄弟呵护有加。父亲以 85 岁高龄辞世后,两兄弟更是像父亲一样待弟弟。有一次,余氏与一个儿媳闹了小矛盾,竟从正屋搬至偏房居住,袁绍腾同妻子领着姐娌来到余氏面前跪着请罪,求得谅解,请余氏复移至正屋生活。袁绍起有一次在瓷都和外国商人谈一船的汤匙生意,在议价上锱铢必较。哥哥袁绍腾耐不住性子,说了句"甭久扯,就依了洋人吧"。袁绍起当场依了哥哥的言意,在价格上做了让步,事后笑着道了一声"这一让让出了我们家一年的生活开销",让袁绍腾赧颜。小弟袁绍敬在外有时放荡不羁,袁绍腾、袁绍起在外人面前多会偏袒他,回到家里再批评教育他。据说,18 幢宅子,袁绍腾自己没得一间,全分给了弟弟们居住,以证无私。游人徜徉于鹤舍村幽静的麻石巷道时,在一幢幢老宅里流连,观赏站檐、天井、细品花窗、梁坊,驻足古巷总门,凝眸柱托撑拱,想必对村中的"大夫第"印象尤其深刻。"大夫第"是袁绍腾的儿子袁成璧所建。"大夫第"本身就是一种身份的象征,明清时指五品以上的文官的私宅。袁成璧(1839—1907),甲戌年(1874)以举人之身选为九江府彭泽县教谕,光绪辛丑年(1901)补选浙江金华府汤溪县知县,知县就其官品而言为"七品"。袁成璧所治的汤溪县当年匪患频发,闹事者众,都昌人袁成璧励精图治,安靖一方,颇有政声,于是清廷对其加官进爵,赏戴花翎,升为五品,这才有了"大夫第"。袁成璧的后裔保存着一张两斗屉桌,底板刻有"汤溪县正堂 袁成璧制","正堂"便指"知县"。袁成璧写得一手好正楷,相传当年他投考举人时,主考官在他的卷子上批了 8 个字"文章颇可,字冠全场"。

  鹤舍村古民居中的小洋楼,沐时代风雨,让游人感怀沧桑世事。所谓"小洋楼",其建筑风格迥异于其他屋宅的徽派风格,带有欧美式洋房的气派。说是洋

房,其实也是中西合璧,尽管窗格显出尖饰,但建筑的构制还是本土的气息。小洋楼是袁绍敬的儿子袁成翊建造的。袁成翊(1889—1952),年轻时做瓷器生意,走南闯北,与外国客商也多有往来,眼界大开。他在民国初年建造起这栋楼,在村里开了一间油盐杂货铺,生意由外人打理,生活方式的"文艺范"张扬开来:在小洋楼邀了文人雅士,鼓乐笙箫,吹弹拉唱,以琴会友,不亦乐乎。袁成翊好客,交友消遣之余,也留友人在家中吃饭喝酒。乡间的"人口肥"也给他的杂货店招徕生意,算是双赢。现在见到的小洋楼斑驳的外墙上,有袁成翊经营的"油盐杂货"招牌,有20世纪50年代留下的"工农联盟"字样,也有20世纪60年代留下的"忠"字样。户外电线穿墙而入,将时下的生活气息嵌入其中,让游人如同在时光的隧道里流连。

浣香斋与溢香池

在鹤舍古村村口新立的巍峨门楼上,有一副对联:欲高门第须为善,要好子孙必读书。鹤舍村村名本就叫"学舍",村里曾经名誉一时的"浣香斋",它的前身就是一座学堂。所谓"浣香"者,言的是池中洗墨水之香。

浣香斋建于清初,旧址在现在村头的苏山村小学所在处。浣香斋不是一座简单的书斋,也不是富户人家为子女办的私塾,而是鹤舍族人所建的一栋四合院式的二层跑马楼学舍,能同时容纳上百人求学,都昌县内外不少学子都慕名前来浣香斋求学。不少名师曾任教于此。清末民初江西著名诗人胡雪抱是苏山乡益溪舍人,曾在浣香斋施教。"鼓吹方繁会,诗肠涩不闻。"胡雪抱所著《昭琴馆诗文小录》《昭琴馆诗存》等很多诗作都是在浣香斋所吟的。胡雪抱后来娶了袁成璧的女儿,成了鹤舍村的女婿。安徽太湖人蔡丽华等名师也曾在浣香斋塾馆从教。浣香斋入门处有一副对联:放胆豪吟千古精英归笔底,凝眸摇瞩四时青翠落窗前。民国时期从浣香斋走出的两位政要曹浩森、刘士毅一度叱咤风云,显赫一时。曹浩森(1884—1952)是都昌周溪牌楼村人,国民党陆军上将,1941年至1946年任江西省政府主席。曹浩森在浣香斋求学时,家境贫寒,曾得鹤舍村名士袁成英的资助,袁成英在晚清曾被朝廷授为"乡饮大宾",在清代"乡饮宾"有大宾、傧宾、六宾、三宾、众宾等名号,统称"乡饮宾"。"大宾"档次最高,皇帝钦命授予,由德高望重者担任,每年县令会宴请"三宾",以褒奖敦亲睦族、止恶扬善之品行。袁成英逝世后,他的瓷像下面四言一句的"像赞",就是曹浩森敬撰的,后来弃毁。刘士毅(1886—1982)是都昌县汪墩排门村人,国民革命军陆军二级上将,曾任国民党国防部次长。刘士毅在浣香斋求学源于他有个姑母是鹤舍村人。鹤舍村在民国时期从军者众,有"十八根半横皮带"之称。国民党的军官穿正装会系横皮带,"半"指的是军衔为少尉的一名文官。19 人中,鹤舍村文化人搜集到有名有姓的资料(一说含袁如岗湾村同宗数人),他们集中在三辈,"成"字辈多以王字旁取名,比如袁成珙、袁成珩、袁成璐;"训"字辈多以金字旁、草字头、山字头取名,比如袁训铢、袁训镰、袁训芷、袁训蓁、袁训药、袁训苴、袁训巍;"祖"字辈取名在文字上最杂,寓意吉祥,包括袁祖济、袁祖扬、袁祖安、袁祖达等。19 人中,"黄埔系"就有 4 人。袁训铢(1900—1940)毕业于黄埔军校六期,曾任工兵指挥部中校参谋;袁训芷(1892—1938)毕业于日本早稻田大学,曾任军政部训练班上校秘书;袁训芃(1906—1951),字遐龄,中央陆军军官学校六期工兵科毕业,军衔最高,曾任江西省保安司令部少将参谋;袁训苴(1909—1950)中央陆军军官学校第六期炮兵科毕业,曾任军事委员会办公厅中校参谋;袁祖扬(1914—1951),中央陆军军官学校第十三期工兵科毕业,曾任江西保安司令部少校。有一种说法是,鹤舍村"十八根半横皮带"有多人得曹浩森、刘士毅提携,他们少时求学的共同母校是浣香斋。有根有据的是,毕业于保定军校的袁成璐(1886—1921),曾任北伐护国军步兵 31 团团副,在浣香斋与刘士毅是同学,在保定军校与曹浩森是同学,其子袁训芃后来在军中升至少将参谋,与曹浩森、刘士毅有交集。当然从浣香斋走出的鹤舍子弟也有不着戎装着长衫的。袁成珙(1886—1921)清华大学毕业,曾任江西义务女子学校校长、景德镇二等模范学校教员。

如果说浣香斋飘逸之香为书香,那么溢香池流淌之香则为灵动的古村香韵。溢香池说到底是祖堂前的一口池塘,规整地砌成了长方形,塘面约 600 平方米。关于鹤舍村空间布局的考究,村里的文化人袁德芳做如此阐释:村落选址合道家"道法自然"的观念,因天时,就地利,以一条"玉带溪"为分割界线,划分太极两仪。南开田园种植,北建村落居住。村中掘一方池塘,曰"溢香池",收集村中雨水、宅中天井所流之水,由"四水归堂"而"归塘"——通过暗渠流入小溪。村中池塘与村外南山相呼应,形成太极图中的两眼。村西兴建学堂,曰"浣香斋",教育子孙力田勤书,形成"南耕北读"之格局。

"溢香池"当然也有故事。据说当年成塘时,邻村有一亩八分地硬是不肯卖

给鹤舍村。哪怕鹤舍人诚心提出,用银圆铺地,此田能插多少棵禾,鹤舍人就给多少块银圆,邻村就是不肯卖一亩八分地。所以,现在的溢香池从塘域上说,算不上阔大。2015 年,村民清塘中淤泥时,掏出一枚未爆炸的炮弹,是抗日战争时期日寇从苏山顶的驻扎地发射来的。让后人庆幸的是,炮弹落入了溢香池,成了一枚哑弹。要是射程再多数米,鹤舍古民居就成了灰烬。

保护与开发

鹤舍古村在散发着人文气息的每一处,似乎都能从历史深处找到根源。

"汝南世家"袁氏的"卧雪家风"源于东汉名臣袁安。某年冬天,大雪纷飞,封门多日,洛阳令雪停后外出察灾,见家家户户扫雪开路,出门谋食。来到客居洛阳的袁安门前,见大雪封门,了无生气,洛阳令以为袁安已冻饿而死,便赶紧命人铲冰除雪,破门而入,但见袁安僵卧于床,气息奄奄。洛阳令问袁安为何不出门求食,袁安答道:"大雪天人人皆饥寒,我不应该再去打扰别人!"洛阳令嘉许其仁德,举为廉。晋陶渊明在《咏贫士·其五》中赞道:"袁安困积雪,邈然不可干。"

游人游鹤舍,大多会从距溢香池数步之远的祖堂正门进入。祖堂门外两边八字开的墙上,分书"卧雪""家风"苍劲的行书。此四字据传是湖北一位丁姓书法家的手迹。传说,丁先生慕名来鹤舍村,访袁绍慎的大儿子袁成璟(1875—1932,字铁梅)。袁成璟颇有诗才,曾任江西省第三届省议会会员。十余天的探访,令丁先生在才学方面自叹弗如,折服于"卧雪家风"传人。临走的那天,祖堂下厅有鲁班传人在推刨运斧,他拾起一块木屑,代笔蘸墨在纸上留下"卧雪家风"四字。原迹有落款,且被惺惺相惜的铁梅先生制成了木匾,悬于祖堂,后来被遗弃,现在墙体上的字迹是依拓片摹写的。

鹤舍村的浣香斋一度做了苏山二中和农中的校址,1995 年前后拆除,所幸留下了书有"浣香斋"的款识原碑,借以怀旧。旧址现在是苏山村小所在地,现任校长是袁绍勤的曾孙袁晓辉。袁晓辉教学之余,传承"卧雪家风",热心挖掘整理鹤舍文化资源,有时也会客串一下鹤舍的导游。苏山村小还有个校名叫苏山伍鸣希望小学。2016 年,上海退休教师伍丽天老人卖掉上海市的住宅而侧居江苏昆山,老人从售房款中捐出 50 万元,给苏山小学兴建校舍,同时纪念她的1995 年在日本神户大地震中遇难的侄女伍鸣,在鹤舍村留下了一段捐资助学的佳话。浣香斋旁原有一幢老宅(现村小院内立孔子石像处),曾用作苏山村委会的办公场所。1986 年,这里演绎过一段挖宝的故事。那年暑假的一天,傍晚天凉了下来,维修窗户的鹤舍村一石匠带着外村的一个徒弟,在这幢老宅的窗台下的砖斗里,发现了满满一瓷罐金子。师傅自是喜出望外,留在现场续寻,嘱徒弟将内藏金子的瓷罐,送到他家里去,且告诫他:不要把瓷罐交给师奶奶,一定要亲手交给师母。碰巧那一阵师母不在家,实诚的徒弟便抱着瓷罐回去,半路碰见他嫁到鹤舍村的姐姐。姐姐得知弟弟怀里抱金,当即开导弟弟:此金反正也是你师傅的意外之财,何况你也参与了寻宝,何不抱回家去,还当什么学徒?徒弟恍然生出私心,将一大坛金子不声不响地抱回了自家。后来辞了匠艺的徒弟用此意外之财,建了房宅,娶了老婆,发家致富。师傅当天天断黑后用单褂包着窗台下深藏的另一堆金银,打着赤膊把金银抱回了家。鹤舍村人早先拆墙只在墙斗里发现过明清时的茶器,那是师傅砌墙劳累之余将高架上喝茶的杯子顺手掷进墙斗所遗。斗里现金,一下让鹤舍村沸腾了。1989 年前后,村民拆另一幢古宅,在柱础下挖出 4 个金元宝,每个重达 3 斤 6 两。

都昌鹤舍村保存完好的古民居群,成为赣鄱大地上一颗耀眼的明珠。20 世纪 80 年代和 90 年代初,就有《聊斋志异》《铁血共和》等电影、电视剧组来鹤舍村取景和拍摄,还有村民客串过村姑、土匪、连长一类的小角色。2004 年 11 月,都昌县人民政府将鹤舍村古建筑群列为县重点文物保护单位。2012 年 1 月,江西省人民政府将鹤舍村评为江西省历史文化名村。2015 年,鹤舍村跻身"中国传统村落"。鹤舍村现有 150 余户,800 余人。近年来,结合新农村建设、秀美乡村建设、传统村落保护等项目,国家相继投入鹤舍古村保护与开发资金 960 余万元。在县政府和乡政府的支持下,村民秉持"修旧如旧,建新仿旧"的理念,加大古村的保护维修和建设开发力度,建起了入村门楼、环村公路、旅游厕所、停车场。新建的鹤轩亭既是对鹤舍的期盼,也有纪念袁绍起(字鹤轩)之意。村里辟有村史馆,留住乡愁,传承文明。有识之士还准备重建浣香斋,兴建游客中心。鹤舍村与有"东方百慕大"之称的老爷庙经通达的袁多公路,只有半小时车程,轻松对接大庐山旅游圈。2019 年,云南滇中金控投资有限公司与都昌县人民政府签署协议,将大手笔打造老爷庙、鹤舍古村精品旅游线路。从都昌火车站至鄱阳湖二桥这 60 公里,聚集了徐埠古桥、春桥晨晖农庄、苏山鹤舍古村、左里横寨岭抗战旧址、多宝西高高镇同院士故里、千眼桥、江南戈壁、老爷庙、东方百慕大等众多景致,真是一条都昌的黄金旅游带。

晴空万里的新时代,鹤舍古村乘鹤翔翔于明媚的蓝天……

后　记

时维辛丑,序属三秋,我的"传家训扬新风"主题的第二本集子《乡愁里的村庄》就要付梓了。"衣带渐宽无别意,新书报我添憔悴。"这是苏东坡在《蝶恋花·昨夜秋风来万里》一词中于"羁舍留连归计未"之时,收到亲友之书信时发出的叹喟。东坡居士在公元1094年经过都昌游历南山时,留下了"鄱阳湖上都昌县,灯火楼台一万家"的吟诵,这几乎成了近千年来推介都昌的名片。《乡愁里的村庄》就要与读者见面了,"新书报我","憔悴"的是岁月里的风尘,憔悴之余自然更有感奋,那是我岁岁年年从不止息地在心仪文字间蓦然回首的"灯火楼台"。

2021年欣逢中国共产党建党100周年,根据当地组织的安排,我应邀在都昌做了20余场党史学习教育的宣讲,"践行初心,担当使命"是我宣讲中的一句热语。值新作《乡愁里的村庄》出版之际,我亦问自己:如此执着地撰写"传家训扬新风"的主题故事,我的"初心"在哪?"使命"在哪?

在漫长的农耕文明进程中,传统村落成为中华民族悠久历史的载体,如同一颗颗璀璨的明珠散落在绿水青山间,铭刻了文化记忆,也寄托着浓厚的乡愁。传统家训家风文化是中国血缘宗法式农业社会中产生和发展起来的特有的文化现象,是一种以儒家文化为基本内核的伦理型文化,外化为行为准则,要是轨物范式的家庭教育读本。传统村落是优秀传统文化的发源地,是家训家风文化的重要载体。我认为,在当下乡村振兴的时代背景下发挥家训家风文化的力量,是平衡"核心价值"与"传统美德"关系的有效路径。党的十八大报告提出,要坚定中国特色社会主义道路自信、理论自信、制度自信、文化自信,而文化自信是根基。文化自信的一个重要方面,就是对优秀传统文化自信,对中华民族历史文化自信。文化自信的核心是价值观的自信。中华传统文化的核心价值观,如"仁义礼智信""孝悌忠信""礼义廉耻"等纲目中,蕴含着丰富的中华美德资源,不论是在古代还是在当下,都有着恒久的存在价值。可以说,社会主义核心价值观作为中国价值观念的最大公约数,是源远流传的中华传统美德的时代体现。百姓日用即是道,我们要在传统村落中传家训扬新风,让浸润了中华优秀传统文化精髓的社会主义核心价值观成为当代中国老百姓最鲜明的精神标识。在当下乡村振兴的时代背景下注入家训家风文化的力量,也是协调城镇化进程中"保护"与"发展"关系的必要手段。随着我国城镇化进程的加快,农村"空心化"现象越来越普遍,导致传统村落本土化发展缺乏活力,物质文化遗产保护政策难以落地,包括家训家规、曲艺民俗、手工技艺在内的一些非物质文化遗产难以传承;耕读传家、世代聚居的生活格局被不同程度地剥离;传统村落中家训家规文化所蕴含的一些传统价值观念被淡化;急功近利的商业开发,改变了传统村落的风貌,家训家规的教化功能被消解。只有在传统村落中大力弘扬家训家风文化,使之润泽人心,才能固本培元,凝心聚力。我们要以现代文明善待历史文明,以工业文明善待农耕文明,聚各方之力,把优秀的中华文明留给后世子孙。如此定位不可谓不高,因此我自以为我采写的"传家训扬新风"主题故事,能够为乡村文化振兴赋能。

2021 年,庆祝中国共产党建党 100 周年活动高潮迭起,百年征程波澜壮阔,百年初心历久弥坚。我尽力对都昌这片红色沃土上的红色资源进行发掘和书写,作为融入都昌党史学习教育的一种方式,以传承红色家风,凝聚奋进力量。我有时围绕一个村庄或是一名烈士连写数篇,其中有些篇章并不是烈士生平的直接叙写,但为了篇目的编排,仍以村庄为"纲",以目附纲,一并纳入。其实铺写烈士家族史,上溯,是其家训家风对烈士红色人生的影响;下延,是烈士的红色家风对其后人的浸染。红色记忆中有的历史人物,其人生底色看似不着红调,深究起来,时代朝霞里的那抹红早年实则在他们胸中闪烁过。我撰写的"红色记忆",大多来自深入采访的第一手资料,也有一些参阅了公开出版的地方党史资料。有的地方,我注明了引用资料的出处;有的地方属化用,我进行了文字表达上的改写。英烈的生平事迹已然固化成了史料,后人的重新讲述和书写难免有语句上的少量引用,有对既定史料的重新诠释。我手写我心,我自觉无愧于对都昌革命史料的钩沉,我有意让烈士的精神发扬发大、激励后人,以此告慰烈士的在天之灵,也对得起怀信任之心为我提供采写资料的烈士后人。犹记得冯任烈士的孙子冯敏先生在南昌医院的病床前,接受我的采访,2021 年 6 月病

愈后携其 95 岁的老母亲、冯任烈士独女冯玉霖前来都昌参加党史学习教育，做冯任烈士事迹报告，去南山祭扫冯任烈士陵墓，去冯任故里土塘镇栖下冯村畅叙亲情、缅怀先烈；犹记得刘肩三烈士的长孙刘同颜先生从南昌回来几番引我到汪墩后垅村采写"一门五烈"的动人故事；犹记得都昌第二任县委书记刘梦松的继子刘印生先生将珍藏的刘梦松的亲笔自传借我参阅；犹记得 2019 年对万户镇大屋村洪钟烈士的儿子洪国华先生进行了独家专访，一年之后老人溘然长逝，我采写的记录洪钟烈士的红色故事几成亲历者口述的绝版；犹记得采写高致鹤烈士事迹时，烈士的 20 多位后人主动来参加采访座谈，配合我采写；犹记得治史严谨、学养深厚的邵天柱先生抱气喘之疾，向我讲述他对都昌党史资料的独特见解；犹记得我专赴湖口采写首任湖口县委书记谭和（都昌汪墩人）烈士的故事，湖口县党史专家潘柏金先生将自己身边仅存的一本他担任执行主编的《中共湖口地方史（1919—1949）》赠予我备用……为什么战旗美如画？因为英雄的鲜血染红了它。为什么大地春常在？因为英雄的生命开鲜花。"英雄赞歌"，在我的"传家训扬新风"主题故事里一定还会引吭高歌，让铿锵的旋律响彻云霄。不少老一辈学人对都昌党史研究和宣传孜孜矻矻，卓有建树，新时代更需要"新生代"深揣情怀，融注力量，让都昌地方党史研究和红色家训家风赓续荣光，焕发异彩。

《乡愁里的村庄》共有 6 辑，后 5 辑各有 10 篇。"红色记忆""源远流长"辑中多从所写村庄的姓氏文化和人文历史着笔，似成"微家谱"。"历史背影"辑中着墨于村庄里的历史名人，或驰骋疆场，或览书慢吟，背影里有人性的温情、崇德的辉光。"家族存史"辑中探幽稽考，一卷卷家族史轴俨然就是时代的缩影，吸附其间的无不是家国情怀。"风情风物"辑中鄱湖风起，这方水土里有民俗风情的斑斓故事，声声入耳，物物关情。"文明新风"辑中连接物质文明与精神文明，衔接脱贫攻坚与乡村振兴，在历史深处撩开面纱的一个个村庄，清新可人，成风化人。

《乡愁里的村庄》收录 100 篇的总体量超 40 万字，且没配发一张图片，单就其字数而言完全够出两本书。这样实诚地奉献于读者，当然有我个人对于出版经费匮乏的考虑，我总想尽量将更多的文字挤进书中去。在采写的过程中，我得到不少领导、文友、读者的倾力支持和关注。一些颇具人格魅力的市、县领导在我采写的过程中给予我暖心的鼓励,在出版经费上尽心扶持,我会感恩于心。就写作本身来说,出版《乡愁里的村庄》当然是我的一种个体行为,但有时我在家人面前,也会近乎忘形地拔高自己——在干"立言"之事,以壮底气。我常设想,当我的子孙翻阅作为先人的我留下的一篇篇"立言"文字,他们会见书思人、抚卷轻叹吗?当我在书中所写的家族、所写的村庄的后人们在数十年、数百年后查阅资料偶然翻阅到我的文字时,他们会觉得我之"立言"于其家史村史有抢救和存录的价值吗?当我生于斯长于斯终将老于斯的都昌着力弘扬中华传统文化、打造赣鄱文化百花园、促进地域文化繁荣兴盛之时,我这个怀着执念的"立言",会成为江湖或庙堂偶然提及的一个花絮吗?倘若我的文字仅仅宽慰了自己,那种踱步而行、毫不气馁的写作姿态,已妥帖地安放了我在俗世里的肉身,让我在日渐老去的岁月里,满怀拥抱生活的热忱,找到了一种自己平安、有趣地度日的方式。我在,故我写;我写,故我笃。每念及此,不禁潸然。

感谢摩罗先生为拙著赐序,他的"至强至密"的论道、"至坚至固"的宏议,让翻阅此书的人开卷有益。摩罗先生对我的溢美之词让我汗颜,催我向上。感谢著名书法家、"鄱湖三友"之一的曹端阳先生为我题写书名。菁儿为此书设计封面,意境合乡愁里的脸与容、村庄里的山与月。感谢江西高校出版社各位编辑的悉心付出。对于书中一些没能检勘出的史料讹误、不当表述,敬请方家指正与包容。中国民间文艺家协会副主席、中国作家协会全委会委员、江西省文联原主席、江西省作家协会原主席刘华先生撰文,鼓励我在写作中深挖鄱阳湖区村庄历史和文化这口井,让挖井掘出的土变得湿润,甚至能用力攥出水来。我会锲而不舍地将这个主题进行到底,100篇、200篇、300篇乃至更多的百篇结集成书。笨拙如我,唯勤是长,一寸一寸地深掘下去,一筐一筐地提土上来,或许某天真的能洞见到"源头活水"……

汪国山

2021 年 9 月 30 日